魅丽文化 飞魔幻工作室

夜郎自大 II

恕歌 著

漓江出版社

图书在版编目（CIP）数据

夜郎自大. 2 / 熄歌著. -- 桂林 : 漓江出版社，2017.4

ISBN 978-7-5407-6725-9

Ⅰ. ①夜… Ⅱ. ①熄… Ⅲ. ①言情小说－中国－当代 Ⅳ. ① I247.5

中国版本图书馆 CIP 数据核字（2017）第 058250 号

选题策划：飞魔幻工作室
责任编辑：吕解颐
文字编辑：易思嘉
封面设计：李　娟
内页排版：刘　阳
出 版 人：刘迪才
出版发行：漓江出版社有限公司出版发行
社　　址：广西桂林市南环路22号　邮政编码：541002
印　　刷：湖南新华精品印务有限公司
开　　本：710㎜×1000㎜　1/16
印　　张：20　　**字　　数**：359千字
出版日期：2017年5月第1版　2017年5月第1次印刷
定　　价：32.80元

目录 CONTENTS

目录

CONTENTS

第一章

我从很小的时候就开始幻想，长大以后我会娶怎样一个男人。

在以女子为尊的大楚，男人们都热衷胭脂水粉，以柔弱娇媚为美，所以从小我接触到的男人，都是我爹那样的。

作为大楚第一贵族的家主，我母亲迎娶的主君，当然是那个时代里声誉最好的男人。

他有一个好听的名字，柳玉丞。

他有一个好家世，临东王家的嫡长子。

他有一个好性子，一张完美的脸，还有令人称赞的才学。

然而除此之外，作为他亲生女儿的我还知道，他有与生俱来的宅斗技能，他的梦想就是能称霸我母亲的后院，成为舒府后院里掌握生杀大权、说一不二的主君。

这就是他所有的抱负了。

所以，当我没有娶亲的时候，我一想到自己要娶大概是这样的一个男人回家，我就有出家的冲动。不过好在，我没有娶到这样的男人。我娶的男人，虽然性格特别了一点，身份危险了一点，过程曲折了一点，但是，他绝不是我爹这样的人。

他叫沈夜，还有个名字叫苏容卿，是我的老师苏阁老的独子，但暗地里，他是大楚第一小倌馆凤楼的主子，是暗庭的头儿，他的美甩我爹十条街，他的野心也和他的美成正比，甩我爹不止十条街。我爹的梦想是掌管舒家的后院，沈夜的梦想，大概是掌管这个天下的后院。

“少主！少主！”

管家急促的声音老远传了过来，我假装没听见，看着棋盘，皱着眉，有一下没一下地敲打着桌面。

上官流清坐在我对面，抿了一口茶，似笑非笑道：“大局已定，你差不多就要输了，有事赶紧去忙。”

“我还没输……”

“少主啊！”管家“扑通”跪倒在我脚下，拉扯着我的裙角号哭，“你赶紧去梧桐苑看看啊！主君要和少主君打起来了啊！”

一听这话，上官流清挑起眉来，眼里波光流转，有了几分看笑话的味道：“我倒是忘了……沈夜现在是你的主君，你爹那个性子……”说着，她没说下去，竟是笑出声来。

“没事的。”我面色不改，“沈夜和我爹不会有大事，打不起来。”

“倒也是。不过，你爹不会给他面子吧？听说过一阵子你那个状元小叔子要回来了，要是看到你爹怠慢他大哥，怕是不会给你好脸色吧？”

“你说沈从？”想到那个已经离家一年的少年，我忍不住皱起眉头来，“他后天回来。”

沈从是沈夜的义弟。一年前我力排众议，逼着圣上开辟了男官制，沈从很是争气，当年就中了状元。十八岁的男状元，这个位置高得我都害怕。按照惯例，状元本来可以直接任正五品的中央官职，但因为这是男官制开辟的第一年，朝中多有非议，于是哪怕是状元，沈从也和其他几个男学子一起被派到边境县城中当一个从七品小县令。我本来以为沈从要在地方磨上三四年，可耐不住沈从太有能耐。他春闱过后到县城任职，才三个月就把一个贫瘠小县变成了旅游县，夏末上缴税赋，一个县城抵得上华州三分之一的税收。

谁都知道华州这种边境州都是不毛之地啊，每年都是国家贴钱补养，突然出现一个能送钱的县，圣上大喜过望，当即把他提拔成了正五品华州司仓，专门管钱。沈从管钱还没一个月，华州总府就被围了。他的同事长官弃城而逃，一路马不停蹄，就留了完全不知情况的五千守兵给沈从。沈从居然就拿着这五千兵马对三万围城敌军，坚持守了半个月的城，避免了大楚主力军两面受敌的情况，成了大楚胜利的关键性因素。

如此逆天的功绩就算了，等冬末上缴税赋时，陛下本来打算给饱受战乱的华州拨钱，结果，华州竟给朝廷上税了！

十几年了，华州第一次给朝廷银子。听说陛下当天晚上抱着华州上缴的银子睡了整整一晚。第二天陛下就决定了，她要把沈从调回来，要给沈从升官，要让沈从当大官！

大概是穷疯了，突然看见了一个财神爷，陛下丧失了所有理智。

第二天，任谁拦着，陛下都不管，坚定地要召沈从回来当正四品户部侍郎。

户部侍郎，离正三品户部尚书也就一步之遥。我作为御史台大夫，掌管整个御史台，也不过就是正三品啊。沈从当官还不到一年啊……

想了想，我忍不住叹息了一声，人比人气死人。

不过，这些都不是重点。重点似乎是，他脾气不太好，是个护兄狂魔，要是看到我爹给沈夜脸色看，我很担心他会来舒家把我爹打死。

想到这里，我的身体不由得抖了抖，只好将棋子一抛，道：“我还是去看看吧，得去给我爹提个醒。”

不然，沈从要动手的时候，我怕我拦不住他。

这样想着，我便提步匆匆往梧桐苑去了。

梧桐苑是我爹的院子，不用猜我也知道，一定是我爹把沈夜叫过去的。自从我决定要和白少棠和离开始，我爹就和沈夜斗上了。他身负无数宅斗技能，和沈夜两人在这舒家后院闹了个天翻地覆，我娘和我都吓得几乎不敢回家。

不过，看着看着就习惯了，我现在看见家里人拔刀相向已经能面不改色了。

“让一让。”我推开正在打斗的侍卫甲。

“借过。”我从躺在地上的侍卫乙身上踩了过去。

“把大夫叫过来，把这位好汉带下去，要是死了，就给点安葬费吧。”我指挥着人把正在喷血的侍卫丙拖了下去。

过五关斩六将，我终于到了梧桐苑正堂。

我爹坐在正堂椅子上，脸色发白，颤抖着手，指着地上跪坐着的沈夜：“你……你……你……”半天，却没能说出一句话来。

他旁边站着的白少棠，轻拍着他的背，温和地说道：“爹，您别气了，容卿哥就是这个脾气，您又不是不知道……”

而他们面前，沈夜跪坐在地上，一脸悲痛的样子。牡丹跪在他旁边，拿着小手绢给他擦着眼泪，一面擦一面哭喊道：“我家可怜的少爷啊！你怎么就这么命苦啊！那么好个人，怎么就嫁到这么个泥塘里！天哪，地哪！”

“牡丹，你不要说了！”沈夜神色凄苦，“爹不喜欢我，肯定是容卿的不对。哪有女婿说岳父的不是的……只是我……只是我……”说着，沈夜竟真的哭了出来，“只是我命不好罢了！”

“少爷！”

“牡丹！”

“少爷！”

“牡丹！”

“少……”

“你们俩够了没！”我实在忍受不了，摸着一身鸡皮疙瘩走进去，有些不耐烦道，“这又是怎么了！”

“你可算来了！”我爹看向我，豁然起身，“来了就管管这个狐狸精，你看看他成什么样子！”

“爹您别生气。”我赶忙上去扶他，一面扶一面给他顺气，“有什么事您跟我说，我一定管！您慢慢说。”说着，我给他倒了一杯茶，用眼神拼命示意牡丹把沈夜扶起来。结果牡丹装作没看见，沈夜也装作没看见，两个人就这么跪着，也不知道是跪给谁看。

“昨天府里进了一批新布，”我爹喝了口水，气愤地说起来，“按府里的惯例，新进的布匹都要先过我这边看一道，我挑完了才给各方挑选，几十年一直是这样！”

“我知道我知道……”我拼命点头。

其实，我一点都不知道这种芝麻绿豆的事。但这件事在我爹眼里很重要，我只能假装知晓。

“可昨儿个晚上，我让小厮去给我取布，竟发现少了一匹，少的竟还是布庄特意和我说过，专门贡给我的那一匹！库房总管跟我说，是苏少主君派人领取了，去领取的人还说，有事他们房里兜着，看谁敢找他们麻烦！”

说到这里，我爹忍不住拍了一下桌子，怒吼出声：“我今天就找你们麻烦怎么了！”

一听这话，我就向牡丹看了过去。沈夜也看向了牡丹。这种话，除了牡丹，估计也没谁说得出来了。

牡丹面色僵了僵，随后挑起眉来，气势汹汹地说道：“不就一匹布吗！你们舒家这么穷啊？！你们这么穷，早和我家少爷说啊！早说了，我们苏家还可以倒贴你们。今儿个我就出去给你们买布，要多少买多少！”

“刁奴……”我爹颤抖起来，“来人，掌嘴！给我狠狠地掌嘴！”

“老匹夫！”牡丹霍然起身，也不装了，“你敢打我一下试试看？！老子不扒了你的皮！”

“牡丹，不可放肆！”沈夜也站了起来，眼里还带着盈盈水光，一脸哀愁道，“爹不是要打你，爹想打的是容卿，打在容卿的脸上，打在容卿的心上。容卿嫁进来，已经做好了孤苦一生的准备，来吧，让狂风暴雨狠狠地蹂躏我们主仆……”

话没说完，白少棠的巴掌就像狂风暴雨一样扇向了沈夜。内堂里瞬间乱起来，白少棠的人，沈夜的人，就连两房的小厮、丫鬟，都扭打在了一起。

我目瞪口呆地看着。我从来没想过，一个内院的战斗力，也如此强大。

果然有人的地方就有江湖！

“老虎不发威，你们当我是病猫！看老子今天不抽得你们一个个满地找牙！”牡丹被一群人围着，双腿虎虎生风，一脚一个，踢得无比精准。

我爹气得身体直发抖，脸都变紫了。

我叹息一声，朝身后挥了挥手道：“把苏少主君和牡丹绑起来。”

我身后的暗卫立刻跳了出去。我的暗卫，加上白少棠的暗卫，终于把牡丹和沈夜两个人捆了起来。

沈夜哀怨地瞧着我：“妻主，你不爱我了吗？”

他那眼里带着波光，看得我忍不住咽了一下口水。我赶紧转过头去，才压制住心软的念头，赶忙道：“你们冒犯了父亲，快给父亲认错。”

“不，我不认错！”沈夜拼命摇着头，“我就是刁蛮任性，我就是无理取闹！我不管，我不管，你不爱我了！”

“快认错！”我忍住想打他的冲动。

沈夜又和牡丹抱在一起痛哭："牡丹，我的命好苦啊！爹不喜欢我，妻主也不喜欢我，我活着还有什么意思！"

"要死赶紧的。"白少棠终于忍不住说了一句，"太恶心人了。"

听到这话，沈夜霍然抬头，带着水光的眼里满是坚定："不，我不会死！白少棠，你不就巴望着我死吗？你知道妻主爱的是我，我死了，你就可以乘虚而入。我不会让你如愿的！"

"放屁！"我爹一拍桌子，怒吼出声，"我家城儿会瞧上你这小浪蹄子？！你也太把自己当回事了！我是她爹，我还不知道她的性子吗！要不是陛下圣旨逼迫，要不是你死不要脸地去宫门前跪得人尽皆知，你以为城儿会瞧上你？！"

我爹一把拉起我和白少棠的手："我家城儿和少棠青梅竹马、两小无猜、两情相悦，你知道吗？！别说城儿，你就连凤楼的沈夜都比不上！"

"啥？！"我猛地反应过来，想拦住我爹，但我爹已经进入战斗模式，我的声音全淹没在他的声音里。他说话都不带喘气地说出一段可歌可泣的爱情故事："沈夜你知道吧？长得比你好看得多！比你有气质得多！比你温柔得多、善解人意得多！当年我家城儿去凤楼，沈夜就坐在那窗台上看风景，正好一阵狂风吹过，沈夜的束发落了下来，城儿抬手接住。当时漫天桃花纷飞，两人四目对望，就此一见钟情。"

"是……吗……"沈夜满脸震惊地看着我爹。

见他的样子，我爹冷哼一声，继续道："城儿这孩子这辈子重情重义，除了少棠，也就对这沈夜上过心。那阵子，城儿天天去凤楼门口，她不敢进去，就站在那窗口下，一站一整晚。沈夜当时虽然知道城儿的心意，可他也明白，我们舒府门第高贵，哪怕是纳侍君，也不可能纳个风尘男子。他是个好孩子，知道不可能，就不多和城儿纠缠，于是两个人一个在楼上，一个在楼下，明明互相看着对方，却咫尺天涯。"

说着，我爹叹息出声，言语中全是哀戚。

我整个人沉浸在故事里不能自拔，忍不住回忆起和沈夜的第一次见面时——那一顿毒打。

我感觉全身都疼了起来，只听得我爹继续道："这样每日相望而不能相守，是何等煎熬！那时女皇给你和城儿赐婚，城儿痛苦不已，最后，城儿终于想通，去凤楼，强迫沈夜从了她！我家城儿多好的孩子，却愿意为了他自甘堕落，连强迫一个男人的事都做出来了，可见是何等深情厚谊！后来为了沈夜，城儿还要和你退婚。她和沈夜之间的真情，岂是你能明白的！"

"我……是不太明白。"沈夜憋着笑，装作愁苦的样子说道，"可我毕竟已经嫁给妻主了，过去的事，便就过去了。妻主毕竟是爱我的……"

"她不爱你！"我爹霍然起身，"你别以为你能在舒府这样嚣张下去！我这就去把沈夜带回来，看你能嚣张到几时！"

"啥？！"我、沈夜、白少棠、牡丹一齐出声。

白少棠慌忙劝阻道："父亲，您想清楚，别意气用事！"

"我想得很清楚！"我爹满脸坚定，"过去是我太在乎门第、身份之别，其实沈夜是个好孩子。"说着，他看向跪在地上的沈夜，冷哼出声："比这狐狸精好多了！"

沈夜："……"

"爹……"我也开口了，"我和沈夜的事都过去了，您别老是提……"

"怎么，苏容卿进门了，你就忘了沈夜了？！"我爹更激动了，"你果然是你娘亲的种，一样的风流，一样的不堪！"

说着，我爹气势汹汹地往外冲去："我马上就去给你提亲，咱们舒家不做这种过河拆桥的事！"

"父亲……"白少棠赶忙起来，追出去，"不要冲动啊！"

看着白少棠追出去后，我回头看向跪在地上的沈夜。

他一见我看他，立刻嘟起嘴，满脸无赖道："妻主、妻主，我受了委屈，要亲亲。"

"滚……"我一巴掌按住他的脸，然后让人给他松绑，接着把他和牡丹带回了静心水榭。

一回静心水榭，沈夜整个人就像没有骨头一样倒在了床上，哼唧着说："被白少棠和你爹折腾一天了，快给我揉揉，累死了。"

"你不折腾他们就算好的了。"我叹息着走过去。

他趴在床上，我给他捏着背，一面捏一面道："你也知道我爹就这个性子，你和他争什么啊……"

"是我和他争吗？！"沈夜嘟囔，"我明明很乖的，什么都没做好不好！"

"布是你拿的吧？牡丹是你放出去的吧？你明明知道他那张嘴到处得罪人，你就……"

"好好好，"他翻过身来，拉着我的手道，"你主动亲我一口，我以后就不让牡丹去做这种事了。"

一听这话，我忍不住捏他的脸："小无赖。"

他笑着往我怀里蹭："无赖才能占便宜啊。"

"好了，说正事。"说着，他声音突然正经起来，但人依旧靠在我腿上，一脸认真道，"你有没有注意，最近楚都流民多了起来？"

"流民？"我有些疑惑，"我上下朝路上，似乎没怎么见着。"

"顺天府处理干净了，你只上下朝出门，当然不知道。"

"这些流民是从哪里来的？"

"沈从从华州过来，路经江左一带，他前两天给我带信，说江左今年干旱，灾情严重。"

"这事我知道。"说到这件事，我很清楚，这件事上官婉清有掺和，"江左确实干旱，但是以江左粮仓的库存，让江左支撑三年绰绰有余。且户部也早已拨下钱粮安置难民，问题应该不大。”

“问题就在这里。”沈夜冷笑出声，“若真如你所说，哪里来的这么多难民？江左如今已尸横遍野，易子相食了，你知道吗？”

听到这里，我猛地变了脸色。贪污赈灾粮款这事儿不算新奇，每次灾荒总有那么几个被查到砍头的，但在粮仓如此充裕，户部还拨出如此巨款的情况下，百姓还受灾到这个程度，这些人贪的数额，便大得让人心慌了。

作为御史台大夫，上纠帝君，下察百官，发生这么大的事若御史台一点消息都没有，到时候连我都会被牵扯进去。

我不由得抹了把额头上的冷汗，道：“把消息都给我。”

“你别担心。”沈夜直起身来，将我揽进怀里，“这事与你无关，肯定是江左那边某些畜生的手笔，这刚好也是个契机。”

“什么契机？”

“沈从要回来了，陛下打算让他升任户部侍郎，但他资历还是太浅，等他回来，估计会被派去处理此案。江左一带多是贵族亲眷，他没有贵族根基，我怕江左的贵族见他没有后台，下手肆无忌惮，打定主意哪怕杀了钦差大臣，也不让这件事透露出去。”

“所以……”我大概明白他的意思，点头道，“我会跟着沈从过去，看在我家的面子上，那些贵族应该会有所顾忌。我们此去的目的只为让那些人把吃了的钱吐出来，无意和他们鱼死网破，有我在，沈从的路会好走很多。”

“不止如此，”沈夜笑了笑，“你在御史大夫的位置上也待了好几年，也该往上挪一挪了。据我所知，正二品尚书令大人，不日就要致仕了。”

听到沈夜的打算，我点了点头。

其实我并不在意自己是御史大夫还是尚书令，但我知道一件事，面对未知的路，总是越强大越好。

尤其是……

我望向身边人如画的眉眼，更加明白，想要守住身边这个人，远不是一个御史台大夫可以做到的。

察觉到我的目光，沈夜转过头来。他瞧着我，忍不住轻笑出声来，低下头用额头抵住我的头，我能闻见他呼吸间兰花的香味。感受他的呼吸与我缠绕，让我忍不住红了脸。

“城儿，”他低喃出声，“我很高兴。”

“你在我身边，我觉得，特别幸福。”

第二章

我觉得，沈夜在谈恋爱这件事上，是别有天赋的。

至少说情话这方面，我要给他满分。

第二天我早上上朝时，脑子里面萦绕的还是沈夜昨晚上说的情话。整个人浑浑噩噩地站了很久，自动忽略了歌颂太平盛世的一干废话后，我在退朝之前，猛地拦住了陛下。

“臣有本要奏！”我喊得颇有气势，所有人，包括陛下，都忍不住抖了抖。作为专门找人错处的御史台长官，我不张口则已，一张口肯定有人要倒霉。因此，对于他们的行为，我非常理解。

我悠悠地从袖子里拿出昨天晚上沈夜替我准备好的奏折，从楚都流民一路慷慨激昂地说到江左近况。我一面说，陛下的脸色一面难看起来，朝堂百官的脸色都难看起来。等我说完了，全场一片静默。女皇面无表情，冷声道：“顺天府府尹给我滚出来！”

顺天府府尹，正五品，就真的从人群中滚了出来，当场跪倒：“陛下……”

“拖下去，二十大板。”

那人话还没说出口，就被女皇叫人拖了下去。而后，女皇站起身来，冷声道：“退朝！”

说完，她便转身离开。

我摸了摸鼻子，跟着人群走了出去。

刚一踏出大殿门，上官婉清就迎了上来，拍着胸口道：“吓死我了，吓死我了！舒城，我以为陛下今天一定要杖毙几个人才算了事，这就算完了？”

“完了？”我挑眉。

上官婉清愣了愣。

我这才意识到，这个动作是跟沈夜学的，赶忙恢复了一贯的温和，说道：“等着瞧吧，陛下这是在等沈从回来呢！她今天不杖毙几个人，是等着改日杖毙一批人。你当咱们陛下是吃素的吗？”

说着，我掸了掸衣袖，同她道别："回了。"

出了宫门，坐在马车里，我闭着眼睛盘算等沈从回来，该将他安置在哪里。舒府是肯定不行的，他要看见我爹是怎么对沈夜的，我怕他剥了我爹的皮。可是他向来和沈夜寸步不离，沈夜待在舒府……

"大人！"马车猛地停了下来，车夫压低了声音道，"有人拦车告状。"

听到这话，我霍然睁眼。这种多事之秋，拦我的车告状，必然不是小事。

我做好了心理准备，打算好好安抚一下来拦马车的百姓，做足了一副好官姿态，这才卷起帘子。然而一卷帘，我就愣住了。

拦在马车前方的少年身着雪色华袍，袖角绣金色卷云纹路，身披雪白狐裘，头顶白玉华冠。他静静地站在马车前，低垂眉目，手捧暖炉，仿佛是从魏晋名画中走出的贵族公子，芝兰玉树，亭亭而立。

我张了张口，好半天，才憋出一个笑容："阿从……不是明天才回来吗……"

"舒大人，"他开口，嗓音仿佛清泉一般，带着凉意，"在下是来告状的。"

我直觉不好，赶忙道："有话上来说……"

"在下拦车告状，岂有私了之理？"

一听这话，我更忐忑了，然而看他一脸坚定的模样，只能叹息出声："沈大人要告什么状？说吧，我听着就是了。"

"在下要状告舒家主君、舒家少主，欺辱少主君，蔑视皇家！"他扬声说道。

旁边人越来越多，我忍不住捂住了脸。

沈从冷笑出声："怎么，大人觉得冤枉吗？我问你，我大哥苏容卿，当初是否以皇子之礼嫁入舒家？"

"是……"我咬牙应答。

旁边人窃窃私语起来。

自从去年沈夜在宫宴上一舞惊艳众人后，他的人气在楚都直线飙升，走到哪里都有他的爱慕者，且，不少。

沈从这才提及他的名字，还什么都没说，人群里已经有人开始骂我了。

"舒大人可曾见哪位皇子被妻家辱骂殴打，克扣俸银的？！"

"我没打他！"我忙道，"沈从，咱们有误会……"

"没打？"沈从冷哼一声，"我大哥身上的伤，还有假的不成？！寒冬腊月的，你父亲罚他跪了一夜；你的平夫白少棠仗着你父亲宠爱主持中馈，却故意克扣冬日炭火和平日衣食，还为争宠动手打了我大哥耳光。这一桩桩、一件件，我若同你细数起来，怕是三天三夜都说不完！我大哥何等风采，怎么就嫁了你这样的货色！"

"是啊是啊……"人群里忙有女子应和。

我头疼扶额，忙道："是我的错，日后不会有这样的事……"

"日后？！"沈从冷哼道，"我就不同你谈日后了，这过去的事也就罢了。我就问你，当初你为了一介小倌要退婚。今日我大哥进门还未满三年，你便慌忙要迎娶那小倌为侍君，你将我大哥的颜面置于何地？！又将皇家的颜面置于何地？！”

“一屋不扫何以扫天下！身为御史大夫，多少民情冤案系于你手，满朝清正落于你身，然而你不思以身为镜，上纠帝君，下察百官，反而落入儿女情长，限于内宅方寸之地，你可知羞耻！”

“我……”我觉得他有什么说得不对的地方，但又不知如何反驳，只能道，“我干的正事啊……”

“那我问你，”他皱起眉头，“如今华州、西州外有敌寇，江南苦旱一年民不聊生，你做了什么？你可知如今流民多少？从何而来，为何而来？你可知华州、西州一年军饷多少，从何调出？你可知百姓如今所想所求，可知百姓所哀所叹？”

“我……我只是个御史大夫……”

“正因你是御史大夫，你代表着清廉，代表着民意，才更应以身作则！如今这些你统统不知，却忙于娶夫纳君，如此作为，岂不让百姓寒心！”

“对！”人群中有人喊了起来，“如此品行，怎么配当御史大夫！”

“对……对什么对？！”我猛地反应过来，“沈从你别给我来劲儿……”

“你还狡辩！”沈从一声大喝，满脸正气，越发衬托得我像奸险小人，“知错不改，罪加一等！看在你是我嫂嫂的分上，我今日只是骂醒你！你还不迷途知返，同我赶去凤楼！”

“去凤楼干什么？”我更迷惑了。

沈从转身往前，翻身上马道：“你不是让你爹去给凤楼沈夜提亲了吗？此刻舒主君正在凤楼提亲。”

“我的亲爹！”一听这话，我不由得哀号出声，放下帘子，赶忙道，“赶紧去凤楼。”

我催得急，马车跑得急，一面跑一面有人朝我的马车扔东西，我确定那绝不是表达爱意的鲜花、手帕、瓜果。若真是瓜果，恐怕只有榴莲才砸得出这样可怕的效果。

“舒城，你若敢对我家容卿不好，我做鬼也不放过你！”

“不要仗着自己是官二代就为所欲为，我永远是卿卿最坚强的后盾！”

“你不爱容卿，还有我！”

“对，还有我们！”

外面的声音接二连三地传入我的耳中，我不由得哀叹……这到底是些什么妖魔鬼怪！

接受了沈夜崇拜者的洗礼，我赶到凤楼的时候，马车已经破败不堪。

凤楼正大开着门，许多人探头探脑地围在周边，似乎在往里打探着什么。

沈从走在我前面，让侍卫给我们拨出一条路来，我们这才顺利地走进凤楼。

一进凤楼，我便看到我爹带着人坐在正堂，两个娇柔的男人正跪在地上给我爹捶腿，另一个男人站在我爹身后给我爹揉着头，一面揉一面道：“我们楼主已经对少主死心了，怕是决计不会跟着主君您回舒府的。他现在伤心欲绝，早已经不愿意见人了……”

“唉……”我爹满脸享受，叹了口气，“可惜了这么好的孩子……”

听到这话，我忍不住抽了抽嘴角。他要是知道他觉得可惜的好孩子沈夜，就是他打算对付的狐狸精苏容卿时，不知他的内心会有怎样的想法。

“不过，如果只是要对付苏公子的话，其实也不一定需要我们楼主出面的。”给我爹揉着头的男子媚笑了一下，低头附在我爹耳边，嘀咕起来。

我心里忐忑起来，赶忙出声制止道：“父亲！”

我爹没理我，认真听着那人讲话。

我不由得着急了，上前几步，道：“父亲，您怎么在这里，少棠呢？！”

“舒大人。”和我爹说话的男人抬起头来，一双媚眼朝我瞧了过来。

我从未见过如此风骚的男人，不由得愣了一愣。

那男人当即就走到了我身后，一双手攀上我的双肩，然后……替我按摩起来。

他的手法很好！非常好！不过那么轻轻地一捏一按，我顿时觉得双肩轻松不已。

他在我身后轻笑：“舒大人，舒服吗？”

“舒服……”我发出了满意的叹息声。

沈从冷笑出声。

我马上反应过来，一低头，便看见我爹闪闪发光且若有所思的眼睛。

我忙低下头，压低了声音道：“父亲，有什么话回家说，我们……”

“好。”我的话还没说完，我爹就点了头。

我来不及反应，就看见我爹起身对那位为我揉肩的男子道：“凤三，我要包下你们这里所有花魁，多少钱！”

“舒主君客气了。”那叫凤三的男子握住了舒主君的手，满脸真诚道，“对付狐狸精，人人有责！尤其是祸害舒少主的狐狸精，我们凤楼绝不放过！说钱就太俗气了！”

“太好了！”我爹热泪盈眶，“你们凤楼的男人，真的很讲义气！”

“舒主君过奖！”凤三微微一笑，“我这就叫兄弟们走。”

说完，他转过头去，朝着楼里喊了声：“凤翎，音九，天香，柏然……收拾好行李，咱们去舒府！”

“什……什么？！”我总觉得我跟不上这个世界的节奏，听到这里，我终于明白我爹和凤三刚才在说什么，慌忙道，“父亲，他们是什么人？！为什么要跟着我们回舒府？！”

“这你别管了。”我爹拉着我往外走，“他们都是好人！”

好人……这凤楼的人哪里有好人的样子？！

“父亲，这些人不能带回去……”

“闭嘴！不然我让你娘教训你！”

“父亲……”我看着沈从站在凤楼门前，和凤三并肩而立，露出诡异的笑容，简直快要哭出来了。

“请神容易送神难啊！父亲您……”

“闭嘴！”我爹和我一起上了马车，落座后，满脸欣慰道，“你不了解凤楼的男子，虽然他们都是风尘中人，却别有一番侠义心肠！果真如戏文里所说的那般啊……”

说着，我爹脸上露出了一丝喜悦：“这次我看苏容卿还如何嚣张！”

听到这话，我沉默了。

事已至此，我还能说什么？我只希望，我爹是一个乐观的人，对未来坚强一点。

我一路无话，我爹却似乎是因来了凤楼后发现了一片广阔的新天地，格外话多。他絮絮叨叨地说着对未来的规划，打算如何拳打沈夜脚踢牡丹的计划。

通过他的述说，我知道了一个好消息和一个坏消息。好消息是，我爹的宅斗技能又升级了；坏消息是，这是凤三教给他的。

想到这里，我悲痛地闭上眼睛。

过了许久，舒府终于到了。我扶着我爹从马车上走下来，身后跟了两马车的男人。这些男人都容貌艳丽，身形高挑，一个便足以艳压群芳，一群站在一起，更是让人移不开目光。

我们进门的时候，白少棠慌慌张张地赶了上来，沈夜带着牡丹慢悠悠跟在后面。很快，他们三人就看见我和我爹带着一大堆叽叽喳喳的男人走进了府中。

看见那一群男人，白少棠、沈夜、牡丹都愣了。片刻后，白少棠最先反应了过来，忐忑地问道：“父亲，这些男人是……”

“这些男人，是凤楼历年来的花魁！”我爹站在门口，自豪地宣布，“从今天起，他们就是我们家舒城的侍君了！”

说着，我爹挑起眼角，看向沈夜，满脸骄傲：“我看你苏容卿还怎么迷惑城儿！”

听到这话，沈夜愣了愣，随后和牡丹对视了一眼，露出了意味深长的笑容。

而白少棠则在惊愣之后，露出了绝望的表情。

“父亲……”他想说什么，却欲言又止，好久，只能闭上眼睛叹道，“命啊……”

我没说话，站在我爹身边，心死如灰。

我的想法和白少棠一样。

命啊，这都是命啊。

第三章

我跟我爹带着一群男人走进家门，沈夜和牡丹看了凤三一行人片刻后，将目光移到我身旁的沈从身上，露出了温和的笑容。

“阿从，你回来了。”沈夜笑弯了眉眼，走到沈从面前，比了比沈从和他差不多的身高，欣慰道，“长高了。”

“哼！”看到兄弟俩的互动，我爹不开心了，冷哼了一声后，转头同凤三招手道，“来，小三，我带你见见狐狸精。”说着，我爹一指沈夜，道，“瞧见了吗？小三，这就是狐狸精。”

听到“小三”这个称呼，凤三的脸狠狠抽搐了一下。然而他很快恢复了姿态，扭着腰上前，千娇百媚地蹲下身行礼，娇滴滴地喊了声：“见过少主君。”

“你……”沈夜拉着沈从的手，露出了嫉妒的神色。

他看了看凤三，又看了看我，艰难出声：“你……叫小三是吧？”

“奴名凤三。”凤三笑起来，从骨子中散发出的媚意丝丝入扣，“日后，还望少主君多多指教了。”

“指教谈不上。”沈夜垂下眉眼，似在忍耐，“都是兄弟，好好服侍少主，才是我们应尽之责。我……我有些不适，就不多说了。”

说完，沈夜似是踉跄了一下，他赶紧扶住沈从，慌慌张张地带着沈从和牡丹走了。走之前，他深深地看了我和凤三一眼，眼中全是哀怨。

我的心忍不住颤抖了一下，这演技真是太棒了……

沈夜的哀怨取悦了我爹。

我爹看凤三更为顺眼，亲自带人为他和凤楼的人布置了房间。

我趁着我爹的兴致在其他事情上，猫着腰去了沈夜的房间。

到沈夜的房间的时候，沈从正在和沈夜聊他在华州当职的事。

我进来时，沈从立即噤了声。我本来以为他会嘲讽或者骂我，然而他却只是看了我一眼，便转过头去。

我不免感叹：“沈从果然是长大了……”

“是呢，不像有些人，从来长不大。”牡丹自然而然地接了话过去，“跟自家爹学的吧？”

“牡丹！”我忍住了打他的冲动，“咱们能好好说话吗？”

“不好意思啊，少主。”牡丹翻了个白眼，“我只会骂人，不会说话。”

“夫君……”我讨好地看向沈夜，“牡丹欺负我。”

“牡丹。”沈夜端起茶，声音里不带一丝波澜，“是不是想和温衡练剑了？”

提起温衡，牡丹忍不住抖了一抖，瞬间把头耷拉下来，不再多话。

沈夜抬起眉眼看我，眼里全是温柔：“今天早朝还顺利吧？”

“顺利。”说到这里，我就来劲了，“陛下这次肯定要玩大的。我说得那么慷慨激昂，她今天居然只给了顺天府府尹二十杖。”

“是呢……”沈夜笑了笑，“我家妻主真是越来越聪明了。”

“那当然！”我高兴地回答，瞬间又觉得有什么不对劲。

沈从在旁边冷笑了一声：“是比以前聪明了一点。”

这话我明白了，他们是说我以前不聪明！

三人成虎，三个臭皮匠赛过诸葛亮，古人诚不欺我！

我不想说话了，坐到沈夜旁边。沈夜将瓜子往我旁边一推，又和沈从说起话来。

他们嘀嘀咕咕说的都是江左的事，我也不插话。末了，沈从突然道：“从江左路过时，我见了一次芜娘。”

我不知道芜娘是谁，但听到这个名字，沈夜愣了愣。好久，他仅是拍了拍沈从的手，说了句：“过去了，就不该挂念。”

沈从没说话，他脸上露出隐忍的表情，似乎是想说什么，最后他却只是闭上眼睛，摇了摇头，便站起来离开了。

他走之后，牡丹看了看沈夜，也跟了出去。

房间里只剩下我和沈夜了。

沈夜露出了疲惫的神情，对我招了招手，道：“过来让我抱一下。”

我虽觉得他这样唤我让我很没尊严，却还是走过去让他抱着。

他将脑袋埋在我的颈间，深吸了一口气：“你是不是想问我芜娘是谁？”

“不然我为什么这么听话？”我露出诧异的表情，“我以为你变聪明了些。”

“小心眼。”他低笑起来，“一句玩笑话也要和我闹。”

说着，他换了个角度抱我：“芜娘是沈从的养母，当年沈家出事的时候，她远在江左，躲过了一劫。”

“这是沈家除了阿从，仅剩的人了。”

听到这里，我不由得愣了愣：“我以为……阿从不在意这些。”

“阿从记事早，从一岁起，他就再也不会忘记事情。”

“这是病吧？”我诧异地问。

沈夜面色凝重地点了点头："然而他却从不愿治这病，这是他的天赋，也是他最痛苦的事。他会记得每一件事，每一个细节，所以哪怕是三岁时发生的事，对于他来说，回忆起来也历历在目。"

我看着他忧心的样子，忍不住抱住了他："沈夜，你这样会老得很快的。"

"怎么了？"

"你要操心的人太多了。我觉得，你已经把凤楼老鸨的职业素养内化进了骨子，管事管太宽。个人有个人的缘法。"我用指尖划过他的胸膛，认真地说，"我只希望你，好好过好自己这一生。"

沈夜没说话。

我以为他会感动得一塌糊涂，他却什么都没说，我不免有些失望。然而等我抬头时，却看见他正静静地瞧着我，那么专注，那么认真。那一双眼睛仿佛囊括了星辰大海，让人移不开目光。

"城儿，"他握住我的手，垂下眉眼，"你能这么想，我很开心。"

"我当然这么想。"我忍不住勾起嘴角，抬起他的下巴，端详着他的容貌，"我毕竟是你的妻主啊，保护你，让你好好过这一生，是我的责任。"

他"扑哧"笑出声来，就势一倒，歪到我怀里："听到妻主大人这么说，容卿很是感动。"

一听沈夜这么娇滴滴地说话，我的身子瞬间软了大半。

沈夜似乎也发觉了，笑着继续说道："那就让容卿用身子来报答妻主大人的恩宠吧。"

说着，他站起来，抱着我往房里走。

我一想到沈夜的战斗力，忍不住僵直了背，咽了咽口水道："那个，现在还是白天。"

他没说话，把我往床上一抛，然后靠近了我，眯起眼睛笑："妻主似乎很喜欢这样的男人？"

我咽着口水不说话。

沈夜替我取下发簪，往旁边一扔，凑到我耳边道："阿从对我说，你似乎很喜欢凤三？他漂亮吧？"

"嗯嗯……"我其实根本没听明白他在说什么。

我脑子一片混乱，只听沈夜道："这样妖媚到骨子里的男人，城儿喜欢吧？"

"嗯嗯……"我继续点头。

沈夜轻笑了一声，低声道："嗯，那我就让你喜欢个够！"

他的话刚说完，我身上瞬间感到一股凉意。我猛地反应过来，知道……大事不妙。

等这件大事结束的时候，已经到了晚上。沈夜坐在床边看书，我蹲在墙角嘤嘤啜泣。沈夜披着件紫色袍子袒胸露腿地翻看着书本，等把书翻过最后一页，他终于抬起头来，朝我招了招手："过来。"

"不过来！"我声音嘶哑，"禽兽！"

他没说话，笑意盈盈地瞧着我。

我咽了一下口水，继续道："下流！"

"继续。"他点了点头，似乎颇有兴致。

"卑鄙无耻王八蛋！"我一口气骂了个长句，"你身为一个男人还有廉耻心吗？！"

"廉耻心？"他心情甚好地挑眉，"你有？"

"我当然……"

"刚才是谁叫不要停？"

我："……"

片刻后，我把手里的枕头砸了过去："浑蛋！我是舒家少主！"

沈夜从容地接过枕头，一脸郑重地点头："关于这点，我从不怀疑。"

"少主……"沈夜探过头来，一脸讨好。

我正在考虑要以什么姿态原谅他时，他突然道："为了稳固一下你的地位，你要不要考虑在上面一次？"

我没说话，我把枕头捂上了他的脸。

我打算闷死他。

他平躺着任由我闷他，还笑出声来。

我羞恼不已，正要加力时，突然听外面道："少主，你的侍君们来见安了。"

"见安？"我愣了愣，"这都晚上了，见什么安？"

"少主这话说得生分了。当侍君的白天来见安，少主能知道什么乐子？"凤三的声音由远而近，夹带了一群男人的叽叽喳喳声。

沈夜暗中朝着下人们挥了挥手，下人们立刻识趣地离开了。

一群男人便扭着腰走进来，从容落座，最后一个人还贴心地关上了大门。

瞬间，整个房间里就只剩下了我一个女人——还是一个颜值垫底的女人。

我坐在沈夜的身边有些紧张。

所有人都盯着我，目光里全是打量和好奇。

片刻后，凤三嗤笑一声："也不怎么样嘛，丑八怪。"

"你说什么？！"我呆了呆，明明在我爹面前小白兔一样的人，在我这里怎么嚣张成这样？

"丑八怪。"另外一个声音接了过去，是个粉衣少年。他喝了口水，语重心长地对沈夜说，"主子，您出嫁前也不让我们把把关！就算她有钱有权，您也不能这么委屈自己啊！这长相，太砢碜了。"

说着，粉衣少年转头对旁边一直沉默着的黑衣男子道："凤翎，要不你给她画张脸吧！我瞧着长得丑的人心塞。”

“这位小哥……”我忍不住了，打断了那粉衣少年，“你知不知道你现在在我家地盘上，喝着我家的茶？”

“知道啊！”粉衣少年翻了个白眼，“你的东西还不都是主子的。”

“天香，”凤三开口了，娇媚的声音里带着责怪，“说话别这么直接，伤人。”说着，他转头看向沈夜，摩擦着茶杯边缘道，“主子，您不是打算在舒府待一辈子吧？咱们还有好多事要做呢！”

“你们……”

我想刷一下存在感，可话还没出口，凤三就朝我挥了挥手，道：“行了，我们见过你了，下去吧。”

“还不错吧？”沈夜在我暴怒之前接话。

凤三翻了个白眼：“还行吧。”

“别调戏她，我会生气。”沈夜抿了口茶，声音平淡。

凤三冷哼一声，全场男子跟着冷哼了一声，齐齐扭头，不再说话。

我瞧着美人们的脸，一下子就气不起来了。

我深吸了一口气，告诉自己，大人有大量之，然后转身离开。

等我走出门，我突然想到，不对啊，这是我的房间，我干吗要走？

于是我就站在门口守着，等他们出来。

过了许久，房门终于再次打开，凤三带着男人们出来了。

走到我身前时，他上上下下又打量了我一眼，冷声道：“好好伺候主子。”

说着，他给我递了一个红包，然后转身走了。

“少吃点肉，你胖了点。”天香走上来，递给我一个红包，也走了。

“平时拾掇拾掇，好歹是舒家少主，别这么一副破落户的模样。”又一个上来，递了个红包，走了。

一个接一个，一面骂我，一面给我塞红包，等到最后的黑衣少年递过红包的时候，我已经能淡定地等着他骂了。

结果他一直没说话，静静地端详了我好半天。

我忍不住问：“你不骂吗？”

他摇了摇头。

我正想开口道谢，他却掏出一块令牌，淡淡地说：“你要整容的时候，可以来找我。”

说完，他走了。

我拿着一沓红包和一块令牌，愣了好半天，才终于恢复了妻主的架势。

我一脚踹开房门，怒喝出声：“沈夜，你不管管他们！”

话音刚落，沈夜已经跪在了地上，抱着我的大腿撒娇：“妻主，我错了。”

我所有骂人的话都噎在了喉咙里。

过了好半天，我只能一手拿着红包，一手揉了揉他的头，心塞地说了句：“乖。”

“话说，”揉着他的头时，我突然想起来，“他们这么多人来舒府，到底是想干什么？”

“哦，没什么。”沈夜笑了笑，“就是想来视察一下我的生活，看看你对我好不好。”

沈夜的话我信了。

第二天，我带着沈从上朝。当时天还没亮，我瞧见凤三带着一群男人站在门口，像拦路打劫一样。我不由得心神一凛：“你们要做什么？！”

“妻主早安！”所有人弯腰行礼。

接着，有人上前来往我手里塞东西：“妻主，这是我做的包子。”说着，对方还往我脸上抹了一把。

“妻主，这是我磨的豆浆。”这一个又往我脸上抹了一把。

“妻主，这是我做的鸡蛋饼……”

他们争先恐后地往我怀里塞东西，热情得我都不好意思拒绝，只能尴尬地道谢，然后匆匆忙忙带着沈从走向马车。

上马车之前，侍从有些为难道：“大人……”

我看着天快亮了，不由得烦躁地打断他：“闭嘴！赶紧赶路！”

侍从不说话了。

沈从颇有深意地看了我一眼，破天荒地露出了笑容。

等我带着沈从匆匆忙忙到达宫门前，站入百官队列时，所有人都对我露出了意味深长的笑容。

我终于觉得有些不对劲了。

母亲站在百官之首，朝着我悠悠看了过来，立即露出了震惊的表情。紧接着，她便朝我冲了过来，压低声音道：“你怎么弄得满脸的唇印出门，是怕别人不知道你昨晚和人共度春宵了吗？！”

“什么？！”我猛地反应过来，慌忙向旁边站着的那个酷爱照镜子的同僚借了面镜子。

紧接着，我就看到了我的脸。

深深浅浅，全是唇印……好像是被许多人亲过一样……

我慌忙擦脸。

顾蔷笙站在一旁，幽幽地说道：“舒大人真是艳福不浅！听闻舒大人昨日一齐纳了二十一位侍君，看来，这都是爱的印记啊……”

“二十一位！”有人倒吸了一口凉气，“果然是年轻人啊。”

“舒大人……”苏阁老也忍不住看向了我，眼里全是责备。

她叹息了一声，道：“你怎么……”

“老师！”我一面擦脸一面解释，“您听我解释，这些侍君不是我……”

“陛下驾到！”话还没说完，宫人的高唱声便传了过来。

所有人慌忙站好。

我赶忙拿镜子照了照，确定没有印子后，才低眉垂眼，看着地上，等待君王入座，然后跟着大部队走进了大殿。

进去后，清流和世家两派照例拿着鸡毛蒜皮的事情扯起了皮。等两方人马吵得差不多后，女皇便指名道姓点人：“沈从爱卿可是回来了？”

“回避下，”沈从出列，单膝跪下，“承蒙圣德，沈从平安归来。”

“回来就好。”女皇眼中露出了欣慰的光芒，“华州乃苦寒之地，着实委屈爱卿了。今后爱卿就担任户部侍郎，还望尽职尽责，守好我大楚钱仓。”

“微臣……”

“陛下不可啊！”一个老太慌慌张张地从人群中滚了出来。

我定眼看过去，是户部尚书钱文爱。

“陛下，”钱文爱抬起头来，褶子脸上全是焦虑，“沈大人高中不过一年，就此冒失直升正四品户部侍郎，其资质未免太年轻了！”

“年轻如何？”陛下挑眉，“你们这群人一大把年纪了，户部官员谁没在华州待过，可谁让华州给朝廷上过税了？”

“年年哭穷、喊饿，风调雨顺的时候说兵荒马乱，兵荒马乱的时候说雪上加霜，年年只知道向朝廷要钱！钱文爱，你把户部账目给我拿出来，你就和我说说，去年一年，给了华州多少钱！”

“一群只知道要钱的饭桶！”陛下明显是气狠了，竟也不怕帮沈从得罪人，把户部上上下下都骂了个遍，“你们谁要是能像沈从那样，把赔钱货变成聚宝盆，别说户部侍郎、尚书令，丞相，朕都让他做得！”

“陛下……”钱文爱脸上青一阵白一阵，却还是坚持道，“沈大人毕竟太年轻了，从仕不过一年时间，或是运气也未可知。若真是运气使然，贸贸然将一国户部交于他手，着实是太让人担心了。”

这话说得还有几分道理，女皇也沉默了。

见女皇沉默，整个户部的人都跪了出来，纷纷道：“请陛下三思。”

女皇不说话了。

一个钱文爱，她大可骂了，若是整个户部都不满沈从，哪怕硬把沈从放到户部侍郎的位置上去，也会把一把宝刀放锈了。

全场一片静默。

许久之后，顾蔷笙轻笑了一声：“那你们要如何？”

“陛下，”顾蔷笙走了出来，躬身道，“我大楚官员升迁，向来不拘资历、年龄，仅凭功过，因而才定下每年的积分制，凭借功过增减积分，再给予升迁或降职。正是因为赏罚分明，当年才得以在乱世中一统江山。因而，以才论人之道，应是大楚的主流官制。”

“顾大人……”有反对的声音响了起来。

顾蔷笙不予理会，话锋一转，又道：“不过，沈大人的情况确实太过特殊。沈大人乃我大楚第一位男状元，一年内由七品县令到从四品户部侍郎，连跳六级，开国以来闻所未闻。诸位大人对沈大人的能力有所疑虑，也是正常的。因此，陛下不如给沈大人一个考验，看看沈大人是否称得上这户部侍郎之职。”

“爱卿所言极是。”陛下展颜，转头对钱文爱道，“钱爱卿，你怕沈大人不堪重任，若是他能将此次江左灾情之事办妥，那你觉得，他可堪重任？”

江左乃楚都多家贵族封地，灾情一案涉案者必然甚众，别说一个户部侍郎，便就是户部尚书，也不一定能把案子查下来。

钱文爱愣了愣，忙低下头应道：“若是……若沈大人有此才能，一个户部侍郎必然是能胜任的。”

“好吧。”陛下点头，目光却是朝着我和上官流清扫了过来，“御史大夫、刑部尚书，你二人司监察之职，此番江左灾情一案，谁欲陪同沈爱卿前往？”

江左那烂摊子，除了舒家和上官家，谁都管不下来。当然，这也就是我和上官流清能担任专门得罪人又手握大权的御史大夫、刑部尚书这两个职位的原因，因为我们不是一个人，我们上头有人！

可无缘无故，谁也不愿意去惹一身骚。是故，上官流清垂头不语，不咸不淡地应道：“任凭陛下吩咐。”

陛下将目光投向我，意味深长地说：“朕突然想起来，算起来，沈爱卿是舒少主君的义弟，算舒大人的小叔子吧？”

听到这话，我不由得苦笑了一声，叩首道：“舒城愿往。”

“好！”陛下拊掌大笑，“今儿朕就赐沈爱卿尚方宝剑，封钦差大臣，由御史台大夫舒城协助，前往江左，查清江左灾情一案。”

“臣遵旨。”

我和沈从一起叩首谢恩，而后又听陛下说了些寒暄话，待到侍从将尚方宝剑拿来，由陛下赐给沈从后，这才下朝。

沈从抱着剑同我和上官流清一起走出来。

看着沈从，我不由得叹息：“若是秦阳还在就好了……”

清流之首秦阳若还在，这种事关百姓的案子，她肯定会插手，她若插手，我就又多一个帮手了。

可惜，前年我刚从牢里放出来不久，她就因病致仕了。

“她好像是在江左。”上官流清笑了笑，“你倒是可以去瞧瞧她。”

“不了。”想到我和她的交情，我不由得摇了摇头，“萍水相逢，就不假装熟识了。”

说着，我看向外面的天色，心里不由得有些阴郁：“要下雨了。”

“那还不赶快回家？”沉默许久的沈从突然开口。

上官流清“扑哧”笑出声。

沈从悠悠地瞟了我一眼：“大哥在家里等你。”

我闭口不言。

我就知道，他根本不是关心我回不回家，他只是心疼沈夜等我！

第四章

坐上马车回到家，看见门口站了一排男人夹道欢迎我回家时，我这才想起早上的唇印，不由得怒喝出声："凤三！"

"三儿在！"凤三立刻从人群中迎了上来，就势往我身上一倒，"少主……"

我赶紧往旁边一缩，他没靠到我，立刻自然地往旁边继续倒。我往前走了一步，他继续倒。我忍不住加速向前，他就干脆伸手拽住了我的衣袖，一边带着大部队跟在我身后疾步往静心水榭走去，一边声情并茂道："少主，您不知道，三儿对您一日不见如隔三秋，您不过是去上个早朝，在三儿这里，却已经是过了半生！"

我不太理解他怎么能走得这么快还说得这么矫揉造作，只能埋着头继续往前走，想着到静心水榭让沈夜收拾他。

结果，我才到静心水榭院门前，就看见沈夜身着一身薄衫，楚楚可怜地站在门口。

见我来了，他本是满脸欣喜，然后转眼看到凤三，脸色猛地一变。

凤三顺势往我身边一倒，这次我没防备，就这么被他靠在了身上。

只听他喊了声："少主，少主君看来是等了您一早上呢！您一回来就来见三儿，三儿好害怕，好惶恐，好担心。"

"你们……"沈夜颤抖着唇，好半天没说出一句话。

我的内心很复杂，看着沈夜的表情，我知道，他又要演戏了。

若沈夜一个人在舒府，那我每天看的就是一场个人秀。

但现在凤楼一群人在舒府，我终于发现，舒府已经从一个个人舞台变成了一个戏班。他们每天可以上演武打戏、宅斗戏、感情戏、权谋戏……

此时此刻不需要他们告诉我，我也知道，这是一出宅斗戏。

我默默无声地当着背景板，看沈夜和凤三用眼神厮杀。片刻后，沈夜悲痛欲绝地闭上眼睛，广袖一挥，捂着眼睛嘤嘤嘤地哭着跑了。

我："……"

在他们的剧本里，我到底要不要追？

沈夜一跑，凤三立刻站直了身体，看着他的背影冷哼了一声。而后，他抬头情意绵绵地看着我："少主，今日到听雨阁去同众兄弟们用膳如何？"

"你们是打算做什么？"

"好！"我话刚说完，就看见我爹满脸喜色地从旁边的花丛里走了出来。他身上还沾着叶片，看来是蹲在花丛里许久了。

我爹为了斗倒沈夜，牺牲倒是挺大的……

我悲悯地看着我爹朝我走来，拍着我的肩，欢喜道："城儿，你终于能不被苏容卿这个小妖精迷惑，看到这大千世界，为父很欣慰。"

"哦……"我朝他身后看了看，发现一贯在他身后的白少棠不见了，便问道，"少棠呢？"

"可能是吃醋了吧……"我爹面色僵了僵，有些担心地说道，"自从我把小三他们带回来后，少棠就说为了他的安全，他不会走出自己的院子了。城儿啊，有时间你还是去看看他吧……"

"父亲，"我很认真地提醒他，"我去看他不管用的，只要你把凤三他们弄出去，我保证他就出来了。"

要是我，我也不出来。以前对付一个沈夜，白少棠还敢出来斗争一下。现在我爹把沈夜的人都搬了过来，他要是还出来晃，不是送死吗？

"城儿，你怎可如此绝情！你要知道……"

"父亲，我去看看容卿。"

我打断他的话，在我爹还没反应过来之前，拔腿就往院子里跑。

等跑到房门前，沈夜已经死死闭上房门了。

我敲打着门喊道："宝贝，开门啊，你这是要做什么啊？"

"你走！你去看凤三吧！你不用管我！让我一个人待在这里，孤独终老好了！"

"宝贝……"

看着我爹追了上来，我忙道："你别和我置气啊，我爹要来了，你赶紧让我进去啊……"

"我不是你的宝贝！你去看凤三，去看天香，去看凤翎，去看伯颜……那么多的侍君，你想看谁就看谁，和我没有关系！你干脆休了我，让我回家！"

"宝贝……"我快哭了，神仙打架，小鬼遭殃，沈夜你到底要做什么啊！

我慌忙敲打着房门。

转瞬我爹就气势汹汹地站到了我身后，抬脚朝着门踹了过去。

门被我爹一脚踹开，一个茶杯砸了过来，精确无误地将我爹砸翻在地后，传来沈夜的哭声："你走！你走！我不要见你！我不要你的解释！我不要听你的理由！我不会原谅你！"

"爹……"我已经没有脑子去思考沈夜在做什么了，看着我爹翻倒在地，火气一瞬间上来了，"苏容卿，你给我滚出来！"

"不，我不！我……"

"滚出来给我爹赔罪！"我怒吼道。

里面沉默了片刻，随后沈夜慌慌张张地冲了出来。

我刚把我爹扶了起来，沈夜就跪在了地上，号啕大哭："爹，您来了！爹，您给我做主啊！爹……"

"滚开！"我爹一脚把沈夜踢翻。

我看见沈夜无比自然地在地上滚了两圈，而后保持着一个羸弱的姿势，颤抖着抬起头来，眼里含着盈盈的水光，满是期盼地瞧着我："妻主……"

我不自然地别过头去，装腔作势道："你给我跪着！"

"妻主，您就这么狠心吗？！"

"你砸了我爹！"一说起这个我就怒了，"你平时干什么我都不管，你怎么可以打我爹！你打我爹不如打我，你把我打死算了！"

"妻主……"沈夜眼里全是绝望，"我不是故意的，您也知道……我绝不敢对岳父有所不敬，我也是一时气愤。若是平时，您绝对不会这样对容卿……"

"对，你也知道这不是平时了！"我爹大笑出声，"我家城儿现在有小三他们，不喜欢你了，你个狐狸精最好见好就收，别还以为是平时，还那样横行霸道！"

"爹，"我有些为难，"平时我也不会让他打你……"

"怪不得……"沈夜喃喃开口，一副终于明了的模样，"我知道的……其实我就不过是个替代品，我一直知道……妻主心里那个人……"说着，他抬起头来，满是绝望，"是沈夜吧？"

我差点想含口水喷死他。

见过不要脸的，从未见过如此不要脸的，就连演戏，也不忘占便宜夸自己。

见我不说话，沈夜垂下眼眸，却是笑了起来："如此……原来是如此……妻主平时看着的，念着的，想着的，原来是那人啊……我一直知道妻主是把我当作其他人，我却总是自欺欺人地想，妻主总有一天会喜欢我的，或许是我错了。如今我才明白，妻主心里，真的没有容卿半分余地。"

说着，沈夜大笑起来，一面笑一面落泪，竟是隐隐有了疯狂之态："是容卿贪恋太多，是容卿守不住本心，不止想要成为妻主的少主君，还想成为妻主心里唯一那个人。容卿太高看自己了，妻主心里有了别人，哪里容得下容卿半分！便就是那人身边的侍从……与那人有所关联之人，都比容卿重要……"

"舒城……"沈夜站起身来，朝我走了过来，冰凉的手抚上我的面容，眼中有了决绝之意，看得我忍不住心头一颤。

他张了张口，我却什么都没听清，直到他再次重复："你爱我吗？"

"我当然……"

"大哥！"沈从的声音从身后传来，显得很焦急。

我感觉身边疾风一动，沈从竟就这么横插在我和沈夜中间。

他挡在了沈夜身前，朝我瞪眼："你想对我大哥做什么！"

我："……"

沈从你眼睛瞎了吗？明明是他伸手在摸我的脸，明明我什么都没做，明明是他袭击我的概率更高啊！

"我知道，你们都不喜欢我大哥！"沈从拉着沈夜后退，俊俏的脸上有了怒意，"可不喜欢他，不代表你们可以糟践他！大不了，我带着我哥走！你们舒府容不下他，自有容得下他的地方！"

"阿从……"沈夜声音沙哑，"别说了……"

"大哥，我带你走！"沈从回头，拉紧了沈夜的手，"我现在当官了，陛下封我为钦差大臣，等我回来就升任户部侍郎，我会有自己的府邸，有自己的守卫。大哥，你同少主和离吧！有我在，谁都不能欺辱你！"

"你瞎说什么！"我瞧着沈从越来越投入，连和离都说了出来，不由得急了，"我很爱你大哥的，和离什么啊！"

"闭嘴！"我爹怒了，"什么爱不爱的！舒城，你还知道'羞耻'二字怎么写吗？！苏容卿，你要滚赶紧滚！"

"岳父大人……"沈夜垂下眉眼，"我……我不会做让两家蒙羞的事，不会同妻主和离的。"

"大哥！"沈从着急地叫了一声。

沈夜却对他摇了摇头，低声道："阿从，你还小，还有好多事要做，有好多路要走。陛下看重你，你自然不能辜负陛下的期望。而我……"

说着，沈夜扭头看我，勾起一抹苦笑："苏容卿一生，便亦是如此了。求不得……却也要不了。"他闭上眼睛，猛地跪了下来，朝着我爹道，"父亲，容卿愿前往清虚观修行，为妻主祈福，还望父亲允许！"

"啊？"

胜利来得太容易，太出乎意料，我爹有点反应不过来。

凤三推了推他，低声道："主君，这正是把少主君发落出去的好时机，此刻不办，日后就难办了！"

我爹反应过来，上前一步扶起沈夜，温柔地说道："好孩子，你有这份心，我很欣慰。我这就让人给你准备，明日便送你去吧。"

"爹！"我急了，上前拉住沈夜，"你不准走！"

"妻主……"沈夜声音沙哑，"放我走吧。既然不爱容卿，又何必给这无谓的希望。"

说着，他抬起头来，含着笑道："放我走吧。"

我的心狠狠地抽搐起来。

沈夜的演技太棒了，我都快哭了。

我垂下眉眼，遮住不争气的泪光，哑着嗓子道："那让我……让我陪你。"

说着，我朝我爹看过去："爹，让我和容卿两个人，静一静吧……"

"你们……"

"主君，"凤三拉住了我爹，压低声音说道，"欲速则不达，我们先走。"

说完，他对着我和沈夜盈盈一拜，便拉着有些犹豫的我爹先退了出去。

等他们走了，所有人也跟着撤了出去，我将沈夜往旁边一推，嫌弃地说："你到底要做什么！"

"终于演完了。"沈夜拉扯着衣服，给自己扇着风，眨了眨眼，"我演得如何？"

"出神入化。"

"我也觉得。"沈夜点了点头，"哭得是不是比以前自然多了？"

"你到底想做什么？"

"当然是出府啊。"沈夜扶我站起来，往床边走去，"你和沈从去江左，我肯定要陪着你去，你爹绝对不会把这种随侍的好机会给我。与其让他想着办法阻拦，不如我先出府去。我出府了，要去哪里谁还能管得着？"

"而且，此番去江左过于凶险，沈夜的身份比苏容卿方便得多。我必然要带一队人，若这是苏容卿带的，倒不太好解释了。"

"你想的极是，只是……"我抬头看他，有些纠结道，"下次别打人行吗？你打我爹，我是真的很生气。"

沈夜不说话。

我忍不住说道："你别拿打错了来糊弄我，你要杀张三绝对不会错杀李四！我爹和我你都分不清楚，你还怎么称得上是我的主君！你和我说说，你到底为什么打我爹！"

"他……打了我好多次了。"沈夜终于开口了，"走之前总想出个气啊……"

"他打你，你就忍着啊！"我跳起来，"你被人砍那么多次，我爹打你能有多疼啊？"

"他虽然打我不疼，可我……我这辈子也没被人这么欺负过啊。"

"你还有理了？！"我抬起手来。

沈夜把脸送过来，笑嘻嘻道："妻主打，给妻主欺负，沈夜不生气。"

"你……"我被他的无耻震惊了。

沈夜眨了眨眼，片刻后，他叹息一声，抬手握住我的手道："好了，我答应你，仅此一次，下不为例。"

听到这话，我胸口的一口气终于顺了。

沈夜往边上挪了挪，拍了拍床板道："妻主快上床来，我们好好聊聊天。"

他眼里冒着绿光。

我愣了愣，片刻后，叹息道："沈夜，以前我仰慕你的容貌，觉得如你这般绝世美貌之人，必然是高岭之花，日后床笫之事，我怕是需要多加节制。却不曾想……”

“没事。”沈夜把我拉扯过去，认真地说，“你现在可以当我的高岭之花，我来节制，我不介意。”

“等等！”我拦住他，“你这是节制的样子吗？”

“我挺节制的啊！”他一脸无辜，“你感受不到我的节制吗？”

够了……

“睡吧。”我闭上眼睛，给他拉上被子，“明天送你去道观，你多念点经，多修点道，多积点德。”

沈夜不说话，同我闹到半夜，终于睡过去。

等我第二天醒来的时候，他已经走了。

我洗漱过后，沈从来找我，语气平淡地说：“择日不如撞日，就今日出发吧。”

我正含着个包子，听他这么一说，差点噎死。

我好不容易喝水缓了过来，便看着沈从捧着尚方宝剑，坐在一旁饮茶，指挥着下人道：“江左湿热，多给舒大人带些轻薄的衣服。那里多水路，晕船的药、水土不服的药都带上。不要拿银票，多带点碎银，多带一些干粮，那边有些地方现在已经买不到粮食了……”

他一口气说了好多，等他说完时，我已经把包子吃完了。

我有些忐忑地说：“今日就启程是不是太仓促了……”

“你觉得我们快，还是楚都送到江左的消息快？”

他一说，我就明白了，苦着脸道：“可咱们总飞不赢鸽子吧？”

“是飞不赢鸽子，可他们做准备也需要时间，我们只要让他们猝不及防就好。对外我已经上报我们五日后启程，也会安排一个仪仗队伪装我们往前走。现在你赶紧去上朝，假装晕倒在宫门前，有人会把你抬出来，接着你就抱病称假不上早朝。太阳一落山，我们就走。”

“那你呢？我们二人都请假，这太明显了。”

“我有替身。”沈从淡定地说道，“可你没有，你们舒府，该给你准备一个了。”

替身这种东西，只有皇帝才有吧……

我忍不住腹诽。

却还是按照沈从说的做了。

我被抬回来后，沈从偷偷地带着我翻墙跑了出去。

沈从备了马车在城外，我们俩一路做贼一样溜到了马车前。

我一抬帘子，便看见沈夜坐在里面。

他穿了一身道袍，头顶布冠，手上拿着柄拂尘，一眼看去，竟真有几分道士模样。见我们进来，他挑起眉来，似笑非笑：“施主有礼了。”

“你怎么也在这儿？”

我本来以为他会另外带一批人。

沈夜一脸高深道："小道掐指一算，这里有贵人经过，这就来了。"

"你还会算命啊！"我厚着脸皮凑过去，"那你给我算算，我未来如何？"

马车动了起来，沈夜闭上眼，手指快速掐算着，而后回道："极好。"

"如何个好法？"

"你有一个全天下最好的主君，特别好。"沈夜一脸认真地说。

我一巴掌挥了过去。

沈从一把拉住我的手，挑起眉道："你敢打一下试试？"

我终于想起来这个护兄狂魔在这里，只好咽了咽口水，缩在了沈夜身后。

毕竟出了自己的地盘，老实一点比较好。

第五章

我们从楚都出发，一路向南疾行，才走了不到五十里路，就看到牡丹、温衡带着一队人马等在那里。他们大概有二十多人，看见我们的马车后就跟在后面走，也没有多说什么。就这样，队伍一路沉默着到了江左的地界。

越往南走，越热得让人发慌。那是与我记忆中的湿热完全不同的热，直接刚烈，让人心里不由得有些烦躁。

我们一路马不停蹄地赶到扬州，离城五十里地时，沈夜停了下来。

“牡丹，去探探。”他吩咐牡丹先往城里去，而后便带着我们在城外一个客栈歇了下来。

牡丹去了不到一个时辰，赶回来后，喝了口水道：“主子，咱们还是打散了队伍进城吧，城里等着瓮中捉鳖呢。”

“你怎么知道？”我有些诧异，才去了一个时辰，能知道这么多吗？

“舒大人，”牡丹翻了个白眼，“不要怀疑我的职业素养。想知道一个城里当官的是不是在时刻准备着迎接上司，这太简单了。”

“你怎么做到的？”我好奇地凑过去，“是去听墙脚了吗？”

“从很多方面可以看出来啊。”牡丹摊了摊手，“最简单的，你到大街上看看有没有人倒灰，如果没有，这就一定有问题。就算是在楚都，不是官道上，也有人倒灰。扬州这么讲究，不是刻意为之，还能是这里百姓普遍素质较高？”

“你说得有道理……”我点了点头，坐回沈夜身边，“不愧是我家主君的人！”

“哎哟，我的天哪。”牡丹痛苦地捂住眼睛，“真是瞎了我的狗眼！”

“少显摆，多做事。”温衡在旁边淡淡地开口。

牡丹顿时僵了僵身子，乖巧地往后退了一步。

沈夜眯眼笑了笑，转头看向若有所思的沈从道：“阿从，你怎么想？”

沈从回过神来，手下意识地摩挲着茶碗的杯沿。这个动作和沈夜如出一辙，我不由得多注视了他一下，果然是沈夜养出来的孩子啊……

“州府里看过了吗？”他沉声问道。

“不用去看也知道了。”牡丹一脸认真地压低了声音，“州府里，闹鬼。”

“闹鬼？”沈从挑起眉毛。

牡丹解释道：“现在满城都贴着告示，招纳道士！”

听到这里，我和沈从都回头看向了沈夜。

他还穿着道袍，这身袍子他穿了一路了，完全舍不得脱掉。

看到我们两人的眼神，沈夜将拂尘淡定地一甩，满脸认真道：“降妖除魔乃贫道本分，贫道知道了。”

说着，他看了我和沈从一眼：“贫道还有好几套道袍，清尘，随贫道去为知州大人排忧解难。”

“好。”沈从点了点头，道，“我明日入城查账，同你们里应外合。”

沈夜点点头，就往外走去。

走到门口，沈夜停住步子，回头瞧着我，露出诧异的神色：“你还不走？”

“你不是要带清尘走吗？”我呆了呆，我什么时候被分配了任务？

沈夜挑起眉来：“我以为我说得很清楚了，清尘是我临时给你取的道号。”

他什么时候说的？

我一脸认真地回忆，沈夜忍不住扶额，转头问沈从：“阿从，有什么药补脑吗？”

“哥，”沈从满脸郑重地嘱咐，“别乱花钱，哪怕咱们有钱。”

“哈哈哈哈……”牡丹放肆笑出声来，“看你们挤对舒少主，我怎么这么开心呢？”

他开心了，我却一点不开心。

我突然觉得，身边全是凤楼的人，我真是势单力薄，羊入虎口。

想了想，我叹了口气，认命地走了出去，跟着沈夜回房收拾。

一个时辰后，我和沈夜穿着一身道袍出现在了知州府门口。

沈夜手持拂尘，一脸端庄地吩咐道：“清尘，上前敲门。”

我认命地点头：“是，师父。”

然后，我便上前敲响了知州府的大门。片刻后，一个小厮打开门来，看了我一眼，不耐烦道：“你是来做什么的？”

“贫道云游路过此地，见贵府黑云罩顶，煞气冲天，便想来同贵府结个善缘。”不等我开口，沈夜便飘然出现在我身后，带着一脸普度众生的笑意，颇为友善地同那小厮解释。

那小厮一见到沈夜，眼睛就直了，呆呆地看了好半天。

沈夜含笑追问了句：“不知可否？”

那小厮猛地回过神来，忙道：“仙师请！”竟连通报都省略了，直接将我们带进了府邸。

只是进了府中才走几步，那小厮便立刻反应过来，慌张地说道：“仙师请在此处稍待片刻，小的马上去禀报大人！”

说完，那小厮便一溜烟跑了，只留我和沈夜两人在原地静候。

那小厮一跑，沈夜便开始在院中四处走动，神色认真，他的耳朵扑闪扑闪的，煞为可爱。

我知道他一定在忙什么正事，不敢出声。

过了片刻，他身形一闪，又回到了原地，静静地瞧着地面，仿佛什么都不曾发生过。而后就见那小厮匆匆赶了过来，面带喜色道："仙师跟我来。"

沈夜含笑点了点头。

那小厮面上立刻泛了桃花色，殷勤地领着我们往前走。

而我此刻的心情，十分微妙。

我想，我当时怎么就答应让沈夜来了呢……这种抛头露面的事！他这是在利用色相吧？

当着自己妻主的面色诱一个小厮，他怎么就不顾忌一下我呢！好在我向来是个以大局为重的人，不然我现在一定要将那小厮一脚踹开，然后挡在沈夜面前，威风凛凛地开口："这是我的男人，再多看一眼，我就挖掉你的眼睛！"

想想这场景，我就觉得极解气。

然而这场景也就只存在我的想象里，现实是，我像只缩头乌龟一样，一言不发地跟在他们身后，来到知州家的正堂。

正堂里有两个人，坐在首位上的是一个黑衣女子，她看上去四十出头的样子，长得极高，同时也格外消瘦，她衣服的颜色衬得她极其阴冷。她左手下方的椅子上坐着一个公子，那公子穿着一身青色袍子，整个人懒洋洋地歪斜在椅子里，仿佛是没有骨头一般。他倒是生了副还不错的模样，但气质略显颓靡，整个人都萦绕着一股糜烂的气息，仿佛是……经历太多房事一般。

这样的男人，我从未见过，不由得看了他几眼。

这位公子也发现了我的目光，朝我看过来，微微挑了眉，随后便伸出舌头在唇边舔了一圈，眼里满是勾人的欲望。

沈夜不着痕迹地挡在我身前，朝着为首的黑衣人拱了拱手，道："大人。"

"本官乃扬州知州陈晓斓，不知仙师从何处来？"

"贫道乃云游之人，无所谓来处。"

听到这话，陈晓斓眯起眼睛，眼中有了几分打量的意味："那，仙师所为何来？"

"自然是降妖除魔。"沈夜答得一脸正气，连我都不由得为他那一身浩然正气所折服，觉得这真是一个令人尊敬的仙师。

陈晓斓笑了笑，满不在意道："那仙师看出些什么了？"

"贵府闹鬼。"沈夜也是笑了，"且，闹的是回来寻仇的鬼。"

陈晓斓的脸色变了，虽只是非常轻微的一点，但仍旧可以察觉出她表情的僵硬。

片刻后，她招了招手，同下人道："去给仙师二人安排房间休息。"

“仙师，”她转过头来对沈夜解释道，“还望仙师在家中住下，明日本官再来与仙师详说。”

“甚好。”沈夜矜持地点了点头，“贫道也正好多察看一下，看看这事是不是真如贫道所猜那般。”

“仙师……是如何想的？”陈晓斓问得有些艰难。

沈夜却笑了笑，白皙修长的食指按住了他桃花色的粉唇，低声道：“天机……不可泄露。”

陈晓斓呆呆地瞧着他，明显是为美色所惑，好半天才反应过来，颇为尴尬地转过头道：“好吧，那仙师先去歇息，明日本官再与仙师详谈。”

沈夜也不再接话，点了点头，便带着我走了出去。

临出门前，我觉得有人看得我后背发冷，回过头去，就看见那小公子的目光，像蛇一样，阴冷地缠了上来。

我不由得抖了抖，沈夜恰到好处地揽过我的肩，淡淡地回眸，看了那小公子一眼，而后便拉着我扬长而去。

等到了厢房，沈夜放开我，冷笑了一声：“什么肮脏东西！”

说完，他扳过我的脸，逼着我注视他。

我不由得有些尴尬：“你大白天想做什么……这可是在别人家里！”

沈夜认真地瞧着我，仿佛是在做一件大事。我被这种情绪感染了，回望着他，担忧地问道：“怎么了？”

“洗眼睛！”

“啊？”

“那人太伤眼睛了，你多看看我，给你洗涤一下眼睛！”他说得一脸认真。

我：“……”

对视片刻后，我打掉他的手，无奈地说道：“我们讨论一下正事。你今天这么胡诌，不怕穿帮吗？”

“我什么时候胡诌了？”沈夜眨眨眼睛，无辜地说道，“我说的可都是事实！”

“咱们不是才到这里吗……你怎么知道什么寻仇的鬼的？”我不由得诧异出声，“还是你先打探过了？”

“谁有兴趣打探这种事！”沈夜揽着我坐到床上来，帮我脱鞋，认真地解释道，“我只是从进来开始就认真听那些下人说话。我能听到的范围要广一点，就随便听了点东西进耳里。”

“你是说，你可以听到很远距离外的人说话？”回想起刚进府时沈夜认真的样子和扇动的耳朵，我来了兴趣，“那你能听多远？你听到了些什么？”

“也不远，两百米范围内的声音，我认真听都能听到。我听到下人说了些他们府里的私事，比如说，这个陈晓斓，最近夜里总是做噩梦，还在园子里见到鬼，有可能是富商林家的人来索命了。还比如说，她那个儿子陈书林，是一个变态，喜欢勾引各种女人，尤其是有夫之妇，年过二十八了，还没有子女……”

沈夜一面说，一面吩咐人打了水进来，然后用毛巾替我擦干净脸。

风尘仆仆地赶了这么久的路，我也是累了，温热的毛巾一盖到脸上，我感觉整个人都软了下来。

他帮我洗完脸，洗完脚，让我躺到床上，替我盖了被子："明天咱们就要去套话了，你好好睡一觉。"

说着，他温柔地撩开我额前的发，噙着笑道："乖，别盯着我看。"

我静静地瞧着他，觉得内心一片安宁。明明是来办案做正事的，我却感觉像在度假一样。我像一个小孩子一样，被他这么细心地照顾着，哪怕出门在外，也要捧在手心里。

我忍不住伸出手，揽住他的腰，将脸埋过去。

他咯咯笑起来："你做什么啊！我还要出去打探消息，你放开我！"

"我就抱抱。"我嘟囔着。

他叹了口气："好吧。怎么突然这么爱撒娇！"

我不说话。过了好久，我用脸蹭了蹭他的衣服道："我好喜欢你。"

他愣了愣，随后温柔了神色，摸着我的头发说："我也是呢。"

"阿城，"他低下头来，亲吻我的额头，"我也很喜欢你。"

不知道为什么，明明已经成亲这么久了，当沈夜这么温柔地和我说话的时候，我还是忍不住红了脸。我放了手，推了推他："你快去吧。"

沈夜笑起来，握住我的手，干脆上了床："为夫决定等你睡着了再去搞这些业余爱好。"

"业余爱好？"我有些不理解。

沈夜将我揽到怀里："陪你是我的主业，其他事情是业余爱好。"

"嗯，可当官是我的主业，你是我的业余爱好。"我笑了笑，"有没有很失落？"

"没有啊，这样的妻主好有女人味！"沈夜低下头来，"来，给为夫亲亲。"

"你……"

我推了他一把，话还没说完，外面就闹了起来。

沈夜翻身下床去开门。门开的瞬间，我便瞧见一个下人一脸焦急正准备敲门，见到沈夜出来，忙道："仙师！出事了，大人让您过去！"

"好好睡觉。"沈夜回头看了我一眼，便跟着下人走了出去。

我在床上躺了一会儿，只听见外面闹哄哄的，想想，还是忍不住披了件衣服出去。在院子里走了一会儿，也瞧不出什么来，我便折回去，老老实实等沈夜。

只是我刚一进屋，便觉得不对劲。

屋里有另外一个人的呼吸声，那人的呼吸声有些急促，明显不是一个武艺高强的人。

我没有点灯，大着胆子朝床边走了过去，小心翼翼地撩开床帘。也就是那一刻，一双手猛地从床上探了出来，我猝不及防，被一把拉倒在床上。

那双手和那双手的主人很性急，我刚一跌下去，他便开始撕扯我的衣服。我连忙去推，结果所触之处全是滑腻的触觉，竟是个什么都没穿的人！

我连忙加重力气去推，对方却整个人都缠了上来。

他明显没什么武功，也明显没有恶意，我不敢下手太重，只能和他拉扯着。他像蛇一样缠到我身上来，我拉开，他又缠过来。他的呼吸越来越急促，我适应了黑暗的眼睛也慢慢看清了他的容貌。

是陈书林。

或者说，果然是陈书林。

他有着清秀的长相，明明十分清纯的五官，却呈现着一股妖媚之色，看人的时候，仿佛蛇一般，冰冷执着。

他的眼里满是情欲，瞧着我仿佛瞧着什么猎物。

和他拉扯了一阵子，我慢慢地觉得体力不济。这时候我猛地反应过来，房间里放了迷香！

我一掌朝他击了过去，他手中银针一晃，便朝着我刺了下来。我浑身一软，便瘫倒在他怀里。

“仙师……”他低下头，舔了舔我的耳垂。

我感觉自己快呕出来了，昏迷前，我听到他激动得有些颤抖的声音：“仙师看上去……好好吃。”

而后便是小扇夹杂风声破门而来。

沈夜来了，我突然有点同情陈书林了。

等我稍稍恢复意识的时候，沈夜正抱着我一路往城外奔去。陈书林给我下的药药性太烈，我虽能朦胧地感知到外面发生的事，却根本动弹不了。

朦胧中我似乎听到沈从压抑着怒气的声音：“什么地方搞来的这种下流东西！”

“你先帮她把药性解了，我回城一趟。”沈夜似乎是把我交给了沈从，然后便走了出去。

我整个人昏昏沉沉的，感觉自己像在海浪里一样起起伏伏，周边一开始全是喧闹声，而后便安静了下去。有人温柔地撩开我的刘海，我觉得额间一片清凉。我有了几分知觉，拼命想要睁眼，却始终无法睁开，只感觉在一片混沌之间，有人的唇颤抖着贴了上来。

好像一股清泉涌进我的唇里，带着青草的清香。

是沈夜回来了吗？

那人的唇很凉，似乎是因为紧张，鼻息很是急促，仿佛是沈夜和我第一次亲吻，青涩而笨拙，只能用粗暴来掩饰这样的狼狈。

我迷迷糊糊地唤着沈夜的名字，对方便停了下来。许久，我都没有得到回应，而后我便沉沉地睡了过去。

等我再醒过来时，已是天亮了。

我强撑着直起身来，发现屋子里一个人都没有。我开口叫人："沈夜？沈从？牡丹？"

没有人回应，片刻后，有人打开了门。

清晨带着凉意的空气随着那人的动作争先恐后地涌进了屋子，让我瞬间清醒了不少。

我抬起头来看向前方，是沈从站在门前。

他穿着一身绯红色的袍子，上面绣着一只张牙舞爪的貔貅。他已经很高了，身披晨曦霞光，一双桃花眼这么静静地看着我，竟让我心跳突然快了几分。

我忙撇开眼去，掩饰过一瞬间的心悸："沈夜呢？"

"大哥正在外面审陈书林。"

"他把陈书林带出来了？"我有些诧异。

沈从眉眼一挑："怎么，你还想把他就地正法？"

我是想，沈夜会这么做。

不过我没多说，翻身下床往外走去："我去瞧瞧。"

沈从没说话，他一把握住我的手腕，把我拉扯回来，从旁取了外套，从容地说道："穿上。"

他似乎是服侍沈夜服侍惯了的，竟没有直接把衣服扔到我脸上，反而是服侍着我把衣服穿在了身上。

当他蹲身将我的腰带环过我腰间时，我几乎可以感觉到他平稳而灼热的呼吸喷在我的腰间。我有些不自在，但又不好意思表现得太明显，只觉得这样的沈从，似乎让我有些陌生。

他毕竟出门在外一年了，一年的磨砺，的确让他长大了许多。算一算年纪，他其实也不算小了，再过一年就要弱冠了。可是不知道是怎么的，在我心里，他就是个弟弟一般。

我正思量着，他从容地推开我，转身唤我："走吧。"

我这才回过神来，赶忙跟了过去。

他一路没有说话，似乎心情有些低落。

我想了想，问："你有心事？"

"你是真的忘了陈书林是谁吗？"他拉长了声音，转头看我。

我愣了愣。他却嘲讽一笑，扭头离开。

我开始认真地回忆陈书林这个人，但是我搜索了所有记忆，都不记得曾经出现过这么一个人。

陈晓斓过去似乎在楚都当过官，也不知道是为何被调到了江左。我对陈晓斓这个人都所知甚少，更不要提她儿子陈书林了。

我绞尽脑汁回忆，等沈从停住步子突然推开门时，迎面扑来的血腥味把我吓了一跳。

而后我便听见沈夜不悦的声音："你怎么把她带来了？"

"我自己要来的。"不等沈从开口，我忙解释。

我走进屋里，带上门，看了一眼被绳子拉成一个"大"字吊起来的陈书林，皱着眉头挥手："我明了这些手段，无妨。"

沈夜点了点头，牵着我坐到一旁，给我倒了茶，对牡丹漫不经心地说道："继续吧。"

他们倒也厉害，出门还不忘带全套的刑具。

牡丹从盒子里抽出两根银针，瞧着满身是血的陈书林道："陈公子，其实早说晚说都是要说的，您何必白挨这么一遭呢？这才不过第三道刑呢，您撑不住的。"

此刻的陈书林已经完全看不出原来的样子了，鲜血模糊了他的面容，他勉力抬起头来，阴森森地笑了笑，却朝着我瞧了过来："让舒大人过来，我只同舒大人说话。"

"上第四道刑吧。"沈夜握着我的手，瞧都没瞧陈书林一眼。他摩挲着我的指头，温柔地说，"最近吃得不好，你看，手都起皮了。"

"上吧。"陈书林听着，在一旁笑了起来，"不让舒城同我说话，你们永远不会知道扬州发生了什么！你们不会知道林家人是怎么死的，不会知道灾情为何会严重到这一步，甚至你们到死，也大概不会知道，整个扬州要发生什么！"

"你们可以折磨我，甚至可以杀了我。"陈书林大笑着说，"可是，你们没时间了……"

沈夜脸色一变。他猛地起身，电光石火间便斩断了吊住陈书林的绳子。他将陈书林一把抛给牡丹，大喊了声："带人走！"

话音刚落，一阵地动山摇，硫黄和火焰的味道扑面而来，整个房子都颤抖起来。

沈从立刻变了脸色："是霹雳弹。"

"走！"沈从一把拉过我，毫不犹豫地和拖着陈书林的牡丹从后门冲了出去。沈夜则一个人往前门奔了去。

接着，前方便传来打斗的声音。我们三人一人一马，外拖着一个几乎半死的陈书林，一路往北冲了出去。

我们才冲出去不久，就听到身后传来了银针破空而来的声音，沈从大吼了一声："牡丹留下！"

而后，他猛地横探过身子，将我手中的缰绳狠狠一拉，迫得我同他一起急急掉了个方向。

沈从整个人横挡在我身前，我看不清发生了什么，只听"叮叮当当"一阵刀剑交响之声，而后陈书林从天而降。我一把捞住陈书林放到身前，来不及多想，便跟着已经往前跑去的沈从一路冲进了树林。

“分开走。”沈从趴在马上，咬牙吩咐了一声，“我来找你。”

而后他便跑了开去。

我不敢耽搁，打马向密林中一路冲去。

等到歇下来时，已经是日落西山。

怀里的陈书林艰难地呼吸着，却始终睁着眼睛，不复现前那股阴森森的邪气。此刻的陈书林，像一个茫然的孩子一样，静静地瞧着我，清澈的眼睛看得人忍不住生出几分怜惜。

我从怀里掏出药来给他喂了几颗，然后寻了个山洞，劈开洞口的藤蔓，将他背了进去。

他一直没说话，安静得仿佛是死了一般。

等我生了火，打了水，给他烤了只兔子，将兔子肉递到他眼前时，他突然问：“你是不是根本不记得我是谁了？”

我愣了一下，诚实地点了头。

他嘲讽地笑了笑：“那沈从呢，你又记得他是谁吗？”

“自然是记得的……”我有些尴尬，“你到底是谁？”

陈书林没说话，他低下头去，看着我递给他的兔子，沙哑着声音说：“喂我。”

说着，他抬起头来。

这时候我才发现，他的眼眶通红。

他好像一个执着于什么的孩子，固执地说道：“喂我，我便什么都告诉你。”

其实我想告诉他，就算他什么都不和我说，我喂他也是无所谓的。但有便宜不占王八蛋。于是，我沉默着走过去，撕下兔子肉，一点点喂进他的嘴里。

他吃得安静乖巧，几乎是我喂他，他就吃。我给他喝水，他就喝水，我给他吃肉，他就吃肉。等吃完半只兔子，他抬起头来，讨好地笑了笑：“我乖吧？”

我沉默着不说话。

他眼里慢慢露出嘲讽的神色：“可是无论我多乖，所有人都喜欢沈从，不喜欢我，不是吗？”

“你和沈从是什么关系？”我终于忍不住问。

他满脸不屑：“什么关系？我和他算表亲，远房表亲。”

他刻意加重了后面那四个字，眼里露出回忆的神色。

“那时候我母亲还在楚都，我们陈家也算大族，母亲是族里最被看好的一个人了，所以对我很是苛刻。她不喜欢我……所有人都不喜欢我，都觉得我不够聪明，资质一般。那时候我还小，才十岁吧……还总想着让母亲喜欢我，让所有人喜欢我。于是我那么努力，他们说什么，我便做什么。当时他们总念叨着，说等我长大了，如果能嫁给你就好了。这话听多了，我也就当了真。”

“从我记事开始，你出席的每一场宴会，家里都要将我刻意打扮后送过去。我总跟在你身后，你身边常常有很多人，我就是那一批人中的一个。从你出生，到六岁，我一直跟着你。我也从什么都不懂开始明白，日后你就是我的天。可你从没有同我说过一句话。”

“本来没什么……我也未曾怨恨过，直到沈从出生……”说到这里，陈书林眼中有了怨恨，他清秀的五官也变得狰狞起来。

“怎么会有这样的人呢……他那么聪明，聪明得让我绝望，让我知道我一辈子都赶不上。从他出生，从他会说话，我的母亲、我身边所有人，都在夸赞他……所有人都在为他惋惜，他怎么不生早一点呢，早一点出生，以他那样的家世，那样高贵的沈家，那样完美的公子，肯定是舒少主最好的少君人选。”

“你怎么会这样想……”我有些尴尬，“他比我小了六岁啊……”

“是啊，六岁。”陈书林笑了起来，“我想，他小你六岁呢，等我嫁给你的时候，他也才是个孩子。可是你呢？我跟在你身后六年，整整六年，你都不曾同我说过一句话！可你第一次见沈从，你就抱了他！为什么呢？为什么你从来看不到我，为什么所有人看到的都是沈从。因为他出身高贵？因为他长得可爱？因为他更聪明？”

“可我努力了啊！我那么努力了！”仿佛积攒了几十年的怨恨在一瞬间爆发，哪怕身受重伤，陈书林还是拼尽了一切力量抓紧了我。

他眼里全是眼泪，饱含质问：“为什么我这么努力了，却还是不如他呢？”

“我设计将他推到一个深坑里，你就跟着跳了下去。可我怕你出事，我也跳下去了，你却没有看我一眼。你挡在他面前，你把所有的好东西都给他，明明我也在那里，你却当我不存在一样。你喂他吃东西，他和你耍脾气，你也不在意。可我呢？我明明那么乖，你却连一口水都不肯给我喝！”

他声音低了下去，紧紧抓着我，眼里全是执着，全是眼泪：“你怎么，连记都不记得我呢？”

我没有回答他。他说的一切，我确实都不记得。

年少时的事情太多，谁又能记得所有呢？哪怕是沈从，他在我记忆里也不过就是初见时的那个特别的小娃娃。我不记得我救过他，不记得陈书林所说的一切。

陈书林做了这些事，本该让人厌恶。然而，此刻他这样抓着我，如杜鹃泣血一般含泪质问，我一瞬间竟然对他厌恶不起来。

叹息了一声后，我扶着他睡下去，温和地说道：“你别多想了，我谁都不记得，你睡吧。”

说着，我将外袍披在他身上，坐在他身边。

他不说话，就这么紧紧地握着我的手腕，静静地看着我。

我想了想，还是待在了他身边，慢慢地劝他：“书林，那都是小时候的事了，你不要太执着，人总是要往前看的。”

“可我已经活在那些往事里十几年了。”陈书林满眼茫然，“我走不出来。”

“那件事后，我们三个人被救了出来。沈家很快查出来这是我做的，你受了伤，舒家更不会放过我。母亲为了自保，把我送给了沈家。”

“那年我十岁……”他眼里浮现出绝望的神情，“沈从的父亲知道我的心思，他说，如果我想嫁给你，那么这一辈子，我都不能嫁给任何人。”

“他把我关了起来，等我再长大些，就被他当作玩物一样，送给了有特殊癖好的大人。我母亲知道，陈家知道，可又有谁敢说什么呢……敢对沈家的贵公子、舒家的少主动手，我能活着，已是天大的幸事。”

“而我母亲也因为此事，被调离楚都，从此待在了扬州。就算她再有能耐，再有才华，舒家说了，她一辈子都进不了楚都，那就是进不了。”

“我也忘记到底过了多久，直到有一天，有人告诉我，沈家没了。母亲回到楚都，将我接回家里。可我已经毁了……”

“我知道我嫁不了人，我更不可能嫁给你。所有过去发生过的事都印在我心里，我活着，和死了有什么两样？我知道你会成亲，知道你会有别人，可我满心想的就是，我能勾引到你。”

说着，他大笑起来：“我是扬州知州的嫡长子，我本也是贵公子，可我满心的念头，是像一个下贱种一样勾引一个有夫之妇！我把每一个成亲的女子当成你，只要和你有相似……我就想要她们。”

“所以，”我沉吟出声，“你第一眼看到我，就认出了我？”

“我从你出生就看着你，我离开楚都前，都不忘去见你最后一眼，哪怕……”说着，他勾起嘴角，眼里全是悲哀，“我只是习惯了以你为目标，只是倾慕的你身份、权势，只是把你当作我的过去，哪怕我不爱你，可这世上，再没有人比我更熟悉你了。”

“那陈晓斓呢？”我的关注点在这里。

他苦笑了一下：“母亲不知道，我也未曾说过。不过此刻，她大概也猜出来了。大人……”

他看着我，眼里有了一丝茫然：“救救扬州吧……”

“陈书林……”看着他这个样子，我竟有些难过。

他不是个坏人，可这世上，谁又真的是坏人？

他抬起头来看着我，眼里慢慢有了坚毅的神色：“大人此番前来，是不是以为，扬州灾情如此严重，是因为官员贪财，将赈灾的粮食卖给商家，或者扣押不放，以便抬升市价？以为扬州灾情到如此境地还秘而不报，是因为官员胆大包天，想在扬州一手遮天？”

“难道不是？”听到这话，我心里有些忐忑。

其实来江左之前，我和沈夜就已经讨论过各种可能性。江左乃富庶之地，之前几年都是大丰之年，连着五年楚都派人来查粮仓，都是满仓，其中有一年还是我亲自前来的。粮仓全满的情况下，灾情还严重至此，唯一的可能性就是官府不但将赈灾钱粮贪下，还不愿开仓放粮。

他们或者是将粮食卖给商家获利，或者是收受商家贿赂，存心不开仓放粮，或者少发放粮食，以方便商家哄抬市价获利。

这世上最容易发的财，就是国难财。

如果是这样的话，来到江左后，我可以借舒家的权势，同商家打好交道，让官员将粮食放出来，过去吃了的钱粮既往不咎，随便惩处几个没有背景的，这事就算漂亮圆满地完成了。

然而此刻看着陈书林，我突然觉得，这事，怕是不会善了了。

就在这时，外面传来了呼救的声音。

“舒城……”

而后，一个绯红色的身影猛地扑倒在山洞口。

第六章

我一听那声音，就跳起来冲了出去。

果不其然，我看见沈从倒在洞口前。他面色苍白，整个人显得异常虚弱。他的一只手捂在腹部，血从他的指缝中渗出来，看得人胆寒。

沈从并没有什么武功，剑在他手里也就是个摆设。这样的伤对于沈夜来说可能不算什么，但对于沈从来说，明显是难以承受的。

我匆忙跑过去，将他扶起。他整个人都压到我身上来，仿佛是再也没有了力气。

“你这是怎么了？！”

我扶着他走了进去。

沈从不说话，他的下唇已经被他咬得泛白了，一贯神采飞扬的眼睛里全是痛苦的神色。

陈书林躺在地上，静静地注视着沈从，眼里满是恨意。

我不敢将沈从放在他身边，就将沈从放到火堆另一边，我坐在两人中间，用火和自己将他们隔开。

而后我从袖中掏出止血散，想要去解开他的衣服。沈从却一把按住了我的手，满脸痛苦道：“你出去……我自己……”

我愣了愣，这才想起来，沈从毕竟是个男子，一个男子若被人看了身子，贞烈一点的肯定是要自尽的，哪怕不够贞烈，一旦传出去，这辈子也别想嫁个好人家了。

我捏着止血散，犹豫了片刻，终于还是垂下眼睛，将止血散放在了他身边。

我背过他，看着陈书林道：“你要是不行就叫我。你是沈夜的义弟，便如我的弟弟一般。而且此事我绝不会说出去，你放心便是。”

听到这话，陈书林嗤笑了一声，闭上眼睛，扭过了头去。

沈从没有说话。

我听见后面传来衣服窸窸窣窣的声音，过了许久，听见“叮”的一声响，似乎是什么铁质的东西落到地上的声音。

又过了片刻，我听见身后猛地传来一声闷响，不由得有些担心道：“沈从？”

没有人回应。

我有些着急，却还是没敢回头。

陈书林睁开眼睛，片刻后，他终于开口道："他晕过去了。"

我终于按捺不住，猛地起身赶到他身边去。

沈从整个人倒在地上，上衣褪开，露出白皙的上身。此刻他身上满是斑驳的血迹，腹间更是一片狼藉。有一支飞镖被他挑了出来落在旁边，看得人心惊肉跳。

我愣了一秒，随后赶忙将止血散倒在他的伤口上，然后用绷带包扎了伤口，再将衣服给他披了上去。

或许是因为运动量太大，做完这一切后，我的心跳得飞快。

沈从整个人都让我觉得灼手，我慌忙将他放到了地上，之后便老老实实地回了自己的位置，连看都不敢看他一眼。

身边有两个病患，我不敢睡觉，只好不时地拨弄着火堆。

陈书林时不时地睁眼看看我。

我打足了精神，对他说："睡吧，我守着。"

陈书林没说话。好久之后，他突然问我："你是不是觉得我特别脏？"

我摇了摇头，反问他："我有两个主君，如果我还去过许多小倌馆，你是不是觉得我特别脏？"

陈书林愣了愣，想了片刻，却道："可你是个女子，还是舒家少主……"

"所以，有什么关系呢？"我打断他，"每个人都有选择自己生活方式的权利，只要你不干扰到别人，伤害到别人，那又有什么好责备的？你唯一错的就是，你不该总是……呃，找有夫之妇为对象，破坏别人家庭……不过，对方没有拒绝你，把持不住，也自然是不对的，这错不能算在你一个人头上。"

陈书林没说话，他裹着我的袍子，垂下眼眸。

我想了想，又道："不过人总是要往前看，做错了的可以改。你也是受害者，以后好好生活就好了。"

"沈家已经没了。"我宽慰他，"你也不用再逼着自己了。你母亲……也总是爱你的。"

"她不爱我。"陈书林苦笑出声，"我让她失望了。在她心里……如果她有一个沈从这样的儿子就好了，这样的儿子才有资格得到她的关爱。"

"陈书林……"

"舒大人，"他抬起头来，看着我，眼里一片澄澈，"我很高兴，我曾喜欢过的女子是你。你很好，比我想象的，要好很多。"

我没想到他会说出这样的话，不由得愣了愣。

其实我有点害怕，我觉得自己好像太有魅力了，我很担心他会突然说要嫁给我，这样我就必须拒绝他，给他造成再一次的伤害。

他似乎是看出了我的担心，竟然笑了，眼里有了温柔的神色："大人不用担心，我也不过只是在年少时……喜欢大人。"

"我现在的心里也有着人呢，只是我与她云泥之别，配不上她。"说着，他似乎有些难过，低喃道，"她还是不要和我有关系才好。"

"喜欢就去争取。"我劝慰他，"不敢去争取的，都不过只是因为不够喜欢。"

陈书林没有说话，他沉默着，很久才说："我活不久的。"

"我母亲犯下这样大的案子，导致扬州如此危难，我作为她的儿子，自然要替她还债。我不能坐视不理，让扬州成为地狱之城，但我也不能原谅自己如此出卖自己的母亲。"

"扬州到底怎么了？"我这才想起先前陈书林被沈从打断的话语。

陈书林沉下脸来，一字一句道："大人，扬州无粮。"

"什么？！"我猛地抬头，惊诧出声，"你什么意思？"

"扬州粮仓，无半粒米粮。"

"不可能！"我震惊得不由自主地拔高了音量，"粮仓储蓄多年，哪怕去年没有购粮，前年、大前年，总会购粮入仓，哪怕是坏了的粮食，也不可能一粒米都没有！更何况，每年朝廷都会下来清点粮仓，前年我才巡查过，扬州明明是满仓的粮食！"

说着，我马上反应了过来："陈晓斓是把粮食都卖给了商家吗？那么多粮食，她怎么敢？！"

陈书林不说话，他看着我，但笑不语，嘴边带着嘲弄，似乎是因为我方才的推测太无知。

我的心一点点凉了下来，开始有了极其不好的预感。

"虽然我不知道母亲是怎么做到的，可是大人，扬州上至官家商贾，下至百姓草民，都无粮。我不知道粮食去了哪里，我只知道，若母亲有半点办法，都不会斩了林家一家，就为了抢那点粮食来填粮仓了。"

"大人可去看过扬州的粮仓？你去看了便知道，仓内存粮，不足一成，而这所有的粮食，全是母亲从商贾之处搜刮而来。为此，她斩了富商林家，也因此夜夜做噩梦。陈家闹鬼，闹的就是林家的鬼。"

说着，陈书林抬头看我，眼中全是恳求："大人与其想着如何把这个案子查下去，不如早点去他处调粮给扬州，否则，这一成粮食一旦见了底，扬州必乱。"

扬州必乱，一旦扬州乱起来，就算是将陈晓斓抄家灭族，也不足以平帝怒。

陈晓斓没有办法，而我除了去他处调粮，也没有任何办法。这不是我们私下商量就能解决的事情。这件事一旦抖出来，陈晓斓必死，或者说，陈家一家必死。所以陈晓斓对到来的钦差必然是抱了必杀之心。她得拖住钦差，为她赢得时间，让她想办法稳住扬州，直到她再也没法控制扬州。

"若是扬州真的乱起来了，你母亲是如何打算的？"横竖都是死，我很好奇她母亲打算怎么死。

陈书林看着山洞外面，神色有些茫然："她给所有子女办好了去西荒的文书。本来这个清晨，我们陈家所有人就要出发去西荒了。母亲只想拖延住时间，让我们赶到西荒。"

"那你为什么要告诉我？"

陈书林沉默下去。

好久，在我几乎以为他不会回答我的时候，他突然出声："我不能因为自己的一己之私，置百姓于不顾。大人早点知道，就能早点调粮，早一点有粮食，能救多少百姓啊。"

"你……"

"大人，不要再说了。"他摇了摇头，拒绝了我的安慰，"我困了。"

我不再说话，拨弄着火堆，认真地思考着现在的情况。

带着两个病患，我们至少要在山洞里待上好几天，等他们两个人好一点了，才能出去找沈夜。不知道沈从白天做了什么，是不是给沈夜留了记号，一切只能等沈从醒了，再作打算。

我迷迷糊糊地想到半夜，实在忍不住，开始打盹。

隐约间，我听到有人叫我："舒城……"

我打了个激灵，想是不是沈夜来了。睁开眼睛，却看到沈从整个人都在发抖。他紧闭着眼睛，不断地说着胡话。

"大哥……救我……"

"不……放开我娘……"

"救我……救我……"

"沈从，"我爬过去，压低了声音，拍打他的脸，"快醒醒。"

他没有回应我，整个人蜷缩着，眼泪从眼角流了出来。

他拼命喊着让人救他，我一时也不知道怎么办才好，便将他往火堆的方向挪了挪，希望他能更暖和一些。

不料，他猛地握住了我的手。

似乎是因为终于抓住了什么，他的身体慢慢缓和了下来，低喃了一声："少主……救我……"

"我救你。"我轻叹一声，拍打着他的背道，"别怕了，睡吧，我救你。"

他终于不再说话。

我忍不住开始回忆沈家被抄家那年。

沈家原本是排在舒家之上的第一贵族，但先帝给沈家许了一个极其善于钻营的主君，沈家后宅失火，之后教养的子嗣一个比一个能闹，嫡出子嗣中除了一个沈从看上去还有希望，其他人都是不着调的。偏房强势，嫡子无能，沈家就在内斗中互相碾压，宁愿自毁也不愿意便宜了对方。沈从三岁那年，他庶出的姐姐在他母亲的偏袒下被当家主君毒杀，这位姐姐的父亲失去独女之后，拿出了沈家私下屯粮养军的证据，并同时交出了沈家所有暗桩驻点，呈于大理寺。先帝大怒，而沈家的权势早在内斗中耗了个一干二净，于是被满门抄斩。

舒家与沈家向来交好，我与沈从的姐姐还算好友，当时似乎还想着舒家为什么不搭救一二。只是那时我还年幼，说话并没有什么分量，只是在沈家灭门后，陪母亲去上了炷香，然后哭着哀悼了一下再也不会醒来的玩伴。

沈从那时候那么小，我原以为他忘记了当时的场景。他原来都记得。家人都死在他面前，这样惨烈的景象却永远鲜活地存在记忆里，想来无论是谁，都觉得痛苦难当。

沈从，大概也是一直将其当作无可规避的噩梦。

想到这里，我不免有些怜惜，觉得边上这明明已经有了成年人模样的人，还是一个孩子一般。

我被沈从拉着手，打着盹儿睡了过去。

等我第二天醒来的时候，沈从已经醒了。他靠着山洞壁坐着，见我醒了过来，淡淡地说："去找点吃的吧，再休息一天，我们就上路。"

"去哪里？"

"你先去找吃的。"他似乎是饿得难受了，"我想好再告诉你去哪里。"

这时候，陈书林也醒了。他躺在地上，默默不说话。

我看了一下陈书林的伤势，确认他伤得比沈从更严重后，才走了出去。

我在路上乱走，抓了两只小兔子绑在腰间，捡了些干柴背上，然后又摘了一袖子的野果，再装满水囊之后，才折了回去。

回到山洞里，我本来以为会面临剑拔弩张的氛围，结果发现沈从和陈书林相处得格外和谐。我进来时，沈从还在同陈书林说话，根本不搭理我，只是皱着眉头道："你什么时候发现没有粮食的？"

"灾情一开始，我就求母亲开仓赈粮，可她一再拒绝我，于是我偷了她的令牌，想溜到粮仓，自己去打开粮仓放粮。"

"有人拦你吗？"沈从垂眼想着事情，这个动作和沈夜一模一样，如出一辙。

我给小兔子放着血，看着沈从，忍不住想起了沈夜。

日夜相对久了，突然有那么一天分开，竟只一夜就会思念了。

"开仓的时候没有。不过，我一提到分粮食给百姓，主簿立刻就把我抓了起来扭送回家。但是他抓我的时候，仓库门已经开了，我看到粮仓里空荡荡的，竟是一颗粮食都没有。"

"我和粮仓一个管事睡过，后来借着这层关系，在林家人被杀后，我又去了一次，发现粮仓里有了一些粮食，虽然少，但也聊胜于无。"

“那些粮食能够让扬州撑多久？”

“至多十天。”

沈从的眉头皱得更深了。他一手捂着肚子，一手敲打着地面，一下一下，很有节奏。

我将兔子放在火上烤，将野果分给他们吃。沈从倒也不嫌弃，一口咬了下去，似乎完全没有意识到他在吃什么。陈书林却紧皱着眉头，看来是没有吃过这样的东西，有些犹豫。

嚼完果子后，沈从终于看向我，认真地说：“我们明日启程去金陵。”

“不等沈夜吗？”我愣了愣，问道。

沈从嗤笑了一声：“你觉得我大哥和你一样傻？”

“沈从，”我有些无奈，“我是你嫂子，你能不能给点尊重？为什么我们不回扬州？”

“回去找死吗？如果真像陈书林所说的，咱们该考虑的是怎么远离扬州，亡命天涯，还有赶紧从其他地方往扬州调粮，而不是回去自投罗网。大哥现在肯定已经离开扬州了。江左富庶之地就这么几个，有能力给扬州调粮且距离扬州最近的就是金陵。咱们与其去找大哥，不如赶紧到金陵去和他会合。”

“那陈晓斓追上来，咱们就三个人……”

“我昨天去了一天，就是去给他们布疑阵的。我把咱们来时的痕迹都抹干净了，又指了几条路给他们，他们找不到我们的，就算找到我们……”沈从朝着陈书林一抬下巴，“不是还有他吗？到时候把他绑起来放在我们前面来挡刀。”

陈书林不说话，似乎是默认了沈从的安排。

我很好奇在这么短的时间里，沈从是怎么收服对他恨之入骨的陈书林的。

我看了看沈从，又看了看陈书林。

沈从立刻就明了了我的意思，笑着说道：“他娘喜欢我，怪我？我现在可是在帮着扬州呢，我死了，扬州就完了。”

“我知道不怪你。”陈书林阴森森地笑了笑，“可我就是嫉妒你。”

“那你继续嫉妒，这是对我的赞美。”沈从微微一笑，贵公子气度浑然天成。和沈夜那种带了些微痞气的笑截然不同，明明都是这么张扬挑衅，沈从的笑却总是让人觉得仿佛是沉淀了百年的名门底蕴在其中。

兔子烤熟了，我从架子上拿下一只兔子来，给他们一人一半分了。

两个人互相挑衅地看了对方一眼，正准备开吃时，我把另外一只兔子取下来，一口咬了上去。咬了一口后，我才发现那两个人正静静地瞧着我。

“你一个人，吃一只？”沈从挑眉问道。

我点了点头，撕咬下一块肉来，含糊地反问道：“怎么了？”

“我，吃半只？”沈从举起他手中的兔子不满地问。

我有点茫然：“怎么了？”

“你怎么可以吃得比我多！”沈从大怒。

我吓得往后退了退：“我……我平常就吃一只兔子啊。”

“我大哥从来都把东西让给我吃。”沈从指着我的兔子道，“我和你换。”

“可是……”我拿着兔子有些犹豫，“我不是你大哥……”

沈从没说话，他垂下眉眼，似乎有些失望。

我想了想，终于还是把兔子递给他，有些不甘道：“那……那就换吧……”

“如果是我大哥呢？”他突然问我，“如果是我大哥，你还会犹豫和我换这只兔子吗？”

我愣了愣，悠悠地瞟了一眼沈从：“如果是你大哥，他会把他手里的兔子都给我，我一个人，吃一只半……”

“噗……”陈书林笑出声来。

我的目光瞟向陈书林的兔子，继续道：“然后，他会去抢陈书林的兔子吃。”

“哦……”沈从拉长了声音，音调里带了几分欢喜。他咬向了自己手中的兔子，淡淡地说，“那你就吃一只兔子吧。”

我不太理解沈从的思维，想了半天没想明白他是什么意思，只好低头继续咬兔子。

我们三人歇息了一天，第二日沈从便催促着我们赶路。

他伤口还没好，只是凝了血，我有些担忧。

他轻飘飘地说道：“你是大夫，还是我是大夫？没伤着内脏，怕什么？”

只两句话就安抚了我。

我们三人两匹马，沈从死活不愿意让陈书林和我共乘一骑。于是他们两个病患共骑一匹马，我独自骑一匹马，默默守护在他们身后，就怕一个不小心，这两个人就嗝屁了。

好在沈从之前把我们的行踪清理得很干净，我们一路都没有遇到什么人，三人顺顺利利出了林子，开始往金陵方向飞奔。

沈从虽带着伤，但他对自己下手特别狠，每天咬着牙不眠不休地赶路。最后陈书林撑不住了，一头晕死在沈从怀里。

我实在看不下去，拦住沈从的马：“歇歇！”

“咱们不能歇，得争分夺秒。”他抬头看我，眼里漆黑一片。

我低头看他腹间，伤口又崩开来，染透了他黑色的袍子。

我知道他说得有道理，但想了想，还是咬牙说道：“至少休息一晚，咱们早一天到晚一天到，对局势影响不大。不能还没到达目的地，人就垮了。”

“不行。”沈从皱起眉头来，“我没这么娇气，咱们赶紧走。”

“可我娇气！”我翻身下马，牵住他的马缰绳，仰头看着他，“什么都没自个儿身体重要，你这样不行。你如果真的要走，我就要采取一些非常手段了。”

沈从没说话，居高临下地看着我，抿紧了唇。

片刻后，他终于回答道：“就一晚。”

说完，他就策马往城里去。我赶忙跟了上去。

我们两人一起进城，找了客栈和大夫。

陈书林的伤口发炎，发起了高烧，我只好一直照顾他。沈从在一旁静静地看着，好半天，他突然问道：“你对谁都这样吗？”

“怎么样？”我换了一方湿帕敷在陈书林额上，有些好笑地问道，“见谁都救？”

“都对他们这么好。”沈从靠在椅子上。他换了身白衣裳，重新包扎了伤口。

我回头看他，淡淡地说：“也不算好吧。只是看到别人走到这步，总该帮帮忙。”

沈从没说话，面上露出嘲讽的表情来。

我有些无奈：“我怎么觉得，你这么不喜欢我呢？”

“夜深了。”听我的话，沈从冷脸站起来说了一句，然后抬脚就往外走。

只是走到门口时，他突然顿住了步子，想了想，道：“我没有不喜欢你，但我没有理由原谅你。”

说完，他就离开了。

我感觉很茫然，头痛得直扶额，我发现自己真的很害怕这种记忆力太好的人。

照顾陈书林到半夜，他终于醒了。我让人给他熬了粥，喝上热粥后，他精神好了很多，看着我说道：“少主有心事。”

“嗯……”我想着沈从的话，叹息道，“陈书林，我以前做过对不起沈从的事吗？”

“你哪里对不起沈从？”听到这话，陈书林笑了起来，“算起来，他还欠你一条命呢。他可是你拿自己的血喂养过的。”

我愣了愣，这么重大的事，我怎么一点印象都没有？

“少主小时候就乐于助人。”似乎是知道我的困惑，陈书林开口解释，“那时候我们几家一起春游，我趁人不注意，将沈从推到一个猎人挖的坑里，你刚好瞧见了，就跳了下去。我怕你出事，想伸手拉你，结果也跟着掉了下去。”

“现在想起来，那坑也不深，只是我们几个当时太小了，根本爬不上去。我们就在里面待着，大叫着等人来救，可是等了一天两天，一直没有人找到我们。”

“你是我们三个当中唯一带了水的，可能是瞧见我推他，便不怎么搭理我，只将水分给沈从喝。我就在一旁眼巴巴地看着，直到后来我昏过去，你才给了我一些水喝。”

“我们又冷又饿……困到第三天，就没有水喝了。沈从那时候才三岁……就抽了你的匕首，想要杀了我，喝我的血。可他才三岁啊……”陈书林笑了起来，“要喝，也该是我喝他的血。那时候他拿着你的匕首问你，是打算杀了他，还是杀了我。你知道你是怎么选的吗？”

“我选我自己。”我毫不犹豫地回答。无论时光再怎么变化，我再怎么长大，所做出的选择，其实都不会有太大的偏差。没有任何人能决定对方的生命，每个人只能决定自己的生命。

“是的，你选了自己。”陈书林笑了笑，“你选择用自己的血喂养他。他太小了，咱们两个毕竟已经快十岁，他才三岁，早撑不住了。你给他喂血喂到第四天，大人终于找到了我们。他被人抱走了，却连谢谢都没有说过一句，反而问你，舒少主，以后我还可以找你帮忙吗？”

“你那时候……也是天真。明明什么感激都没得到，也不生气，反而答应了他。”

说到这里，陈书林咳嗽了几声，似乎是有些累了。他抬头看着我，温和地说：“舒少主，我能求你一件事儿吗？”

“什么？”

“你能保住我母亲吗……”他垂下眼眸，“我知道她罪大恶极……我也知道她不喜欢我，可她毕竟是我母亲，而且这么多年，也未曾亏待过我。若我愿意替她抵罪，你可以保住她吗？”

“陈书林，你也说了，你母亲并不喜欢你。”我叹息出声，“值得吗？”

陈书林垂下眼眸：“正是因为她不喜欢我，所以我死了……她大概也不会很难过吧。没了这样无用的儿子，也好。”

我不再说话。陈晓斓的罪行太重，我不敢做出保证，只为他掖了掖被子，道：“先睡吧，明日还要赶路。”

回了房，第二日起来，洗漱完毕出来，我便瞧见沈从已经打理好一切，在门外等我。

休息了一晚，大家精神都好了很多。

沈从将陈书林揽在怀里，我和他并肩而行。

心里想着昨晚陈书林说的话，我不由得有些嘚瑟。想想自己也算是沈从的救命恩人，便更加有些不自觉地自大起来。心想，沈从果然是个小人，我救过他，他还总是不给我好脸色。

于是，我靠近他，轻咳了一声，摆出一副长辈的姿态来：“阿从啊，我想和你聊聊。”

“闭嘴。”他冷冷扫了我一眼，并不停下。

我不满了：“好歹我小时候还救过你，你对我就这态度？”

“哟！”他挑眉，露出嘲讽的表情，“你还记得啊？”

“你一直记着啊，那你还对我这个态度？！”我瞪眼。

沈从冷下脸来，冷笑一声：“你是救了我，我沈家可是在最后把所有东西都留给了你们舒家，你别总拿着救我的事儿说事！”

“别恼！”我瞧着他的神色不对劲，赶紧笑道，“我开玩笑呢！这些小时候的事，谁没救过谁呢？”

他不说话了，撇过脸去，马鞭一甩，跑得更快了。

日落之前，我们总算赶到了金陵。

沈从带着令牌去敲响了金陵知府的大门，衙役瞧见我们，赶忙将知府请了过来。我同沈从被招待进府，便看见知府刘素带着衙役们跪了一地。

“不知大人驾到，下官有失远迎，还望大人恕罪。”

刘素是个五十岁的老女人，头发斑白，身体臃肿得像一只水桶，匍匐在地上，紧绷着身子。

沈从微笑着上前扶起刘素，温和地说道：“刘大人哪里的话，是本官与舒大人来得匆忙。”

说着，沈从四下扫了一眼，露出疲惫之色：“不知大人可备下住所……”

“下官打从知道大人从楚都出发，就已备下宅邸。”说着，刘素朝我瞧了过来，眼里全是讨好，“府中准备了数十位美人，还望舒大人笑纳。”

话刚说完，气氛就冷了下去。我含笑不语，默默为这位刘大人默哀。

沈从向来看不惯我，但因为沈夜的关系，在这种事情上，他防男防女防人妖，只要有他在场，有这种念头的人，都不会有好下场。

见我笑着不说话，刘素有些不安。

沈从站在我旁边默默微笑。

片刻后，刘素正要说什么，突然就涨红了脸。她咬紧了牙关，似乎在努力忍耐着什么。

沈从面上露出关切的表情：“刘大人，你怎么了？”

“沈……沈大人……舒大人……”好半天，刘素才答话，音调已变了。

她招来一位看上去不过三十出头的女子，又憋了半天，才介绍道：“这是金陵主簿，崔禾。下官……有些不适，请崔大人照顾二位，下官先行一步。”

说完，她竟连礼都没行，匆匆告辞。

我意味深长地看向沈从。

他面上笑容不减，转头看向崔禾，抬手道：“崔大人，请。”

“是是……”崔禾似乎也察觉到沈从不是好相与的，赶忙上前，带着我们一行三人出了府门，引向了一个别院。

到达别院后，崔禾给我们做了简单的安排，随后转头瞧着我，小心翼翼地问道：“不知舒大人接下来有何打算？”

“我们打算休养几日。”沈从没给我开口说话的机会，径直道，“赶路匆忙，我与舒大人都有些不适，先作休养，等好些了再做其他打算。”

“谨遵大人吩咐。”崔禾点了点头，行礼道，“那下官先告退了。”

等崔禾走了，我打着哈欠往里屋走去：“困了，睡了。”

沈从不说话，跟在我身后，一直走到我房间门口，他都没有挪步。

我不由得有些奇怪，他跟到我房间来做什么？我转头瞧他，正想问他缘由，沈从却先笑了。

出楚都这一年，他长高了许多，已经足足高出我一个头来，眉目彻底长开来，退去了少年人的青涩，已有了成年人的风华。

他一只手环在我的腰间，将我拉到他身前，一只手插入我的指缝之中，与我十指交叉，低头看着我，满眼温柔缠绵。

“都已经没人了，还装什么装？”他声音低哑。我明知他是在演戏，却也忍不住心跳得飞快，只好转过头看向旁边的地板，不敢对上他灼热的目光。

他低低地笑了，抬脚踹开我身后的门：“嫂子，你想不想我，嗯？”说着，拉扯着我进了屋去。

一进屋，他便将我抵在门上，顺便关上了门。而后他便停下了动作，静静地听着外面的动静，在我耳边压低了声音问：“感觉到有人了吗？”

“嗯……”我还没说出口，他的手掌就捂住我的嘴，让那未发出的音节在夜里变得有了那么些引人遐想的意味。

他的唇靠在我耳边，音调里不带半分波澜：“你轻功好，等一会儿去粮仓看看。”

我不再出声，只是点头。

他终于放开我，朝着床边走去，一面走，口里一面发出淫靡的声音。他似乎是学过口技，这声音中包含了喘息声、衣服摩挲声、女子的吟声……我听得面红耳赤，他却一脸的清冷平静，仿佛口中诵的是佛法经文。

我悄悄走到床边，听着外面的动静。沈从口中发出来的声音越来越放浪，外面人似乎也觉得有了些尴尬，我明显觉得他们的气息远了。

“砰”的一声，不知道什么撞到床栏了，我趁机打开窗户，沈从则继续发出那撞到东西的声音，夹杂着欢好声，遮掩了我开窗的声音。我四下扫了一眼，翻身跳了出去。

我平生别无所长，唯独跑路一事，我说第二，大概没人敢说第一。就算是沈夜在这里，我也是有这样的自信的。

虽然我不太清楚身为一位贵族继承人，我为何会把轻功练得如此之好……

借着夜色，我很快就跑了出去，临走前我还能看到树上埋伏着的人。

等跑远了，我才忍不住叹了口气：这种水平搞监听，实在是太业余了。

出了刘素的埋伏圈，我不必掩饰身形，跑得更快了。

寻了路人打听了粮仓的方向，我潜入粮仓，打昏了看守后，取了钥匙，开了仓门。

开仓时，我听见仓库内传来开门的回声，不由得心上一紧。等我抬起头来，便愣在了原地。

什么都没有。

占地几亩的粮仓里，一颗粮都没有！

我心跳得飞快，往后面粮仓奔去，一连开了十个仓。

没有，没有，没有！

十个粮仓里，一颗粮都没有！

我在夜色里慌乱得无以复加，我甚至不敢去理清现在的情况，只能飞快地往回奔去，一个纵身跃回了卧室。

沈从躺在床上，在我入室的瞬间猛地起身。他匆匆赶到我跟前，看着我惊慌的样子，沉下脸来，附在我耳边问："如何？"

"没有粮。"我抬头看他。

沈从猛地变了脸色。

我正要说什么，他一把抓住我，只说了声"走"，便拖着我向窗户外面跃了出去。也就是那一瞬间，羽箭飞落而下，我拔剑挡在沈从身前，挽了个剑花喊："陈书林！"

"别管他！"沈从怒喝道，抓着我就往外跑。

他武功不好，很是自觉地躲在我身后，夹在我和墙的中间往马厩冲。陈书林几乎是在我话音刚落的瞬间就从自己房间的窗子里扑了出来，他身形踉跄，却还是紧紧跟着我们。我把剑几乎抡成了一个圆盘，见他们终于放空了羽箭，我便一手一个提着两个人冲到了马厩前，三人翻身上马冲了出去。

之前看守着我们的黑衣人放了个信号弹上去。

沈从喊了声："西边！"

我和陈书林毫不犹豫地按照他说的方向疯狂开跑。

眼见着黑衣人冲了上来，我勒紧缰绳，冲他们喊："我断后！"

而后我便扑了回去。

沈从怒喝一声："滚回来！"然后向后一扬手，我下意识地屏住呼吸赶紧往他那个方向跑。

那些黑衣人果然一触及他撒的粉末，就当场倒了下去。

我也觉得自己有些不太对劲了，下一瞬便要僵化在马上。好在我反应得快，赶忙抱住了马鞍，没有直接摔下去。

我这里倒了霉，全身都僵了，趴在马背上动弹不得，跑得最快的陈书林倒是什么事都没有。

沈从和我并驾齐驱，他一只手拉过我那匹马的缰绳，减缓了速度，另一只手捏起我的下巴，就这么亲了过来。

他嘴里满是药的苦味，一瞬间那苦涩的味道便占据了我的口腔。

我身体终于恢复了知觉。

沈从赶在我骂出口之前，哑声道："我只有一颗解药了，只能这样。换作是陈书林，我也这样！"

他太有道理，我无话可说，只能扭过头，掩饰自己的狼狈，将马打快了几分。

他撒出去的药很快就消散了，新一拨杀手追了上来。

我远远看见前方有一条大河，转头看向沈从。

他各扔了一根黑色的管子给我和陈书林，低声对我们说：“入河。”

我们三人纵身跃向河里，也就是那一瞬间，我听见羽箭破空而来的声音。

“舒城！”

“少主！”

沈从和陈书林一同惊叫起来。

预想中的疼痛并没有出现，我被人一把抱住，一同沉入了河中。

第七章

夹杂着血腥味的河水一瞬间灌进我的口鼻，我拼命挣扎起来。

有人拉扯着我，将清凉的气息渡进我的口里。

我终于冷静下来，在水里睁开眼睛，先是觉得眼睛剧痛，等适应后就看见沈从在我面前。

他一手拉着我，一手奋力往前游动，口里含着那根黑色的管子，正靠着那根管子呼吸。他身边的河水都染红了，很快又散开去。

陈书林不知道去了哪里，我也没有办法管他，憋了一口气学着沈从的样子，将他给我的黑管子竖起来含在嘴里。

空气从管子里灌了进来，缓解了身体因缺少空气所带来的不适。

我和沈从游了大半晚，后来他小心翼翼地浮出水面，然后用手一拉我，我便跟着浮了出来。

我不知道我们已经游到了哪里。

沈从拖着我艰难地上了岸，等上岸后我才发现，他背上挂了支羽箭。血从箭头那里沁出来，混合着河水，沿着我们的方向一路往前。

“这样不行。”走了几步，沈从就停了下来。

他拿出一个瓶子给我，吩咐道：“我往前走，你将里面的药粉撒在我们留下的痕迹上，它会将所有血迹都变成水渍，同时还能遮掩味道。然后你再单独走一条路，回来找我时再用药粉把你的痕迹去掉。”

“我懂。”我点头，但这样做也就意味着我不能扶他。

他腹间本来就有伤，此刻又中了箭，若独自撑着，实在是太过艰难。我断然不能就这样离开，坚持要安顿好他才走。

于是我们走走停停，走了很久，才走到一片林中。他寻了个山洞，对我说：“我在这里等你。”

我点头，换了条路走去，很快就处理好了一切。等我回来时，沈从已经昏死过去。

他自己将箭斩断，留了箭头在肉里。现在这箭是不能拔的，拔了有大出血的后果，以我们的状况，根本没法应对。

他静静地躺在那里，再没有人告诉我要做什么了，我一下就慌乱起来。

深吸了几口气，我才意识到，我太依赖沈夜和沈从了。

也不知道是从什么时候开始，他们就成了我的主心骨，我几乎都不去思考任何事情，全靠他们来告诉我，做什么，该怎么做。

从推行男官制开始，表面上是我在努力，但其实都是沈夜在告诉我，找谁，说什么，上怎样的折子。而我像一个戏子，按着沈夜编排的一切，尽心尽力地演出来就好。

想起沈夜，我坐在沈从身边，自己抱住自己。我突然那么想他，似乎从未像现在这样期待过他的出现。

我想，要是沈夜在的话，这一切必然就不是什么事了。

他武功那么好，他那么聪明，他很快就会带着我们离开这里。若他在，沈从不会有任何事，或许还能找到陈书林……

我迷迷糊糊地想着，太阳一点点升了起来。沈从嘤咛了一声，我赶忙看过去，他正慢慢地睁开眼睛。

他似乎是发了高烧，睁开眼的第一瞬间，眼中居然有了几分茫然。片刻后，他敛了神色，沙哑着声音说："你不要管我了，赶紧出去。"

"去哪里？"

听到这句话，沈从沉默下来。他想了想，从腰间解下一块玉佩给我："回金陵。去漕帮找帮主金河，将这块玉佩给他，然后带人回来救我。"

"好。"我点头，想了想还是说，"那你能不能和我说说，现在到底是怎么个情况？"

沈从闭上眼睛："如果我没猜错，如你所见，整个江左无粮。"

哪怕我也想过这种情况，听到这句话时还是忍不住变了脸色。

整个江左无粮，这不是我和沈从与当地官员磨磨嘴皮子或威逼利诱，就能逼出粮食解决江左之危的。这意味着，整个江左的官员都知道，他们没有退路，江左一定会乱，他们一定要负责。所以，我们一定不能回楚都。哪怕我是舒家少主，他们也要殊死一搏。

江左是大楚产粮重区，整个江左无粮，那势必就要从其他各处调粮。而其他各处呢？会不会也和江左一样……账目上满仓，实际上空仓。哪怕其他各处有粮，江左的坑这么大，哪怕把大楚所有的州都搜刮干净，也不够填补。

江左必乱。

若没有找到粮食，这是一场可以预见的人祸。

我越想越觉得害怕，站起身来时，满脑子只有一个念头。

我想快点见到沈夜。

我毫不犹豫地转身，就在这时，沈从突然拉住了我的袖子。我以为他有什么话要说，转过头去瞧他，却看见他欲言又止的模样。

正在这时，外面远远地传来了人声和犬吠声。

沈从猛地变了脸色，他扶着洞壁站起来，毫不犹豫道："我去引开他们。"

"我去……"

"你闭嘴！"我呵斥他，"你这样重的伤，去了能有什么用！"

"那你去了，就又能活着回来吗？"他抬头看我，目光灼灼，"你知道你去了意味着什么吗？你是舒家少主！你要是死在这些蝼蚁手里，你家人要怎么想？"

"所以你让我看着你去送死？"我抬头看他，不由得笑出声来，"当初我与你大哥萍水相逢都不曾放弃他，如今你怎么会觉得我会放弃你？"

沈从没有说话。片刻后，他慢慢松开我的衣袖，哑声道："你不要这样，你这样……我怎么办？"

"什么？"我没听明白他的话，只是感觉身上的力气慢慢消失，软在了地上。

他扶住我，静静地看着我，过了好久，他将我的头发温柔地撩到我的耳后。

"我身上有血，跑不了的，以大局为重。"他温和地说，"这药的效力不久，一会儿你就能动了，到时候不要找我。"

他说得对，我不想像话本里的那些女主那样矫情，只能捏紧玉佩，咬紧牙关点头。

他踉跄起身，往外走去。走到山洞前，他突然顿住步子。彼时，他站在阳光下，垂下眼眸，捂着带血的伤口，苍白着脸，回头对我说："当年你答应我，若有难处，可再来找你。沈家满门抄斩，我父亲在我面前自刎时，我曾唤你的名字唤了一夜。长大后我知道不该怨恨，你的名字却总与我最绝望的那一夜相伴相随。"

"我以为我恨你。"

原先听到的人声和犬吠声开始清晰起来，我心中猛地一颤，想说什么，却不敢打断他。

他转头看向山洞外，继续说："可后来我发现，我不是恨你，我只是羡慕大哥。我曾为此慌乱茫然，甚至惊慌失措，然而此刻，我终于明白，这不仅是羡慕。"

说完，他便转身离开。

他走得踉跄，几乎是拼了命往外跑去。

过了片刻，我便听到外面吵闹起来。而后那些人的声音越来越远，我身上终于有了力气，颤抖着身子冲了出去，接着便听见一个熟悉的声音冷声道："竖子尔敢！"

我惊喜地抬头，便瞧见沈夜立于树上，一袭湛蓝华袍，面戴半边白玉面具，话音才落，他便腾空而起，手中小扇一挥，数道金针从天而降，那些金针在半空中旋转绽开，成了一朵朵金色的兰花，刚好落在沈从和要去抓他的杀手中间。

就在那一瞬间，一黑一粉两道身影带着几十个黑衣人从林间掠出，扑向那些杀手。

沈夜从容落到沈从面前，皱眉看着满身是伤的沈从。

"大哥……"看见沈夜，沈从露出放松的笑容，竟是毫不犹豫地一头扎向了沈夜怀里。

沈夜接住他，转头看向温衡、牡丹，冷声道：“咱们家阿从被人欺负了。”

“咱们上次当家长出头是什么时候来着？”牡丹一剑劈开面前挡路的人，皱眉思考。

一个穿着金缕衣的男人挥舞着双刀，弯眉笑道：“是唐丞被打的时候，好多年了。”

“哦，对！”牡丹欢喜起来，“金河，你还记得不？我当时问临渊哥带着咱们去哪里，临渊哥说，灭门！这次阿从被打了，咱们端了她刘素全家！”

“嗯，好。”出乎意料，温衡接了话。

沈夜对他们的对话似乎见怪不怪了。他抱起沈从，朝着我走了过来，静静打量了我片刻后，温和地说：“没受伤就好。”

“我……”我瞧着他怀里虚弱的沈从，想了半天，却只说了句，“对不起，我没照顾好他……”

“没事。”沈夜摇头，带着我朝山林外走去，他们在那里备了马匹。

他不急不缓地同我解释：“是我的错，我不该弄丢你们。”

“那天陈晓斓带了霹雳弹来，我就知道事情不简单，立即带着人回了扬州，让另一拨人去找你们。等我把扬州的事情搞清楚的时候，探子回来告诉我，把你们跟丢了。阿从向来谨慎，我早该猜到的。如果是我亲自去找你们，或许就会猜到阿从留下的提示了……”

“那你看到陈书林了吗？”

“在找。”他面色不改，勾唇笑道，“怎么，你不会真对他有意思吧？”

“不敢！”我赶忙摇头。

沈夜点头道：“懂事一点，别给别人找麻烦。”

我小鸡啄米一样地点头。

来到马匹前，我们不等温衡、牡丹他们，便翻身上马出了林子。

过了一会儿，那个穿着金缕衣，戴着金冠，挥舞着金色双刀，满脸写着“我有钱，我土豪”的男人突围赶了上来。他问沈夜：“主子，这是你家那个吗？”

他的称呼太混乱，让我蒙了一瞬。

沈夜面不改色地点了点头，吩咐道：“叫嫂子。”

“是。”这男人长着张书生气的脸，讨好地叫道，“嫂子好。”

“这是金河。”沈夜转头同我介绍，“以前待在凤楼的，也是我兄弟，现在是漕帮帮主，江左第一富商。”

一听这话，我肃然起敬。我对有钱人，总是有那么几分崇拜，尤其是对这种白手起家的人，更加钦佩不已。

我赶紧抱拳道：“失敬。”

不同于凤楼其他人不大看得起我的态度，这个金河作为一个生意人，确实很会待人处事，面上笑容和善，让人如沐春风。

"能让舒少主说一声失敬，看来金河上辈子一定是修了莫大的功德。"

"沈夜，"我听得舒心，自然要夸夸他，转头对沈夜说，"我觉得你们凤楼到底还是有脾气挺好的人。"

沈夜但笑不语。这时候，一支暗箭倏地飞向了我。沈夜手中的小扇"唰"地打开挡在我身前，与此同时，金河的弯刀飞了出去，将树上的人直接劈成了两半。

那血肉横飞的场面看得我呆住了。

沈夜看着我的表情，低笑着问："还觉得他人好吗？"

我没说话，摸了摸鼻子。

我们一行人马不停蹄地赶回金陵，到了金府。

此刻金府里里外外全是人。我们刚一进门，就有人带着大夫迎了上来。

沈夜一路抱着沈从踹开大门进了房间，将沈从放到床上。

大夫跟进来，拿出一排银针和小刀，然后又让人端了烧酒上来。

沈夜拿了软布给沈从咬在嘴里，双手按着他，抬头对大夫说："动手吧。"

那大夫也是见惯了这种场面的，当下也不迟疑，用烧酒喷过伤口和刀，便果断下手去，将那剩下的羽箭拔了出来，大股的鲜血随之喷溅出来。

沈从闷哼了一声，听得我心里一惊。

或许是因疼痛，他终于醒转过来："大哥，舒城……"

"在。"沈夜握住他的手，沉稳地说，"她很好。大哥在，什么事都没有了。"

沈从不再说话，他四下打量，将目光在我身上停了片刻后，便望向了沈夜。他看着沈夜的时候，终于失去了平日的沉稳睿智，仿佛孩子一般，眼中全是依赖。

"大哥……"他握着沈夜的手，虚弱地说，"江左无粮……"

"我知道，你别担心。"沈夜一只手掖了掖他的被子，"我已经调兵来江左，最迟今夜就会赶到。你好好养伤才是最重要的。"

"阿从，"他温和地说，"哥哥们不会让人白白欺负你，睡吧。"

沈从终于放下心来。他看着沈夜，眼中有种莫名的神色，好久之后，才闭上眼睛。

等大夫为沈从包扎好伤口，服侍他喝药睡下，沈夜便带着我们出来了。

侍女服侍着我先吃了点东西，然后洗了个澡，等做完这一切出来后，我便瞧见沈夜正坐在躺椅上看着一堆写满了字的信。

他脱了外袍，只穿了里面的白衫，发冠被他取下放在了一旁，模样看上去舒适从容。

我出来的时候，他抬起头来看我，什么话都没说，眼里神色复杂。看了好久，他抬起手来，对我招手道："过来。"

我赶忙走了过去，蹲下身，仰头瞧着他。他伸出手来，抚过我的脸颊，声音沙哑："瘦了。"

"嗯……"

“下次不能这样了。”他叹息一声，“你不在我身边，我真的太害怕了。”

说着，他俯身将我抱在了怀里，闭上眼说道：“我找你找得快要疯了。我怕江左那些人对你下毒手……可阿从做事太干净利落了，我实在找不到你们。”

“我想你们一定会来金陵，就派人看住了金陵的知府，本来你们到金陵的当天我就要来找你们的，谁知道他们动手这么快……我当天出城去扬州，回来的时候，刚好看见你们落进江里。看见那些箭飞向你们的时候，我脑子里只有一个念头，你要是死了，我一定要血洗了整个江左。”

他语气里全是杀意，我毫不怀疑他做得出这样的事来，赶忙拍了拍他的背：“我不是回来了吗？阿从……阿从也不会有事的。”

说到阿从，我就忍不住想起他在马背上的那个吻和离开山洞前说的话。这些东西我有些不敢细想，只低着头说：“阿从还是个孩子。”

“明年他就弱冠了。”沈夜言语中终于有了笑意，“也不算个孩子了……想想他见你的时候才十六岁，我捡到他的时候，他也才四岁，一转眼，就要嫁人……不，”说到这里，沈夜满是自豪，“我们家阿从是要娶媳妇的，我不让他嫁人。”

听到这样的话，我不免也笑了。我将头埋在沈夜膝间，忍不住呢喃：“你将阿从养得这样聪慧，这样好，以后咱们的孩子，是不是也会像阿从一样优秀……”

“要这么优秀干吗？”沈夜笑了笑，“我倒希望咱们的孩子能像你一样才好。”

“你的意思是，我不优秀？”我皱起眉来。

沈夜笑而不答，反而说道：“天真是一种福气，这证明这个人一生没有受到太大的挫折、磨难，抑或是心志坚定，知道自己要什么，不要什么。慧极必伤，像阿从，实在是过于聪明了些。”

“他这么聪明，自己会照顾好自己，你别担心了。”我拍了拍他。

他将我从地上捞起来，抱在怀里。我调整了个舒服的姿势，咳嗽了一声：“说正事，你当时在扬州做什么了？”

“陈晓斓这么着急追杀我们，我干脆就带着人杀回去了。本来我是打算直接抓着陈晓斓就跑，却不料有人暗中相助。等我出了扬州才知道，这些人是富商林家的人。林家的人告诉我，为了凑粮仓里的粮食，陈晓斓杀了林家全家人，抢了他们的粮食，好在他们几个庶出的跑了出来。我一听这话就知道不对劲了，于是暗中回了趟扬州的粮仓，发现里面的确只有林家的那点粮食。我来不及细查粮仓为什么无粮，一面让人去找你们，一面直接来了金陵，然后找上了金河。金河听我说了扬州之事后，连夜让人查探金陵粮仓，发现也是无粮。”

“于是我把人分拨下去，一连探了江左十三城的粮仓，同时让金河去暗查金陵粮食的去处。后来我终于确定，整个江左的粮仓，都是空的。于是我连忙用你的令牌调兵过来，不管怎样，先镇住金陵。”

“如果江左确实无粮，那怎么办？”我有些担心。

沈夜笑了笑："不是如果，而是，江左真的无粮。我让金河四处打听，终于弄清楚粮食去了哪里。"

"你放过印子钱吗？"

印子钱其实就是一种高利贷。近些年来，大楚，或者说江左风调雨顺。江左本就是商贸繁华之地，这些年大大小小的作坊更是如雨后春笋般涌现。有了作坊，自然就有了更大的资金周转需求，于是又兴起了许多发放印子钱的商家。

借钱的人生意做得好，钱就能还上，而这些年商家发出去的印子钱，大多也都能如数收回并获取高额利润。因为收益巨大，大楚贵族间，没有不牵扯上这项生意的。贵族子弟，什么都可能缺，就是不缺闲散银子。

"这和印子钱有什么关系？"

"如今大楚如此流行放印子钱，主管粮仓的人自然不会无动于衷，于是每年国家一将购粮银发放下来，主管粮仓的人就将银子交给了放印子钱的人，利滚利地吃利息。一旦楚都派人来视察，他们立刻将本金收回，用本金做抵押大肆向商家借粮，江左这些年一直丰产，任何时候借粮都能填满粮仓。等你们视察完毕后，这些人又快速将粮食还给商家，支付一部分费用后，收回本金继续放贷。"

"所有人心里想的都是，干一年就收手，这样他们既没有贪污粮银，又拿到了分红，根本没有任何危险。可是一年复一年，一连五年都没出事，整个江左也就放松了警惕。第一年不过金陵、扬州这种大城流行放印子钱，后来各地争相效仿，于是五年过去，江左没有一个粮仓愿意屯粮。"

"只是谁都没想到，今年江左会大旱，拿着银子也买不到粮食。于是这些官员开始从外面买粮，但他们不敢动作太大，怕惊动其他州的粮价后引人察觉。只是他们购粮数目实在太大，再如何隐蔽，粮价也很快有了波动。"

说着，他将一沓纸交到我面前："这是近来肃州、燕州甚至云州的粮价。虽然波动不大，但是按照往年的粮价水平来看，明显高了些许。我看得不算精确，等阿从醒了，让他再看一遍，从而推算，大楚到底能不能填补好江左这个大洞。"

"粮仓无粮五年，这样大的事情，到底是如何瞒住的？"我皱起眉头，"是什么人告知江左官员监察官的行踪的？每年监察粮仓的官员都是不定时抽查，他们怎么就能知道？"

"如果他们的人是陛下的人，你说他们知不知道？"

听到这话，我霍然一惊，断然否定道："不可能，陛下不会做这种事。"

"陛下不会做，可她那个女儿呢？"沈夜露出嘲讽的笑意，"那可是个贪功近利、胆大包天的主儿。你大概不知道，江左每年要给储君府中送多少银子吧？"

"可……可……"我有些看不懂了，"她都是储君了，要这么多银子做什么？陛下也没有多余的子嗣，只要她老老实实的，未来天下都是她的，她至于吗……"

"阿城……"沈夜的笑容越发冷了下来，神色锐利如刀，好像大皇女就站在他面前。

我不由得想，沈夜和大皇女到底有什么深仇大恨，要这样记恨她。

他悠悠转头看着我："你是不是觉得，大皇女特别蠢？"

我不敢说话，用沉默支持了他。

"可你知道，她养了多少人吗？大皇女可是一个极其重才的人，尤其是高手，她更是愿意千金相求。她怕死，怕得要死。"

"到底是……为什么？"我还是不理解。

沈夜笑得意味深长："每年要养有才之士，要养自己的私军，而且她自己本身也开销甚大，能在凤楼为美人一掷万金，这份气魄，想来这天下没几个人能及她。这样多要花钱的地方，大皇女怎么不头疼？更别说，她还有个拼命往外掏钱的主君。"

"你是说驸马江玄？"

江家的嫡长子，听说容貌艳丽无双，我之前见过，是个大美人，前提是没有沈夜、沈从、白少棠这些人在场……

"江家你不知道吗？"沈夜放下书，摇着摇椅道，"整个一个大筛子，看上去是贵族世家，骨子里都烂透了，到处都是花钱的事儿，偏偏又没什么钱。江玄可算是为江家操尽了心，如果不是江玄，你以为储君府一年十万金的开销是怎么做到的？"

十万金……我们舒府的生活也算是奢华的了，一年也不过一万金。

我突然有些同情大皇女了……我抬头瞧了瞧沈夜，不由得有了种自豪感。

看，别人家娶主君都要花钱，我家主君可以倒贴钱养我！

大概是我的眼神太直接，沈夜不由得笑了。他从兜里拿出一张银票悠悠地说："拿去花，你有我养。"

"那个……"我搓着手，有些不好意思地问，"那……那你有大皇女有钱吗？"

"嗯……"他认真考虑了一下，"比她有钱一点点吧。"

"真的？！"我惊呆了，从没想过沈夜这么有钱！

沈夜揉了揉我的头发："所以你放心花吧。"

他的语气宠溺极了，好像我花他的钱，就能让他觉得很开心一样。他那么温柔地看着我的样子，几乎让我溺毙其中。

我静静地看着他，他忍不住靠近了我。这时，门外响起温衡平和的声音："主子，守军到了。"

我们两个都僵了僵。沈夜露出了一丝羞恼的神情，同我一起起身往外走去。等到了门口，他瞧着前方，目不斜视地从温衡边上走过，冷冷地说："挺会挑时间的。"

对啊，至少等我们亲完啊！

我跟在沈夜身后，瞪了温衡一眼，将银票收入囊中。

我们一行人刚到大门口，就看见一个蓝衣白衫，头顶布冠，手持玉剑的男人同金河一起站在那里等我们。

他长得极好，眉目清俊，神色冷清，一眼看去，仿若昆仑白雪，高冷中自带仙气，超脱于俗世。

他本来正在和金河说话，瞧见我们一行人走来，匆匆扫了我一眼，看向沈夜："性子软弱良善，与你相配。"

沈夜笑了起来："怎么连你也来了？昆仑山离这里也不近吧？"说着，沈夜朝着那男人一指，"我兄弟，昆吾。"

剑圣昆吾。

听到这个名字，我就惊呆了。这可是一代传奇啊，九国最顶尖的强者，昆仑宫刑罚堂的执掌者。当年我娘无数次想过，能求他当我师父就好了，有他当我师父，我大概也不会弱成这样。

我从未想过这个活在传说里的人，竟然这样年轻。我不由得有些迟疑："敢问剑圣……"

"昆吾。"他纠正我，声音和他人一样冷峻。

我赶忙道："敢问昆吾大哥当年击败上一任剑圣时……是几岁？"

"十七。"

我倒吸了一口凉气："果然是少年英才！"

"嗯。"似乎听多了夸赞之词，昆吾淡淡地点了点头，一点面子都没有给我，却转头回答了沈夜的问题，"阿从给我传信，说此行可能有危险，我就来了。"

"既然是阿从叫你来的，你便去守着他吧。"沈夜拍了拍他的肩，吩咐道，"我和舒城、温衡去抓几个人。"

说着，他便带着我们走了出去。

昆吾叫住温衡："温衡，晚上试剑。"

温衡哭笑不得，跟在沈夜身后问他："主子，今夜你陪陪昆吾可否？"

"你不若叫牡丹去陪。"沈夜笑得很是开心，招手带走集结在金府外的军队，往府衙方向赶了过去。温衡摇了摇头："他武功不好，会被昆吾打死。"

"虽然他武功不好，可他有其他办法啊。"沈夜言语间很是轻松，"放心吧，昆吾怕他。"

我们一行人很快就到了府衙，牡丹已经先带人过来将府衙团团围住，似乎是早已有过一场厮杀，府衙里到处是血。

沈夜带着我踩着满地鲜血走了进去，里面跪了一屋子的人。瞧见我们，刘素率先抬头，嘶吼出声："舒大人，无凭无据强闯府衙，残杀朝廷命官及其家人，陛下给您这个权力了吗？！"

"陛下没给她。"沈夜拉长了声音，拉着我坐到主位上，淡淡地说，"陛下给了我。"

"你算个……"

"暗庭办事。"沈夜手中突然翻出一块令牌，刘素瞬间白了脸色。

只听沈夜道："少讲几句，你还能保住舌头。"

刘素果然不再说话，反而是跪着的人交头接耳起来。他们似乎都不太懂暗庭是什么，然而刘素脸上却已是一片灰白。在场的其他人不知道暗庭，像她这种在宦海浮沉的老人对暗庭却是清楚的，没有活人见过暗庭的人，当然，除了我。

想到这里，我不由得有些唏嘘。瞧了一眼刘素后，我转头用询问的眼神看向沈夜。

沈夜端着茶不说话。片刻后，牡丹抱着一堆账本走了进来。

"主子，"他躬身将账本放在桌上，"账本都在这里了。"

"粮仓呢？"

"清点完毕。"

"好。"沈夜转头看向地上跪着的人，"诸位大人还有话说吗？"

没有人说话，所有人都战战兢兢地颤抖着。

沈夜抬了抬手："押进大牢吧。"

"大人！"就在士兵触碰到刘素的时候，刘素突然拼命挣扎了起来，大喊，"大人知道您是在做什么吗？！您知道是谁在管着这事儿吗？！刘素奉劝大人莫要插手，否则……"

"否则大皇女不会饶过我是吗？"沈夜笑出声来，低头抿了一口茶，"一个储君还恐吓不了我。大人难道不知道，暗庭代表着什么吗？别说你一个区区五品知县，今日就算是大皇女在此，本官也能把她拉到大牢里去！拖下去！"

"大人……"刘素终于彻底崩溃，大声嘶喊起来，"我什么都能给大人……求大人饶下官一命……求大人饶过下官家人……"

她的声音越来越远，夹杂着众人的哭声、喊声。

沈夜低头看着茶碗，想了想，说道："吩咐下去，我只给他们五天时间，我不管他们去哪里弄，我只要粮食。"

"拿粮换命。填不满粮仓，我就拿他们的命填！"

"是。"站在首位的一个将领应下，然后将目光转向了我，拱手问道，"大人可还无恙？"

我认真打量了她片刻，是个不到三十岁的年轻将士。看到我疑惑的目光，她忙道："下官原在舒煌将军手下任百夫长。"

"哦。"我点了点头，"你叫什么名字？"

她面上露出欣喜之色，忙回道："下官王珊。"

"近来劳烦你了。"我笑了笑，"此事事关重大，若能处理得当，王将军怕是要扶摇直上了。"

我这算一句许诺了，她明了我的意思，当即跪了下去："下官必然尽心尽力。"

"去吧。"我挥了挥手，"外面还望将军照看。"

"是。"她行礼退了下去。

沈夜似笑非笑地瞧着我："还是舒大人的名头好用啊，别人见着我可没这么殷勤。"

"可别人见着我也不会像见着你一样害怕。"

"我是阎王爷嘛。"沈夜舒展开眉头，"谁见着阎王爷不怕呢？也就你了，傻大胆。"说着，他翻了翻账本，似乎是觉得无聊，便对温衡说，"把账本送到阿从那里去吧。"

温衡没说话，静静地盯着地板，好像什么都没听见。

"嗯？"沈夜挑眉。

温衡终于抬起头来，满脸无奈道："昆吾在那里，我不去。"

"哦。那我让牡丹去。"

"好吧。"温衡点了头，"我送过去。"

说完，温衡就抱着账本走了出去。

我有些奇怪地问："为什么一说让牡丹去送，温衡就乖乖去了？"

"他怕牡丹被打死。"沈夜笑了笑，"相比他和昆吾，牡丹的武功，确实不咋的。"

"呃，那你呢？"我问道，想对他们的实力有个判断。

沈夜挑了挑眉："知道昆吾是怎么来凤楼的吗？"

"怎么来的？"一说这个，我不免好奇了。凤楼再怎么样风光，表面上也是个小倌馆。据我所知，昆吾一直是昆仑宫最骄傲的弟子，我怎么都不能理解这样一个人物为什么会出现在凤楼。

沈夜用手扶着下巴，淡淡地说："那年我路过昆仑，当时年少气盛，听说昆仑剑圣武功绝世无双，于是我就去了一趟，把昆吾打得在病床上躺了半个月。紧接着，昆吾就追着我来了楚都。我对他说，在凤楼待着，我就陪他练剑，于是他就在凤楼待了一年半。"

"然后他打赢你了？"我有些兴奋。

沈夜冷笑了一声："然后他绝望了。昆仑宫一再召他回去，他只能回去。后来他在漠北见到温衡，看出是个能和他对打的人，就把他顺手救了。我也没时间天天打他，有温衡在，昆吾每年来也安分多了。"

"想不到啊……"我忍不住感慨，"你武功这么高强。"

"人嘛，"他谦让道，"总要有个一技之长。我这辈子也就两件事值得骄傲，其中一样就是武功高强。"

"另一样呢？"我很是好奇。

沈夜笑弯了眉毛："长得好啊。"

我们又聊了一会儿，快到吃饭时间时，院子外面传来了牡丹骂人的声音。

牡丹在骂人这件事上向来很有天赋，说话不带喘气。只听他一阵咆哮："昆吾你这个没人要不要脸只知道欺负弱小恃强凌弱丧尽天良道德败坏的孬种！有本事你给爷爷站出来打主子啊！你就知道欺负温衡算什么英雄好汉，是条汉子就去打主子啊！你别躲，你给爷爷站出来！”

我看了沈夜一眼，沈夜托着下巴道：“牡丹要完。”

话刚出口，院子外就传来了牡丹的闷哼声，随后又传来一声骂声，片刻后就变成了哀号声。

“天哪，地哪，这世上还有没有公理了……昆仑宫执法堂长老欺负弱小了啊，对一个手无寸铁的男子施暴，昆仑宫还要不要脸了啊？我牡丹命不好，从小被卖到烟花柳巷，受尽世人凌辱……”

说着说着就成了哭声，夹杂着昆吾支支吾吾的劝慰：“你别哭啊……哎呀，你不要哭了，要不你打回来吧，不要哭了……”

我俩正听着，门外传来温衡的声音：“主子，阿从请您过去一趟。”

“他醒了？”沈夜带着我一起出了门。

看见温衡脸上青一块紫一块的，沈夜皱眉瞧向昆吾：“以后你再打他们的脸，就别回来了！”

“再怎么样，我们也是靠脸吃饭的。”沈夜哼了一声，往沈从的房间走去。

我和沈夜到达时，沈从正倚靠在床上，一页一页地翻着账本。他翻页速度极快，紧皱着眉头。见我和沈夜进去，他也不说话，继续翻着账本。

沈夜拉着我坐到边上，给我倒了杯茶，无聊地拨弄着我的手指，静静地等着他。

过了许久，沈从终于抬起头来。见到我和沈夜的小动作，他先是一愣，随后迅速移开了目光，捏紧账本道：“各州近来粮价和记录我都看过了，按照这个粮价涨幅来说，就算从各州调粮，也只够填补江左不到三成的粮仓。”

“嗯，我已经让人吩咐下去，让这些官员交粮上来了。”

“江左商家的确会屯一部分粮，这些官员会自己想办法弄过来，但是至多能保两成。”

“你需要什么？”沈夜敲打着桌子。

沈从瞧了一眼账本，道：“我要周边各国近五年来的购粮粮价记录。粮食毕竟是粮食，不会凭空就没了，江左丰收五年，粮食总有去处。等确定了各国存粮数量，我们让人到各国买粮。我们还得专门准备一条运粮的通道……”

“只要能把江左粮仓补回到八成，便可保此次江左无事。”

沈夜没说话，只静静地听着。

等沈从说完了，他走到沈从面前去，揉了揉他的头发，温和地说：“阿从长大了，辛苦了。”

沈从咬紧下唇，握着账本，嗓音沙哑：“大哥……”

“好好休息吧，我去弄这些事，等一觉醒来，什么都好了。”

说完，沈夜便打算带我离开。

然而他一转身，沈从就抓住了他的袖子。他看着沈夜，目光里全是愧疚。

沈夜觉得有些奇怪。

沈从张了张口，却道："我会好好辅佐哥哥。"

"傻小子。"沈夜笑了笑，显得格外高兴。

等我和沈夜一同出来时，沈夜垂下眉目道："我怎么觉得，阿从有心事呢？"

我没说话，只觉得心绪难安。

回去后，沈夜便开始吩咐人办事。我静静地坐在他旁边吃饭，我吃一口，喂他一口，他也不管吃的是什么，只知道张嘴吃下。等喂完饭后，我觉得没什么事，就坐在旁边看他做事。他做事的时候向来认真，完全不理会我，我就这么静静地看着，觉得心里格外安宁。然而才静了一会儿，我突然想起在山洞时的感觉，忍不住问他："你说我是不是很没用？"

"嗯？"正在写信的沈夜抬头，"怎么会这么想？"

"我感觉所有的事情都是你们在做。阿从出点子，你来管大局，温衡、牡丹去执行，昆吾负责在特殊情况下保驾护航，金河给咱们提供本地资源……我就知道吃……"

"别这么想，你挺有用的。"沈夜头也不抬。

"什么用？"我很好奇。

沈夜抬头瞧我，眼里全是笑意，好像有一条银河贯穿了眼眸，璀璨而深邃。

我一时心跳得飞快，只听他说道："辟邪。"

我："……"

"真的。"沈夜说得认真，"舒家少主的名头，给我们行了许多方便。没有你，这守军我都调不过来。"

"哦……"

横竖这作用不是我的，是舒家的。我也不想在他这里找自信了，干脆找了个话本子来翻阅。过了一会儿，他在那一摞摞文书间对我说："你把这些东西送去给阿从。"

"不好吧。"我有些犹豫，"他都受了这么重的伤，你让他休息……"

"他是个男孩子。"沈夜头也不抬，"这世道的男子本就活得艰难，若还学得一身娇气，就更活得艰难了。"

"可这世道也未曾要求你们要如此苛刻自己。"我有些不满，"天塌下来了有我们顶着，你们怕什么！"

"舒城，"他沉下声来，抬头望我，神色郑重，"你要知道，所有享有的权利，都需要以义务来交换。如果我们享有了与女子不同的权利，那就证明着我们必然已经付出了什么。"

"为什么要给弱者保护？因为弱者天生失去了和别人较量的能力，他们柔弱，不堪一击。为什么要给男人保护？因为男子天生失去了和女子平等的地位，我们不能位列公卿，我们不能继承家业，我们的性命如蝼蚁般任人践踏。所以，如果一个男人想得到尊重和平等，他首先就要放弃已有的温床。”

“我或许无法成为那样的一代人，可我希望，阿从能等到那天。我希望他能娶一个女人而不是嫁一个女人，我希望他能位列公卿，而这样的希望也就意味着，他必须站起来，比女子更坚强，更优秀。你明白吗？”

我没说话，鬼使神差地走到他身前，静静地伸手抚上他的面容：“沈夜，这么多年，你一直是这么告诉自己的吗？你得站起来，为你的妻主撑起一片天地，你这样想？”

沈夜笑了笑：“其实我有很多选择，阿城，你知道我为什么选择你吗？”

说着，他握住了我的手，温和地说：“因为看见你，我就知道，你能为我撑起一片天地。”

“阿城，”他眼里全是缠绵，“我需要一个人站在我心里，给我善良和温暖，让我不至于沉沦于黑暗之中无可自拔。这世上的人心肠都太冷，我唯独见过你如此天真。你的纯真救赎了我，换作任何一个人，秦阳也好，上官婉清也好，上官流岚也好，她们都有自己的优秀，有自己的世界，她们尚且无法保证心中的纯真，更何况来给我救赎？”

“所以说来说去，其实你就是爱上了我比较傻。”我忍不住笑了。

他也笑：“大概吧。”

“好吧，说了这么多好话，那我为你跑一趟。”说着，我抱起了他指的那堆文书，往沈从房间里走去。

敲响沈从房门时，他房间还灯火通明。是昆吾给我开的房门。我进去后便看见沈从倚靠在床上，还在看东西。我一进去，昆吾便道：“你守他一刻钟，我马上回来。”

说完，他便跑了出去。我怕风吹进来让沈从受寒，便关上了房门，然后将文书放到床旁的小桌上。小桌上还摆着一碗药，已经快凉了，我不由得问：“还没喝药啊？”

听到我的话，沈从翻书的手僵了僵，他垂下眼眸，哑着声音叫了一声：“嫂嫂。”

“你大哥让我给你送一些东西过来，估计是对你有用的。”说着，我将那药递给他，“赶紧喝了。”

他也没多说，从我手中接过碗去。肌肤相触的刹那，他不着痕迹地颤了颤。我忍不住问道：“是不是有点冷？”

“尚好。”他十分客气地回答，将药一饮而尽，“嫂嫂把东西送过来了，就请回吧。”

“嗯，你以后记得多喝药，不要别人没看着你你就不喝。对了，昆吾是去做什么，为什么要我守你一刻钟？”

“去寻牡丹了。听说牡丹哭了一晚上，昆吾内心十分愧疚，又怕我被刺杀，在这里坐立难安了许久。”

“温衡呢？”

“被昆吾打伤，在床上养伤。”

“呃……阿从啊，”我有些尴尬，“你请昆吾过来，真的是来帮助我们的吗？”

我以为沈从会嘲讽我，然而他却认真同我解释：“他们是闹着玩的，嫂嫂不必放在心上，昆吾心中有数。”

“好吧，那我还是等昆吾回来再走。”

“嫂嫂不必担心，还请回吧。”

“不行，万一中途来人刺杀……”

“舒城！”沈从终于忍耐不住，豁然抬头，“让你滚你就滚，是听不懂人话吗？！”

我不太理解沈从的喜怒无常，他虽然一贯看不惯我，但很少这样冲我发火。我不由得愣了愣：“我……做错什么了？”

“没有。”沈从闭上眼睛，露出自我厌弃的表情，“你走吧，是我情绪不好，你没错，是我的错。”

“好吧……”他这样发火，我也不敢继续待下去了，站起身说，“那我去唤人来看守，你好好休息吧……”

我起身向外走，临到门前，沈从突然叫住我：“舒城。”

“嗯？”我转过身，他坐在床上看着我，神色复杂得让我根本看不懂他的情绪。他静静地端详我许久：“你和大哥在一起……很幸福吧……”

“是啊。”我坦率地点头。

沈从苦笑起来，闭上眼睛：“我知道了，你走吧。”

等我走出去后，不知道为什么，关门前，我还是忍不住回头，却看见沈从闭眼倚靠在床上，紧紧抓着被子。

回到房间时，沈夜正坐在椅子上等我。瞧见我回来，他抬头微微一笑：“回来了？”

我愣了愣，随后笑开：“嗯，回来了。”

第八章

三天后，沈从终于能下床了。他来找我们，将账本一甩道：“这五年各国皆有大小灾情，江左的粮都销往了这些地方，可算是帮了他们的大忙。我看了一下，两年内，西荒和陈国的粮价都有大幅下降，可以从这两个地方着手。”

“这些地方本就贫瘠，又经灾害，还会有存粮吗？”我忍不住皱眉。

沈从嘲讽道：“他们是穷，可他们人也少啊。尤其是陈国，和西荒不同，本就有产粮的地方，近两三年江左的粮食卖过去，估计都被他们囤积了起来，而且他们的粮食一定已经足够，否则不会出现这样大幅度的降价。陈国粮仓三年换一次，今年刚好是第三年，我们可以去买他们换下来的陈粮。”

“陈粮……”我有些犹豫，“会不会吃出事来？”

“有吃的就已经够了。”沈从越发不客气，“现在什么时候了，还担心这个？”

“那就这样吧。”沈夜拍板，“从西荒、陈国购粮。”

“要快，不能让两国上层察觉，一旦他们察觉我们有难，需要粮食，必然狮子大开口。”

“我知道。”沈夜点了点头，“我会让人化作各国商人入境，少量多次买下来。”

我忙插嘴道：“陈国户部主管粮仓的夏大人是我们家的暗桩。”

听到这话，沈夜和沈从对视了一眼，片刻后，沈夜点头道：“那再好不过。我们伪造了名字，你派人过去一次清点完毕，直接把粮食护送回来。把暗庭暗道里的马都加至五十匹，日夜兼程运回江左，大概需要十五日。”

“近来那些官员上交的粮食有多少？”说着，沈夜瞧了沈从一眼。

沈从道：“可撑足十日。”

“那从肃州调粮过来冲抵如何？等陈国的粮食到了把那些粮食送到肃州。我现在就过去，那边上下都是我的家人……”

“不，”沈夜打断我，“不能从你家过粮，从燕州吧。”

燕州是陛下的大本营，她有底气和各大世家对抗的底牌之一。

沈夜转头瞧着我：“我知道你一心只想办好这件事，但你要想想，陛下为何让你办这件事。不要一点点磨掉舒家的爪牙。”

“可从燕州的话……会不会来不及？”

从燕州，意味着沈夜要先把消息传回楚都，陛下下旨到燕州后才行。

“我之前早已向陛下请示过了。”

“如此……”我点头道，“还是你老谋深算。”

“运输粮食这件事就交给金河去办。舒城，你出个信物，我让人带到陈国去找夏大人。阿从，你负责清点各州调粮的数量。”

“是。”沈从行了个礼，“那我先退下了。”

“去吧。”沈夜挥了挥手。

等沈从走后，沈夜看着我，有些无奈：“以后不能张嘴闭嘴就告诉别人舒家的底细。谁是你们的暗桩，哪个州的人是你们的，这些都不能说。”

“我知道。”我点点头，说，“可这是你啊。”

沈夜愣了愣，眼里掠过一丝苦涩，许久，才道：“有些话我不敢问，却还是忍不住。之前的事，你真的……就没有芥蒂吗？”

我没有说话。

上官流岚是谁杀的，舒煌姨母与我的关系是谁透露的，他与女皇之间到底是如何交易才保住了他今日位置的，血契这件事，女皇到底希望沈夜在其中做什么。

这么多的疑问，我连想都不敢深想。我以为这些东西都能埋在黑暗处静静地不说话，沈夜却还是把这些事挑开了。

“你是我的主君。”

我握住他的手，声音低哑：“我迎娶了你，自然要承担娶你的风险。我知道你我之间有很多秘密，但是我想，你总不会伤害我。”

“上官流岚是你为了保护我才误伤的，舒煌姨母之事也不一定是你，至于你和女皇之间的事，我不管，也不想管，我只知道你不会害我，这就够了。”

“若我害了你呢？”他低垂着眼。

我不由得笑了：“你拼死救了我一命，若你害了我，便当抵消了这救命之恩吧。从此以后，你我再无瓜葛。”

沈夜跟着我笑了，他将我揽进怀里，叹息出声：“你呀，就知道戳我心窝。”

事情办得很快，昆吾护着王珊拿着我的信物去了陈国，牡丹带人扮作各国商人前去购粮，燕州的粮食很快送了过来，不日后，各州的粮食也跟着送了过来。沈从清点粮食和物资，建立医馆救济伤患，防止瘟疫。而我和沈夜负责安置灾民，开仓放粮。

不过半个月，江左便稳定下来。百姓不知道沈夜，却知道沈从与我，一时之间，我与沈从的声望前所未有地高了起来，各家各户甚至摆上了我们的雕像供奉。等从各国购回来的粮食都齐了之后，这件事终于到了尾声，也到了惩治相关官吏的时候了。

按照这些官吏上交的粮食数量，对每家每户实行惩戒，免除其部分家人的罪责，不过所有官员主犯都不能免罪。江左官场上下都被整肃了一遍，五品以上的官员都要被押送回楚都受审。于是等我们回楚都时，队伍比原来长了至少十倍。

我让王珊调了三千士兵进行防护，加之有昆吾、温衡护卫，想来也算稳妥。

离开江左的前一天晚上，沈夜告知我，陈书林的尸体找到了。我赶忙前去看最后一眼。他背上全是箭，几乎被扎成了一只刺猬，由于在水里泡得太久了，完全看不出之前的样子。

“他……”我想问，他怎么会被这样多的箭射中，而我却好好的……沈从也只中了一支箭，他怎么……

然而话还没说出口，我就呕吐了起来。沈夜赶忙扶着我，要拉我离开，我摇了摇头：“让我看看他。”

“当时箭矢太多，你们三人武功都不好，陈书林就挡在了你和沈从前面。”沈夜向我解释。

我恍惚间回忆起来。

是沈从挡在我的前面，于是我便以为自己没有受伤，只是因为沈从护住了我。

我没有想到，是陈书林挡在最前面了。

我与陈书林，也算不上有多深的交情。然而此时此刻看着他的尸体，我却忍不住想起他在篝火下的面容。

他说他一直看着我，把我刻进了他的生命。

他说他喜欢上了一个姑娘，但与她云泥之别。

他求我放过他的母亲。

我猛地反应过来，陈书林是在用自己的死，为他母亲谋求一条生路。

我慢慢直起背来，沙哑着嗓子说：“我要见陈晓斓，陈晓斓……今夜就在牢中畏罪自尽吧。”

“我明了。”沈夜拍着我的背，安抚道，“你别太难过。”

“我也不是难过……”我解释道，“我只是觉得……他不该这样。”

不该这样，在被毁去一生后，为了这个毁掉自己一生的人，毁去自己获得幸福的最后机会。

活着，就可以修正一切，改变一切，有什么理由，不好好活着呢？

我跟着沈夜一起去了大牢。陈晓斓蹲在牢房里，早已看不出原先的样子。见我进来，她先是愣了愣，随后就扑了上来，隔着牢笼拼命想要抓向我。

“书林呢！书林被你弄到哪里去了！”

“他死了。”我将手笼在袖子里，继续说道，“他求我放过你，为此不惜牺牲性命来救我。”

陈晓斓愣住了。片刻后，她猛地哀号出声：“还我儿子！你这个贱人！还我儿子！

你害了他一辈子还不够，还要害他的命！你这个恶毒的妇人……”

“害他的是我吗？！”我猛地拔高了音量，“你仔细想想，害他的是谁！”

“若不是你把他当作你仕途上的垫脚石，何至于要他从小就学会攀龙附凤，一心想要嫁我！你给了他这样的痴心妄想，害得他心生执念，这是我的错吗？让他堕入无底深渊的是我吗？！”

“如果不是你不曾做好一个母亲，始终不曾给过他关爱和鼓励，让他终日惶惶不安，嫉妒沈从，怨恨他人，他又何至于小小年纪就对沈从痛下杀手，惹怒沈、舒两家？！”

“若不是你贪图钱财，中饱私囊，害得扬州陷入如此危困境地，他又何至于要以命为你赎罪？！”

“若不是你先将他的人生毁得如此彻底，他又何至于在赴死时没有半分犹豫、挣扎？！”

“陈晓斓，你扪心自问，我与你陈家素不相识，事至如此，我舒城可有半分错处！”

在我一句句的声讨声中，陈晓斓的面色变得越发惨白起来，最后，她含着眼泪怒吼出声：“你懂什么！你知道些什么！我是在为他好！陈家这样的落魄贵族怎么与你们舒家相比？我想他嫁给你，你以为是为了我吗？我只是希望他一辈子荣华富贵，顺顺利利的。我作为母亲……一辈子的寄托也不过是在孩子身上，让我为他去死我都愿意，更何况只是仕途！”

“我苛责他，是为了让他更优秀。他不够优秀怎么能嫁进舒家！我所做的一切都是为他好！”

说着，陈晓斓的声音低了下去。她捂着脸，痛哭着在我面前蹲下身去。我看着这位痛哭的母亲，听她拼命喊着陈书林的名字，不由得叹息不已。

“你还有个女儿。”我提醒她，“带着她逃命去吧。书林已经死了，为母则刚，你得站起来。”

“我母亲从小就很护着我，她很少骂我，很多事情也是随我的心意。她同我说，作为母亲，就是要为自己的主君和孩子撑起一片天地，让他们活得自由、简单。你或许觉得你爱陈书林，觉得一切都是为他好，可你有没有想过，一个孩子成日活在母亲的指责和苛求中，看着母亲欣赏其他孩子，他内心会如何想？”

我让人把牢房的门打开，押了个死囚进来。陈晓斓抬头瞧着我，有些不解。

我转身道：“走吧。”

等处理好陈晓斓的事情后，沈夜跟着我一起回了房间。他见我神情恍惚的样子，温和地问：“在想什么？”

“我在想，如果我有一个孩子，我一定不会像她这样。”说着，我抚上我的肚子，幻想着有一个生命在里面生根，发芽，跳动。

“我会对他好，让他幸福。所以沈夜，我得变强，我得成为我母亲那样的人……”

沈夜没说话，他从我背后静静地抱着我。

“这是我的责任。”他低喃，“阿城，你不是一个人，你还有我。我来保护你和孩子，你什么都不用怕。”

我抬头瞧着他，本来还在恐惧颤抖，唾弃着自己软弱的内心，突然就安定下来。我握着他的手，垂下眼眸：“嗯，我们一起。”

第二天赶路前，牢房里传来陈晓斓的死讯。

我点了点头，猜测她已经带着女儿在去其他国家的路上了。

回楚都的路格外漫长，因为队伍太长，所以比我们来时多费了许多时日。我在马车上觉得头晕，整日昏昏沉沉地睡着。眼见快到楚都，沈夜怕生变故，加快了速度，夜里也不停歇。我朦朦胧胧地睡着了，感觉马车摇晃起来，而后只听见“砰”的一声巨响，马车猛地一颤，沈夜将我往怀里一捞，我便清醒了过来。

“有人劫囚。”他告知我。

我点了点头，卷起帘子向外看。

对方和我方的人已经厮杀在一起，温衡和牡丹都混在人群里厮杀，唯独昆吾一人，着一袭白衣蓝衫，将玉剑横在额前，并指一点点抚过剑身，口中念念有词。

他脚下开始浮现出一个带着光的圆盘，上面有着复杂的花纹，好像是星辰落于经纬之上，随着他的动作，那个带着亮光的圆盘一点点扩大，圆盘所触及的地方，那些黑衣人似乎是没有了力气，动作缓了下来。

当他的手指滑到剑锋末尾处时，那圆盘足足有三十丈宽。昆吾猛地睁开眼，开始四处移动。他所向披靡，将敌人一个个放倒，凡是踩在圆盘之中的人几乎都失去了抵抗力，瞬间就被我方的人杀干净了。

“昆仑宫术武双修，昆吾所踩的，便是昆仑宫的星阵。若论单挑，温衡和我同昆吾都能一战，但是若说以一对多的场合，天下无人能出昆吾其右。”

“战场上要是多放几个昆吾……”我眼睛亮了起来，几乎已经看到了大楚崭新的未来。

沈夜微微一笑：“昆仑宫每代弟子能操纵星盘的不超过三人，别做梦了。”

“哦……”

有昆吾在，没过片刻，对方就狼狈地逃窜开去。我突然就明白沈从把昆吾叫过来的原因了……

真的好好用啊！

正在感慨之间，一支羽箭倏地朝我飞了过来。沈夜脸色巨变，赶紧前来拉我，我没看到沈夜的手，往身后一倒，竟从马车上摔了下去。

脑袋落地的瞬间，我只觉得眼前一黑，就什么都看不见了。

等我清醒的时候，已经身在室内了。只见沈夜、沈从、牡丹、温衡、昆吾这些人在我身边围了一圈，面色各异地看着我。

沈夜眼中满是欣喜，沈从则面无表情，我心里冒出一个想法。

“阿城，你怀孕了。”沈夜率先开口落实了我的想法。

我回忆起之前的呕吐和昏睡，忍不住摸上了腹部，有些担心地问：“孩子没什么事吧？”

“没事。”沈从接口，垂下眼眸，“好好休养即可，他很健康。”

听了沈从的话，我就安心了。

所有人却还是瞧着我。

好半天，牡丹终于满脸讨好地开口：“那个，我能戳一戳你的肚子吗？”

他刚说完，沈夜和沈从便齐声开口：“滚！”

牡丹委屈地说：“我就是特别好奇，那个小孩子会不会动啊？”

“孩子还太小，不会动的。”沈从深吸了一口气，转头瞧着牡丹道，“你离嫂子远点。”

“哦。”牡丹还是满脸委屈。

昆吾一直紧盯着我的肚子，似乎要看穿它。

我忍不住有些紧张：“那个，昆吾，你想做什么？”

“这个孩子出生后，可否让我看一看？”

“什么？”

“沈夜骨骼如此精奇，他的孩子应该不会太差吧……我想收他为徒！”

我看向沈夜，沈夜笑眯眯地说道：“可以。”

昆吾立刻就笑了，抬手就朝我的肚子摸过来：“我先感受一下它……”

话还没说完，沈夜抬脚就把他踹进了墙里。

“你和牡丹两个人，”沈夜往院子里一指，“离我媳妇儿远点。”

牡丹和温衡立刻把昆吾扶起来，往院子外面拖。等他们三人都走出去后，沈夜向沈从询问要如何照顾我。沈从面色尴尬，解释了半天，仍讲不清楚。沈夜叹了口气道：“阿从，那你觉得，我如何做一个好父亲呢？你觉得这是个男孩还是个女孩呢？你觉得他长得像我还是像阿城呢？”

沈从愣了愣，片刻后，他抬起头，悠悠地说道：“大哥，我没有当过爹，也不会算命。”

“也是。”沈夜点了点头，继续问，“那你觉得如果我女儿和我撒娇，我该呵斥她还是惯着她呢？”

沈从没说话，他仰头看着沈夜呵呵一笑。

沈夜：“嗯？”

“做你的当爹梦吧！”沈从一甩袖子，摔门而去。

等他们都走了，沈夜微笑着转身，浑身似乎都萦绕着一股慈爱的光辉，他温柔地说：“阿城，你觉得呢？”

“我觉得，”我沉下声，“如果你再不给我弄点吃的来，你的孩子，可能会饿死腹中。”

沈夜脸色一僵，怒气冲冲走出门去，大喝道：“来人！来人！我妻主和我孩子要吃饭了！快来人啊！”

等仆人匆匆赶过来，沈夜却道：“不行！我孩子吃的第一口饭必须是我做的！”

说完，他带着人风风火火进了厨房……

我躺在床上，觉得心有点累……

我不知道别人第一次当爹是什么状态，但是我深深地感觉到，沈夜这个状态绝对不正常。

从知道我怀孩子第一天起，沈夜就再也不让我落地走路了，到哪儿都是抱着。原本回楚都只剩两天路程，生生被他拖成了四天。这四天里，他让昆吾、温衡开路，就怕有哪个不长眼的冲撞了我。我怎么都觉得我没有虚弱至此，但在沈夜眼里，好像我不是怀孕，而是病入膏肓。

不过我怀孕这件事没有外传，只有沈夜、沈从、牡丹、温衡、昆吾这几人知道。我不清楚沈夜为什么要封住我怀孕的消息，但他既然不愿意说出去，我自然不会去违背他的意思，只能对外称受了伤。

等我回到舒府时，母亲、父亲带着白少棠、凤三一行人在门外等着，瞧见沈夜把我抱下马车的时候所有人都惊呆了。我爹当场就哭了起来：“我的儿啊！你怎么了？怎么受了这样重的伤！你……”

说着，我爹就朝我扑了过来。

我看见沈夜一脚抬起，忙喊道：“不要踹！”

于是沈夜的脚就顿在了我爹的胸口前，我爹被他的脚隔开，没有碰到我。

我挣扎着从沈夜怀里跳下来，朝父母亲行礼道：“母亲，父亲，孩儿平安归来。”

“那你这是……”母亲皱着眉头问。

我淡定地说：“受了些许小伤，容卿过于紧张罢了。”

“等等！”我爹突然反应了过来，“苏容卿！你不是应该在道观吗？！”

一听这话，沈夜的眼里就盈满了泪水，往我身上一倒，盈盈欲泣道：“妻主，容卿不过是太想念、担心您了，这才追去江左……”

“狐狸精！”我爹大吼出声，转头同母亲道，“妻主，你看看这狐狸精，不守夫道，违背尊长，欺上瞒下！今日一定要罚他！”

母亲向来害怕我爹胡闹，正准备说什么，只听到凤三娇滴滴地叫了一声：“大人……”说着，凤三就上前去，挽住了母亲的手，露出怜悯的目光，“大人，苏少主君也是担心少主，出于一片真心。就像大人若是身赴险境，凤三必然也要生死相随。”

一听这话，我爹就奓毛了，转头呵斥道：“你这贱人！当初我好心好意带你入府，你就是这般报答我的吗？！”

凤三没说话，眼泪立刻盈了上来。母亲的心都化了，赶忙拍着凤三的手道：“三儿别哭啊，你玉丞哥哥就这么个性子，你别介意。”

“舒柔！”

我爹彻底奓毛了，抬起手就往凤三脸上抽去。

白少棠赶忙一把拉住我爹的手，劝道：“父亲不可，要忍。”

我爹愣了愣，随后眼泪就涌了上来。

“你们……你们……好吧，你们老的小的都欺负我，看我不顺眼是吧？我再也不见你们好了！”说完，我爹怒气冲冲地转身离开。

我什么话都没来得及说。

白少棠走上前来，对我恭敬行礼：“妻主归来了。”

他瘦了很多，全然瞧不出当初神采飞扬的样子。我不由得心里有些难过，哑着嗓子道：“少棠……你……”

“妻主此行可还顺利？”他打断我，温和地笑了笑。

我转过脸去，掩饰住心里的愧疚，点头道：“挺好的……”

“少棠未能给妻主分忧，是少棠的不是，见妻主安好，少棠心中甚慰。左右无事，少棠便回去了。”

说完，白少棠便恭敬行礼，转身离开。

我瞧着他的背影，等他走远了，这才收回目光，看向母亲和挂在她身上的凤三。

这个情况有点复杂了……

我想。

凤三笑意盈盈地看着我们，说道：“大人，有什么话先进去再说吧。”

“是啊。”母亲笑着点头，“城儿先去洗漱吧。”

我点头行礼后牵着沈夜一起回了房间。洗漱过后，照例温存了一番。在外多日沈夜都很是小心，等终于回府，沈夜不免孟浪了些，不过他顾忌着孩子和等着我的母亲，倒也没真做什么。等他舒坦了，我去洗了个澡，打开门时，便瞧见站在门口的沈从。

他的面色惨白如纸，似乎在想什么心事，我叫了他好几声，他才慢慢抬头看向我。

我不知道他有没有听见方才的声音，红着脸道：“阿从在这里多久了？”

沈从没说话，转头看着屋里说：“我来见大哥。”

说着，他便提步走了进去。只是一进房门，他就顿住了，片刻后，匆匆退了出来：“我还是改日再来吧。”

他走的时候，衣袖飞扬，我这才瞧见，他袖下紧握的拳头上鼓起了青筋。

我不由得一愣，向来沈从来找沈夜，必然是大事。只是我和沈夜这样胡闹，估计激怒了正在为正事烦心的他吧。

想到这里，我不由得有些愧疚，让一个少年操心得比我们多，总归是我们作为兄嫂的不是。

我叹息了一声，下定决心以后要多照顾他。

来到母亲的房间门口，我就听见我爹的啜泣之声，还有我母亲甜言蜜语地安慰着的声音。

我轻咳了一声，里面声音停了下来。过了片刻，我便听见母亲说道："进来吧。"

我开门走了进去，瞧见我爹一脸端庄地坐在椅子上，双眼通红。

"你来了。"母亲点了点头，指了把椅子道，"坐吧。"

说着，母亲看向我爹道："玉丞，你去布置一下饭菜吧，晚上大家一起用餐。"

"哼。"我爹怒气冲冲地走了出去。等他出去后，房间里的气氛顿时沉闷起来。母亲抿着茶道："近日各家各户来求我的人快把舒家的门槛踏平了，你是打算把人得罪光吗？"

"母亲容禀。"我将江左的事细说了一遍。母亲点了点头，表示知晓："行吧，这的确不是你能放得了水的。只是，记得明天一定要将判决的事情推到刑部去。"

"我怕上官流清不会接这个招。"我垂下眼眸。上官流清也好，上官流岚也好，上官家从来就没有好相与的，这么明显的坑，往里面跳才是傻子。

"上官流清不接，你就逼着她接啊。左右这事儿不是御史台干，就是刑部大理寺干，就在你们两人手里打转。"

"我懂了。"我点头。

"明白就好。"母亲笑着说。

我捂住胸口道："娘，我在江左受了重伤。"

母亲一惊，赶紧要来查看。我立即摆手道："并无大碍，好得差不多了。"

当天晚上，沈夜被女皇召回宫去，直到夜深了他才回来。他将沈从、温衡一行人叫进了卧室。我从书房回去时，刚好听见沈夜将杯子砸到地上的声音。

"到底是谁告诉陛下的！你们查不清楚，就从你们身上查！"

他的声音冷得让人心惊，我从未见过沈夜这样暴怒的状态。

屋内一片安静，片刻后，沈从轻笑起来："大哥这是疑心我们了？"

"舒城进来。"沈夜没有接沈从的话，冷声说道。

我知道站在门口肯定瞒不过他们，干脆推门进去，小心翼翼地关了房门。我看着跪了一地的人，笑着说："这是做什么呢？都起来吧，地上凉。"

"我不是疑心你们。"沈夜接过沈从的话，当我不存在，"我只是想知道，只有我们几人知道的消息，陛下到底是怎么知道的。"

沈从没说话，他静静地看着沈夜，目光一片澄澈。沈夜抚上自己的额头，有些无奈道："对不起，是我冲动了。"

"这事我会去查。"沈从垂下眼眸，"大哥不用担心。"

沈夜闭上眼睛点头。沈从带着另外几人走了出去。

我走到沈夜跟前，蹲下身，仰望着他问："怎么了？"

“陛下知道你怀孕了。”沈夜睁开眼睛，眼里有些茫然，“这消息就我们几个人知道，我不敢想到底是怎么传出去的。我不想怀疑他们，可是……”

“沈夜，”我握住他的手，温和地说，“不要乱想，这些都是你的过命兄弟。”

沈夜没说话，他静静地看着我，一只手抚上我的腹间。

“阿城，我突然觉得特别害怕。你给了我一个家，于是我学会了害怕。以前我从来不觉得背叛会怎样，死亡会怎样，我现在突然特别怕死。和你在一起久了，我觉得这个世界很幸福。尤其是这个孩子出现时，我总忍不住幻想我们两个人和这个孩子的未来。”

“每每想到这个未来会被什么摧毁，我就特别害怕。”

“没事的。”我握住他的手，温和地说，“有我在。”

“我是舒家少主，哪怕我软弱无能，可有我母亲在，有舒家在，我就不会有事。陛下不敢做得太过，毕竟，舒家还有血契握在手里。”

哪怕这份血契，已经再无用处。

然而我不敢将这样巨大的秘密告诉沈夜，我怕他愧疚。

“你别害怕，你看，你当时都快死了，我姨母都能用还魂草把你救活。而我更不会走到快死的境地的。只要你不要背叛我，沈夜，我就没有什么软肋。”

沈夜的手微微颤抖了一下，他没说话，垂下眼眸。过了好久，他突然说：“舒城，我很爱你。”

“真的，很爱你。”他的声音带了几分沙哑。

他的声音飘散在夜里。我靠在他双膝间，心中满是安宁。

第九章

本来我就打算告假，如今女皇已经知道我怀孕的消息，我更是吓得直接“重伤”在床上。

我不能去上朝，江左这事儿上官流清管定了。下朝之后，上官流清就跟着圣旨一起来了我家。陛下册封我为正二品尚书令的圣旨一宣读完，上官流清就出现在我面前。

我正含着茶要咽下去，瞧见她如沐春风的笑，差点将茶喷了出去。

“听闻舒大人身体有恙，流清特来拜见。不过，我瞧着大人的身子似乎还挺利索的？”

“哪里，”我赶忙摆手，“我病入膏肓了。”

说着，我皱起眉头来：“你就这么进来了？拜帖呢？你们上官家的礼仪都被狗吃了？！”

“拜帖在这里！”她似乎怒极了，直接将拜帖砸到我的脸上，然后径直坐到一旁，端起下人送来的茶，抿了一口道，“你这病得真是时候。”

“为圣上献身，舒城身先士卒。”

“呵……”上官流清轻笑出声，“这烂摊子事儿都到我手里来了，你让我怎么办？”

“上官大人公正清明，这种事想必无须多问舒城。”

上官流清挑了挑眉，又抿了口茶，端正了身子，终于严肃下来：“我来就是想问你一句，这事儿是不是真的和大皇女有关？”

“你才接手就知道了？”我愣了愣，夸赞道，“可以啊。”

“果真如此？”上官流清皱起眉头来，认真思索着。其实相比流岚，她这个妹妹流清的确更适合刑部大理寺这样明察秋毫的地方。上官流清比流岚更圆滑，更果决，更有勇气。从她办秉书那个案子就能看出来，这女子的气魄，不是我们这样嫡出的人所能拥有的。嫡出的贵族子女身份太高，向来太过惜命，拿不出她这种壮士扼腕的气魄来。

我悄悄地打量着她，被她发现了，她笑意盈盈地转头瞧向我说：“舒少主知不知道，储君殿下意欲何为？”

“其实这个问题，我也想了很久。”我叹息了一声，“这位殿下，的确是昏了头。”

“你觉得有没有一种可能……”上官流清抬起头来，四下打量了一圈，等确认无人后，满脸郑重地说道，“陛下的子嗣，不止储君一人。”

所以储君才会感到威胁，拼命建立自己的势力。

这句话说出来，我和上官流清都不由自主地沉默了。

随后，上官流清笑了笑：“我也就是随便想想，你别当真。”

“为什么会有这个想法？”

“也就是个玩笑……”

“我知道你们上官家的家主有自己的暗桩，虽然我还未接管舒家，但你若想，我可以帮你去查。”我抬起头来，看着她说，“看在你姐姐的分上，我不会出卖你。”

上官流清收敛了笑容，她静静地看着我：“看在我姐姐的分上，我也不会和舒家为敌。”

“你心里有你的姐姐？”我冷笑出声。

上官流清满脸郑重：“这世上我最感激和敬重的人，便是我姐姐。只是我与她之间，有嫡庶之别，注定了不可共存。但她如今死了，我便不会辜负她。她留给我的路，我必然会走下去，这样她才不枉死。”

“很好！”我吐出一口气来，“你能这样想，让我舒心不少。”

上官流清没有说话，沉默了片刻。我静静地等着她。

抿了一口茶后，她终于开口说道：“你可知道，当年圣上还是皇女时，曾失踪过一年。”

“你什么意思？”

“她是私奔，和当年凤楼的楼主，沈泉。”

听到这话，我猛地缩紧了瞳孔，从床上惊坐起来：“你再说一遍！”

“大皇女未出生之前，有一次陛下昏厥，太医院平日为陛下诊脉的太医刚好休沐，便由另一个太医顶上，而那个太医，是我们上官家的人。我去看了上官家所有的关于陛下的就医资料，而那份资料中清清楚楚写着，彼时还是皇女之身、尚未嫁娶的陛下，因生产后未曾好好休养以致血亏。”

说着，上官流清看着我，目光如炬：“你觉得，这个孩子活下来了吗？”

活下来了吗？

这个孩子是谁的？

彼时陛下尚未婚娶，又曾与凤楼楼主沈泉私奔有染，如果说这个孩子还活着，那么他是谁的孩子，不就很明显了吗？

可如果这个孩子还活着，他在哪里？

我脑海中一片杂乱，强作镇定：“你要我做什么？”

“我手里不过都是陈年往事的资料，我想要舒家手里的一些资料。我想知道，这个孩子是否活着，如今在哪里。”

“你查这些做什么？”我冷声道，“如今储君已定，你还如此纠结于往事，意欲何为？”

“我这次会把大皇女得罪个彻底，你知道吧？”上官流清瘫到椅子上，露出有些头痛的神情，“我要是不得罪她，我的位置就坐不下去了。而且她这样的行径，哪里配做一个储君！”

“所以呢？”我大约已经猜到她想要做什么了，却还是抱着一丝希望。

她笑了笑：“如果有另一个有能力得到皇位的人，为什么我不去试试呢？如果大皇女真的当了皇帝，她会放过我？你觉得大皇女傻，我却一点都不觉得。哪怕她真的傻，她手下那么多人，总有那么几个聪明的。”

“万一那只是个皇子……”

“那又怎样？！”上官流清打断我，站起身来，居高临下地看着我，“舒城，你我两家联手，哪怕是个皇子又如何？你如此辛苦推行了男官制，等的难道不是这一天吗？”

“荒谬！”我厉喝出声，“我推行男官制是为了我大楚千秋万代，与皇位之争无半分关系！”

上官流清没说话，她勾了勾嘴角，行礼道：“少主好好考虑我说的话，在下先告辞了。”

说完，她便转身离开。

她快踏出门时，我叫住她：“我会告知母亲，让她去查。”

“多谢。”她拱手一笑，关门离开。

她走后不久，我便去寻了母亲，同母亲说了这事。

母亲沉吟了片刻，却道：“这事你别掺和了。”

“母亲的意思是……”我有些迟疑地问。

母亲挥了挥手，道：“这事儿不是你们能管的。要是让陛下察觉你们在查此事，麻烦就大了。”

“所以上官流清说的是真的？”

“身为你母亲，我本应该告诉你；可身为陛下曾经的友人，哪怕陛下与我早已分道扬镳，我也不会拿她最在意的事去戳她的心窝。所以城儿，别问了。”

母亲的神色有些疲惫。我想了想，最后问道：“我只想确定一件事，沈夜与此事有没有关系？”

“我不知道。”母亲叹息一声，她抚着我的头发，温和地说，“城儿，在事情到来之前不要多想，事情来了之后，也不要害怕。”

“我知道了。”我深吸了一口气，点头道，“那我先退下了。”

当天晚上，我在屋子里等沈夜。

沈夜不知道去了哪里，回来时一身血腥气。我皱了皱眉头，他愣了一下，随后忙道："你等我清洗一下。"

说完，他赶忙去洗了个澡，等回来时，身上只剩下一股淡淡的兰香。

他擦着头发靠近我，微笑着说："等着我呢？"

"你这是去哪里了？"我忍不住开口，"这么重的血腥味。"

"我亲自去了一趟刑部大牢，想从江左那批人嘴里撬些东西。"说着，他靠到我身上来，"上官流清来了？说了些什么？"

"没什么。"我下意识地隐瞒了上官流清的话，反问道，"查出是谁告诉陛下我怀孕的消息了吗？"

"是一个小兵，回楚都时跟着我们的。她瞧见你晕倒后我们把你抬去诊治，见你后来并没什么事，我却变得很紧张，想起你平时呕吐贪睡贪食的样子，她就猜了出来。"

"是吗？"我愣了愣，觉得这小兵实在是厉害。

沈夜端了杯茶给我："我怎么觉得你有心事？"

"沈夜……"我伸手握住他的手，仰头看着他。

这是我的主君，我的丈夫。虽然我是舒家少主，然而这么长时间来，我却清楚地知道，是我仰望着他，依靠着他。

我静静地看着他，沈夜的目光变得柔软起来。他在屋子里向来随意，仅穿一身广袖白袍，用一根绳子松松垮垮地系着，散披的墨发同他的白衣形成鲜明的对比，在微风中轻抚过我的面颊。

他伸手抚上我的面容，温和地说："谁欺负你了，告诉我，嗯？"

"夫君……"我将头靠在他腹间，闭上眼睛，"我有些害怕。"

"怕什么？有我在，你什么都不用害怕。"

怎么会不害怕呢？

我心想。

我害怕他是沈泉的儿子，害怕他是皇子，害怕他再一次背叛……

我因他失去了上官流岚，再也承受不起了。哪怕我理智上知道流岚的死并不能怪到他的头上，可千丝万缕，与他总有那么些关系。

"阿夜……"我抱着他，脑子仿佛突然进水了一般，"你会离开我吗？"

他轻笑起来："怎么可能？"

"那你还会听陛下的话吗？"既然已经进水了，不如彻彻底底问下去，"如果陛下要你杀了我，伤害我或者我的家人，或者还要你去偷血契，或者……"

"舒城，"他打断我，叹息道，"不要胡思乱想了。"

我回过神来，我的确是胡思乱想了。

我抱紧了他，将脸埋在他怀里。他干脆把我打横抱起来，温柔地放到了床上。我不免脸红了："大夫说不能经常这样，你不要哄我。"

"我没打算做什么。"沈夜笑眯眯道，"我只是打算做点其他的，我教你，没事的。"

他一说这些，我脑袋就发热。等他折腾起来，我便什么都不记得了。

半夜时分，他终于安静下来。我们十指相扣躺在一起，我看得出他困了，却还是强撑着和我说话。

"你希望这是个男孩还是女孩啊？"我睁着眼睛问他。

沈夜想了想，道："男孩吧，我养男孩子比较有经验。等他长大些，可以帮我照顾妹妹。"

"你还想要个女孩……"

"当然啊。"他将我揽到怀里，"等以后，我们俩离开楚都，就去江左。到时候我就买一个宅子，宅子里有七个院子，咱们生四个孩子，一人一个院子，最好两男两女，剩下的三个院子，一个用来养花，一个用来练武，最大的一个咱们俩住。"

"我们俩就在我们自己的院子里弄一个葡萄架，再种一棵梨树，到时候，我们就可以坐在葡萄架下面，一面看书一面摘葡萄吃。梨花开的时候很漂亮，等花谢了，果子成熟了，我们就有香梨吃了。到时候你不用动，我飞上去给你摘……"

他说的画面一幕幕鲜活地闪现在我脑海里，我握着他的手，感觉无比幸福和满足。

我忍不住问他："咱们真的能离开楚都吗？"

他僵了僵，片刻过后，他垂下头，亲吻我的额头："如果你想，总有一天会的。"

"其实我离不离开楚都无所谓……"我低垂下头，握着他的手，"我只是想和你在一起，你在哪里，哪里就是我的家。"

"心安之处是吾家，"沈夜低笑，"是这个意思吗？"

我红着脸点头。他将我揽在怀里，似是无奈："我知道了，孩子他娘，你怎么这么能撒娇呢？"

"我不是撒娇。"我很认真地说道，"我是认真的。"

"我知道，我知道。"他笑得很欢快，"我家舒城喜欢我，都是很认真的。"

"沈夜！"我伸手去挠他，他被我挠得在床上滚来滚去地发笑。我们闹了一阵子，终于都觉得累了，方才靠着对方睡了过去。

第二天我醒来的时候，沈夜已经不见了。我向女皇告假七天，在家里过起了米虫生活。大概是见我在家，我爹终于找到了倾诉对象，将我抓过去，狠狠痛斥了凤三背信弃义的行为。

我打着哈欠，觉得有些无聊："爹，凤三一看就不是什么好人，母亲又是个风流种，你将他带回来的时候就该知道会有这个结果了……"

"可他们也太过了！"

我爹满脸通红："这大白天的，他们十几个男人在屋里，和你母亲闹得可欢腾呢！"

看来，母亲虽然一把年纪了，可是体力过人啊……

我心里暗暗赞叹。

瞧见我的样子，我爹叹了口气："你好歹是我的种，也不担心一下我。"

"有什么好担心的，爹你不是早就想开了吗？"我漫不经心道，"你和娘本来就只是搭伙过日子，当初你看上她的权势，她看中你的才貌，你对她也没几分真心，干吗计较这些呢？"

听到我的话，我爹叹了口气，无奈道："我是不在意你母亲宠幸他们，我只是担心你的地位。要是你母亲再给你怀个弟弟或妹妹……"

"爹你多虑了。"我笑了笑，"母亲不会怀上那些低贱之人的子嗣。"

这话让我爹眉目舒展了许多。

我给我爹倒了杯茶，道："那不过是些以色侍人的玩意儿，爹不必太放在心上。而且，母亲这个年纪了，她就算想有孩子，也有不了的。"

我这话让我爹愣了愣，他慌张起来："你母亲年纪大了，要是真怀上了孩子，你也不能用那些阴损的法子，这太伤人身体了……"

我笑而不语。我爹又拼命拿话劝阻我。

过了片刻，他终于反应过来，低下声来不满地说道："你也欺负我。"

"我瞧见您对母亲情谊深厚，甚是欣慰。"

我微微一笑，看了看周遭，没见到白少棠，不免问道："少棠呢？"

"他去逛街了。"我爹叹了口气，"城儿，其实我真的觉得少棠挺好的……"

"的确是很好的。"我打断他，认真地说，"但是，爹，不是每一样好的，都是适合我的。少棠……在等他该等的人。"

"可是他已经嫁给你了。"我爹不肯放弃，继续劝我，"哪怕看在过往的情分上，你也不能对他做得太过分啊。"

"我知道的。"我垂下眼眸，"我会对他好的。"

"那就好。"我爹松了口气，说，"这内宅之中，也就只有少棠还在支持我了。"

我："……"

原来我爹如此为白少棠说话，不过是为了他能在宅斗战争中更占优势一点。

我和我爹闲扯到傍晚，用过晚膳后，终于送走了他。

我爹离开后不久，我就听见有人气势汹汹地冲过来推我的门。

门尚未打开的瞬间我脑中闪过无数猜想。

沈夜？他不会这么粗暴。

温衡，牡丹，昆吾？他们没这胆子。

只能是沈从了。

然而出乎我意料的是，站在门口的不是沈从，是白少棠。

他穿着一袭用银色丝线绣水云纹路的白色长袍，腰间挂着一柄软剑，脸上没有一丝血色。

我心里咯噔一下，直觉不好。

“出什么事了？”我开口问道。

他看着我，眼中充满血丝，一片鲜红。

“沈夜要盗血契。”白少棠一字一字地说。

我猛地站起来，手边的杯子滚到地上，发出碎裂的声音。

“你说什么？！”

“陛下要求沈夜今夜盗血契，命我协助！”白少棠大吼道，眼中流出眼泪来，“如若不从，我宫中的妹妹就没了！”

听到这句话，我终于忍不住颤抖起来：“那你来告诉我做什么！你去帮他啊！”

“我没有……”他抬起手来，捂住眼眸，“舒城……我出现在这里，就已是做了决定。”

我心中掀起滔天巨浪。我不敢相信白少棠的话，慌慌张张冲了出去，寻了个下人问道：“母亲呢！”

“在……在凤三公子的房里……”那下人被我的气势吓坏了。

我将她猛地推开，对白少棠说：“少棠，你去救我母亲，我去找沈夜，我拦住沈夜后就入宫去救你妹妹！”

说完，我便急急地朝着院中的假山赶了过去。

此刻舒府一切如常，我这风风火火的样子，看得所有人一愣。

等我赶到假山暗宫入口处，发现那里的守卫已经昏死在了地上，暗宫大门大开着，对方似乎完全没有打算遮掩自己的行径。我冲进去时，刚好瞧见沈夜将血契收入囊中。

当然，那不是真的血契。

真的血契，早在救起沈夜时，就被母亲销毁了。为了以防万一，母亲做了一份一模一样的血契，而那份血契还停留在救沈夜之前的模样。如今沈夜将这份血契带回去，也不会有人知晓其实我们舒家早已没有了牵制女皇的资本。

然而这只能遮掩一时，如果女皇找到与摩萨族祭司相关的人，一定能看出来这份血契是假冒的。我不能冒这个险，不能将舒家置于如此危险的境地。

听见我冲过来，温衡的剑猛地朝着我刺了过来，我拔剑来挡。就在那一瞬间，一朵金色莲花猛地砸到温衡的剑上，沈夜的声音也跟着响了起来：“住手！”

温衡的剑从我耳边擦了过去，剑风在我脸上带出一道血痕。我冷冷地瞧着这闯入暗宫中的人，清楚地知道我今夜是拦不住这些人的。

暗宫之中机关重重，这些机关是母亲当年请了天下第一机关大师程夏子亲手打造的，他们不可能一夜之间就能毁掉，看来此事是筹划已久。

我心中漠然，不敢多想，将所有情绪压在心里，将剑横在胸前，冷声道：“把东西放下！”

“阿城，把剑放下。”沈夜皱起眉头，“别伤着自己。”

“把东西放下！”我厉喝道，“若你还当我是你的妻主，就把东西放下！”

沈夜没说话，他静静地看着我，目光里全是愧疚。

“你听我解释……”他的声音很沙哑，“陛下允诺我，只要……”

“我不需要你的解释，把东西放下！”我再一次厉喝，“你要和我解释多少次？如果每一次解释都是伤害，每一次解释都是背叛，那我不需要你的解释！”

“我原谅过你了，沈夜。”我声嘶力竭，提剑指着他，“你害死流岚，你害我入狱，害舒家陷入危境，这些我统统原谅你了！我哪里对你不好了？我掏心掏肺把一切给了你，我还有了你的孩子……”

说到这里，明明没有感觉，明明没有痛楚，我却还是忍不住湿了眼眶：“你就算不是为我，你也想想这个孩子啊……”

沈夜没说话，他静静地看着我，脸色惨白。

他似乎是想笑，勉力勾了勾嘴角，却还是失败了。

“舒城……”他慢慢开口，“原来在你心底，你始终不信我。”

“无论我怎么解释，哪怕我舍命挡在你身前，你也始终觉得，流岚是我害死的，舒煌之事是我告的密。我是女皇的人，我无法一心一意向着你。”

“我想信你。”我镇定下来，哑声道，“只要你把血契放下，我就信你。”

沈夜笑出声来。

牡丹着急地说：“主子，走到这一步不能退了！”

沈夜抬手，止住牡丹的话，静静地看向我：“舒城，你拦不住我们。你还是让人退下，免得徒增杀孽。”

“拦不住你，我就用命拦。”我冷笑出来，将剑反转，指向腹间，“你今日若是走出舒家大门，你我就再无瓜葛，我不会生下无关人等的孩子——沈夜，你可明白！”

沈夜身形一晃，沈从一把扶住了他。

“大哥勿慌。”沈从低声吩咐了一句，抬起眼来，静静地看着我。他眼中神色复杂，似是后悔，又似绝望。片刻后，他轻轻笑了，“舒大人想用少主子的命威胁我家主子，是不在意自家母亲的性命了吗？！”

他这话一出口，我的脸色就变了。

沈从扶着沈夜，温和地说：“大哥，我们走吧，小心台阶。”

“你对我母亲做了什么！”

我握剑的手有些颤抖，沈从轻笑起来，抬手一指我腹间：“刺进去，那个孩子我保证活不了。你要是还想活命，我可以给你个方子。这是我大哥的孩子，难道就不是你的孩子？不过是看谁更心疼而已……”说到这里，沈从嗤笑一声，“我倒要看看，你们谁更在意些。”

“阿从……”沈夜劝阻他，“别说了。走吧。”

说着，他们就往外走去。侍卫猛地拔出剑来，温衡和昆吾的剑立刻跳到了手里。外面逐渐传来喧闹声，我一回头，便瞧见凤三一行人用剑架着我母亲，逼着白少棠一步一步退了过来。

而不远处，天香抓着我爹站在高处，他将剑架在我爹颈间，面色冷冷地瞧着我。

我突然觉得绝望极了。

这舒府早已是他沈夜的天下，我怎么就不明白呢？他取血契本就如探囊取物，更何况还如此周详地计划过：先让凤三拖住我母亲，又让天香生擒我爹……

我的剑慢慢放了下来，母亲嘶吼道："东西不能给他！"

"舒大人，"凤三妖娆的声音响了起来，在我母亲的颈间拉出一条血痕，"安静些。"

"舒城！你若是我女儿，就拦住他！"

"你拦了试试！"沈从蓦地提高了音量，"今日你只有两个选择，放我们走，或者我们杀了你父母强闯出去！我倒要看看，你舒城有没有这个气魄！"

我没说话，静静地看着沈从。

我一向知道，沈从是个有勇有谋、狠辣无比的角色。虽然他不到十九岁，却比沈夜要狠心得多。这些人都是我最熟悉的人，我一一扫过他们的眉眼，想起他们平日里嬉笑怒骂的模样。

心一寸寸揪了起来，却还只能故作镇定。

我深吸了一口气，抬手道："放人。"

外面的士兵看了我一眼，收起腰刀，分开站成两排，让出路来。沈夜一行人向外走，路过我时，他顿了顿脚步，垂下眉眼。

"对不起。"他沙哑出声。

我一巴掌抽到了他脸上。

沈从、温衡等人的脸色顿时变得极其难看。

我静静地看着他："我不需要你的对不起。"

"我会回来接你。"他承诺，"如今情非得已，这血契我不会交给陛下，只是用来做一桩交易。阿城……"

我又一巴掌抽了过去，这一巴掌力道太狠，打得他嘴角都有了血丝。

他偏过头来看我，沈从拉着他道："大哥，该走了。"

沈夜不说话，就这么静静地注视着我。

我转身离开，站到白少棠边上。

白少棠浑身是伤，凤三的人毕竟太多了，而且还挟持着我的母亲，白少棠不可能占到便宜。

我扶起白少棠，他在我身边喘息，这一瞬间，我突然觉得，我身边只剩下少棠了。

我环顾四周，周边明明都是我曾经掏心掏肺的人，然而一夜之间，他们全举剑对上了我的家人。我把目光停在凤三身上："放了我母亲。"

“主子安稳离开，我便放了舒大人。”凤三笑意盈盈，“毕竟也曾相好一场……”凤三笑出声来。母亲双手笼在袖间，慢慢闭上眼睛。

我爹站在屋顶上，虽处境危险，还不忘嘶吼：“我就说他们是祸水！就说他们是狐狸精！你们母女还不信我！这下好了！这些天杀的王八蛋……”

话没说完，我爹的声音就消失了。我怒视天香，天香不耐烦道：“他太吵了。”

我爹虽然不着调，但他这么一吼，我心情轻松不少。我紧盯着凤三骂道：“我不会为难他们，让他们赶紧滚！”

凤三使了个眼色，沈夜一行人便匆匆离开。然而等所有人都离开了，凤三却还不肯放开我母亲，他拉着我母亲一步步退开：“我怎知我放开舒大人后，舒少主就会放过我？”

“你……”

我正想骂他，结果母亲忽地一弯腰，就从凤三剑下闪了开去。凤三下意识一剑往前刺去，剑锋刺进了母亲的身体。凤三猛地缩紧了瞳孔，我一把上前接住母亲，白少棠手执长枪，逼开凤三。母亲艰难地扶着我，喘着粗气道：“舒城听命……”

“母亲，别说话了……”我帮她捂着伤口，却只能看见血不断从她腹间涌了出来。

我模糊了眼眶，嘶喊道：“大夫！叫大夫！”

“今日将舒家第三十二代家主之位传位于汝，望汝自此之后，以家族大业为重，摒弃私人妄念，一心一意，护我舒家族人……百年安稳。”

母亲喘息着急促地说完这段话，就颤抖着将染满鲜血的家主令牌交到我手里。

母亲面色渐渐变成灰白了。大夫终于赶了过来，赶忙给母亲施针，缝合。我呆呆地看着母亲，她一贯那么坚强，一贯站在我身前，仿佛一棵大树，从不会倒下。然而此时此刻，她却虚弱地躺在地上，连呼吸似乎都是奢侈。

我爹踉跄着赶了过来，在母亲身边哭天喊地。然而哭着哭着，我爹便不再嘶吼，反而变得镇定起来。他颤抖着握住母亲的手，母亲慢慢睁开眼睛，静静地望着我爹。

“我和他们没什么的……玉丞。”她哑声说道，“我就是……想气气你。”

“我不怪你。”我从未瞧见我爹如此镇定的模样，真的仿佛一个世家贵公子一般，气度高华。他握着母亲的手，温和地说，“我知道，你就是爱耍这样的小脾气。没事的。”

“阿城长大了，你不用担心。你要活着，咱们俩好好过，你要是死了，我就陪你去下面好好过。”

母亲没说话，她目不转睛地看着我爹。

我心里堵得慌，手中握着的那染血的令牌黏腻腻的。

白少棠站在我身后，扶住我。我抬头看着他，他眉目间全是疲惫。我猛地反应过来，他妹妹还在宫里。

其实，此刻我已经连站着都已是强撑，然而我也不知道自己哪里来的力量，握着那家主令牌，脑中一片空白，却还能吩咐事情。

“少棠，你帮我照顾父母，我去宫里一趟。”

我点了人，让人备了马匹，转过身去。

临走时，白少棠一把抓住我的袖子，沙哑着说：“我陪你去吧？”

“少棠……”我强撑着笑了笑，注视着他。

我握着他的手说：“留在这里，你是舒府的主君，唯一的主君。”

说完，我放开他的手，转身离开。

夜里真的很冷，打马赶到宫里时，我能感到风如刀刃一般，一刀一刀割在我的脸上。

我拿着陛下曾经赐给我的宫牌叫开了宫门，来到御书房前等候陛下召见时，我将家主令牌挂在了腰上，然后整理了我的衣衫。

这个过程让我内心一点点平静下来，给了我莫大的勇气。等陛下召见时，我大步走了进去，然后在那玄色衣角下从容叩首。

“舒城见过陛下，吾皇万岁万岁，万万岁。”

女皇没有回应，她站在书桌边上，把玩着一个玉球。我静静地跪着，片刻之后，女皇轻笑出声：“舒家主免礼。”

我再次叩首，而后缓缓直起身来。

女皇的眼神和我一寸一寸相接，等我直起身时，我们俩就这么静静地看着对方。

她打量我，我注视她，眼神仿佛是在打一场战，哪一方都不肯退让分毫。

“舒柔如此匆忙传位于你，”女皇说着勾起嘴角，似乎很是快意，“她是不是不行了？”

这句话激得我几乎就要拔剑，然而我按捺住自己，勾起嘴角：“我母亲只是担心，她要不行了，陛下很快就跟着去了。”

“你威胁我？！”女皇的声音冷下来。

我从容起身，拍了拍膝上灰尘，对上女皇如刃的眼神，淡淡地说：“臣并非威胁陛下，只是陈述事实而已。从今以后，陛下与舒城息息相关，还望陛下——多多关照！”

女皇没有说话。片刻过后，她笑出声来：“几日不见，舒爱卿真是让朕刮目相看。只是不知道舒爱卿如此刚硬，所为何求？”

“臣……”

“嘘……”女皇做了一个“噤声”的姿势，放低了声音，“让朕猜一猜。是为了白少棠的妹妹吧？”

“陛下英明。”我抬起头来，温和地说，“若陛下不放人……”

“朕放了。”女皇打断我，笑意盈盈。我不由得有些诧异，未曾想过她如此好说话。

然而女皇却靠近我，低声道：“朕把白少芷的尸首，给白少棠送回去了。”

“你！”我霍然抬头，女皇大笑出声。

我毫不犹豫，转身就走。

女皇在我身后冷声道：“朕这一生，最容不得的，就是背叛。”

我身形一僵，顿下脚步，回头瞧她。

那御书房里状若疯癫的女子，与母亲描述的少年友人没有丝毫相似之处。

“那敢问陛下，”我提高了音量，“我母亲，又何曾背叛过陛下？！”

女皇把玩着玉球的手微微一顿，她抬起头来，皱眉瞧我。

“母亲与陛下自幼相识，若非母亲，陛下何以能如此顺利地登上帝位？我向母亲打听陛下的往事，母亲却告诉我，身为陛下曾经的友人，哪怕陛下与她早已分道扬镳，她也不会拿陛下最在意的事去戳陛下的心窝。时至今日，我母亲仍对陛下保留如此情谊，陛下对自己的所作所为，就没有半分愧疚吗！”

女皇垂下眼眸不说话。

“舒城，”她的声音低下来，“冲你母亲这句话，他日，朕愿意放她一条生路。若她死了，朕愿意放你一条生路。”

我嗤笑一声，转身离开。

谁放谁生路？

抬头，苍穹无尽，银河浩瀚，我头一次觉得，这天地如此广大，这世间的责任，沉重如斯。

陛下。

我心中暗想，或许他日，我不会放你一条生路。

这样想着，我匆匆打马赶回了舒府。等我到达舒府门前时，里面传来了白少棠撕心裂肺的哭声。

我从未听见白少棠这样哭过，赶紧一路跑了进去。刚进去，便瞧见白少棠抱着一个女子的尸身痛哭流涕。我不敢再往前了，就站在人群里，这么静静地看着他。

“阿妹……阿妹……”白少棠嘶吼道，“你睁眼看看我啊！白少芷，你不是还要当大将军吗！你不是说要去西荒吗？！你不是还喜欢着一个小伙子吗！你死了，这些都做不成了！你睁开眼睛啊！”

“阿妹……”白少棠的声音低了下去，“你看看哥哥吧……我以后什么都听你的……我再也不抢你的东西……我再也不欺负你了……你睁开眼睛啊……”

白少棠的话一句一句地戳到我的心里，仿佛一把把利刃，剜开了我的心窝。

白少芷是为我死的。

我清楚地知道，少棠这样痛苦，这样绝望，不仅仅是因为妹妹的死亡，而是因为，白少芷的死亡，是他一手促成的。在我与他妹妹之间，他选择了我，这大概是他一生都没办法原谅自己的罪过。

这也是我的罪过。

白少芷的尸体那么清楚地提醒着我，这一切都是我的错，是我造成的后果。

如果我没有娶沈夜，如果我没有爱上沈夜，如果我没有如此相信沈夜，舒家、母亲、白少棠、白少芷，又何以走到这一步？

是我固执地爱上他，是我固执地用血契救了他，是我固执地相信他，这才让事情走到这样无法挽回的地步。

我静静地看着白少棠，听着他的哭声，他的每一个字，每一声抽泣，都成了一把把小刀，刺向了我内心最柔软的地方。我多么想捂着耳朵逃开，却还是逼着自己站在这里。

“舒城，”我同自己说，“好好看着。”

好好看着今日白少棠的眼泪、白少芷的尸身，好好感受手中母亲留下的鲜血，好好听着这满堂的哀号。

舒城。

这都是你的罪过。

这都是，你纵容沈夜，犯下的罪过。

第十章

白少棠哭了一夜。

我去看了母亲，见她稳定下来后，就回到大堂，守在白少棠身边，一言不发。

直到第二天清晨，阳光一寸寸洒进来，白少棠终于不哭了。他抱着白少芷的尸体，静静地看着虚空，不知是看往哪个方向。

我让人备了饭，上前拉他："少棠，去吃点东西。"

"不！不要！"白少棠猛地推开我，死死抱住白少芷，满脸惊恐，"不要碰阿妹！不要害她！"

我心中猛地一颤："少棠……"

白少棠满眼戒备地看着我，嘴里不停地念叨："不要过来……不要伤害阿妹……"说着，他死死地抱着白少芷的尸体，在她耳边低声道，"阿妹，哥哥来救你了，你不要害怕。这次哥哥来了，我没有骗你。"

"少棠，"我小心翼翼地向他走去，"我是舒城啊，少棠！"

听到我的名字，白少棠愣了愣。他呆呆地看向我，许久之后，他猛地朝我扑了过来，抱住我的腰，哭喊道："阿城，你来救我了……他们要害死少芷……我没有办法！你救她！你救她啊！"

我再也撑不住，眼泪当即流了下来："少棠……不要这样。"

说着，我蹲下身，扶住他："少芷已经去了……你清醒一点！"

"你骗人……"白少棠颤抖着身子，怒吼道，"阿城，你怎么也学会骗我了呢！"

我不敢再说下去，强撑着笑道："少棠，少芷已经被救下来了，她想你母亲，就去云州了。"

"是……是吗？"白少棠呆呆地开口，情绪总算是稳定了下来。我上前去，拉着白少棠的手，温和地说："我先带你去吃饭好不好？"

白少棠没说话，呆呆地点头。

我拉着他去吃饭，他就坐在桌上，一动不动，目光不知看着哪里。

我的眼泪不由自主地涌了上来。

我端起粥来喂他。他很乖，我一喂他就张口。等吃完饭后，我放心不下他，便拉着他一起去了书房。

他情绪已经很稳定了，却一直不说话，好像一个透明人一样，神色呆滞，不知道是在想什么。我将他放在书房的隔间里，出来时，书房已经站满了人。

“此次母亲临危授命，所有仪式都从简，即日起，我便是舒家家主了，诸位知道吧？”

我扫过众人，所有人立刻跪了下来：“见过家主。”

“母亲如今身受重伤，不便交接，但事出紧急，还望各位元老自我介绍了。”

听了我的话，所有人对视一眼。片刻之后，一个看上去五十岁的女人走了出来，行礼道：“奴才舒木，掌管舒府情报线人。”

“我们的暗桩和上官府相比如何？”

“有过之而无不及。”

“凤楼呢？”

听我提到凤楼，舒木脸上迅速闪过一丝诧异，但她很快掩饰了过去：“论情报范围我们自然是不如凤楼，但是在皇宫的动向方面，我们比凤楼的人做得更好。”

这已经够了。

我点了点头，看向其他人。

有人开头，后面的自然就从容了许多。

一个三十岁出头的女子走了出来：“奴才舒烨，掌管暗卫，日后家主的暗卫规格将在原有基础上再加十三人。”

“舒家暗卫共有多少人？”

“三百二十七人。”

“能力如何？”

“与沈楼主相比？”舒烨不需要我说破，立刻反应过来，皱眉道，“论单打独斗，这世上怕是难有他人出沈楼主左右。但若是群殴……舒烨有九分把握。”

“加上昆吾、温衡、牡丹呢？”

舒烨面上露出为难之色：“整个暗卫精锐加起来，能有五分把握。”

五五开分，于我来说，已经够了。

我舒了一口气，又接连见了其他几位管钱管人的，同他们具体聊了一下舒府的情况。

将她们送走时，已经是半夜了。我转过屏风去，白少棠还坐在那里，动作和我将他放在这里时一模一样。我心里难过不已，上前问他：“少棠，饿不饿？”

白少棠不说话，慢慢将目光转向了我。那目光像个孩子一样，干净澄澈。

我忍不住心里一酸，拉着白少棠的手道：“少棠，我会对你好的。这次我不骗你了。”

白少棠将目光转到我们相握的手上，一言不发。

我带着白少棠吃了晚饭，又去见了父母。母亲还在昏睡，我爹在照顾着她。见到白少棠，我爹先是愣了愣，随后便用帕子捂着嘴哭起来。

“我一直说……少棠是个好孩子。”我爹抽噎着，“这次你不能再辜负他了。”

“我知道。”我苦笑起来，安抚了我爹一会儿后，拉着白少棠的手回房。

白少棠一直不说话，一副呆呆傻傻的模样，似乎真的是什么都不知道了。我拉着他回到房间，亲自替他洗脸洗脚。

我从来没做过这样的事。然而面对着白少棠，那种无以名状的愧疚已经几乎将我淹没。我总想为他做点什么，若不做点什么，我心里会难受得发慌。

我替他打理一切，撤下发冠，哄他躺到了床上，然后便打算自己睡到卧榻上去。他不说话，一把抓住我的袖子。我在灯下瞧着他，他静静地看着我，神色安静，明明没有恳求，我却莫名觉得，他在求我。

于是我笑了笑，安慰他：“我去吹灯。”

他放开了手。我吹了灯，躺到他身侧去。他的眼神澄澈得像一个孩子一样，我抚着他的发丝，温和地安慰他：“别怕，一切有我。”

他没说话，将我揽到怀里。我们就这么依偎着，我突然就觉得，这夜没有那么冷了。

等第二日我醒来的时候，白少棠还在睡着。我悄悄从他怀里起身，洗漱后正准备上朝，便听到下人来报，说早朝取消了。

“说了为什么吗？”

我脱了朝服，换上便衣。影一压低了声音说道：“听说是圣上出宫了。”

“出宫？去了哪里？”我挑眉问道。

影一垂眸回答：“说是昨晚出了城，点了五千御林军，声势很是浩大。”

“如此。”我穿着便衣去了书房，吩咐，“继续盯着。”

来了书房，我拿出纸笔，没有片刻犹豫，落下“休书”二字。

给沈夜的休书一气呵成。

写完之后，侍从打了水来给我净手，我坐在椅子上，让侍从用温热的帕子擦干净我的手，眯着眼道：“把桌上的东西装好，准备马车，去苏府。”

苏阁老家离我家并不算远，我坐在马车上蓄养精神。一闭眼一睁眼，就听到外面的人通知我到了。我让人去敲门下了拜帖，片刻之后，苏家的仆人便将我领了进去。

进屋的时候，老师正在观赏着一幅画，见我过来，老师笑着说：“你来看看，这幅画如何？”

她喜欢花鸟画，尤其是前代山丘子的作品。此刻她手里拿的就是山丘子的真迹。

我笑着坐到她对面，扫了一眼那幅画道：“学生不善此道，不敢妄作评价。”

“就是闲聊而已。”她神色放松，“怎么不见容卿与你一起？”

我不说话，借着面前的茶桌，在老师面前给自己倒了杯茶。

见我没有说话，老师的表情有些不安：“你和他……吵架了？”

我抿了一口茶，温和地回答："老师可知，学生已继任舒家家主之位了？"

老师愣了一下，迅速扫过我腰间。看到那块代表着家主身份的令牌，她的面色慢慢沉了下去。

我轻笑了一声："看来老师是真的避世不出了。其实学生很是疑惑，老师一生作风端正，不屑宵小之术，为什么会有一个身份诡异、手段多端的儿子呢？"

"你想问什么？"老师沉着脸看着我，满眼戒备。

我垂眸看着手中红色的茶汤，温和地说："我并不是来问老师的，只是来告知老师。"

说着，我抬头看她，目光坚定："我已知苏容卿乃陛下之子。"

"你胡说！"老师猛地站起身来，怒斥出声，"容卿是我的儿子！"

"老师大概不知道，苏容卿打伤我母亲，抢走了血契。陛下取消了今日早朝，于昨晚带五千精兵出城了。大楚很快就会多出一位皇子了，老师如此遮掩，还有什么意义呢？"

老师没有说话，她呆呆地看着我，似乎是无法消化我带来的消息。

我将早已写好的休书放到桌上，淡淡地说："该告知老师的事，学生已经告知，这封休书，想必老师也能理解。学生已派人去户部办理手续，自此之后，学生与苏容卿，再无瓜葛。"

"舒城！"老师终于反应了过来，在我起身前，一把按住了我的肩头，急道，"你不能这样做！"

"为何？"我抬头看着老师。

老师满脸焦急，憋了半天，却只憋出了一句："容卿是真的喜欢你！"

"那又如何？"

"你也喜欢他啊……"

"过去是。"我笑了笑，"现在却并不是了。老师，学生如今，仅想好好照顾自己的主君，如此而已。"

"可是……可是……"老师似乎有很多话想说。

我已经确认了自己想要的消息，也不想再做纠缠，便拂开她的手，站起身来。

老师急了，一把抓住我的手腕道："你跟我来！"

说着，她急急地带我穿过长廊，走到内院一间屋子前。她推开房门后，我便看见满屋我的画像。

"我不知道怎么和你解释……容卿对你的感情，他真的不会伤害你。"老师焦急地说，"那些时候，容卿每天在家里画你。他刻了很多雕像，都想留着送给你。他十四岁时，陛下将他交给我。我没有孩子，一心一意把他当自己的孩子养大。我从未见过他对一个人这样上心，他那么喜欢你……决计不会害你！你们之间一定有什么误会！你……"

我不说话，静静地注视着这个全是我画像的房间。

我想沈夜大约也是喜欢我的，如果不喜欢，没有人能够做到这样的程度。然而我想，之前在皇宫里他为了迷惑陛下所说的话，大约也是真的。

他喜欢我，如同喜欢他年少时的那只猫一样，情势所迫时，便能为了权势，将这只猫炖成汤，去换取他所需要的利益。

他的爱与我的爱不同，我爱着他这个人，无论如何都会护着他，不愿伤着他。而他爱着我这个人，却总要和手里的其他东西相取舍，相衡量。

我走进屋里，用指尖一一划过那些费尽心血的画，还有画上人的面容。老师以为我已经动容，声音平缓了许多："我终生未娶，也未能有子嗣，容卿在我心中，便如我的亲儿子一般。他刚到苏府的时候，不喜欢说话，虽对我恭敬有加，却总有距离。我那时候就想，他不过一个十四岁的孩子，怎么就有这样深沉的心思。"

十四岁……那时候沈夜已经是君子堂执掌者，暗庭的人了。

而那时候的我呢？还受着家族宠爱，连朝堂都未曾涉入，在秋猎上开弓引箭射死一只老虎后，便成了世家新秀。

"他从来就不让我操心，对许多事把握得比我这个三朝元老都要精准。我知道他做了很多事，他不说，我也就不问。直到有一年，他差点死在宫里。我连夜进宫去，跪在地上求陛下，陛下要求我自此不再插手朝堂之事，我答应了，这才把他从宫里换回来。拖着他回来的时候，他奄奄一息，那时候我以为他要死了，问他有没有什么愿望。他说他想写一封信给一个人，只是后来写到一半，他又撕了，然后和我说，如果他死了，就将他葬在城郊的竹林里，把他床下盒子里的信，一齐都烧给他，黄泉路上，只有这些信，是能陪着他的。"

"那之后，我与容卿才真的算没了隔阂，我这才知道他做了这样多的事。当年陛下让他嫁给你，我极力反对，就是不愿意让他用自己的终生幸福去参与这些权谋之中。等到后来，他执意要嫁给你，我这才知道，你就是那些信的主人。"

"你退婚，这本是再好不过的事情了……这样容卿就可以顺理成章地从这件事中抽出来。我早就想好了，他从这件事里抽身，然后慢慢和暗庭断了关系，我有些产业，日后他就当苏容卿，凭他的才貌，找一个身家清白的女子入赘，疼爱他一生，也不是一件难事。我与他说了这样多，可白少棠来刺杀他那日，他还是带着你一起入宫了。"

回想起沈夜带着我入宫救母亲，逼着我答应娶他的那一日，老师站在长廊上含泪叫住沈夜的样子，我抬起头，慢慢地说："那时候你就知道，苏容卿跨出这一步，就无法回头了，是吗？"

"他嫁给了你，又如何回头！"老师的情绪有些激动，"他嫁给你，这样好的暗桩，陛下如何会放过他。他虽然在你身边，这一辈子却都只能周旋在陛下和你之间。"

"一辈子？"我嘲讽笑道，"我与他，哪里来的一辈子？他在我身边，大约也就是等着我死，舒家倾覆，然后就风光再嫁了。"

“他不会让你死。”

“那他就不该嫁。”我果断接话，收回在画上抚摸的手，回头看着老师，“他嫁给我，就没有可能两全。要么好好当我的主君，要么好好当陛下的暗桩，可他选择了陛下——”

“这也是我想要问老师的，为何老师与他，选择的，都是陛下？是觉得舒城懦弱，舒家不敌皇权，无法保护他，还是因为与陛下情谊深厚，无法割舍呢？”

“我们……”

“但后来我明白了。”我抬手阻止老师，笑出声来，“不是舒家、舒城无能，只是天家血脉深厚，哪里有背叛自己母亲的儿子？又哪里有背叛帝君的忠臣？”

“不过既然做出了选择，就要承担起选择的后果，不能总是想着两全。苏容卿的选择已经很清楚了，他打伤我母亲，偷走血契，而白少棠妹妹因此死于宫中，白少棠如今还疯疯癫癫。我身为舒家家主、少棠的妻主……”我将休书放在桌上，平静地说道，“自当与此凶手，与帮着凶手的老师，缘尽于此。”

说完，我便提步往外走去，朗声道：“苏阁老，无须相送。”

一路走出苏府，上了马车，我那决绝的气势猛地就弱了下来。我坐在马车里，觉得手里空空的，头脑一片空白，满心疲惫。

老师的话回荡在我的脑海里，我竟能凭着这些话语，勾勒出沈夜的平生。

那个十四岁沉默寡言的少年，站在房间里一幅一幅临摹着我的模样的男子。其实我与他之间如何不是情真意切，走到这一步，我已经用了我所有去争取，只是他一直在放弃。

回到府里后，我吩咐管家去给我买串佛珠来。我总算是明白了，为什么那些当了家主、上了年纪的人，总会在手里拿些东西。很多时候，人就是会有那么些脑袋空白、心中沉闷的时刻，手里有些东西分散注意力，大概会好很多。

白少棠还是那副痴痴呆呆的样子，大夫来看过，说他是受了太大的刺激，好好养着，随着时间推移会逐渐好转，连药都没有多开，只是教了我一些按摩脑袋的方法，让我试试看能不能让他舒服些。

我陪白少棠吃过饭，就回到书房，继续熟悉着舒家这些势力。夜里，影一从房梁上倒挂下来：“主子，宫里传来消息，陛下回宫了，带着一个男子，看上去和苏容卿颇为相似，现在连夜召了苏阁老入宫。”

“谁递来的消息？”

“陛下身边的掌灯侍。”

“赏，让宫里的人盯紧些，看能不能打听到什么。”

“是。”

影一又消失了去，我看了一会儿各处传来的消息，便去了母亲房里。

母亲正依偎在我爹怀里听我爹念书，看上去仿佛是新婚夫妻一般，在灯光下，两人的身影显得格外温暖。我不由得笑了笑，奔波一天后，心里总算是有了几分慰藉。

“母亲。”我走进去。

父母回头瞧我，母亲直起身来，上上下下打量了我片刻，微笑着说：“有些家主的样子了。”

“母亲安好？”我坐到床边。

我爹叹了口气道：“保住命了，但以后不能劳累。城儿，咱们全家就靠你了，你行吗？”

“爹安心吧。”我笑了笑，“珍宝阁的首饰，女儿不会让你买不起的。”

“我是这种天天就只想着买首饰的人吗！”我爹瞪大了眼睛。

母亲咳了一声，接道：“还有胭脂水粉绫罗绸缎，平时还要去云仙楼顶楼包场请各世家主君吃饭以炫耀地位……”

“你……”我爹怒喝道，“你是不是嫌我花钱多了？！”

“没有，没有！”母亲一把拉住他的手，温柔地说道，“玉丞多花点钱，我才安心。把你娇宠着惯坏了，才不会有人和我抢。我家玉丞若不再惯坏些性子，这样完美的男人，舒柔实在安心不下。”

“我又不会跟别人跑了……”我爹情绪缓和下来，小声嘀咕。

我咳了一声，示意我的存在。

我爹红了红脸道：“好了，你们说正事吧，我去准备点夜宵。”

说完，我爹走了出去。

我坐上前去，为母亲掖了掖被子：“经此一难，父母关系大好了。”

“以前也不错。”母亲抬了抬头，笑道，“我就喜欢你爹吃醋耍小性子的样子。只是这次确实是吓到他了，日后也不想吓他了。”

“你和凤三……”我踌躇了片刻，这似乎是父母辈的事情，我插手也不知对不对。

母亲懒洋洋地说道：“不过是按摩手艺好些，凤楼的公子，琴棋书画、吹拉弹唱，倒确实是不俗。倒是沈夜，如今去了哪里？”

“母亲不妨猜一猜？”我在她背后垫了软枕。

母亲想了片刻后回答：“在宫里？”

“是。”我笑了笑，“我想不日，陛下应该会宣布他皇子的身份了。”

母亲神色不改，似乎早已猜到，她垂下眉目道：“果然如此啊……”

“母亲早已知道？”我看着母亲。

母亲纠正道：“应该说，猜到。从你告诉我沈夜是苏容卿，出自凤楼，又和陛下有千丝万缕的关系后，我就有所怀疑。只是我未曾想过……陛下竟真的就留下了那个皇子。”

我没说话，静静地听母亲说着往事。

“昔年陛下作为大皇女，生父兰君身份并不高。好在陛下行事稳重，颇得其祖母崇华帝君的喜爱，隐隐有了储君之势。然而在崇华帝君病逝前，陛下却同凤楼第一任楼主沈泉私奔，一年不知所终。其间有人向崇华帝君递了一封信，没有人知道信中写了什么，只知道第二日，陛下的父亲兰君就被打进了冷宫。”

“彼时我作为陛下的伴读，早已和陛下绑在了一起，兰君下狱，我自然是要照拂一二，同时又要四处寻找陛下。但当时我连舒家少主都不是，难有如此能力。等我终于打通关系找到兰君时，他已悬梁自尽。而等探子告诉我陛下出现在大楚边界时，崇华帝君已死，先帝登基，对于这个出逃一年、生父卑贱的皇女，先帝很是厌恶。”

“我知道先帝厌恶陛下，但我那时还挂念着同陛下的情谊，于是一路赶到大楚边界接她。我接到陛下的时候，她分明就是刚刚生产不久的样子。等陛下回了楚都，收整好势力，她给我的第一个命令，就是让我去追杀沈泉，还有他身边的婴儿。”

听到这里，我心头一跳，面上却还要装作平静的样子。

母亲笑了笑，宽慰道：“你放心，沈泉不是我杀的。沈泉作为摩萨祭司，聪慧无比，我的人追杀他多年，却都被他屡次逃脱。天庆六年，陛下突然召我，同我说不必追杀沈泉了。我本来以为……这父子俩，都死了。”

“天庆十五年，我听说凤楼重开，其实也极为震惊。那时我便揣测凤楼楼主沈夜是陛下当年的那个孩子，但我想，若真是这个孩子，陛下自然不会放过他，他怎敢如此大大咧咧地出现在楚都，还重开凤楼？后来我查到他是暗庭的人，便以为，他之所以能重开凤楼，不过是因为陛下怀念沈泉。可谁知道……”

母亲叹息一声：“他竟真的是那个孩子。看来陛下……心中尚留着几分温柔。”

听到这里，我忍不住嘲笑道：“这哪里是心存温柔，分明只是瞧着沈夜这把刀太过顺手，不忍就此折断。而如今，怕是折不断了。”

我回想起当初沈从张狂说出的那句：“我的愿望，就是大哥君临天下。”

想到这里，我忍不住笑容更深了些。

那时候我以为是沈从年少张狂，如今想来，沈从这样的人，哪怕还是少年，也绝不可能因一时意气用事说出这种话。约莫他和沈夜，早就做了这样的打算。所以，什么为了秉书开辟男官制……不过就是用眼泪哄着我当他的一把刀，为他砍了这帝王大道上的荆棘而已！

沈夜有这样的打算，但看陛下始终只愿意让他留在暗庭的态度，怕是她不愿意将这皇位交给一个皇子。大皇女再不堪，毕竟是正统嫡出的皇女。

想远了……

我收回思绪，转头询问：“母亲觉得，沈夜是否将血契交给陛下了？”

“这个不该问你吗？他是如何对你说的？”

我回想了一下，沈夜盗走血契的那天晚上，他确实说过，他不会将血契交给陛下，这是他和陛下之间的一桩交易。

不过如果是我，我也不会交。这样的东西，拿着用来胁迫陛下当保命符，真是再好不过了。

“沈夜达到自己目的前，血契怕是只会在他手里了。那母亲觉得，我与沈夜合作如何？”

我抬起头来，目光灼灼地看向母亲。

母亲没有说话，她温和地笑了笑，拍了拍我的手，道：“不要为难自己。你如今恨着他，别为了舒家委屈了自己。”

未曾想母亲一眼就看懂了我的心思，我忍不住红了眼眶，低下头去：“母亲……”

“况且，你可曾想过，同沈夜合作，其实是与虎谋皮。大皇女虽然暴戾，但毕竟心思简单，易于掌控。而沈夜，不说他对你的那些心思，他一旦当了皇帝，必定想要你成为他的禁脔。就算他对你没有这些弯弯道道，他若称帝，也不是咱们能掌控的。不管如何说，他身边我们一个人都没有，而大皇女府中的诸多谋士，却本就是我们家的暗桩。”

“什么？！”我惊讶出声。

母亲笑了笑，温和地说：“大皇女手下最出色的那位谋士书径庭，以及另外两位谋士陈冉、王川，都是我们舒府的人。有她们在大皇女身侧，若大皇女对舒家有了异心，咱们便换一位帝王来效忠吧。”

说着，母亲冷笑起来：“陛下觉得血契牵制了她，殊不知，我却也觉得，血契牵制了我们舒家。若不是有血契在，她魏家的帝位，早就换了人了。”

我没说话，母亲挑眉看我：“怎么，怕了？”

“并不是这样。”我含笑回答，“我是觉得，这才是我舒家该有的气魄。”

“你如此想，我心甚慰。”母亲从枕下抽出一本册子，交到我手里，“这才是我们舒家完整的暗桩名单，你今夜将它背下，便烧了吧。”

“我明了。”

“我有些累了。”母亲挥了挥手，“下去吧。”

我点了点头，便退了下去。出门时我爹正好端了两碗糖水进来，见了我便说：“怎么就走了？你别学你母亲，忙太晚……”

我端了糖水，满不在意地挥挥手：“我不努力，谁给你挣首饰钱？我先走了。”

“怎么和你母亲一个德行……”

我爹小声嘟囔，却并没有追过来。

回书房后，我将手中的糖水放到书桌上，坐在桌边背母亲给我的册子。背到半夜时，感觉终于差不多了，便回自己房间。一回到屋里，便瞧见白少棠规规矩矩地坐在椅子上等着我。

他也不说话，见我来了，便朝我奔了过来，将我搂在怀里。

我在他怀里蹭了蹭，温和地说：“以后别等我这么晚，睡吧。”

我们俩简单洗漱过后，躺回了床上。我有些累了，闭着眼睛想事。我感觉到他在夜里静静地看着我，或许是以为我睡着了，他低下头，轻轻地碰了碰我的唇。我假装没有睡醒，嘟囔着翻了个身。他便不再动了，就这么抱着我睡了过去。

第二天醒来，我照常去上早朝。临出门前，管家交了串佛珠给我。我将佛珠放到手里，不知道为什么，心里镇定了不少。

到达大殿前时，天还没亮。我一出现在大殿门口，上官婉清就迎了过来，压低了声音问道："沈夜怎么回事？"

"关我什么事？"我面色不改，滚着手中的佛珠。

上官婉清看到我手中的佛珠，愣了愣，道："你怎么回事？才多长时间不见，你出家了？！"

"俗门弟子，静心而已。"

接着，她看到了我腰间的家主令牌，整个人都惊呆了："你成舒家家主了？！你母亲呢？"

她环顾了一眼四周，呆呆地说："不可能……"

"母亲遇刺，如今在家养伤，昨夜已给陛下递了折子，临时传位于我，不久后舒府会办传位典礼。"我说得公事公办。

上官婉清皱起眉头："你非要和我这么说话？"

"你要我如何说话？"我浅笑一声，"我已休了沈夜，你有机会了。赶紧奋起直追，莫要再把情书送错对象，如此可好？"

上官婉清终于不再出声，眼中闪过一丝狼狈。

我笑了笑，往大殿走去："你关心沈夜，莫要打着与我为友的名头。我如今与沈夜再无瓜葛，你也无须如此惺惺作态了。"

"舒城！"上官婉清喝道，"你心中，我就是这样的人？"

所有大臣朝我们看了过来，上官流清也回过头来，眼中似笑非笑。

我背对着上官婉清，暗中深吸了一口气，拨弄着手中的佛珠，心里总算是平静下来。

其实我也明白，我如此对待上官婉清，不过迁怒。看着她，我便会想到那些被欺骗的往事。她让我清楚地知道，我和沈夜，哪怕从开始，就是欺骗，就是圈套。

心中平静下来，我淡淡地说："对不起，家母病重，我心绪不免烦躁了些，还望见谅。"

说完，我大步走开，走到了文官首位。

朝堂站成两排，武将一排，文官一排，文官首位站的是左相，其后是尚书令，再往后是各部尚书及依品级而排位的各方官员。而武将一排，首位站的是右相，继而是天下兵马大元帅，按品级而排位的公爵及各路将军。此等排位方法，显示了大楚重文轻武的现状。

如今身为左相的母亲病重，我作为尚书令，自然就站在了文官首位。

上官流清站在我身后，小声道："人没死，就都不是大事。"

"上官大人最好还是收敛些，再如此放肆，别怪我把你放在舒家的暗桩都拔了！"

我靠近她，压低了声音，说完后笑着转过身去。

上官流清面上笑容依旧，在我身后淡淡地答："舒家主大可试试。"

我不与她斗气，静静地等着女皇到来。

太阳一寸寸升起，礼官唱和之声传来。百官跪下，看着龙辇沿着御道慢慢近前。龙辇左右两旁各跟着一个人，一个身着代表着皇女身份的白衣刺金凤，另一个却是白衣刺金龙。旁边朝臣忍不住抬头去看，我却一动也不动，恭敬地跪着，看着那白色的衣角从我面前飘过。

"起。"礼官声音再次传来。

鼓声响起，我直起身来，转身看向金殿。

礼官又唱："入殿。"

百官在我和右相的引领下鱼贯而入。

等站好位置，礼官再唱："跪。"

"吾皇万岁万岁万万岁。"

"储君千岁千岁千千岁。"

我们喊完之后，没有听到陛下和大皇女的免礼声，没有人敢站起来。

片刻后，女皇道："朕有一件喜事要同众卿分享。昨日朕得急报，终于找到了朕失踪多年的儿子。诸位爱卿必然想不到，原来朕失踪多年的孩子，竟就是苏阁老的独子苏容卿！这孩子气恼朕多年未曾去寻他，一直不肯说出自己的真实身份，直到昨日西荒派人来追杀，这才向朕求助。朕带了五千精兵前去救回他，同他滴血认亲之后，确认了这确实是朕的皇子。诸位爱卿，这是一大喜事啊！"

朝中没有人说话。我率先再拜，高声道："恭贺陛下寻回皇子！"

其他人立刻反应过来，跟着我喊道："恭贺陛下！"

说完，我调整了位置，往高台上沈夜站着的方向再拜了下去，朗声道："殿下千岁千岁千千岁。"

在我话音出口的瞬间，其他人立刻跟着唱和起来，于是一时间，殿中全是朝臣问安之声。

陛下大笑起来，终于说道："诸位免礼吧！"

于是，所有人站了起来。

女皇积威甚重，一般世家不敢多有言语，而如我和上官流清这样的大族，自然是早就得了消息，不会太吃惊。于是储君所站的台子上多出一人，却也没有人问话。而我手持佛珠，面色淡定地站在文官首位，一言不发。

身为舒家家主，我自然不再需要出言撕扯，这种事再也轮不上我了。我想说什么，只需给那些舒家的朝臣一个眼神，自然会有人帮我来说。所以整个早朝，我竟是什么话都没说。

我明显感觉到沈夜在望我，我却觉得，这似乎与我并没有太大关系。

等到朝中大事议论得差不多了，陛下终于将心思放到我身上来：“舒爱卿，如今容卿认祖归宗，是个皇子，你作为皇子妃……”

“陛下，”我从容出列，打断女皇的话，叩首道，“陛下，臣与皇子殿下早已和离，陛下不必为此担心。殿下性情贤淑、容貌上佳，舒城相比之下难免自惭形秽，相信殿下来日必能觅得良缘，舒城在此先行恭贺。”

朝堂出现死一般的寂静。

沈夜率先反应过来，压低了声音道：“户部的人呢？！”

这事儿我是直接叫户部侍郎帮我办的，走了特殊通道，半个时辰就批好了。户部侍郎未曾想过有这一出，吓得当即跪了下来：“殿下……昨日舒大人派人将……将和离书送了过来，微臣就按照流程办了……”

“和离书？”沈夜低笑出声。

听到他这笑声，众人便都明白了，这不是一份和离书，而是一封休书。若是和离书，沈夜不会不知道，只是户部侍郎碍于天威，不敢将“休书”二字说出来罢了。

我静静地跪在地上，女皇猛地反应过来，将桌上的杯子朝我砸了过来，怒喝出声：“舒城尔敢！”

我一动也不动，任由那杯子砸到头上。血染了我满脸，我仍面色不改，叩首道：“陛下息怒。臣与殿下性情不和，故而才有此结果。只是臣当时并不知殿下乃皇子身份，故而并未告知陛下，还望陛下见谅。”

我说得有理有据，女皇虽然愤怒，却也不能拿我如何。她喘着粗气沉默了半晌，终于命令道：“退朝！”

等女皇带着大皇女、沈夜走了出去，上官流清将我扶了起来。我用方帕按住额头，向刚被人扶起，还在心惊胆战的户部侍郎走去，笑道：“这次让大人受累了，舒城未曾想……苏容卿竟是那样的身份。唉……”

“大人哪里话。”那人苦着脸道，“这……真是谁都没想过的。”

“不过……”有人插话进来，“这皇子是谁的啊？为什么会流落在外面……”

我笑而不语地同众人告辞，任由那些官员继续议论着。

等我走出宫外，便看见沈夜站在我的马车前，他还穿着皇子的朝服，整个人仿佛一直生养在皇家一般，自带了天家贵气。

我的身子不由得一僵，但我立刻反应过来，垂下眉目，走到沈夜面前，行礼道：“殿下。”

沈夜没理会我的生疏态度，淡淡地说：“不知可否与大人上马车一叙？”

“殿下与我有男女之别，还是免了吧。”我笑了笑，“为殿下清誉着想，殿下有什么话，便在此处说吧。”

沈夜冷笑一声：“清誉？你我之间，还有清誉可言？该做的都做了，这天下谁还不知道？”

“殿下慎言。”我掸了掸袖子，浮起笑容，“殿下毕竟是待嫁之身，我朝民风渐开，殿下自尊自爱，必然能再觅良人。”

“你非要同我这样说话？！”沈夜面上有了怒意。

我不由得愣了愣，觉得他和上官婉清真是心意相通，一早上连着同我说了这样的话。

在我愣神时，沈夜一把抓着我上了马车。

我被他扔进马车里，倒也没有惊恼。他向来是这样的人，做出这样的举动，我并未觉得诧异。

“走。”他命令车夫。

我直起身来，掸了掸衣服，端正坐好，看向他：“殿下有何话要说？”

马车动了起来。

他打量着我，目光落在我手中的佛珠上：“你出家了？”

我：“……”

“你是不是还在恼我？”

“殿下何出此言？”

“我不是故意骗你，只是此事之前，我不能多说。”

“殿下无须解释。”我拨弄着佛珠，瞧着帘子外的街道，淡淡地说，“舒城明白。”

“你……”他话中有了恼意，“你若明白，怎么还会如此？！血契我不会给陛下，你不需要担心。我事成之后……”

“也与舒家无甚关系。”我转过头去，看着沈夜，“殿下还不明白？打殿下从舒家走出去那一刻开始，便与舒家再无关系了。殿下是成是败，舒家都只是一个旁观者。”

“不是舒家放弃了殿下，”我一字一句，认真道，“是殿下放弃了舒家。”

若他没有隐瞒，若他坦承向我求援，我未必不愿意帮他走上这个帝位。然而他选择了欺骗，选择了用这样的方式离开舒家，那我也只能选择与他相反的道路。

听了我的话，沈夜苦笑一声：“不，并不是舒家不愿意放弃我，只是你舒城不放弃我。大皇女与我之间，你母亲不会选择我。”

我不说话，感觉着佛珠从我指间滚过，心里一片安宁。

沈夜静静地看着我，见我无动于衷，他闭上眼睛：“是不是你我之间，日后只能如此了？”

“不然，还能怎样呢？”我低笑出声。

他往前走了一步，单膝跪在我面前，握住我的手，抬头看着我：“阿城……不要这样。”

“你现在已经是舒家家主了。”他满眼恳求，“若你愿意，你我不必如此。我会等你，你也等着我，等我拿到那个位置，你……”

“我如何？”我不由得笑了起来，“入宫，成为你的后宫之一？或者换一个说法，放弃舒家的权利，成为依附于你的人？”

“我……”

“沈夜，”我打断他，垂下眼眸，“我信任你的时候，就全心全意地信任你，不会多想，然而这并不代表着我没有脑子。”

“你不将血契交给陛下，不是因为你在意我，只是你拿着血契，陛下才有把柄在你手里，你可以在一个限度里，同她尽量提要求。比如说，让她承认你的皇子之位。”

“而你我之间还有可能，也不是因为你多爱我，只是因为我如今成了舒家家主，掌控着舒家。舒家选你，选大皇女，还是只做纯臣，这都取决于我。”

沈夜没有说话，静静地看着我。

这些话说出口来，我内心那些蠢蠢欲动的、似乎是期待的情绪，慢慢沉寂下去。

他的眼睛还是那么漂亮，然而我却不敢触碰了。

“我一直知道，”他慢慢开口，“我在你心中，是多么卑劣的存在。”

我叹息出声：“不，你并不知道。”

你并不知道，我曾给过你多大的信任。

沈夜猛地扑了过来。外面是集市的喧闹声，他拼命吻着我，仿佛是期望从这个吻里汲取生存下去的勇气，仿佛这是他唯一能拥有的东西。我默不作声，任由他动作，淡定地滚动着手中的佛珠。

马车停了下来，他也终于清醒过来，颓然坐倒在马车上，垂下眼眸。

我用方帕擦了擦嘴唇，然后扔到了一边，直起身道：“殿下日后莫要如此失态，臣告退了。”

说着，我下了马车。

马车里传来沈夜的低笑声。

我吩咐车夫：“将殿下送回宫吧。”

等我走进屋里了，站在门口时，竟有那么一瞬间的恍惚。

我突然想起沈夜。那时候我下朝，他总会在屋里等我，穿着宽大的白袍，散着头发，懒懒散散地躺在躺椅上翻看着什么。然而此时此刻，屋子里应该是，什么人都没有吧。

没有人等我，没有人陪我。

我苦笑着推开房门，果然，什么人都没有。

第十一章

沈夜的皇子身份确定后，朝中议论纷纷。

女皇给他办了个盛大的加封大典，在大典上简略地说了一下她与沈夜父亲的过往。将当年私奔之事改成了被敌国挟持，两人在这个过程中相爱，后来在追杀中分离。末了，女皇含着眼泪握着沈夜的手，激动地说："孩子，你总算是回来了……"

"母皇……"

沈夜也是演技一流，眼泪说流就流。

我漫不经心地看着这对母子演戏，上官流清站在我旁边，微笑着问："不知舒大人此刻是何心情？"

"心情吗？"我笑了笑，"自然是为圣上欣喜。"

上官流清漫不经心地笑了笑："今夜想请舒大人到醉仙楼一聚，不知舒大人意下如何？"

醉仙楼是过去我和婉清、流岚常去的地方，自从流岚故去后，我就没再去过了。

我不说话，上官流清垂下眉目来，自嘲地笑道："说实话，我很羡慕大姐。如今我代替她成了上官家的家主，不知道有没有机会代替她，成为舒大人的朋友？"

"谁都代替不了她。"我淡淡地说。

上官流清低笑出声："大概吧。不过我总是觉得，我的存在，也不过就是为了将大姐的生命延续下去。守护她所守护的家族，所守护的朋友，所守护的爱人。"

"你会娶郑参吗？"我转念一想，问出口。

上官流清目光有一瞬间茫然，却还是说道："如果他愿意，上官家主君这个位置，本就是大姐给他留的。"

"你还爱着他？"

"你呢？"她却将问题抛给了我，"你还爱着沈夜？"

我不说话，将目光静静地落到沈夜身上。

上官流清几乎以为我不会再开口，也沉默了。

我道："自然是爱的。"

我坦承这份爱意，如同沈夜所坦承给我的爱意。然而这世上的事情，往往不是你爱不爱决定的。

上官流清愣了愣。

我又道：“夜里几时？”

“天黑就过去吧，我会在那里候着你们。”

我点了点头。

大典到了尾声，百官跟着仪仗队回宫之后，便各自散了。

等到天黑，我便去了醉仙楼。老板与我熟识，引着我去了房间，絮絮叨叨道：“您与上官家的两位大人许久没来，小的本以为，流岚大人去了，您与婉清大人就不会再来了……”

听着老板的话，我心里突然涌出无尽悲凉，等站在常进的屋子门口，我一瞬间竟不敢开门走进去。灯火映着里面人的身影，她坐在首位上，背挺得笔直，剑放在桌上，随意盘着腿，端着酒杯抿酒。

我在门口站了许久，恍惚间甚至觉得，等我推门进去，就会看到流岚坐在那里，抬头瞧着我，带着浅笑：“你来了。”

这样一想，心中不免有了那么一份醉酒般的慰藉。然而等清醒后，升腾起来的却是更大的痛苦。这样的痛楚让我清醒过来，我推开门去，看着上官流清坐在里面，笑意盈盈。

她坐的位置，是上官流岚惯坐的位置。不同于上官流岚的内敛肃杀，上官流清常年带着温和的笑容，穿着月华色笼白纱长袍，看上去仿佛江左风流的世家子，让人提不起半分不悦。

她招呼我坐下，温和地说：“我同店家问过，往日你们三人来这酒馆，就是这样坐的。我坐这个位置，没有什么问题吧？”

“一而再，再而三地提醒我流岚的存在，”我终于忍耐不住，抬头看着她，冷着脸说，“你想做什么？”

“舒少主……不，家主，”上官流清摇着酒杯，笑意更胜，“始终不肯对流清表态，流清只能如此。”

“你要我表什么态？”

“和上官家合作。”上官流清挑眉，“难道我的意思，还不够明显吗？我将家中暗桩得到的消息告知了你，让你提前猜到沈夜的身份，这难道不是流清的诚意？”

“你要与我合作做什么？”

“我不愿沈夜称帝。”她垂着眼眸，“这样聪明的人当了皇帝，对于你、我，乃至所有世家，都太危险了。”

我不说话，只是抿酒。

“我有把柄在他手里。”

“哦？”我抬起眼眸。

上官流清苦笑了一声：“他手里……有一个对我很重要的人。”

“所以，你要我做什么？”

“明面上的事，你来做。”

“把舒家当刀使，你倒是打了好算盘。”我冷笑出声。

上官流清面色不改：“暗中的事，我来。”

“你能做什么？”

“上官家的暗卫，我调一半给你。刺杀之事，我来。”

我不说话，继续喝酒。

“上官家得到的所有消息，我都可以共享给你。”

我给她和自己各倒了一杯酒，依旧不说话。

上官流清嗤笑一声，摇头道：“好吧。如果你起兵，上官家的兵马，可以供你调遣，如此，可算表达流清的诚意了？”

“好。”我等的，不过就是这句话，“你在沈夜手里的人是谁，我帮你把他带出来。”

“不用了。”上官流清摇头，“他在那里过得很好，我不打扰他。等真到了你与沈夜兵戎相见之时，我们再把他接过来吧。”

“好。”我点了点头。

上官流清静静地望着我，片刻后，她忽地笑了：“你与我姐姐，真是越发相似了。”

听到这句话，我不由得笑了：“大约是做了家主后，我也没什么参照人物吧。”

我心中最完美的少年家主，也不过是一个上官流岚。

上官流清神色暗了暗：“我是不是一辈子都比不过她？”

我摇了摇头：“你与她，无须比较。”

上官流清坦然笑道：“你不问我，为什么这么主动参与这皇位之争吗？”

我看着她，等她的回答。

她垂下眼眸，终于收敛了笑意：“我的姐姐，我能动得，他人动不得。上官家的人，只有上官家的人能动。”

“所以舒家主，你是否真的明白了我的意思？”

“明白。”我点头，“你要的不仅是沈夜登不了帝位，你还要今上，不得善终。”

上官流清笑着举起杯来，我举杯同她相碰，酒杯撞在一起，发出清脆声响。

我低声道：“我也是，正有此意。”

流岚的命，总该有人偿还。

上官流清笑起来。

门外有了人声，片刻之后，有人推门走了进来。

是上官婉清。

我收敛了笑容。上官婉清挑了挑眉，摇着扇子走了进来，坐到她位置上，仿若旧时一般，倒了杯酒，玩弄着酒杯道：“我倒不知，表姐还请了舒城。”

“若是知道了，你还来不来？”上官流清看着她，仿若只是开了个玩笑。

婉清没有说话，她提酒走到我面前，将酒壶猛地砸到我桌前，然后盘腿坐下，盯着我道：“一个男人而已，舒城你还行不行了？”

我笑出声来，抬头看她，忍不住说：“不行的是你。”

“你怨我。”她神色澄澈。

我挑眉：“难道不该吗？你喜欢沈夜，你与沈夜是旧识，你却为他欺骗于我。我与你什么关系？你我从不识字的时候就在一起，你的作业是我做，你群架是我打，你犯了错是我扛，你离家出走是吃我的，我对你这么好，你就为了个男人来骗我！”

“对，我骗你。可我就骗过你两件事，一是我喜欢沈夜，二是让你去找沈夜。除此之外，我没有其他骗你的地方。”说着，她端起酒来，“所以会伤害你的事，我不会做。如果早知你和沈夜有今日，我绝不会让他见你。”

“你和他是怎么认识的？”我审视着她。

她面色不改：“十六岁时，我去逛了凤楼，对他一见倾心。”

“为何不曾告诉我？”

“我喜欢一个人，我知道不可能，为何还要告诉别人？既然知道不可能，就该让他埋在心里，烂死在时光里。”

“上官婉清……”我冷笑着道，“这么多年，我似乎第一次认识你。”

上官婉清没有说话，她抿了一口酒：“我和你、流岚不同，我想，流清表姐可能更能明白我。”

说着，她看向上官流清：“我们这样庶出的子弟，不能像你和流岚一样。年少时太优秀，容易被嫡出忌惮，所以我从小就学会了掩藏。可是舒城，除了沈夜，我从未有对不起你的地方。”

“年纪小的时候我装作不学无术，让你替我抄作业，可是你有没有发现，每次你睡过去后醒来，作业似乎总是比你记忆中要写得更多；我惹是生非，都是你替我解决，可谁要是打了你，事后总是会倒霉出事；我犯了错，总是你帮我顶缸，可那些告状的人，总是会在路上被人打。你以为，这些都是谁做的？”

“你十岁那年被刺杀失踪，是我最早得到消息，我带着人找了整片荒山。我明明知道不能让嫡出的人知道我手里有可用之人，最后却还是带着人去找你了。为此，我辛辛苦苦养的十二位死士，一个不留地被上官家杀了。为此，我再也不能进国子监，时时刻刻被人监视。如果不是我小心谨慎，早就死了上万回。”

“你道你情谊深重，难道我的情谊就如此不堪吗？”她抿了一口酒，语带委屈。

我没说话。我的脑海中浮现出上官婉清年少时的模样。她从未同我说过这些，在我的记忆里，她一直是散漫不羁的人物，似乎除了吃喝玩乐，什么事都不放在心上。十几岁的时候在国子监里被人发现偷盗试卷被开除后，从此她的人生就更加浪荡。

因为被国子监除名，她无法参加科举，上官家也一直没有人愿意给她推荐，所以当我在朝中已经位列四品时，她还是一介白衣。好在她为人聪慧，好赌能玩，在经商方面颇有建树。最后是我鼓起了得罪上官家的勇气，向吏部递了荐书，才把她放进朝中来。可她劣迹太多，入朝这么多年，也不过才混到从六品礼部掌事。

我以为这是因为婉清志不在此，此刻才知道，是因她的人生，比我艰难太多。

她被开除的那年，她被人压在地上，暴怒着嘶吼："我没有！卷子不是我偷的！"

那时没人相信她，连我……都没有。

我闭上眼睛，深吸了一口气："你为何从不同我说这些？"

上官婉清没有说话。许久后，她终于说道："我不愿你我之间掺杂这些。舒城，我认识你的时候，从未想过你会是舒家少主。"

她的话我明了。她与我的身份云泥之别，要是我知道了这些，必然会出手帮她。可是一旦帮了她，我难免就会在有一日怀疑她接触我是否别有用心。

我一时间不知道该说些什么。

她将酒倒进我杯子里，淡淡地说："男人是男人，你我是你我。如若你愿意原谅我，那我们就干了这一杯，当所有的事都过去了。如果你还是觉得我不堪，那我自己饮了这一杯，从此你我就是陌路人。"

我没动。

上官婉清苦涩一笑，端起酒来，一饮而尽。然后她便回到自己的位置上，笑眯眯地说："大姐，叫几个美人来玩呗！都是女人，有什么意思？"

外面传来敲门声，我的侍卫走了进来，在我耳边低声道："主子，主君在家中闹了起来，您要不要回去看看？"

我点了点头，同上官流清、婉清告辞，而后便走了出去。

走到大街上，我的思绪还是有些纷乱。下人们赶着马车过来，有人在我身边喊着："大人，赏点钱吧。大人……"

我转过头去，本打算随意扔点碎银，却发现，这个只有双手匍匐在地上的女人，似乎有一些熟悉。我蹲下身去，认真打量着她，不由得倒吸了一口凉气。

这人是个人贩子。当年我缠着上官婉清带我逛元宵节，于是上官婉清刨了个狗洞，带我钻了出来，结果一个不慎，我就被这个人贩子抓了去。我中了迷药昏迷不醒，等出了城郊，我本来已是绝望了，却突然看见上官婉清骑着马，跟在马车后面紧追不舍。

那时候她也才十二岁，揣着一把短刀把马车拦下来，就和三个人贩子打了起来，结果没几下，就被人绑了起来。但也就是她拖着的那么一会儿，官兵就赶了过来。其中一个人贩子抓着我，拿我当人质，想要逃脱。正当所有人无可奈何的时候，上官婉清突然扑上来，死死咬住了人贩子的手。我趁乱从人贩子怀中挣了出去，那人贩子怒极了，一刀砍到上官婉清手上，上官婉清的短刀就直接捅进她的胸间。

两败俱伤。

我把上官婉清从那人身上拽下来时，另外两个人贩子已经和官兵缠斗着跑了开去。上官婉清手上流着血，惨白着脸，却安慰我："没事了。你别害怕。"

"我怕什么啊！"我哭着说，"我好好的，我怕什么！"

上官婉清笑了笑，就昏死了过去。

那人贩子后来一直没找到，我本以为，他们就这样销声匿迹了。然而她此刻竟出现在这里，我不由得有些好奇。

"你怎么会在这里？"

听到我的话，那人贩子微微一愣。

我淡淡地说："当年你拐了我，你的朋友还砍了上官家的小姐一刀，你忘了吗？"

"大人……"那人颤抖起来，拼命用头砸着地板道，"大人……是小人错了。是小人不该听他人指使绑架大人。看在上官家的小姐已经惩治过小人的面上，大人饶了我吧……"

"你的腿，是上官家的人砍的？"我皱起眉头。

那人忙道："对……对。是婉清小姐亲手砍的。小的已经受过惩罚了，小的那个相好也死了，指使我们的人也死了，大人饶了小的一命吧……"

"指使你的人是谁？"

"是王家三小姐……可她被婉清小姐杀了……"

王家三小姐王瑜，这个人我倒是记得。她同我在国子监时就互相看不顺眼，我出事不久后，她就似乎在郊外踏青时，不慎坠崖了。当时王家口口声声说王瑜是被人所害，还查到我头上来过，但查来查去没有头绪，这件事就这样不了了之了。

如今想来，这大概是上官婉清的手笔。

这个人贩子的话，让我对上官婉清那一份芥蒂终于释怀。

我想，上官婉清对于我的感情，便一直是如此。在她心里，我如此天真软弱，她就帮我把所有见不得光的事都做了。王瑜害我，她就杀了王瑜，无声无息得让我根本不曾想到，同窗曾对我有这样恶毒的心思。他人刺杀我，她为我牺牲了手里的底牌；被逐出国子监，她也从不曾告知我，用这样安静的方式，让我心安理得地活了这么多年。

这样的上官婉清，哪怕她在沈夜一事上骗了我，那又怎样呢？我本来就欠了她这样多，若非沈夜想要太多，她骗我，也不过是给我牵了一桩良缘。

我已经失去了流岚，还要因着一个男人，再失去婉清吗？

我不由得笑出声来。我吸了吸鼻子，转身回了酒楼厢房中。

上官婉清正和上官流清说着什么，笑意盈盈，见我进来，她不动声色地垂下眉目，仿佛没见到我一般。

我走过去，翻过一个酒杯，将酒倒进酒杯之中，举杯碰到她的酒杯上："这杯酒我干了，今日家中有事，改日再来喝酒。”

说完，我在上官婉清诧异的神色中将酒一饮而尽，而后转身就走。出门前，我顿住步子，低声道：“婉清，日后有事要和我说，我并没有你想象中那样软弱不堪。你我是朋友，我从不觉得伸手帮助朋友，会玷污了你我之间的情谊。你保护我这么多年，我转头护一下你，又有何妨？你须记得，我已是舒家家主，当朝二品尚书令，你不必再过当年的日子了。”

没等她应答，我便提步走了出去。

回到家中，白少棠正在房间里到处找着什么。我提步进去，下人们正满脸焦急地看着他，想要阻拦，却又没有人上前。

“阿妹……阿妹……你在哪里啊？不要躲了，哥哥来找你了。”

白少棠脸上全是凄凉的神色，他到处查看着，屋里的桌子已经被他推翻，衣柜也被打开，衣服乱糟糟地扔在地上，一片狼藉。

我忙走上前去，握住白少棠的手腕，温和地说：“少棠，你怎么了？少芷在云州啊。”

“在……云州？”白少棠愣愣地开口，看见我，他瞳孔一紧，猛地抓住了我，大声道，“你是不是不要我了？！阿妹没了，你是不是也不要我了！”

“不会，少棠，你冷静点。”

“你去找沈夜了……”他眼里全是眼泪，“你要和沈夜成亲了对不对！你要休了我……不……不……我要找舒城。阿城呢，她在哪里？阿城……”

“白少棠！”我怒喝一声。

他微微一愣，不再乱跑乱叫。

我抓着他，将他推到椅子上，扶着椅背，居高临下地看着他。

“我已经休了沈夜，我也不会去找他。白少棠，你是我舒家唯一的主君，你明白吗？！”

白少棠愣愣地看着我，眼里一片茫然。

我的声音软下来：“你别怕了，你不走，我就一直在你身边，嗯？”

白少棠终于安静下来。我让人端了水来，亲手给他擦干净脸，喂他吃了东西，帮他洗漱过后，带着他上了床。做完这一切，我感觉特别疲惫，自己抱着自己，便睡了过去。

第二天上朝时，我还有些恍惚。所有人的话都是左耳进右耳出，只大概明白，陛下要将江左一案交给沈夜来办，礼部尚书死活不干，以皇子不得干政来和陛下拉扯，一群人拉扯了半天，最后陛下把礼部尚书拖下去打了，才终于没有人敢说话了。

下朝后，我似乎听见沈夜叫我，我当作没听见，径直离开。

回府之后，我让人请了大夫过来。大夫给我诊过脉后，有些担心地说：“大人思虑太多，这胎象孱弱，有不稳之势。还望大人平日放宽心态，莫要太过忧心劳累，老朽先开几服方子给大人。”

说着，大夫就给我开了药方。我让人送走大夫，一个人坐在屋子里，突然觉得有些茫然。

这个孩子要不要？

如果要，大臣怀胎四月，就要上报朝廷，然后回家备产。陛下若以此为理由让我离开朝堂，等我生下这个孩子，舒家还能完好吗？舒家如今就靠我撑着，而现今局势紧张，瞬息万变。血契在沈夜手里，只要她拿到血契，知道这血契是假的，她必然就要动手了。

我若不在朝堂，如今舒家除了我就没人主事了，一旦陛下动手，可能等我回去时，舒家也就被陛下把爪牙全拔干净了。

可是不要这个孩子……

我抚上肚子，内心始终没有办法做出不要这个孩子的决定。想了许久，我终于还是去找了母亲。

这一次受伤，她伤了元气，头发都白了许多。我进去的时候她在睡觉，我就默默守着。等她睡醒过来，瞧见我，便温和地问：“城儿怎么了？有什么难处，告诉母亲。”

“我怀孕了。”我沙哑出声，“我不知道怎么办。”

“你想留这个孩子？”

我没说话。

母亲点头道：“也是，这是你的第一个孩子。当年我生你大姐的时候，也是无论如何都未曾想过要拿掉她。”

“其实你也会发现，坐在这个位置上，无论任何时候都不适合生孩子，每个孩子的出生都异常艰难，你想生，那就生吧。”

“可是……”

“生吧，有我。”母亲打断我的话道，“如今我们有两个选择，要么在你肚子显出来之前直接动手，然后你安稳生产；要么等到你肚子凸显后，我就回到朝堂去替你撑着。”

“母亲……”我红了眼眶。

母亲握住我的手，温柔地说：“这么大个家族，还保不了一个孩子吗？”

我点了点头。下定决心要保下这个孩子后，我便让人写信给沈夜，让郑参来替我看诊。

沈夜很快回信，顺便让温衡驾着马车到门口迎接我，言明郑参在陛下为他新建的皇子府中，让我亲自上门。

我没有推辞，直接就上了温衡的马车，淡定地说：“走吧。”

温衡是个很沉默的人。如果是牡丹来，我可能会头疼一会儿，然而温衡一直一言不发，倒让我有些诧异。下车前我忍不住问他：“你不问我什么？”

“大人的决定，温衡问了又有什么作用？”温衡笑得温和。

我点了点头，也不多说，径直进了皇子府。

皇子府是参照凤楼内院的格局修建的，我一进去就发现了，想来这府邸的修建，也不是一日两日的事，于是我不由得觉得有些嘲讽。

进了主阁，沈夜和郑参正在下棋。见我进来了，沈夜笑起来，站起身道：“坐这里来吧。”

我点了点头，坐到沈夜原先的位置上。郑参一颗一颗地捡起棋盘上的棋子，沈夜温和地说道：“怎么突然想要找郑参，是哪里不舒服吗？”

“尚好，只是想找人看看，以防万一。”

沈夜的表情更是温和了几分，他站在我身侧，言语中是按捺不住的欣喜：“你还在意这个孩子，我……”

“这是舒家的孩子。”我提醒他。

沈夜也没多说，笑眯眯地瞧向郑参，略有些骄傲地说：“这是我的孩子。”

我不再言语，等棋盘的棋子捡干净后，将手放到棋盘上。

郑参垂下眼眸认真诊脉，片刻之后，皱起眉头。

“你这是怎么回事？”他有些恼怒，“这脉象居然能虚弱成这样，你不吃饭的？”

“吃。”我抬起眼，“怎么，这孩子保不住了？”

“不可能。”沈夜看向郑参。

郑参不耐烦道：“多吃少想，比什么都好。”

沈夜不说话，继续盯着郑参。

郑参咳了一声，终于道：“其实没什么事，是我吓你们的。是舒大人忧思太过，以致脉象孱弱。平日多休息，多吃点，作息有规律，就好了。我再给大人开个方子，养过这个月就该稳下来了。”

说着，他端着棋盒往外走去：“我先出去，你们聊。”

他一走，所有人都跟着走了，很快，房间里就只剩下我和沈夜两个人。

我站起身来，走到另一边的座椅边上，端起刚刚泡好的茶，抿了一口：“你想说什么？”

“阿城……”他有些忐忑，“你最近……很累吗？”

“刚刚继任家主，事务繁忙，难免如此。”

“阿城，”他皱起眉来，“有什么事你让我去做就好了，你……”

“你做不了。”我打断他，抬头瞧他，“你还有什么事？”

他不说话，静静地注视着我。片刻之后，他走到我身前来，将我拢入怀中，温和地说：“我想你了。”

我没说话。

他便大着胆子，吻上我的额头，然后一寸一寸吻了下来。

我也不动，任由他亲吻，拨弄着手中的佛珠，心中一片清明。

他向来甚是擅长此道，不一会儿我便喘息起来，便干脆回过身，撩起披风，就坐到了椅子上。

他面上一片通红，眼神有些迷离，似乎不理解我在做什么。

我坐在椅子上笑着看他："殿下怎么不继续？"

"阿城？"他似乎是有些茫然，不理解我在做什么。

我调整了一下姿势，笑着打量着他。

沈夜真是有一副上天眷顾的好皮囊，此刻他穿着白色广袖长袍，散着头发，脸上尚带着几分迷离，肤如凝脂，眼若星辰，好像是把天上的神仙拽到凡尘之中，沾染了红尘欢愉，更让人蠢蠢欲动，心猿意马。

我拨弄着手中的佛珠，观赏着他的姿态。

"殿下真美。"我赞叹道，"能在殿下身下风流一场，舒城真是死而无憾矣……"

"你在胡说什么！"他低喝道，神色清明了许多，"不要故意摆出这副姿态来说这种话。"

"姿态？"我低笑出声，"殿下是不是还不明白你我之间的关系？你我之间早已不是夫妻，殿下如此做，无非是想勾引舒城。舒城一介女子，如殿下一般的美人求欢，自然不会拒绝。若殿下伺候得好，舒城也不介意为美人做些什么。只要是不违背原则的事，舒城不会吝啬。"

沈夜没说话，他眼中透着满满的寒意。

我打量着他，回想着过往的欢愉，低哑着声音说："把衣服脱了。"

沈夜不动。他靠近我，双手扶在椅子上，这样的姿势让他显得十分危险。

我换了个姿势，抬着下巴，笑意盈盈地迎上他的目光。

他低笑道："我从来不知道，我的小舒城还有这样一面。"

我笑而不语。

他温和地问："那你能给我什么？我要那个帝位，你能给我吗？"

"春风一度就想要一个皇位，殿下是不是太高看自己了？"我拉开他的腰带，他的衣服敞开来，露出莹白的皮肤，我不由得有些痴迷，"殿下确实是美艳无双，真是无人能有殿下这般美色。"

说着，我便想亲上去。

沈夜一把拽住我，沉声道："你还见过谁的？"

"嗯？"我挑了挑眉，"殿下此话真是太煞风景了。"

"我走了，你和白少棠又睡一起去了？"他声音有些急促。

我皱了皱眉头："与你没什么关系。"

"你！"他暴怒出声，似乎是想对我动手。

然而我动也不动，迎上他的目光。他想了半天，却道：“你还怀着孩子！”

“嗯，如何？”我有些不耐烦了，“你到底还做不做？我怀着孩子做不到底，但你以前做过的忘了吗？”

“你……”他又羞又恼。

我伸手将他揽到怀里，摸着他身上的皮肤，亲了亲他：“殿下别恼，除了皇位，其他的你要什么你说，臣都愿意给你。”

“舒城！”他终于发火了，从我怀里挣脱出来，“你把我当什么人！”

我冷下脸来，站起身，扣上颈间的扣子，怒喝道：“当了婊子还立什么贞节牌坊，什么都做过了还装什么清纯！要做就把衣服脱了，不然我没时间陪你耗！”

“以一介男子之身想要那个位置，”我冷笑出声，“还想要干干净净的？做你的春秋大梦！我给殿下出个主意，在我这里您还是别打那个主意了。不过以殿下的姿色，朝中很难有人能不被迷惑。上官家的上官婉清，王家的家主王瑾之，陈家家主陈姝……殿下一个个睡过去，待他日君临天下，必不会有人说什么。”

沈夜大概是被我气极，反倒笑了：“我想坐上那个位置，需要如此行事？舒城，别为了气我瞎了自己的眼。我与你……是为了这种事才在一起的吗？”

“难道不是？”我挑起眉来。

沈夜不说话，他大口喘息着，朝我走了过来。

“我不和你计较，你生气就生气吧，你总归是我孩子的母亲。”他低下头，亲吻我。

“随你怎么说……你开心就好。”他声音微喘。

我冷笑一声，也不再言语，转身便要离开。

他拉住我的袖子，低声道：“别碰白少棠。”

“殿下，白少棠是我的主君。”我的声音温和下来，“我不介意将殿下养为外室，但殿下若敢上门让我家主君知道你我之间分毫，别怪我心狠。”

“心狠……”沈夜大笑道，“舒城，你是不是觉得，我非你不可？”

我回头看他，并不言语。

沈夜怒喝道：“你若真的觉得你我之间已无情谊，那沈夜绝对不多做纠缠。明日我便向圣上请旨，嫁与他人！”

“哦？”我嘲笑道，“哪个世家贵女，会不顾颜面娶你这么个下堂玩意儿？”

“我娶。”门外突然传来了上官婉清的声音。

我早知门外有人，只是没想过，居然是上官婉清。

我不由得挑了挑眉。

上官婉清推门走了进来，看着我说：“若你真与他没了情谊，是否介意我娶他？”

我叹息道：“你若真喜欢他，我又如何会横刀夺爱？不过就是还贪恋着美色，想养个外室，也并非非他不可。你若真想娶他，我自当奉礼来贺。”

“你来做什么？”沈夜看着上官婉清，满脸冷漠。

上官婉清笑了笑：“本来想找你讨杯酒喝，没想到……”上官婉清摸了摸鼻子。

沈夜冷声道：“滚出去。”

“别啊！”上官婉清忙道，“你先告诉我，我娶你你嫁吗？”

沈夜不说话，他冷眼看着我：“舒大人以为如何？”

我嗤笑道：“你的嫁娶，与我何干？”

“舒大人要我嫁，我便嫁。”他目光定定地看着我。

我笑了笑，淡然道：“那就嫁吧。”

“好。”沈夜看向上官婉清，“那我就嫁。”

“好嘞！”上官婉清开心地拍上我的肩，“我先回去准备了，再会！”

说完，她便心急火燎地冲了出去。

郑参在门外探了探头。我面色不改地扣上扣子，沈夜系上腰带，郑参咳了一声，走进来将方子交给我说：“要记得按时服药，不要弄错了。”

我点了点头，将药方收进袖子里，便往外走去。

走到门前，我瞧见沈从站在那里，望着院子里的一株海棠发呆。

我笑了笑，问：“沈大人可介意送在下一程？”

沈从回过神来，点了点头：“舒大人。”

说着，他做了个“请”的姿势：“舒大人请。”

我拨弄着佛珠，同他一起走在长廊之上。

天上乌云密布，我抬头望了一眼天说：“来时还好好的，现在就乌云密布了，这老天爷真是阴晴多变。沈大人，你说这人心，会像这天气一样多变吗？”

“他人不知，但沈从之心，却从不如此。”似乎是明白了我话中的试探，沈从抬起眼来，“舒大人无须揣摩，沈从对大哥之心，向来无二。”

“是吗？”我嘲讽道。

身后的侍从早已被遣散了，我低声笑道：“既然无二，当初刚回楚都，沈大人进宫做什么？”

沈从顿住了步子，静静地看着我。

我抬头看他：“沈大人还记得，那个陛下安排在我们身边，向她告知我怀孕消息的侍卫吗？”

“你想说什么？”他声音中满是冷意。

我感叹道：“那侍卫真是聪明，只当一个探子，太可惜了。大人知道那侍卫如今在哪里吗？”

“你要什么？”沈从眼中划过一丝锐利。

我将头发拨到脑后，温和地说：“阿从，我娶你如何？”

沈从不说话，死死盯着我。

我轻笑一声，抬起手来，抚向他的面容。

他惊得猛地退了一步，靠到柱子上。

我将冰凉的手放到他脸上，温和地说：“你说你大哥要是知道，你对他的妻子怀着其他心思，他会怎么想？”

“你……”他惊疑不定地开口道。

我靠近他：“你是不是在想，舒城这么蠢，怎么会知道？”

“阿从啊，”我叹息道，“别以为任何人蠢，尤其是一个所有姐姐都死了，只剩她活下来的世家大族的少主。我不喜欢把人逼到绝路，总喜欢给人留点路走，你明白吗？”

“舒城……”他闭上眼睛，声音中满是绝望，“你想怎样？”

“还没想好呢。只是沈从，近来乖一点，别给我弄出事儿来，嗯？”

我拍了拍他的脸，收回手来。

“谢沈大人相送，舒城先告辞了。日后若有难处，舒城再来讨教一二。”

说完，我便转身离开。

天空中传来了闷雷的声音，我站在马车上回头。我这辈子第一次见到沈从如此恍惚的模样。

我放下帘子，吩咐道：“影一，赶紧去找沈从当初说的告密的侍卫。生要见人，死要见尸。要是死了，就给我找个相似的人来。”

“是。”

感觉影一走后，我闭上眼睛。

这世上很多猜测，都可以用试探证实。

而这世上很多谎言，也可以用猜测揭穿。

第十二章

回去后我便找了母亲，同她汇报了今日的事情。母亲没有多说，点了点头，却又问我："你打算怎么处理沈夜？你真的……会杀了他？"

"母亲，我爱一个人，若是得不到他，权势何用？"我微笑起来，想起沈夜的模样，"我不会杀他，他可是我千辛万苦救活的人，怎么可能杀了他？"

"那你……"

"我会给他建一座房子，将他关在里面，让他生命里只有我，一辈子依附我，再也不可能伤害我和你们，一直陪伴我到死。"

"城儿……"母亲眼里满是担心，"感情不是这样的。"

"我也不想这样。"我将药端到母亲身前，淡定地说，"可我别无选择。既然我没办法让他选择我，我就只能砍掉他的羽翼，让他永远飞不起来。"

我抬头看着她："我放不开他，我没有办法。"

"我知道。"母亲拍着我的手道，"你开心就好……"

"你也不必担心少棠。我会陪着他，等他好了，我带他到处走走，多认识些人，他要是喜欢上了谁，我就让他们在一起。他要是一直没喜欢上谁，我就一直让他当着舒家的主君。我会藏好沈夜，谁都不会发现他，少棠也不会。"

说着，我拍了拍母亲的手，温和地说："母亲睡吧，我去处理事情。"

母亲点了点头，我便退了下去。

回了书房，我开始处理政务。尚书令主管六部，每天六部的折子垒得老高，我批到亥时还没批完，影一从房梁上倒挂下来："大人，沈夜来了，要管吗？"

"不管。"我无所谓地答道，"他爱守就守着。"

"哦。"影一又消失在了房梁上。

过了一会儿，一个纸团从窗口砸了进来。我没理它。

又过了一会儿，一张纸直接飞进来，插在了我书桌上。我忍住骂人的冲动，看见纸上写着："该喝药了。"

我揉着脑袋，将那字条揉了砸出去，吩咐外面道："把药端上来。"

把药一饮而尽后，我又继续批文书。

转眼间又一个时辰过去，外面传来子时打更的声音。又一张纸飞进来，我在它插进书桌前一把抓住它，上面写着：“该睡觉了。”

“要你管……”我不耐烦地嘟囔，将纸揉成团砸了出去，继续批文书。

过了一会儿，又一张字条飞了进来：“该睡觉了。”

我没理会。

再过了一会儿，字条又飞了进来：“太晚了，快睡觉。”

我没动。

字条一张接一张飞进来，都写着“快睡觉”“快睡觉”“肚子里的宝宝叫你睡觉了”“快睡觉”……

那些字条像飞镖一样一张又一张飞进来，最后插在了一张刚批好的文书上后，我终于火了：“影一！把他给我赶出去！”

“是。”影一应了一声，接着外面就传来了打斗声。

我才舒了一口气，紧接着一张字条就插进我发髻里……

我拿到字条，看见字条上画着一张哭脸，写着：“你居然让人打我……有精力打我，不如去睡觉。我不会让你再工作的。”

“我不睡觉！”我捏着字条怒喝道。话刚说完，数不清的字条就从窗子的不同角度飞了进来。

“快睡觉”“快睡觉”“快睡觉”……

我关上窗子，那些字条就破窗飞了进来……

直到被那些字条淹没了双脚后，我终于崩溃了，怒吼道：“好，我睡觉！”

字条终于消停了，我愤怒地回了房间。

进房前，我吩咐影一：“把所有暗卫都调过来！沈夜再打扰到我，你们提头来见！”

说完，我关上大门。白少棠已经睡了，他静静地躺在床上，像个孩子一样安宁。我爬上床去，外面传来乒乒乓乓的打斗声。过了许久，终于安静了。

第二天醒来洗漱后，影卫好久没出现，我不由得有些担心，难道被沈夜打死了？

我忙叫道：“影一。”

没有人。

“影二？影三？”

终于有一个人倒挂着出现了，虽然她用布蒙着脸，但我还是能看到她眼睛周围的乌青。

我被她吓了一大跳，有些不敢确认：“影三？”

“是，主子。”

“他们呢？”

“兄弟们打了一夜，去休息了。”

“沈夜呢？”

“被兄弟们围殴，打回凤楼去了。”

“那就好。”我点了点头，“呃……吩咐一下，所有人这个月月俸翻一倍。”

“谢主子。”

影三回去了，我心里有点忐忑。喝完粥准备出门时，一支箭带着一张字条猛地射在了柱子上，我吓得往后退了一丈。确定处境没有危险之后，我终于上前拿下那张字条。

“城城，我被打伤在床，不能来见你了，你要记得吃药。——爱你的夜夜”

我：“……”

这么厚脸皮的公子，生平仅见。

“拿笔墨来。”我吩咐旁人。

笔墨很快就送上来了，我只写了一个字：“滚。”

然后将字条折好放到箭上，拉开弓，顺着箭射来的方向的那棵大树射了回去。

大树上一个黑影闪出来，将那支箭一把接住，转身就跑了。

我换上朝服去上早朝，发现沈夜不在，不由得开心了许多。

早朝下来，上官流清追上我道：“我得和你说件事。”

“说呗。”

“婉清想要迎娶沈夜。”

“哦。”我漫不经心地应了一声。

上官流清皱眉道：“你不管？”

“我管什么？一个愿意娶，一个想要嫁。而且圣上现在就愁着没人牵制沈夜呢，她看着我和沈夜在一起肯定心里发慌，沈夜赶紧找个没权没势的人嫁了，陛下心里才放心。”

“可是……”上官流清叹了一声，“你对沈夜……”

“流清啊，”我拍了拍她的肩，“做人要想得开，喜欢的东西，等到适合的时机，抢回来就是了。你我毕竟是家主……何必和庶出的一般计较？”

“你生气了。”上官流清肯定道。

我笑了笑：“你最好期望，婉清懂事一点。”

别碰沈夜。

我愿意沈夜嫁给她是一回事儿，这对沈夜、对我都好。可是她要是碰了沈夜，这就是另外一回事了。

“那你不和婉清说……”

“说什么？”我挑眉，“说了，她还会娶沈夜吗？她不娶沈夜，就让陛下这么盯着我和沈夜？”

“不要觉得我不仁义！”我冷笑着道，“是她上官婉清，先抢我的人。”

“好吧。”上官流清叹息一声，转了个话题道，“又到凤后的寿宴了，今年你准备了什么礼物？”

“这也值得你我讨论？”我看了她一眼，撇嘴道，“闲得发慌。”

被我两次呛声，上官流清终于认清时务不再说话了。

我回了府里，询问了一下给凤后的寿礼，去看望了父母和白少棠，便照旧去了书房。

才到门前，我便看见门上插着一枝牡丹，牡丹下是一张黑白分明的纸：“好好吃饭，好好吃药，好好睡觉。”

我气极反笑了：“怎么，凤楼的人来舒府已经如入无人之地了？”

“主子，这不能怪我们。”影三倒挂着出现，不满道，“他们这群人把这东西一扔就跑，根本没有拦住他们的时间。”

“那不会把这东西给我弄走吗？！碍眼！”

“你昨晚不是收得挺开心的吗……”

“你还顶嘴？！”我霍然抬头，“我都不知道还有暗卫这么活泼的？！”

“主子，暗卫也有性格……”

“你再有性格一点，就给我滚蛋！”

影三瞬间不见了。

我忍不住有些忐忑。培养一个暗卫很不容易，一个成熟的、有实力的高手暗卫更不容易。

于是我压住怒火道：“影三。”

“主子。”影三又出现了，眼睛里写满了不满。

我咳了一下道：“我觉得你轻功还是挺好的，这件事不怪你。”

影三嗤笑一声，又回房梁上了。

而后我就没有再收到过字条。

过了两天，眼见着就是凤后的寿宴了。入宫前我让人给我穿着衣服，有些不安地问：“怎么最近都没字条了？沈夜不管我了？”

话刚说完，从梁顶上猛地倒下一大堆字条，直盖到我的大腿。

影三在梁上不满地答道：“有的时候你骂我们无能，没有的时候你怀疑自己的魅力，你要怎样？”

我忍住骂她的冲动，深吸了一口气，无比温柔地问道：“影一呢？”

我很怀念沉稳庄重、沉默寡言的影一。影三闷闷地回道：“刚来当值，又被温衡打回床上去了。”

我：“……”

看来影一武功不太好。

被影三气到了之后，我决定不再开口说话。打整好自己，我便带着同样已经打整好的白少棠入宫了。

白少棠现在的情绪已经基本稳定下来了，就是一直不说话，能一个人坐着发一整天的呆，除了上厕所以外，什么事都不做。如果我不去喂他吃饭，他就什么都不吃。

他这么安安静静的样子，看上去让人心疼又怜惜。

我带着白少棠入席的时候，大殿里已经聚满了人。朝臣们三三两两地同我打着招呼，沈夜远远地站在一边，瞧见我进来，匆匆扫了一眼，便收回了目光。

我带着白少棠找位子坐下。不久后，女皇就携着凤后进来，瞧见白少棠，女皇嘴角勾了勾，眼中全是轻蔑。我握紧了白少棠的手，笑着垂下目光。

说些了恭贺的话后，女皇召了歌舞杂耍。看了片刻，她似乎是觉得烦闷，拿出一个靶子来，笑着道："靶子上有个铜钱，今日谁要是能射中这枚铜钱，朕就答应她一件事！"

朝中人交头接耳起来，我面色不改，看见白少棠紧盯着酒杯，忍不住笑道："想喝？"

白少棠不说话。我便端起酒杯，给他喂了一口。他皱紧了眉头，又舒开，盯着酒杯，好像是有些苦恼。

我便又喂了他一口，然后压低了声音逗了他一会儿。他也不说话，就这么静静地看着我，我反倒把自己逗笑了。

等一阵雷鸣般的掌声将我召回神时，我发现上官婉清正站在台上，手拿着弓箭，面上带着谦和的笑意。

"这是上官家的丫头？"女皇挑起眉来。

上官流清出列道："婉清是上官家三房的孩子，与臣同一辈，任礼部掌事。"

"好。"女皇鼓掌道，"好箭法，朕之前倒没怎么注意过。不知上官爱卿想要朕做什么？"

"微臣有一个请求。"上官婉清持弓跪下，脸上满是认真，"微臣爱慕大皇子殿下，恳请陛下将大皇子殿下许给微臣！"

一听这话，女皇微眯了眼睛。所有人的目光都朝着我看了过来。

我面色不改，给白少棠夹了菜。

女皇也察觉到众人的目光，看向了我："舒爱卿以为，这桩婚事如何？"

都已经把这看成一桩婚事了，问我还有什么意义？

我心中腹诽，面上带了笑，满脸真诚地说道："陛下不知，上官婉清大人乃舒城好友，虽为庶出，但为人诚恳勤勉，待人真诚温和，对待感情极为认真，在外从来没有什么风流艳史，实乃良配！"

"舒爱卿的意思，是让朕为大皇子和上官婉清点了这桩鸳鸯谱？"

"殿下的婚事，臣不敢妄言，只是将自己对友人的了解如实告之。其他的，还要陛下与殿下自行定夺。"

“也是。”女皇点了点头，转头看向沈夜，“皇儿以为如何？”

沈夜没有说话，他端着酒杯，静静地看着我。他的目光太冷冽，太执着，我不敢与之对视。

旁边的白少棠似乎也感受到了我与沈夜之间的刀光剑影，摇了摇我的手。

我回过头去，宽慰一笑，温和地问道：“想吃什么？”

“舒大人是觉得，无论本宫嫁与何人都没有关系是吗？”沈夜突然开口，吓得我猛地回神。

我不由得有些诧异，看着沈夜道：“殿下婚嫁，与臣有何关系？”

“好……”沈夜笑出声来。

整个大殿一片死寂，他的笑声就显得格外清晰。

“那儿臣，任凭陛下做主。”他一字一句地说，似是咬牙切齿。

女皇笑了笑，道：“既然皇儿不反对，便遂了婉清爱卿的心愿吧。”

“谢陛下！”上官婉清激动叩首。

我从未见过她如此情绪外露的时刻，整个人仿佛都颤抖了起来。

我不由得嗤笑一声，低下头去，用袖子遮了半边脸，将酒一饮而尽。

等到酒席散了，我带着白少棠走出大殿去，沈夜站在长廊上，拦住了我和白少棠。白少棠下意识地挡在我身前。我不由得笑了笑，拍了拍白少棠的手，温和地说：“没事，你先去回去等我，嗯？”

白少棠不说话，静静地看着我，我拍了拍手：“影三。”

影三从夜色中显出身形，跪在白少棠面前道：“主君，请。”

白少棠望了我片刻，转身离开。等他走了，沈夜嘲讽道：“你对他真好。”

“我对我的主君，向来都是这样好的。”我拨弄着佛珠，“殿下拦下微臣，是专门来管微臣家事的？”

“你是不是一点感觉都没有？”他蓦地问了这么一句。

我不由得有些茫然：“什么感觉？”

“我嫁人，我离开你，我再也不回头，对你而言，是不是都不重要？你心中连半分波澜都不会有？！”

我不说话，含着笑，静静地看着他。

他走到我跟前来，这时候我才发现，他其实已经醉了。

他握着我的双肩，眼里全是痛苦：“我们不要闹了好不好？我心里难过。”

他握着我的手，放在他胸腔上。我手下是他身体的温度，是他心脏跳动的震动感。

他的嗓音低哑：“我看着你不在乎我，我看着你对他好，我心里难过。”

“我不是不懂……我不是没有脸皮。可是因为是你，所以我总想着我得放下身段去追逐。无论你怎么说我，无论你怎么看我，我都想要缠着你。”

“你明明喜欢我的啊……”他音调里有了哭腔，“你怎么就能看着我这么难过呢？

你明明是喜欢我的啊。”

“是啊。”我叹息着说，“你也明明是喜欢我的啊，怎么就能舍得我难过呢？”

沈夜的身子一僵。

我抽回手，转过身去：“所以沈夜，喜不喜欢从来不是决定结局的唯一因素。我为什么要难过呢？你嫁给谁，你离开我，我为什么要难过？”

我低笑一声，转身离开。

夜凉如水，仰头看天的时候，明月如盘，月光澄澈，我的心却一寸寸凉了下来。

待我走出宫门时，整个人的心都静了下来。我站在夜色中眯了一会儿眼睛，吩咐马夫：“去找上官婉清。”

而后我便上了马车。

暗卫先去探路，过了一会儿回我，上官婉清还在回家的路上。我抢过缰绳，翻身上马，朝着上官婉清的方向策马而去，将她拦在了一条巷子里。

上官婉清酒喝多了些，马车骤然停住时，她嘟囔着骂道：“哪个敢……”

看见我，她愣住了。

我坐在马上，微笑着说：“婉清，酒醒了吗？”

“你别这么笑……”她甩甩头，“我害怕。”

我朝周边的人挥了挥手：“我有话和上官婉清大人说，你们退下吧。”

我的人立刻很识时务地走了，上官婉清也点点头，巷子里很快就只剩下我们两人。

上官婉清坐在马车上，调整了姿势，说道：“你是来找我说沈夜的事？”

“正是如此。”我点了点头，“我来告知你，你可以娶沈夜，但是，不要碰他。”

“你什么意思？”她皱起眉头来。

我笑道：“既然是朋友，何妨帮朋友保管一下珍宝？我如今不方便再和他接触，你便帮我守着如何？”

上官婉清不说话，静静地看着我，目光如刀。

“如果我说不呢？”

我骑在马上，眯起眼睛：“你背叛了我一次，你以为，我容得下第二次？”

“掂量一下自己的分量，上官婉清。”我提醒她，“从六品礼部掌事，上官家旁支庶出之女。我知道你天资聪慧，可有些东西，不是天资能够弥补的。”

上官婉清捏起拳头，没有回答我。

我温和一笑：“若你能办好此事，你我情谊自当延续百年。”

“若你做不到，来年他日，”我一字一句，“待君坟上草青青，吾再备酒凭吊君。”

上官婉清没有应答。她静静地注视着我，片刻之后，终于应道：“我不许诺，我让沈夜选。若沈夜选我，粉身碎骨，我亦愿意。”

“呵……”我低笑出声，“婉清，只有弱者才等待他的选择。而他的选择，对我毫无意义。他选你，或是不选你，只要到了时候，我都会来拿回我的东西。”

“无论他是干干净净，还是被人玷污残缺，他都要回到我身边来。他活着是我舒城的人，死了进我舒城的坟！”

说完，我拱手道：“告辞。”

而后掉转马头，策马离开。

晚上回府之后，我继续去批文书。书房里一片安静，我总觉得少了些什么。

到半夜时分，影三倒挂下来：“主子，睡吧。”

我抬起头来，看见影三心痛的眼神。

她捂着胸口哀叹：“主子，别等了，沈公子今晚上不会来送信了。”

我握着笔的手不由得一僵，冷冷地看着她：“再多嘴，你就给我回去守祖陵。”

影三立刻消失不见。

我握着朱笔发了好久的呆，终于不得不承认，沈夜今晚上不会送信过来了。大概日后，也不会了。

想清楚这点，我不由得嗤笑一声，将笔往桌上一甩，便回了自己的屋子。

白少棠在床上静静睡着。我躺到他身侧去，凝望着他精致的容颜，伸出手去。

少棠其实很好看，很美。我尝试着想去吻他，然而临到最后，却发现，我做不到。

我没办法对他产生欲念，或者说，我没办法对沈夜以外的人产生欲念。

想明白这一点，我突然觉得无比绝望。我翻过身平躺着看着床顶，思索着，现在可以拿着孩子挡一挡，等有一天我把孩子生下了，少棠清醒了，我该怎么面对作为主君的白少棠呢？

难道要他守一辈子活寡吗？

我打了个激灵，不愿意再深想，闭着眼睛强迫自己睡过去。我不知道，当我闭眼的时候，白少棠却慢慢睁开眼来。

睡了一晚上，我醒来时精神好了许多。

我按惯例去上早朝，刚来到宫门前，上官流清也恰巧下了轿子。她同我一起走进去，低声道：“你知道九军都督府大都督昨夜的事了吧？”

“知道。”我笑了笑，“在外面拈花惹草太多，被青楼里的小倌找上门来，主君一怒之下把她毒死了……”

说到这里，我不由得笑出声来：“真是个没用的。”

“别这么说。”上官流清眼里有了赞赏的神色，“皇子殿下出手，就算不栽在这上面，哪里又能跑得掉呢？”

“你猜的？”我挑眉。

上官流清面色坦然：“若不是猜的，你也该知道了。难道你不如此作想？”

沈夜手里没兵权，他若真对皇位有心思，必然要在这种实权位置上安插人手。在楚都内城直接有驻军的九军都督府，是再合算不过的部门。朝廷已经风平浪静很久了，突然失去了一个九军都督府都督，难免让人生疑。

上朝之后，九军都督府副都督果然提了这事。

陛下震怒，点名要彻查此事，而后大家开始讨论谁更适合这个位置。

我昨夜就知晓了此事，早已准备好了人选，就是九军都督府的副都督赵芸，她是舒家所庇护的小族族长，又是副都督，于情于理，再适合不过。

于是在各派都推出人选后，我朝着手下人使了个眼色，吏部侍郎立刻站了出来，报出赵芸的名字。一番商讨后，几乎就要定下赵芸了，而此时，沈夜还站在高台上一言不发。

我心里不由得有些不安，正想出口拦下此事，突然听到一个男声铿锵有力地说道："陛下，此事不可。"

是秦书，整个朝堂里，除了沈从以外唯一的男官，也就是秦阳的哥哥。当年我还调戏过他，对他印象深刻。只是在我记忆里，他明明是瞎了的……看来秦阳也是费了一番工夫，怪不得官都辞了。

我乱七八糟想起一些无关的事情来。

瞧着秦书从武官尾部站出来，我眯了眯眼，拨弄起佛珠来。他是同沈从一道的探花，入仕后一直没怎么出过风头。我倒不知道，秦书这个文官是什么时候混进了武官的队伍的？

"为何不可？"女皇皱起眉头来。

秦书俯身在地，满脸郑重："回陛下，臣有本奏。臣怀疑大都督被害一事，与副都督有所关联！"

"你放屁！"副都督猛地站起来，满脸愤怒。

女皇抬起手："秦爱卿，你继续说。"

"禀报陛下，昨天夜里，臣突然收到一封密信。拿到之后，发现是大都督亲笔书写，其内容是关于副都督私下收受他人贿赂，将都督府中官位标银贩卖之事。臣官位不高，但手握实权，乃都督府中除了正副都督之外，直接掌管都督府的第三人。大都督将此信传给我，臣立刻知晓，大都督必然已经出事。臣本欲昨夜就入宫面圣，谁想刚一出府，便发现微臣府邸，已被府军团团围住！"

此言一出，朝中一片哗然。

我闭上眼睛，已不忍再看。

赵芸完了。

秦书既然敢这么说，还说出这样大的动静，证明这一切必然是布置好的。无论赵芸认不认，都没有了太大关系。

女皇的脸色变得极为难看，却隐忍不发："继续说。"

"微臣家中有一条正在修的地道，昨夜家中仆人与府军激战之时，微臣命人加紧赶工，匆忙修完地道最后一段逃了出来，这才得以面见圣上！陛下细想，为何大都督指证副都督的信前脚到，后脚府军就来围攻臣的府邸？而这九军都督府，大都督已死，微臣并未动作，是何人有能力调遣府军围攻大臣府邸？桩桩件件，直指某人，还望陛下明鉴！”

说着，秦书叩首下去，手中还捧着一封带血的信。

这时候大家才注意到，秦书绯红色的官袍上染着血迹，而他脚底全是泥土。这已算得上是殿前失仪，然而没有人会去追究此事。每个人都静静地看着秦书手里那封信。

女皇挥了挥手，宫人便立刻从高台上下来，将秦书手中的信拿了上去。女皇沉默着看完信件，交回宫人：“去搞清楚真假。”

随后，她转头看向朝堂：“顺天府尹。”

顺天府尹立刻跪倒在地，整个人都在颤抖着。

女皇淡淡地问：“都督府军围了一个大臣的宅邸，你一点都不知道？”

“回陛下……”

“陛下，微臣宅邸在城郊，故而府尹大人未能察觉，也属自然。”秦书打断顺天府尹的话，满脸坦然。

“那府军半夜出城你也一点都不知道吗？！”女皇怒吼道。

府尹憋了半天才道：“可……可昨夜没有人出城啊。”

“秦书？”女皇眯起眼。

秦书淡定地应道：“陛下大概忘了，都督府军只有三分之一的兵力在楚都内城，三分之二的兵力驻扎于外城。”

“那三分之二，只有朕能调动，谁给他们的胆子！”女皇拍案而起，目光锐利地看向我。

我拨弄着佛珠，忍不住笑起来。

吏部侍郎是我的人，吏部侍郎举荐赵芸，自然赵芸也就是我的人。一个赵芸自然无法调动城外都督府军，可若加上舒家的面子呢？

这矛头总算是指向了我，我抬起头，看向站在高台上的沈夜。他脸上一副淡然的神色。

我往前踏出一步，跪倒在地：“陛下，臣请查此案。”

女皇眯了眯眼，在我准备好进行一番说辞之前，女皇突然道：“尚书令有为朕分忧之心，朕很是欣慰。只是尚书令如今怀胎在身，不宜过多操劳，从明日起，舒爱卿还是回家养胎为好。”

一听这话，我猛地愣住。

女皇的话说得无比关切，然而我清楚，女皇是对我不满了。因为对我不满，所以想让我赶紧离开朝堂。沈夜撕开了一个口子，她当然要趁机把这个口子里所有东西掏出来。

我不能退，我不能走！我要是离开了，母亲伤势还未复原，没有我在这里看着，舒家必然元气大伤。

于是我笑了笑，淡淡地说：“谢陛下关怀！可是臣并没有怀孕，陛下大概是被流言所误导了。”

一听这话，沈夜猛地看过来，目光冷冽。

女皇目光也冷了下来：“舒大人未曾怀孕？要不还是让朕传太医来……”

“陛下到底是关怀臣，还是一心只想让臣不要插手此案？”我高声打断女皇，迎向她的目光，“臣怀孕与否，臣自然知道得最清楚。陛下要让太医来当众诊断，无非是不信臣的说辞，一心要确认臣是怀着孩子的，以便让臣离开朝堂。臣在陛下眼中，何时成了这般眼中钉呢？若陛下一心想要臣走，臣自会离开，陛下何必如此费尽周折？”

女皇的表情僵硬了片刻，她始终是不愿在朝堂上和我这样撕破脸的。君臣友爱的形象还要保留，于是女皇笑了笑：“朕这也是关心你……之前听说你怀孕了，本很是为爱卿欣喜。一时听闻你没有怀孕，不免有些诧异。”

“臣自然明了陛下的心意。”我宽慰地笑了，“但臣的身子臣明白，臣已无碍，只求陛下能让臣继续留在朝中辅佐陛下，以谢君恩。”

“好吧……”女皇叹息道，“爱卿如此操劳，朕看着不免心疼。你也迎娶主君两年，却一点动静都没有……这样吧，朕指派个御医过去给爱卿看看，算是朕一片心意。”

“谢陛下。”我垂下眼眸，“那此案……”

“上官流清！”女皇打断我的话，叫了上官流清。

对方立刻出列，朗声道：“臣在。”

“此案交由你彻查，七日内朕要看到结果。这七日……”女皇沉吟了片刻，“便就由指挥使秦书暂代大都督一职。”

“臣遵旨。”流清、秦书两人一齐叩首。

我知道没什么好说的了。不过这个案子在上官流清手里，我也放心。

下朝的时候，外面下了细雨，我和上官流清有一搭没一搭地说着话，而后分道离开。

雨声淅沥，特别适合入睡。我坐在马车里，感觉马车摇摇晃晃，不免有些疲惫。拐进小巷时，马车突然顿了一下，我探身去卷车帘。

车夫安慰道：“大人，有块石头，马上就搬好了。”

我点了点头，放下车帘，才往后一坐，便被人揽紧在怀里。

马车又动了起来。

我忍不住僵住了身子。那人亲吻上我的颈部，将我整个人拢在怀中，哑声道：“夜里御医就会去你府中，你要如何应对？”

“应对什么？”我放松了身子，整个人靠在他身上，任由他揽着。

他调整了一下姿势，将脸贴到我脸侧，温和地说：“你骗了陛下没有孩子，这是欺君之罪。”

“我何时骗了陛下？”我笑了笑，“我不会有孩子。”

“你？！”沈夜猛地反应过来，抓着我说道，“你不能这样做！”

“是我太仁慈，沈夜。”我抬头看他，“我以为我会保住这个孩子，我今天却意识到，局势容不下我保住他。”

沈夜不说话，他死死地盯着我，好半天，终于开口：“你怪我。”

“不，我不怪你。”我淡漠地说，“我怪我自己。我作为母亲，作为家主，却不能正确评估局势，才留下这样的后患。可这一次我不会再犯这样的错，这个孩子，不能留，我也不会留。”

“你不能这样！”

我抬头看他：“为何不可？”

“我不准……”他握着我的手，眼里全是暴戾，“我不准你碰这个孩子，如果你碰了……”

“又如何？”我冷笑出声，“你以为你如今有什么立场说这种话？”

“我是孩子的父亲。”

“过去是。”我挑了挑眉，“如今你和他有什么关系？这个孩子是我生，跟我姓，少棠养。我舒家就少棠一个主君，我的孩子都是他的孩子，与你有什么关系？你有什么资格，以什么身份，和我讨论孩子的去留？”

“这孩子和白少棠什么关系！”沈夜怒吼道，“我告诉你舒城，这个孩子，不会和白少棠有任何关系，这是我的孩子！我的！”

我不说话，静静地瞧着他，眼里全是笑容。

我想，他真傻，怎么到这一刻，还没想清楚。从他离开舒府那一刻开始，这个世界除了他自己，就不会再有任何一个人承认这个孩子属于他。

“好好嫁人吧。”我笑了笑，“这世道，从来没给男人选择孩子的权利。我生，或者不生，生下来养或者不养，他的父亲是你，还是少棠，这都只能我去选择。你去找陛下告我？找刑部、顺天府、大理寺告我？”

说着，我起身靠近他，将他压到车厢壁上，在他的震惊中勾起嘴角：“沈夜，你到底以什么身份，同我说这些呢？”

“你看清楚身份！”我冷冷瞧着他，“你是皇子！是我的敌人！你我之间，早已没有了退路！我凭什么为你自损八百，去留下你的孩子！”

“不要这样……”沈夜的声音颤抖起来，“不要这样说……”

他惶恐地伸出手，拉住我：“我们之间，不该是这样。”

“那该如何？我不是没有给过你机会，沈夜。”我闭上眼睛，“是你在逼我，你一步一步逼我。这件事没有了结之前，我没办法留住这个孩子。”

“那你要怎样？”沈夜死死抓着我，“你要怎样才肯留住他？”

我睁开眼睛看他，他眼里似乎是压抑着什么，即将爆发出来。

“不是我不肯留住他，沈夜。”我垂下眼眸，“是时机不能留住他。现在是什么情况你不知道吗？你要我现在退下，我怎么退？我怎么知道，我这样一退，回头的时候，我舒家还有没有路可以退？”

马车渐渐慢下来，外面传来交谈声，想是快到舒府了。他抓着我，似乎是在做一个极其重要的决定。

“给我两个月。”他沙哑着声音道，“给我两个月，我一定会结束这一切。你什么都不用做，只要保住这个孩子……”

说着，他抬起手，抚向我的面容：“两个月后，要么你成为这天下的女主人，要么我成为乱臣贼子抛尸乱葬岗中。我什么都不求你，我只希望你不要伤害他……”

他眼里全是恳求，眼睛通红。

我静静地看着他，不由得问道：“为什么？”

为什么要这么在意一个孩子？已经背叛了别人，又何必如此惺惺作态？

他不说话，将头靠在我的腹间。

“有他在，舒城，我们之间才会永远都牵扯不清楚。”

“我也会怕。”他叹息一声，“我也会怕，有一天，你我之间再无瓜葛。”

我终于什么都说不出来，只静静地看着这个将头靠在我腹间的男人。

我多想告诉他，沈夜，你我这辈子不会没有瓜葛，你我之间，早就生死都缠在了一起。我赔上一个家族救了你，又怎么会让你轻而易举地离开？

要么你成为我的阶下囚一辈子，要么我舒城死。

然而这些话都只能埋在我的心底，在所有事情结束之前，我一个字都不能说。

马车终于停下来，沈夜握着我的手：“给我两个月，就两个月，好不好？”

我垂下眼眸：“好。”

沈夜露出欣喜的笑容。

等他走后，我回到府中，吩咐影卫将我的替身叫了出来。

每个大族的家主都会为少主培养一个替身，在她接任家主之时，这个替身会连同着上任家主的权利一并交予她。如果少主不幸身亡，这个替身要么顶替少主，要么从此死去。当家主之位交给我的时候，我也终于见到了这个培养了二十多年的替身。

她和我从胎记到言谈无一不像，我几乎无法想象如果她将我取而代之会是什么样子，因而我一直很讨厌她，直到此刻。

我抬头看着面前的人，让她换上我的衣服。她一直沉默着不说话。等做完一切后，我吩咐旁人道：“等一会儿太医来了让她去诊脉，我出去一趟。”

“是。”

影卫们应下。

等到夜幕降临，我换了身黑衣，披着黑色的斗篷，便跳了出去，来到上官府中。

上官流清正在自己和自己手谈，我刚一出现，她的隐卫便拔剑扑了过来。

我低喊了一声："流清。"

上官流清诧异地抬起头，抬了抬手，收住影卫的攻势，开了门让我进来。

"怎么这样来的？"她给我倒了茶，皱了皱眉头问。

我掀开斗篷帽子，坐到椅子上："情况有变，沈夜要动手了，他同我说，两个月内要结束一切。"

"他怎么敢？"上官流清皱紧眉头，"他手里没有兵权，两个月……他能怎么做？他以为，只要暗杀了大皇女，他就能登上皇位了吗？"

"以沈夜的手段，怕就是如此了。他没有兵权，没有朝政根基，只能铤而走险，刺杀大皇女和陛下。"

我抿了一口茶："我们的机会，也就在此一举了。"

"你要怎么做？"上官流清看着我。

我抬头看她："召兵入都，清君侧。"

上官流清没说话。外面风呼呼作响，似乎是要下大雨了。

我继续说道："我们如今先召兵过来，暗中驻扎在楚都附近。只要沈夜动手，你我联手护住大皇女，或者说，软禁大皇女，然后趁乱攻入皇宫，以谋反之罪抓捕沈夜。而后，你我共同辅佐大皇女登基，从此以后，我为摄政王，你为左相。陛下手中三个州，你二我一，但我要沈夜，如何？"

"这么多兵力进入楚都，不可能做到别人不知道。"

"只要我们比信使快，不就够了吗？"

"你的意思是指，让轻骑来都？"

"不然呢？"我轻笑，"让步兵来吗？流清，我们只是拿下一座宫城。"

"若到时候，沈夜未反呢？"

"到时候？"我冷笑出声，"他不反也得反！他只要对大皇女动了手，就必须对陛下动手！"

上官流清不说话，认真思索着。等了许久，她终于道："我可以调兵，但这样的话，我就彻底暴露了，所以我要把我的人从凤楼接出来。"

"郑参？"我想了想，问道。她为了郑参谋害上官流岚的事，我始终记得。

上官流清垂下眼眸，淡淡地说："不，是欢喜。"

欢喜我记得，元德九年，我第一次和上官流清私下谈话，就是在凤楼遇到上官流清看欢喜的相声。那个小倌我印象深刻，明明长得不算顶好，却说得一口好相声。之后，我从未听说上官流清再去见过欢喜，我一直以为，这个人在她心中，无足轻重。

"沈夜知道……你对欢喜的心思吗？"

"不。"上官流清笑开了，"我和大姐不一样。她爱一个人，必然会让全世界都知道这是她爱的人。而我爱一个人，很可能连我自己，都不知晓……"

“那好。”我点了点头，“我帮你把欢喜救出来。我要先准备些人，就三天后吧。”

说完，我便离开上官家，翻墙又回了舒府。

我吩咐影一：“送封信给沈从，让他过来一趟。”

影一应下便出去了。过了不久，他便带着沈从出现在我面前。

外面已经下了小雨，沈从身上带了湿意，他冷眼看着我：“舒城，我真是从未如此恨过我自己。”

第十三章

我早就习惯了沈从的敌视。

如果不是之前在江左那段时日的试探，我可能一辈子都不能想象，面前这个少年会对我怀有这样的心思。我想，这样的心思对于高傲的沈从来说，大概是绝对无法接受的耻辱，所以他才一直如此隐瞒。

“其实我很好奇。”我忍不住开口，“你是什么时候开始喜欢我的呢？”

“你闭嘴……”他颤抖起来，“我没有喜欢你！”

“是吗？”我抬头看着他。

他冷笑出声：“我只是羡慕……只是嫉妒。那么完美的大哥，凭什么要和你这样一无是处的女人在一起？凭什么这么爱你……凭什么对你这么好……”

“凭什么拥有这样深刻的感情。”我打断他，“明明一样是从死人堆里爬出来的人，为什么你还要一个人在深渊里独行，沈夜却可以拥有另一个人同他生死相许？为什么你就找不到一个同样这么蠢的女人，不顾一切地救你，哪怕被你背叛后，还是坚持爱着你？”

我站起来，看着沈从变得煞白的脸，继续道：“沈夜和她在一起了，你就真的是一个人了。明明那个人是你先认识、先遇到的，为什么大哥和她要一起弃你而去？如果那个人成为你的妻子，和你在一起，那大哥还是你的大哥，而你也拥有了爱情，是吗？”

沈从不说话，捏紧了拳头。

我走到他身边来，不由得生出几分怜悯：“阿从，为什么你的人生是这样的？如果不是我，是其他任何人当你的大嫂，你是不是也会觉得，自己爱上了她？”

“你以为我是什么人？”他冷冷看着我，“我的感情在你的眼里，就这么可笑吗？你以为不是你，任何一个当我大嫂的人，都会让我走到这步吗？！”

他猛地吼道：“你忘了一切。你们这些人，总会忘记过去，只有我要始终记着！所有的一切都会像才发生的一样，每天回荡在我眼前，舒城……”

他沙哑了声音：“你知不知道有些人念久了，就会成为执念？”

“我也曾经……是可能成为你未婚夫的……我也曾经在绝望中，无数次等待着你，舒少主。”

“你答应了我，又抛弃了我。在我以为一切都远离的时候，你又重新出现在我的世界里。”

“是啊……我是羡慕我大哥，我是从羡慕开始的这份感情。”他眼里一片通红，“可不是每个人都可以的。”

我一时间说不出话来。我以为一辈子，沈从都不会同我说这些。

看着我沉默的样子，沈从笑出声来：“大哥要为了你将所有的计划提前……你知道这风险有多大吗？我该拦着，我应该要拦着，可我发现我拦不住……”

“舒城，”他闭上眼睛，满眼痛苦，“再继续下去，你就把我和他都毁了。我只想早点结束这一切……和大哥一样，无论多大的风险，我都要立刻走完。因为再坚持一下，我就快失去所有走下去的勇气了。”

我不说话，沈从的话打乱了我所有的计划。

他慢慢收敛了心神，恢复了一贯冷傲的模样，双手笼在袖间，冷声道：“你叫我来，是想做什么？”

我回过神来，垂眸道：“我要你帮我一个忙，做完这件事，我就把当初知晓你向陛下告密一事的那个侍卫交给你。”

“他死了。”沈从很是坚定。

我勾起嘴角：“如果真的死了，我还在这里和你说什么？”

沈从不说话。

我转回书桌边上：“你可以不信，然后试一下，你与沈夜之间，是不是真的不会有裂痕。”

“你要我做什么？”沈从问道。

他愿意继续这个话题，我知道这事就算是定了。

“我要郑参。”

沈从没说话，眼中闪过一丝精光。片刻后，他勾起嘴角：“你要上官流清帮你？”

“这个你不用管。三天后我会派人去抢郑参，你趁乱将他带出来给我就好。”

“这事儿之后，你就再不会威胁我？”

“我也不想总是拿这种事威胁人。”我笑了笑，“沈从，我是一个会给别人留退路的人。”

“好。”他咬牙点头，“下不为例。”

说完，他便转身出去。

他回去之后，我便开始布置人手去盯着沈夜和上官家。等到半夜里，影三叫醒我：“主子，沈夜去了上官家。”

“知道了。”

我翻了个身，他必然是去找上官流清了。

等到第四天，早朝后，我便去找了沈夜，请他到茶楼喝茶。沈夜倒也没说什么，笑了笑便跟着我去了茶楼。

“似乎这是你第一次主动找我。”他回忆着，“我很是想念你。”

我给他煮了茶，微微一笑，道：“天气甚好，便想邀人来见一见。”

沈夜笑而不语。

我静静地等着外面的消息。

沈夜抿了一口茶，问：“手谈一局？我也想知道，你如今的棋艺，与当初相比如何。”

“甚好。”我点头，让人拿棋盘来。开门时，我瞧了外面一眼，站满了我和沈夜的人。

我不由得笑道：“今日怎么带了这么多人过来？”

“你不也是吗？”

小厮端了棋盘来，我拿了黑子先行，他才道：“你觉得你今日，能如愿带走郑参？”

我的手微微一顿，抬头看他，片刻后不由得笑了：“沈从告诉你的？”

“我很好奇，你为什么会挑中阿从？你到底握住了阿从什么把柄？”

“他既然已经告诉了你我要抢郑参，难道就没有告诉你我到底拿着他什么把柄吗？”

沈夜不说话，房间里只有棋盘落子的声音。

良久，他低声开口：“你我不妨赌一局，这局棋……若是这次我赢了，你从此之后不得用这个把柄威胁沈从。”

“若是我赢了，”我淡淡地说，“半个月内，你不得向大皇女下手。”

“好。”他应下声来，便全心全意投入棋局之中。

过了半个时辰，门外传来影一的声音：“大人，郑参到手了。”

我抬头看他，正要说什么，紧接着听见牡丹的声音：“主子，凤三被他们接走了。”

我愣了愣，猛地吼出声来：“快让影三回去！那个郑参是假的！”

“是。”影一立刻离开。

见我一副心急如焚的样子，沈夜敲着棋盘道：“还走吗？”

我抿了抿唇，落下棋子。

沈夜的棋风凌厉，步步紧逼。我一言不发，默默下子。

一刻钟后，牡丹的声音从门外传来：“主子，沈从、温衡已带人将舒家影卫全部抓住，跑了一个影三，特来请示主子该如何做？”

沈夜不说话，只是抬头看着我。

我伸手去拿棋子，手放在棋盒中，久久无法拿出来。

沈夜伸出手来，握住我冰凉的手，将它从棋盒里抽出来，放在掌心之中握着。

我的手微微颤抖着，抬头看他。

他面色平静，温和地说：“你还怀着孩子，不要大喜大悲。你别害怕，我不会杀他们。”

“先关着。”他吩咐下去。

我垂下眼来：“你不必如此，成王败寇，我没什么喜悲。”

“养个暗卫不容易，我知道。耗钱可多了。”

我：“……”

好庸俗，不想和这么庸俗的人讲话。

他握着我的手暖了一会儿，询问：“还下？”

“我还没输。”说着，我又落下一颗棋子。片刻后，影三道：“主子，影七带人把郑大夫带出来了。”

沈夜面色一变，立刻抬头：“牡丹！”

“主子我懂！”

牡丹立刻消失在了门外。我的嘴角忍不住勾了起来。

沈夜转头瞧我，却也笑了：“阿从是你放的障眼法？”

“是，我故意告诉沈从，我要他里应外合，让你以为，沈从就是我的后手。”

“结果你的后手，是你在用影三吸引我们注意后的第二拨人？”

我不说话，飞快地落着棋子。

这盘棋已经停顿不下来，局势等不得人。又过了一刻钟，牡丹回声道：“主子，上官大人说，郑参追回来了。”

听到这话，我正要落子的手顿住了，不可思议地看向他：“上官婉清？”

“不。”沈夜转头瞧我，面色平淡，“上官流清。”

我皱起眉头。

沈夜垂眸：“你要上官流清和你合作，却没想过，她愿意与否。你以为抢到郑参，她就会听你的了吗？”

我没有说话，看着棋盘，落下棋子。

“没什么好说的。”我低声道，“把棋下完吧，不到最后，谁都不知道结局。”

“也是。”沈夜点了点头。

我们下到入夜，终于有了结局。沈夜多赢了我一颗棋子。

我抬头看他：“你赢了。”

“是呢。”他温柔地出声道，问我，“要吃什么吗？”

“我回去吃。”我起身去。

他跟在我身后：“那我送你回去。”

外面下了雨，我点了点头，倒也不抗拒。我们俩走下楼时，便看到上官流清站在大厅里等我们，瞧见我，她笑得依旧一派温和。

“人到手了？”我率先问。

沈夜和刚进来的沈从猛地朝我和上官流清看了过来，两人眼中全是不可思议。

上官流清温和地说：“下午就带回去了。”

沈夜最先反应过来，冷声道：“去看欢喜！”

“不用看了。”我温和地说，“他已经在上官府了。”

“你们……”沈从皱起眉头，“一开始要的就不是郑参。”

“是的。”上官流清转头看着沈夜，“沈楼主，我一开始要的就是欢喜，真是对不起。”

“先是让阿从来告诉我上官流清要的是郑参，让我加强对郑参的保护，然后又让上官流清来和我们假意合作，面上费尽心思抢郑参，实际上却把精锐统统给了欢喜……阿城，”沈夜笑出声来，“你真是让我刮目相看。”

“是沈楼主太不上心了。”我摇了摇头，“但凡你察觉到流清对欢喜的一丁点心思，就不会全然相信我的说法。”

“不是我没察觉，”沈夜转头看向上官流清，“而是所有人都没能察觉。如果真的如此深爱，怎么会让他落到这一步？！上官流清，你后悔吗？”

上官流清没有说话。

沈夜冷笑出声：“他活不过这个冬天了，你知道吗？”

上官流清身体一僵。片刻后，她苍白着面色，收敛了笑容，慢慢道：“很早很早之前，我就在等这一天，一直等着。”

“所以，你和舒城，是早就结盟了？”沈从冷声说道。

我转头看向沈从，笑道：“你可以觉得，从我帮她拿到欢喜开始，我们就结盟了。”

“我从不知道，”沈从也笑起来，“上官大人是如此重情重义的女子。怎么，你想做上官流岚一辈子的替代品吗？继承她的位置、她的爱人、她选的路、她选的人？”

上官流清笑了笑：“我拿到了姐姐的一切，完成她的遗志，又有何不对？”

沈从眼神如刀。

沈夜轻笑一声：“好……好……”

说着，他摇了摇头：“看来是我太小看二位了。”他转而说道，“夜雨将至，我送舒大人回府吧。”

我冲众人行礼，便上了马车。沈夜跟在我身后，一直没说话。他一路跟我到舒府，我知道他是有话想说，便让他跟着。等我们两人进房间，我正想回头问他，他就把门一关，猛地将我拉进了怀里。

我什么都没来得及反应，他就吻了上来，抱着我到了床上，手伸进我衣内游走，动作粗暴得让人忍不住兴奋起来。

我喘着粗气，不敢出声。等第一道白光绽现在我脑海里，我一口咬上他的肩头。他闷哼了一声，低声道：“又没进去，激动什么？”

我不说话。他继续动作：“能耐了？嗯？连着上官流清阴我？”

“你哪里来这么多废话？”我低声呵斥道。

他笑了笑：“是不是发现，你果然还是离不开我？”

我不说话。他动作温柔下来，将整个脸埋在我的胸前，叹息出声：“我可是把全部身家都交代给你了，你真是……”

“嗯？”我挑了尾音，“如何？”

“妖精。”他笑出声来，“想不想我？”

我不说话。他贴近我：“想不想？”

“想……”我顺着他的话回答。

他笑了笑，温和地说：“我也是，很想你。”

他说着，就将脸贴在我脸侧，继续道：“我好还是白少棠好？”

“你……”我又顺着他的话应道。

沈夜动作一僵，抬起头道：“你果然碰过他了。”

说完，毫不犹豫抽身就走。

我愣了愣，一把抓住他的袖子，道：“我没碰过他。”

沈夜不回头，我着急了：“你要走也先做完啊！”

“不做了。”

“别啊。”我拉扯着他，把他拉回床上来，“我不管你的，先让我做完啊。”

沈夜：“……”

“你真是……”他抬头看我，眼中满是疲惫，“你我之间，就只剩下这些了吗？”

我愣了愣，没有说话。他的眼神让我忍不住生出几分怜惜。我将手抚上他的面容，温和地说：“你别担心，我会给你个结局。”

见他愣愣地看着我，我不由得笑了。

“只要我活着，”我许诺他，“我们就会在一起。”

只不过是，我囚禁你一辈子，或者我死去。

沈夜瞬间红了眼眶，他回头抱住我：“阿城……”

他说：“你不知道这些日子，我有多害怕……我总在想，是不是这辈子我们就这样了。”

我抱着他，安抚他。他抬头亲吻我，放下床帘。

等到事毕，已经是半夜。我睡在沈夜怀里，外面传来敲门的声音，他抱着我说：“先睡吧。”

我强撑着睁开眼睛，穿上衣服起身：“不行，我得问清楚。”

“主子，”等我穿好衣服，影一走了进来，“储君府进了刺客。”

我微微一愣，猛地回头，看向坐在床上刚刚穿戴好的沈夜。

他伸了个懒腰，漫不经心地说：“是我。”

我的目光瞬间冷了下来。沈夜开合着手中的小金扇，弯下腰，直视着我的眼睛：

“阿城，我很奇怪，为什么世家就是不愿意选择我呢？”

“没有世家愿意辅佐一个危险的君主，魏云岚一个人已经够了。”

“可你我的关系，怎能这么比较呢？”他叹息出声，“你我毕竟是夫妻，你却没有选择我。”

“你又何曾选择过我？！”我低喝一声，转头问影一，“大皇女没事吧？”

“殿下受了伤。好在刺客全歼，还活捉了其中的首领。”

已走到门口的沈夜步子一顿，转过头来看我。

我冷笑着道：“你以为，我和流清联手，还拦不下你们吗？！”

“上官流清……”沈夜垂眸，低喃出声，“戏演得真好。”

说完，他便足尖一点，离开了院子。

我忙披上披风，吩咐道：“备马，我要去上官府！”

我刚一出门，就看到赶过来的上官流清。

“沈夜一定会去救他。”她笃定地说，“把所有的精锐带来，跟我走！”

“被抓的是谁？”我忍不住皱了眉。

上官流清冷下声音：“温衡。”

温衡，沈夜肯定会去救他。

我抚上腰间的剑，顿时明白，这会是一场恶战。

会你死我活吗？

我脑中混沌了一瞬间，然而我立刻想明白了，沈夜必须活着。

这是我一直不变的信念。

要是他死了，我就陪他一起死。而最好的结局，莫过于，他活着，被折断了羽翼，活在我身边。然而，如果断不了他这利爪，我就陪他一起死。他将再也伤害不了我的家人，我也能一直陪他在一起。

赶到储君府，这里早已被人团团围住。

我带着人一路杀进去，等冲进储君府后，我不由得怒喝出声：“九军都督府人呢！”

“大人！”一个面容姣好的女子赶了过来。

那人一见我，便拱手道：“在下书径庭。”

我立刻反应过来，这是舒家放在储君府的暗桩。我皱了皱眉，道：“到底怎么回事？”

“九军都督府的人今夜全调出了楚都。”书径庭应道，“这一切怕是有备而来。”

“大皇女情况如何？”

“怕是不妙。”书径庭看了我一眼，“大人要早做打算。”

听到这话，我不由得一怔。书径庭如此说，看来大皇女是真的不好了。

“给宫里传话没有？”

“传了，但宫中……并无动作。”

“什么叫并无动作？”我跟着书径庭往大皇女的书房走去。

书径庭垂下眉眼：“在下斗胆猜测，皇宫此刻，已落入大皇子手中……”

“怎么可能？！”我惊诧出声，“他手里并没有兵力！”

“今日早朝后，陛下宣顾蔷笙进了宫。”书径庭提醒我，“直到此刻，顾蔷笙也未曾出宫。大人可曾猜想，顾蔷笙是谁的人？”

顾蔷笙是陛下的一把刀，是当朝第一宠臣，是兵部尚书。兵部是除了九军都督府、御林军唯一能够在楚都内屯兵的人。沈夜作为暗庭老大，在宫中自然有众多人手，若她是沈夜的人……

我突然感觉到局势超出了我的想象，仿佛有一只无形的手在推动它。

“大人！”我才走到大皇女书房门前时，一个满身染血的士兵冲了进来，“大人，大皇子带人强攻！”

“他敢？！”书径庭猛地变了脸色，“他不要命了吗？！”

到此刻之前，事情还与沈夜无关，哪怕出了事，沈夜也可以推脱不知，然而此时此刻，他却露了面。

这证明什么？证明走到这一步，他手下，无人能用了。

我闭上眼睛，深吸了一口气：“上官大人在何处？”

“上官大人去提温衡了。”

“她提温衡……”话没说完，我就不再问了。我看见上官流清将用绳子死死绑住、昏迷不醒的温衡拉扯到我们两人面前，我便知道了她的用意。

“你觉得沈夜在意他吗？”上官流清将剑架在温衡脖子上。

我看着温衡，这是一个无论何时都看上去很温和的男子，除了杀人的那刻。此时他仿佛睡着了一般，看上去像个孩子一样安详。

这是我们的底牌。然而我却也知道，一旦我动手，我和沈夜，就真的再没了回旋的余地。

我想不了那么多，局势推着我往前走，我只能客观评价道：“沈夜是一个很好的掌局者，他可能无法做到把每件事都做好，但是他能让人臣服。每个人都愿意帮他，很重要的原因是，他真的把这些人当兄弟，不到最后一刻，他不会放弃他们。你在这里看着，我进去看看大皇女。”

说着，我便推门走了进去。房间里全是血腥味，大皇女躺在卧榻上哼唧。我遮掩住眼中的不屑，赶紧上前，急切地问道：“殿下，你怎样了？！”

“是你？！”大皇女面带惊诧，“为什么你会来？”

“臣听闻殿下有难，便立即与上官流清大人一同前来救驾！”我跪倒地上，满脸忠诚。

大皇女用打量了我好几遍，眼中露出一丝颓然：“未曾想，此刻来救孤的，却是你们……”

“殿下无须担忧。”我安抚她，“因为局势危急，我与上官流清不得已擅自调动了楚都外州府的驻兵，明日午时即可到达。只要我们撑过明日午时，必会转危为安。此刻最重要的是殿下的贵体，还望殿下好生休养，一切交由我与上官大人……”

大皇女没说话，她看向书径庭。书径庭点了点头，又道：“城郊外驻有三千储君护军，大人不妨派人前去调动。”

我垂着眼眸，沉默不语。

大皇女想了想，道：“孤将储君令牌交给你。”

说着，她便从自己身上取下一块令牌，交到我手里：“你去调兵，大可说是孤的意思。”

“谨遵殿下旨意。”说着，我便起身。

大皇女急促地咳嗽起来：“舒大人！”

我顿住步子，疑惑道：“殿下？”

“当初……是我对不起你。”

她说起当初的事，我身上顿时疼了起来，赶忙笑道：“雷霆雨露皆是君恩，舒城不会因此心怀怨恨。”

“待日后……孤……必会报答二位。”

“臣知道。”我点了点头，拿着令牌转身离开。

到了门前，我叫了影三出来：“拿着令牌去城外储君护军处调兵。”

“不必了。”院门轰然大开，昆吾执剑立于门前，沈夜、沈从、牡丹一行人跟在身后。

沈夜身披鹤氅，着深蓝色长衫，双手环在胸前，静静地看着我和上官流清。

“我要温衡。”沈夜淡淡地开口，然后便带着人走进院子里。

影卫们纷纷退到了我们身前，将我们和他们隔开。

沈夜往前一步，影卫们就退后一步，直到凤楼所有人都踏进院中，沈夜才道：“我觉得，咱们不需要谈，对不对？”

“殿下什么意思？”我抬头看他。上官流清抓着温衡头发，露出温衡的颈项。

沈夜缩紧瞳孔，冷声道：“二位还未看清楚局势吗？与其效忠屋子里这位皇女，不若考虑一下本宫。有二位的协助，还能落到这个地步，这位皇女的能耐，二位还不清楚？”

“殿下不必多言。”我笑了笑，“我与上官家主既然已经选了立场，就不会更改。”

沈夜没有说话。

我挡在温衡前面，拨动着佛珠，淡定地说：“你们退兵，我就将温衡交给你。”

“大哥……”沈从忙上前来。

沈夜挡住他，昆吾淡淡地看了沈夜、沈从一眼，剑放了下来。

“退。”沈夜吩咐下去。凤楼的人互望了一眼，所有人便整齐有序地往后退去。

沈夜迈步前来，停在影卫剑尖前：“这样够了吗？”

“还不够，继续退。”我说着，便让书径庭将大皇女扶了出来。

沈夜看着我道：“我已经退到这里，足够你和你的影卫带大皇女走了。如果你再不把温衡交给我，我不知道还能不能相信你的诚意。”

我没说话。

沈夜展开了他的小金扇。

我知道这是威胁，看着越来越远的大皇女，还有已经退得不见身影的凤楼众人，我终于朝着上官流清点了点头。

上官流清将温衡猛地往沈夜的方向一抛，沈夜一把接住温衡，往凤楼人离开的方向一扔，随后就如离弦的箭一般朝着大皇女退走的方向疾驰而去。

凤楼人密密麻麻赶了过来，我足尖一点，也朝着大皇女的方向冲过去。

隐卫如雨一般扑向沈夜，我看清沈夜扬起手的动作，心中一急，直接把剑朝着沈夜砸了过去。然而沈夜不躲不避，手中小金扇一扇，十余支金针就朝着大皇女射了过去，在空中绽成朵朵莲花，瞬间刺入了大皇女和抱着她的书径庭体内。也就是此刻，我的剑和隐卫的剑同时贯穿了沈夜的身体。

“大哥！”

“主子！”

“楼主！”

“殿下！”

惊叫声一瞬间响彻庭院，我静静地看着沈夜被十几把剑贯穿的场景，脑中一片空白。

凤楼的人都赶了回来，影卫也从沈夜身边疾退到我身旁。上官流清一把握住我的手道：“快走！”

我什么都听不见，什么都不会做，只看见沈夜满身是剑，满身是血。

他抬头看了我一眼，似乎想说什么，我却只能看见他嘴唇张合。

上官流清抓着我就跑，后面全是兵器撞击的声音，我却觉得，满世界只有他。

沈从扑到他身边去，叫人将他抱到院子里。

夜风真凉啊，我想。

我一瞬间觉得，心上面破了一个巨大的洞，风呼啸着灌进里面。

我跟着上官流清跌跌撞撞地回了舒府时，整个人还没缓过神来，直到上官流清一杯水泼在我的脸上，我才猛地清醒过来。

“要哭，你也等他发丧的时候再哭！”一贯平和的她也有牙尖嘴利的时候。

我点了点头，起身朝着大皇女的房间走去：“她如何？”

“如何？”上官流清冷笑着道，“死了，半路就断气了！”

我顿住脚步，回过头来。

上官流清颓然坐到椅子上，叹息出声：“你说，咱们现在向沈夜投诚还来得及吗？”

“大皇女死了，”我垂下眼眸，“除非我们再找到一个皇室血脉，否则除了沈夜，我们还有谁可选呢？还是说，你想背负上谋逆的罪名？”

她不答话。

我继续说：“我们可以掌控军队一时……可天下，终究是他魏家的天下。若沈夜是个庸才还好，可是，他是吗？”

“实际上……我们未必没有转机。”上官流清皱起眉头，想要说什么。

我打断她：“我有一个你不愿意听的猜想。”

上官流清眉毛一挑。

我转身看她：“如果顾蔷笙是沈夜的人，你觉得，会不会手里有军队的人，都是沈夜的人？”

上官流清沉下脸来。

如果说没有兵权的沈夜是一只张牙舞爪的猫，可以把你抓得鲜血淋漓，那有军权的沈夜便是一只猎豹，可以将你啃咬得死无全尸。

静默间，影七突然出现在门前，恭敬地递上一堆竹筒：“主子，今日的消息都在这里了。”

我点点头，将消息一一打开。

过了一会儿，上官流清家的暗卫也进来，递上了一堆竹筒。

等我们俩看完之后，上官流清抬起头来，扯出一个艰难的笑容：“你说一下，是不是和我收到了一样的消息？”

“有三支军队正赶往楚都，一支我们的，一支陛下的，还有一支，来自华州镇安王魏楚安。”

“要不要我告诉你一个更吓人的消息？”上官流清摇了摇手里的竹筒，“西荒的军队，也出动了。”

我听了久久不语。而后，我不由得笑出声来：“看来，魏楚安和西荒，都是向着沈夜的了……他早说，咱们还争什么？”

想到这里，我将手中竹筒猛地砸到地上：“有什么好争！”

“冷静点！”上官流清抓住我，“我们还有转机。”

“什么转机？”我红着眼抬头。

上官流清冷声道：“沈夜死了。”

我不说话。上官流清继续说下去：“沈夜死了，我们就还有机会。”

“沈夜死了？”我苦笑起来，“沈夜不会死。”

“你什么意思？”上官流清皱起眉头。

我笑出声来：“我把舒家的血契给了他，他怎么可能死！我用血契和上天签订了一个契约……血契所能签订的最后一个契约……”

“我要沈夜一生……长寿安康。”

雷声轰鸣，我心中满是绝望。

上官流清颤抖着手问我：“血契是什么？”

“是摩萨族的圣物。相传利用此物，可以用血和上天签订契约。每一个契约，就是一个愿望。血契可以用三次，每一次许一个愿望，上一个愿望就会失效。而每一个愿望，都被限制在一个范围里，愿望里所包含的人越多，效果越小。血契第一次使用，是摩萨族希望自己的族人能得到庇佑；第二次使用，是我们舒家的祖先希望舒家家主和皇帝的生命连在一起，其中任何一方死去，都会导致另外一方的死亡；第三次，是我。”我看着上官流清不可置信的样子，说道，“第三次，我用了舒家血契，让沈夜死而复生，并希望他一辈子，长寿安康。”

“你疯了……”上官流清的声音颤抖起来，“你怎么可以拿这么重要的东西去救沈夜一个人！”

“对……”我苦笑一声，“我疯了。不要管一个疯子的过去，上官流清，现在……赶紧把上官家的人送出去，然后去向沈夜投诚。”

“如果他活着……”我低下头去，“事情或许还会有转机。”

上官流清没说话，她似乎是想骂我，张了张口，最后却将袖子一甩，转身离开。

等她走后，我整个人都滑落到了地上。

片刻后，我叫出影七：“趁乱将舒家和白家人送出去，越远越好。”

“是。”影七应声下去，房间里瞬间寂静无声。

过了好久，随着一道白影闪过，昆吾和沈从出现在我面前。

影卫们立刻拔刀，沈从静静地看着我，我抬了抬手道：“都下去。”

影卫们收刀离开，昆吾也走了出去。我撑着自己站了起来，重新坐回椅子上。沈从一言不发地看着我，神色复杂。

我坐在椅子上，低垂着头，佛珠搁在手上，觉得无比疲惫。

“沈夜还好吧？”我开口，声音有些沙哑。

沈从没说话，他走到我身前，低头看着我，眼里全是打量：“他没了呼吸。”

我猛地抬头，大喝出声：“不可能！”

沈从的目光更加复杂。

“这果然……是你做的。”

我沉默下去。

沈从直起身来，转身找把椅子坐着。他似乎很累了，垂着眼眸道：“大哥没了呼吸，在我怀里。”

说着，他抬起头来，神色茫然：“那一分钟，我终于知道，这世界上没有什么比大哥重要的人。如果他死了……我就要你为他陪葬。如果他活着，我也绝不会放任一而再再而三地伤害他的你活下去。”

“我曾喜欢你，爱慕你，那时候我每一天都活在痛苦里，一面怨恨着他，嫉妒着他，一面又心怀敬仰，如年少时一样深爱他。”

“他是我的哥哥……是我人生中最重要的人，谁都不该比他重要。我活着，我的存在，就是为了让他君临天下，让他荣登宝座！就是为了给他铺就帝王路，让他一步一步走到这世界的顶端！”

说着，他越发激动起来，猛地站了起来：“为此我可以不惜一切！我可以用我的血肉给他堆积道路，用我的脊梁给他搭建桥梁。他下不了手的我下，他做不到的我做！这世上所有的阴暗之事都交由我来做！他就当他的君王，做他的明主！所以舒城——对，我喜欢你！可我绝不会放任这件事继续下去……你毁了我，我不能再放任你毁了大哥！”

“所以你打算做什么？”我看着他，“杀了我？沈从，你为什么来这里，你心里不是很清楚吗？”

我强撑着站起来：“沈夜活了，对吧？一个已经死了的人，居然活了，你是不是很奇怪？是不是在想，这绝对不是还魂草。哪里有可以让人一直不会死的还魂草？”

“是什么呢？”我笑起来，“你没有答案吗？”

沈从不说话，他眼里全是痛苦。

我大笑出声：“是血契啊！是让陛下惦念了一辈子，害怕了一辈子，舒家的护身符，血契啊！我用了舒家最珍贵的东西去救你大哥，我用我最大的真心去对待你，乃至在发现你的情意后，还小心翼翼怕伤害你。”

“我给了你们凤楼多大的真诚……我给了沈夜多深的爱？我为他顶着多少压力开辟了男官制？我为他使用了血契，我为他舍生忘死，可他……可是你们，是怎么回报我的呢？！”

眼泪喷涌而出，我觉得从未有过的委屈：“我有什么对不起你们的呢？沈夜总是说我不选择他，他何尝选择过我？！他何尝考虑过我半分！若他选择过我，若他相信过我，若当年他坦承告诉我他是皇子，他想要这个帝位，又怎么知道，我不会帮他？！”

“你们对不起我……你们欠我……你们背叛我，你们，到底打算拿什么偿还我！”

沈从不说话。良久，他笑了笑：“你要什么？”

“我要我舒家和白家，世代富贵荣华。”

沈从冷笑着道：“舒家可以，但白少棠，他一定要死。”

“我救了你们。”

“舒城，有谁告诉你，施恩就一定会被报恩呢？”沈从看着我，“这世上，从来没有什么公正可言，只有利益交换。你给得了我想要的，我才会给你你想要的。”

“那你想要什么？”我笑出声来，“或者说，你们想要什么？”

“陛下一直在宫里，闭宫不出，我不愿强行攻打皇宫落人口舌，说我大哥谋逆。

但等到午时，陛下的军队就差不多到了，若陛下未死，又是一场激战，我大哥不但避免不了谋逆的罪名，还会造成不必要的损伤。所以我要你进去，杀了她。”

“陛下闭宫不出，你就这么肯定她会见我？”

“此时此刻，刚被自己的宠臣顾蔷笙背叛的陛下，你觉得她会信谁呢？如果说这天下有谁不会杀她，大概也就是你，同她生死与共的舒家家主。”

我没说话，他就静静地等着。

外面雨声淅淅沥沥，我想了许久，终于开口：“好。我只有一个请求……”

说着，我抬头看他：“我要舒家人，白家人，包括我肚子里这个孩子，一个不少……好好活着。”

“好。”沈从点了点头，便起身准备离开。临走前，他顿住步子。

“嫂子，”他突然叫我，声音低哑，“你对我，一直很好的。如果还有以后……”

他没有继续说下去，嘲讽般笑了笑，低喃了一句：“哪里有什么以后呢……”

说完，他便提步离开。

我愣了愣，看着外面的夜雨。回想起当初那个总在我身边像一只奓了毛的猫一样各种别扭的少年。

到底是为什么，我们才会走到这一步呢？

第十四章

我一个人呆呆地坐在屋子里，舒府的人一拨一拨离开。沈夜的事大概让沈从慌了神，没有任何人阻拦我们，然而我也知道，舒家这样多的人，只要沈从迅速反应过来，便可及时阻拦。

沈从不是沈夜，他不会放过舒家。

我无比清醒地认知着这个事实。所以我必须留在楚都，拖住沈从。

不出半个时辰，舒府就成了一座空府，只有管家和隐卫留在我身边。我突然觉得有些累了，整个人瘫在椅子里，疲惫地听着外面的雨声。

“影三，”我叫出那个平日叽叽喳喳的姑娘，“怎么今天不说话了？”

“主子，”隐三倒挂着现身，不满道，“我平时说多了你不是嫌我烦吗？”

“没事。”我轻笑一声，“你说吧，我想听听人说话。”

外面没有人声了，只有雨声。我第一次发现，舒府这么空旷。我想，以后我一定要买一个小一点的院子，哪怕所有人都走了，只剩我一个，也不会让我觉得那么孤单。

影三一直不说话，我只得自己找话聊：“影三，你有喜欢的人吗？”

“呃……喜欢是不是看见就想把对方抓起来扛回家啊？”影三抓抓头，“是有一个。”

“谁啊？我认识吗？”看着影三孩子气的脸，我不由得笑了。

影三不好意思地笑笑：“就是那个……凤三。”

我：“……”

这什么眼神！

“你看上他什么了？”

“他长得好看啊！”影三很兴奋，“而且特能说话，一看就是个能和我聊天的。我一看见他说话，就想把他扛回家！”

“那牡丹也挺能说的，长得也挺好看的。”

“不行不行。”影三摇手，“牡丹太凶了，我还是喜欢温柔一点的。”

听到这话，我笑出声来，眼神不由得暗下来。

“影三。”

“主子？”

“等我入宫的时候，你们都不要跟我去了，就让影一、影二跟着我吧。影一、影二没什么牵挂。你武功好，带着剩下的人，去找我母亲，保护他们到了西荒后，各自找各自喜欢的人，去过各自的人生吧。”

说着说着，我觉得每一个字都变得格外艰难：“要是有幸……能得到我的尸首，就把它……”

“就把它怎样？”白少棠的声音猛地传来。

我霍然抬头，看见惊雷下，白少棠撑伞的身影。

他穿着一身素衣，身形萧索，背后背着一把银枪，银枪上的红色穗子，成了唯一的亮色。

我呆呆地看着他，不可置信。

他一步一步朝我走来，停在门前，再问了一遍：“就把它怎样？”

我颤抖着唇，说不出话来。

他微微一笑：“就把它，与我合葬如何？”

“少棠，你好了？”

“嗯。”白少棠垂下眼睛，“我好了。前些日子对不起。”

“那就好……”我点了点头，声音仍在颤抖，“你怎么没走？”

“你不走，我为何要走？”

他收了伞，放到一旁，走到我面前来，单膝跪在我身前，用温热的手掌握住我冰凉的手，低垂下眉眼：“我来陪着你。”

“胡闹！”我怒喝出声，“你不走，我做这一切还有什么意义！”

白少棠抬起头，注视着我：“你可以投靠沈夜，助他成事。他喜欢你，不会为难你。”

“可他会为难你！”

我站起身来，抓着他就往门外推：“你给我走！舒家和你，他都不会放过的。哪怕他放过了舒家，他绝对不会放过你！”

“那又怎样！”白少棠猛地甩开我的手，“那他就杀了我！”

“白少棠！”我喝道，“你闭嘴！”

白少棠没说话，他静静地看着我，红了眼眶。

“我知道，”他的声音沙哑，“我武功没他高，也没有他有能力，我什么都做不了，连想要待在你身边都要靠装疯卖傻。可是我忍够了……他要杀，就杀了我吧。”

“我不会让他杀了你。”我垂下眼眸，“少棠，无论怎样，我都要让你活着。光明正大，开心地活着，我欠了你很多——”

我的声音沙哑起来：“我想，我这辈子亏欠得最多的人，就是你了。你嫁给了我，成了我的主君，在这样的时刻，也同我不离不弃。少棠……”

我抬起眼眸：“我会保护你，哪怕是用我的性命。”

“舒城……”白少棠眼里全是泪光，他猛地将我拉到怀里，死死抱住我。

“你别怕，我们不分开，我们一直在一起。我带你走……我带你回云州，我把云州二十万骑兵全交到你手上，我们起事吧。”

他放开我，看着我的眼睛，满眼期望：“沈夜是个男人，而且杀了大皇女，如果陛下没死，我们就打着勤王的名义攻入楚都；如果陛下死了，我们就以沈夜弑君的罪名攻入楚都。到时候你来登基……我把一切给你，我们走……”

“少棠，”我打断他，“魏楚安和西荒的兵力都向着沈夜，一旦开战，我们没有必胜的把握。”

“我可以和你一起死……”白少棠眼里全是疯了一般的狂热，“阿城，我不在意和你一起死，我们赌一赌……魏楚安有五十万兵力，可大多是步兵，西荒位置偏僻，想要大规模调军很难，而且受粮草所限制。可你我不一样，我们手握产粮三州，你有四十万兵力，而我二十万在战场上磨砺出来的精锐骑兵可抵百万步兵，此战我们大有优势……”

我没说话，任由他说着，他察觉我的安静，慢慢冷静下来：“你不愿意？”

而后不等我说话，他肯定道：“你不愿意。”

“少棠，”我叹息出声，“你走吧。跟着舒家一起去西荒，去陈国，总之……不要回来了。”

“为什么？”少棠凝视着我，“为什么要放弃？”

“沈夜会是个好皇帝。”我叹息出声，“我不能为了自己的私欲开战。百姓是无辜的。”

白少棠没有说话，他想了想，眼中突然有了兴奋之色：“是血契对不对？”

“你说什么？”我诧异出声。

白少棠开心地说道：“就算沈夜当了皇帝，身为魏家人，他也要受到血契控制，不得不听你的。所以我们不必绕这样的弯路。阿城，我知道你不放心，怕他鱼死网破，可是沈夜不是这样的人，他千辛万苦登上帝位，他比谁都怕死。我留下……舒家也可以留下，只要你不愿意，沈夜不敢说什么的。”

“我们还可以像以前一样，我当你的主君，沈夜只能看着我们俩幸福美满地生活。”

“少棠。”我打断他，“别说了，你走吧。”

白少棠脸上一僵，他沉默下来，看着我：“为什么……”

我不说话。

他怒吼道：“你给我个理由啊！为什么一定要我走？沈夜不敢杀我，只要你……”

“没有血契！”我大声说，整个人仿佛崩溃了一般，“血契没用了！早就没用了！

我拿血契换了沈夜的命，舒家早就没有底牌了！”

“我是为你好……”我推搡着惊呆了的白少棠，“你走啊……我护不住你们，我谁都护不住……沈夜不会死，我求了他长寿，他不会在现在死去。所以这是一个必输之局啊……”

雨声越来越大，白少棠被我推到了雨里，我抹着眼泪将伞递给他，痛哭出声：“少棠……快走吧，晚了，就走不了了……”

“舒城……”白少棠不可置信地看着我，眼里全是痛楚，“你为什么能做到这一步？”

我不说话，任雨水打到身上。

白少棠怒吼道：“你就这么爱他？舒家、我，在你眼里都如蝼蚁，抵不上他沈夜分毫是吗？我的一切牺牲……于你而言，永远都是感动，你一辈子爱不上我，是不是？”

我不敢应声。白少棠看着我，大笑起来：“你留在这里……为什么留在这里……为什么坚持不肯起兵，你以为我不知道吗？”

“你怕他出事，你怕他输。”

他的声音落下，仿佛惊雷一般，轰鸣在我耳里。我想解释，然而无数次张口，却发不出任何声音。

这何尝……又不是真相呢？

如今这个局面，早已不是我所能控制。我不介意沈夜输在我手里，可我不能让他输在别人手里。输在我手里，我不过是金屋藏娇，输在他人手里，长寿不死的他，所迎来的却是一生的折磨。

这比死更残忍，是我想都不敢想的结局。

“你留在这里，到底是要做什么？”白少棠冷冷地说。

我不说话。

白少棠笑出声来：“好……好……”

他猛地放手，转身离开。

我叫住他：“少棠，伞。”

“不必。”长枪猛地翻转到他手里，在他手中挽出一个漂亮的枪花，之后在地上划出一道长长的划痕。

“舒城，白少棠今日已死，至此之后，同你舒城，再无瓜葛。”

他说这话的时候，仰着头，含着泪，仿佛一只骄傲的孔雀，对我下着判决。

我心中酸楚，呆呆地看他转身，红色的穗子在夜色中甩出漂亮的弧度，仿佛落在我的心上，划过一丝浅痕。

等他走了，我终于撑不住，差点摔下去。

影三一把扶住我，有些担忧道：“主子，你发烧了。”

“嗯？”我愣了片刻，然后才反应过来，“哦……”

“我扶你先歇着去吧。”

我点了点头：“好。”

影三把我扶到床上，我立刻觉得身体垮了下来。事情一桩一桩连着发生，我强撑了这么久，终于是撑不住了。迷迷糊糊间，似乎听见影三叫了大夫进来，我隐约听到他们交谈，却听得不甚清晰，就这么昏昏沉沉地睡着。

睡梦中很多往事浮了上来，一会儿是白少棠年幼时追在我后面的模样，一会儿是我和沈夜在竹林中隔着一个屏风依靠在一起的温度，一会儿是沈从三岁时满脸不屑地瞧着我的眼神。我在梦中行走，往事仿若壁画一般出现在我走过的道路两边，我一路前行，每走一步，后面的路就坍塌成断崖，无法回头。我被赶着，一直往前。

梦中我不知道自己是谁，要前往何方，我觉得我是要寻找什么，却什么都不记得。等走到了路的尽头，有人叫我：“阿城，救救我。”

我回过头，看见一张俊美若仙人的面容。他一只手抓住断崖的边，一只手向我伸了过来。他眼里全是绝望，身后是无尽的深渊。

“拉住我，救救我……”他不断地恳求。

我怔在那里，觉得他的容颜无比熟悉。明明不记得这个人，明明不知道他是谁，明明知道若伸手抓住他，我也会被拉入地狱，然而那一刻，我还是毫不犹豫地伸出了手。

“你别怕。”我温和地说，拉住他冰冷的手，“你要的，我都给你。”

“沈夜。”我叫出他的名字，“我救你。”

说着，我眼泪就流了出来。那一瞬间，我终于想起这个人的名字。他在梦里缓缓笑开，梦境里人声鼎沸，身后传来马蹄之声。我回过头，看见他戴着面具，骑着骏马，手中拿着一朵鲜红欲滴的花，朝着我驰骋而来。

“舒城。”

有人叫我：“舒城。”

我慢慢睁开眼睛，瞧见白少棠坐在我身侧。他静静地看着我，眼里满是悲伤。

我愣了愣：“你……”

他苦笑了一下，将我扶起来，在我身后垫了枕头。

“你睡了一天一夜。”他端起药来喂我，“我一会儿就走。”

我不敢说话，一口一口喝着他喂的汤药。

面前的白少棠面容平静，似乎对过去的事情完全不存芥蒂。

我不由得红了眼眶。虽然我并不爱他，可我不希望他恨我。他是我年少时最有分量的朋友，我希望他也能如此看待我，然后好好地，过完这一生。

我这样想着，眼泪就落了下来。白少棠愣了愣，用手指抹掉我的眼泪：“怎么哭了？”

“少棠……你是不是原谅我了？”我沙哑出声，“对不起……真的……对不起。”

“你对不起我什么呢？”他放下碗，温和地说，“本就是我太固执，求之不得。”

“不是的，少棠，是我的错。”我闭上眼睛，“是我不该明知不可能，还抱着试一试的心态，拉着你一起堕入深渊。我总是把你当成一个选择，每次我受伤，我绝望，我就回到你身边，告诉我自己，我要尝试着爱你。可每次当这些绝望过去，当沈夜给我一丝希望，我又会离开你。”

“是我背弃你，是我把你当成了治疗伤口的工具，是我不遵守诺言，是我……愧对于你。”

“我明明就知道，感情从来不可能勉强，不是我想爱谁就能爱谁，想不爱谁就能不爱谁。任何人都不该成为我治疗伤口的工具，这对于你来说，不公平。”

白少棠没有说话。

我睁开眼，看见他的眼里一片平静，一如死水。

“如果你早点说……”他苦笑起来，“也未必如此。”

“可晚了。”他眼里浮现出绝望来，“太晚了。”

“是啊，”我看向院子，“太晚了。我始终伤害了你，如果我早点知道这个道理……这也不过就是我和沈夜两个人的事，你不该无辜受到牵连。”

“少棠，”我拉过他的手，温和地说，“去找个人，好好嫁了吧。”

“那你呢？”他注视着我。

我愣了愣，随后道：“我？就这样吧……如果我不能好好地、完整地保下沈夜，那我就送他去他要去的地方。像沈从一样，用我的血肉铺建道路，用我的脊骨搭建桥梁。”

“舒城，”白少棠温和地说，“我在你眼里，是不是真的就这样，一文不值？”

“少棠，”我摇了摇头，抬头郑重地看着他，“你是我最特别、最难忘、最不忍伤害的朋友。”

白少棠的神色暗了下去，他转头看向窗外，慢慢地说：“刚到云州的时候，我总想逃回来。后来母亲告诉我，等我长得比我父亲高，能打赢云州所有人，我就可以回来。于是那时候，我每天都去树下对着自己身高画一道划痕，看自己有没有长高。”

“我到云州后打的第一场群架，是因为他们嘲笑我丑，说我喜欢的女孩子不会喜欢我。我告诉他们，舒城喜欢我，我是舒城最喜欢的人。他们把我打得很惨，叫我丑八怪，我哭着说你不嫌我丑，可其实我心底比谁都明白，你一直觉得我不好看。于是那天晚上开始，我告诉自己，不管怎样，我都一定要长高，变得好看起来。”

“我到处讨要保养的法子，努力长高，让自己瘦下来。后来有一天，我终于长得比父亲高，比云州任何一个人都厉害，比谁都美，我想，我终于可以来找你了。可家里觉得，这不是一个矜持的贵族子弟该做的事，于是母亲一直不让我回来，一直在等着你来提亲。”

“可你没来，始终没来，所以我自己来了。”

“那是我十九岁的冬末，我自己一个人从云州偷跑出来。妹妹知道后，放心不下我，跟着我跑了出来。我跑到了楚都，敲响了你家大门，却得到了你出去游玩的消息。我不敢告诉舒家我的真实身份，怕你父母瞧不起我，于是就一直站在门口等你，从清晨等到深夜，任由大雪落满肩头。等到夜里，你还是没回来，侍卫却来告诉我，妹妹被陛下抓了。”

“我赶着回去见妹妹，路上终于看见了你的马车，马车车帘掀起一角，露出你和上官婉清打闹的样子，只那么一瞬间，我就认出了你。那么多年不曾相见，我却仍旧知道，那一定是你。你那么好看，眼睛亮亮的，和小时候一样，温和清丽。那一瞬间，我想停下来，拦住你的马车，可我不能，我的妹妹在等我，于是我没有拦下你。”

说着，他闭上眼睛，眼泪落了下来：“如果我那时候拦住你，也许你就不会遇到沈夜，也许我们早就在一起了。”

我没有说话，静静地听着他说往事，感觉连呼吸，对他而言都是一种干扰。

“我进了皇宫，陛下扣下了妹妹，以此为要挟，让我为她做事。她告诉我，只要我帮她做好这些事，她就为我赐婚。我信了她，我以为我可以保住妹妹，也以为我会如愿嫁给你，同你在一起。”

“于是我去了很多地方，一直不曾回来，直到后来，我在摩萨族，听到了陛下给你赐婚的消息。我本来早该离开那里，然而却一直等在那里，只为了见你。”

“我固执地陪着你一起回来，固执地要和你在一起。世家子的矜持早就被我扔到了一边，我父母没有办法，只能由着我胡闹，坚持嫁给你。”

“可我嫁给了你，你却从不曾属于我。”他沙哑着嗓子笑起来，“小时候你不喜欢我，长大后你也不曾喜欢我……可我那么喜欢你，我可以把一切都给你啊。”

“我每天看着你，看着你和沈夜，我心里全是嫉妒，全是怨恨。明明他背叛了你，明明他拿着你当棋子，可你从来都不在乎，你始终爱着他！我呢？我为你做了这么多！我为你走到今天，为什么，连那么一点爱情都不肯给我？！”

“对不起……”

“我不需要你的对不起！”他低笑出声来，“因为，你会后悔你说过的对不起。”

我迷茫地看着他。

他眼里一片静默：“我没有他的武艺，如果不起兵，我也没有他那样密密麻麻、无处不在的暗桩，甚至在陛下面前，我也不如他。我有的只有你。所以我想，只要你恨他，那就足够了。”

“于是我向陛下献计，先杀上官流岚，后拦你和沈夜入药王谷，再利用舒煌过去的事牵制你，要么杀了你乱了舒家，要么让沈夜救你，你为救沈夜废了血契。”

“我知道，沈夜一定会救你，我也知道你作为舒家少主，绝不会为了一个沈夜，赔了整个舒家。”

“最后的结果，要么你恨了沈夜，关键时刻，我来救你，你爱上我。要么沈夜为你而死，你身边只剩下我。可我从未想过……”他看着我，嘴角勾起苦涩的微笑，“你这么爱他。”

“爱得不顾整个舒家，不惜用血契换他的命，舒城，你哪里有一点舒家少主的样子？”

我没说话，静静地看着他，觉得全身的血液仿佛凝固了一般。

“是你杀了流岚……”我低喃道。

白少棠静静地看着我：“是我。否则以上官流岚的身手，沈夜不出手，陛下手下的人，不足以杀她。本来我也不打算亲自出手，可她中毒之后还有余力带人试图逃出上官府，陛下派人围了她一天一夜，她都能守在自己院子，坚守不出，于是我只能出手。”

我听着他的话，回想着当初的事。

如果我能早一点带着郑参回来……如果我能留在流岚身边……

一切不是不可以挽回，流岚不会死……流岚还可以活着。

流岚不是死于命运，不是死于天命，她是死在阴谋诡计中，死在人为兵刃下。我死死盯住白少棠，沙哑着嗓音说：“为什么是流岚？”

为什么，不可以是其他人？

“如果死的不是上官流岚，还有什么能动摇你对沈夜的情意？”白少棠讥讽道，“而且，哪怕是上官流岚的死，不也动摇不了你对他的情意吗？你始终救了他……”

我胸口又闷又痛，死死抓住他。

白少棠静静地看着我的手：“如果你愿意一直这样抓着我，我也不至于走到这一步，无路回头。”

“少棠……”我气血翻涌，“你若恨我，你该冲着我来。为什么……为什么要伤害她们？”

上官流岚是因我而死。

此时此刻，这个念头无比清晰地涌入我的脑海。

那个持剑肃然而立的黑衣女子回闪在我脑海中，我几乎恨不得杀了面前这个人，然而看着白少棠平静的面容，我却连骂他的话都说不出来。

是我的错……是我害了他们。

白少棠注视着我，眼里全是温柔：“我本来想把这个秘密埋葬一辈子，静静地在舒家老死。我想，我对不起你，你也对不起我，这一生，也就这样了吧。”

“可陛下逼我……逼我在少芷和你之间选择。十九岁那年我选了少芷，悔恨至今，于是那时候，我选了你。我选了你，就像赌徒孤注一掷，我以为你和沈夜这样就算完了……我装疯卖傻，就是期望能用这份愧疚、这份怜悯，永远绑住你。”

“可你终究还是抛弃了我……”

白少棠伸出手，抚上我的面容，眼中全是绝望：“阿城，你难道不知道，我早已无处可去，你抛弃了我，你让我去哪里？”

“你心里给不了我半分位置，可没有你，我早已不知道怎么活下去。我从遇见你之后，人生就是为你而活，你让我走，我能去哪里？如果你一定要抛弃我……”他声音温和下来，“那我们就一起去死吧……”

“我已经告诉了陛下血契没用的消息，陛下会保我白家富贵荣华，而你……舒家……就随着我陪葬吧。”

“你！”我猛地坐起来，也就是在那瞬间，一口血从我嘴里喷了出来。白少棠将我温柔地揽在怀里。

“舒城别怕，”他轻拍着我的背，温和地说，“这毒不疼……你别怕。你呀，就先去黄泉路吧。等我安顿好了，我就去找你。”

“你爱我……或者不爱我，”他的声音和眼泪一起落下来，“孟婆汤后，就再没什么意义了。”

“你……滚……”我的声音颤抖着，觉得五脏六腑都疼了起来。

白少棠微笑着放开了我的手，温和地说：“好，我滚。毕竟还有沈夜……在等着我呢。”

说着，他站起身，头也不回地离开了。我看着他的背影，整个人都颤抖起来。

“影三……”我颤抖着大喊出声，“影三！”

“主子！”影三端着药冲了进来，看见我的样子，高喊出声，“大夫！高大夫！”

一个老头子立刻冲了进来，那是平日为我看诊的大夫。他上前为我诊脉后，焦急地说：“这是中了‘安息’的毒啊，老朽……老朽没有办法了。快去找舒神医啊！”

“柜子……影三……书房里的柜子……”我喘息着，“有……姨母的……药。”

那是姨母给我专门配来保命的药，我也不知道有没有用了，只能死马当活马医。

影三立刻消失了，只留影一、影二和大夫在房间里守着我。

大夫给我施针，我咬牙吩咐影一：“叫……沈夜……”

如果真的要这样死去，我一定要见他，见他最后一面。

影一应下，便出了门。

房间里一片死寂，我的呼吸越发困难。影三赶了回来，拿出了一堆瓶瓶罐罐。大夫闻了闻那些药丸，给我服下了两颗。过了好久，我终于觉得缓过气来。影三满脸紧张地看着我：“主子，你好些了吗？”

我点了点头，让影三扶着我起来。大夫一脸忧愁地着我：“大人，这药只是能延缓药性，大人还是要赶紧找到舒神医……”

“能延缓多久？”

“此药能压制天下各种毒素，至多七天……”

“七天……”我点点头，“够了。”

我躺在床上休息了一会儿，外面传来开门声。

我转过头去，看见沈夜站在门前，沈从扶着他，看向我的眼睛里，一片漠然。

沈夜面色苍白，似乎是还很虚弱。我躺在床上，静静地看着他。在他的目光里，我感觉一瞬间，就是好多年。

我朝他笑了笑，冲他招手：“沈夜，你过来。”

沈夜垂下眼眸，由沈从搀扶着走了过来，坐到我身边。

我凝神看着他，怎么看都看不够。

他抬起眼睛：“这样看着我做什么？”

“你好看。”我笑着夸他。

沈从在旁边倒了茶，端到他面前给他。沈夜正准备喝，突然抬头看了我一眼，便将茶递过来给我：“你嘴上已经起皮了。”

我愣了愣，随后便笑了，撒着娇道：“你喂我。”

沈夜没说话，往前挪了挪，将茶杯放到我唇边。我一口一口抿下去，其实本就不渴，可我想，大概再不会有机会让他喂我了，我得多喝点。

等我喝完这杯茶，沈夜眼中的神色更深了。他将杯子转手交给沈从，低声问：“你叫我来做什么？”

“就是看看你……”

“看我？”他讥笑道，“是想通过拖住我，让舒家人跑得更远一些吧？”

“我要拖住你，需要用这种办法吗？”我忍不住笑了，牵过他的手，温柔地说，“真的，我就是想再看看你。”

沈夜沉默着不说话。

我打量着他：“你的伤好些了吗？”

“你下手的时候，为什么不想这些呢？”他眼中全是嘲讽，“我没死，你大概很失望吧？舒城，你现在是不是很害怕？”说着，他靠近我，眼里压着藏不住的暴戾，“大皇女没死时，你可以为了权势杀我。大皇女死了，你和上官家无处可依，便又可以为了权势向我屈膝。舒城，你真的爱我吗？”

其他人早在沈夜喂我喝完茶后就跟着沈从出去了，现在房间里就只有我们两个人。

我看着他明亮的眼睛，觉得心中一片平和。

“爱的。”我起身抱住他，“我爱你，胜过一切。”

沈夜身子一僵。

片刻后，他笑出声来：“这话你若早些说，我大概会信。可此刻……我不信。你是不是想求我放过舒家人？”

说着，他拉开我，凝视着我：“你收到消息了吧？华州和西荒都派兵过来了……

你和陛下都以为我没有兵权，现在看到魏楚安的人和西荒的人，是不是怕了？”

我不说话，看着他，笑而不语。

他的眉眼真好看，哪怕是发怒的时刻，也那么美丽。

沈夜勾起嘴角，冷笑着道：“我原本从未想过要动舒家，我最多也不过就是想杀一个白少棠。可我没想到，他们在你心里，这样重要。权势、舒家，比我沈夜重要这样多。舒城，你杀我的时候，有没有片刻犹豫？”

“我死了……对你并不算什么，是吗？”沈夜红了眼眶，怒吼道，“哪怕我死在你面前，你也不在意，是吗？！”

“为什么……要说这些呢？”我叹息道。

为什么，要在我即将离开的时候，说这些话呢？

“沈夜，”我抬起身，温柔地亲吻他，“我只是想你了。”

他没说话，眼泪落了下来，好像一个孩子一样，猛地抱住我，呜咽出声。

我轻拍着他的背，吻着他。

“沈夜……”我叫他的名字，仿佛要将这一生叫他的次数在此刻叫完，“沈夜。”

他哭出声来，不肯再多说一个字。

我们俩缠绕在一起，我感觉他靠我这么近，似乎是我与他的一切都融在了一起。整个世界都不再存在，我的眼里只剩下这个人。头发纠缠在一起，呼吸纠缠在一起，我拉着他，温柔地叫道：“沈夜。”

“嗯。”到了极致，他将脸埋在我颈间，终于回应我。

我温柔地抱着他，感受着落在肩头的他眼泪的温度，微笑着问：“你还生气吗？”

沈夜不说话。

我转脸看他，拍着他的肩：“不要生气了，以后我们都不要生对方的气，好不好？”

“舒城……”他沙哑着说，“是不是只有我得到权势，才能得到你这样温柔相待？”

他从我颈间慢慢抬头，眼里全是痛苦：“你真的爱我吗？”

“爱……”我闭上眼，低笑出声，“怎么不爱呢？”

“沈夜，”我温柔地捧起他的脸，“为什么，这么执着要当皇帝呢？”

“我与众位兄弟有约定，已经走到这一步，舒城，我不能退。”他眼里全是悲哀，“不是我不能为你退步，是我退不了。你看，秦书掌管着九军都督府，大皇女求援他假装看不到，如果我不当上皇帝，秦书怎么办？镇安王是凤楼的人，如果我不当皇帝，为了我出兵的他怎么办？还有西荒的临渊、唐丞，暗庭的牡丹、温衡，囚禁了陛下的顾蔷笙，跟着我的沈从……一旦我失败了，你让他们怎么办？”

“舒城，你不知道我们牺牲了多少。我有多少兄弟死在了这条路上，如果我退了，那些兄弟的死就没了意义，甚至于我还要眼睁睁地看着他们更多人死去。生死在上，你我的情意……”

“也就没那么重要了。”我叹息一声。

沈夜没有做声，我抱着他，温和地说：“我不怪你，真的。其实我……何尝不是如此呢？我身后是舒家，我退了，舒家怎么办？哪怕你会放过舒家，你会放过少棠吗？”

“在你心里……”沈夜苦笑出声，“我竟比不过一个白少棠吗？”

“你怎么会这样想呢？”我抚着他的头发，“你在我心里很重要，比太多人，太多事重要多了，只是我希望你们活着，大家都好好地活着。”

“可是你想杀了我。”沈夜嘲讽一笑，“那时候，你希望我好好活着吗？”

“阿夜……”我凝望着他，哽咽出声，“我从来，都希望你好好活着。”

“等以后吧，我想和你一起去江左，我们买一个小一点的院子，前院种一个葡萄架。咱们生三个孩子吧？两个男孩，一个女孩，以后让男孩子保护她，好不好？”

沈夜没说话。

我陷入自己描绘的那个梦境里，觉得无比美好，忍不住抚上了自己的肚子：“我想我肚子里这个孩子一定是个男孩，他应该长得很好看，像你一样。他眼睛一定很漂亮，像宝石一样，会很聪明，比你我都要聪明。他应该很有担当，能照顾自己的弟妹，很健康，很温柔……”

沈夜倒到我胸前，静静地听我说着这些。好像他也觉得，这是一件极其幸福的事情。我幻想着肚子里的孩子，他的父亲在我身边，我突然觉得世界如此安宁，明明外面已经翻天覆地，可这些与我，似乎都没了什么关系。

外面吵闹起来，我知道必然又出了什么事，用手指顺着他的头发，直起身，低头亲吻了他的额头。

“沈夜。”

他抬头看我，眼中一片茫然。

我不由得笑了：“我会保护你，你想要什么，我都给你。”

他笑起来，嘴边的笑容艳若牡丹。

“我不信。”他抱着我，“舒城，你说的话，我一个字都不信。”

外面传来沈从的声音，不紧不慢道：“大哥，陛下的军队到了，已经围了楚都。”

沈夜直起身来，从容地穿衣。等他穿好衣服，手握金扇，沈从从外面推门进来，恭敬地候在一边。

沈夜信步而出，临到门前，他突然道：“若我事败，你就赶紧走。若我登基，我会放舒家人一条生路，让他们有多远跑多远，只要你在我身边。但白少棠，我不会留他。”

我从床上起身，跪到地上，行了个大礼：“谢，殿下恩典。”

沈夜出去后，沈从留了下来。他看着跪在地上的我，艰难地说：“要如何做，你明白了吗？”

“我知道。”我直起身来，看向压抑着情绪的沈从，坦然一笑，“待我死后，请替我恭贺新帝。就请告诉他——”

我低垂下眉目：“舒城是自愿的。”

“今日无论有没有你沈从，我都是自愿如此。”

沈从没有说话，他冷笑起来：“你真爱他，若你知道，他想杀了你，你可还会如此爱他？”

说着，他蹲下身来，捏起我的下巴：“他喂给你的那杯茶里，放了剧毒。明天天亮之前你若杀不了皇帝，你就再也没有这个能力了。没有这份功劳，你觉得大哥凭什么会留下白少棠？”

他的话让我恍惚了瞬间。想起沈夜一口一口喂我喝下的那杯茶，我胸前气血翻涌，忍不住一口血就喷了出来。

沈从被我喷了一身血，他动也不动，只是看着我，满脸悲怆。

“原来……”我苦笑出声，“他这么恨我。”

恨得要以这样的方式……

也是吧，如果我死了，就永远不会背叛他，永远不会伤他的心了。

“也好……”我垂下眉眼，“也好……”

这样，他和我，也就不用活得如此痛苦了。

他已经恨到要杀我，我又何必苦苦挣扎？

“你……”沈从欲言又止。

好半天，他却问：“如果你爱的是我，你也会如此吗？”

“阿从，”我忍不住笑了，“无论我爱的是谁，自然都是如此。”

沈从眼里有了动摇。

我仰头看他，明明只有十九岁，却仿佛历经了太多的世事沧桑。是什么让他成了这个样子呢？

我忍不住想，如果当年我回头救过他，他是不是就不会成为今日的模样？

“阿从，”我轻叹一声，“对不起。”

他猛地睁大了眼睛。

我艰难地拉住他的手：“当年……我该去救你的。”

“闭嘴！”他惊得站起身来，退后了一步，声音都变了，“这种话……不必再说！”

我笑了笑，不再多话。

这种话，我日后，自然不会再说，也不能再说。

沈从静静地看了我一会儿，甩袖走了出去。

不久，楚都就被杀伐之声盖住。

影三又给我服了几颗药，大夫在我身边叹着气摇头：“怎么又中毒了……你这样……根本撑不到明天。我们怎么来得及找舒神医……”

“明天……”我慢慢睁开眼，感觉身体逐渐有了力气，“那就明天吧。不必找了。”

沈夜不想我活着，那我也就不必活了。

我死了，看在我的面上，舒家和白少棠，也就有一条活路了。

我忍不住笑出声来：“把我的官袍和奏章拿过来！我要进宫。”

第十五章

我花了很久才把官服穿上，而后对着镜子，很认真地梳着头发，戴上玉冠，涂了胭脂水粉，染了唇色，贴上花钿。

我从未如此精细地打扮过自己，收拾了足足一个时辰才算妥帖。

而后我将影三留下，带着影一、影二前往宫中。

坐在马车上的时候，我将姨母留给我的所有药一口气全吃了下去。药力起来后，我终于觉得自己似乎和平常不一样，身体更轻松些。我拿出镜子来看了看自己的仪容，面色甚至还更红润了一些。我觉得自己仿佛不是去赴一场必死之局，而是奔赴一场盛宴。

我不由得笑了起来，觉得自己也算是心态良好。

马车走得很快，街上空无一人。外面是攻城的声音，城内抵抗的军队应该是兵部、九军都督府和储君府的人。上官流清投靠了沈夜，自然会把储君令牌交给他，这些人加起来，一共有一万五千人，陛下的军队来了三万人，城破是迟早的事。问题只在于，破城之前，沈夜的援军是否能赶到。

我算着我和上官流清调来的军队、沈夜的军队到达的时间，终于放下心来。我想，不过一天，这里的守军应该撑得住。

闭上眼睛假寐了一会儿，外面传来车夫叫开宫门的声音。城楼上的士兵和车夫对答了几句，我掀起帘子，不耐烦地说："叫顾蔷笙出来！"

士兵一愣，随后便去叫顾蔷笙。

片刻之后，顾蔷笙就身着绣双狮紫色官袍立于城楼之上了。她笑眯眯地说："舒大人，近来宫中有贼人劫持陛下，臣奉旨紧闭宫门，舒大人还是请回吧。"

"顾大人，"我站在马车上拱手道，"本官遵大皇子之令特来宫中，欲探望陛下安危，还望大人行个方便。"

顾蔷笙眯了眯眼，转身叫了一个士兵来。士兵来了又去，足足折腾了一刻钟，顾蔷笙才道："既然是皇子吩咐，本官自然不会为难大人。开城门！"

说着，宫门被慢慢打开，车夫被拦在门外，我提着剑便走了进去。等宫门慢慢合上，我看见御道尽头，沈从着一袭绯红色官袍，长身而立，静静地等候着我。

我不由得笑了。

沈从见我过来，转身道：“走吧。”

“白少棠告知了陛下血契无用的事，”我转头看他，“我想，陛下不会给我们开门的。”

“这个不是你操心的事。”沈从面色淡然，“我自有办法。”

“沈从，”我看着他，有些疑惑，“为什么一定是我？”

沈从不答话，似乎是刻意克制。

我自己说了下去：“我刺杀女皇，是我自己选的，想用自己的命去换舒家和白少棠一条生路。可让我去刺杀女皇，为什么是你的选择？明明沈夜已经对我起了杀心，你何必多此一举？”

“你该问的是，明明你都要死了，为什么还不多加利用？”

沈从面上带了讥讽：“陛下如今关死了内宫宫门，禁卫军和兵部刀剑相向，还要调兵抵御楚都外的大军，若不是我们死死围住宫城让外面的信息传不进来，现在陛下已经和外面里应外合，将我和兄弟们都抓了。可我们撑不了多久，所以大哥已经有了弑君的打算。”

“今夜夜深，我会出去假装和谈，大哥会趁此机会攻打内宫，然后杀掉女皇。你知道这意味着什么吗？史书上就会留下我大哥弑君杀母的名声，而大哥在位期间，就不断地会有人以此为理由起兵。所以我必须在大哥动手之前，除掉女皇。”

“女皇如今紧闭内宫宫门，不让人进去，能除掉女皇的，自然是能见到她的人，如今楚都能见到女皇的人屈指可数，所有人中，有比本来就快死的你，更合适的吗？不让你去行刺，难道让我，或者上官流清去吗？”

“是吗……”我叹息一声，口中呼出的热气在空气中凝结成了白烟。

这么说着，我们已走到内宫门前。禁卫军见到我们，猛地拔出刀来，虎视眈眈。沈从往前一步，站在我身前，朗声道：“臣，沈氏余孤沈从，求见陛下！”

“你疯了？！”我霍然回头。

沈家是被先皇定了满门抄斩的，沈从暴露自己的身份，就是等于将自己送给了皇帝。虽然现在皇帝也做不了什么，可若秋后算账……

还怕多这么一条？

我反应过来，却不能理解，沈从这样强调自己的身份，到底是为什么。难道当年沈家一事，别有隐情？

内宫一片安静，我本以为不会再有人应答，内宫大门却忽然缓缓打开，女皇近侍临染站在内宫中，含笑而立。

“沈大人，”近侍微笑着道，“您……竟然来了。”

沈从笑了一笑：“微臣带了陛下想知道又不敢知道的消息来，若陛下不愿私谈，那沈从只能让天下人都知道了。”

临染收了笑容，他弯下腰，做了个“请”的姿势：“陛下自然是要和沈大人私下细说的，沈大人，请。”

说着，沈从就走了进去。我赶忙跟着挤了进去。临染意味深长地看了我一眼，没有多说。

熟门熟路到了御书房，门口的禁卫军收了我和沈从身上的佩剑和其他所有利器，只留下我手里的奏章。进去之后，我便看到了两个熟人，白少棠和上官婉清正站在女皇身边，同女皇商量着什么。

女皇看见我和沈从，满脸温和道：“沈爱卿和舒爱卿来了，先坐吧。”

“见过陛下。”我跪着行礼。

沈从却没有说话，他淡淡地扫了一眼女皇的书桌，坐到了位子上，含着笑道：“白少将和婉清大人真是厉害，能直接越过顾大人的手下进入内宫，跟穿山甲似的，真是让沈从惊叹。”

白少棠和上官婉清都不回他，女皇笑了笑，却道：“沈大人带着舒大人来，所为何事？”

沈从不说话，从临染手中接过热茶，嗅了嗅味道后，递给我：“你先喝。”

我也不多说，接过茶来喝了一口，又递了回去。

沈从将茶放回桌上，转头对女皇说：“沈家家破人亡的时候，我也只是临近四岁，陛下可还记得，是什么让当初还只是皇女的陛下出手，将沈家抄家灭族……”

说着，他抬头看向女皇：“陛下确定要让大家听下去吗？”

女皇神色冷峻。上官婉清立刻和白少棠退了下去。

我正准备走，沈从却突然说道：“嫂嫂，此事和大哥有关，你也听听吧。”

我顿下脚步，看了看女皇，又看了看沈从，终于还是退了回来。

只剩下我们三人，女皇仿佛舒了一口气，她靠到椅背上，嘴角勾起笑容：“有什么能威胁我的，你就说吧。”

“陛下一定很奇怪，到底是什么，会让您的祖母，崇华帝君留下一道坚决不让您登上皇位的遗诏，这份遗诏，为什么又落到了沈家？”

“你说。”女皇似乎早就接受了这个事实，并没有太吃惊。我的内心却崩溃了，没想到沈从手里居然有这么张底牌。

“因为陛下，根本不是皇家血脉！”

女皇霍然抬头，怒吼道：“你说谎！朕不可能不是皇家血脉！当年摩萨族祭司将朕放进摩萨族的圣水里时，是有反应的！”

“陛下，这件事，在下得从陛下出生那年说起。”沈从笑了笑，慢慢说起往事，“陛下出生那年，先帝尚还是皇女。崇华帝君偏爱先帝，却无奈于二皇女太出色，不敢贸然立下储君。刚好先帝与二皇女同时怀孕，于是崇华帝君吩咐，谁能产下皇长孙，就立谁为储君。可崇华帝君心中早就打定主意，无论如何，她都要让先帝成为储君。”

“于是崇华帝君首先给先帝下了催产的药，而后在生产时，抱了一个女婴守在门口，那个女婴就是陛下您，魏云岚。而那个被先帝生下来的男孩，就是日后陛下您认识的一个人，沈泉。”

“荒谬！”听到这个名字，女皇猛地起身，一掌拍在桌面上。

沈从面色不改，对着帝王之怒，却仍旧淡定从容。他继续道：“那个男孩刚一出生便被送往了沈家，原因是，他的父亲，本就是沈家的幺子沈茴。沈茴是沈家二房和摩萨族祭司所生之子，成年后便会回到摩萨族继承祭司之位，不能嫁人，所以他与先帝之间的关系，一直隐瞒着世人。”

“此后，陛下就成了皇长孙，先帝也因此得到了储君之位。而沈茴不愿沈泉涉入皇家争夺，从未告知过他真相，在他成年后便带着他离开楚都，成了新一任摩萨族的祭司。”

“沈茴这种类似于抛弃的行为激怒了先帝，先帝一心以为您是沈茴之女，故而因爱生恨，自幼对你多番苛责。而崇华帝君知道您的身份，所以在她死时留下了一封诏书给沈家，待先帝登基，一切尘埃落定，就公布您的真实身份，迎接沈泉回楚都，恢复他皇子之身。”

“只是在接到遗诏后，当时的沈家家主认为，一个听话的皇女比皇子的作用大得多，她企图用这份遗诏作为要挟控制您，所以并未公布遗诏，反而是去找您谈判，也就因此，您动了杀心。”

“然而您没想到的是，您还未布完局，沈家就换了家主，那就是我母亲沈冉。她同沈茴一同长大，不愿意沈泉因你受难，于是找到了沈泉，要恢复他的皇子身份。”

女皇紧握着手，似乎是在竭力克制自己的情绪。

沈从语气平淡，继续描述当年之事：“我母亲找到沈泉时，沈夜已有四岁，听到这件事，沈泉的第一反应就是拒绝，他说，我的富贵荣华，我愿全部给她。”

“骗人……”女皇红了眼眶，“你骗人。”

沈从并不理会她，淡淡地说：“我母亲并不死心，一直跟着沈泉。后来母亲终于不耐烦，她告诉沈泉，无论他愿不愿意，她都会公布他的身份。沈泉终于意识到，其实这个身份，早已成为你身上的枷锁。他告诉母亲，如果继续逼他，他就去死。他死了，公布你的身份，除了让沈家损失一个可以支持的皇女，没有任何意义。可我母亲不信——”

“她还是要动手。于是沈泉决定，他去见你最后一面，他本想将沈夜和解除血契的东西都交给你，然后自己从容赴死。却未曾想过，你提前动手杀了他。”

“在你杀他的时候，我大哥就躲在一个暗室里，他亲眼看着你，亲手杀了他的父亲。”

“所以……”女皇眼中一片了然，“沈夜回楚都，就是为了复仇……他一直在骗我，说什么把我当母亲，他都是在骗我……和他父亲一样，满口谎言。”

“难道你不是吗？”沈从嗤笑一声，“你对我大哥，何尝又有真话？哄骗他说是舒家人杀了他父亲，若不是大哥早已知道真相，又是什么结局？”

“魏云岚，隐瞒你身份的真相真的这么重要吗？最重要的，难道不是一个人的心意吗？一个人愿意为了你去死，为了保护你的荣华富贵、保护你的地位，放弃自己的一切赴死，这难道，还不够安抚你痛苦的内心吗？！”

“沈泉骗过你，可他这一生，也都葬送给了你，还不够吗？！”

“沈泉……”女皇呢喃出这个名字，眼中全是恍惚，“沈泉……”

“朕也想原谅他，”她的声音沙哑，“可朕做不到。朕每日每夜，都会回想起他背叛朕的时刻。那些过去烙在朕心里，沈从，不是每一场背叛，都可以用‘原谅’二字解决。所有的一切都会以无形的方式烙下烙印，那些烙印刻进你的灵魂，影响你的每一个决定，每一个想法……”

“他将一生葬送给了我，朕何尝又不是被他毁了一生？！”

“如果朕还是过去的魏云岚，是未曾遇见过沈泉的魏云岚，朕何至于走到今日？！朕不会疑心朕的好友，不会战战兢兢，不会无人可用，不会日日夜夜连睡觉都无法安生，徘徊梦里，全是那个人的身影！”

“三十年……”女皇痛苦地说，“三十年，朕……早就活累了。”

她似乎已经完全沉浸在自己的世界里，沈从猛地给了我一个眼神。一瞬间，我手中的奏章直接朝着女皇飞了出去。飞出去的瞬间，奏章中甩出了数十把利刃，猛地贯穿了女皇的身体。

疼痛让女皇一瞬间睁大了眼睛，她不可思议地看着我们，拼了命叫喊：“来人！”

白少棠几乎是在她出声的瞬间便踹门冲了进来，带着人将我们团团围住。

女皇坐在椅子上，艰难地呼吸着：“你以为……杀了朕，就是终结吗？朕一死，便让白少棠立刻带兵与城外里应外合……弑君谋反，沈夜……他也……”

“他是你的儿子。”沈从淡淡地提醒她，“当年，他的父亲是为陛下而死。陛下既然身死，为何不想着，多为儿子留下些什么，以弥补当年他父亲对您付出的一切？”

“沈泉……”在太医的抢救下，女皇的呼吸暂时好了许多，她喘着粗气，讥笑着抬起头来，“朕有何对不起沈泉？”

“你对不起沈夜！”沈从猛地提高了声音，“身为母亲，你从不曾给过他一个孩子应有的一切，你抛弃他，让他幼年丧父，让他自己在江湖漂泊，让他孤身一人尝尽世间冷暖，你难道就不愧疚吗？！”

“沈泉背叛过你，然后他用余生来偿还，生与死之间，他最后选择了你。他为什么会回楚都，落入你的手中，为什么会死于你的剑下，为什么会在年纪轻轻选择死亡，这中间的原因，难道还弥补不了一场背叛吗？！”

“他爱着你，作为摩萨族祭司，他一生本该奉献给神，然而最终他却为了爱情，背弃了自己的神明。无论你有多恨他，无论他曾经给过你多大的伤害，在这样的牺牲下，过往的一切，还不能消散吗？”

女皇不说话，她静静地垂着眼眸。血从她腹间流出来，她眼神开始涣散，似乎是垂死之人，在做着最后的挣扎。

沈从走上前去，白少棠将长枪猛地指向他。

沈从停住脚步，一字一句，音调仿佛带着摄人心魄的魔力：“陛下，您马上要见到他了。”

女皇慢慢抬头，不可置信地看着沈从：“他爱着我，是吗？”

“是，”沈从语气温和，“他自始至终，一直深爱着您。”

女皇蓦地流出泪来，内宫之外传来喧闹声，女皇艰难地转头，哑着嗓子同临染道：“让他……让他进来……”

临染点头，转身走出去。

女皇拉回目光，看着沈从，眼中有着从未有过的清明：“既然我不是皇家血脉，那我的生父生母是谁？为什么将我的生父定为卑贱的兰君？沈泉作为摩萨祭司，当年误以为我是皇族血脉，将我放入摩萨圣水中，为什么我在圣水中会有着皇族血脉的反应？”

“陛下的生父生母，是郊外一对农家夫妇，当年为崇华帝君办事的人给了他们一大笔钱，他们就将陛下送给了她。您的生父之所以是兰君，是因为当时先帝与沈茴的事乃私下行为，起居注上，只有兰君曾经侍寝。而您在摩萨圣水中之所以会有反应……”

沈从眼中有了怜悯：“是因为，先帝将当年的三皇女魏芸曦和舒家的联系，转嫁到了您身上。”

“她……”女皇眼中满是震惊，“为什么……她知道……”

“先帝并不知道您不是皇族血统，先帝只是……一开始就放弃了您。”看着女皇眼中的痛楚，沈夜叹息道，“先帝对沈茴因爱生恨，迁怒于您，后来她爱上魏芸曦的父亲，一心想辅佐魏芸曦当上帝君。她不愿魏芸曦受到舒家血契的束缚，四处寻找方士，终于有一个方士说，血契相当于一种利用血脉为联系的诅咒，没有办法解除，但他有办法通过转移诅咒，消除血契对承担者的影响，血缘越亲密，转移的成功率就越高。”

“所以……”女皇声音颤抖起来，“我的母亲，哪怕她在以为我是她亲生女儿的情况下，还是将三妹身上的诅咒，转嫁到了我身上？！让我当三妹帝王之路上一块踏脚石，待她荣登宝座，我就是她的一个替身，她所该承受的一切，都会转嫁到我身上？！”

沈从没说话。

女皇看着他，捂着脸，笑出声来。

“荒唐……荒唐！”她的每一句话，都逼迫着腹间的血疯狂涌出，然而她浑不在意，笑声越来越大，越来越凄厉，“世间怎会有如此荒唐的母亲！怎会有如此荒唐的事情……”

“朕不是皇家血脉……朕从出生，居然就是被抛弃的农家子……哈……”

御书房里，所有听到这句话的人，都选择了沉默。

太医颤抖着手给女皇止血，女皇浑不在意，拍打着扶手，笑若癫狂：“原来这才是真相……”

“所有人都抛弃朕……父母为了钱财将朕卖到地狱，兰君为了权势不顾朕的心意，皇祖母将朕看作母皇争夺皇位的棋子，而母皇……将朕当作了三妹的踏脚石。”

“母不母……子不子，君不君，臣不臣……哈……原来……这才是朕真正的一生……”

“朕以为舒家血契束缚了朕，为此筹谋一生……却原来，不过是代人受过……”

说话间，外面的声音停了下来。内宫之门打开，一个男人，身披鹤氅，着白衫蓝袍，头顶金冠，手执金扇，从宫门之外，提步而来。

世界仿佛一瞬间就安静了下来。

女皇和我同时看过去，看见那人带着一干风情万种的男人，踏着这世间万千枯骨，从容而来。

女皇眼中闪过一丝恍惚，似乎是想起了什么。我却想起那年初遇，凤楼里，这男人端坐在床上，周边也是如此，艳色环绕，却唯他，国色天香。

“走到此刻，”女皇低笑起来，“我才知道，原来，我只有他啊……”

“舒城，”女皇看向我，朝我招手，“你过来。”

我一瞬间就明了了她的意思。

她瞧着我，眼中全是慈爱和郑重。这样的眼神我见过一次，那是沈夜嫁我那日，她拉着沈夜踩着红毯而来，将沈夜交到我手里那一刻。

她毕竟是个母亲。再多的恨，也掩藏不住对孩子难以克制的爱。

于是我从容地走到她身前，蹲下身来，握住她冰凉的手。

女皇温柔地看着我，沙哑出声：“你是个好孩子。”

说着，她抚上我的头顶，温和地说：“可是朕，不能给阿夜留下隐患了。有你在，阿夜一辈子，都要被世家牵制。你死了，他才狠得下心，对世家动手。你陪我……

一起走吧。”

听到这话，我不由得笑了。

沈从走到书桌前，展开一张空白的圣旨，开始提笔写字。

我仰头看着女皇，这一瞬间，我发现，我似乎从来没有认识过她。

那个阴狠、多疑、善妒、自傲的帝王，在临死前，却像普通母亲一般，用恳求的神色，凝望着我。

我握着她的手，温和地说：“陛下，舒城来此，便已是下定了决心。舒城愿效仿沈前辈，以死铺就沈夜……帝王之途。”

听着我的话，女皇愣了愣。

沈从将诏书放到女皇面前，恭敬地说：“陛下，继位诏书已拟，盖印吧。”

这时候，临染已经退到了女皇身边。女皇看了那诏书一眼，盯着沈从道：“舒城杀朕，念起舒家祖上功勋，赐舒城白绫一条，将舒家贬为庶民……”

“也已拟好。”

沈从垂下了眼眸，握紧了诏书。

女皇点了点头，临染退下去，从一旁暗格中拿出玉玺，交到女皇手里，盖上印章。

等一切做完，女皇整个人都仿佛是枯萎了一般。她坐在椅子上，拉着我的手，看着走到身前的沈夜，静静地端详着他。

“母皇，”沈夜微微一笑，撩起袍子，跪了下去，朗声开口，“儿臣特意前来，恭送母皇殡天。”

女皇有一瞬间没有说话，她似乎是累了。而后她嘴角含着微笑，问：“你父亲……会等我吗？”

沈夜愣了愣，冷下神色：“黄泉路上，我父亲必不会等你。”

女皇笑了笑，血从她口中涌了出来，她死死抓着我的手，看着沈夜。

“阿夜……你……好好的……”

话没说完，一口血就从她口中喷出，溅了我一身。

伴着一声惊叫，太医冲了上来。

沈夜直起身来，看着被太医们簇拥着的女皇，神色复杂。

我一时看不明白他的眼中到底含了多少种情绪，我辨别不出来，干脆也就不辨了，只是近乎贪婪地看着他的面容。

他目光注视在女皇身上，不一会儿，女皇便没了气息。太医颤颤巍巍地将手指按在女皇脖颈动脉处，片刻之后，颤抖着声音道：“陛下……陛下……驾崩了！”

沈夜愣了愣，而后猛地朝我看了过来。

我看着他，淡然一笑。

沈夜脸色猛地一变，霍然起身：“你为什么……”

话刚出口，他似乎想起什么，猛地转头看向沈从：“是你带她来的？！”

“殿下，”沈从手握遗诏，面色坦然，“先处理要事。”

“为什么，你要带她来刺杀女皇？！”沈夜怒吼道，“沈从……”

他的话还没说完，我就看到沈从脸色蓦地大变。他惊叫出声：“舒城！”

一把利刃猛地贯穿了我的身体，我感觉血液顺着利刃滴了下来，腹间一片冰凉的痛楚。

沈夜猛地回头，朝着我扑了过来。

我听见身后一声闷哼，回过头去，看见被沈夜一脚踹开的上官婉清。

“为……为什么……”

我想过所有人对我出手，沈夜、沈从，乃至白少棠。却从没有想过，有一天，我这位同我一同长大的姐妹，会给我最后一剑。

“沈从！救他！”沈夜怒吼出声，将我死死抱在怀里。

沈从却没有动，克制住自己，眼里全是眼泪。

我知道沈从不会救我，只是呆呆地看着上官婉清，看着她脸上仿若癫狂的笑容一点一点收敛起来。

“舒城，”上官婉清垂下眼眸，“我救了你无数次，这一次，算是你我之间，一笔勾销。”

“为什么……”

血一点点流出来，我感觉五脏六腑生疼，耳边是沈夜带着哭腔的怒吼：“把血契拿过来给我！拿过来啊！”

我来不及思考这句话意味着什么，我什么都来不及想了。我感觉生命在一点点流逝，我固执地盯着上官婉清：“因为沈夜？”

想到这里，我胸腔不自觉涌起满腔恨意。

我用尽所有力气推开沈夜，从他怀里站起来。

沈夜呆呆地跪在原地，看我站起来，太医们惶恐地来拉我。我一把甩开他们，对着躺在墙角的上官婉清吼道：“回答我啊！就是为了沈夜，你要杀我？！你我自幼相识，同窗二十三载，这份情意比不上一个沈夜吗？！”

“那我在你心里，又何尝比得过沈夜？！”上官婉清终于回应我，她嘴角带血，怒吼着说，“你不也为了这个男人想要杀我吗？他喜欢你，你喜欢他，我便成全你们，我何尝争过？是你们一点一点把我逼到绝境！”

“我差一点就可以得到他，差一点就可以成为他的妻子，如果不是你……”

说着，上官婉清眼里有了眼泪：“为什么……偏偏是你……舒城？”

我不说话，那一瞬间，我心里说不上是愤怒还是痛苦，只感觉一片茫然。

“上官婉清，”我垂下头，突然觉得疲惫，“我以为，你我之间，会同流岚一样，哪怕到死，流岚都是我的姐妹。”

“不过也好……道不同，不相为谋。我与流岚共赴黄泉，还愿你在这世上活久一点，我与流岚，不愿与你在黄泉相见。”

“无论你信不信，”我靠着书桌，慢慢抬头，“我从未想过要你死，无论如何，也做不出让你死的事情。”

上官婉清微微一愣。

我抬起手掌，深切感受到生命力的流逝。我其实不敢回头，然而那目光太热切，我不得不缓缓回头。我看见跪在地上呆呆地看着我的沈夜，还有双眼通红，似乎是在竭力克制自己的沈从。

“阿从……”我哑着嗓子说，“好好找个爱你的人吧，你这样……会毁了自己的。”

沈从不说话，静静地看着我，眼泪落了下来。

我将目光停在沈夜身上。其实我不敢看他，我怕多看那么一眼，我就会不甘心。

不甘心就这样离开，想要留在这世间。我却还是克制不住自己，静静凝望着他的面容。

“阿夜……”我呼唤他，感觉胸腔中似有千万把利刃割肉而过，“你要的天下，我给你了。那我的真心，你是不是……可以还我了？”

话说出口的瞬间，我突然觉得失了所有的力气，仿佛一切走到终结，往前扑倒下去。

我看见他离我越来越近，听见沈从叫我的名字，在我几乎以为自己就要落入他怀抱的时刻，一个白影突然闪过，抱着我冲了出去。

我没了力气，在那人怀里，任那人抱着往宫外奔去。沈夜一行人紧随而上，我听见箭矢扎入人身体的声音，这声音我听过太多次，强撑着睁开眼睛。

是白少棠。

他眉眼间全是坚毅，紧紧抱着我，浑身染满了鲜血，落到我身上，一片温热。

“你……做什么呢？”

我一字一句，问得特别艰难。

他面色不改，淡淡地开口：“共死。”

他身上箭矢越来越多，也不回身抵挡。只知道抱着我，一个劲儿地往前冲。我们很快越出皇宫，来到江边。

近日来的大雨让江水上涨了很多，远远见了波涛汹涌的江面，我便知道了白少棠的打算。

“舒城，”他开口，声音很平淡，“如果可以从头再来，但愿你我，不复相见。”

我微微笑开：“也好。”

话音刚落，我便砸进了江里。闭上眼睛，江水灌入鼻腔的前一刻，我看到沈夜、沈从两人一前一后跳了进来。

我不由得觉得有些好笑。

他们每一个人，都给了我致命一击。却又要在我死去的前一刻，装作情深不负。

周边全是水，我放松了身子，任由身子被水推着在江底翻滚撞击。有人拉扯住我，将我抱在怀里，我慢慢没有了意识。

第十六章

我本来以为我不会再醒过来。

但我还是醒了过来，醒过来的时候，已经是半夜，旁边有一堆火。我腹间的伤口已经被包扎好了，身上也被人清洗干净，清清爽爽地躺在干草堆里，透过密林的缝隙，可以看到天上朗朗星光。

我这么静静地躺了片刻，旁边传来了人声，我霍然回头，便看见了沈从。

他身上的官袍被撕扯得破破烂烂，整个人看上去狼狈不堪。他手里抱着些干柴，面色平静。

我不由得有些诧异："你……"

为什么会是他？

我想过救我的人是沈夜或者白少棠，却从没想过，会是沈从。

沈从在我心里，是所有人中最理智的。他从来不会因为感情影响自己的判断，一心一意地辅佐沈夜。沈夜是他的神明，他心中最重要的人，所以他如此不择手段，就是想杀了我。

是沈从在这里，我倒是能理解为什么我还活着了。如果救我的是沈夜或者白少棠，他们没有一个人有能力把我从鬼门关拉回来，但是医术精湛的沈从，就不一样了。

我静静地打量着他。他走到火堆边上来，扒拉着柴火，将干柴填进去。之后，他坐到我身边，给我递了点水："你伤了肺腑，现在不能吃东西，只能吃流食。先喝点水，明天我背你到镇上去。"

他一说，我就觉得饿了。但大夫说不能吃东西，我只能不吃。我有很多问题，却不知道该从哪一个问起。想了片刻，我挑了个最重要的问："我的孩子……"

沈从脸色变了变，我的心沉了下去。这在我意料之中，又似乎有些难以接受。其实能保住命已经很好了，我也没想过能保住这个孩子。做人不能太贪心，只是我心里还是忍不住有些酸楚。

沈从抬头看了看我，又低头拨弄着火堆道："也不一定会没了……"

"什么意思？"我呆了呆。

沈从低垂着眉眼："你身上都是剧毒，我没有解毒的法子，只能将毒素都逼到孩子身上，保住你的命。明日我带你去县城，你养几天伤，我先给你开几个方子喝着，然后我们去找舒神医。孩子生下来，或许……还是活的。"

或许，就是个死胎了。

我明白他话语中未说完的意思，抚上自己的肚子。

他一直很平静，看不出喜怒，我揣测不出他的情绪，慢慢道："你……为什么救我？"

他不说话，只是瞧着火堆。火焰在他漂亮的眼眸中跳跃，他的发冠散了，头发松松垮垮地披散在他面容的两侧，看上去带了几分平时没有的不羁和妩媚。

在我几乎以为他不会回答的时候，他突然出声了。

"我喜欢你。"

那一瞬间，他的声音仿佛惊雷一般划过我的内心。

我呆呆地看着他。他抬起头来面容郑重，认真而严肃地重复了一遍："我喜欢你。"

"我……"我慌乱地低下头，"这有什么关系？"

我知道他喜欢我。从我成为舒家少主，开始认真揣摩身边每一个人开始，我就察觉到了他的心意。可是我从未想过，他有一天，会这样坦然地告诉我。

看着我的窘态，他不以为意地笑了笑。

"你问我为什么救你……在我跟着大哥跳下江，不顾一切地将你拉到我身边来，将你抱在怀里时，我也在想这个问题。"

"荣华富贵近在眼前，我又是发了什么疯？"

他说得太坦然，我内心也就安定下来。既然已经开门见山，我又何必遮遮掩掩？

"所以，你是因为喜欢我才救我？"我想明白了他的话，不由得笑了，"那一开始，你又何必杀我？"

"我以为我可以看着你去死，你死了，我和大哥的死局才能破开。否则……我不知道我会做出些什么来。"

"所以？"我听着他的话，内心平静。

他已经有了青年人的模样，相比凤楼其他人，他身形消瘦很多，一双手完美如玉，只有指节处带着薄茧，看上去就是一双不曾沾过半点血腥的读书人的手。

可恰恰是这样的人，才是不杀则已，若欲杀人，浮尸千里。

"你想知道什么呢？"他抬头看我，"走到这一步，你想知道什么，我都告诉你。"

"我想知道，你到底在想什么？到底发生了什么？沈夜对我下毒一事，有其他隐情，对不对？"

沈夜并不知道血契无效一事，也并不想杀我，否则不会在最后关头，拼命让沈从救我，拼命和别人要血契来，试图救我。

这个认知让我内心舒服了很多。

沈从并没有否认我的猜测，他点了点头，温和地说：“你比我想象中更聪明。”

“大哥不知道血契无效的事，你同我说的话，我都不曾转告过大哥。后来一桩桩、一件件的事也超出了我们的计划。我们提前动手刺杀大皇女，惊扰了陛下，陛下死闭内宫不肯开门，我们强攻过，却都以失败告终。而后陛下军队先到，如果陛下打开宫门，同外面军队里应外合，大哥所筹谋的一切，就会成为死局。”

“而昨日的局面，我和大哥早已猜到。为了避免这种局面，大哥决定先行刺杀陛下，可陛下防御得太好，大哥没有办法。我就向大哥谏言，杀了你，通过你身上的血契，再杀了陛下，之后再用血契复活你。”

“所以……”我立刻明白，“沈夜并不想杀我，他只是不知道，血契早已没用了。”

“是。”

“真正想杀我的，是你。”

“从头到尾，想杀你的，就是我。”

他抬起头来，注视着我，那目光里并没有我猜想的憎恨、厌恶，而是一片清澈。

我从未见过这样的沈从，不由得呆了呆。

他凝望着我的面容，淡淡地说：“你是不是想问，为什么？”

“一开始，我并不想杀你。我喜欢你，我把这份喜欢埋在心底。我以为，我可以就这样过一辈子。可后来我发现，有些东西在心里生了根，只会变成无穷无尽的欲念。尤其是在我知道你怀孕以后，我心中好像长了个怪物，它一日日长大，只要我一个不慎，就会被它吞噬殆尽。”

“我看见你就会紧张，听见你的声音就会害怕，我面对你，毫无理智。而如此这般的，还有大哥。我们俩是凤楼的顶梁柱，我们俩如果都是这样，凤楼就完了。所以，在温衡被俘，大哥差点死去的时候，我下定决心，无论如何，我一定要杀了你。”

我恍然大悟：“于是你设了局，你明明有办法杀女皇，却要沈夜来给我下毒。而本来就要死的我，就尽量发光发热，成为那个刺杀女皇的最好人选。”

沈从默不作声，认可了我的推测。

我们俩一时沉默下去，平和得仿佛什么都不曾发生。

他不像一个喜欢我的少年，他太平静，太冷淡，仿佛诉说的，是一件与他无关的事情。

这让我不由得有些疑惑：“既然如此，你告诉我这些做什么？救我做什么？”

费尽周章，却白忙活一场。他眼里有了茫然：“我一手设局，引君入瓮，本是完美收官，可是到最后，我下不了手。”

“舒城，”他闭上眼睛，“上官婉清的剑捅进你身体的那一瞬间，对我来说，仿佛一个可怕的噩梦，直到此刻，我都无法回过神来。那一瞬间我突然觉得，其实什么都不重要了。你活着，好好活着，就够了。”

“你说得对——”他声音沙哑，“我……大哥，我们都不懂得怎么去爱一个人。

大哥爱一个人，就总想着把自己喜欢的给她，不管她喜不喜欢，不问她愿不愿意；我爱一个人，就只会惶恐，害怕，远离，乃至……毁灭。”

“我怕爱情毁了我，可在意识到你真的会死的那一刻，我突然发现，其实这一切都不可怕。你毁了我，远没有这世上再也不会有你这个人，更让我觉得惶恐。”

“沈从……”我看着他的脸，一时竟不知道该说些什么。

沈从抬起头，对我苦涩地一笑：“我想明白了，没事了。你身体的伤太重了，又被毒伤了肺腑，我得带你去好好调养。”

我点了点头，道了谢。一切都清清楚楚，我反而没有什么好说的了。我本来以为，我会伤心，会怨恨，然而听着沈从用平淡的语调说完这一切，我突然就觉得，其实一切也并没有那么让人痛苦。

只有上官婉清的剑留下的伤口，还在腹间作痛。

然而我不打算同沈从提上官婉清，便躺在干草上，闭眼睡了。沈从躺在火堆另一边，也规规矩矩地睡下。

等到半夜时，我觉得有些口渴，迷迷糊糊中叫了沈夜的名字，没有人应我，只一只冰凉的手掌握住我的手：“你发烧了。”

我艰难地睁开眼睛，对上沈从平静的眼神。

他和沈夜不一样，如果说沈夜时刻会让你感觉像处在梦境一样甜蜜幸福，那沈从就像一口古井，它永远不会波动，无论任何时候，都这样安稳地看着你。

古井的水泼得我清醒了些，我冷静下来，看着他的眼睛，轻叹一声：“阿从啊……”

“我去打水，你不要害怕。”他安慰我，想了想，将一把精致的短刀放到了我手里，然后转身离开。

我在迷糊中等了好久，才感觉到有沾了冷水的湿帕子盖到我的额头上，驱散了让我头疼的灼热，而后有冰冷的水滴到我的唇上，带着甘甜。我勉力睁开眼睛，看见沈从用竹筒往我唇上滴水。他的官袍早被撕得破烂不堪，此刻瞧着，竟是更破了。我不由得笑了笑。他按住我，淡淡地说：“别笑，好好喝水，别漏了。”

我听他的话，不再笑了。又喝了一点水后，他将还滴着水的衣服撕下来放在一旁，用来更换我额头上的帕子。

他全程一直很沉默，不时来试我额头的温度，等帕子换完了，他又去河边把所有帕子弄湿，有几趟还带了点草药回来，用石头砸碎了掺在水里喂我喝下去。

我烧得更厉害了，觉得头疼，在地上哼唧，他便拿了银针出来，循着穴位往我身上扎。

他的手很凉，触碰上我灼热的皮肤，我忍不住颤了一颤，又哼唧了几声。他愣了片刻，一针就扎了下去，淡淡地说：“老实点。”

“疼。”我泪眼汪汪地看他。本以为他会骂我，他却是少见的有耐心，他握着我的手，像劝小孩一样，耐心地说道：“一会儿就好了，不要怕。”

“很快就不疼了。”

一直折腾到黎明，我的烧还是没有退下来，我不免有些害怕了，问他：“我听说很多战场上的士兵受了伤，抬回来，就是这样发高烧，高烧好几天，挨不过去，就死了。我会不会也这样死啊？”

沈从被我折腾了一夜，眼中全是血丝，眼下泛着青色，衬得他的脸色更苍白了，仿佛随时就要倒下去一般。听了我的话，他估计是拿出了所有力气瞪了我一眼，冷声道：“你信不过自己的身子，也要信我的医术。”

大夫多有怪癖，个个对自己的医术都有着一种迷之自信。你可以怀疑一个大夫的品行，但绝对不能怀疑他的水平。我自知犯了忌讳，笑了笑，也没力气多说什么。

一直到太阳升起来了，我的烧才退了些。他松了一口气，用湿帕子绑在我头上，又去寻了些藤条，编了张椅子。

他绑椅子的手法我似曾相识，等椅子放到我面前时，我便笑了。

当初在摩萨族的地盘上，沈夜也编过这么一张椅子，用它背着我下山。

当时沈夜身中剧毒，身上全是伤，背上布满毒砂，我却都没有察觉，无比宽心地坐上椅子，让他背着我到了乞女族的地界。

有了经验，我也不需问这张椅子是否牢靠。

沈从让我坐上去后，颤颤巍巍地将我背了起来。

我知道他向来是没怎么吃过苦的公子哥儿，和凤楼那些打打杀杀的人不一样。沈从杀人，从来都是嘴皮子一张一合完事，顶多是抓把毒药撒过去，让他跟着大家跑都是为难他。

此刻他背着我，我心里不免有些害怕。

我感觉他整个人是颤抖着、佝偻着往前行的，不免担忧地问道：“那个……你行不行啊？”

“别说话。”他不耐烦地说，用削好的木杖拨开荆棘，带着我一步一步往外走去。

他走得实在太不稳当，我这辈子没让这么虚的男人……不，这么虚的人背过。听到他的话，我更害怕了：“要不，咱们再休息一会儿再走？”

“山里没药，也没有适合你吃的东西，我怕你的伤口会恶化下去。”他一口拒绝，“而且，你身体里的毒我也不知道能压制到什么时候，虽说是引到了孩子身上，我还是不放心，要尽快找到舒神医。”

“早知道今天这么费力，你就不要给我下毒好了。善有善报，恶有恶报，不是不报，时候未到啊……”

“闭嘴！”沈从喝道。

我识相地不说话了。太阳渐渐升起来，林子里开始升温，我腹部带一个大口子，倒也不觉得疼痛，饥饿感让我头晕眼花，看着阳光都觉得眩晕。

我饿得心慌，路途太长，我实在忍不住，又开口道：“沈从，咱们聊聊天吧？”

沈从不说话。

我便当他是默认同意，假装随意道："话说你们凤楼的人进去后，是要统一培训的吗？比如这个编椅子的技术，是每个人的基础技能吗？之前我和你大哥在摩萨族地盘逃命的时候，你大哥也弄了一个来背我。说实话，我觉得你大哥弄那个比你这个好看，他当时还弄了点小花在椅子上，你这个太单调了些。"

"下次我做个好看的。"他冷不丁开口。

我赶忙道："不要有下次了，我随口说说而已。被人背一回，就证明受伤一回，我可不想一直受伤。"

沈从又沉默了。

我想了想，换了个话题："沈从，你们凤楼谁长得最好啊？谁武功最高啊？为什么他们不教你武功啊？你武功这么差是自己要求的吗？你和郑参谁医术好啊？你医术这么好为什么还要去找我姨母啊？你医术要是比郑参好，为什么总是要去药王谷请郑参啊？"

沈从一直不说话，我就自顾自地说着。

走了半天到了一座小镇，我嗓子都说痛了，他整个人也濒临虚脱。刚到医馆里，沈从还没把我放下，就连抬脚的力气都没有了，被门槛一绊往前倒去。

我尖叫出声，只听"咚"的一声巨响，他就一动也不动，我却仍在他背上，保持着坐在椅子上的姿势和他一起倒在地上。有他垫在我身下，我倒也没觉得疼。

医馆里的人呆呆地看了我们半天，一位姑娘终于开口道："姑娘，是你要看大夫，还是这位公子要看大夫啊？"

"都看！"我忙道，"麻烦姑娘把我扶起来可好？"

那姑娘忍不住笑了，带着人上前来将我扶起来。

这么一折腾，我腹间又开始流血不止。那姑娘诧异地看了我一眼："姑娘，你不疼的吗？"

"不疼啊……"我顺着她的目光低头，看见腹部流出的鲜血，终于反应过来。

出事了。都这样了我还不疼，肯定是有毛病了！

我赶忙道："你们快把他弄醒，他的医术可厉害了！"

这种大病我实在放不下心让这些乡野大夫一手操办，想起来身边也有个堪比国手的神医，我忙将希望寄托在他身上。

那姑娘听了我的话，笑了笑："那是自然的。"

说着，她便同人一起将我和沈从扶进了房里。

我和沈从各自躺在床上，一行人有序地进来，有给他扎针的，有给我包扎的。等做完之后，沈从还未醒来。

方才扶我的姑娘带着个算盘走了进来，含笑问我："姑娘可好些了？"

看见她手中的算盘，我心里咯噔了一下。

我没带钱……哪个世家大族的家主会随身带钱！

我没敢回她。

那姑娘笑意盈盈地走到我面前，下人给她搬了个凳子，她从容地坐下，说了一句让我整个人都颤抖起来的话："姑娘既然好了，我们来算一下诊治的费用吧？"

这姑娘说完，就开始啪啪啪地拨算盘，一面拨一面说："大夫出诊五两银子，帮工每人一两……"

她说着说着我就快哭了。

她拨完算盘，笑意盈盈地抬头："十五两八钱，看在小哥哥长得好的分上，零头我不要了。"

听了这话，我差点要给她跪下了。

一文钱逼死英雄汉，我可不想被十五两八钱逼死。

我正考虑要不要亮出身份，或者把家主令当给她时，沈从呻吟了一声，我忙指着他道："他有钱！他肯定有钱！那些药都是他吃的，你找他！"

说着，我就扑到了沈从身边："阿从，你醒了？！"

沈从睁开眼睛，呆呆地看了我一眼，道："没想到……你这么关心我……"

"有钱吗？！"我打断他的幻想，忙道，"若是没钱，我马上带你去当铺，你身上有什么可以当的？"

沈从沉默着深深看了我一眼，接着冷笑了一下，抬头扫了一眼周遭，把目光落到拿着算盘的人身上。

"这位姑娘，"他行了个礼，恭敬有礼地问道，"敢问一共多少钱？"

他没醒的时候，只是五官长得美。此刻醒过来，一举一动，仿佛都是从小训练过一般，无不美好，哪怕如此落魄，仍不掩气质高华。

那个拿着算盘的姑娘愣了愣，一个健步扑了过来，握住沈从的手道："小公子，在下妙手回春杏子花，对你一见倾心，不知小公子可许了人家？！"

这个发展进度……有点快……我一下没反应过来。

沈从笑着看向姑娘，再问了一遍："多少钱？"

"那钱我不要了，折进你的聘礼里！"

"二姐不可！"

"二姐三思！"

"二姐你已经娶了三房，不能再娶了！"

几个声音同时响了起来，完全不复方才作为医者的儒雅，反而……十分豪爽。

沈从皱起眉头，看了一眼四周。

杏子花面露尴尬，沈从满脸郑重地拱了拱手，道："各位黑风寨的绿林好汉，苏从久仰。"

绿林好汉……

我呆住了，我们这是进土匪窝了？

沈从意味深长地看了我一眼，转眼看向正反复念着他名字的杏子花，温柔地拍上杏子花的肩膀：“原来这个医馆是黑风寨的暗桩。苏从真是命好，能得大侠如此救济，那些银两……”

“不妨事！”杏子花连忙道，“小公子路遇歹徒，我们救小公子是理所应当！这些钱我们都不要了！”

“大侠恩德，苏从没齿难忘！”沈从面露感激，“苏从略懂医术，不知可否借大侠医馆物件一用，为姐姐诊治一二……”

“好说。”杏子花立刻站起身，让开道，“这医馆的东西你随便用，记在我头上！”

“真是感激不尽……”沈从摆出几乎要感动得哭的表情，杏子花满脸疼惜。

两人虚伪地客套了几句后，沈从便走到我边上来。

他先给我诊了一下脉，而后写了几个方子下去，紧接着请了银针过来。他压着我手上几个穴位道：“昨日我怕你疼，封了你的痛感，现在我要帮你解开了，等一下痛起来，你不要哼唧。”

“等等！”我拦住了他，“你让我一直封着好吗？！”

“筋脉被封太久，对身体不好。”沈从毫不犹豫地拨开了我的手，眼疾手快地扎下了银针。

银针入体的瞬间，我立刻感到一阵剧痛从腹间袭来，不由得倒吸了一口凉气。

沈从看了我一眼，皱了皱眉，道：“要不……你先睡一会儿吧。”

说着，也不等我同意，他就直接把我扎昏了过去。

我迷迷糊糊地醒来的时候，还是觉得腹痛。不过腹间已经包扎好了，疼痛少了很多。

见我醒来，沈从坐到我床边给我喂粥，也不说话。

他本生得面如冠玉，此刻低垂着眉眼，一口一口将粥喂到我口里，就仿佛是哪位贵公子在闺房中侍奉他的妻子一般。我的心跳不由得快了几分，忙道：“我自己来吧？”

“你最好不要动弹，这样你的伤口好得快点。”

他一脸认真，我也就不好多说什么。

过了片刻，我找了话题来问：“那些人，真的是山匪？”

“黑风寨的人，连云山十八寨都是她们的地盘，好在一直和百姓相安无事，基本都是走黑吃黑的路数。”

“你怎么认出来的？”我不免有些好奇。

沈从冷笑了一声：“黑风寨二寨主杏子花都自报名头了，我还不认识，你当我是有多傻？”

“哦……我忘记你也算是江湖中人了。”我叹息了一声，“你也算是条好汉啊。”

沈从没说话，一张脸紧绷着，我看着也怪辛苦的，便道：“想笑就笑吧，憋久了心累。”

听到我的话，沈从微微一笑。他的嘴角弯开了弧度，笑容一点一点绽放在那张清俊的脸上，仿佛池面清风拂过，莲花无声盛开。

我不由得呆了呆，发自内心地夸了句：“芝兰玉树，便是如此。”

沈从笑着端了碗药来喂我，垂着眼眸同我道：“舒城，其实我也想明白了……你和大哥回不去了，我杀不了你，放不开你，不如……”

“阿从，”我打断他，因为知道他要说什么，所以连说都不愿意让他说出来，“你知道，我人生里最后悔的事是什么吗？”

他抬头看我，收敛了笑容，一双眼睛如星辰一般，明亮而深沉。

“我最后悔的事，就是当初我明明知道我不爱少棠，却还是抱持着要试一试的心态留下他。明知道少棠要的是我的爱情，却总以为可以用权势和温柔相待来弥补。”

沈从没说话，瞬间冷了脸色。他静静地看着我，我知道这些还不足以让他死心，便又道：“阿从，你说我和你大哥回不去，那你可想过，我和你，又如何能开始吗？”

“三番五次，你都差点杀了我。你曾经为了你大哥放弃我，哪怕最后救了我，都磨灭不了你曾背弃我的事实。若是我爱你，我怎能原谅这样的爱情？”

“阿从，”我深吸了一口气，明明白白告诉他，“我之所以在发生这一切后还同你如此聊天、谈心，正是因为我不在意你的背弃。你不是我什么人，你没有对我效忠的义务，所以在你翻脸时，我能理解，也能接受。甚至会怀着你只是因为太年轻，还搞不懂自己要什么、想做什么的心态，如长者一样陪在你身边。我是无法毫无芥蒂地和你大哥回到过去，他如今当了帝王，为了立威，他饶不了舒家，舒家能贬为庶民，已是先帝恩德。可无论如何，在我心里，你大哥都是唯一的那个人。你是他的弟弟，也就是我的弟弟。”

说着，我拍上他的肩膀，认真地看着他：“你明白吗？”

“明白。”他抬头看我，眼中一片清冷，“你说的，我都想过。此刻你亲口说出来，我再明白不过。”

“那就……”

“可是正如你所说，我不知道自己要什么。”沈从自嘲地笑了笑，“人人都说我聪明，可舒城，我从来不明白，人生该是什么样子。”

“我曾以为我的人生里只有我大哥，他就是我的唯一，我活着的意义就是看着他君临天下。可后来我看到了你，或者说，看到了你和大哥，我突然明白人生也可以是这样的。”

“我看着你给他做糖水，跪在大雪里求他的怜悯，在睡梦中叫着他的名字，为他痛哭流涕，为他舍生入死。你会在家里等他，和他一起吃饭，你们两个会有孩子，每日同床共枕，生死相托，相伴一生。”

“这是大哥的人生，而我呢？独醒赴朝霞，孤身立黄昏。所以那时候我忍不住会想，我也曾有可能是你的未婚夫。如果沈家不被灭门……如果我正常地长大，我大概也就会嫁给你，有着像大哥那样，或者比他更好的人生。我和你之间没有这么多阴谋，你会将你的温柔，统统给我。”

“你让我知道了人生另一种可能，我每日念想着，于是为此背叛了大哥。”

“可背叛后是无尽的痛苦，看见大哥濒死，我又选择抛弃你。”

“等看到你快死了，我又发现我放不下你，于是又救了你。”

“我什么都想要，可什么都得不到。舒城，我到底真正想要什么呢？我该怎样度过我这一生？”

他看着我，漆黑的眼中甚至有了几分苦楚。

我一时不知怎么回答。

他低头握住了我的手，温和地说：“所以这一次，我还是遵从心意，选了你。我想了个两全的法子，嫂嫂，大哥，你们都在我身边……”

“你想做什么？！”我瞬间防备起来。

沈从笑了笑：“等回了楚都，你就知道了。”

说着，他将我扶着躺在床上：“你多睡睡吧，睡几天，就不疼了。”

不等我回答，他又直接点在我睡穴上，让我昏睡了过去。

他的话让我很不安。我一直觉得，沈从看上去是个聪明理智的人，可骨子里根本就是神经病。神经病的想法你不能猜，猜也猜不明白。我想，到底什么方法，能满足他的愿望？或者说，他的愿望，又到底是什么？

不过我没有太多时间去思考这个问题，因为除了解决基本的生理需求，大多数时候，我都是睡着的。而醒着的时候，沈从似乎有说不完的话题。

他已经和医馆的人打成一片，免费帮她们出诊，帮医馆赚了不少诊金。杏子花一直在热忱地追求他，但不知道为什么，看到沈从帮她们赚了这么多钱后，突然转了主意，天天向沈从宣传黑风寨的好处，邀请沈从上黑风寨一趟。

我忍不住打趣他：“去一趟，嫁人的问题都解决了，咱不亏。”

“黑风寨是要去的，不过现在不是时候。”沈从看了一眼我的肚子，“还是尽快去找舒神医妥当些。”

“那咱们什么时候动身？”

“你的伤口长得差不多了再动身。你这伤虽然没有刺中要害，但也不好养。如果那天你醒过来时身边不是我，你现在应该可以过头七了。”沈从淡淡地说道，手一拂，“睡吧。”

我就这么吃了睡睡了吃地过了大半个月，腹间的伤口终于长得差不多了。不知道是不是服下那么多毒药的后遗症，我记性越来越差，有很多事情都不记得了。一开始都是些小时候的事，后来近来的很多事也都不记得了。

开始我还同沈从抱怨，沈从就皱着眉，满脸担心地看着我，然后和医馆里所有的大夫会诊，得出的结果是毒药未清，副作用大了一些。

我起先没有放在心上，当忘记的事情越来越多，我终于意识到不对劲。沈从再给我喝药的时候，我死活不喝。

沈从垂了垂眼眸，温和地说："我如果要给你下药，你不喝药也防不住。"

听到这句话，我怔住了。

我知道他说的是实话，但是我又有大半把握断定，他所谓两全其美的方法，就是把我变傻！

不对，是变得什么都不记得。

我抬头看他，忍不住冷笑着道："你就剩这点伎俩了？"

他不说话，端着药碗，低垂着眉目，好像是受了极大的委屈。

"沈从……"我艰难地挣扎着要从床上爬起来，却发现，其实我根本没什么力气。哪怕有伤，我也不该不济至此。

我霍然抬头，冷声道："你都算好了？！如果我不挣扎就算了，挣扎了，你就打算强来是吗？！这就是你两全其美的办法？若你大哥知道……"

"我大哥不会知道！"他猛地抬起头来，拿着药碗的手颤抖起来。

他站起来，捏住我的下巴，连声音也颤抖起来："他什么都不会知道，你什么都不会记得。以后你就是沈夫人，舒城就死了。大哥会怀念，会难过，然后一年一年过去，我会陪着他，给他找一个新的女人，很多新的女人，他就会忘了你。"

他一面说，一面拼命往我嘴里灌药。

我死命挣扎，却使不出力气。

等他把药喂完，我狠狠地看着他，咬牙切齿道："沈从，你真是让我再恶心不过了！"

沈从僵住了，他的身体不再颤抖。

他将药碗放在桌面上："你睡吧，我明天再来。"

说完，他就走了出去。

外面传来杏子花的声音："从哥哥，我们黑风寨真的特别好，我们那里的女人对男人都很尊重，很温柔！你要是去了啊……"

慢慢地，我就听不见她的声音了。我沉入了梦境。

之后，沈从每天都来给我灌药。我知道挣扎没什么效果，也就干脆不挣扎了。我每天躺在床上，努力回忆过去。

我让杏子花给了我纸笔，偷偷地记录每天能记住的东西，一面写一面想起过去的时光。

我写，我喜欢一个人，他叫沈夜，过去是凤楼的楼主，朝中暗庭的头儿，女皇的奸细，后来我努力追求他，他终于成了我的主君。

他长得很美，没有任何人比他好看。他跳过一支君子舞，美得轰动大楚。他曾在乞女族的盛典上，为我抢下一枝永生花，然后驾马而来，恍若仙人临世，自带霞光。

他曾将我放在身后，身上带着相思的毒一个人独挑十几位高手。在我几乎绝望的时候，他小心翼翼地将我抱出来，背着我走过那最黑暗的夜晚，英勇无双。

我每天晚上写着这些，都会忍不住哭出来。意识到记忆在一点点消失，我感觉无比惶恐。我忍不住想起当年秦阳辞官之前和我说的一句话。

她说，舒城，其实我觉得这世界上没什么事可怕，唯独一件事，就是他忘了我，或者我忘了他。

那时候我不明白这是什么意思，今天我虽然不懂得这句话背后更深的含义，却也明白了字面上的意思。

我突然发现，知道白少棠给我下毒的时候我没怕过，知道沈夜给我下毒的时候我没怕过，去刺杀女皇的时候我没怕过，看着女皇给我下了赐死的诏书、被上官婉清用剑贯穿身体、被白少棠带着跳入江中……这么多事关生死的时刻，我都不曾怕过，却在这夜晚怕得痛哭流涕。

我的记忆越来越少。有一天傍晚，我根本想不起我有这么一个记录的本子。

沈从给我灌药的时候，我拼命挣扎，沙哑出声："不要……我不要忘了他……沈从我求求你，放过我……放过你哥哥。我毕竟是你的嫂嫂啊！"

"舒城，你别怕。"他红了眼眶，却没有松手，死死抓着我，仿佛绝望的人抓住的最后一根稻草，"很快你就不痛了。你别怕。给我一次机会……就一次。如果你还爱他……"

他眼泪落下来，仿佛还是十几岁的少年，哽咽出声："我就再也不会打扰你们。"

他一面说，一面将苦涩的药灌进我的口腔。

我再说不出话来。

等他灌完药后，我意识到，距离我彻底忘记一切的那一天，大概也不远了。

我静静地躺在床上，他也不出去，先是往烛灯那里抖了点粉末，而后到我床边来，将手伸进我的被褥，取出一个包裹来。

紧接着，我便听到外面的吵闹声。

一个少女声道："杏子花，你都娶了三房了，山上多少姐妹都还孤零零的身边连个伴都没有，你还要再娶，是想死吗？！"

杏子花赔着不是："老大，我不娶，这次真不是我娶。我早看出来了，人家小公子对我没意思。"

"那你叫我来干吗？"那少女不满道，"你不娶，还花钱伺候着，当我们寨子的钱是天上掉下来的？"

"老大，我不娶，你娶啊！"杏子花忙道，"老大你这么美！这么帅气！这么有魄力，那小公子一见你，肯定就腿软了。"

两个人的声音越来越近，沈从看着门口，嘴角勾起了一抹冷笑。我心里面不由得开始为这两位姑娘默哀。

那个少女和杏子花走到门口时犹自不满，冷哼道：“这连云山哪个见我不腿软？罢了，你这么吹捧，我倒要看看他到底是长得多好。你打小长在山里，是个土包子，我可……”

少女打帘子进来，抬头一眼看见坐在我床边的沈从，“不一样”三个字凝在了嘴边。

全场一片寂静。

片刻之后，少女三步并作两步奔了过来，“扑通”一声单膝跪在了沈从面前。她握住沈从的手，满脸真挚道：“公子，我对你一见倾心，咱们明天成亲吧？”

我：“……”

这黑风寨的风格简直是一模一样。

沈从不说话，微笑着看着她，开始数数：“一……”

“不好！”那姑娘立刻反应了过来，“这厮用毒！”

刚喊完，跟着进来的杏子花已经倒下，昏死了过去。

少女也撑不住了，软在了地上。她的功力比杏子花高上许多，尚还清醒着，便开始叫人：“来人！”

沈从不躲不避，就坐在床头，笑盈盈地看着她，悠闲地喝着茶。

侍卫们疯狂地涌了进来，进来一批倒一批。厉害一点的走得远一点，倒在了沈从脚下，差一点的，一掀帘子就倒了。

看见这种情况，正常智商的人都不会再进房间了。可这黑风寨的人不知道是怎么回事，都那么一根筋，一个没出来，另一个一定要来看看。还没半个时辰，整个医馆里的人就全倒在了屋子里。

沈从见再也没人来了，就将包裹背在我身上，将我背了起来。

他近来将伤都养好了，背着我不再是一个沉重的负担，走起路来倒还算步履轻盈。

路过那还醒着的少女时，少女艰难地握住他的衣角：“公子……”

沈从皱了皱眉，不满地说：“放开，别逼我杀你。”

“别，我就说一句话。”少女赶忙开口，满脸认真。

我和沈从都竖起耳朵，摆出了郑重的架势对待这一句话。少女痴痴一笑，满脸春光：“公子，你真他娘的好看！老子一定要娶你！”

“滚！”沈从低喝了一声，直接从少女身上踩了过去。少女还不忘温柔地吩咐：“小心啊，别硌着脚！公子啊，你钱带够没？没带够去左边库房里拿，随便拿！公子，天冷了多加几件衣服，下次见面别感冒了……还有，公子别走啊！我叫舒喜！”

她的声音远远地留在了身后，我被沈从背着在夜里疾步如飞。

犹豫了片刻，我忍不住问道：“那个，咱们要不去拿点钱？”

“早拿够了，烦死了！”

“那个，我有话要说。”我犹豫了一下，戳了戳沈从的肩膀。

沈从不耐烦道：“说！”

“我觉得……她长得很像我认识的一个人……”

“你认识？”沈从皱起眉头，如临大敌。

我叹了口气：“我不记得了，但我觉得我肯定认识……”

话刚说完，我就看见寨子里升起了一盏信号灯。那信号灯我特别熟，是舒家专门用来联络用的。我看着信号灯的颜色，拍了拍他的肩道：“我觉得我大姨母快到了，咱们不跑了吧？我就说……这人我肯定认识。”

沈从：“……”

他保持沉默，继续拼命往前跑。我不由得有些奇怪了：“前些天你不是说要带我去找我姨母吗？”

“不找了。”他淡漠地说，“你身体恢复得很好，也没什么事，暂时不用去找了。我先带你去找另一个人。”

“谁？”我有些不理解。

他没有回答。

跑了一晚上，我们终于跑出了黑风寨的地界。实际上我也不知道我们到底跑到了哪里，但是沈从停了下来。当我们住进了客栈后，我就确定我们肯定不会被舒喜找到了。

我们跑了一夜，我趴在他背上睡得还好，他却是一夜没合眼，才将我放下来，点了不知道做什么用的香，便靠在床边，直接睡了过去。

我躺在床上，看见他疲惫的睡颜，依稀看见了沈夜的影子。

他真是沈夜一手养大的，举手投足，总是带着沈夜的风采。我静静地看了他片刻，干脆也睡了下去。

等我醒来时，已经是日落时分。他早已梳洗好，似乎还出了一趟门，买了些衣衫和药材放在桌上，然后让人来侍奉我洗漱。

沈从没再给我下药，我有了力气，自己强撑着洗了个热水澡。等从浴室出来的时候，沈从已经将药放在桌上，静静地等着我。

“最后一次了。”他抬头看我，眼中全是坚定，“你……还有什么话同我说吗？”

我盯着那碗还冒着热气的药，估算着此时此刻我能将沈从击倒的可能性。

然而不等我想完，沈从就道：“软骨散的解药，我给你的量只够你撑半个时辰，这段时间只要你剧烈动作，就会加速它的发作，可能你还没到我面前，就要我把你抱起来了。”

说着，他抬头看我，眼里全是恳求：“你还有什么话同我说吗？”

“沈从……”我知道逃脱无望，不由得笑了，“你不觉得，一个失去了记忆的人，和死去，并没有什么区别吗？”

“一个人失去了记忆，她没有和你的过去，这个人，还是你爱着的那个人吗？你这样的行为，和杀了我又有什么两样呢？反正舒城这个人，都是死了。”

“可是，”沈从面色冷静，“前者的死亡是彻底地死去。而后者的死亡，却是新生。我们没有了过去，但我们可以有未来。”

“你的美好未来，要建立于剥夺他人的幸福之上，你不觉得愧疚吗？”我笑了笑，走到桌边，“在你心里，你大哥的痛苦或是悔恨，都是无所谓的吧？”

“并非如此，只是人生总需要选择。”他目光中全是疲惫，“舒城，我只是希望，我能有一次机会。我长大得太晚，太晚了。明明我比大哥更早遇见你，明明当年我也在竹林里，可你没有记住我，在竹林里你不曾发现我，等再次相见，你已经是我嫂子。”

“我恳求你……”他走到我身前，握住我的手，眼里全是眼泪，“让我试一次……好不好？如果你还是爱上他……还是如此义无反顾地属于他，那就是我输了。”

“我有得选择吗？”听到他的话，我嘲讽道，然后拂开他的手，走到了桌边。

这一次我没让他灌我，老老实实将药一饮而尽。

他看着我，没有说话。

我声音沙哑道：“你出去吧，我想自己待一会儿。”

他点了点头，站起身去。

我走到书桌边上，拿起笔来，蘸了墨，意识开始模糊。

我只能勉勉强强想起那个人。

可我知道我不愿意忘记这个人，不能忘记这个人。于是我拼命回想着他的名字，一笔一画，郑重地写下。

沈夜。

沈夜。

沈夜……

直到最后晕倒之前，我仍旧执着地拿着笔，画下他名字的最后一笔。

站在外面的沈从听见我倒地的声音，慌忙推开门来。

风从窗户卷进来，房间中雪白的纸片漫天飞扬，每张纸上都密密麻麻写着那个人的名字。

沈夜。

足见不愿相忘。

足见思之如狂。

第十七章

冬末第一场大雪降临时，我随着沈从到了楚都。

雪累积得十分深厚，马车压上去，发出嘎吱嘎吱的声音。我穿了厚厚的棉衣，披了狐裘，抱着个暖炉，整个人歪在马车里，从偶尔被风掀开的车帘里看外面的世界。

沈从坐在对面，穿着青色的袍子，披了个兔裘披风，清瘦的手不断打开旁边累积如山的竹筒，从里面抽出字条，一张一张看完，又一张一张扔到一旁的炭盆里烧成灰。

他看东西的速度很快，扔得更快，我不由得问道："阿从，你看完了吗？"

"快了。"他安抚我，抬起头来，伸出冰凉的手，摸了摸我抱暖炉的手。

确认我的手是温暖的后，他温和地问："怎么了？是无聊了吗？"

"有点吧。"我看了一眼外面走过的行人，打着哈欠道，"你一说要回楚都，就开始忙，根本没时间陪我啊。"

"对不起。"他很快就认错，垂下眉眼来，"我很快就看完这些，再陪你玩，好不好？"

"也不用啦……"我有些不好意思，赶忙解释道，"我也不是这么狭隘的女人。你好不容易当了官，我当然要全心全意地支持你。我就是有些好奇，你看这么快，每张字条的内容都看完了？"

"当然啊。"他笑了笑，"不然我怎么会扔？"

"那你看完就烧，不怕记不住吗？"我眨了眨眼，觉得十分好奇。

沈从勾起嘴角，眼中是零碎的笑意："你难道不知道，你相公我一目十行，过目不望？"

"我一直以为你是和我开玩笑……"我呆呆地开口，"原来是真的啊？"

沈从露出苦恼的神色："简单的东西，当然就是这样。不过要是难一点的，还是要费点力的，这种日常信息，自然就不需要太费力了。"

说着，他从抽屉里抽出一本话本，塞到我怀里，询问道："要不要看看话本？"

我摇了摇头，缩着脖子道："手冷。"

“你都裹成个球了还冷啊？”沈从笑出声来。

“没办法，”我叹了口气，“奴家天生娇弱，受不得寒。”

“奴家”是近些年来的新词。听说大楚原来都是女子当官、女子称帝，结果前些年不但开辟了男官制，还在两年前出现了一位男皇帝。这位男皇帝登基之后，就宣布，男女均可嫁娶。以前都是女人娶男人，女人三夫四君，女人休男人，就算是和离，也得女人同意。新皇帝的意思，却是男女均可如此，只要你有能力，有钱，就算你是男人，你也可以娶女人，可以三妻四妾。被娶的女人就要像被娶的男人一样，面对不能休夫的规定。

这项规定一出，许多女人就过上了吃软饭的生活，比如说我。

吃软饭的女人嫁了男人，她的丈夫以前称为“主君”，现在就要称为“相公”。而她以前被称为“妻主”，现在被称为“妻子”。

以前女子的自称只有“我”“在下”，但许多吃软饭的女人为讨相公欢心，故意示弱，就有了许多比如“奴家”“妾身”这种一听就娇滴滴的词来。

沈从说，我是未婚先孕，赶在新帝刚刚颁布法令后嫁给他的。所以他是相公，我是他的妻子。

之所以是他说，原因是，其实我什么都不记得。

我只记得，两年前的一天，我睁开眼睛醒了过来时，就是在一家农舍里。当时外面下着细雨，我躺在床上，看到微微凸起的腹部，心情有些微妙。

我脑袋中一片空白，几乎像一张白纸一般，什么都没有。我不知道我叫什么，不知道我从哪里来，不知道我是谁，没有任何相关的人生记忆，只有一些基础常识。

例如，我凸起的肚子代表我怀孕了，我身边的家具代表我家境不是很好，我身体构造代表我是个女人……

把这些常识过滤了一遍，确定这对弄清楚我是谁毫无帮助后，我支撑着坐起来，想去看看外面是什么。我刚刚坐起来，就看到有人将帘子一掀，走了进来。

那是个极好看的男子，皮肤白皙，身材颀长，虽然穿着粗布长衫，但全身上下的衣服都被打整得极其干净、妥帖，仿佛哪家贵公子乔装出行，自带光华。

他就是沈从。

他告诉我，我叫苏欢，二十三岁，是一个家道中落的大小姐，深居山野，而他也曾是一方人物，被人追杀落入江中，顺江漂流而下时，刚好遇见了我。我救了漂在江中的他，然后我们日久生情，未婚先孕。为了孩子和他，我从山林中搬迁到了小镇里，而后我负责安胎，他在镇上当着大夫和教书先生。只是没想到，我有一日趁着他不在家想要上山打猎，结果不慎从山上跌了下去，撞了头，醒来后就忘了他。

对于他的话，我半信半疑，觉得有很多蒙我的成分。毕竟我什么都不记得，他爱怎么蒙怎么蒙。于是我始终防范着他，不肯和他同床，时常和左邻右舍打听消息，有时候还会捏扯自己的脸，想找出些人皮面具的痕迹，看看自己是不是个惊天大美人，所以让这样俊雅的男子为我折腰。

那时候我常跟踪他，看他是否去做一些见不得人的勾当。我以为他从来不知道。直到有一天，我在路上崴了脚，疼得坐在人家家门口哼唧。当时我的肚子已经鼓得像个球，路过的人都怕我是碰瓷的，不敢相扶，我似乎也已经习惯了这样的人生，倒也没觉得什么，便自己给自己揉着脚，想着回家的办法。

就在那时候，沈从突然从小道里折回来了。

他背着药匣子蹲在我面前，皱着眉头问："脚崴了？"

"你你你……"我诧异不已，连说话都结巴起来，"你怎么知道我在这里？！"

"你跟了我一路，突然不见了，我就回来看看。"他叹息了一声，看了看我的脚，心疼地说，"怎么这么严重？这么大的人了，走路也不知道上心。"

说着，他站起来，温和地说："你等等我，我回家拿把背椅来背你。"

说完，他就要转身离开。

我鬼使神差，一把抓住了他的袖子。

他愣了愣，转头看着我，眼里透出欣喜又悲伤的神色。

他握着我的手说："别担心，我会回来的。"

我放开了他的袖子，垂下眉眼。

他转身走了，我就坐在那台阶上等着。人生第一次体会到等一个人的感觉，盼着他来，怕他不来，于是又在心里告诉自己他不会不来。患得患失，忽喜忽悲。直坐到天色暗下去，我突然就生出了一股"该是如此"的感觉。

周边人来人往，我强撑着自己站起来，想要单脚跳回去，结果才站起来，就听到一声疲惫的怒喝："你这是做什么！"

我惊喜地回头，看见小巷口，那个布衣青年背上背着把椅子，于人来人往间看着我，目光急切又担心。

明明不是什么大事，明明该感到开心，不知道为什么，却有无数的委屈涌上心头，我的眼泪瞬间就流了出来。

他慌忙走到我面前，手足无措道："你怎么了？"

我不说话，只是哭。

他扶我坐好，蹲在地上抬头看着我，眼里全是关切、忧虑："你别哭，到底怎么了？谁欺负你了，还是太疼了？"

我拼命摇头，末了，终于问他："你怎么才来？"

他愣了愣，眼中似是闪过一丝欣喜。他忙垂下眼眸，遮掩住眼中情绪，温和地说："我错了。回去拿椅子的时候，发现一个乡亲在田里被牛角顶了肺，我急着救人，不得已耽搁了。以后不会了。"

我点头抽噎，想想，又摇了摇头："我……我不怪你……我就是不知道为什么，觉得难过。好像这辈子一直被人抛弃，被人骗一样。"

“我不骗你。”他慌忙握住我的手，一脸郑重地说道，“欢儿，我这辈子都不会再骗你了。”

他的眼睛那么好看，誓言那么真诚。

我的内心仿佛涌过一道暖流，熨帖了所有的不平整。于是我轻轻抱住他，不再说话。

他犹豫了片刻，反抱住我。

而后他扶我坐在椅子上，再蹲身背我起来。明明他那么瘦弱，我坐得那么高，却一点都不觉得害怕。

从那天晚上起，他就同我睡在了一块儿。我怀着孕，做不了什么，他就每天躺在我身边，靠在我颈窝里，一言不发。

其实我也很奇怪，不知道是不是怀孕的原因，我对他没有任何欲望，更多的感觉却是，我们像两只相依为命的鹌鹑，在夜里依靠在一起相互取暖。

过了几个月，我肚子越来越大，临盆的时候难产，村里的稳婆都拦着他，不让他进产房，他一把把人推开了冲进来，死死握住我的手，眼里全是眼泪。

产房里全是血。我虚弱地看着他，觉得自己立刻就要死去。

他看着我，整个人都在颤抖，声音也是如此：“活下来……你一定要活下来……”

“我们才刚刚开始，还有很多路要走。你别死，你一定要活下来。我才刚刚体会到幸福的感觉，你不能死……”

他眼里全是恐惧，仿佛我一死，他就要堕入无尽的深渊。

我连呼喊的力气都没有，只能静静地看着他，感觉他仿佛是我无比珍爱的一个孩子，我费尽心血浇灌过，养育过，陪伴过。

我第一次去正视他与我的关系。

他不仅仅是和我相依为命的人，他是我的丈夫，我的主君。

他爱着我，和我那种将他视为亲人的感情不同，他是真的将爱情全心全意地投注给了我。我们的生命中不会有其他人，我们是彼此的责任，所以我必须去正视这段感情，给予相等的付出。

我静静地看着他，感受到他眼里的绝望。似乎是我要死去的话，他就会毫不犹豫地跟着赴死。

于是我用尽所有力气回握住他的手，颤抖着声音道：“你别怕……我在……一直在……”

可能是自己有了执念和勇气，我一直坚持到半夜，终于把孩子生了出来。

那孩子是个男孩，生下来才四斤，小小的一团，很是瘦弱。

他从出生就身带剧毒，沈从揣测，是我之前就身怀剧毒，然后传给了孩子，所以我没有事。这个孩子本应该是个死胎，但不知道是孩子体质特殊，还是母体的毒在传给孩子的过程中会淡化的原因，这个孩子活了下来。虽然很虚弱，当终究是活了。

沈从给这个孩子取了乳名叫赐儿，而他的大名，沈从说等过几年，他回去找他大哥取。

这话我向来也不信，我总觉得我们会在乡野过一辈子。

于是我就当赐儿的名字叫沈赐，见着人就抱着孩子嘚瑟：“我儿子，沈赐。”

“是乳名赐儿，还没取正式的名字。”沈从却很执着于这一点。

我懒得和他计较，每天抱着孩子逛逛街，喂喂药。

他平日出去赚钱，我闲着没事，也就开始琢磨怎么过日子。

我学会了煮饭，学会了买菜，学会了买东西的时候和人议价，会为了一文钱和人争执。虽然我总觉得这样的生活很陌生，却也觉得格外有味道。

赐儿满月的时候，我和沈从举办了一场婚礼，宴请了整个村里的乡亲。

他坚持要将我“娶”进门，我向来大度，也就不和他争，欢欢喜喜地嫁给了他。

当天晚上，他掀起我的盖头，眼睛红红的，仿佛是经过了极艰辛的跋涉，才走到我的身前。

他握着我的手，单膝跪在我面前，我本来以为他要对我说什么美好的誓言，结果他张口却说：“娘子，我觉得人生能有这么一刻，沈从死而无憾。”

“我和你才成亲，你和我说这么不吉利的话做什么？”我有些气恼，“该说些好听的。”

“是了。”他含着眼泪点头，“我该说些好听的。”

说着，他将头埋在我膝间。

我感觉眼泪浸透了我的衣服，只听他说道：“愿我能和你白头偕老，你无悔今日，无悔此生。”

当天晚上，我以为会是一场香艳的洞房花烛夜，紧张了很久。结果沈从走完整套仪式后，居然和我和衣而睡，规规矩矩地躺着，一动不动。我也不好开口，瞧着天花板，睁眼到了天明。

后来的时光，他一直是如此。老老实实，晚上衣服都不肯多脱一层。我实在有些不理解，总觉得夫妻之间不能一辈子如此。有一天晚上他睡觉的时候，我就直接开始脱他的衣服。

沈从被我吓得直往后退。我不说话，逼着往前，直到把他逼到墙角，将他身上衣服都脱了下来，他才终于颤抖着一把握住我的手道：“欢儿，我们不能。”

“为什么？”我皱着眉头。

他眼中全是慌乱，过了好久，终于对我说：“我身上有毒，不能行房。等以后身体好了……再说。”

“你中毒了？什么毒？！”我诧异地问。

他摇摇头：“我自己是大夫，自己清楚，不妨事的。只是这种事……不能做。”

话说到这里，我不好再多说什么。

实话说，虽然我孩子都生了，但对这件事没什么记忆。看着沈从，我感觉责任大过肉欲。他没有要求，我自然也就不会主动提起。

于是我们就这么把日子过下去。白天他挣钱，我带孩子，干些做饭、打扫、修理院子的轻活。等晚上回来了，他就砍柴、洗衣服，做些重活。

这些重活本来我也想做，但他坚持不肯，总说他力气比我大，我受不得寒。于是他一双贵公子的手，渐渐也有了茧子。

有一年冬天，他去河里洗衣服，回来的时候手上裂开了口子。我捂着他的手，心疼不已，他看着我，温和地说："没什么关系，只是冻伤而已。等些年赐儿的病好了，我们就能攒下些钱来，以后的衣服就花点钱请别人洗好了。"

我不知道该说什么，只觉得眼里一片湿热。

我并没指望赐儿能好，只希望能就这样安安稳稳地过一辈子。

赐儿快两岁的那年冬天，他的病情就平稳了下来，虽然没有根除，但也不会像一开始那样随时都有死去的风险了。

有一天沈从突然对我说，他得回去了，朝廷需要他，天下需要他。

当时我惊得差点把手里的孩子摔下去。

好在我还有那么一点理智，我愣了半天，看着他坚定的神色："我们母子跟你一起去……反正咱们三个人在一起，就是一个家，在哪里又有什么关系呢？"

"不行。"他立刻反驳，"我仇家甚多，一回楚都，可能自身难保，我不能将孩子带回去。"

"那好，"我立刻明白了他的意思，握住他的手道，"我们母子在村里等你，你放心，我会好好照顾他，你要是死了，我就让他给你报仇！"

沈从无语地看着我，好半天，才终于道："你和我一起走，赐儿留下！"

我一愣："你不是说你仇家众多，自身难保吗？你让我跟你去，不是让我跟你一起去死吗？"

沈从笑了笑，灯光下，他如玉的面容染上了绯红。他握着我的双手，抬到他的唇边，温柔地吻了下去，似是撒娇一般："那你愿不愿意？"

"这当然不行！"我断然拒绝。

他面色一僵，眼中神色暗了下去。

我忍不住笑了，温柔地说："我先把赐儿安置好，帮你砍几个仇人，和他们同归于尽，再随你去！你可要等我。"

沈从呆了呆，忍不住红了眼眶，他猛地将我拉进怀里，沙哑着声音说："我怎么会不等你？多久我都等得，只要你来。不过，我不想等太久。"

说着，他放开我，盯着我的眼睛道："如果我将死在楚都，我希望有你相随。"

我想了想，觉得他有点蠢："咱们不回去，不就行了吗？"

沈从："……"

他不再和我交流。

第二天清晨，我还在睡梦之中，他就将我抱了起来。等我彻底清醒的时候，发现我已经在马车上了。

“咱们去哪儿？！”我吓了一跳。

我看着这宽大的马车，暗暗计算着里面的物件大概值多少钱。沈从身上穿的再也不是平日的粗布长衫，而是上好的青色丝绸，外披白色兔裘。他手中拿着一个竹筒，温和道：“去楚都。”

“赐儿呢？！”我如梦初醒。

“我交给我的下属了，先让他在村子里安全地待着，等着时机合适了，我们再把他接过来。”

“我们还有回头的机会吗……”一想到他是拉着我去楚都送死，我就快哭了。

他笑了笑，将我拉到怀里，温和地说：“当然没有了，我要带你回去，去见见我家人。”

“你家在楚都啊……”我绞着裙子边，猜想他果然是我从江里捡的，家里人在楚都，还能派这么大的马车来接，我一个家道中落的村野姑娘，要不是从江里捡，真没办法去弄这么一个家里有钱、长得又好、脾气又好的男人。

“嗯。”他温和地说，音调却隐隐压抑着什么，“到时候，我带你去见我大哥。”

“好！”我笑出声来。

他忙道：“你这么高兴做什么？”

“我只是在想，”我转头看着他，一脸认真，“你哥一定很有钱，肯定会给我个大红包。”

他笑出声来，刮了刮我的鼻子：“财迷，又没让你赚钱，你天天这么贪财做什么？”

“相公啊……”我哀号道，“你不当家不知盐米贵。要不是我精打细算，咱们家只能喝西北风了。”

听了我的话，他忐忑地问：“钱不够用？”

我白了他一眼，一个教书先生，能有多少钱？扣掉衣食住行的用度，连买零嘴的钱都剩不了多少。

瞧见我的眼神，他微微红了脸，低声道：“别担心，回楚都……我有钱。”

“行了！”我挥了挥手，“我知道你有钱，我跟你走！”

就这样，我们踏上了前往楚都的旅程。

其实楚都离我们所在的小镇并不算远，也就两三天路程。

临近楚都时，沈从突然拿出了一张人皮面具给我，认真嘱咐我：“到楚都后，绝对不能摘下来，听到没有。而且不能告诉别人你失忆了，更不能说你还有个孩子。”

“为什么？”

他不答话，只是帮我把面具敷上。

我拿着镜子照了照现在的样子，这个相貌比我原本的相貌年轻很多，看上去就是个十七八岁的小姑娘。

沈从敲着桌面，淡淡地说：“因为你的身份不只是一个家道中落的千金，你还是个重犯。而我身份高贵，不能娶个重犯，也不能娶个可能有病的妻子。至于不承认赐儿的存在，是我不想将他卷入这楚都的事情里来。”

“什么重犯？！”我忽略了其他的话，只关注到这一句。

沈从意味深长地看了我一眼，说出的话却让我通身发冷：“你家人贪污，你是唯一的遗孤。虽然这都是先帝在位时的事情了，但是也不能让人识破身份。”

“贪污？！我家人还有这胆子？！我难道是什么世家大族出身？！”

“不是世家大族才能贪污，你家嘛……”他嘲讽一笑，“算个书香门第吧。小门小户，但胆子特别大。”

听他的话，我有些不满，但一想到自己还是个重犯，心中的忧虑将不满压了下去。

我一路愁苦了半天，眼见着要进楚都了，不由得紧张地问他：“阿从，我不会被认出来吧？”

“放心吧。”沈从笑了笑，“我去找第一画皮师画的脸，不会有问题。”

“你乖乖的，”他抚摸着我的头发，温和地说，“我保你没事。”

说着，他又千叮万嘱了许多，包括我的名字，我的年纪，我和他的关系，还着重强调了要隐瞒赐儿的存在。

他说话我从来都是当成命令执行，这个人太聪明，我着实怕自己一个不小心就毁了他的大局。

我把他给我的资料背得滚瓜烂熟后，马车进入了楚都，沈从的面色渐渐严肃起来。他撩起帘子，看着窗外风景，眼中透出莫名的神色。

我被他的话安抚了，又做了好长时间心理建设，马车终于停了下来。

“到家了？”我低声问。

沈从点了点头，笑着撩起帘子走了出去。而后他朝我伸出手，站在马车旁等我。我深吸了一口气，用最美好的姿态走出来。这都是沈从专门教我的贵族女子的仪态。我低垂着眉眼，不敢多看旁人一眼，目光落在沈从清瘦的手掌上，将手放了上去。

然后我听到大门缓缓打开的声音，那声音古朴绵长，足见这是一扇很大的门。

我缓缓抬头，看见那大门之后，御道往天边延展而去，一个面容俊美的男人，身着玄色九龙华袍，头顶十二旒冠，带着一干人站在御道之上，静静地看着我和沈从。

那男人长得太美，整个人仿若天工雕刻，哪怕身边站着两个容貌也算顶尖的男子，也让人难以移开目光。

他静静地看着我们，眼中是如死一般的寂静。

哪怕我是一个失忆人士，我也明白，这种归家方式，一点都不正常！

这么大的门，根本不是个宅院，完全是座城池的大门！

玄色九龙，根本不可能是平常人，要么是造反的，要么……就是真的皇帝。

我有限的知识给我指向了一个太可怕的猜测，我不由得握紧沈从的手，倒吸了一口气，退了一步，刚好抵在他的胸膛上。

“阿……阿……阿从……”我的舌头都打结了，“你哥……是干什么的来着？”

“哦，我哥啊？”沈从的话语里有了笑意，“就是大楚的帝君啊。”

我又倒吸了一口气，双腿开始打战。

“那……那你是干什么的来着？”

“我？”沈从扶稳我，不等他开口，旁边的人哗啦啦就跪了一地。

“见过左相大人！恭贺左相大人，平安归来！”

我的腿彻底软了，差点就跪了。

好在沈从一把扶住了我：“我说过我很有钱。”

可你没说你也很有权啊大哥！

我就这么打着战，沈从却很是从容地让众人免礼。而后扶着不争气的我走到他哥面前，带着我从容跪下，满脸郑重道：“微臣拜见陛下，万岁万岁万万岁。”

我也想跟着应和，但被帝王之气吓到了，像只鹌鹑一样，跪在一边瑟瑟发抖。

这个帝君美则美矣，实在是太冷，整个人从内而外都散发着一股“生人勿近”的气息，只差把这四个字写在脸上了。

他没说话，弯下腰，将沈从扶起来，仿佛是搂住了什么失而复得的珍宝，将他拉进了怀里。

“大哥……”沈从哽咽道。

这位年轻帝君却沙哑着嗓子问：“阿从回来了，舒城是不是有一天……也会回来吧？”

沈从没说话，身子僵了僵，低下头说道：“大哥，忘了吧。”

他的声音里带着苦楚和惋惜。我不由得心里酸，却不知道我酸楚的是些什么。

沈从和皇帝聊了片刻，那位皇帝终于看向我，客气地问：“这位姑娘是？”

“民女苏欢。”

没有沈从站在身后，被皇帝一问，我当场就跪了下去。因为跪得太急，膝盖“扑通”一下磕在地面，响得我自己都心疼。

众人愣了愣。沈从似乎觉得太丢脸，赶忙站回我面前道：“大哥，这是……阿从的救命恩人。”

救命恩人？

我愣了愣，我都和他成亲了，还有了个孩子，他就这么向他家人介绍我的？！

怒气一瞬间涌了上来，我猛地抬头，气势汹汹地将沈从往旁边一推，把脸从他身后露出来，直视着皇帝，严肃地说道：“陛下，我是他妻主！”

在场所有人都愣了，皇帝和众人的目光看向了沈从。

沈从一脸视死如归的表情：“这位苏欢姑娘于阿从有救命之恩，所以……”

“所以你是因为救命之恩才和我成亲的？！”我抓住重点，打断了沈从，怒气冲冲地发问。

皇帝脸上掠过一丝笑意，张合着手中的小金扇，看着沈从道：“阿从，若是救命之恩让你被迫以身相许，朕不会坐视不理。这天下报恩的法子多得是，朕可以……”

“不！”沈从深吸了口气，打断皇帝，直视着我道，“我与这位姑娘，乃一见钟情、缘定三生、许六道轮回不弃、愿生生世世不离的结发夫妻！”

话刚出口，所有人都笑出声来。

一个颇为娇气的男声道：“想不到，阿从失踪了两年，连婚姻大事都解决了，可怜我等兄弟，现在还没个着落啊。”

我循着这个声音看了过去。那是个站在皇帝身后的粉衫男子，面容俊美，衣衫上绣着大朵牡丹，如同他这个人一般，开得雍容华贵，肆意张扬。

见我盯着他发愣，那粉衫男子眨眨眼：“哟，姑娘，你不会移情别恋看上我了吧？我叫牡丹，是阿从的哥哥，你要是看上我了就知会我一声，我考虑考虑，指不定就答应你，给你做个侍君呢！”

“不敢不敢！”一听这话，我赶忙移开眼睛。

接着，我便瞧见这粉衫男子旁的黑衣男子，他要比那粉衫男子高出一寸，肤色苍白，身形消瘦，面上带着温和的笑意，将他原本肃杀冷漠的五官显得柔和了许多。

见我在看他，他拱手行礼，温和地说：“在下温衡，也是阿从的哥哥。”

“瞧我，我都忘了……”听到温衡的话，那位俊美的帝君用小金扇敲了敲自己的头。

他朝我看过来，一双眼睛仿佛是三月的阳春水，撩得人心波光粼粼。

我呆了呆，听到他温和地说道：“苏姑娘，我是阿从的大哥。阿从从小就跟着我，是我一手养大的。我叫沈夜，日后苏姑娘叫我一声沈大哥就好。”

“不敢不敢！”我忙摇手，一本正经地说，“陛下就是陛下，草民不敢逾矩。”

“为何不敢？”他眯着眼笑。

我认真解释道：“今天陛下允了我这么称呼，是出于对阿从的喜爱。等什么时候陛下不喜欢阿从了，这称呼就成了罪过。”

沈夜的表情愣了愣，所有人都沉默下来。

沈从叹息了一声，挡在我身前道：“大哥，苏姑娘就这个口无遮拦的性子，还望大哥见谅。”

“我怎么会和一个小姑娘计较？”沈夜摇了摇手，朝我点了头，“姑娘起来吧，朕为你们特意设了宴，还是进宫详谈才好。”

他才说完，沈从就扶我站了起来。他替我掸了掸肩上的雪，把我的手拉到他手里暖着，低声问：“冷不冷？”

旁边的牡丹打笑沈从："没想到阿从还会这么温柔的？"

我忍不住红了脸，低着头不说话。

我的目光不经意飘过站在一旁的沈夜，注意到他看着我和沈从的目光里，全是怀念和苦楚。

我不由得一愣，心上又涌上了些难过。

我想，人长得太好看果然也是一种过错，哪怕只是皱眉，也能让不相干的人为之难过。

不过这个念头只让我失神了一瞬，默念三遍"美色误人"后，我捏了捏沈从的手。

他转头看我，俊雅至极的眉眼中带着关切，我瞬间安下心来。

这是我的主君，我的相公，我孩子的父亲，和我一起拜过天地成过亲的人，我绝不会因为其他美色乱了心神。

于是我打量着他，微笑着对他做了个口型。

"我想亲你。"

我知道他会唇语。

看着我的口型，他笑了笑，转过头去，面色不改，只是耳尖微微泛红。

不知道为什么，我居然觉得似曾相识。

瞧着他前方略显消瘦的帝王背影，我脑中忍不住闪过一个念头，这个帝王害羞的时候，是不是也是面上镇定自若，耳根泛红呢？

被我撩得不敢面对我的沈从没有察觉到我的异常，往前走了一步，开始和沈夜聊起天来。

"大哥瘦了些。"沈从先叹息出声。

沈夜淡淡地应了一声后，笑了笑道："你倒是丰润不少，果然是有个女人就不一样了。"

"大哥……"沈从有些尴尬，一时之间竟像个小孩子一般。

沈从在我面前从来都是沉稳温和的，突然有这种姿态，我不由得暗暗留了神，一面装作看风景，一面聚精会神地听他们到底在说什么。

沈从的尴尬让沈夜怀念起往事，他叹息道："若是阿城还在就好了。"

"大哥不必太难过，也许嫂子……尚在人间。"

"嗯。"沈夜点头，温和地说，"我知道，她一定还活着，就像我一直相信，你还活着。"

说着，他抬起头来，直视着沈从，目光意味深长："其实有那么一瞬间，我是想过，如果她死了，你也不必活着。"

听到这句话，我脊梁一寒。

我开始忍不住关注他们说的这个"阿城"到底是谁，开始想要知道，当年到底发生了什么才让阿从去跳江，然后被我这么一个村女捡到？

我认真听着他们的对话，心里全是惶恐。

沈从却仿佛不在意一般，温和地说："只要能成就大哥的帝王霸业，阿从死不足惜。"

"所以，从一开始，你就想要她死，对吧？"沈夜停下步子，冷冷地看着沈从。

气氛一瞬间冷了下来，寒风呼呼吹过。

沈从面上带笑，没有半点惧怕，而站在沈夜身后的牡丹、温衡却紧张起来，他们看着这对兄弟，似乎有些不知所措。

"阿从，你说句软话，别这么和你哥说话。"牡丹咬了咬唇，无声无息地靠近了沈从。

我开始明白，牡丹这是想保护沈从，因为他猜不出这个帝王可能会做什么事。

于是我也赶紧挪了挪步子，跟在了沈从后面。

我打算只要沈夜出手，我立刻跟着出手。

气氛紧张得如同拉到极限的弓，随时有崩断的危险。

沈夜冷冷地看着他，一字一句地问："到底为什么，你一定要她死？"

"我有很多理由。"沈从丝毫不惧，注视着沈夜，"不说其他，如果她在，你能对世家下手吗？你会对舒家下手？舒家庇护着这么多家族，你又如何对它所庇护的家族下手？！"

"荒唐！"沈夜猛地出手，一巴掌抽在了沈从脸上。

他明显是个练家子，和只有三脚猫功夫的沈从不同。沈从被他一巴掌就抽在了地上，我忙跑到沈从边上，扶住他，怒视沈夜道："你做什么！"

"不碍事……"沈从忙拉过我，温和地安慰我，"苏欢，没事，你别着急。"

"怎么能不急！"我检查着他脸上的红肿，几乎快要哭出来。

我转头瞪着沈夜："我不知道你们发生了什么，可你是他大哥，兄弟哪里有隔夜仇，有什么事是一定要动手的？"

沈夜不说话，他静静地看着挡在沈从面前的我，眼中的荒凉将他整个人都衬得有些萧索了。

"曾经有个人……"他的声音沙哑，"也像你对阿从一样对我。可是这个人，她消失了。我找不到她……"

说着，沈夜红了眼眶。他颤抖着抬起苍白消瘦的手，抓紧了左胸上的衣服，随时都要崩溃一般吼道："我找不到她！都是因为你！因为你们！"他将手指向沈从，然后又向周围扫了一圈。

"温衡！"牡丹猛地出声。

温衡闻声而动，两个人瞬间一人一边抓住了沈夜。

沈从皱起了眉头，而面前方才还好好的俊美男子，突然就像疯了一般，拼命挣扎起来。

“放开我，我要去找她……放开我……你们放开……阿城……阿城啊……”他似乎是陷入了一场可怕的噩梦，拼命挣扎。他眼中全是绝望和乞求，惊得我待在原地，不敢出声。

沈从匆忙站了起来，从袖间抖出银针，飞快扎在了沈夜身上。

沈夜身形一僵，就停止了动弹。他被牡丹、温衡扶着，仿佛是虚脱了一般，抬起眼来，看着面前的沈从，满眼茫然。

“大哥，”沈从沙哑出声，音调中全是痛苦，“醒醒吧，她已经……不见了。”

沈夜没说话，直盯着他，眼中全是乞求。

“那时候，你跟着她一起跳进了江里的，她去了哪里？”

沈从没有回答他。

沈夜颤抖着抬起手，握住沈从的袖子，恳求道：“我不会因为她乱了分寸，我求你告诉我，她去了哪里？”

“我不知道。”沈从回答。

“你知道！”

“我不知道。”

“你明明知道！”沈夜怒吼道。

沈从闭上眼睛，痛苦地说：“大哥，不要自欺欺人了。那时候你也跳进了江里，你知道那时候的情况，当时是汛期，就算是没有受伤的能活下来已是不错，何况她当时本就生命垂危。你武艺如此高强都没能找到她，更何况我？”

“我知道你想要一线希望，可是大哥，我不是你的希望。我不知道，真的不知道！”

沈夜眼中的光芒暗淡下来，恢复了一开始的一片死寂。他的手缓缓松开沈从的衣袖，垂落下来。

沈从将银针从他身上拔下来。沈夜一言不发，倚靠在温衡身上，仿佛是什么都不在意一般。

等沈从将银针都收起来，他终于道：“朕有些乏了，先去睡了，你们吃吧。”

说着，他便靠着温衡，闭上了眼睛。他身后的宫人立刻遣人去抬了龙辇过来，我和沈从静静地看着他上了龙辇。走之前，他卧在龙辇里，手捧着暖炉，疲惫地说：“阿从，对不起，我控制不住自己。”

“我知道，大哥先去休息吧。”沈从温和地回答。

沈夜闭上眼，点了点头，龙辇便起步离开。

等他走远了，牡丹叹了口气，转头同我们道：“咱们自己去吃吧。”说着，他看向沈从，有些担心道，“你别生气，你牡丹哥哥在这里，我陪着你喝几场就好了。”

“他……”沈从皱着眉头，“一直是这样？”

这个“他”指的是谁，我们都知道。

牡丹眉眼渲染了苦恼的神色，他点了点头，道：“舒大人走后，就一直是这样了。

一开始比这还要过分些，每天带着人沿着江一路去找人，人找不到，差点处死好几批侍卫，还好昆吾还在，死命拦着。一连找了几个月，才就此作罢，然后就成了现在这样子了。喜怒无常，一会儿就发疯，等到了晚上，就整晚酗酒，才两年，就瘦成这样子了。谁劝都不听。你别怪他，他做这些事儿，说这些话，都不是发自内心的。他还是很疼你的，这些年一直在找你。”

说着，牡丹口气里全是惋惜：“早知道是这个结局，还不如让舒大人留下来呢。”

他的话意有所指，似乎是在责怪沈从。我有些不满：“谁知道结局是这样呢？人不都是选择当时能看到的最好的吗？不能有错就怪当初做决定的人啊！他做决定的时候也不见你们拦着！”

“小姑娘怪有意思的，”听了我的话，牡丹笑了起来，“这么赶着维护阿从啊？”

“这是我主君！”

“是相公。”沈从纠正我。

我第一次感觉在人前因为这件事有些没面子。之前在乡野，是主君是相公无所谓，我也就顺着他，今儿个不知道为什么，一到楚都，一进皇城，我就打心底觉得，我是娶主君的人，不该是嫁给别人当妻子的人。于是我第一次有些固执，纠正道：“是主君。”

“是相公。”沈从更执着。

“主君。”

“相公。”

“主君。”

“相公。”

“噗……”牡丹笑出声来。

我有些不好意思，终于妥协道：“好吧。是相公。”

“话说，你们俩还没商定这事儿？”牡丹眨了眨眼，“你们到底成亲没？”

“成了。”这是我。

“没。”这是沈从。

我们俩迅速看了对方一眼。我眼中的愤怒几乎要将沈从烧为灰烬！

沈从立马回头，解释道：“草草拜了个天地，还没上官籍，算是成了吧。不过我还是想在楚都再补办个婚礼，也给哥哥们热闹热闹。”

这句话终于让我满意下来。

牡丹点了点头道：“对对，咱哥们儿还从来没给自己哥们儿办过婚礼，阿从你最出息了！”

说着，牡丹眼中有些难过：“要是兄弟们都还在就好了。”

沈从默不作声地拍了拍牡丹的肩，似是安慰。

牡丹转头看他，沈从的眼中一片平和。牡丹叹息一声，说：“没事，兄弟们就算不在这里，也在天上看着。阿从你成亲，哥哥们肯定都看着的。”

沈从点点头，同牡丹又说到沈夜：“他这个样子，朝臣没有意见吗？”

“他也就私下这样。”牡丹叹了口气，“在朝臣面前，倒没露什么马脚。不过为隐瞒这事儿，也杀了不少人了。”

“郑参怎么说？”沈从皱起眉头。

牡丹指了指胸口：“心病还须心药医。”

“那要大夫做什么？”沈从冷笑了一下，握着我的手一起走进大殿。

大殿里坐着很多男人，这些男人姿色各异，风情万种。他们或坐或立，让大殿一瞬间仿佛变成了一个花园，春色满园。

这些人本来嘻嘻哈哈说笑着，我才出现在他们视线，全场就静默了下来。

片刻后，一个眉眼间皆妖娆的男子放下酒杯，撑着下巴，抬起手来指向我：“这位姑娘是谁？”

“沈从妻主。”

“我妻子。”

我和沈从异口同声。

大殿里的人愣了愣，随后一阵欢呼雀跃之声夹杂着口哨之声沸腾起来。

我被这群魔乱舞的局面吓得后退了一步。

牡丹毫不犹豫地把我往大殿里一推，而后猛地关上门，兴奋地吆喝了一句：“兄弟们，好好服侍一下苏姑娘！”

我咽了咽口水，总觉得这场景似曾相识。大殿里的男人们都兴奋起来，妖娆地起身朝我走来。沈从站在我身边，从容一笑，眉眼间忽然就染了无边艳色。

“苏姑娘，”他温和地问，“这么多美人，挑一个？还是一起来？”

这话让我感到极度危险，我的手心开始冒冷汗。

我呆呆地想，这不是皇宫吗……

为什么，我觉得，好像有什么很不对劲的地方？

这些男人，这个场景，很像传说中的……

逛青楼啊！

第十八章

不对！

这些男人绝对有问题！

我看着朝我围过来的男人们，敛了心神。

沈从还是那么一副宽容大度的样子，我立刻猜出来，他必然是想试探一下我。

虽然我不知道他从哪里找来这么多奇怪的男人，但我还是敛了心神，往沈从身边跨了一大步，紧紧抓着沈从，认真地说道：“我只要你，谁都不要！”

在场的人都大笑起来。

沈从眼里有了几分欢喜，却还是道：“我这些哥哥可都是一等一的美人，在外面千金难求，你不考虑考虑？”

“不考虑！”我认真地拒绝，看着他的眼睛，几乎就要指天发誓，“我眼里就你最美！”

沈从轻笑起来，眼底带了几丝惶然：“那，陛下呢？”

“陛下？”我呆了呆，“这和陛下有什么关系？”

总不能陛下也是我可挑选的吧？

沈从带着我往座位上走去，似是没有理解我问话中的意思，坚持问道：“如果在我和陛下中间选一个，你选谁？”

“这还需要选吗？”我愣了愣，坦然回答，“你是我的主君啊！”

“相公。”沈从纠正。

我不打算搭理他，解释道：“陛下就是个萍水相逢的路人，我和他会有什么瓜葛呢？”

他没有说话，沉默着带着我坐下。

我们一落座，场面一下子就热闹起来。所有人都拥上来灌我和沈从。

我还没见过这种架势，他们端过来我就喝，一杯一杯喝下去，起初还没觉得怎样，不久后，我就再也没了意识，感觉自己好像飞上了云端，旁边人影幢幢，全是仙人。

我也不知道自己做了些什么，等稍微有些意识的时候，已经到了一个安静的地方了。

我迷糊地睁开眼睛，沈从扶着我道：“这是到我的府邸了。”

“哦……你的府邸……”我打了个嗝，“我们回家啦？”

“嗯，回家了。”他扶着我到床上，吩咐了下人备水，便打算去揉湿帕子来给我洗脸。

我一把拉住了他的袖子，借着酒劲，许多平时不敢深想的问题都涌了上来。我注视着他的眼睛，认真地问：“阿从，你是不是有什么事瞒着我？”

沈从眼中闪过了一丝惶恐，他故作镇定道：“你醉了，我先去给你揉块帕子。”

“阿从……我不怕你骗我，你骗我……也没关系。”我也不知道是哪里来的勇气，抓着他的袖子，大声说，“我是你的妻主，我就该保护你。你要是骗我，我也认了……我身上这么多毒，还害了赐儿……这哪里是一个普通世家女能有的……我一定会给你带来很多麻烦吧……”

“你醉了。”沈从的声音微微颤抖。我将他拉扯到床上，他怕伤着我，撑在我身边。

我拼命抱着他，嘟囔道：“你为什么就是不和我同房呢……你医术这么好，怎么还解不了毒呢……我们什么时候才能像正常夫妻一样同房啊？阿从……你是不是不喜欢我……”

“别胡说！”沈从低声呵斥，“我怎么会不喜欢你。”

“你不知道……”他叹息着抚上我的眉眼，“我为了你，付出了多少东西。”

“阿从……阿从……”我抱着他嘟囔，“我们圆房吧……圆房吧……”

……他推开我。

我缠着他…… “圆房！圆房！圆房！”

就在这个时候，外……了一个清冷的男声：“阿从。”

沈从身形一僵。

我皱了皱眉，觉得这声音有几分……不明白，是谁这么晚来打扰我的好事？我决定不管他，继续拍着掌道：“圆房……”

“姑奶奶别说了。”沈从捂上我的嘴，往我脑……奈道，“乖。”

我眨了眨眼，被他亲一下，算是被收买，乖了。

他舒了口气，慢慢放开捂住我嘴的手，见我乖乖的，便道：……”

我点了点头，他便走了出去，关上房门。

我踮着脚跑到房门边上，往纸上戳个洞，透过洞去看外面。

来人头戴金冠，肩披鹤氅，身着玄衣直缀，腰带白玉龙纹玉佩。他的身材……从更高挑一些，却瘦得骇人，整个人仿佛风中修竹，亭亭而立，却又似乎随时会被风吹折。

沈从上前给他见礼，而后引着他到院中的石桌前坐下，吩咐人上了温茶。他露出侧脸，那容貌太惊艳，哪怕我只看过一眼，却也难以忘却，仿佛是刻进了我的骨血，瞬间就认了出来。

帝君沈夜。

我心跳得飞快，忍不住把手按在了胸口，怕他们听见这巨大的心跳声。

沈夜先开了口："今日的事，对不起。"

倒着茶的沈从微微一愣，随后垂下目光："该说对不起的，是我。"

"你并没有什么做错的。"沈夜淡道，"为君者，当是你所期待的那样。我带着你们举旗，带着你们谋大事，就该将你们的安危放在第一位。我没有做到，且为儿女私情羁绊，所以你如此做，也并没有什么错的。"

沈从没说话，似乎是在犹豫什么。

沈夜轻抿了一口茶，哑声道："其实你判断得没错，有她在，她就仿佛是我人生的一道绳索，死死地绑住了我。如果不是为了让她愿意保住那个孩子，当时我就不会在还没准备完全的情况下让温衡去刺杀大皇女。我们差一点，就功亏一篑了，不是吗？"

"大哥……"沈从垂着眼眸，睫毛微微颤动，"对不起。"

"我没有怪你。"沈夜轻笑出声，"我只怪自己，为什么要走上这么一条路。"

"可是我怪我自己。"沈从抬起头来，凝视着沈夜，眼中全是愧疚，"大哥，我以前并不懂得和人相爱是什么感受，可现在我明白了。因为明白，所以我才知道，我所做过的事情，有多么残忍。"

沈夜愣了愣，他呆呆地看着面前的沈从张了张口，却什么都没说出来。

沈从看着他，跪到他面前，声音沙哑："大哥，阿从求你，忘了舒城吧。你该有新的人生，她找得回来，找不回来，你的人生都该继续的。"

沈夜没说话，他看着沈从，勾起了嘴角。

他的笑薄凉而苦楚："你不是第一个和我说这话的人，包括我自己，也把这话说了很多遍了。可我忘不掉，就是忘不掉……"

"我一想到是我亲手将毒药端到她面前……"沈夜漂亮的眼里盈满了眼泪，在眼眶中滚动，仿佛随时就要坠下来。

"我一想到她是为了我走到那一步……"沈夜闭上眼睛，声音仿佛一根丝线，缠绕上我柔软的内心，拉紧，割开血肉，鲜血淋漓。

我几乎无法呼吸，完全不知道自己为什么，会对一个陌生的人产生这样浓烈的情绪。

"我就知道，我这一生，没有办法过下去了。我不敢睡觉，每天梦里，都是她身上带血，问我那一句——你要的天下我给你了，我的真心，你是不是可以还我了。"

"阿从，是我辜负了她。"他的声音淡淡的，飘散在空气里。

我不知道为什么，再没有了力气，顺着门框坐了下来。我感觉眼中一片酸楚，感觉胸中有什么在激荡，感觉身体中仿佛有另外一个灵魂，呼啸着想要冲出来。

我不敢说话，只能静静地抱着自己。

沈从和他继续闲聊了几句，就送他离开。

等了好久，沈从打开门，瞧见我坐在地上。他什么也不问，弯下腰，抱着我，就放到了床上。

他温柔地说道："睡吧。"

"阿从……"我叫住他。

沈从僵了一下。

我问他："我认识沈夜，对不对？"

他没有回我。

我从床上坐直了，看着他："你别骗我，什么都能作假，唯独人心作不得假。"

"对。"他闭上眼睛，声音有些颤抖，"你要做什么？"

"哦……"我垂下眼眸，低声道，"我也不做什么，就是问问。"

沈从一直不说话，他背对着我，肩膀微微颤抖。

我从没见过这样的沈从，不由得有些心慌，于是下地穿好鞋，绕到他身前，便瞧见这么一个高大的男子，竟红着眼，泪落无声。

他低头看着我，眼里全是惶恐，似乎是有甚多话想要说出口，却都止于唇间。

我忙抱住他："你别多想了！我忘了就是忘了，忘了就不会再记得了！我不管过去是什么，我现在是你的妻主，你是我的主君，我发过誓要照顾你一生一世，要一直在你身边，一直爱你，他与我已经没什么关系了！"

"欢儿……"他张了张口，紧紧抱住我，却什么都没说。

我在他怀里，感觉到他的惶恐，他的担忧，心像刀割一样疼。

这是我放在心尖尖上的人，不管发生了什么，我怎么舍得让他受一点点委屈？

过往是什么很重要吗？如果我一辈子想不起来，过往的人又与我有什么关系？我现在活得很好，很幸福，这已是足够了。

于是我将头埋在他的心口，温和地说："阿从，别怕，我一直在你身边。"

似乎是被我的话安抚了，他终于放松下来，但仍满眼都是愧疚。

我踮起脚亲了亲他："别怕，我不会离开你。"

这是我的阿从，他会背着我回家，他在我生产时与我相随，他在冬日里用那双握笔的手为我洗衣，他照顾我，陪伴我，给我幸福和欢乐。我不在意过去，我只想一直这样陪伴他到未来。

我和他洗漱后回了床上，十指相扣，一言不发，直至天明。

沈从已经是左相，早上要上早朝。他尽量放轻了动作出去，我睁开眼看了他一眼，轻微哼了哼，又闭上眼睛。

然后我开始被逼着习惯他这种早出晚归的生活。一个两年没出现过的左相，要处理的事情实在是太多。我每天闲着没事儿，就拾掇着屋子。这府邸比以前我们乡野里的农舍大得多了，一个院子就有我们当年整个宅子大。好在除了我，还有许多仆人听着我的指挥来收拾院子。于是我每日做得最多的事情，就是去采购。

掌管了府里所有的收入，我才知道，沈从是真的有钱。除了官场上的收入，他私下在各钱庄、米粮店等店面都有自己的私股。我每天数钱数得手抽筋，却仍旧改不掉在村里省吃俭用的习惯，去不惯楚都那些高消费区。于是我常年出没于那些平民商贸街，比如以假货出名的东三古玩街。

我虽然是个女子，但爱美之心人皆有之，且被沈从养了三年，也养出了些娇气，开始热爱上了这些叮叮当当的东西。像珍宝阁这种店我不敢去，怕进去了半年的伙食费就要没了，于是就专门盯上了古玩街上一家常年卖假货的首饰店。

他家假货足以以假乱真，一般人根本分辨不出来，而且价格公道，童叟无欺，特别适合我这种身份高贵、内心吝啬的官太太。

我去了好几次，就成了他们的贵宾。

那天天气正好，春日初阳融化了冰雪，暖暖地照在楚都城中。沈从去了宫里，我闲着无事，就打算又去首饰店打几套首饰。

到店里时，柜台上正放着一串镶玉腰带，我见了十分喜欢，觉得买去给沈从佩戴，必然极其好看，当下叫了店家来道：“老板，这条腰带我要了。”

千金难买心头好，好不容易看见喜欢的，我也懒得问价格。反正这里的东西足够便宜，而恰好，我很有钱。

柜台里走出一个生脸的小二来，笑着忙给我打包。

我正百无聊赖地瞧着店里的其他东西，突然听到一个尖厉的男声道：“你们在做什么！”

话音刚落，我就瞧见一个男人气势汹汹地冲了进来，一把按在那腰带上：“不是说卖给我的吗？我就去取了趟钱，怎么就给别人打包上了？！”

那店小二愣了愣，看了看我，又看了看对方，忙道：“客官稍等，我去请掌柜过来。”

说完，他便钻了进去。

我懒洋洋地抬头看面前的男人。

他看上去四十多岁的模样，但保养得极好，穿着白纱笼着的玉衫，头戴金冠，脖子上坠着一块墨玉坠子，额间绘着水波纹路，整个人看上去很精致，一看就知道是出身极好。

他怒气冲冲地看着我，我轻咳了一声：“大叔……”

“你叫谁大叔！”他瞪大了眼睛。

我忙换了个词道：“哥哥……”

他的面色稍微好了些。

我叹了口气道：“这位哥哥，这条玉带我十分喜欢，已经付钱了。”

“付钱了？！”他诧异地说，“可这明明是我先看上的，店家也答应卖给我了！”

“可我已经付钱了。”

“付钱又怎样！我给你钱，你把它让给我！”

“二位客官息怒！二位客官息怒啊！”掌柜的终于出来了。

那男人一巴掌拍在柜台上，怒道：“掌柜的，你怎么做生意的？”

掌柜的擦了擦汗，忙道：“舒主君，是小的的不是。方才小的去后院方便了一下，看柜的是个新人，不知道发生了什么，才擅作主张将腰带卖给了沈夫人。舒主君，要不小的送您一条最新款的链子，您就消消气，如何？”

“我不要链子！我要腰带！”那男人转过头来，怒气冲冲，一字一句道，“我！要！腰！带！”

看着他的样子，我忍不住笑出声来。

旁边的店小二已经把腰带打包好给我，我提起袋子就打算走，却被对方拉住了。

这次他不吼了，他看着我，慢慢地红了眼眶。

我被吓了一跳，赶忙道：“你别哭啊……”

“我想要这条腰带……我真的想了很久了。和我家妻主要了好久才要到的钱，求求你让给我吧……”他一开口，声音委屈得惊人。

我吓得一愣一愣的，看着面前这个态度和方才完全不一样的人，思索着他是不是个神经病。

“你放开……”我推他。

他死死拉住我，就是不松手。

我和他争吵起来，他哭天抢地，我则用从乡野里学来的粗话骂得昏天暗地。

“你个不要脸的公狐狸精，就为这一套首饰和我拉拉扯扯的，你还要不要脸！”

“你你你……你抢我的腰带！”

“话说清楚，你腰带好好在你腰上，我抢什么了？！”

“我不管，你欺负我！天哪，我舒家已经沦落到一个刁妇就能这么作践我的地步了吗？！”

“你再哭！再哭我就打你！”我威胁他。

他抬起通红的眼睛，骂道：“你来啊！你今天把我打死在这里算了！”

话出口了，若不动手倒显得我胆子很小。

虽然我心里总觉得这样做不对，但还是在面子的鼓励下扬起了手。就在我即将一巴掌抽过去的时候，一双漂亮的手忽地拉住了我的手腕。

“沈夫人，这样对一个美人是不对的。”那人声音千娇百媚，听得人瞬间酥了骨头。

我抬头看见那人的脸，觉得有些熟悉，便皱眉想了想。

那人道：“我是沈从的哥哥，凤三。”

他哥哥真的太多了……

我在心中腹诽，面上扬起笑容：“我记得，凤三哥哥是来帮忙的？”

“这是我罩着的人。”凤三懒洋洋地道，“弟妹不看僧面看佛面，就把这条腰带让了他吧。”

听着这话，我忍不住皱起了眉头。这到底是什么人，能让凤三不帮我反帮他？

一看见有人撑腰，这人立刻站起来，恢复了一开始的精美尊贵的气质，仰着头道：“还不把腰带给我？”

我在心中掂量了一下，觉得面前这尊大神估计惹不起，于是将腰带往柜子上一扔，冷笑着道：“姑奶奶我不稀罕！”

说完，我就打算酷酷地走开。结果才转头，就听到那男人道：“慢着。”那男人走到我面前，“谢谢你把这条腰带让给我，要不我请你吃个饭吧。”

“恭敬不如从命。”

有饭不吃，不吃白不吃。

看他的打扮，我本来以为要去一个很高档的地方，结果是一个很普通的酒楼。我不由得狐疑地看着对方。

对方面上露出一丝窘迫，努力仰着脖子，掩饰住那份窘迫道：“世道不好，咱们随便吃吃就得了。”

看来是个家道中落的，我算是明白了，便也不再为难他。操心过柴米油盐酱醋茶的，都知道当家的辛苦。我便道：“算了，你也算是我的长辈了，这次我请你。”

“你这么好心？”他有些狐疑。

我笑了笑：“算起来，我还是有点钱的……”

只是我比较抠。

这男人眼睛亮起来，立刻道：“我知道一家好吃的，我带你过去尝尝。”

说着，不等我答应，他就拉着我掉头风风火火往另一条街上熟门熟路地冲了过去。

然后我们就从一家普通的酒楼，移步到了一家叫“一品轩”的酒楼。

这人拉着我一进去，就有人迎了上来，笑着道：“舒主君好久未曾光顾了，还是原来那间房？”

他矜贵地点了点头，没有回头瞧我。

我也不好再开口了，直觉告诉我这店肯定很贵，却还是硬着头皮跟着他走了进去。

他似乎常来这里，上了三楼后，熟门熟路地进了一个包间，也不看菜单，张口就点了几道菜。

等点完菜，小二关门出去后，他整个人都松懈下来，坐在椅子上，眼睛看向一边，露出悲伤的神色。

“不瞒姑娘说……”他伤心地叹了口气，“我已经许久没有来过这里了。”

我不想接他的话，打量着房间，掂量着我的钱包。

“方才听说姑娘是沈夫人，又听凤三提到沈从，姑娘莫不是沈从沈大人的妻主吧？”

这是到楚都以来第一个称我是沈从妻主的人，我心中瞬间乐开了花，努力抑制住即将挂到嘴边的笑意，咳了一声道：“正是，舒主君的妻主是？”

“我啊……我叫柳玉丞，妻主是曾经的贵族舒家家主舒柔。”

这个人听上去有点熟悉，好像很厉害的样子。

看我若有所思的模样，柳玉丞回忆起往昔来，面上全是哀戚：“陛下未登基时，舒家还是楚都第一贵族呢。那时候我啊，要风得风，要雨得雨，吃饭从来都是楚都名厨亲自伺候，从来不看珍宝阁顶楼之外的首饰，穿的是蜀中进贡的布匹，喝的是杭州新贡的顶尖龙井……”

他满脸怀念的神情，我一言不发，心里琢磨着，你吹，你继续吹。

“唉，说远了。”他吹了一会儿，似乎是吹不下去了，低下头来，叹了口气道，“那时候，沈从还是个孩子，跟着还未成为当今帝君的沈夜一起嫁到了我们舒家。当时沈夜是以苏容卿的身份嫁过来的，我一开始就瞧出来，苏容卿不是个好东西，绝对是只狐狸精，可惜我还是没能阻止城儿瞧上他……”

“你女儿，城儿？是舒城？”我想起这个似乎和沈从牵绕颇多的名字，立刻有了警惕心。

听到我的话，柳玉丞猛地站了起来，一脸的激动：“你……你认识她？她还活着？对不对？！”

我连忙摇头：“我就是听很多人提起过她而已。”

柳玉丞红了眼眶，这一次，他眼里的悲伤和痛苦实实在在显露了出来，再没有方才的矫揉造作，猛地击中了我的内心。

我呆呆地看着他，张了张口，想要劝慰，却又不知道该说些什么。只觉得面前这个人的模样让我心中一片酸楚，几乎想要跪下来，替舒城尽孝。

“我有过很多女儿，都没活过十五岁。楚都的人啊，都像鬼一样会吃人。”他笑了笑，声音低哑，“城儿活到了二十五岁，我以为她会就这样过一辈子，长命百岁，最后她却还是死在了沈夜手里。所有人都说，她是因刺杀先帝被治罪，可我清楚，就她那个性子，如果不是为了沈夜，她不会去做这种事。或许是为了给舒家求条生路，或许是为了帮着沈夜当皇帝，总之……她是被沈夜逼死的。”

“舒主君……”我叹息了一声，“节哀。”

“不，”他抬起头来，矜贵道，“我不节哀，我女儿未必死了。沈从、沈夜他们和我女儿一起跳的江，怎么他们就活着，我女儿就死了？我请沈夫人过来，就是想问一句，你和沈从是怎么认识的？是你救了他吗？”

“是……是的。”

沈从已经将我对他的救命之恩告诉众人了，我也瞒不下去。

面前的男人无声无息间早已变了气势，他的话里带了一丝压迫感：“那你，见过江中有个女子吗？”

“未曾。”我想了想，沈从不准我将我失忆的事告诉别人，我就不会说。于是我推断，若是江中还有其他人，我一定也会救起来。人失忆，骨子里的性子却不会变。我不算个好人，但绝不是见死不救的人。

柳玉丞眼中的光慢慢暗淡了下去，他点了点头，道：“知道了，谢过沈夫人。”

许久，他都不再说话。

我被他的态度吓到，忙道：“你……你要不要再点几个菜？我请客呀！”

“你怎么突然这么好？”他狐疑地问，似乎方才的悲伤全是我的幻觉。

我不由得觉得，这个男人真的太厉害了，仿佛世上所有事都打不倒他这份天真。

我笑了笑：“我是个尊老爱幼的人。”

“好，”他立刻把店小二叫了进来，报上一串菜名后，淡淡地吩咐道，“打包。”

“沈夫人，你真是个好孩子。”他叹了口气，“如果你能再陪我逛逛街就好了。”

他说话的时候，眼里全是期盼。

我看着他的眼睛，不知道为什么，就觉得自己容不得他受一点点委屈，在理智归位之前，就先点了头。等我反应过来的时候，已经来不及了。

他已经红了眼睛：“沈夫人，你真像我家城儿，什么都依着我。”

“舒主君！你开心就好！千万莫要哭了！”我紧张地安慰道。

柳玉丞点了点头，拿着帕子擦着脸回过头去。

饭菜上了桌，柳玉丞放开了不少，和我说了许多近况。

当初先帝驾崩之前，舒家人就被舒城送了出去。都到西荒了，沈夜居然亲自带着人追了上来，把舒家人截住。当时所有人都以为沈夜要赶尽杀绝，结果沈夜却亲自下车，跪在了舒家人面前，恭恭敬敬地将他们请回了楚都。

“西荒那鬼地方风沙太大了，吹得我眼睛疼，哭得满脸都是眼泪。这小子跪着一动不动，我妻主差点拿剑穿了他，他也不让开。就一个劲儿地说，要是我们走了，舒城这一辈子都回不来了。其实吧，都那么久了，人要回来早回来了，一直没回来，活着的机会还有多大呢？都是我们自己骗自己罢了。我就这么一个女儿，身为父亲，我自己骗骗自己也就算了，他一个年轻男人，这么漂亮，这么有地位，犯不着这么执着，把一辈子就这样葬送了。”

柳大叔喝多了，一面说一面抹眼泪。醉了的大叔全然没了清醒时的矜贵姿态，但不用自己的衣服擦鼻涕，他却还是记得的，抓着我的袖子一把一把地抹着眼泪。

我也不知道为什么，突然就对这些事有了莫大的好奇心，一面给他倒酒，一面静静听着。

“说起来我也挺恨他的，要不是他，我女儿怎么会死呢？可是你让我真杀了他吧，我又下不了手。我女儿用命护着他，他活着，好好活着，才不辜负我女儿的命，是不是？而且作为一个男人，他真的挺好的。这世道对男人本来就苛刻，他长得那么美，明明可以靠脸吃饭，却偏偏要学着人家造反，还他娘的造反成功了！我一辈子最大的愿望就是能全方位控制舒家的内宅，我以为他也一样。当年他当我女儿主君的时候，我还和他斗过一阵子，结果，他的愿望，是要全方位控制这个天下！太有志气了！我想都没想过！他简直是男子的楷模！当年我要是早点想到这一条路，早他娘的造反登基，也可娶他十几个女人！哈哈哈哈哈哈……”

说着，他就大笑起来，好像幻想到了很美好的未来。

我赶忙道：“舒主君，你冷静一点，你要早点造反，可能现在坟头野草已经及腰了。”

“城儿啊……城儿啊……”他不知道是想到什么，往我身上一扑，号啕大哭，“爹爹好想你。城儿啊，爹爹不要首饰了，也不要漂亮衣服了，不和那些小贱人争宠了，你回来吧……舒家现在就是个普通老百姓，全靠苏容卿那个贱蹄子接济过活，我和别人吵架、打架还要靠凤三、牡丹这两个狐狸精帮忙，你不在，爹爹过得好苦啊！”

他死死抱着我，哭得撕心裂肺，我本来想推开他，也忍不住软了心肠。

这世上最痛苦的事，莫过白发人送黑发人了。我轻拍着他的背，安抚着他，觉得自己仿佛就是舒城一般。

“乖啦乖啦，以后我给你买首饰，给你买漂亮衣服，你要是被人欺负了，就到左相府来找我，我给你出头好不好？”我劝着已经完全醉傻了的柳大叔。

大叔点了点头，坐在我腿上，更加用力地抱紧了我。

外面传来喧闹声，我也没管，认真地和柳玉丞描述以后我要是当他义女会是什么样子。

就在这时，包间的大门被人一脚踹开。

一个四十出头的女人站在门口，朱色深衣，黑色卷云纹路，头上插着两支带着珠串的金步摇，看上去端庄高贵，气势逼人。她一眼扫过我和抱着我哭的柳玉丞，眼睛一瞪。我直觉不好，还来不及开口解释，她突然就拔剑朝我砍了过来！

我吓得一个旋身，将柳大叔稳稳放在桌上后，慌道：“这位大人……”

“闭嘴！”那女子怒喝一声，“我舒柔哪怕被贬为庶民，也容不得他人如此欺辱我主君！”

“等等，我就是请他吃个饭！”我自知理亏，不敢还手。

舒柔拿着剑劈得虎虎生风，我左躲右藏，几乎快要哭出来。

我委屈，委屈得要命。我有一个年轻、貌美、有权有钱的主君，完全没必要来找个四十岁的大叔寻欢啊！

没想到，我把这话说出口，舒柔更怒。

“你居然说我家玉丞不好看！”

还醉着的柳玉丞听到这一句，一巴掌拍到桌上，怒道：“谁说我丑？！”

谁都没说你丑！

我躲来躲去，舒柔剑气几乎挽出一朵花。不料捅着捅着，她就皱起了眉头，居然回头一剑关上了门，收回剑，静静地打量着我。

她眼中的神色很复杂，许久之后，才出声："周围已无人窥探，姑娘可有话同在下说？"

"大人，我真的只是看舒主君丧女可怜，才想安慰一下他，我有夫有儿，我还是嫁人不是娶夫，真的不敢对舒主君有半分不轨之心！"

听了我的话，舒柔的神色更加复杂。她想了想，上前一步，抚上我的脸。

我忍不住僵直了身子。理智告诉我，应该将她的手拿开，然而不知道为什么，我却只是僵在那里，任她动作。

她慢慢抚到我的耳后，那里是人皮面具和真正的皮肤衔接之处，看是根本看不出区别来，粗略一摸也不会有什么感觉，但要是故意去查探，还是能辨别出一些不一样之处。

她的手指停留在那边界之处，反复抚摸，眼中慢慢盈满了眼泪。

过了好久，她收回手去，沙哑着声音问："姑娘叫什么名字？"

"苏欢。"我不太理解她的神情是几个意思。

她点了点头："姑娘是跟着沈相爷一起回的楚都？"

"是……"我迟疑着答道。不辨敌友的人，我不太敢多说，怕给沈从惹麻烦。

舒柔似乎是确认了什么，一眨眼，眼泪就落了下来："那我冒昧问一句，姑娘你……是不是失去过一段记忆？"

一听这话，我就僵直了身子，冷下脸来。

舒柔的眼泪掉了下来，声音有些颤抖："姑娘……我可否……抱抱你？"

我不说话。

舒柔抹着眼泪道："我发誓不会将这事说出去，我绝不会伤害你。"

我凝视着她，她的表情太真挚，让我生不出一丝拒绝之心。想了想，我点了点头。

舒柔走上前来，颤抖着抱住了我。

"苏欢……好名字……好名字啊。"她像母亲一样，温柔地抱着我，低喃，"苏欢，你过得好不好？"

"挺好的……"我全身僵硬，不知道该怎么回答，却还是如实开口，"我家主君对我很好，我每天过得都很好。"

"这样就好。"舒柔轻叹一声。

好久，她终于慢慢放开了我，弯了弯腰，道："舒柔冒昧了，还望沈夫人见谅。"

"大人不必如此！"我忙扶住她，心中全是对这对夫妇的怜惜。

看着她红肿的眼睛，我的心仿佛被刀剜出一个洞来。我有些迟疑道："夫人……你我……是不是认识？"

她愣了愣，看着我，眼泪又涌了上来，目光中透着既欣喜又担忧的神色。

"你我……确实关系匪浅。可如今你过得好，我也就不希望你记起来了。"她握着我的手，垂下眉眼，"人一辈子，就是图个开心，图个现世安稳。我瞧着你过得好，心中的结也就放下了。你不需要刻意去想起什么，既然选择了忘记，那就证明这不是什么愉悦的过去，不若好好珍惜现在。”

说着，她看着我道：“你喜欢你家主君吗？”

我犹豫了片刻，却还是点了点头：“他待我极好，我愿意同他白头偕老。”

我娶了他，对他好，这是我的誓言。冥冥中似乎辜负过一个人，所以再不会辜负他人。

舒柔点了点头，道：“那就好……母……我和玉丞，都希望你能幸福安好。”

说着，她似乎是累极了，走到柳玉丞身边去扶他，对我说：“在下告辞了。”

“我送你们吧！”我忙追了上去。

舒柔看着我，好久，点了点头。

我帮着舒柔扶着柳大叔到了他们的府邸。哪怕被贬为庶民，舒府却还是被保留了下来。舒柔同我说的时候，我还是有几分诧异，忍不住道：“陛下也算是厚爱了。”

“是吧。”舒柔轻叹道。

她也没有挽留我，连大门都没让我进去。但莫名其妙地，我仍旧觉得，那里面的一草一木，我一定无比熟悉。

她将柳玉丞交给下人扶走，和我道谢后正要转身的时候，我忍不住握住了她的袖子道：“舒大人，我……日后还能来吗？”

舒柔看着我，并不应答，目光里全是慈爱。

我忍不住道：“我一看见舒大人和舒主君，就觉得十分亲切，我在楚都没什么亲人，故而……”

“沈夫人，日后你若有任何难处，可以来寻我。”舒柔握住了我的手，说出的话却是拒绝之意，“但如果没有他事，沈夫人还是不要上门了。”

我一瞬间如坠冰窟。

舒柔放开了手，一脸珍惜地看着我，慢慢道：“既然是新生，就该有新生的样子。你现在的模样，我瞧着，很是欢喜。”

说完，她便转身离开。

大门缓缓合上，我看着那关上的舒府大门，一时回不过神来。

此时已是夜深，舒府大门前冷冷清清，只有两盏灯笼在风中招摇。我站了很久，正准备离开，突然听到身后传来一个熟悉的声音。

那声音带着欣喜，仿佛是怕惊扰了我一般，小心翼翼道：“阿城，你回来了。”

我不敢回头，一时僵在原地。

那声音太有特色，叫人只听一次，便难以忘怀。

他说完这句，竟哽咽起来，却一直没有抬步往前。

我很是尴尬，一时也不知该怎么办，提步就打算离开，他却突然道：“你别走！我不往前……我不逼你，你别走……”

“舒城，如果这是你魂兮归来，我求你……就让我陪着你待一会儿，就一会儿……”

他的声音里带着哭腔，我走也不是，留也不是，想了想，深吸了一口气，还是转过身去。

看见我面容的那一瞬间，那个年轻帝君的面色猛地变得煞白，原本尚带着欣喜的眼神突然暗淡了下去，恢复了初见时那死一般的荒凉。

他静静地看着我，好半天，终于道：“是苏姑娘。”

“见过陛下。”我恭敬地行了个礼。

他点了点头，目光从我身上移到了“舒府”二字上。

他脸上犹带着泪痕，在月光下，面容圣洁俊美，仿若仙人，高不可攀。

我静静地候在一旁。好久，他才终于道：“苏姑娘的背影，很像朕的一位故人。”

我没敢贸然接话。

他又看了我一会儿，道：“姑娘如不嫌弃，让朕送你一程吧。”

皇帝开口，草民还有拒绝的道理？我虽然心中忐忑，却还是面上恭敬道：“草民谢过陛下。”

他点了点头，带着我一起上了一辆马车。

马车极大，里面的摆放让我觉得有些眼熟。这位帝君坐上马车后，便闭上眼睛假寐，过了一会儿，他慢慢道：“我一直在等阿城回来，刻意保持了所有我能保持原样的东西，连这马车里的装饰，都是按照她原来的习惯，一模一样地放着。”

“苏姑娘觉得，她会回来吗？”他睁开眼睛，瞧着我，目光灼灼。

我愣了愣，有些诧异：“我怎么会知道？”

沈夜笑了笑，笑容妩媚动人，让我忍不住咽了一下口水。我忙低下头去，不敢再看他，在心中开始默念清心咒。

沈夜却是一动不动地瞧着我，直到我整张脸都烧起来，才慢慢道：“苏姑娘的定力，真是非同一般。朕差点以为，朕这张脸老了，哄不了小姑娘了。”

“陛陛陛陛下莫要玩笑！”我惊得瞬间往他的反方向缩过去，待在了离他最远的地方。

沈夜笑意不减：“苏姑娘捡到阿从的时候，是否还有注意到其他什么？”

“没有！”这个问题我早回答过，毫不犹豫就否认了。

沈夜神色暗了暗，突然站起身来，向我走了过来。我无处可避，只能眼巴巴地看着他两步就走到我面前。他一手撑在车厢壁上，一手握住我的下巴，逼着我抬头看他。

我的脸落入他的眼里，他看着我，笑意盈盈：“我再问你一遍，你只看到了沈从，其他什么都没见到？”

“对……”我毫不犹豫地答。

他的脸色蓦地变冷：“那你来舒府做什么？！”

我愣了愣，这有什么关系？

他冷笑起来：“你不说，朕也知道——她给了你口信，让你带给她父母吧？”

陛下，你思维太快，我跟不上……

沈夜不知道从哪里突然抽出一把匕首来，猛地插进了我脖子边的车厢壁上，冷声道：“如果你再替她瞒着，朕不确定你还能不能安然无恙回到沈府。”

“陛下！”事关性命，我忙道，“我要是瞧见还有活人，我能不救吗？！救一个是救，救两个也是救啊！可我什么都没瞧见啊！陛下，我好歹也是你弟弟的妻主，不，妻子，你弟弟的救命恩人，你不能这样恩将仇报的啊！”

听了我的话，沈夜静静地审视着我。

我慌不择言道：“陛下，我和舒府的人不认识。是因为今天和柳大叔在首饰店为了首饰吵起来了，然后又被舒大人误会捉奸，这才认识的。我瞧着他们两个老胳膊老腿的，顺便送了他们回家。陛下，我什么都没做！我什么都不知道啊！”

沈夜不说话，他眼中的光芒慢慢暗了下去。

马车停了下来，外面传来沈从的声音：“牡丹哥，我要去找苏欢，就先……”

牡丹笑起来，对沈从说了什么，我没注意听，只看见沈夜将匕首一寸一寸拔了回去，收回自己的袖间。然后他疲惫地闭上眼睛，淡淡地说道：“下去吧，今日是朕失态了。”

我惶恐地卷起帘子就要下车，沈从瞧见我，上前一步，而后目光落在车厢壁上的刀口上，眼神一冷。他抬头看向沈夜，冷声道：“陛下，你做了什么？”

“阿从，你莫要生气。”沈夜的语气中透着疲惫，“我只是想问些问题，没有为难苏姑娘。”

“如果是舒城的问题，大哥以后不用再找苏欢了，她知道得还没我多。”

沈从抬起手来，扶着我下来，声音十分冷淡。

沈夜点了点头。

沈从似乎是在赌气，什么话都不说，直接拉着我就要回去。刚走了几步，沈夜便道：“你在楚都再办一次婚礼吧，也让兄弟们热闹一下。苏欢身份太低，我封她个郡主，好般配你。”

“知道了。”沈从冷声应道。

沈夜笑了笑，带了一丝宠溺：“我不过就是吓了吓她，你就这个样子。阿从，你说我是不是心太宽了？”

沈从拉着我，猛地僵住了。

他慢慢转身，看着沈夜，当着我的面道：“哪怕大哥杀了她，大哥还是我的大哥。”

说着，他垂下眼眸：“是我错了。”

沈夜不以为意笑了笑，看着我和沈从拉在一起的手，眼中满是温柔：“能和相爱的人在一起，已是很好，大哥不会怪你。你还小，我却已经老了。”

他叹息一声，慢慢放下帘子。

那帘子一寸一寸遮住他的绝世容颜。

他也不过三十出头，然而他的内心，却已经苍老了。

第十九章

等沈夜走后，沈从拉着我回府。我还沉浸在沈夜走时的那双眼睛里，沈从走了一段路，停下步子来，却说了句：“对不起。”

“你说对不起做什么？”我愣了愣。

沈从僵住身子，他一寸一寸地抬头，目光死死地盯着我：“你不在意吗？”

“我在意什么？”

“我说，若大哥杀了你，他还是我大哥，你不在意吗？”

他眼中几乎沁出血来，似乎我说了什么伤人的话。

我不明了，只能诚实地回答：“他是将你养大的大哥，他若真杀了我，你还能为我杀了他？”

沈从没说话，他恨恨地看着我，少顷，却突然泄了气，苦笑着道：“我强求些什么呢？”

说完，他便转身离开。

我赶忙追上去，一把拉住他的袖子，问：“你到底什么意思？说清楚！”

“曾经有一个人对我说，她之所以能对一个伤害过她的人谈笑风生，是因为她不在意。如果爱一个人，就会因为自己在对方心中的分量没有其他人重而难过，而不甘，以至于无法容忍。”沈从低笑出声来，“所以，如此坦然从容的你，是真的爱我吗？”

我被他的话惊到，一时竟然不知道如何作答。

他拂袖离开，留我独自站在庭院里。

爱他吗？

他的问话让我第一次思考起这个问题来。

他说的话我无法反驳，我觉得它是对的，可我也觉得，我对沈从，并不是没有感情。

于我心底，女人生于此世，婚姻嫁娶、情爱着实是最微不足道的事情，责任才是最重要的。莫要说沈从与我的情意，哪怕沈从与我之间没有半分感情，只要我是他妻主一日，我就会护他、爱他，绝不会背弃他，这难道不就够了吗？

更莫要说，我心底对他，总有着那样几分怜惜。

他早就成了我心中一株生了根的大树，扎根在我心底，长得枝繁叶茂，我如今最大的愿望，不过就是陪着他，护他一生。

既然如此，那我爱他或者不爱他，又有多重要呢？我没爱过人，或者说，我记忆中也不曾爱过谁，那既然如此，沈从便是我有记忆以来，最爱的人。

想通这一点，我不再停留，推门进了沈从屋里，躺到他边上，从背后抱住他道："你不要想这样多，其实爱你不爱你这不重要，重要的是，我这一生不会再有其他人，这就够了。"

"现在你不记得过往的事，如果你记起来了呢？"他的声音低哑。

我忍不住笑了笑："那就让我一生都不要记起来，你是大夫，你做不到吗？"

"我做得到，可我怕你的心做不到。"

"阿从，你别害怕。"我握住他的手，低喃，"我不傻，我知道，我就是舒城，对不对？"

沈从的身体猛地颤抖了一下。

我死死抱住他，他不停地颤抖着，连话都结巴起来："你……你想起来了？"

"我只是猜到了。"我沉默了片刻，还是如实告知他，"我见着了舒柔。"

"她认出你了？！"他猛地坐起身，目光灼灼地看着我。

我点了点头，也跟着坐起身，温和地说："她同我说，既然现在过得好，就不要回头看。"

说着，我抬头注视着他："既然母亲都这样说了，那么我与陛下之间的过往，必然不是什么愉快的记忆。我如今过得很好，所以不愿回头。阿从，你明不明白？"

沈从呆呆地看着我，似乎一时难以置信。

我伸出手，握住他的手掌，一字一句道："我不懂得爱一个人是什么感觉，可是我知道一件事，我喜欢你，我很喜欢你。"

"所以阿从，不要患得患失，不要忐忑不安。如果真的注定有分开的那一天，那至少在分开之前，我们应该好好过。你只要知道，此时此刻，我是诚心实意地希望，我一辈子什么都想不起来，同你一生一世，白头偕老。"

"苏欢，"听了我的话，沈从慢慢笑开，"我觉得，你比我会讲情话多了。"

"是啊，"我也忍不住笑了，"所以以后我们家的情话，就让我承包了吧。"

在我甜言蜜语的攻势下，这个夜晚终于安稳度过。

从那天开始，沈从就恢复了一贯的好心情，每天都回来陪我吃饭。

不日后，沈夜将我册封为喜乐郡主。

圣旨到达的时候，我正在院子里搭葡萄架。不知道为什么，我总觉得一个院子里一定要有一个葡萄架。

宫侍宣读出封号的时候，我的葡萄架轰然坍塌，发出巨响，我整个脑袋也是嗡嗡的，我实在不明白，为什么是这么一个封号？沈夜的审美被村里的驴子踢了？

但我并没有把想法表现出来，恭敬地谢了恩后，又接着跪迎第二道圣旨。

第二道圣旨是赐婚圣旨，时间就定在下个月三月初三，刚好是桃花开的好时节。对这道圣旨我确实感激，于是叩谢得十分认真。

宫侍扶我起来，笑道："郡主大人双喜临门，恭喜了。"

我笑了笑，鬼使神差地问了句："陛下近来可好？"

宫侍没有察觉我的逾矩，叹了口气道："陛下嘛，还是那个老样子，天天批奏章批到半夜，不批奏章就去喝酒。也是陛下身体强健，普通人这么折腾，早就……唉！奴才真是太操心陛下的身子，怎么这么胡言乱语起来了！"

我没回他，脑子里全是那几句话勾勒出的沈夜的生活。我心底隐隐生出几分酸楚，我强行压了下去，勾着嘴角送了宫侍出门。

过了几日，我闲着无事，就去了舒府。

舒柔亲自接待了我。如今的舒府人丁稀少，也就留了几个老奴，宅院空旷得可怕。走进去时，我不知道为什么，就觉得心中有一股压制不住的唏嘘。

"舒大人，我总觉得，这宅子我很熟悉。"我叹了口气，实话实说，"好像梦见过千百遍，一见着它，似乎就能清晰地记起每个物件的摆放。"

"比如那儿，"我指着长廊边角，"那里就该有株吊兰。"

"是呢。"舒柔温和地应道，语气中似乎是带着宠溺，"你这么一说，我也觉得，那里放株吊兰会更好。我这就让人去放一株。"

"我就随口一说。"没想到舒柔把我的话这么放心上。虽然我和她对有些事心照不宣，但我也不曾想，她会做得这么明显。

我和她逛了逛园子，就来到舒城的房间。她推开门，同我道："这就是城儿的房间，她走后，我们一直没动过。玉丞每天都要来清扫，然后将东西原模原样放回去。"

我没说话，手拂过房间里的东西。这个房间我似乎再熟悉不过，有许多记忆似乎都要涌出来，然而我却始终什么都想不起来。我坐到椅子上，找了个舒服的姿势，温和地说："舒大人如果不介意，能不能同我说说舒城少主和陛下之间的事？"

"他们之间的事？"舒柔笑了笑，坐到我边上来，给我倒了杯茶，"你要听也无妨。只是我想，姑娘听了，必然也不会欢喜。"

"无妨。"我抿了口茶，"做选择之前，总要多知道点才好。"

舒柔顿了顿，片刻后，她慢慢道："元德八年，圣上给我儿赐婚……"

她的声音仿佛是融进了茶汤里，明明那么平静，那么好听，却让我的心慢慢地苦涩起来。

我听着她的声音，慢慢勾勒出当年的故事。

楚都凤楼相遇，摩萨族生死相托相爱，不顾一切去爱一个人，用了家族圣物救一个人，却落了个举家西逃，自个儿服毒投江的结果。

“我回来的时候，只听人说，她跳江前，已经身中两种剧毒。一种是说爱她的白少棠给她服下的，另一份，是她爱着的沈夜给她服下的。”

她的声音如此平静，连带着我的内心也清明起来。

舒柔苦笑了一下，转眼看我：“你说我这个孩子，是不是很伤心？”

“是吧……”我笑了笑，垂下眼眸，“所以伤心得愿意忘记前尘过往，再不回来了。”

“陛下将我们从西荒带回来后，舒家除了官爵被剥，与以往也没什么区别。陛下也时常过来，好像他还是这个家的少主君。我们拦不住，也不知道该不该拦。”舒柔叹息了一声，“算起来，他也是痴情。”

“若真的痴情，”我忍住心中那几乎要呼啸而出的痛楚，嘲讽道，“当初为什么还会背叛？”

舒柔没有回话。

我自觉失态，深吸了口气道：“舒大人，可否让我一个人在这里坐坐？”

“请便。”舒柔点了点头，走了出去。

等她走后，我突然就觉得，这房间里，仿佛到处是某个人的身影。

我可以想起他平时的模样，调笑的姿态，透过那珠帘瞧进里屋，便就连那张独自睡了十几年的床上，也全是那人颀长的身影。

我呆呆地坐在椅子上，走进里屋去，看见一幅画挂在墙上。画上女子就是我面具下的模样，身着一件宽松的白袍，斜卧在榻上，手中握着一个酒壶，似笑非笑。

看画的笔触，已经画了好些年了。画作左下角，是一行模糊的字迹。

写字之人本该有一手好字，却几次带了断笔，似乎是行书之人手过于颤抖所致，也许是被泪水所浸，显得残缺又模糊。

然而正是这样的残缺，更让人体会到行书之人心中的痛苦。

我看着那行字，觉得字字如剑，直指人心。

君埋泉下泥销骨，我寄人间雪满头。

无数压抑的情绪翻滚而来，逼得我直视着那行字。

我实在按捺不住，猛地抽出一旁架着的长剑，将那画劈了个粉碎。

既然深爱，何必背叛？

既然背叛，又何必如此故作深情，惺惺作态？

君因你埋骨入土，为何要怜你独身白头？

我犹在劈那些碎纸片，猛地听到一声怒吼：“住手！”

与此同时，我被人一掌劈了出去。

而后我便看见沈夜仿佛疯了一般捡着那些碎纸屑，一面捡一面喊着：“阿城……阿城……”

我抹了一把嘴角的血，艰难地站起身。温衡却一把将我按住，还是那样温和的声音：“弟妹，得罪了。”

我不说话，看着沈夜将那些碎纸仿若珍宝一样抱在怀里，然后慢慢起身。

他终于看向我，眼里的冷光仿佛是要将人一寸寸冻住。

“喜乐郡主，”他冷冷地出声，“你来做什么？”

我不说话。

温衡手中突然出现了一把小刀，他挑起了我的下巴，温柔道：“回话。”

“我不回话，你还能杀了我？”我挑了挑眉，“不怕沈从找你们麻烦？”

“呵……”沈夜冷笑出声来。

温衡将我的下巴一捏，就往我嘴里扔了一颗药丸。

“审问人不伤身多的是办法，苏姑娘，你见识太少了。”说着，温衡就放开我，去给沈夜搬了一个凳子。

沈夜从容地坐下，静静地看着我。

我全身无力地躺在地上，片刻后，腹间就开始灼烫起来，紧接着全身就仿佛火烧一般，一寸一寸地疼了起来。

每一点触碰都是痛，五脏六腑，连带着呼吸都是疼痛。我咬紧牙关，感觉意识开始模糊。

意识里仿佛是回到了生产那日，沈从死死握住我。我觉得我要死了，我看见沈从将刀架在赐儿脖子上，满眼含泪：“我们一起死。苏欢，你死了，我就带着赐儿一起死。”

“阿从……不要……放开……赐儿……”我呢喃出声。

沈夜居高临下地看着我，声音冰冷：“你见没见过舒城？”

“没有……我没有……”他的声音让我清醒了一点，我疼出眼泪来，在地上号啕大哭。我不敢滚动，每动一下都是更深的剧痛。

“那你来舒府做什么？毁了这幅画做什么？”

“是舒大人……我来见……来见舒大人……”

“我要实话。”沈夜语气里带了一丝杀气，“给我说实话！”

“是……是……”

“是我让她来的！”舒柔的声音猛地出现在庭院里。

她朝我冲了过来，将我抱在怀里，大声道：“你做了什么！”

沈夜没说话，他看着舒柔：“母亲……”

“你闭嘴！”舒柔怒吼道，“我不是你母亲。我哪里敢有陛下这样的女婿！”

“我只是……只是想知道舒城在哪里。”他弱弱地说道，眼中全是乞求。

舒柔没有理会他，她看着我，眼中满是关切：“你怎么了？”

“我疼……”我在她怀里瑟瑟发抖，“我……好疼……”

看着我的模样，舒柔呆了呆，她抱着我的手微微颤抖起来。

她慢慢地抬起头来，看着沈夜：“陛下，当年我女儿死时，是否也是这般，喊过她疼？”

沈夜的身体猛地颤了一下，他垂下眼眸，慢慢道：“未曾……”

“又或者，是陛下未曾见到？”

舒柔笑出声来：“陛下明明已经知道，我儿身中剧毒，哪怕侥幸从水中逃生，也绝无活下来的可能，亲自写下这句‘君在泉下泥销骨，我寄人间雪满头’，如今又为何心存妄念，如此逼迫无辜之人？！”

沈夜不说话，将目光落到我身上。

我疼得失去了理智，紧紧握着舒柔的衣角，反复喊：“我疼……我好疼……”

“人既然死了，所有人就该往前走。这幅画，是我让苏姑娘帮忙毁的。我下不了手，陛下下不了手，就让别人帮你我斩断！”

“陛下！”舒柔跪下来，认真叩首，“求陛下放过我儿，让她无牵无挂，黄泉路上，也走得心安。”

“温衡。”沈夜眼中露出一股颓然之色，仿佛这世间再无让他留恋之物。

他闭上眼睛，疲惫地说：“给她解药。”

温衡点了点头，走到我身前来，往我嘴里扔了一颗药。

药一入口，就有一股清凉瞬间蔓延了全身，让我慢慢平静下来。

沈夜疲惫地站起身，一言不发，如幽魂一般往外走去。

等他走后，舒柔慌忙扑了过来，将我抱在怀里，颤声道：“城儿……你还疼不疼？”

我艰难地摇了摇头，舒柔眼泪蓦地就落了下来。

“是母亲无能……是母亲护不住你。”

我说不出话来，只能感觉到舒柔的眼泪滂沱而下。

我仰头看着她，虽然什么都不记得，却直觉面前这个人，不该是落泪之人。

我想抬手拂去她的眼泪。

想告诉她——

母亲，我不疼。

母亲，不是你无能，是舒城无能，护不住家人，更护不住自己。

可我什么都做不了。

在她怀里歇息了片刻，我缓过神来，慢慢起身，有些疲惫道：“舒大人，我先回府了。”

“回去吧。”舒柔也缓过神来，抹干了眼泪。

我站了一会儿，看向屋里：“那把剑，我能带走吗？觉得用着顺手。”

“你要带就带吧。”舒柔叹了口气，“这屋子里，你什么都可以拿走。”

我点了点头，去拿了剑。

舒柔亲自送我到门口，出门时，我没有回头，慢慢道：“舒大人，我醒来后，一切就很好。我没有疼过，也没有哭过，在知道所有真相前，我甚至以为，我是这世界上最幸福的人。哪怕知道真相后，我此刻也觉得，如今的我，再幸运不过。所以舒大人……我想您的女儿，一定也如我一般，你不必挂念。”

“那就好……”舒柔哽咽出声，“你走吧……我就不送你了。我和玉丞知道她很好，已经足够了。千里迢迢从西荒回来，我们也不过，就是想听这句话而已……”

我点了点头，起身上了马车。

马车慢慢行在道上，我有些累了，靠在座位上进入半醒半睡的状态。

马车突然顿了一下，我听见一声闷哼，猛地拔剑，准备刺出去。

也就是在我拔剑的瞬间，另一把剑落在我的颈后。

“沈夫人，我们找沈相有些事要谈，夫人还是安静些好。”

我出来都带着沈从配的影卫，这些人能劫持我，证明那些影卫已经都被干掉了，可见这些人的武艺比我高太多。

我不敢动，满手冷汗。

马车重新动了起来，紧接着我听到外面人骂了声：“娘的，怎么还有人！”

接着，外面就有了交战声。劫持我的人干脆将我穴位一点，扛着我就用轻功跑了出去。

我被那人像扛包袱一样扛了一路，来到一个林子。林子里突然涌出十几个黑衣人，同跟来的温衡缠斗起来。沈夜站在交战的人群后，静静地看着劫持着我的黑衣人。

那十几个黑衣人逐渐进入了劣势，劫持我的黑衣人一咬牙，足尖一点，又跑了出去。沈夜瞬间就跟了上来，一个黑衣人将他一缠，就这么一拦一跑，那黑衣人就带着我跑远了去。

沈夜紧追不舍，跟了一刻钟，那人慌不择路，被沈夜逼进一间破庙。

黑衣人终于忍不住，将剑架在我颈间，怒喝：“你再追，我就杀了她！”

沈夜眯了眯眼，冷声道：“你杀。”

“你……”那黑衣人话还没说完，我就冲开了穴道，翻身从他怀里挣脱了去。

也就是那一瞬间，一把小金扇猛地划过他的颈项，而后一双冰凉的手将我扯进怀里。

“你怎么会来？”

挣脱的时候，剑划伤了我的手臂，我捂着手，吹着冷气。

沈夜端详着我，伸手来摸我的脸。

我警惕得赶紧退了一步：“男女授受不亲，你做什么？！”

“我摸你，吃亏的也是我，你怕什么？”沈夜冷笑一声，紧接着又将手摸上来。

就在这时，我突然听到一声巨响。沈夜脸色一变，将我猛地扑倒在地。

地面塌陷了下去，轰隆之间，我感觉碎石噼里啪啦砸下来，而我整个人被沈夜护在怀里。

不知过了过久，世界终于恢复了安静，而趴在我身上的沈夜却一动不动，似乎已经是昏死了过去。

我推了推他，他还是没反应。我艰难地将他弄开，这才发现，我和他被困在一个地窖里。上面似乎是塌了，唯一的出口被巨石堵死，我和他的活动空间只够放两口棺材。

搞清楚处境后，我转头看他。借着从石头缝隙射进来的光，我看见他身下的地面有了血迹，忙把他翻过身来，这才发现他背上一片狼藉，血肉模糊，根本看不出是什么伤口。

我有些害怕，探了他的鼻息，确定他还活着后，拍了拍他的脸："陛下？陛下？沈夜？狗皇帝？"

他慢慢睁开眼睛，有些艰难地看了我一眼。

我咽了咽口水，不安地问："你不会死吧？"

"不会。"他皱着眉头，答了这么一句，就不再说话。

他不说话，我也不敢多说，缩在角落里，默默无声。

过了好久，他似乎是缓过来了，慢慢道："等一下你要是听到有人的脚步声，就用石头砸地窖上方的石板。"

"要是我把它砸塌了怎么办？"

"就去死。"

我："……"

我觉得他一点都不温柔，舒城当年肯定是瞎了。

见我不说话了，他可能也觉得自己口气有些重，想了想又道："你还是砸轻点。"

"哦。"

又是一阵尴尬的沉默。

过了一会儿，他终于忍不住了："好歹我是你的救命恩人，我伤口全在背上，你就不能把我扶起来吗？"

"我觉得扶起来不太好。"我给他比画了一下，"我觉得把你翻过身趴着更适合你养伤，你觉得呢？"

"朕不要！"他断然拒绝。

我想了想，要是别人救他的时候，看见一个趴着的皇帝，似乎也不是很好。我顾及他的面子问题，还是将他扶了起来，然后让他面对着墙坐着。

"你这是什么意思？"他不满地问。

我善解人意道："你趴在墙上好了。要是有人来，你立刻直起腰来，不会被瞧见，断不会扫了你帝王尊严！"

他沉默了一秒，随后看着我："为什么你觉得朕一定要趴着？"

"你伤得这么重……"

“朕无碍。”

说着，他上上下下打量了我一番，道：“你和舒柔到底是什么关系？”

“何出此言？”我忍不住僵了一下身子。

沈夜似乎是有些疲惫，他合上眼睛：“舒柔不是那种见谁都会热情的人，方才她如此维护你，你和她的关系必然很是深厚。这只有两种可能，第一种是，你不但认识舒城，还是舒柔的熟人。”

“第二种可能，”他转过头来，看着我，眼里是我读不懂的悲伤，“你还要我说出来吗，舒城？”

听见他喊出这个名字，我忍不住乱了方寸。

也就是这一瞬间，沈夜的手猛地探过来，一把按在我的人皮面具的边缘，手指反复摩挲着，像一只抓住了猎物的野兽，逗弄着他的猎物，明明立刻就能下口，却坚持要先让这只猎物心慌、害怕、忐忑不安。

“你为什么不说话？”他将目光停留在人皮面具的边缘，声音里有一丝颤抖。

我没有接话。

他一直不肯撕开面具，反而是拔高了声音：“朕问你为什么不说话？！”

“陛下要我说什么？”我觉得再不理他，他可能会掐死我，便抬头看着他，认真道，“草民无话可说，所以沉默不言。”

“你一定要这样对我？”他声音颤抖起来，“你难道什么都不想同我说了吗？！”

“不是不想，只是草民对陛下，真的没什么好说的。如果能有什么话说，草民现在一定努力多说点。”

“舒城……”他抬起头来，红着眼眶看着我，一字一句，仿佛要将我撕咬开来，“你何以狠心至此？”

我不知道该怎么回答。在我的骨子里，我始终觉得，这个名字已经离我很遥远了，遥远到，当面前人如此深情地唤出这个名字时，我几乎觉得，这与我没有半分干系。

但我知道是有的，我的脸，我身边的人，都为我作证说明，舒城就是我，所以她曾经欠下的债，我得替她还清楚。可我也知道，舒城欠的债可能很多，但债主绝不是眼前这一个。

于是在他的手指收紧前，我忍不住笑了：“陛下说得奇怪，舒城做了什么事情，让陛下觉得舒城狠心呢？”

“舒城不惜将家族置于危险境地，用家族血契救了陛下，让陛下从此长寿安康，一定会长岁善终。舒城为陛下刺杀女皇，陛下却给舒城喂下剧毒，逼得舒城最后投身江中，生死不知。舒城一生何曾背弃过陛下？反而是陛下，一次又一次，背弃舒城。”

我的每一句话都会让沈夜的脸色更苍白几分。到最后，他脸上几乎再没了血色。

他一只手握着面具，一只手握着我的手，颤抖着，却什么都做不出来。

我忍不住有些怜悯他：“陛下，舒城或许恨过您，但如今爱恨尽往，陛下何不放下，各自过各自的人生？”

“爱恨尽往……”沈夜呢喃着，落下泪来，“你焉知，朕又不想，爱恨尽往？”

“可我做不到……我做不到啊……我忘不了你，阿城，两年了，我试过了，所有办法都试过了，可是我忘不了，舍不得。你刻在我心里，烙在我的魂魄上，时间越久，记忆越栩栩如生。我像是被记忆困在了过去，我出不来，出不来啊！”

他精致的面孔上布满了眼泪，让他显得格外狼狈。

我从没想过沈夜会在我面前露出这样的姿态，不由得怔住了。

他佝偻着身子，颤抖着，匍匐在我身前，虔诚地握住我的手掌，声音也在颤抖：“阿城……原谅我，回来吧……你都回楚都了……难道不是为了见我吗……”

看着他的样子，我犹豫了一下，还是觉得要告诉他真相。

于是我叹息道：“陛下……我是为了阿从回来的。”

沈夜的身子猛地僵住了。

他一寸一寸地抬起头，直起身子，满脸不可置信：“你说……什么？！”

“陛下……”他的反应让我害怕起来，然而我还是强撑住了，静静地看着他。

我是一个女子，我理当去面对一切，我应该挡在沈从身前，哪怕暴怒中的沈夜如此可怕。我若现在不敢面对他，以后如何护住沈从？

于是，我挺直了腰，认真道：“我回来，是为了沈从。我与他乃结发夫妻，身为他的妻主……”

“闭嘴！”沈夜怒吼道，一把抓住我的肩膀，“你不是他的妻主，你是我的！我一个人的妻主！你疯了吗！他是我的义弟！他比你小六岁！我们认识的时候，他才是个十六岁的孩子！”

我不说话，任由他怒吼。

他看着我淡定的模样，满脸震惊地退了一步，不断地摇头道：“你疯了……舒城……你疯了……你怎么可以……你疯了。”

说着，他点了点头，呢喃道：“对，阿城，你一定是生病了，我一定会医好你的。”

“陛下，”我打断了他，眼中一片清明，“虽然这样说很残忍，但我还是要说清楚。我没疯，也没病，我很清醒，也很明了。我喜欢阿从，就像任何一个妻主，珍惜、爱护着她的主君一样，珍惜、爱护着阿从。我与陛下虽为夫妻，但据我所知，你我早已和离。更伤人一些的说法是，我早已休夫。陛下千金贵体，天下女子呼之即来，挥之即去，何必执着于一个舒城？”

说着，我抬起头，看着他煞白的面孔，继续道：“我与阿从真心相爱，陛下也已册封草民为喜乐郡主，与沈相爷定下婚期。还望陛下自尊自爱，莫要纠缠不清，破坏你弟弟的终身幸福。”

“阿从的终身幸福……阿从是你的主君……”沈夜低笑出声来，“那我呢？我呢？！你和我许下过那么多誓言，你都忘记了吗？！”

“忘了。”我果断道，“所以期望陛下，再寻良人。”

“骗子……”沈夜笑出声来，眼泪落了下来，“喜乐郡主……婚期……你和阿从，都是骗子！骗子！你们骗我……你们居然骗我……”

沈夜一面笑，一面拍打着地面，嘴里不停地念着：“怎么可以……你们怎么可以……”

“太恶心了……沈从……舒城……你们太恶心了……”

“你是他的嫂嫂……你怎么可以……他怎么可以……”

他这么哭哭笑笑闹了一会儿，终于累了。他低垂着头靠着墙坐在一边，头发披散下来，遮住他的面容。他一言不发，一直沉默。

我也没有理会他，静静地坐着。

他就这样一直沉默了两天。

两天里，一直没有人找到我们。我饿得头晕，靠着从石头缝隙里流下来的雨水，撑了下来。

第三天早上，我实在撑不住，眼前一黑，就没了意识。

等我醒过来的时候，感觉嘴里满是血腥味。我这才发现沈夜割破了手腕，正将血滴在我的唇边。我不知道自己喝了多少血。

他见我醒过来了，又沉默着回到自己的位置上，扯下一块衣料，包住手腕。

我强撑着坐起来，哑声道：“还没有人来找我们吗？”

他不说话。

我有些害怕了，清了清嗓子：“你就不怕我们死在这里吗？”

“也好。”他终于回答了我。

我愣了愣：“你说什么？”

他抬起眼来看着我，眼里一片死寂：“我说，死在这里，也好。如果你能死在那条江里，就更好了。”

“那真是不好意思。”我撇了撇嘴，觉得这个人真是很能倒打一耙。

明明是他害得舒城跳了江，却还能一脸委屈地控诉别人。要不是他，赐儿又怎么会孱弱至此？

一想到这里，我的火就上来，忍不住刺他：“我活了，还活得好好的，大哥就等着喝我和沈从的喜酒吧。”

听到我的话，他冷笑了一声。像是突然想起了什么，他猛地抬头，直直地盯着我：“孩子呢？”

“什么孩子？”我愣了愣，冷汗就从背上冒了出来。

我觉得我似乎忽视了一件很重要的事情。

我不敢再开口。

他的眼睛里却闪过了冷光，他低哑着声音问道：“阿从救了你，按照他的医术，孩子未必保不住……我问你，我的孩子呢？！”

“呵……”我缓过神来，立刻明白他说的是赐儿。我就这么一个孩子，说来说去，也就只能是他。我的第一想法是，绝对不能让沈夜找到他。

于是我面上带了仇恨，冷声道：“你对沈从哪里来的信心？难道当年你给我下的毒这么简单？”

“他……”沈夜愣了愣，哽咽道，“他……生下来了吗？”

“生下来了。”我翻了个白眼，“死了。”

沈夜不再说话，眼中全是颓废。好久，他慢慢抬头，看着我道：“那你不伤心吗？”

一个失去母亲的孩子像我这样，似乎是太活泼了些。于是我冷笑了一声：“一个人伤心了两年，还要伤心吗？”

“你恨我。”他定定道，“舒城，你在报复我。”

“你要是愿意这么想，那就这么想。”

“你不该利用阿从报复我……”他的声音颤抖起来，似乎极其愤怒，“这是你我之间的事！”

我被他的自大气笑了，忍不住道：“沈夜，你怎么这么高看你自己？我拿任何一种方式报复你，都不会利用阿从！”

我的话让沈夜愣住了。

他呆呆地看着我，似乎始终无法接受这个事实。

我忍不住道：“沈夜，是人就有感情。感情会产生，会消亡，会改变，没有谁一定要爱谁一辈子，也没有谁就一定能说永远不会爱上谁。我和阿从生活了两年，整整两年，我和他朝夕相对，相依为命，这份感情，怎么都作不得假。”

“你不要说了……”他抬头看我，眼里是厌恶，是绝望，是害怕。

他死死盯着我，一字一句：“太恶心了……你们，太恶心了……”

“陛下，”我笑出声来，“你如此背弃我，怎么就觉得，我一定要爱着你呢？”

“那也不该是阿从！”他高声喝道，“谁都可以背叛我，阿从不行！你怎么可以……”

“怎么可以毁掉你的阿从？”我冷笑出声，“沈夜，沈从不仅是你的弟弟，他还是个人。他有自己的想法，有自己的人生，为什么，他就不可以去争取自己想要的？”

“你已经背弃了我，你我之间再无可能，你亲手将毒药端给我，沈从凭什么，不能去争取一个已经和你没可能的我？这世上，我不和沈从在一起，也会和其他人，总之，这个人绝不会是你。”

“我背弃了你？”沈从笑出声来，仿佛听到了一个极其好笑的笑话，“那沈从呢？将毒药给我，告诉我你身上还有血契，献计让我杀了你的沈从，他就干干净净了？！”

他的话让我愣了愣，我一时竟没有听明白。

他仿佛疯了一般，一把握住我的手，冷声道：“谁都有资格，谁都可以，但除了沈从！他不配！”

“同样满手血腥，同样肮脏算计，同样都是背叛，你却选了沈从……”他红着眼眶，咬牙切齿，一字一句。

“我从来不知，你如此爱他。是什么时候……”他哽咽出声，“你开始有了这样的念头？”

我没说话，静静地回想，是什么时候，我对沈从动了念头，觉得无论如何，我都要守着他，让他当我的主君，陪他一生？

我想得出了神。

沈夜死死地握住我的手：“你说啊！”

“沈夜，我那时候醒来，其实很害怕。”我慢慢开口回忆起过往，“我身中剧毒，怀着孩子。我不知道这个孩子活不活得下来，不知道未来该怎么走下去。那时候，是阿从陪在我身边。”

“一开始我防备他，警惕他……可他就像一场春雨，无声地润进了我的世界。那天我跟踪他，崴了脚，他将我背回家的时候，走得那么稳当，我突然觉得世界安定了下来。没有惶恐，没有不安，我第一次觉得，这样的人生，已是我最美好的状态。”

仿佛记忆中也有那么一个人，背着我一步一步往前走。那个人和沈从的身影重叠在一起，那么安稳，那么美好，让我心中，满是幸福。

于是从那一刻开始，我下定决心，我要和沈从好好在一起，求一世安稳。无论我爱他，不爱他，这都不重要。我只觉得，沈从是我生命中的一株稻草，我得死死抓住他，他是我的安稳，是我的幸福，是我对生活的期盼，是我拥有岁月静好的可能性。

“所以，沈夜，”我抬头看他，乞求道，“如果你真的爱我，如果你真的将沈从当成弟弟，就该放手。安安静静地给我们幸福。”

沈夜愣愣地看着我，不可置信地问：“他给了你幸福……那我呢？我没有过吗？”

我沉默不语，好久，实话告诉他：“我忘了。”

他大笑出声，眼中带了眼泪：“我与你的记忆，就让你这么难堪吗？”

我正想解释，外面突然传来了人声。

“大哥！欢儿！大哥！”

是沈从。

我惊喜不已，回应了一声：“阿从！”

也就是这瞬间，沈夜猛地点了我的哑穴。

他冷冷地看着我，眼神像刀一样：“我不想活了，舒城。”

“我不能生生看着你和沈从恩恩爱爱，甜甜蜜蜜。所以我们两个不要出去，我要和你在这里，一直，一起。”

我说不出话来，向他挤眼睛，想劝他不要冲动。

他静静地看着我。
外面传来了沈从冷静的声音：“就是这里，给我搬！”
“他真聪明。”沈夜轻笑起来，将唇靠在我耳边，温柔地说道，“对不对？”
“年轻、聪明、俊雅、干净、温柔……哦，我还忘了，出身高贵，差一点，就成了你的未婚夫，这样的男人，哪个女子不喜欢，对不对？”
陛下其实你也挺不错的……
我想劝劝他。然而他却不给我机会。
他拉住我的头发，逼迫我仰起头来，开始疯狂地亲吻我。
直到将我的嘴蹭破了皮，咬出血迹，然后撕扯开衣衫，留下一串一串吻痕。
就在这时，我们上方的巨石被人挪开，沈从探出头来，焦急地喊：“大……”
话未说完，戛然而止，随后转为急促的一声怒吼：“都给我退下！”
周边没有人，沈从从上方跳下来，站在离我们不远处，神色冰冷。
沈夜将我抱到怀里，看着沈从，妖艳地笑了。
“大哥，你在做什么？”沈从的音调里有一丝控制不住的颤抖。
沈夜的眼睛如蔷薇一般笑开。
“阿从，”他温柔地开口，将手抚上我的面容，仿佛在看什么绝世珍宝，“你喜欢你嫂子吗？”
一阵惊雷劈过，映出沈从煞白的面容。
他一点一点地捏起了自己的拳头：“大哥在说什么，阿从不明白。”
“不明白？”沈夜冷笑一声，猛地撕开我脸上的面具，站起身来，一手抓住我的手腕，将手反绑在身后，一手捏着我的下巴，逼着我抬头看他。
“看着这张脸！你还和我说不明白？！我同你怎么说的——我在找她，我日日夜夜在找她！我爱着她！她是我的妻子，我的皇后！你劝我忘了……劝我再找一个……然而她明明在你身边！你明明知道她在哪里，你不但不告诉我，你还藏着她，你还想娶她！”
“沈从……”沈夜怒吼道，“你可曾想过我半分！”
闪电一道一道劈亮天空。
沈从慢慢冷静下来，他看着被沈夜捉住的我，淡淡地说：“放开她。”
“有什么事你冲我来，要杀要剐随便你，反正我这条命是你救的。一切都是我的错，与她无关，你放开她。”
似乎是认命一般，沈从面色淡定，再无恐惧。
我惊恐不已，拼命地摇头。
我想求沈夜，求他放过沈从。可我什么都说不出口。
沈夜看着我的反应，含着眼泪大笑出声。
“阿从啊……”他像兄长教导弟弟一样，温柔地说，“你嫂子床上的滋味一定很好，才让你这样舍生忘死吧？是哥哥的不是，有了好东西却不曾分享。是大哥不对……大哥该死，她，也该死。”

“你是我一手养大的孩子……”沈夜说着，仰起头。

沈从猛地变了脸色。

沈夜眨了眨眼，低笑道：“我从未在谁身上投注过这样多的心血，除了你，阿从……”

“我舍不得你死。所以阿从，你把我和她合葬……”

在沈夜的指尖扣下我脖颈动脉的前一刻，沈从大吼道：“她什么都不记得！”

沈夜愣住了：“你说……什么？”

“她爱着你……”沈从满脸痛苦，他看着从我脖子上渗出的血，声音沙哑，“大哥，她真正爱的，从来只有你。我和她没什么，我从来没和她同过房，我没碰过她……还有赐儿，那个孩子活下来了，我救了他，他活着……”

沈夜呆呆地看着他，好久，才反应过来。

他眼中越来越清明，而后眼神慢慢冷了下来。

沈从也恢复了理智，在沈夜问出口前，率先道：“是我做的。是我，先爱慕于她。可她太爱你，我想，这世上的事怎么能如此不公平，我只是太小，只是晚了几年出生，如果我能在像大哥一样的年纪，能在她不曾爱上大哥前遇到她，又焉知她不会爱我？”

沈夜的眼中慢慢有了血丝，沈从却仿佛是终于放下了一般，坦然笑了。

“我爱慕她，从她将她的血喂到我口里那一瞬间起，我的一切就都属于她，割舍不开。”

“一切都是我的错，大哥，这是我第一次背叛你，也是唯一一次。”

话音刚落，沈夜就扑了上去。他手腕一翻，就拔出沈从手里的剑，一剑贯穿他的肩头，将他钉在了墙壁上。

沈夜整个人压着他，仿佛下一刻就要将他碾碎。

“十几年来，我从未让你亲自动过手，从未让你受过一点伤，刀剑砍过来，我挡在你前面，风雨打过来，我撑在你上方。”

沈从红了眼眶，似乎是预料到沈夜要说什么，一言不发。

沈夜慢慢地笑了：“可是阿从，以后我不会管你了。再有什么刀光剑影，你自己扛；再有什么风霜雨雪，你自己挡。这一剑是我为自己刺的，至此之后，你我恩断义绝，兄弟情义，至此为休！”

第二十章

我终于反应过来，手中举了块石头，扑了过来。

沈从看见，猛地喝道：“你住手！”

话音刚落，血就从他的口里溢了出来，我吓得停在了沈夜身后。

沈夜缓缓回头，看见举着石头的我，目光中一片悲凉。沈从则静静地看着沈夜，眼中是化不开的悲伤。

他咯着血笑出来，哑声道：“我早预料过这天，可我从来没想过，这一天来得这样快。”

他笑着将剑从自己的身体里一寸一寸抽了出来。他从来都是一副文弱的样子，抽剑的时候，因为疼痛，手微微颤抖着。

他把剑拔出来，提着剑，吃力地说道：“大哥护了沈从大半生，哪怕如今大哥视沈从为仇敌、畜生，沈从也愿意回头，守护大哥下半生。”

沈夜没说话，他嘲讽地笑开，眼里全是寒意。

沈从的身体微微颤抖，血一滴一滴落下来。他看着沈夜，面色变得煞白：“真的，我说的，都是真的。”

“如果真的这样忠心耿耿，还会因为一个女人背叛我吗？”

沈夜冷笑出声：“哈，沈从，与你而言，‘忠诚’二字，大概也不过就是口头上说说吧？”

“那大哥何尝不是因为一个女人，与阿从反目成仇？”沈从抬头，眼神微冷。

沈夜冷下脸来，郑重出声：“我不是因为一个女人和你反目成仇，我是因为你的背叛才反目成仇，沈从，你须得明白。”

“若她不是我的妻子，若她不属于我，在此之前你告诉我你喜欢她、她喜欢你，哪怕我也喜欢她，我也会从容相让。可你不是。你是在她属于我的时候，刻意偷走了她。这是背叛，是欺骗，是隐瞒！”

沈夜越说越激动，最后竟怒吼起来。

沈从面如死灰，他看着沈夜，仿佛一个做错事的孩子，慌张得不知所措。

沈夜闭上眼睛，深吸了一口气，向我走来。

他身上全是血迹，背部更是看不到一块完好的地方，然而他却走得无比稳当，有着同我熟悉的沈从截然不同的坚韧。

他每向我走一步，我就忍不住退一步。他眼中悲哀之色渐浓，直到我无处可退，他终于出声：“你真的什么都不记得了？”

说着，他伸出手，解开我的哑穴。

然而我却还是仿佛哑了一般，一声不吭。

他声音低哑道：“我是谁，我的名字，我和你之间那些美好的过往……你统统不记得了？”

我在他的目光注视下，艰难地点了点头。

他闭上眼，深吸了一口气：“可是我记得，一直记得。阿城，沈从说你是不愿意的，是他逼着你忘了我，我信。所以阿城，我不怪你，你跟着我回去吧，啊？”

他的声音那么温柔，温柔得几乎能滴出水来。他望着我的眼里全是恳求，似乎随时就要跪下来一般：“我们回去，我把天下所有好东西都给你，我可以恢复舒家贵族的地位，我可以遍寻天下名医，你会一点一点地好起来，记起我们的过往。”

他说着就笑了起来：“你现在忘了没关系，因为我记得。我可以说给你听，等找到了医生，你就会想起来。所以阿城，跟我走吧？”

我看着他的眼睛，心里不知道为什么就抽疼起来。那双染了血的玉手就在我面前，我几乎就快心软搭了上去。然而我突然看见旁边静静地注视着我们的沈从，想起沈夜给我喂下药逼供时冰冷的模样，于是猛然一凛。

这个人并非善类，与他在一起，无异于与虎谋皮。过去的舒城已经用命试过一次，难道我还要再试一次吗？

越美的人越残忍狠毒，所以敬而远之方是正途。更何况我本来就是阿从的妻子，在他这样艰难的时刻，我更不能离他而去。

于是我下定决心，摇了摇头。

沈夜的脸色猛地变得煞白。我掀起衣摆，从容地跪了下去，行了个大礼，一字一句，认真道：“苏欢不愿想起过往，不愿回到过去，还望陛下看在往日情分上，给苏欢留下一条生路。”

沈夜被我的话惊得退了一步，他整个人微微颤抖着，面上全是惊恐和不可置信。

我抬起头来，坦然地注视着他，尽量温和了语气道：“陛下，爱一个人，是希望对方幸福，而不是强求。如今苏欢家庭美满幸福，比之当年的舒城，应是快乐了许多。若陛下真的爱着舒城，无论当年舒城是主动失忆，还是被迫失忆，看到如今的苏欢，不都该放手吗？”

“草民不愿想起过去，不愿再和陛下有所牵扯，不愿再做回舒城……”

“闭嘴！”沈夜猛地怒吼出声，红着眼道，“你没有资格做决定。你什么都想不起来……你不是我的阿城，你没有资格替她做决定！你怎么知道她不幸福？你怎么知道她不开心？你怎么知道她不愿意想起来，不愿意回到朕的身边来？”

“因为，草民就是舒城。”我抬起头来，挺直了背，端正地跪坐着。

“草民虽然没有记忆，骨子里却始终保留着过去的习惯、过去的情绪。就像第一次见陛下，草民就知道陛下于草民而言有不同的意义，草民会怜惜陛下，会因陛下牵扯情绪，可草民也清楚地知道，草民惧怕陛下。”

我的话让沈夜颤抖起来，他惊恐地看着我，似乎完全不能理解，为什么我会说出这样伤人的话语。可我只能实话实说道：“陛下说草民焉知舒城不幸福？可一个人，当她舍弃了一切去爱另一个人，却还是不断被背弃，最后搞得举家西逃，而自己也被那个心爱之人亲手喂了毒药，这样的人生，如何会幸福？”

“如果不是因为过于痛苦、绝望，谁又愿意怀着必死之心，去刺杀女皇寻死呢？”

听着我的话，沈夜的眼泪慢慢落了下来。他声音颤抖着，微弱得似乎连自己都不能相信：“阿城不是寻死……她只是……只是太爱我。”

“爱到绝路，无可回头，所以才完全放弃了活下去的信念，以死铺就陛下的帝王之途，不是吗？”

这些话仿佛是刻在我骨子里，似乎很多年前一直想说，却始终压抑着没说出口。于是当我没有那么多情绪的时候，当我似乎并不爱面前这个男人的时候，这些话就轻而易举说出了口。

沈夜在这些话语面前终于崩溃。他颤抖着身子，似乎是因为过于疼痛，蜷缩起来，慢慢蹲了下去。他泪如雨下，蹲在地上，抽着气呜咽出声。

我跪坐在地上看着这个狼狈的男人，忍不住有了些怜悯。

然而一想到他平日冰冷的面孔，却又觉得可怜之人必有可恨之处。

沈从看了他一会儿，似乎是累了，闭上眼，点了几个名字，招呼了人进来。

进来的人一看这个场景，就愣住了。

沈从淡淡地说道：“陛下旧疾复发，因而失态。你们速速将他带回宫中，召郑参御医前来诊治，此事必要隐秘，不得延误。”

“那大人……”为首一个侍卫最先反应过来。

沈从疲惫地说道：“此处尚有刺客余党，本官不慎受伤，并无大碍，随便找几个人将本官送回家中即可。”

“是。”侍卫们迅速应下，而后便去搀扶沈夜。

沈夜终于反应过来，他一寸寸抬头，死死盯住了我：“带她走。”

“我不走！”我猛地反应过来，往沈从身边扑去。

沈夜动作比我更快，一把拽住我的手臂，怒喝出声：“你跟我回宫！”

“大哥……”沈从脸上有了慌乱。

沈夜转过脸去，眼中露出讥讽：“朕带罪臣舒城回宫处置，左相大人也要阻拦？”

“陛下……”沈从皱起眉头。

沈夜将挣扎的我抱在怀里，冷声道：“如果你要将她送到天牢里就尽管送去，朕当年舍了一身剐也未曾让她在天牢多待过几天。你为了让她留在你身边，倒是舍得将她送到天牢里去，这份感情真是珍重，朕算是见识了。”

沈从没说话，他慢慢捏紧了拳头。

我在沈夜怀里挣扎，他全身是伤，随便一个动作就会打到伤口，然而他并不言语，只是皱着眉头。

我见沈从不说话，感觉我和沈夜的姿势，实在像是一个被强抢的小媳妇，不免有些尴尬，终于停下动作，冷声道：“陛下如此做，不觉得像小人吗？”

“他敢暗中给你下药，这就不是小人了？！”沈夜猛地拔高了音量。

我抿了抿唇，不说话。

沈夜终于放开了对我的挟制，拉着我跳出了地窖。

等我们出来时，我才猛地发现自己已经饿得不行。没有了方才的紧张感，所有之前积累的感官全涌了上来，我猛地一步跌跪在地上。

沈夜面无表情地将我甩上了自己的背。

他背上全是伤口，却仿佛一点都不痛一般。

旁边有人忍不住上前道：“陛下，还是臣来吧……”

沈夜一个眼神冷冷地扫了过去，冷声道：“滚开。”

那人面色一僵，终是默不作声地退了开去。

沈夜背着我，一步一步往前走，我心里想，他让我不痛快，我就要让他更不痛快。

故而我明知道他有伤，却还是假装虚弱，任由他背着往前。

他的背比沈从更宽大些，因为受伤太多，步子都有些踉跄，然而我却没有半分慌乱，对他有种莫名的信任，总觉得无论如何，他都不可能让我摔着。

他背着我一步一步走出去，然后扶着我上了马车。

我不说话，他看着我这样安静，眼里慢慢有了温柔的神色。

马车慢慢动起来，他就坐在马车里，满脸痴迷地瞧着我。

我被他看得别扭，转过头去。他有一双太漂亮的眼睛，哪怕是在这样的时刻，我仍旧会在他的目光下，忍不住乱了心跳。

他看着我，许久，才沙哑着嗓子道：“阿城，其实，这样也好。”

我被他说的话吸引，转过头去，有些疑惑。

他慢慢笑开，上前一步，握住我的手，低着头道：“阿城，你记不得我也无所谓，只要你还在我身边，我们重新开始，也好……”

“可是我不爱你。”我看着他，“你强求着一个不爱你的人留在你身边，是想做什么呢？”

他面色僵住，呆呆地看着我。好久之后，他才道：“你错了，你爱着我的。阿城，你好好想想，真的，你爱我。”

说着，他握着我的手，满脸认真道：“你好好想想，我是沈夜，是苏容卿。我和你第一次见面，你被人追杀，我也被人追杀，我们都带着伤，隔着一个屏风，背靠着背。”

他将我的头发撂到耳后，脸上浮现出温柔之色：“然后我们互相写信，写了很多年。你总和我说很多稀奇古怪的事情，还喜欢在信里画东西。后来我用沈夜的名字出现在你的世界里，我逗你玩，陪着你去了一个很危险的地方，我们一起关在地牢里，你说你喜欢我，很喜欢我，喜欢得愿意为我去死，你一点，都不记得吗？”

他满是期待地看着我，看得我忍不住有些心虚，只能诚实地摇头：“不记得。”

他面色僵了僵，眼中暴戾一闪而过，却克制住自己，惨淡一笑：“没事的，以后我会让你记得。你现在喜欢些什么？还和以前一样吗？”

说着，他开始念叨出许多我喜欢的食物，喜欢的颜色，喜欢的东西。这些确实都是我喜欢的，我面上却不表露分毫，一直静静地听着。

他念了好久，终于到了皇宫。

他小心翼翼地将我抱了下来，旁边人看着他满身的血，惊叫出声，赶忙去找了太医。

牡丹大步走了上来，满脸担心道：“主子，我来……”

话没说完，他看到我的脸，猛地睁大了眼睛：“舒大人！你……”

“我活着。”我叹了口气，“真是不好意思。”

“你活着就好。”牡丹突然就红了眼眶，“我以前一直想着你死了比较好，我现在发现，你死了比活着更糟糕。”

我：“……”

这人说话怎么觉得好像在骂人呢？

说话间，沈夜已经将我抱到了床上。

太医也赶了过来，背着个药箱行礼后，就打算上前来给沈夜看诊。

沈夜将他们挡住，指了我道：“先看她。”

太医们唯唯诺诺地上前来给我诊脉，而后道：“姑娘并无大碍，只是长时间未曾进食导致体虚……”

“再诊。”沈夜冷声道。

太医们面面相觑，又轮流来给我诊了一道脉，而后有些忐忑道：“这位姑娘似乎并无隐疾，只是过去似乎中过剧毒，五脏六腑都有所损伤，好在有高人为其调养，如今也……”

“再诊！”沈夜再次出声。

太医互相看了一眼，为首的白发女子径直跪了下去，坦然道：“陛下，我等学艺不精，再诊估计也无法诊出什么。这位姑娘看上去并无隐疾，还请陛下另寻高人。

当务之急，是让我等先为陛下看伤。”

“滚出去！你们这群庸医！她什么都忘了，什么都不记得，你们居然和朕说她没事？！”沈夜猛地掀了桌子，吼道，“去药王谷找郑参，把郑参给朕召回来！”

“主子，”牡丹上前一步，“先让太医为你看诊吧！”

“我不用。”沈夜眼中带了血丝，看向温衡，“你去找郑参，日夜兼程，将他给我带回来。他要是不愿意，你就把他绑回来。”

“主子先看诊吧。”温衡叹了口气，“我这就去把郑参带回来。”

说完，温衡便转身离开。

沈夜看着他走出去的方向发愣，凝固在他身上的血迹刺得我眼睛生疼，我忍不住道：“陛下还是先看诊吧。”

听到我的话，他回过神来，转头静静地看着我。过了一会儿，他脸上浮出笑容：“我就知道你舍不得……”

说着，他朝着太医们点了点头。

为首的女太医暗中打量了我一眼，忙上前去给沈夜诊脉，然后皱起眉头来。

牡丹看太医皱起眉头，不放心道：“我去把阿从叫进来……”

“不准去！”沈夜冷喝一声。

牡丹愣了愣。

随后听沈夜道：“从此以后，朕与沈相再无瓜葛，这句话，你记着，也告诉兄弟们记着。”

听到这句话，牡丹猛地变了脸色，当即跪了下去：“陛下，舒大人已经活着回来了，再有什么恩怨……”

“正是因为舒城活着回来了！”沈夜吼道，方才平息下去的情绪又起来了，“她活着，她活得好好的！沈从却不告诉我，他居然还想娶她！他居然哄着我赐婚，想在我眼皮下面和她过一辈子！”

说着，沈夜用手捂住眼睛，带着哭腔笑出声来：“这就是我一手养大的人……这就是我当作亲弟弟来看的人……”

牡丹跪在地上，被这话惊得半天都开不了口。他三番五次想要开口，却什么都说不出来。

好久，他终于苦涩出声：“他毕竟还小……”

“他二十了。”沈夜冷冷地说，“你我这个年纪，早已杀人都不眨眼睛了。他还小吗？”

沈夜冷笑出声：“只不过是在我们心中，他还小罢了。把狼当成狗养，还真就以为他是忠犬了？狼崽子始终是狼崽子……”

沈夜低下声去，闭上了眼睛。

牡丹静默了片刻，终于开口：“陛下，其实不过一个女人而已。你我早已不是在意情爱的年纪，陛下何必为了一个女人，毁了兄弟之间的感情？”

“毁了这份感情的不是我！你说不过是一个女人而已，那当年你为什么不肯放开夏萤！为什么还要执着？还要等到现在！”沈夜怒吼着说。

牡丹脸色巨变。好久后，他苦涩一笑：“所以，我不是放开了吗？”

“陛下，”他抬起头来，面色平静地看向沈夜，“当年你劝我，说我们这样的人是祸害了别人。阿从喜欢舒大人，她也早忘了前尘往事，身为哥哥，我们便就让了，又如何呢？”

“若今日是夏萤，你也这么说吗？！”沈夜捏紧了拳头，接近崩溃的边缘。

牡丹面色不改，淡淡开口：“哪怕不是阿从，只要她过得好，我不也让了吗？”

“滚出去！”沈夜将手边的杯子猛地砸向牡丹，“你给我滚出去！我不让！我谁都不让！牡丹你是个懦夫，朕不是！”

杯子砸到牡丹的额头上，伤口上的血顺着脸流下来。

牡丹痛苦地闭上眼睛，叩首，而后便转身走了出去。

行到门前，沈夜低哑着声音问：“牡丹，你也要离开朕了吗？”

他没用“我”，他用了“朕”。

他的声音明明那么平静，我却觉得，面前这个男人似乎随时要哭出来。

牡丹背对着他，好久，慢慢出声：“不，主子，牡丹从出生在凤楼开始，就被教导，我的一生，是为侍奉您而存在的。就像我的爷爷侍奉了您的爷爷，我的父亲侍奉了您的父亲，我也会一直陪在您身边。”

沈夜不说话了。

牡丹等了一会儿，终于离开。

沈夜一直低着头，太医为他看诊后，写了药方，便忐忑地退了下去。

等所有人都离开后，沈夜静静地坐在位子上，低垂着头，一动不动。

我静默了片刻，终于道：“你……”

也就是在那一刻，我看见有眼泪落到了桌上。

我不敢说话了，而沈夜也终于在那一刻，哭出了声音。

他的哭声拉扯着我的内心，我似乎是中了什么奇怪的咒语，本能地就见不得他的眼泪。

我不由自主地站起身，赤脚走到他身边，憋了半天，终于说：“别哭了。”

他呆呆地抬头，满脸的眼泪让他冰冷美丽的面容终于有了一丝人气。

他嘴唇颤抖着，张了张口：“舒城……”

“我在。”我再说不出什么伤人的话，叹息出声。

他猛地扑进我的怀里，放声大哭，仿佛一个孩子，一声一声地叫着我的名字。

我茫然无措，想要推开他，却僵硬着动不了手，只能呆呆地站在那里好久，一直等到他哭够了，侍从敲门带我们去用膳，我才反应过来，饿了。

我们来到桌前，牡丹站在饭桌边上，仿佛两个人之间没有过任何争执一般，笑着上前道："主子，都是你和舒大人喜欢吃的。"

沈夜点了点头，拉着我坐到椅子上，想了想，抬头看着牡丹道："一起吃吧。"

"好。"牡丹笑眯眯地点头，大大咧咧地坐在沈夜旁边。

两人沉默着吃饭，好半天后，沈夜道："对不起，我不该说那些话。"

牡丹愣了愣，拿着筷子夹了菜道："你也没说错什么。你说得没错，其实我就是懦弱。"

"林哥儿和夏萤和离了。"沈夜道。

牡丹僵了僵，好半天，才道："哦。"

"我可以给你和她赐婚。"沈夜打量着他的神色。

牡丹没说话。他似乎就要答应了，然而过了好半天，他却苦涩一笑："不了，咱们还不一定能安安稳稳活到晚年呢，就不要拉扯着她进来了。"

说完，他就开始嘀咕起其他事来。

我和沈夜默默吃着东西不说话。

吃完饭后，沈夜带着我回了屋。

到了夜里，他还没走，我便直接赶人了："你要么把我送回沈从那里，要么就给我滚出去。"

"你和我是夫妻。"沈夜有些无奈地笑了笑。

我不由得冷笑出声来："可是我听说我们已经和离了。"

"我让户部把这件事撤销了，你和我的婚书还在。"

听到这话，我愣了愣，片刻后，不由得吼出声来："你无耻！不要脸！"

沈夜叹了口气，脸上带了宠溺道："要脸的话，当年怎么能把你追到手呢？"

"滚出去！"我拿着手边的东西就砸了过去。

他见我发火，往旁边一闪，忙道："你砸我不要紧，别扭到了自己。我出去，现在就出去，你别气坏了……"

说着，他便赶忙出去。

等他出去后，我终于松了口气。一个人在房间里坐了一会儿，我忍不住想，沈从在做什么呢？

我被沈夜这样抢回宫来，沈从会怎么想，怎么做呢？不会就这样让我被沈夜带走吧……

想到这种可能性，我心里不知道为什么，就有了那么些惶恐，赶忙想去见见沈从，想和他一起回到村子里去，再过回之前的生活。

我突然后悔跟着他来楚都了。我没有什么野心，最大的梦想就是能安安稳稳地过一辈子。在沈夜身边，我惶恐，害怕，不安，我觉得自己仿佛不是自己，总有个人在控制着我，做出些让我意想不到的举动。我心里开始慌乱起来，最后决定不要多想，先去睡觉。

洗漱过后，我上床睡觉，睡到半夜，我感觉似乎有人在看我，我迷迷糊糊睁开眼睛，就看见我头顶房梁上趴着个人，一双眼睛闪亮闪亮地看着我。

我吓得尖叫起来。

那人僵了僵，瞬间就消失了去。

我惊魂未定，喘着粗气，慢慢缓过神来，终于反应过来这大半夜趴在房梁上的是谁。

“沈夜！！”我怒吼出声，“你神经病啊！”

看我可以，但能别大半夜不出声趴在房梁上看吗？简直是吓死人了。

他走后，我又倒下去睡。

第二天清晨清醒时，枕头边上放着一封信。信有好几页，洋洋洒洒，文采飞扬，我看了好久，总算看明白了信的意思。简单点来讲就是——我好爱你，我好想你，我好想好好爱你。落款是，你的夫君。

沈夜不要脸的程度真是让我叹为观止。我假装没有看到这封信，洗漱后出门，一开门，就看见沈夜手里捧着一束花，站在门口，笑着等着我。

比起前些日子，他精神了很多，脸上的笑容荡漾得整个院子里都是春光。他穿着湛蓝色的袍子，在怀里的一捧雏菊和晨曦的微光的衬托下，看上去干净而温和。

仿佛有一道圣光照在他身上，刺得我眼疼，我当场关上了房门。

为了躲避他，我决定不再打开大门，于是就在房间里找书看。

过了一会儿，我就听到外面传来朗诵的声音，念着一些肉麻得让人起鸡皮疙瘩的情诗，逼得我不得不出声道：“闭嘴，别念了！”

“城儿，”沈夜站在外面，欣慰地说道，“你愿意和我说话，我真是太开心了。”

“陛下，你不上朝吗？你不处理公务吗？你不和你的后宫玩耍吗？你就这么闲，一定要来守着我吗？！”

“我已经下朝了，已经处理好公务了，所以我很闲，就来和我的后宫玩耍。”沈夜走到我的窗口，捧着花，歪着脑袋道，“特意摘来的，你喜不喜欢？”

我冷笑着道：“我喜欢什么你都给我？”

“当然！”他连忙点头。

我冷声道：“那你让我回去找沈从。”

沈夜愣了愣，片刻后，他垂下眼眸，低哑着声音道：“你病了……阿城，你病了，在说胡话。”

我嘲讽一笑，不愿再看他自欺欺人，干脆转身回去看传记。

沈夜在我窗前站了一会儿，直到牡丹来唤他，他终于才放下花离开。

后来他就日日来看我，只要没有事的时候，就来瞧我。

他每天拿着过往的东西来看我，和我说些过往的事情。

过了些时日，一个叫郑参的男人被温衡扛进了大殿。

那个男人拼命挣扎道：“我的药还在炉子里，温衡你这个土匪、强盗！你放我回去！”

“主子，”温衡将人放到旁边，往地上一跪，“郑参带来了。”

我和沈夜正在吃饭，郑参吸了吸鼻子，看着我的脸，笑道：“居然还活着，不容易啊？”

说着，他走上前来，一把捞过我的手，将手指搭在我的脉搏之上，开始一串一串念药材的名字。念完之后，他抬起眼皮来：“都是些普通的药，居然把你救活了。你生过一个孩子，是怀他的期间中的毒吧？这个孩子呢，拿来我瞧瞧。”

我不说话，冷冷地看着他。

郑参乐了：“怎么，好歹我是个大夫，你就算不待见沈夜，也不该不待见我啊？我没得罪你吧？”

我还是不说话。

郑参诊着脉，皱起眉头来：“能把毒逼得这么干净，是个用针的高手啊？和阿从有得一比了。改日给我引见一下。话说，舒城……”

“她什么都不记得。”沈夜突然开口，打断了郑参的话，一字一句道，“沈从做的，舒城如今，什么都不记得。”

郑参握着我的脉，愣在那里。

沈夜死死地盯着他，冷声道：“能不能医好她？”

“沈夜，阿从用毒的能力，他说第二……”

“我问你能不能救！”沈夜猛地打断他，高声吼道。

郑参皱着眉头，沉吟了片刻，终于道：“我试一试吧，不过我建议你，与其找我，不如找沈从。”

“你就当他死了吧。”沈夜冷冷地说。

郑参点了点头，不再多话，开始写药方。

当天夜里，沈夜就端着一碗药进了我的房间。

我看着他手中的药，总觉得有种似曾相识的感觉。

那碗药让我莫名恐惧，似乎我也曾经那么害怕过，喝下那么一碗药。

我看着他一步一步逼近我，不由得往后退去，直到无处可退。

他将我抵在墙上，哑声道：“阿城，把药喝了，你就会好了。”

“沈夜……”我皱起眉头，“你为什么就是不肯放过我呢？我明明已经有了更好的人生了……”

“你不要和我说这些！”他低吼出声，“你现在没有资格做选择。你先想起来，等你想起来……”

“要是我想起来，还是要这样选择呢？”我垂下眉眼。

沈夜愣了愣。

我不由得笑了：“你怎么就这么确信我喜欢你？万一我醒来，还是要走呢？”

他没回答我，假装什么都没听到，抬起手来卡住我的下巴，将药灌了下去。

我拼命挣扎，拼命捶打着他，他手上的力气越来越大，直到我一巴掌抽在他脸上，他才颓然放开我，手中的药碗也掉到了地上。

“你滚开！”我怒吼出声，“你给我滚出去，越远越好！”

他没说话，弯下腰，颤抖着捡起了药碗。

“你好好休息吧。”他沙哑着声音道，“赐儿明天就到宫里了，那个孩子叫赐儿，对吧？”

听到这句话，我不由得猛地睁大了眼睛，怒吼道：“你要对他做什么！”

沈夜愣了愣，他呆呆地看着我，仿佛是不可置信。

好久，他才道：“我是他父亲……你觉得……我会对他做什么？”

我没说话，死死盯着他。

他给我喂毒药审问我的样子刻在我心里，我丝毫不怀疑，为了达到目的，他能对孩子做出任何事情。

他看着我，露出痛苦的神色，慢慢垂下眼眸，哑声道：“我不会为难他，你信我。”

“你不会拿他威胁我吗？”我冷笑着道，“如果你真如你所说如此爱我，你向我保证不会拿着他威胁我！”

他沉默不语。

我不由得笑出声来：“哈……果然……”

“我是他父亲，你是他母亲！”他提高了声音，“我不会让我们的事情牵扯到他，你为什么就是不愿意相信，我不会伤害你们？！你为什么，连恢复记忆这么简单的事情，都不敢做呢？！”

我不说话，他也不再言语，猛地转过身去，急急走出了房里。

我猛地松了口气，倒在了床上。

当天晚上，我就开始做梦，梦里都是一些零碎的片段。我不知道前因后果，只能体会到那一刻那些铺天盖地而来的情绪。

欢愉、喜悦、悲伤、痛楚。

梦里都是沈夜，他那么高贵，那么美好。一会儿是我在悬崖边上死死抓住他；一会儿是他穿着白色的袍子和我说，“我们得了圣花，我们互相揭了对方的面具，就算是成了亲。我们会一直在一起”；一会儿是他睡在我身边，灯火映照着，安宁温和；一会儿是他背着我说，你为他犯法都不敢，还说什么喜欢。

我在梦里满心欢喜，却最后在梦中落入一片汪洋血海。

隐约间我听到有人说，没什么故意不故意，流岚都是要死的，无论你拖不拖延时间，她都是要死的，对吗？

压抑的情绪铺天盖地而来，我全然不知发生了什么，就快在梦中崩溃得哭出声来。我开始在梦里奔跑，前方有女子长身而立，黑衣墨剑，神色坦然。

“流岚……流岚……”

我认出她来。

你本可以活的，你本该活下来的。可是有人杀了你，有人害了你。

我在梦中哭得声嘶力竭，那真是我有记忆以来，最痛苦不过的瞬间。

我从梦中猛然惊醒，就看见沈夜在殿里，温柔地拍打着一个孩子。

已经是日上三竿了。

孩子在他怀里低声哭泣，他有些着急，抱着孩子，一面轻轻拍着，一面低声哄他道：“乖，父皇什么都给你，别哭了，啊？”

我原本还沉浸在梦里，有些恍惚，听到这句话，我猛地清醒过来，沈夜怀里的，是赐儿。

梦中的血色涌上了我的脑海，我不由自主地嘶吼道：“放开他！”

沈夜愣了愣。

似乎是听到了我的声音，孩子爆发式地号啕起来。

我衣衫不整，跌跌撞撞地从床上扑了下来，在沈夜愣神的一瞬间，猛地将孩子抢到了自己的怀中。

刚进入我的怀里，孩子就从号啕大哭变成了抽噎。

沈夜呆呆地看着，跟在他身后的牡丹忙道：“主子，孩子都认生的，您多抱抱就好了。”

听了牡丹的话，沈夜回过神来：“对……对……是我和他相处得太少了，是我的错。”

说着，他就想来抱赐儿。

梦中的感觉还留在心头，我忍不住猛地退了一步，打开他的手道：“离我们远点！我的孩子不需要你管。”

“这也是我的孩子……”沈夜哑声道，“让我抱抱，好不好？”

“滚开！”我怒吼，“离我儿子远点！你看你抱他时，他都哭成什么样了！”

沈夜不再说话。他看着我们，终于断了抱他的念头。

然后他就默默地守在我身边，整日整日地看着我和赐儿。

有了赐儿，我便不大爱同他说话了。

赐儿两岁，已经会说一些简单的话。他常在我怀里，怯怯地叫着娘亲，除此之外，他不会和任何人交谈。沈夜总是想要抱他，却都被我拦住。

他也没有办法，只能是整日整日给我喂药。

我脑海中开始有了一些零零碎碎的过往的片段。

那些感情铺天盖地，惊得我整个人如鹌鹑一般，战战兢兢。我从来没有办法想象，一个人可以这么爱另一个人，更没法想象，这个人是我。这些记忆让我惶恐不已，每次看到沈夜，我都会有一种发自内心的害怕，只能抱紧了赐儿，拼命思索着，到底要怎么出去。

有一天他来，手里带着一朵娇艳欲滴的花朵。

我瞧着那花格外眼熟，却仍是想不起在哪里见过。

沈夜叫人拿了个瓷瓶来，将花插到了里面。

“还记得吗？”他哑声道，“这是那年在乞女族我为你抢来的圣花。你当时问我是不是真的花开不败，你看，这花放了这么久了，它还开得这么好，看来是真的，花开不败。”

我呆呆地看着那朵艳丽的花朵，脑中是沈夜骑在骏马上，在欢呼的人群中，朝着我一路疾驰而来。上官流岚的身影又浮现在我脑海中。

我抬起头，死死地盯着他：“流岚的死和你有关，对吗？”

他僵直了身子，傻傻地抬头，眼中盈满了眼泪：“你记起来了？”

“你回答我！”我低吼道。

沈夜疾步到我身前来，握住我的肩膀，温和地说道：“我解释过很多次了，阿城。我是迫不得已的，你记不记得，那时候……”

“你不要再说了，”我颤抖着打断他，“我要见上官流清。”

沈夜惊疑不定地看着我。

我鼓足了勇气，冷笑起来：“怎么，如今我连上官流清都见不得了吗？你干脆把我关起来，从此当你的阶下囚好了！你爱我吗？这就是你的爱情吗？！如果这就是你的爱情，沈夜，我告诉你，这天下谁都不会想要这样的爱情！哪怕你再美再好，一个根本不知道怎么爱另一个人的人，谁都不可能将爱情给你这样的人！”

“沈夜，”我冷眼看着他，“在感情方面，你就像个先天残疾。”

他没说话，静默着站着。过了好久，他终于道：“我让你见上官流清。”

说着，他单膝跪着，握起我的双手，将我们交握的手抵在额头上：“你想见谁，你就见谁，你想去哪儿，你就去哪儿。只要你想起来，只要这个决定是你认真决定的。”

“舒城，我知道，我给不了你一份好的爱情，可是我会学。”

“我爱你。”他说着，声音里带了哭腔，“真的，很爱你。”

第二十一章

沈夜说到做到。

第二天，上官流清就进宫来了。

我抱着赐儿见她，她和我脑中的片段里出现的那个人一样，穿着紫色官袍，脸上带着让人如沐春风的浅笑。

她走进来，看了我怀中的孩子好半天，才把目光移到我的脸上，温和地说："好久不见，舒城。"

"不，"我摇了摇头，"我叫苏欢。"

听到我这么说，她似乎一点都不诧异，点了点头，走到我身边，坐下。

宫人们上来给她斟茶，她挥了挥手，将所有人都遣了下去，这才道："你叫我来，是做什么？"

"我只记得一点东西，有点事想要问你。"我坦然回答。

她端着茶杯，勾起嘴角："为什么是我？"

"我听母亲说，最后我是与你联手的，只是你我最终还是败给了沈夜。我想，我愿意和你联手，必然是你我之间还有些情意。"

她笑着不说话，不置可否。

我想了想，终于道："而且，你是流岚的妹妹。"

听到我的话，她笑出声来，低垂着眼睛，看着手中的茶杯道："舒大人忘了这么多，却始终还记得我姐姐，真是情深义重。"

"我不全然记得，但我知道，我一定对不住她，她一定对我很好，是我能信任的人。所以，上官大人，可否帮我？"

"你说。"她懒洋洋地看了我一眼。

我斟酌了片刻，问道："上官家如今如何？"

"我在陛下登基前就弃暗投明，成了陛下的一把刀，你觉得呢？"她挑了挑眉，倒也坦诚。

这并不出乎我的意料，同我联手后却还没有被清算，必然是投奔了沈夜的。

我点了点头，继续询问着我依稀记得的人：“少棠呢？他还好吗？”

听了我的话，上官流清的脸上露出古怪的神情，却还是回答了我：“他和你一起跳入江中后，便不知所终了。他给你下毒，你还惦记着他，倒还真是宽容……”

我感觉脸僵了僵。

其实我并不记得少棠最后给我下毒之事，只是从母亲轻飘飘的一句话中获得了一些信息，当时也未曾放在心上，如今依稀有了过去的记忆，再想起这件事，不免有些难过。

似乎所有我以为爱我的人，都曾伤害过我。

沈夜如是，沈从如是，便连少棠，也不例外。

我沉默着，上官流清也不说话，只是安静地喝茶。

过了好久，我终于说道：“我想出宫，离开这里，你有办法吗？”

上官流清将茶喷了出来，一脸认真地看着我：“你切莫和别人说起你向我提过这个要求，我害怕。”

听了她的话，我算是明了了，不由得苦笑了一下：“如果今日是流岚在此，她必不会拒绝我。”

“你该庆幸今日不是流岚在此。”上官流清微笑起来，“否则，我怕你就要伤心了。”

说着，她慢慢收敛了笑容，瞬息之间，她身上就多了几分拒人于千里之外的高贵冰冷。

她看着我：“舒城，不会有任何一个家主，会拿自己整个家族的命运去为一个人冒险。”

她这话仿佛箭一样，猛地贯穿了我的内心。

我脑海中那些零碎的片段同母亲的话串联起来。

我曾抱着沈夜的尸体声嘶力竭地哭泣，我曾抓着他的手决不放弃。

“你用了血契，救了沈夜。从此之后，我们舒家便再也没有什么能牵制陛下……”

母亲的话悠悠响在耳边，我忍不住笑出声来：“可是舒城这样做了。”

“所以你们舒家，大楚第一贵族，没了。”她吹了一口香茶，声音平淡。

我捏住自己的手掌，闭上眼睛：“那你帮我向沈从传个话吧。”

“你说。”

“你告诉他，”我眼中浮出了眼泪，“苏欢想回家了。再不回去，她就快死了。”

上官流清拨弄着茶碗的手顿了顿，她慢慢地抬头看我，凝视着我的眼眸，好久，终于应了声：“嗯。”

等她走后，我一个人呆呆地坐在寝殿里。

过了许久，沈夜进来看我。

他慢慢地走到我面前，低头看着我：“你还是没想起来。”

我不说话，轻拍着睡着的赐儿。

他凝视着我们，慢慢开口："以前我总是在想，等你生了孩子以后，我们会是什么样子。该很和睦吧？那时候一切尘埃都该落定了吧？你应该是我的皇后，如果你喜欢，还可以继续当着你的官，然后每天我们就可以在朝堂上见面，下朝之后在后宫里继续见面。"

"你抱着孩子的模样一定很美，你一直是个很温和的女人，你的孩子应该长得像我，他应该最喜欢你，然后第二喜欢我。他会叫我父皇或者爹爹，喜欢被我抱，喜欢骑在我肩上，谁欺负他，他就会来向我告状……"

"我以为，我人生的归属，该是这样的。"

他说着，坐到了我脚边。

我不说话，听着他沙哑出声："可我没有想过，你有了孩子，他很像我，我也成了皇帝，结果却成了这个样子。你不记得我，他不认我，你们心心念念着我的弟弟，我守着这个莫大的宫城，每天听着人声鼎沸，却总觉得空无一人。"

"舒城，"他将脸靠在我的腿上，闭上眼睛，"我好累。真的。"

"我做错了什么呢？什么是我能选择的呢？你原谅所有人，你原谅了白少棠，向上官流清问他好不好；你原谅了沈从，想着和他白头偕老。可为什么，你对我就这么苛刻，独独原谅不了我呢？"

"阿城……"他声音渐低，"我快撑不住了。"

我心里憋闷得难以呼吸，便换了话题道："你找上官流清问话了？她说什么了？"

他抬头看我，眸色深沉："她和我说，你向她问了白少棠的事。"

我心中的大石头落了下来，上官流清总算没有背叛我，没有将我找沈从之事透漏出去。

我垂着眼眸，不再言语。

过了几日，沈夜外出巡视禁军操练，将牡丹留了下来。我心知这是绝好的机会，若沈从有意将我带出去，必然会挑这个日子。我暗中收拾好了一切，抱着赐儿，一直等着外面的消息。牡丹始终相伴在我左右，我心中有些不安，不知要如何做才能甩掉牡丹。

等到午时，便是禁军交班的时刻，我正在屋中用膳，便听到了外面的争执声。

"沈相爷，没有陛下的命令，谁都不能见舒大人。"

"滚开！"

沈从怒吼了一声，随后我便听到几声低弱的惊叫声。

我忙抱着赐儿疾步走到门前，而后便看见沈从走了进来。

他穿着紫色官服，配金鱼袋，面色冷清，气度高华。

我一看见他，便觉得那颗忐忑的心安定下来。他仿佛就是我人生的一片港湾，他在，一切都会安好。

"你……"他迟疑了片刻，似乎是不知道该如何称呼我。

我含着眼泪道："苏欢，我是苏欢啊！阿从，你带我走，我们赶紧走，赶紧回家吧。"

"苏欢……"他沙哑出声，"你记起来了吗……这是你的选择吗？"

"她没记起来。"牡丹冷笑一声。

我这才想起来，牡丹还在此地。

牡丹持剑走到我身后来，沈从将我拉到怀里护着，止住了我的颤抖，他的语气十分平淡："牡丹哥，我今日要带她走，你要拦吗？"

牡丹不说话，他抿紧了唇，眼中全是怒气。

沈从慢慢笑了起来："牡丹哥要拦也可以，只是我不知道，如果我带不走她，你还能不能再见到夏萤。"

"沈从！"牡丹怒喝道，"你敢动她试试！"

沈从面色不改，从容地说："我是什么人，牡丹哥再清楚不过。给了我所要的，我不会为难她，她毕竟是我未来嫂子……"

"舒城是你嫂子！你这样做，对得起沈夜吗！"

听到这话，沈从的面色白了，却仍旧僵直了身子，握住我的手道："如果她在大哥这里活得好，我必然不会插手。可是她过得不好。"

"她什么都想不起来，怎么可能过得好！"牡丹猛地拔剑，指着沈从，"阿从，趁你大哥没回来，这事儿我当没发生过，你把舒城放开！你要她做决定，至少要等她恢复记忆。趁她什么都不记得的时候做决定，你不觉得卑劣吗？"

"卑劣的是你们！"我猛地开口，在沈从动摇前，怒吼出声，"你们只想着要你们的结果，想着要沈夜开心，可你们想过我吗？！你们口口声声说要等我恢复记忆，尊重我的决定，可我什么都不愿意想起来，这难道不是我的决定吗？！"

"苏欢过得很好，很开心，你们固执地要让我当舒城，可有没有想过我愿不愿意，过得好不好！"

"如果你还有一点良知，"我冷冷地看着牡丹，"你就该放我走，牡丹。"

牡丹不说话，他拿剑指着我们。

沈从毫不犹豫，拥着我转身就走。

我被他拥在怀里，走得有些踉跄，我紧紧抱着熟睡的赐儿，不敢出声。

剑风从身后倏然而至，沈从挺直了背，躲也不躲。

我忍住惊叫的冲动，靠在他温暖的怀里，明知有一把利剑正朝我们刺过来，却没有任何挣扎。

最后，剑风在我们身后倏然止住。

沈从顿住步子，过了好久，才沉声道："多谢牡丹哥。"

"夏萤呢？"牡丹沙哑着嗓子开口。

"在你府上睡着。我和她说你受伤了，她想都没想就跟着我走了。路上她同我说，这么多年，她也想明白了，无论怎样，你喜不喜欢她都无所谓，她喜欢你，默默喜欢你就好。”

“你废话怎么这么多！”牡丹声音中透出些不耐烦，“赶紧滚吧！”

沈从不再说话，拥着我向前，一路穿过长廊，走出庭院。

路上的禁军都时不时回头看我们，沈从面不改色，扶着我上了马车。

我抱着赐儿，躲在马车里，紧张地问：“阿从，等出了宫，我们去哪里？”

“天南海北，我送你走。”

“你送我……”我有些无法理解，“那你呢？”

“我得留下来，欢儿。”他嗓音沙哑，“我希望你过得好，可我不能真的抛弃大哥。大哥说得对，他不干净，我何尝又干净呢？”

“你有新生了，欢儿，”他音调里带了哭腔，“就不该和我们这些人再纠缠下去，大哥不配，我更不配。”

“你胡说什么！”我猛地卷开帘子。

宫门慢慢打开，我红着眼睛，看着坐在车头的他，嘶吼道：“没有你，我去这个天下又有什么意义？！”

沈从没有回答我，只是呆呆地看着前方。

我顺着他的目光看过去，宫门前方，一群人骑马而立。

为首的是一身黑衣的温衡，他马上扛着个女子，望向沈从的目光，冰冷中夹杂着些失望。

他身后是两列护卫，护卫着一顶华贵的轿子，不肖多想，也能知道，这轿子中坐的是谁。

沈从握着马车的缰绳，神色紧张。我看着那阵势，也是几乎说不出话来。

一片静默间，牡丹追着上来：“你们……”

话还没说完，他就愣在了原地。

好久，他终于反应过来，脸色变得惨白。

他单膝跪了下去：“主子……”

“牡丹，”一声叹息从轿子里传了出来，夹杂着失望与埋怨，“你终究还是信不过朕，你终究还是为了个女人，背叛了朕。”

“主子！”牡丹的声音有些颤抖。

温衡手腕一扬，一个昏迷的女子就被他抛了出去。

牡丹下意识伸手接了过去，看向他怀中的女子，惊道：“夏萤！”

那昏迷的女子没有回答他。他立刻抬头，死死地盯住沈从，怒喝道：“你对她做了什么？！”

“人是温衡送来的，你问我对她做了什么？”沈从冷笑着道，“你脑子没病吧？”

牡丹冷笑了一声：“温衡不会对她做什么。”

沈从没说话，他被众人围绕，这些人都是他曾经的兄弟，他的哥哥，我却明显察觉，他们对他和沈夜，或是温衡，是不一样的。

他才二十出头，算起来也不过弱冠，刚刚成年的年纪，却已位极人臣，所有人都夸他足智多谋，却又打心底觉得，他心狠手辣。他们说是将他当弟弟，却从不曾发自内心地将他当成兄弟。牡丹信沈夜、温衡不会对他心爱的人做什么，却不信沈从。

沈从抿紧了唇，面色冷淡，但和他相处两年，我早已摸透他的情绪。他此刻必是难过极了，可是再如何难过，他也不动声色。

我拍了拍他的肩，他回过头来。我将孩子放到他怀里，他抱惯了赐儿，顺手就接了过去。赐儿安静地睡着，我怜爱地看着他们，温柔地说："阿从，你看，他多乖。"

沈从愣了愣。

我将他揽到怀里："阿从，这是你的孩子，我是你的妻子。我们都觉得，你是这天下最好的人。"

沈从没有说话，我觉得他的眼泪湿了我的衣衫。

"舒城，我不是……"

"阿从，你只是还小。"我叹息出声，"不管你做什么，你都是想为大家好。从来没有谁，让我觉得只要在他身边，我就什么都不怕，除了你。只要你在，一切都好。"

听到我的话，沈从呜咽出声。

周边一片安静，我看着这个男孩一样的男人，慢慢地抬起头来，直视宫门外那顶华贵的轿子。

之前我一直害怕他，一直惶恐，忐忑，不安。然而此刻我抱着我的丈夫、我的孩子，心中终于有了面对他的勇气。

"陛下，"我扬声道，"既然来了，要如何，何不做个了结呢？"

"舒城，我们回去吧。"一声叹息从轿中传来，随后声音低沉了下去，"温衡。"

"是，主子。"温衡点头，从马上跃了过来。

也就是那片刻，我腰间长剑一跃而出，沈从广袖一挥，一股绿烟就飘了出去。而后他用湿润的手掌往我脸上一捂，在我还没反应过来前，就驾着马车朝着外面冲了出去。

"保护赐儿！"沈从高喝一声。

我被不知什么地方突然传来的力道推进了车厢里，也就是那一瞬间，我听到马车车壁传来机关挪动的声音，而后便有羽箭破空而去。

牡丹怒喝道："沈从，你来真的？！"

"众位哥哥对不住了！"

马车疯狂往前奔驰，我抱着赐儿，在马车里东倒西歪，勉强稳住自己。外面传来打斗之声，只听郑参道："沈从你停下！"

"阿从你停下来！"

“沈从，止步。”连昆吾的声音都冒了出来。

我手心里瞬间全是冷汗。

沈从不会武功，他顶多是精通药理、机关、阵法，而外面不但集齐了天下顶尖的武功高手，还有用药的高手郑参和精通阵法的昆仑宫昆吾。

这是早已布好的天罗地网……

我心中发寒，想起沈夜那日靠在我腿上，说的那句“阿城，我快撑不住了”。

他知道……

上官流清终究是背叛了我，终究是告诉了沈夜。所以沈夜故意露了破绽，为的就是引君入瓮。

我对上官流清有种发自内心的天然信任，仿佛她就是流岚留下来的一个影子，这一刻才我无比清醒地意识到，上官流清不是流岚。

她是上官家主，她没有骗我，她早说过，没有任何一个家主会为了不相干的人冒险。

我怨不得她，我只能怨自己。

想清楚了形势，外面的打斗声变得越发刺耳起来。我抱着孩子，在马车里瑟瑟发抖，却还是叫道：“阿从，你自己走吧……”

他在外面，恍若未闻。

马车开始打转，似乎是被围困住。

我不敢去看，低着头，闭着眼睛，等待着最后的结局。

马车被人猛地撞上，翻倒在地。我一头撞上马车车壁，随后听到有人怒吼：“伤着人怎么办！”

血从我脑袋上流出来，赐儿终于惊醒，哇哇大哭起来。我视线开始模糊，恍惚间看见有人掀开帘子，有光透进来。他面容俊美，神色高冷，仿佛高山白雪，令人瞻仰。

眼泪从我眼里蓦地流了出来。

我说，沈夜，你来了。

那一瞬间，也不知道为什么，我想的居然是，你终于来了。

我撑不住，慢慢合上眼睛，脑海中仿佛有那么一个人，骑着骏马，破开霞光，手持一朵妖艳的花，在人群的欢呼声中，朝我疾驰而来。

我在光影中伸出手去，刹那间脚下变成了血海万丈。

不如不要相遇，不如不要归来。

我在梦里走来走去，这个梦境里没有人，只是一个发着光的空间。我在里面来来回回，好久，才依稀听到边上有人的声音。

“沈从用的药太过精妙，我也再做不了更多了。这天下间，估计也就只有沈从知道怎么让舒城恢复记忆了。”

“大哥……舒城她不愿意想起来……”

“给我打，狠狠打。”

周边响起一片慌乱之声，夹杂着孩子的哭声。我知道那是赐儿。我拼命睁开眼睛，看见沈从趴在地上，鞭子一下一下抽在他身上。沈夜站在床边，抱着赐儿，满眼心疼地诓哄着一直哭着的孩子：“乖啊，赐儿乖啊。”

我艰难地起身，沈夜立刻察觉到我的动作，忙走到我身边来，将孩子交给一旁的宫人：“你怎样了？还好吗？”

沈从被人一鞭一鞭抽着，闷哼出声。周边除了沈夜，都不是我熟悉的面孔。

“他们都不舍得对阿从动手。”沈夜似乎是看出了我的心思，握住我的手温柔地说，“所以我重新找了人来。”

“沈夜……”我的声音有些颤抖，“阿从是你弟弟。”

“不，他不是。”沈夜看着我，“没有处心积虑害自己哥哥的弟弟。就算养条狗，也不会做这样的事。”

说着，他从床边拿出一个盒子。

他一点点打开盒子的盖子，眼中慢慢盈满了眼泪。

那是许多白纸，上面写满了沈夜的名字，一笔一画，仿若癫狂。

“这是你写的，阿城。”他小心翼翼地拿出那些纸来，然后从里面抽出了一本小册子。那上面写满了字，密密麻麻写了将近半册。我一眼就认出来，这是我自己的字迹。

“今日开始遗忘许多东西，有时候会恍惚地想不起他的名字。这让我觉得害怕，我担心要是有一天在茫茫人海里再不认识他，是不是就会如此擦肩而过呢？”

“他叫沈夜，他是我的爱人，他是这世上最好看的人。第一次见他的时候，他坐在床上，我想，这世上必然没有比他更好看的人了……”

“……我忘记的事情越来越多了，我已经想不起来那位刺了我最后一剑的好友是谁了。我不能忘了他……沈夜，沈夜，他叫沈夜……”

册子上写满了他的事情，写满了我的感受。

我全身颤抖着，翻看着册子，耳边是沈从的闷哼声、赐儿号啕大哭的声音，鼻间是浓重的血腥味儿。我一页一页地翻看着，觉得里面的字仿佛是刻上了我的灵魂，带着令人惊恐的悲伤。

我的眼泪莫名其妙掉下来。

沈夜静静地看着我，满眼珍惜。

“不能忘，不能忘。”

“不能忘，不能忘。”

“沈夜，不能忘。”

后来的书页里，全是这样的句子。足见那个人，当时有多大的执着。

翻到末尾，我的手已经颤抖得不能自抑。

沈夜看着我，眼泪落了下来。

“阿城，”他沙哑出声，“直到此刻，我才明白，你多么爱我。”

“这么爱我的你，怎么忍心抛下我？所以阿城，”他伸出手，抚上我的面容，“你想起来好不好？你去求沈从，让他给你解药，想起一切，好不好？”

“你看，一切都是他的计谋。你爱着我，你那么爱我，他却要毁坏这一切，就因为他得不到。他是不是很恶心，很坏？我真是后悔……我真是从未如此后悔过……”

沈夜的眼泪滚滚而下，沈从趴在地上，依稀有了呜咽之声。

“我当年为什么要救他……为什么要把他从死人堆里拉出来……为什么要这样费心教导他……为什么这样信任他？我将他当成这世上唯一的亲人，我将我所有信任都给了他！”

他的声音猛地高了起来：“他却奢想你！他的嫂子！你明明爱着我，他却要用这样卑劣的方式去夺取你。他真是太恶心，太肮脏……”

“啪！”他的话还没说完，我就一巴掌抽了上去。

全场安静下来，连鞭子声都停了下来。

沈夜呆愣在原地。

沈从艰难地抬起眼睛，看着全身颤抖的我和沈夜。

“你知不知道你在说什么……你知不知道沈从多爱你，多敬仰你！”

我再也压抑不住自己的情感，怒道：“如果不是你，我本来可以一辈子安安稳稳的。就是因为你，因为沈从不愿意离开你，所以我被迫回了楚都，被迫来到这吃人的地方！”

“你是他的全部，可你不是他的人生！沈夜，他只是给了我们大家一个最好的结局。对，我爱着你，我过去曾经爱着你，可那份爱情太沉重、太痛苦，我不愿意要了。”

“你难道看不出来吗？这个册子里，你的名字，早已成了舒城最大的负担。她放不开，她害怕放手，可这份爱情仿佛是火焰，她要是握着，就注定会受伤。沈夜，我不愿意恢复记忆，不是因为我不记得你，不是因为我多么恨你，最重要的是，我才是舒城，舒家家主舒城！”

“当年的舒城哪里是舒家的少主，她是你的傀儡，她被爱情蒙蔽了眼睛，才会做出了用整个家族去献祭一份爱情这种事！我现在清醒着，我不允许，我绝对不会允许，舒家的家主，做出这种事。”

沈夜沉默着，如墨的眼静静地看着我。

我颤抖着身子，口不择言：“我醒来的时候，身边就是沈从。我不知道我爱不爱沈从，可是我知道，沈从给了我安定，让我终于不再漂泊。他于我而言，就像一个遮风挡雨的地方，如果你给我的全是风雨，那他终于给了我一个家。”

“他背着我一步一步走回家的时候，他守着我生产的时候，他在冬天弯着腰在河里为我洗衣服洗得满手是冻疮的时候，那是我一生，最安定，最开心的时刻。”

我泪如雨下："我有个梦想，我想有个小院子，里面有一个葡萄架，到了季节，就可以去收葡萄。我和我的丈夫、我的孩子，每天安定地生活。我本来实现了它，是沈从给我的。所以无论如何，无论我是不是爱过你，无论沈从对我做过什么，他完成了我的梦想，他让我幸福着，这就够了！"

沈夜不说话，他从宫人手中抱过赐儿。赐儿一到他手里，就开始拼命地哭。沈夜抱着他，静静地望着他，孩子不停地哭。

地上的沈从终于按捺不住，哑声道："大哥……放开赐儿……"

"这是我的孩子！"沈夜蓦地开口，声音里全是温柔。

他看向沈从，嘴角慢慢勾起一抹妖艳的笑容，再次重复："这是我的孩子，阿从。可你看看，他却不认我。我一抱着他，他就开始哭啼不止，然而你抱了他那么久，周边那么动荡，他却可以安然熟睡。"

说着，他抱着孩子走到沈从身边，蹲下身，冷声道："很得意，不是吗？我的妻子，我的孩子，都成了你的。他们都口口声声只要你，无论你做过什么，你都是他们心中最好的沈从。你们相爱，你们是一家人……"

沈夜说着，大笑出声来，赐儿的哭声更尖厉了。

他将赐儿放到宫人手里，拉起沈从被血染湿的头发，迫使他抬头看他："那我呢？沈从，我在你们心中，是不是就是这天下最恶毒的人？"

说着，他猛地抓紧了沈从的头发，沈从痛出声来。

我忍不住从床上奔了过去："陛下！"

"闭嘴！"

沈夜猛地站起身来，在我猝不及防之间，一把将我按在了床上。

床帘掉下来，遮住了我和沈夜的身影，我突然觉得极其惊恐。

沈夜双眼通红，仿佛是着魔了一般，死死压着我。

"打，狠狠打，打死了就拖出去。"他按着我，大声吩咐。

外面传来更重的鞭打声。

"你是不是很在意他？你是不是很怕他死？"沈夜压住挣扎的我，冷声道，"那你就看着，我们三个人，谁都别想好好活着。"

我不住地挣扎，怒吼道："你放开我！沈从是你弟弟！是你弟弟！"

沈夜不说话，他一手按住我，一手开始解开自己的衣服。

我意识到他要做什么，惶恐起来，更加拼命地挣扎。

"放开我！你放开！"

"大哥……"沈从终于反应过来，他往床边爬过来，被人又拖回去。他拼命嘶喊，"大哥！你放过她……不要这样对她……大哥……"

"沈夜……"

他撕开我的衣服，一言不发，直接贯穿进来，我疼得惊叫出声，和沈从带着哭腔的嘶喊声混杂在一起。

沈夜自始至终一言不发，他把我翻过来，用衣服捆住我的手，将我的头按在床板上，红了眼地蹂躏我。

“放开我……沈夜……我好疼……阿从……救我……阿从……”我疼得哭出来。

沈从的嘶喊声慢慢低了下去，我几乎快昏死过去。沈夜猛地拉起了我的头发，迫使我抬起头来。我透过帘子，看到外面一地鲜血。

“你看着，”他终于出声，低哑着声音道，“你看着，他怎么死在你面前。你们不是相爱吗？你们不是要幸福吗？那朕就毁了你们。就像沈从毁了朕一样。”

“你不是舒城，你和沈从一起，杀了朕的舒城。”

他说着，眼泪落到我背上来。

我泪眼模糊地透过床帘，看见外面的景象。沈从被人按在地上，地上满是鲜血，可他还是拼命仰起头，努力看着我。

他似乎朝我伸出了手，他手仿佛有某种魔力，让我看见，在村子里的那两年。

他只是个教书先生，我只是苏欢。我们院子里有个葡萄架，我们还有个孩子。岁月仿佛变成一首温婉悠扬的曲子，午后温暖而慵懒的阳光洒在身上，袅袅青烟从各家屋檐升起，猫儿从屋檐上跳过。

我忍不住伸出手去……

身后是被撕裂的疼痛，是血海汪洋，是我紧握着别人，拼命付出，拼命救赎。

而前方是温暖，是救赎，是他人来拯救我。

那个人面容模糊，身形修长，他是谁呢？

不，他是谁不重要。

看着沈从的血，电光石火间，我猛地反应过来，那个人是谁并不重要，重要的是，那个人带着我一直梦想的安定。

我不爱沈从，我爱的只是沈从能给我的生活。他成为我生命里一个标志，代表着安定、温暖。我不肯放开的不是这个男人，那时候，如果不是他，是任何一个人救起我，给我这份生活，我都会如今日一样，紧紧握住他。

明了这一切，我那伸着的手，终于忍不住放下。

我不该这样，不该仗着别人的爱，就这样欺骗对方。

沈从向我要的是爱情，他这样出生入死，这样奋不顾身，背叛了他的大哥，背叛了他的兄弟，抛弃了富贵荣华，向我要的，不是这样的欺骗。

我欠他，我不该如此，利用他。

我不敢面对沈夜，不敢面对这份感情，却也不该用沈从当我的盾牌，徒作牺牲。

沈夜的眼泪一滴一滴落在我身上，灼得我满身伤痕。

我脑海中是那些仅存的片段，沈夜身着宽大的纯白丝绸睡袍，躺在摇椅上，手中握着书卷。

灯火映照在他的脸上，温暖而美好。我静静地凝望他，他抬起头来，在灯火下，对我温暖笑开。

“城儿。”他出声道，我的名字仿佛粘在他的舌尖，在他舌尖跳跃、舞蹈。

哪怕已经饮下这样多的痛苦，哪怕为他走在火海刀尖，却还是一次又一次，在相见时，重新拾起这份心情。

为他欢喜，为他痛苦，为他着迷，为他痴狂。

“沈夜……”身下是剧痛，身前是蔓延到床下的沈从的鲜血。我在昏迷之前，挣扎出声，“我爱你。”

我始终，始终，还是爱着你。

哪怕不记得你，哪怕忘记你，哪怕已经分别这么久，用这样狼狈的方式相遇，却还是无法压制住这颗印刻着你名字的内心。在第一次见你就会因你的难过而难过，欢喜而欢喜，就会因预知会对你有这样不可控的感情而忐忑、恐惧，就会因害怕再次如此爱你而躲躲藏藏。

可是我知道，这是一场躲不过的爱情。

从头到尾，强势如你，不曾给我半分歇息。

第二十二章

我梦见自己在拼命奔跑，有人在追我。

风雨交加，打在我身上，我一路往前狂奔，也不知道是谁，死死追缠着我。

前方出现了一个竹林，我拼命冲进去，然后就看到一个屏风。屏风后有火光，映照着两个人的身影。一个是少年身形，似乎与我差不多年纪，而另一个则是幼童。他们端正坐在屏风后，火堆发出噼里啪啦的声音，我觉得似曾相识，又觉得是另一场开始。

“你来了。”他们齐齐开口，“舒城，你来了。”

他们的声音交织在一起，却是与他们的身形全然不一致的青年男子之声，一个如高山白雪，一个如朗月清风。

我突然就知道了他们是谁，沙哑出声：“是啊，我来了。”

“你看，很久以前，我们就见过了。”沈夜在屏风后，慢慢出声，“我，阿从，你，这样早，就一起相见了。这是不是上天注定的因缘？”

我没有说话，看着屏风后的人。外面是风雨之声，然而他们在这里，我却就觉得格外安定。我带着满身的伤，随意盘腿而坐，我似乎什么都想了起来，却又似乎什么都不知道。

“你想要什么呢？”

沈夜问：“这天下，我什么给不了你呢？”

“这天下，你都能给我。”我笑了笑，低垂着头，“可我所求，不过是安宁而已。”

舒城所求，苏欢所求，不过一人一隅，一世安宁。

我曾以为我努力了，就能得到。后来才明白，我能否得到这份安宁，与我努不努力没有关系，而是和我所爱着的那个人有关。

我深吸了一口气，仰起头来：“沈夜，你注定不凡，何必连累我一个凡人。该给的，我都给了你，又何必苦苦纠缠，不肯放手？”

“趁我还有几分理智，”我想，“让我放手。”

里面人久久不曾答话，旁边传来了急切的呼唤声：“舒城，舒城！”

那声音里夹杂着孩子的哭声。

我艰难地睁开眼睛，看见郑参的脸。我回不过神来，盯着床顶发呆。

郑参激动地同旁人招呼道："醒了，醒了！"

接着，牡丹挤了过来，欣喜道："主子，舒大人醒了！"

我以为会听见沈夜的声音，或者看见沈夜，然而好久，都没有。

我全身都酸痛，疲惫不堪，发自身心地累，一动也不想动。

我有很多问题，但我一个都不敢问。我眼前全是昏迷前最后的景象，沈从的血流到床下，我触手可及。

过了好久，我听见衣服窸窸窣窣的声音，而后沈夜的面容映入眼帘。

他手里抱着赐儿，满眼疲惫。赐儿一直在哭，他轻轻拍着他的背，看着我，几次想说什么，最后却只化作一句："你还好吗？"

我不言语，闭上眼睛。我已经没有半分力气去理会旁边的人事，只默默地躺在床上，一言不发。

郑参指挥着人给我喂药，喂完药后，郑参把我扶起来，转头冲沈夜道："下次再把人这样给我带过来，你这辈子别找老子看病！有话快说，说完让她睡觉！"

郑参说完之后，带着人怒气冲冲地出去了。

房间里只剩下我们两个人，还有一直哭个不停的赐儿。

他抱着孩子，沉默了许久，终于开口："赐儿一直哭，你要不要抱抱？"

我不说话。

他有些忐忑，坐到我床边来："之前……是我太冲动。对不起。"

外面风声大起来，我转头看向外面。

见我如此沉默，沈夜有些慌张："阿城，你同我说说话吧，你这样，我心里害怕。"

"是我的错……阿城，我不该这样对你。我只是太害怕了，阿城。"他看着我，眼里全是愧疚和惶恐，"你不爱我，我太害怕了。"

"可是还好……"他伸出一只手，握住我冰凉的手，"还好，你爱我，你始终爱着我。"

我不言语。

外面下起了雨，一开始只是很微小的落雨声，慢慢就变得大了起来，哗哗啦啦，几乎掩盖了他的声音。

我想他始终是听到了那句话，就像我自己，也终于听见了那句话。

我曾疑惑，为什么第一次见他，就会牵扯出这样多的情绪，为什么看他难过就难过，看他欣喜就欣喜。为什么他明明是个无关紧要的人，看见他，我却比看见谁都要恐惧、抗拒。直到自己濒临绝望，看着沈从的鲜血，我才猛然醒悟。

原来这是因为，在我心底深处，这个人，与任何人，都不一样。

我思绪纷乱，没有力气言语。

他看着我，沙哑着声音道：“阿城，至少你曾经这么爱过我，为什么不肯再给你我一点机会呢？”

我闭上眼睛不说话。

他的眼泪一滴一滴落下来，落到我的手背上，然后他猛地起身，抱着赐儿走了出去。

后来的日子，他每天都来见我。赐儿在他怀里哭得撕心裂肺，他却仍旧固执地抱着。偶尔他将赐儿放到我身旁，他才会停止哭泣。沈夜就呆呆地看着，什么话都不说。

我坚持不说话，也没问过任何人。那个名字仿佛成了我心里的一个禁忌，我连说出来都觉得绝望。巨大的愧疚感让我无法开口，我觉得，我欠了他太多。我活在自己的世界里，害怕清醒过来，因为只要清醒了，我就得去面对这个残忍的结局。

沈从是我内心的向往，哪怕这不是爱情，可是他是唯一让我觉得我一生能够得到安宁的人。他的名字像一个符咒，像一个指引，告诉我，只要到他身边去，我就能得到我想要的人生。

可现在我不知道他在哪里，他可能已经死去，如果他活着，也注定和我难以回到过去的日子。

我每日这样安安静静地躺着，转眼间过了一个月。

沈夜似乎越来越无法忍受我的沉默，他开始酗酒，来见我的时候，常常是一身酒味。

他趴在我床边，拉着我的手，絮絮叨叨地说着过往的日子。

有时候说着说着，他就哭起来：“阿城，你不要这样……你明明已经原谅我了，明明想起来，我们就可以在一起了……”

我不言语，我无法想象，我怎么能原谅一个一直背叛我的人，怎么能毫无心结地和这样一个人在一起？

我想，他的忍耐总会有限度。

有天夜里下了雨，宫里乱了起来，来来往往全是人声。我躺在床上睡不着，便听着雨声，盯着床顶发呆。

过了许久，我听到沈夜带着人破门而入。

他抱着赐儿，慌慌张张地来到我身边。赐儿在他怀里号哭，声音都已经嘶哑了，双颊呈现出一种诡异的潮红。

“阿城，他一直哭，你抱抱他……快，抱抱他！”

他满眼慌乱，将赐儿往我怀里塞。

我不言语，浑身失力，感觉整个人早已被抽离开这个世界。我静静看着赐儿，观察着他的姿态。

沈夜怒极，抱起赐儿怒喝：“你这是做什么！这是你的孩子！你生下来的孩子！为了一个沈从，你连他都不要了吗？！”

听到沈从的名字，那些埋藏在我心底的不安和猜测再也按捺不住，几乎要喷涌而出。我朝孩子伸出手去，问："沈从呢？"

沈夜僵了僵，他抱着赐儿，不可置信地看着我。

我将孩子从他怀里抱回来。赐儿到了我怀里，哭声慢慢地小了下去。

沈夜捏紧拳头，别过脸去，道："赐儿发了高烧，我让郑参过来。"

"沈从呢？"我再次重复。

沈夜忍耐不住，怒道："你不要再提起这个名字！"

"沈从呢？！"我拔高了音量。

话音未落，沈夜一巴掌抽到了我的脸上。

那一巴掌抽得我整个人都扑到了床上，脑袋嗡嗡作响。

沈夜慌了神，他一步步后退开去，惊慌失措道："对不起……舒城，我……"

我不在意，支撑着坐起来，看向沈夜，一字一句，咬牙切齿："沈从呢？"

是活着，还是死了，是好好地活着，还是废了？这是我用了一个月时间，鼓起的全部勇气。如果他此时不回答，我怕我这辈子会没有勇气再问。

沈夜不说话，他慢慢平复了神情。

郑参带着人赶了进来，似乎是刚刚起床的样子，手里的青竹杖打在地上嗒嗒作响，一边走一边骂："大半夜的要做些什么！以为我一个瞎子半夜不用点灯就可以瞎使唤了？人呢？！"

牡丹忙道："在床边，我带你过去。"

说着，牡丹就引着郑参走到我的床边来。

郑参将赐儿抱过去，嘴里骂骂咧咧："作死哦，这么小个孩子，本来就先天不足，你们能不能省点心，让他多活几年？你们的事儿干吗牵扯到这个孩子呢？"

"郑参，你别说了。"

"怎么，能做还不能说啊？不就是小叔子和嫂子扯上了……"

"闭嘴！"一向温和的温衡也忍不住了，和牡丹一起把郑参拉扯了出去。

大殿里只剩下我和沈夜。他静静地看着我，好半天，终于道："这么久了，你没和我说过一句话，你还有什么想和我说的吗？"

"沈、从、呢！"我咬牙切齿，一字一句，说得格外艰难。

沈夜用手捂住脸，笑出声来："舒城，你还记不记得，你是我的妻子？"

"你是和我许下誓言、记在官籍上、拜过天地君亲的妻子！你口口声声念着沈从，你想过我半分吗？！"

我不说话，我不知道该说些什么。此时此刻，我只有一个念头，沈从呢？

"你不该是这样……舒城，"沈夜从怀里拿出一个册子，朝我走了过来，他将那本记满了他名字的册子放到我身前，努力压抑着情绪，"舒城，你看，你曾经多么爱我啊……你不该是这样。你看，我们过去多好，你和我有过多美好的回忆，那时候沈从这样逼着你，你都不愿意忘记我。你将我的名字写满了所有的纸，阿从走进房间的时候，看见房间里全是我的名字……”

他说着，流出眼泪来：“我们不该是这样的，舒城……”

“我问你，沈从呢！活着，还是死了，你至少该给我答复！”我实在忍耐不住，猛地打断他，“你知道这一个月我是怎么过来的吗？这一个月，日日夜夜，我都想着那天，想着那天我在你身下的屈辱，想着沈从就在我面前，他的血一点点流到床前！我不敢想他的结局，他的名字刻在我心上，我连念都不敢念……”我呜咽起来，“沈夜，我求求你……告诉我，他怎么样了……”

沈夜没说话，他看着我，满眼绝望。

然后他站起身来，慢慢地走了出去。

我追着下床去，大声喊：“沈夜，你告诉我，沈从呢！沈从呢！沈从呢！”

他仍旧不说话，直到走到门口，他停下步子来，转过头，冷冷地看着我：“滚。”

这是他第一次对我露出这样的神情，仿佛我是什么再让他厌恶不过的东西，让我活着，都是他最大的忍耐。

我被他的神色震在了原地，好久才反应过来，赶紧追了出去。

我的轻功向来是顶尖的好。我隐匿在暗处，悄无声息地跟着他。他一个人走在长廊上，高大的身影显得有些萧索，一副失魂落魄的模样，全然没有半分平日的姿态。

深夜的宫中人烟稀少，他就这么一路走过去，淋了一身夜雨，却全然不在乎。走了很久，他来到一个庭院，自己一个人站在院子里，默不作声。

我没敢惊动他，看着他一个人站在雨里，静默着看着前方的房门。

好久之后，房中人似乎察觉到他的到来，打开大门，愣在原地。

是沈从。

他瘦了不少，面色苍白，仿佛是大病初愈。他穿着纯白的内衫，外面披了黑色披风，更显得整个人虚弱极了。

他呆呆地看着沈夜，好久过后，才反应过来，张了张口，叫了声：“大哥……”

“阿从，”沈夜直直地看着他走出来，好久，却是慢慢笑开，“阿从，我救你那年，你才这么高。”

说着，他比画了一下。

沈从愣了愣，随后也笑了起来。他眼中全是明了之色，带了些哀戚，哑声道：“是啊，那时候，大哥也只有十二岁。可我总觉得，大哥异常高大，从小我就喜欢让大哥背我，总觉得大哥背着我，这世上所有不开心的事，就都远离了阿从。”

沈夜不说话，听沈从慢慢说着。

“我从小身体不好，不适合习武，武功一直不高，是大哥护着我，我才从来没被人欺辱过。我家道中落，是大哥养育我，让我锦衣玉食，不负沈家风雅之名。大哥心高气傲，却总愿意在沈从面前低头。小时候看戏，大哥愿意将阿从放在肩上坐着，长大后阿从脾气不好，大哥从来也只是忍着。”

“大哥从不曾对不起我。”他看着沈夜，嗓音沙哑，“大哥对阿从，再好不过。”

听着沈从的话，沈夜苦涩一笑：“那为什么，为什么，要这样对我？”

“我的妻子恨我，我的儿子不肯认我，阿从，这就是你，给我的回报吗？”说着，他一步一步走到沈从身前，抬起手来，抚上沈从俊雅的面容。

“我给了你重生，给了你荣华富贵，给了你世家之位，给了你左相之职，我沈夜自问未曾有半分愧对于你，你怎么能如此恩将仇报！”

“你让我差点亲手杀了她，你让我推她入险境，你让她忘了我，你让我妻不妻子不子君不君臣不臣！沈从！”沈夜一把捏紧了他的肩头，“哪怕是仇人，都做不到你这样的心狠！”

沈从抬头看着沈夜，满眼倔强：“那大哥何不杀了我？”

沈夜不说话，他死死盯着他。过了好久，他闭上眼睛，将沈从猛地推开。

“阿从，我毕竟是你大哥。”一句话从他口中飘出。

沈从蓦然红了眼眶。

沈夜满眼疲惫，他看着面前的青年，沙哑着声音说：“我是该杀了你。可是阿从，你走到今天，何尝不是我的过错？”

“如果我曾经好好教导你……”

“如果我曾关注过你的内心……”

“如果我早一点发现这件事情……”

“你也不会走到今日。我知道，一切错误的源头，其实在于我本身。”沈夜站在雨里，神色茫然，“是我固执要这个帝位，是我自己一次次地骗她，是我未曾好好教导你。我不能懦弱地将一切责任推卸给别人。可是阿从，我心里难过……”

说着，他将眼眸转向沈从：“阿从，我心里，太难过了。”

“我以为等我登上帝位，一切就是终结。我会给舒城一个安定的家，我自己会有一个安稳的人生。你和众位兄弟在我身边，舒城带着孩子站在我身后。我以为，这是终结。可我从来没有想过，有一天舒城会不爱我，你会背叛我，我的孩子会不认我……”

他的声音有些飘忽，揪得我的心也抽疼起来。

沈从看着他，脸上痛苦不堪。

沈夜惨淡一笑，道：“你是不是觉得我很没出息，很不可思议？其实，我一直……就是这么一个人。以前总想着，我是你大哥，我就该有个大哥的样子。我不能哭，不能软弱，不能没有志气，我要让你看看，一个男人应该是什么模样。”

“可其实，我就是这么一个人……我没办法心怀四海，舒城，你，我的孩子，凤楼的兄弟，就是我人生的大半。年纪小的时候，我总想着报仇，想着要拯救天下苍生，可是，我早就后悔了……”

“凤楼的兄弟死的时候我就后悔了，争什么皇位呢？可那时候咱们已经退不了了，不然大家就白死了。陛下死的时候，我也后悔了，报什么仇呢？报仇的最后，也不过是自己伤心。等舒城受伤的时候……”沈夜顿了顿，随后慢慢道，“我就彻底地悔了……”

“阿从，”沈夜看着沈从，“大哥这样没出息，你是不是很失望？”

沈从静静地看着面前的男子，好久，他都没能说话。

我揣测不出沈从的心情，是失望，愧疚，还是怜惜？

他们兄弟俩就这样静默着。

最后，沈夜深吸了一口气，道：“所以，大哥求你，把舒城……还给我吧。”

风大了起来，沈夜的身影似乎随时可以被风吹散开去。他站在雨里，颤抖着身子，一寸一寸，跪了下去，朝着这个被他一手养大的孩子，慢慢弯下脊梁。他的动作这么慢，这么沉重，仿佛是有人拿着一把千斤大锤，一锤一锤，砸碎了他的脊梁。

“我求求你，”他的声音里带着哭腔，“将我的妻子、我的弟弟、我的孩子，还给我吧！我撑不下去了……阿从……你救救我……你救救我……”

天地间只有风雨之声，我忍不住仰起头来，眼泪也跟着流了出来。

沈从站在原地颤抖不已，他终于拖了沉重的步子，一步一步走到沈夜身前。

而沈夜已匍匐在地上，号啕大哭。

沈从慢慢蹲下去，将沈夜揽进怀中。

“大哥放心！”沈从紧紧抱着像孩子一样在自己怀中痛哭的沈夜，咬牙道，“阿从此生，定不再辜负大哥。大哥要什么，我都给你。哪怕是要阿从的命，阿从也给你！”

听到这话的一瞬间，我感觉有什么碎裂开来。

我再也听不下去，抽身离开。

我心里说不上难过。沈从无论做什么，我也觉得他只是个孩子。我无法和一个孩子计较，能伤我的心的，似乎从来只有沈夜。

我回到房里去，洗漱过后，假装什么事都不曾发生，默默等着。我知道，沈夜一定会来找我，这件事，必然也会有一个结果。

我睁着眼睛，一直等到天明，然后就看到沈夜披着晨光，一步一步走到屋里。

他手里端着一碗汤药，面上一片平静。

我立刻站起身来。他看见我这样整齐穿戴着等着他，微微愣了愣，随后垂下眼眸，温和出声：“阿城，我来给你送药。”

我不说话，静静地看了那碗药一会儿，才问：“这是做什么的？”

沈夜不说话。

我不由得笑了：“是调养身子的吗？”

“趁热喝了吧。”沈夜勉强笑起来，“喝完了，你就好了。”

“沈夜，”我没有接药，垂着眼眸，“很多时候，我都觉得，我的命运并不掌握在自己手里。你看，曾经我不想忘，沈从想让我爱上他，要我忘，于是我必须忘，哪怕写了一整个屋子的你的名字，却还是忘了你，爱上他。如今我不想记起，你想让我记起来，爱上你，于是我必须记起来，必须爱上你，哪怕拼了全力去抗争，也抗争不过。有时候我会忍不住想，在你们兄弟眼里，我算个什么呢？舒城不是个人，却像只小猫、小狗，去哪里，爱上谁，过怎样的人生，都要看你们如何作抉择。”

“你们很少听我讲话，很少问过我想要什么，一股脑把你们要给的往我怀里塞，再哭着说，我爱你，我好爱你。沈夜，你知道，为什么我不愿意想起来吗？”

沈夜没有说话，他将药碗放到旁边的桌子上，蹲下身子来，仰头看着我，头一次这样平静地、耐心地看着我：“你说，我听着。”

我所有的记忆里，都不曾见过这样的沈夜，忍不住就红了眼眶。

“不是因为我爱沈从，不是因为我恨你。沈夜，我只是想要一份，真正属于舒城的人生。当我没有深爱你，没有被所谓爱情的情绪左右，就像一个路人一样去审视过往的舒城的时候，我觉得之前我所做过的一切，都太荒唐了。我感激沈从，感激他让我恢复神智，那个被爱情所左右的舒城，不配当舒家的家主。”

“所以，我不愿意想起你。不仅仅是因为我想离开你，想要一份安定的生活，更因为，我厌恶过去的自己，我害怕自己再重复过去，没有理智地爱你，失去了自己。”

“我是舒城，舒家家主，我背负着一个家族的荣辱，就该拥有身为家主的自持。”我苦涩一笑，“这是我的选择，不是因为我爱沈从，不是被沈从所操控，你明白吗？可你从不曾尊重，你也好，沈从也好，从不曾尊重我的选择！”

“沈夜，你知不知道，”我泪如雨下，忍不住捏紧了手掌，控制住自己几乎崩溃的情绪，“我希望自己能活得像个人，我希望我能重新拾起我的尊严，我希望和一个普通的、尊重我的人相爱。他可以长得不好，可以地位不高，可以什么都不会，可是他该懂得怎么爱我，尊重我，在意我，让我和他平等地相爱！”

沈夜看着我，眼里全是疲惫和苦涩。

“可是我爱你……”

“可是我不要这样的爱情！”我吼道，随后再也忍耐不住，捂着脸痛哭起来，“沈夜，我也曾是舒家的少主，我也曾是这楚都最顶尖的人物，可你看看……如今的我，已是什么样子……”

“我的家族失去了地位，家人成了庶民，我的父亲只能去买假货，我的母亲眼睁睁地看着你对我用刑却无能为力，只能流着泪抱着我，听我说‘我好疼’……而我自己，连爱哪个人的选择权都没有……我没有自由，没有尊严，没有选择权，像一只活在黑暗里的老鼠，战战兢兢地想着，沈夜会怎样对我？他会不会打我？会不会杀了我家人？会不会伤害赐儿？会不会把我脱光了凌辱……”

“别说了！”沈夜猛地打断我。

他握着我的手，声音不住地颤抖："是我的错，阿城，是我的错……你原谅我，我再也不会这样了。阿城，你打我……你随便怎样对我都可以！"

"我是舒家的少主啊……"我号啕出声，握紧了自己的衣衫，"沈夜，我不该这样的，我也曾是舒家少主啊！你爱我，为何要如此凌辱我，为何要让我走到这一步呢？"

"你总说你不会爱，但你愿意学。这么多年了，我给了你多久的时光，你却还是不曾学会啊……我爱着你，我拿了这样多的时光去陪伴你，等待你，把我所有的尊严交给你践踏，你却始终没有学会爱我。"

"沈夜，给你爱情，太累了。"我慢慢闭上眼睛，"你是帝王，你坐拥天下，你手里有我的家人，我的命，你的命令我没法抗拒。可是沈夜，哪怕我想起你，又怎么样呢？"

"或许我会再度成为那个爱你若狂的舒城，我心底的这份屈辱，这份不甘却不会消散。我会始终活在你给我的阴影里，日复一日，终有一天，会按捺不住，疯魔成狂。这是早已预见的结局，所以沈夜，你为什么要强求呢？"

"阿城……"沈夜仰头看我，目光呆滞。

我站起身来，拿起药碗，深吸了一口气："你要我喝，我就喝。可是沈夜，我还是得告诉你，哪怕我爱着你，这并不代表，你我之间，就会有一个好结局。"

说着，我将药碗端到唇边，准备一饮而尽。

就在那刻，沈夜猛地叫住我："舒城！"

我停下来，转头看他。

他跪在地上，呆呆地看着我。好久之后，他站起身来，将药碗从我手里拿了过去。

"我再想想……舒城，"他看着我，"我一直希望，你能过得好。虽然你不信，可是这是真的。"

说着，他拿着药碗，转身走了出去。

走出门前，他转过头来，凝视着我，似乎是想从我身上，透过时光，看谁的影子。

我淡然看着他。他终于闭上眼睛，转身，离开。

而后他一直没再出现。

说开了所有的事情，我觉得轻松了不少。我抱着赐儿，每天在宫里闲逛。

我不知道沈夜去了哪里，有时候想问，想了想，又压了下去。

有天夜里，我在睡梦中听见外面的雨声，睁开眼睛，却看见沈夜坐在我身前。

他似乎是喝了很多酒，身上全是酒味，正静静地看着我。当我睁开眼睛的时候，他眼中闪过一丝慌乱，却又强制着自己镇定下来。

我和他在夜色中静静地对望。

我手下捏了一支簪子，随时准备着出手，然而他没有动弹。

过了好久，他说："阿城，你和我说说你和阿从吧。"

我愣了愣，没想过他会问这样一个问题。

他转过头去，哑声道："我想听听你和他在一起，是怎么生活的。"

我沉默不语。许久之后，我开口，说出在那个小镇的点滴生活。

其实都是些琐碎的事，但不知道为什么，我却记得很清楚，每个午后，每个黄昏，每个等待着沈从的夜晚，每个为他做饭的清晨。哪一夜的昙花开时震惊了整个镇子，哪一场杂耍让赐儿叫出了第一声爹，哪一朵桂花香得令人沉醉，哪一个泥娃娃是沈从走了十里路从县城带回来送给我……

我就这么平缓地说着，沈夜就这么安静地听着。他面色平淡，眼中没有一丝情感，仿若听着不相干的人的人生。

一直到启明星亮起来，外面风雨都歇了，我才停下来。

他看着我，好久，终于道："你过得很好。"

我不言语。他慢慢地笑了，那笑容仿佛一朵陈放了多年的干花，美丽而脆弱，仿佛一碰就会碎裂了去。

"没有我，你也过得很好。"他音调沙哑。

"阿城……"他抚上我的头发，我吓得往后退了退。

他愣了愣，片刻后，却是苦笑起来："阿城，你说得对，我不该这样对你，对阿从。你们都该有自己的选择，你不愿意在我身边了，我不该强求。"

我不说话，我不知道该说些什么。

他想了想，伸出手，将赐儿从床上抱起，抱紧在怀里。

赐儿睡得很熟，没有哭闹。

沈夜微微笑了起来。他抬起头，温和地对我说："他没哭呢，这是第一次，我抱他，他竟然不哭的。"说着，他站起身来。

我紧张得跟着他起身。

他笑了笑，转身离开。

我忙抓了件外衣，跟着他走了出去："沈夜，你要去哪里？你要对他做什么！"

他不说话，始终快我一步走在前面。我不由得焦急地大喊："沈夜！"

一面喊，我一面跟着他跑。无论我走得是快还是慢，他始终与我隔着一步的距离，仿佛刻意引导着我去哪里。

我心中的怒火腾了上来："沈夜，你是不是缺了女人就不能活？这么处心积虑地设计一个女人，你还有没有半分脸皮？难道你离了我就不行了？离开我就什么都做不了了？"

我追着他一路往前，一路骂进了大殿。

大殿此时空无一人，黑色的大理石地板被月光照着，显得格外冰冷。高台之上，红毯金座，对比着黑色的大理石，让人觉得寂寞又威严。

他终于顿住步子，站在大殿中央，静静地等我。

我僵在大殿门口，看着身形萧索的他，竟是一句话都说不出口。

我脑海中有那么多的他，却没有一个，如今日我看到的这样。

恍若立于孤坟之上，独自一人，盛装艳抹，鸣锣开场。

我的内心一瞬间涌起无尽的怜惜。

他走回我身前，将赐儿交到我手里，然后转过身，一步一步往高台走去。

没有礼官唱和之声，没有百官朝谒，只有他一个人，身着玄色卷云广袖朝服，头顶十二旒冠，背对着我，一步一步，无比郑重地走在红毯之上。

月光落在大殿之中，他背影仿佛承受着千斤之重，让他每一步，都走得十分艰难。

恍惚间，我竟觉得是来到了他的登基大典。百官伏地，万人朝拜，鼓声如诉，而他脚踏红毯，如踏万人尸骨，走向那高台金座。而后，他一旋身，广袖一拂，在空中划过优美的弧度，落在他身侧。他缓缓落座，面容冷峻，目光看向宫外，似在俯瞰万里江山。

“登基大典那天，我一直在等着你。我走到这里，我希望你和阿从都能看着。”

他垂下眼眸，将目光落到我身上。

有人悄无声息地走到我的身后。

沈夜静静地注视着我们，眼中是绝望之后呈现出的死寂。

“那时候你们没来，于是我等着，一年，又一年。后来我终于等到了你们……”沈夜的声音沙哑，他似乎是说不下去了，闭上了眼睛。

有人扶着我往大殿走去。我回过头，看见沈从的面容。

我被他扶着走进大殿，这才听到沈夜继续开口：“我却发现，我宁愿你们，从未归来。”

“是阿从，对不起大哥。”沈从跪了下去，肩背微微颤抖。

沈夜没说话，似乎此时此刻每一句话，对他来说，都格外艰难。

“我本来想杀了你，阿从。”他睁开眼睛，目光落到宫外，“杀了你，杀了舒城，我想，应该就没有人，能再让我如此痛苦。可是我最后，还是下不了手。你和舒城，是我最重要的人，我不希望自己亲手葬送我所珍爱的人的性命。”

“大哥……”沈从哭出声来。

沈夜将目光收回来，他看着我们，慢慢笑起来：“我杀不了你们，却又放不下。我明明可以用权势得到自己想要的，让自己幸福，可是我做不到。”

“舒城，”他将目光落在我身上，满是温柔，“我发现，我始终还是喜欢最初的那个你。我喜欢你一脸宽容地看我的样子，仿佛我做的一切，在你眼里都是小打小闹；我喜欢你总想站在我身前的样子，似乎随时都会为我拔剑，为我迎敌；我喜欢你那看着谦和、骨子里却高傲无比的样子；喜欢你身为舒家少主时，明明不可一世，谁都看不上，却还要故作姿态，假装温和的样子。”

“你说得对。”他垂下眼眸，“是我，一手毁了我喜欢的你。我爱着你，就该让你选择，给你幸福，让你一直当着我爱的那个舒城。我想了好久，好多个日日夜夜……终于决定，舒城，我让你走。”

说着，他强撑着站起身来，一字一句，说得无比艰难：“你们走吧。我让你们走，让你们幸福。”

“阿从，你要舒城，我给你舒城。”

“舒城，你要一世安宁，我给你一世安宁。”

“而朕……”他舒开广袖，大笑出声，“朕独自立于此处，乃此国之君主，享众人敬仰，万里江山，想必，不会寂寞……”

“这是朕选的路，如今朕走到此处，很是欣慰。”

“朕没什么后悔的，也没什么不甘心的。”沈夜说着，却是落下泪来。

然而他强撑着笑意，对我和沈从道：“所以，阿从，舒城，你们大可放心离开。朕会过得好，过得很好！”

我不说话，看着高台之上的沈夜，脑海中不断闪过许多影子，我抓不住它们，却仿佛有另一个灵魂在我身体里，看着他的样子，忍不住满心怜惜，流出眼泪来。

然而理智告诉我，这是再好不过的结局。于是我抱着赐儿，跪拜在地上，哑声道：“谢陛下隆恩。”

说着，我恭敬叩首，然后站起身来，扶起抿紧了唇，无声流泪的沈从，转身离开。

天边有了一抹亮色，我和沈从每一步，都走得十分艰难。

我不敢回头，沈从更不敢。

身后传来那男子呜咽的声音，刺在我心上，我每一步，都仿佛是走在刀尖上。我忍不住泪流满面，而沈从捏紧了拳头，似乎随时就要转身。

我和他都知道，我们俩此刻，再听不得半分的哀求。

然而，即将跨出大门前，沈从猛地顿住步子，我被迫停下来。

我们在黎明中回头，看见那一向高贵冷漠的男子，立于高台之上，玄衣华冠，身形萧索。

天地间仿佛只剩他一个人，明明站在这帝国的顶端，却如此孤单。

我和沈从再也迈不开步子。

沈从闭上眼睛，声音沙哑无力：“舒城，对不起。”

“我答应过大哥，此生再不会负他。所以哪怕我心如此，大哥命我如此，我也不能看着大哥身陷此修罗地狱，去过自己的美好人生。”

说着，他放开了我，转身，一步一步，往前走去。

他站在大殿中央，抬头看着高台上的沈夜，一脸坚定：“臣弟不走，若注定要辜负他人，臣弟愿留下来，陪大哥，共赴阿鼻地狱，痛苦此生。”

沈夜不说话，他看着沈从，满脸疲惫。

我静静地看着他们，好半天，不由得笑了。

“沈从，”我深吸了一口气，“我很庆幸，从头到尾，未曾爱过你。”

如果爱过你，如果爱着你，面临这样被抛弃的结局，大概，会很是伤心。

沈从的身子猛地一颤。他没说话，好半天，却是慢慢笑了起来。

“我知道……但我还是很感激你。”说着，他转过头来，认真地看着我。

晨光熹微，他的眸子一片澄澈，仿佛偶尔闪过我记忆里那个十六岁少年。只是此刻，他温和得多，柔弱得多，似乎是十六岁的沈从，卸下了一切盔甲和尖刺，踏破时空而来。

“我很感激你，教会我爱情。”

他说得那么认真，一瞬间，我竟是什么都说不出来。

他又转向沈夜：“大哥，我带不走舒城。你看，她爱你，无论多少次受伤，无论记不记得你，她始终爱着你。大哥，我学会了怎么去爱一个人，你也该学会了。”

说着，他慢慢直起身来。

沈夜站在高台之上，俯视着这个身材消瘦的青年。

他长大了，比起沈夜第一次见他的时候，他早已悄无声息，从一个坐在他肩上看人比武的幼童，长成了这帝国举世无双的贵公子。

沈从退开几步，跪下去，一字一句，掷地有声：“臣沈从，自请前往边疆巡防，为陛下收回兵权，以巩固我大魏皇权江山！沈从此生，只愿作陛下手中之剑，不离不弃，披荆斩棘，直至身死魂归，黄泉不负！”

“臣弟沈从，”说着，沈从直身再拜，“就此别去！”

说完，沈从站起身来，转身离开。

临出门前，他顿住步子，似乎在等待着什么。然而许久，沈夜都没说话。

沈从闭上眼睛，顿了几秒才睁开，而后大步离开。

沈夜看向我：“方才，我是真心想让你走，这次我不逼你，我给你选择。”

我点点头，示意明了。

他闭上眼睛。

外面传来鼓声，原是到了早朝的时间。

我转身离开，而后听到礼官的唱和之声：“开——”

宫门慢慢打开，我抱着赐儿，走在大道上，看见百官穿着朝服，鱼贯而入。

他们有男有女，许多是我不曾见过的新面孔，带着朝气朝着大殿走去，就如这个帝国的未来，让人觉得生机勃勃。

我内心有那么一瞬间的彷徨和沧桑。

这不是我熟悉的朝堂，这不是我熟悉的大楚，连我自己，都不是我熟悉的自己。

我抱着赐儿走出宫门，看到沈从和牡丹站在外面等我。

他温柔地看着我，然后将目光移到赐儿身上，温和地说道：“把赐儿给我抱抱吧。”

我点点头，将赐儿交给他。孩子还在睡觉，沈从看着他，眼里全是温柔：“他和大哥长得很像，以后一定很好看。”

“嫂嫂。”他叫我。

我顿了顿，冷眼看他：“不要这样叫我。”

他满不在意地笑了笑：“我一直知道，你很容易原谅我，就像你很容易原谅所有人。因为我们这些人，都不是你心底最在意的人。我们的背叛于你而言，不痛不痒，只要我们愿意回头，你都可以接受。”

我不说话，沈从确实是很了解我。

我声音软了下来：“你去边疆做什么？”

“大哥登基后，军权都在各大边防的将军手里，这东西在旁人手里久了，再好的感情，都难免对方不起异心。而且，我实在不放心西荒王和卫国公。”沈从皱起眉头，“我必须去走一趟。”

“西荒王？卫国公？”我愣了愣。

沈从解释：“是当年将大哥养大的临渊大哥和唐丞，这里面有些旧事，我不放心。”

“哦。”我点了点头，习惯性叮嘱道，“注意安全。”

沈从僵了僵。片刻后，他抬起头来，认真地看着我：“舒城，你该给大哥一个机会。我做了自己的选择，也不愿逼着你做什么选择。我逼过一次，现在后悔了，但我还是希望，你能做出一个最好的选择。”

“你愿不愿意想起来，是你的事，可你应该给大哥一个机会，不要这么一直抗拒他。或许过去有很多不美好，但也有很多美好的事情，值得你记得。没有人是能完全将感情和理智剥离开来的，你厌恶当年的自己，但又怎么知道，那时候的自己，何尝不是甘之若饴？”

我不说话。

沈从从自己的脖子上，取了一块玉坠放到赐儿怀里，温和地说：“他该有个名字了，这个名字该是他父亲给他取的，我毕竟不是他父亲。舒城，其实我知道，过去你一直将我当成一个希望，能给你安定生活的希望，可现在，这个希望没了，你的梦也该醒了。你还有什么理由，固执地不愿想起来呢？”

“如果你继续当沈夜的说客，我不保证不打你。”我抬头看他，有些气恼了。

沈从笑了笑，他将赐儿放进我的怀里，温柔地看着我们。好久，他才说：“再见了，苏欢。”

说完，他转身离开，在我没来得及反应过来前，就上了马车。

我呆呆地看着他离开。

牡丹站到我身后，恭敬地说道：“舒大人，您打算往哪里去？陛下命我护送您离开。”

我抱着孩子，有些茫然。沈从走了，我一下失去了主心骨，我没有地方可去，当不成苏欢，也再不会有另一个身份。天下之大，却再没有一片净土，是我的了。

我突然有些感激沈从，虽然只是短短两年，但他的确尽了他最大的努力，给了我另一个人生。

一个安定的、干净的、温暖的人生。

我垂下眼眸，看着孩子，好久，终于道：“舒府。”

我终归是舒家的家主，终归是要回到这个生我养我的地方。

第二十三章

牡丹真的如他所说，护送着我出了宫。

我抱着赐儿来到舒府，敲响了舒府大门。

一个仆人上前来开门，看到我，愣了愣，片刻后就跪了下来："家主……"

这看来是舒家的老人了，我连忙扶起她，温和地说："先让我进去，再禀告父母吧。"

"是是……"这仆人立刻打开了大门，然后匆匆进去禀告。

我让牡丹提着东西随我进了大厅，拜别之后，牡丹便规规矩矩离开。随后我便听到一声惊天地泣鬼神的号哭，紧接着，一个穿着翠色长衫的人就将我拥入了怀里："我的儿啊！我的心肝宝贝，你终于回来了！爹就知道，你不会死的……"

"爹……"我被他死死箍在怀里。我头一次知道，我那柔弱的爹还有这么大的力气。

我艰难地喊道："你……你放开……"

"宝贝住手！"晚来一步的母亲看到这个阵势，大喊道，"城儿快被你闷死了！"

听到这话，父亲总算是松了手，让我缓了口气。

我从他怀里挣扎出来，有种劫后余生的感受。我喘着气道："还好……还活着……"

母亲上前来，端详着我的面容，皱起了眉头。她似乎猜到了些什么，同父亲道："你先招呼着人将东西搬回房去，再准备好饭菜，我同城儿聊聊。"

"好。"父亲拿着手绢擦着眼泪，便招呼着下人一同把东西弄下去。

我随着母亲坐下，一个老奴上前来，为我们沏了茶。

等厅堂里不再吵闹后，母亲皱着眉头，斟酌着问道："你想起来了？"

"并不完全。"我坦然回答，"仅是些片段，但我知道母亲是母亲，父亲是父亲，这就足够了。"

"前些日子，我听说沈夜将你抢入了宫中，我本来想动手的。"母亲抬头看我，眼中带了歉意，"可动手之前，我得把家人送走，所以耽误了些时日。没想到，你就回来了……"

未曾想过母亲还有这份心思，我不由得呆住。

等回过神来时，我瞧见母亲眼中满是愧疚：“城儿，作为一个母亲，我却三番五次地放弃了你……”

“我不曾有过半分埋怨！”我截断母亲的话，认真地说道，“我一向以能出生在舒家，能生为母亲的孩子为骄傲。我是舒家的少主，本来就该承担起与生俱来的责任，母亲已经很纵容我了！”

“可是……”母亲红了眼眶，“我原谅不了我自己。我毕竟是你母亲，却让你一次次身处险境，这本该是我去做的事。”

“母亲，我并没有身处险境。”我摇了摇头，艰难地笑了笑，“沈夜很难对我做出什么来。”

母亲愣了愣。

我温和地说道：“有些事情，旁观者总比我看得清楚些。母亲，你说沈夜对我，是真心的吗？”

母亲没说话。她想了想，却是笑了：“真心不真心，不是该你自己去想的吗？回来了，你又何必想这么多，先吃饭吧。”

我点点头，抱着赐儿随着母亲去了饭厅。

等走到饭厅门口时，母亲突然想起来：“都忘了问你，这孩子是谁啊？”

我腼腆地笑了笑：“是我的孩子，叫赐儿。”

“什么？！”母亲惊叫一声，猛地回头。

正在布菜的父亲也惊叫起来，他顾不得其他，快步走上来，将孩子从我怀里一捞，就抱了过去。正在睡觉的赐儿睁开眼睛，看见一脸热情的陌生人，先是愣了愣，随后就“哇”地哭出声来，不停地喊：“母亲……母亲……”

一声一声，喊得我心上一揪，想要把孩子抱过来，但看见父亲激动的样子，又收回了手，只能眼巴巴地看着父亲母亲一起逗弄赐儿。

“乖宝宝，你叫什么啊？几岁了啊？”

“乖宝宝，我是你祖父，她是你祖母，你好可爱哦！来，给祖父亲一口！”

“乖宝宝，祖母也亲亲你！”

两个人饭也不吃，抱着孩子在那里逗来逗去。

赐儿似乎是感知到了他们没有恶意，慢慢就不哭了，好奇地看着他们。

两个人心里高兴，轮流着抱他，我一个人坐在饭桌边上，看他们玩了一刻钟都没有停下来的意思，不由得道：“要不要我们先吃饭？”

“你个兔崽子催什么催！你吃你的，别管我们！”父亲不耐烦地瞪了我一眼。

我心里有些憋屈。是谁前一刻还哭着抱着我喊心肝宝贝的？

我心里憋气，也不顾什么礼仪了，端着饭就吃。

两个老人逗弄着赐儿，让下人把家里所有好玩的东西都端了上来，赐儿被他们逗得咯咯直笑，简直是到了天堂一样。

我饭都吃完了，那边还没停下。我忍不住说道："孩子天天在这里，你们先用饭吧，把你们饿坏了可不好……"

"瞎操心。"这一次，连母亲也瞪我了。

我被噎了一下，瞬间发现我的地位好像下降了很多，便有些不满道："就算你们不饿，孩子也饿啊！"

"对，千万不能饿着孩子！"父亲醒悟过来，赶紧抱着赐儿到了桌边，让下人临时又弄了些豆腐之类的软食后，一面抱着孩子一面同我交流："这孩子几岁了？"

"两岁。"

"叫什么啊？"

"乳名赐儿，正式的名字还没取。"

"太好了！"父亲欢喜道，"那大名就由我来取吧！等会儿我回去查查书。孩子是谁的啊？你的主君带回来了吗？"

听他提到这个，我面色一僵。

父亲突然反应过来："不会是沈夜那浪蹄子的吧？！"

"慎言！"母亲惊得站起来，"那是陛下，慎言！"

父亲露出不屑的神情："管他陛下不陛下，他以前还是我们家城儿的主君呢！我打都不知道打了他几巴掌了，还骂不了他几句？别说现在他不在，就算他在，我也这么骂！"

"岳父大人此话当真？"父亲话音刚落，沈夜就带着牡丹、温衡、郑参、凤三等人笑着从大门走了进来。他后方跟着的我们府里的小厮，脸上一片为难。

父亲正将刚端上来的豆腐含在嘴里尝着味道，听到这话，豆腐就喷了出来。我坐在他对面，吓得往旁边闪了三丈，刚好闪到了沈夜边上。

沈夜将我一扶，温和地说："小心点。"

我有些尴尬地推开他的手。

母亲大人最先反应过来，带着大家就跪了下去："恭请陛下圣安。"

父亲跪在母亲身边，像只鸵鸟一样，拼命勾着脖子，整个人瑟瑟发抖。

沈夜不着痕迹地笑了笑，忙上前扶起母亲道："岳母大人多礼了！沈夜是晚辈，受不得如此大礼。日后岳母、岳父见到沈夜千万不要如此行礼，沈夜深感惶恐。"

他一面说，一面顺手扶起了父亲："岳父说得甚是，无论如何，沈夜都是舒家的主君，岳父乃舒家后宅之主，莫说只是训斥几句，若沈夜真是犯了错事，打也打得！"

"陛下……陛下大人大量。"父亲抖得话都说不清了，眼泪在眼睛里打着转，"草民就是个不知天高地厚的小人，随意乱说的，您千万别放在心上……"

"沈夜所言，却是句句放在心上的。"沈夜一脸认真地握着父亲的手。

父亲的眼泪啪嗒啪嗒地掉了下来，他哭道："陛下，您别吓唬小人了！小人错了！以前我不该骂您，不该打您的……呜呜呜……您要杀我就杀吧，但千万不要连累其他人。我不要砍头，那太丑了，也不想上吊，舌头都会出来，您赐我一碗毒酒，我还想留个全尸进舒家祖坟……”

父亲说着，就抱着赐儿倒进了母亲怀里。母亲满眼心疼，说不出话来。

我实在受不了了，上前一把拉开沈夜的手，怒道：“你别吓唬我父亲！”

沈夜愣了愣，认真地说道：“我是说真的……我真的不介意岳父打我。岳父愿意打我，就证明他还认我这个女婿，我很是开心。别说打我，就算他捅我几刀，我也绝无怨言！”

“陛下，”我有些尴尬，“您是九五之尊，我与您的关系也都是前尘往事了。舒家如今已是庶民，您一口一个岳父、岳母、女婿的，舒家福薄，承受不起。”

“可是……”沈夜有些不知所措。

似乎是突然想起什么，他深吸了一口气，面上带了微笑道：“阿城说什么，就是什么吧。”

他的态度让我有些惊奇。他似乎是看出了我心中的疑惑，垂下眼眸，温柔地说道：“你……你不和阿从走，我已经很是欣喜。你说得对，我日后会学着尊重你，爱护你，你不愿意，我不会强求。我会重新追求你。”

他抬起头，一脸的认真：“无论你愿不愿意想起来，我都会重新让你爱上我。而我也会像你所期望的那样爱你。”

“我不会再伤害你，不会欺骗你，不会背叛你，你不愿意的事我不逼你。所以……你能不能给我一个机会？”他的目光热诚而真挚，“让我再追求你一次，我毕竟是赐儿的父亲。如果可以，我还是希望，我们能够在一起。”

我不说话。父母抱着孩子瞧着我们，神情复杂。赐儿完全不知道周边发生了什么，一个劲儿地拨弄着拨浪鼓，咯咯笑起来，拍手道：“母亲！母亲！”

“他叫得真好。”沈夜偏头看着他，微笑起来，眼里却是难过的神情，“那天我抱着他去见阿从，才发现他也是会叫父亲的。不过，他从来没这么叫过我……”

说着，他走到赐儿面前，伸手摸了摸他的笑脸，爱怜道：“真聪明。”

我静静地看着他，一时理不清自己心里的情绪，只是反反复复想着沈从临走之前的话——

没有人能完全将感情和理智剥离开来的，你厌恶当年的自己，但又怎么知道，其实那时候的自己，何尝不是甘之若饴？

我忍不住深吸了一口气，是不是该给沈夜一次机会呢？

我不是不爱他，秉着良心说，在绝望的时候，在沈从濒临死境的时候，我已经清晰地认识到，我不是不爱沈夜，只是爱他的代价太大，我不敢。可是如果他能改变呢？

这个近乎完美的男人，如果他愿意为了我弯腰，愿意为了我改变，那是不是，可以再尝试着接受他一次？

我心底没有答案，于是不敢贸然拒绝。赐儿静静地看着他，突然就咯咯地笑了起来。

沈夜愣了愣，随后也跟着笑开。他舒展开眉眼，那笑容像三月的春风拂过大地，看得人心都忍不住柔软起来。

他转过头来，有些忐忑地问我："我……我日后能不能在想赐儿的时候就来看看他？"

他连这个都要问我，我有些诧异，却不免笑了。

"你是他父亲。"我温和地说，"无论你我之间是怎样的关系，你是他父亲，我都会让他见你。赐儿不是我一个人的孩子，他有拥有父亲的权利。"

沈夜看着我，漂亮的眼眸里全是惊喜。我被他看得有些脸红了，旁边的郑参突然出声："到底看不看病？若不看病，我就走了。你们是不是觉得我很闲？"

"哦，说正事。"沈夜赶忙回神，"赐儿最近多病，他本就体质虚弱，我一直让郑参给他调养，今日到了问诊的时间，所以我特意带着郑参来给他看看。"

说着，他便让牡丹引着郑参到赐儿身边来。

父母亲带着赐儿同他们去屋中看病了，屋里就留了我和沈夜两个人，气氛一时很尴尬。

我想了想，问了他一句："吃过了吗？"

"未曾。我可以在这里用膳吗？"

"当然可以。"我点了点头，让下人上了一副碗筷。

他坐到饭桌边上来，我跟着坐过去，声音无意识地温和起来："我已经吃过了，就看着陛下用膳就好。"

他点了点头，动了筷子，边吃边同我聊着。

他说起赐儿最近的身体状况，说起沈从明日就会离开楚都，大概要半年时间才能回来。

我听他絮絮叨叨地说着，目光不由自主地落到了他的眉眼上。

他是真的好看，如果说沈从的美是贵公子的俊雅，他的美就如落入凡尘的天仙般的清俊美丽，像宝石，像美玉，像朝霞一般，是自带光彩的华美。我呆呆地看着他的面容，连他的话也没听进去几句。

他有些诧异地叫我："舒城？"

我这才反应过来，有些尴尬道："你方才说了什么？"

"我是问，"他有些不好意思地笑了笑，"我还能再追求你吗？"

我沉默着。

他面上镇定，眼底却是藏不住的不安。

好半天，我终于道："阿从走之前同我说，我很容易原谅别人，却独独很难原谅你。

其实想想，别人可以浪子回头，你也应该可以。”

听了我的话，沈夜的眼里有了神采，似乎是诧异，又似乎是欣喜。他等着我的下文。

我微微一笑：“所以，我给你我一个机会。如果我能感觉这份爱情让我欢喜，那我也愿意，重拾这份爱情。”

话刚说完，沈夜就猛地扑了过来，将我揽入怀中。他紧紧抱着我，欢喜道：“城儿，谢谢你……真的，谢谢你。我知道我做过很多混账事，可是我们还有以后……”

他正语无伦次地说着，突然一个惊叫声从门边传了过来：“大白天的，你们做什么哪！”

我和沈夜猛地分开，看见父亲正看着我们。

我忙起身道：“父亲，我们不是你想的那样！”

沈夜在一旁低笑出声。

父亲回过神道：“唉，你们这些年轻人，我又不是不懂，你们躲什么躲。”

他说话间，其他人都慢慢回来了。母亲抱着赐儿坐到饭桌边上，眉目有些阴郁。

“我已经修书让你大姨母回来了。”她扫了我和沈夜一眼，冷声道，“孩子的身子骨这么差，你们俩是怎么当父母的！”

我和沈夜被这声音吓得一抖，我下意识就跪了下去，这才发现我这个动作似乎有点习惯成自然的味道。

看着跪在地上的我，母亲立刻把满含怒火的眼睛瞄向了沈夜，沈夜居然也瞬间就跪了下去！

沈夜毕竟已经是皇帝了，他这一跪，倒让母亲吃了一惊。她按捺住怒火，冷冷地说：“陛下这是做什么？”

“是沈夜的错，还望岳母责罚！”沈夜急忙认错，“我如今就把郑参放在这里，天天为赐儿看诊，等姨母归来，若还没有法子将赐儿调养好，我就去把这天下的好医生都带回来！都是沈夜当年鬼迷心窍，伤了孩子，求岳母罚我！狠狠地罚我！”

话都说到这个地步，母亲胸中纵是有再多的怒火，也都憋了回去。她冷冷地看着沈夜，笑道：“陛下一国之君，草民哪里来的胆子惩罚陛下？”

“那沈夜自罚！来人……”

“等等！”我叫住了他们，“其实这个事，有很多复杂的原因，也不是他一个人的错。现在最重要的，是赐儿快点好起来，对吧？罚谁都没什么意义。”

母亲哼了一声，父亲也跟着趾高气扬地哼了一声。

沈夜感激地看了我一眼。

我轻咳了一下，扶着沈夜站了起来，坐在边上道：“先吃饭吧。”

这一顿饭吃得还算愉快。吃完饭后，沈夜逗留了一会儿，就被父亲赶走了。

他走后，我私下和母亲聊了会儿天，终于道：“母亲可知道少棠的消息？”

听到我的问话，母亲沉默了下去。好久后，她才道：“城儿，其实少棠这件事，你也有不对。”

“孩儿知道。”我垂下眼眸，“既然做不到，当初我就不该给他承诺，让他有了执念。只是少棠和我相识一场，我总想知道他过得好不好。”

“他回家了。”母亲轻叹一声，“回了云州，后来跟着白家的人一起去了西荒。他们走之前，他母亲悄悄押着他来了一趟楚都给我们道歉，他那时候看起来……也不太好。他拿走了一支你的发簪，对我说，如果你还活着，让你放心，他杀过你一次，不可能再下得了手杀你第二次，前尘往事，就一笔勾销。”

我不说话，心里有些沉重。

我对白少棠并没有什么记忆，大多都是从外人口中才得知当初的经历的，只是听到这话，仍旧不由得有些心伤。

想了想，我又道：“那上官婉清呢？”

听到这个名字，母亲眼中闪过一道冷光，她端着茶碗，冷下声来：“跑了。”

“跑了？”我有些诧异。她刺了我一剑，我母亲必然不会放过她，舒家虽然没落，但是抓一个庶出之女应该不在话下，居然还让她跑了？

“你这个朋友，有本事得很，在江湖上朋友众多，出宫之后就像泥牛入海一样，消失得一点踪影都没有。舒家、上官家、沈夜曾联手派出人去，都没能把她抓回来。我舒家待她不薄，她却如此对你，等把她抓回来，必将她千刀万剐才足以解心头之恨！”

听到母亲的话，我竟然没有一丝感觉。想不起这个人来，倒也不会觉得气愤，于是拍了拍母亲的手道：“找不回来算了。她要是一辈子不出现，不出来作妖，那也就无所谓了。”

说着，我起身道：“母亲，夜深了，我先回去了。”

母亲点点头，我便退了下去。

等回了房间，我照顾着赐儿睡下后，听到有人敲窗子，打开窗户，便看见一枝鲜红的花朵，下面压着一封信。

周边没有人，信上就一句话：“我很想你。”

就算没有落款，我也知道是谁。我不由自主就弯了嘴角。

父亲极其喜欢赐儿，闲着没事就将赐儿抱过去睡，倒让我这边清静了许多。沈夜每天过来吃饭，要是赶上了，就刚好和我们一起吃，要是没赶上，就去厨房里找了剩饭剩菜来吃。有时候我们家一起出去下馆子，他就自个儿在门口等着，等到我们都回来了，他就借用厨房，让牡丹给他做饭吃。

为这种事儿，牡丹、凤三和我爹吵了好几架，但从来没吵赢过，他们每次声音稍微高些，沈夜就要打断他们，阴恻恻地喊：“牡丹、凤三，想不想去见见昆吾？”

昆吾乃一代剑痴，非常热衷于找人来尝试自己新创的剑招，可惜昆仑宫规矩森严，他作为刑罚堂长老必须以身作则，不能对自己本门弟子动剑，于是每次凤楼的人去昆仑宫，都要感受一下剑圣的威力，结果基本都要被昆吾扛回来。

一听这话，牡丹、凤三立刻安静了。我爹终于找回了他纵横舒家内宅的感觉，对沈夜越看越喜欢。

又过了些时日，大理寺突然重审当年女皇遇刺一案，经多方证据、证人证明，当初女皇是被上官婉清杀害，而那封将舒城处死的遗诏也是假的。这件事在朝中掀起惊涛骇浪，身为上官家主的上官流清亲自到宫门前负荆请罪后，揣测才慢慢平息下去。新帝念在上官家对上官婉清所作所为毫不知情，并且对揭露此案有功的分上，免去了对上官家的处罚，转而四处通缉罪犯上官婉清。而无辜的舒家也恢复了贵族身份，除了左相舒柔改封为正一品太师之外，其他人均官复原职。

圣旨下来的当天晚上，我爹在家里大摆筵席，巴巴地将沈夜迎回了家里。两个男人喝了大半夜的酒后，我爹拍着他的肩膀道："我原谅你了，我觉得你不错，挺好的，配得上我女儿。"

"岳父……岳父夸奖了。"沈夜也喝多了。虽然我爹酒量一般，但是他一直比我爹喝得多，让着我爹，结果也醉了。到最后，两个人勾肩搭背地你一言我一语。

我母亲将父亲拉扯过去，同我道："照顾好陛下。"便带着父亲回房了。

沈夜醉得站都站不稳，我也不能把这样一个皇帝送回宫里去，只能招呼了牡丹、温衡来，将他抬到我的房间里去，让他躺到床上，再让下人煮了醒酒茶来。

他在床上睡着，我坐在一旁看书。不一会儿，他睁开迷蒙的双眼，静静地看着我。

他不说话，我也不说话。

他突然坐了起来，赤着脚，走到我面前来。

他面上泛着微红，像桃花一样。一双眼睛看着我，清澈而专注。我被他看得有些心慌，一颗心就飞快地跳了起来。

书从我手里滑落了下去，我伸手去捞，他也同时伸手去捞，两只手握在那本书上，指尖与指尖触碰着，呼吸与呼吸缠绕着，我突然就不敢动了。

他放开书，用手包裹着我的手，温柔地说："城儿，你看，所有我曾做错的，我都在一点一点弥补了。"

我不敢说话。他一点一点靠过来，似乎是在征求同意一般。空气里染了酒香，他见我没有动作，就将唇贴了上来。那柔软中带着微微凉意的唇，却仿佛带了火一般的炙热，一瞬间就点燃了我周身，让我脑中的烟花一寸一寸绽开。

他就这么安安静静地亲吻着我，一次又一次。不知不觉中，他和我换了位置，坐到椅子上，将我抱到了怀里，反反复复地将嘴里的酒香渡给我。我们俩就像第一次尝了情事的孩子，羞涩而紧张，又压抑不住心中的欲望和期待，于是紧紧抱着，亲吻着，却不敢逾越雷池。直到最后，外面传来牡丹的声音："主子，要准备着回宫上朝了。"

他这才恢复了神智，看着我，喘息着，将头埋到我的肩颈。

等他的喘息慢慢平息下来，终于道：“城儿，我好喜欢你，一分一秒都不想和你分开。”

我忍不住红了脸，咳了一声，转移了话题道：“这个早朝我得回去复任对吧？我还是正二品尚书令呢……”

“我第一次觉得，当这个皇帝，挺好的。”听到我的话，沈夜笑了起来，终于放开我，站起身走了出去。

等他离开后，我休息了一个时辰，起身，穿好了官服，便走了出去。

母亲站在门口等我，穿了紫色白鹤官袍，面上带着冷色。她扫了我一眼，冷声道：“别就这么被那小子骗了！”

我愣了愣，母亲面上露出不屑的神情，冷哼道：“太师？哼！”

说着，她就上了马车。

我们母女俩回朝的当天，还在朝堂的旧识都来恭贺。母亲面上不显，挂着老到的微笑，但所有人都发现，她的气场开得十足，站在距她两丈之远的地方，都觉得冷。尤其是当沈夜出现的时候，她的目光像刀一样，飞快地杀向了这个年轻的帝君。沈夜在高台上愣了愣，随后便看向我，满脸委屈。

下朝之后，我和母亲上了马车，沈夜飞快地赶了上来，掀开我们的帘子道：“舒大人，刚好朕也要去贵府，可否劳烦舒大人载我一程？”

母亲冷笑了一声。

我忙带了笑容道：“舒府马车太小，还是劳烦陛下坐自己的龙辇吧。”

说完，我就放下了帘子。

母亲终于满意，闭上眼睛。过了许久，她突然睁眼，冷声道：“城儿！相亲！你明天就去相亲！”

“啊？”

母亲念叨着这事儿下了马车，一眼看到了早一步回来的沈夜。

沈夜带着笑容赶上来道：“岳母大人……”

母亲冷哼一声，不理会他，提步进门，道：“关门！”

然后，连着我一起关在了外面……

我和沈夜面面相觑。

好半天，我道：“要不，我请你吃顿饭吧？”

沈夜故作镇定地点了点头，在路上终于忍不住问我：“你母亲是不是对我有什么不满？为什么我觉得从昨天开始，她似乎就很不待见我？”

“大概……”我揣摩着，“是觉得你给她的官太小了吧。”

沈夜不说话了。他沉吟着，好半天，终于带了些忐忑道：“阿城，我是可以为了你走走后门，但是我必须声明，我不是很乐意这样……其实论才干，沈从的确……”

“好了，不用说了。”我叹了口气，“我和你还没什么关系呢，没想过让你一个皇帝为我开这么大个后门。这可是左相之位啊……”

听到我的话，走在我背后的沈夜，沉默了好久，终于咬牙道：“要是你坚持，我也可以试试……”

我忍不住笑出声来，转头看他。人流之中，他站在原地，静静地看着我。护城河的河水哗啦啦流淌着，我看着他一脸茫然的神色，忍不住道：“沈夜，你这个样子，很可爱。”

我们在外面游逛到晚饭时间，府里便派了人来找我。我的影卫在我回府的时候就回了我身边，影三悄悄同我说，父亲知道母亲将沈夜拒之门外后，把母亲骂了。

我将这个消息告诉沈夜后，沈夜发现了另一条进入舒家的道路。晚饭时他就开始不停地奉承我爹，从此以后，他就成了我爹的贴心小跟班。

每天他下朝后，只要闲着没事，就陪着我爹唠唠嗑，逛逛街。沈夜一代帝王，每天就跟个孙子一样跟在我爹后面，我爹吃饭他请客，我爹买东西他埋单，我爹和哪家贵族主君开战了，沈夜就往他身后一站，所有人就给我爹跪了。

这种感觉比当年他当舒家主君的时候还爽！于是他开始不由自主地为沈夜说好话，时常来规劝我：“城儿啊，现在世道变了，以前都是男人要找个好女人嫁了，现在，无论男人女人，找个高枝最重要了。我也不是说你要出卖色相，可是，你瞧瞧这大楚，你去哪儿找比沈夜更好的女婿？”

有我爹帮腔，我母亲明面上不敢再刁难沈夜，暗地里就总去给我找相亲对象，还怂恿我去逛窑子。可她找了好几个月，都没给我找出个合适的对象来。我不由得有些纳闷，母亲是不是成为太师后手段不行了？

于是下朝后我问她这事，母亲本就憋了好久的气，一听这话就炸了，对我怒吼道：“找不到还不是因为你？！谁不知道你就是当初把当今陛下三书六礼迎娶过门的舒家少主啊！娶过陛下的女人，谁敢嫁啊？！”

母亲像炮仗一样炸开，丝毫不见平日仪态：“我去小倌馆给你安排场子，结果整个楚都的小倌馆一听你的名字就拒收，说是凤楼的来打过招呼了，谁敢收你就找他们茬架！寻芳楼也不比从前了，畏畏缩缩，根本不敢惹凤楼，我去哪里给你安排场子？！”

我听着只觉好笑。

母亲吼完以后，似乎气也消了，闭上眼往后一靠，冷声道：“你下半辈子好像除了沈夜，只能孤独终老了。你自己看看怎么办吧。这人你是要不要，这亲你还成不成？”

绕了这么一大圈，原来在这里等着我啊。

听着母亲的话，我不由得笑了，温和地说：“再看看吧。”

说完，我忍不住撩起了车帘，就看见沈夜驾马守在外面，身子笔挺，面容如仙。

他瞧我望他，便转过头冲我微微一笑。

我勾了勾手指，他立刻俯过身来，认真听我说话。

我笑道："我想去逛逛小倌馆，你别让你下面的人去威胁他们。"

沈夜身子一僵，身上瞬间有了寒气，然而他只是静静地看着我，好半天，才垂下眼眸，像一只失落的小狗，低声说了句："哦……"

我笑出声来，忍不住想，过去的沈夜是什么样子呢？是不是也会像现在一样，明明满身是刺，又要强忍着收回去？我笑着瞧着他，看了一眼周遭，见没有人关注我们，就亲了一下他的脸颊。

"骗你的。"

说完，我就缩回头去。

他愣了愣，随后我便听到牡丹的惊呼声："主子！别骑这么快！"

沈夜朗声笑道："我高兴！"

过些时日，赐儿就三周岁了。现在沈夜抱着他，他已经很习惯了。赐儿不太爱说话，却已经开始写字了。沈夜喜欢对他说话，有时太聒噪，他就会抬起眼睛，冷冷道："父亲，闭嘴。"

赐儿三周岁生日那天，父亲一脸郑重地说："我想好了，赐儿就单名华，叫舒华。我们赐儿长得好看，一辈子都会富贵荣华。"

我和母亲都拼命点头。沈夜站在我旁边，忐忑地说道："岳父大人，我有一个小小的提议……"

父亲看着他，眉开眼笑："你说。"

"我……赐儿……能不能……跟我姓……"沈夜的声音很小，我们全家却都听到了，"我毕竟是皇帝，他是我的长子……"

"叫魏华？"父亲问。沈夜是以皇子身份登基的，对外都叫魏容卿。

沈夜摇了摇头："叫沈华。等我皇权稳固，我会改姓。"

他神色坚定，终于有了平日大殿之上帝王的模样。父亲瞬间点头："陛下您说的是！"

我和母亲："……"

于是赐儿终于有了正式的名字——沈华。

当天晚上，沈夜又和父亲喝酒。这次他没醉，等父亲被母亲拖回房里后，他来到我房前，敲响了我的房门。

我本来要睡下，只得开门见他。

他看着我，神色有些紧张。

"阿城……"他声音里带了颤抖，"我可不可以实现当年的诺言……娶你了？"

我愣愣地看着他。他见我迟疑，慌忙道："我没有别的意思，这样很好，我也很满足。可是我想让你陪我一起，享有我享有的一切。这天下一半是你的，我也是你的，我想让你当我的皇后，让沈华名正言顺地成为储君……"

说着，他的声音里有了哽咽：“我想了好多年……”

听着这话，我忍不住笑了。我抬手抚上他几乎要垂泪的面容，温和地说：“不就是嫁给你吗？这有什么呢？”

他被我的话惊住，愣愣地抬头。

我看着他，笑道：“我这么喜欢你，怎会介意嫁给你？”

夜风轻轻拂过，像情人温柔的指尖。沈夜低下头来，推着我进了房里。

“你再说一遍？”

他温柔地动作着，反反复复询问。我在他身下觉得脑中一片空白，眼里只剩下这个人。只能随着他的询问，反复回答：“我喜欢你。”

“很喜欢你。”

第二十四章

沈夜动作很快，没几日就向天下昭告了我们成婚的消息。

上官流清最先来问我，笑着送了我一个红包，道："我就知道你们是要在一起的，只是没想到，舒家家主也要嫁人了。这世道，可变得真快啊。"

我抿嘴笑了笑，竟是觉得有些不好意思，收了红包道："见笑了。"

上官流清眉眼都是笑意，竟是有几分感慨的样子："我最后还是站在了沈夜这边，你竟是不怪我的？"

"这有什么好怪的呢？"我叹了口气，"天下熙熙皆为利来，天下攘攘皆为利往。舒城自问不是圣人，若我自己也做不到的事，自然不会强求别人做到。换个位置想，我也未必能做得比你更好，你已经尽力了。"

"若这世上人都如你这样想，这世道就太平了。"上官流清嘲讽地笑了笑，面色郑重了几分，"送你份成婚大礼，上官婉清入股过的一个店铺，近日有大批资金支出。我这个表妹，我说不上了解，却知道，她是个巨蟒一样的人，她若要咬上什么东西，只要还有一口气就绝不会松口。"

听了她的话，我心头猛地一跳，面上却故作镇定道："她莫不是咬上我了？"

上官流清笑了笑："婉清这个人……若不是身份有限，那手腕可非一般人比得了的。如果你想查，还得自己去查。她这辈子，也就信过你。"

我没说话，片刻后，郑重行了个礼道："多谢。"

上官流清矜贵地点了点头，上了马车。

等她走后，我立刻叫出影一来："去查所有与上官婉清有关的消息，一点都不能放过。"

说完，我便回了家里。才进大院，我就听到里面极其热闹，中间竟夹杂着沈从的声音，似乎是有些恼怒："你别和我拉拉扯扯的！你给我放开！"

"你别这么绝情啊，我路上不还救过你吗？"一个少女的声音带着埋怨。

我觉得自己是听错了，等走到屋里时，发现莫名其妙多了好多人，而沈从赫然在其中。

他一见我，便露出慌张的神色，忙站了起来，喊了声：“嫂嫂！”

他一喊出声，全场就静了下来。他旁边的一个黑衣少女瞧见我，也跟着喊：“嫂嫂！”

“嫂你个头！”一个看上去三十多岁的女子一巴掌拍在那少女头上，“叫姨母！”

“是城儿回来了？”坐在我母亲身边，身着一身白袍看上去仙风道骨的一个女子瞧向我，目光里全是温柔。

我母亲朝我招了招手道：“城儿快过来，我给你介绍一下。这是你大姨母，舒染。”

说着，母亲转头对那女子道：“她如今差不多什么都记不得了，你也别见怪。”

“无妨。”那女子笑了笑，伸出手来，动作看上去极慢，却又稳又准地握住了我的手腕上的脉门。

我也不觉得慌张，任她诊脉。片刻后，她便笑了起来：“确实是被用了些毒，有了损伤。不过好在后面有高人医治，倒也好了七七八八了。”

“嘿，这个姨母我见过。”站在沈从旁边的少女又开口了，张嘴就道，“当时就是我们家沈从在医她！还和我们黑风寨借了好多药材……”

“闭嘴！”她身后的中年女子又一巴掌拍了下去。

那少女猛地跳起来，捂着头道：“我去你大爷！你别以为你是我娘，我就不打你，你再动老子一下，你看我不打……”

她话还没说完，那中年女子又一巴掌抽了过去，把少女的脸都抽偏了。那中年女子面色冷淡道：“你要怎样？”

少女又气又恼，憋得一脸通红。好半天，她一脚踹翻了一张桌子，掉头就跑了。

舒染叹了口气，同我道：“这是我外孙女舒喜，十七岁了，于武学上是颇有造诣，就是这性子不大好……”

“十三岁就叛离了家族跑到外面占山为王，还混成了一寨之主，张口老子闭口老娘，这叫性子不大好？”沈从突然开口了，语气里全是嘲讽，“舒神医是太委婉了些。”

沈从是个一般不和人计较的人，相处这么些年，我第一次看他这么针对一个人，不由得在心里默默为这个侄女摆了个祭桌。

舒染面色不改，满脸赞赏地看着沈从道：“小友于医道上颇有研究，如若有兴趣，不如当我的关门弟子如何？”

听到这话，沈从冷笑一声，袖子一甩道：“本相不屑当个乡野大夫！”

舒染并不羞恼，转头看向我，指了指刚才一直抽那少女的中年女子道：“城儿，这就是你大表姐，舒言。之前她一般在塞外出没，倒有些名气，江湖人给了个外号，叫什么塞外第一刀。若有人欺负你，你可以使唤一二。”

“不敢！”我向舒言行了个礼，恭敬道，“表姐若有需要，尽管使唤舒城。”

舒言不言语，抱拳行了个礼。

如此一番后，舒染终于说到了正事：“我此番从西荒回来，主要是两件事。一件是为了城儿的婚事，上次城儿成婚仓促，我没赶得及回来，一直很是遗憾。另一件就是为了沈华的病情。”

听到这里，我不由得有些紧张，一旁的沈从也跟着紧张起来。

舒染皱着眉头道：“华儿的身骨已伤，日后慢慢调养，估计并不会有大碍，但若想像常人一样百岁天年……”

她没说下去，但意思已经很明显了。

我心中一紧，接着道：“那他……能活到什么时候？”

“若调养得当，可到知天命的年岁，但若调养不当……弱冠之年，可能就是极限了。”

听到这话，我的眼泪不自觉就落了下来。

沈从猛地站了起来，怒吼道：“我不信！”

舒染抿了口茶，颇有些疑惑瞧了我和沈从一眼：“孩子不是沈夜的吗？怎么像这个沈从的一样？”

沈从的脸色立刻大变。外面传来了小厮通报沈夜过来的声音，沈从慌张起身，同我说了句告辞后，便匆匆离开。

也不知他走的是哪条路，沈夜进门时，竟是仿佛完全没见过他一样。见我们都打量着他，他摸了摸自己的脸，有些诧异道：“我的脸怎么了？”

“这位是陛下了吧……”舒染开口。

见沈夜点了点头，她一脸严肃地问：“容老身冒昧问一句，陛下与那个沈从公子有仇？”

听到沈从的名字，沈夜皱起眉头：“前辈这话如何说？”

舒染舒了口气：“还好没仇，不然要当一个皇帝仇人的妻主，我外孙女压力太大了。”

这是怎么回事？

我惊呆了。沈夜立刻转头用询问的目光看向我，我回了他一个一无所知的表情。

一家人热热闹闹地吃过饭，我先回自己屋子处理事情，没多久，沈夜就挤了进来。我瞧见他进来，不由得笑了笑：“赐儿呢？”

“好多人陪着他，我来陪你。”说着，他就凑了上来，将我抱在怀里，“你在做什么？”

“查账。”我指了指桌上的账本。

沈夜漫不经心地扫了一眼，将我打横抱起来往床边走：“你家主君都是天下之主了，你还管什么账啊！”

“我这是找人呢。”我笑了笑，“上官婉清好像有动作了。”

沈夜一僵，从我身上猛地直起身来：“你哪里来的消息？我找了她这么久，她居然敢送上门来？”

“你在意她？”我莫名有些不舒服。

沈夜冷哼道：“她刺了你一剑，这一剑我得讨回来！”

“算了吧……”我叹息一声，“我也不记得了，她似乎曾经对我也挺好的，只要她不再做什么坏事，这事儿就算了。”

沈夜没接话，认真地思索着什么。

我靠在他怀里，想了好久，认真道：“我觉得，我还是得想起来。”

“嗯？”他漫不经心地用手梳着我的头发。

我答：“我觉得，什么都不记得，还是太危险了。”

他动作僵了僵。

我抱着他，缓缓地说：“我既然是舒家的家主，仇人肯定还有很多。以前我不打算认这个身份，且谁都不知道我还活着，记不得就算了。但如今我回来了，如果什么都不记得，就像一个活靶子，哪天死在谁手里，我都死得不清不楚的。”

“别瞎说！”沈夜不满，“你不会死！谁敢动你一根汗毛，我灭他全族！”

“总要未雨绸缪嘛。”

沈夜不说话了。

我同他分析道：“上官流清说，上官婉清是个咬上谁就不死不休的性子，她能在两大家族和你联手之下还藏得严严实实的，说明她手段足够高明。如果她真的想要和我们作对，确实要提早防范。上官流清从她曾经经营过的一家店铺的资金流向里揣测出她将有动作。过去我和她多有交集，如果真的要找她，我须得想起来才好。你怎么看？”

“如果真的要说……”沈夜叹息了一声，“其实我并不希望你再想起来了。现在咱们俩很好，我怕你想起来，又有什么变数。”

“可是，”他握住我的手，在上面吻了吻，温柔地说，“这终究是你要做的决定，不管你想怎样，我都支持你。”

听了他的话，我心中一暖。不知道为什么，我突然觉得，自己身后仿佛有一个坚强的后盾。无论我做什么，无论怎样，都有这么一个人，无条件地支持我，爱护我。

我忍不住亲了亲他，他立刻笑了起来，像一只小狗一样拼命要亲回来。

我被他逗笑了。两个人玩闹一阵后，我忍不住问他：“阿从回来了，你不见见吗？”

他身子僵了僵，好久，却道：“再过一段时间吧。”

我不逼他，我想，沈从会为了一个女人背叛他，这大概是一道太深的伤痕。我只能抱着他，温和地说：“你终究是他大哥，他终究是选择了你的。”

“我知道。”他沙哑着声音，“可我心中终究是存有芥蒂的。”

我拍了拍他的背，示意知道。他低头吻了吻我，便下床去熄了灯。

过了些时日，他派人来让我准备一下，说是配好恢复记忆用的药，但用药时会记忆混乱，他不放心，让我进宫里去。

我不疑有他，叫了影一过来，让他将人都留在赐儿身边，只带着他和影二两人进宫。影一愣了愣，似乎是当初带着他们进宫刺杀女皇留下的后遗症，不安道："主子是要去做什么？我们是否需要安排身后事？"

"我只是进宫去吃解药，你想这么多做什么？"我哭笑不得。

影一皱着眉头，似是不解。

我知道他是个喜欢把事情搞清楚的性子，便耐心解释道："我打算恢复记忆，不过用药时我可能会有记忆混乱的问题，陛下不放心我，让我进宫去，这下你明了了吧？"

影一露出恍然大悟的神情，认真道："我等必誓死保护好主子！"

我："……"

我真的没打算让你们上刀山下火海。

安排好一切后，我便带着影一、影二坐上接我们的马车。

瞧见驾车的是温衡，我不由得笑了："怎么是你？牡丹呢？"

"在哄媳妇。"

我听了这话，差点从马车上摔了下去。

温衡的目光中带着暖意："半年前阿从绑了夏萤，让夏萤见到牡丹，他们俩就和好了。他们平日里小打小闹的，这次牡丹把夏萤气哭了，在家里哭了一个早上，牡丹实在没办法，就让我过来了。"

我想起了半年前沈从为了救我，绑了一个人威胁牡丹，想必就是这位了。我不由得笑了笑，打趣道："牡丹都有媳妇了，你比他俊，比他温柔，也该有了吧？"

温衡愣了愣，慢慢收了笑容，目光看向远方："或许……也有可能，会有吧？"

他的目光太悠长，让我一瞬间居然有了些感同身受的苦楚。我不由得跟着愣了愣。

他比我反应得快些，挂上了一贯温和的笑容："舒大人坐进去吧，我驾车技术不怎么样。"

我点了点头，便坐了进去。

进宫后，沈夜将我带入了寝殿，而后让人布置了下去。他温和地说道："这药是沈从重新配的，你喝下去后，会有大概两个时辰记忆混乱。你会忘记现在，从年幼时开始重新想起来，其实也说不上凶险……就是我总有那么些不放心，你明白吧？"

"我明白，你也不用担心。"我笑了笑，拍了拍他的手，然后将药碗端起来。

他有些紧张，蹲在我身前，巴巴地看着我。

见我一滴不剩地喝完了，他有些不安道："其实我现在有些害怕，你若是想起来了……不肯原谅我怎么办？"

"除了他们说的，你还有什么对不起我的？"我笑眯眯地问。

他忙甩头道："没了！"

“那没什么了。”我抬手抚上他的面容，“你我之间没有血海深仇，重要的人都在，我并没有因为你失去谁。你已经不是以前的你了，现在的你懂得如何照顾我，如何尊重我，在意我，不会背叛我。”

我一面说着，他一面红了眼眶。

我微笑起来：“既然如此，过去怎么样，又有什么重要的呢？都过去了。”

“你看看你，”我轻抚着他的眼皮，“都是皇帝了，怎么越来越爱哭了？”

“我本来也没这么爱哭，可是不知道为什么，现在看着你，开心也忍不住想哭，难过也忍不住想哭。总怕这是一场梦，一睁眼，就什么都没了。”

他吸了吸鼻子，面色正常了许多，握着我的手，低头似是有些羞涩地笑了笑。

我们俩低声说着情话，我觉得药力慢慢地发作了，外面突然就闹了起来。

“主子！”牡丹的声音突然从外面传来，有些慌张，“主子，殿下被人抢走了！”

沈夜除了赐儿，没有其他子嗣，能被称作殿下的，如今也就一个赐儿。

我和沈夜霍然抬头。我惊得扶着桌子站起来，想要冲出去，结果却眼前一黑，歪了下来。

沈夜一把握住我的手，沉声道：“你别紧张，我去看看。”

我焦急看着他，沈夜看我一眼，一脸郑重。我突然觉得他像一棵大树一般，将我和赐儿护在了身下。我不由自主放下心来，点头道：“你去吧，我这里有影一、影二。”

“宫里我都布置好了，你放心，我去救赐儿。”沈夜将牡丹留给了我，便带着人走了出去。

不一会儿，药力就彻底上来了。我的记忆开始混乱起来，一会儿是小的时候，我和上官婉清逃课，她将身体给我垫在脚下，我翻墙过去后，就把她忘了；一会儿是沈夜和我一起被困在地窖里，他将我按着，迫使我跪在沈从面前，抬起我的下巴……

我脑袋剧痛，感觉不到周边，只听得旁边传来乒乒乓乓的声音，抬起头来，却发现是我身边的两个侍卫打了起来。

他们是谁？他们在做什么？这里是哪里？

我拼命地想着，脑袋中浮现了沈夜将我抓到宫里来的画面，他将我按在床上，逼着我看帘子外正在受刑的沈从……

我要逃出去，我脑子里有个念头，不断催促着我，我必须逃出去。

在两个侍卫正打得忘我的时候，我艰难地支撑着往外走去。一个女子突然一手捂住我的口鼻，一股刺鼻的味道闯入鼻腔，我浑身瘫软了下去。她另一只手握住了我的手腕，一把将我扯进了一个密道里。我下意识反肘重击，虽然力道被药效减去了不少，却还是逼着对方用手一格，而后我就看见了她的模样。

黑暗里，我猛地想起她是谁，不由得高兴地说：“婉清……是你……是你来救我了吗？！”

上官婉清愣了愣，不可置信地看着我。我一手捂着痛得要裂开的头，一手拉着她，强撑着道：“我们快走……沈夜会杀了我们的。他已经杀了阿从了……”

“你……”她终于出口，声音有些干涩，“你怎么了？”

“我不知道……”我喘息着，拉扯着她，走在密道里。

头痛让我无法多想，我只能如实回答：“我什么都不知道。我一会儿记起一点东西……你是婉清，我知道。”

我抬头看她，眼底全是信任：“你是我最好的朋友，上官婉清。”

上官婉清眼底划过一丝苦涩，她看着我，突然说道：“我背着你走吧。”

“好，好。”我拼命点头，“我们赶紧走。”

我脑袋中不断涌现出一些往事来，可能是因为上官婉清的到来，我脑海中涌现的全是关于她的记忆，我便一股脑说出来，企图用说话来转移疼痛。

“婉清，我们是在国子监认识的对不对……你那时候还小，总是被别人欺负。其实我也欺负过你，不过你后来不记得了……”

“我记得。”上官婉清打断我，认真道，“只是我不在意了。”

我不理会她的话，继续说着：“我欺负你……可后来我和沈家大小姐起冲突的时候，大家都站在她那边，只有你站出来保护我。那时候我就想，我要把你当成最好的朋友。”

“我那时候只是觉得，给一个没落家族的小姐锦上添花，不如给一个新贵雪中送炭。”上官婉清的声音有些沙哑。

“这不重要……你站出来，保护了我，这才是最重要的。”

“你不爱读书，作业都是我帮你写。但你比我自由，可以自由出入家中，我每天都被无数人看守着。那时候我的姐姐都一个个死去，所有人都只想着怎么保护我，只有你会想，怎么让我开心一点。你给我买泥娃娃，买糖人，买风筝……”

一个个往事片段闪现在我脑海里，上官婉清终于不再说话，静静地听我说着。

“有次你带着我逃课，我们俩翻墙出去，你垫在下面，让我爬上去以后拉你。结果我爬上墙以后，只因看到外面的一切过于新奇，就忘了你……”我说着，不知道为什么，心里面竟有些难过，“等我回来的时候，你被老师打了个半死。因为你带我出去，弄丢了我，我父亲大发雷霆，所以对还只是孩子的你，下了重手。如果我在，如果当时我带着你出去，你就不用单独面对这么多人的怒火，是我害了你……那时候我看着你满身是血，害怕极了，我就在心里发誓，以后我一定再也不会这样忘了你，我一定要把你当成我心里最重要的人物之一。”

“不要说了……”上官婉清的声音沙哑起来，“你现在说这些，还有什么意义呢？”

年幼时的记忆片段一个个闪过，我没有办法停下来，不停地说着。她背着我，一步一步往外走，等外面有了光亮，我的脑袋终于没那么疼了。

前尘往事纷纷想了起来，我终于记起那一剑。

“为什么……”我颤抖着唇，问了那句，“为什么杀我？”

就在那一刻，她将我从背上猛地甩到了地上，剑风随之刺了过来，猛地刺进了我身边的墙壁。

她狠狠地看着我，眼里全是憎恶。

“我恨你。”她开口，一字一句，“我恨你。我差一点就可以娶到沈夜，就是因为你，一切都成了泡影！”

听到这话，我不由得笑了起来。

她恨恨地看着我，咬牙道：“舒城，我这辈子，从来没这么爱过一个男人。因为他是你的主君，我忍了，不与你争。后来你不要他，我有了要他的机会，这是我第一次这么拼尽全力去爱一个人，你明白吗？”

“明白。”我怒极反笑，“我怎么不明白？不惜断掉朋友情谊，这是何等深情厚谊！”

“我让了你多少次，我这辈子多少次让过你！”上官婉清怒吼出声，“难道就不能让我争一次吗？！”

“舒城，打小我就嫉妒你。你顺手拈来的东西，我却要费尽手段去争取，只因为你是嫡出，我是庶出。可嫉妒是嫉妒，艳羡是艳羡，我却从未因此，有过害你之心。”

“我曾爱慕过白少棠，那时候你什么都不懂，我也不懂，情窦初开，我就是羡慕有这么一个人，可以不顾一切保护你。可他喜欢你，所以我没有出手，默不作声。”

“后来我喜欢沈夜。你懂沈夜对于我来说是什么吗？他是神。”

“我是庶出之女，我受尽欺凌，我在尘埃中苦苦挣扎，是沈夜给了我机会，让我重新站起来！一开始他找到我，是让我当上官家的暗桩，后来他给了我钱，让我去经商。所有人都瞧不起我，是他告诉我，人和人之间无卑贱之分，只有强弱之分。他觉得我不是弱者，我该站起来。”

“是他，给了我活下去的机会。”

她看着我，眼里全是泪光，握着剑的手，也忍不住在颤抖。

我静静地看着她，忍不住勾起了笑容：“所以，这就是你对沈夜的报答？这就是你对我和沈夜这两个你人生里少数对你好过的人的报答？！上官婉清，你还是人吗？你简直，连毒蛇都不如！”

“如果给不了我，何必给我希望！”她猛地怒吼道，“如果不曾有过希望，我何须绝望！是沈夜……是沈夜给了我希望，他答应嫁给我，你知道我用了多少去换他吗？！如果不是固执地为了娶他，我不会和上官家强硬对抗，我不会失去我的母亲，我不会和你决裂，我还可以当我的上官婉清。我做到了作为一个妻子应该做的一切，以庶子的身份卷入朝堂风波，可他呢！”

“他心里只有你，念念叨叨的全是你。而你……”她嘲讽一笑开，“对白少棠，不也做了相似的事吗？舒城，你们的爱情是爱情，你们的感情纯真无瑕，所以就可以肆意地践踏别人的感情是吗？”

“这件事，确实对不起。”我认真地回答她，“我亏欠了少棠一辈子，我很愧疚。可是上官婉清，难道只因为沈夜对不起你，你就可以任性妄为吗？他答应你，他毁约，与我何干？我与你情如姐妹，你终究是背叛了我。”

说着，我忍不住笑出声来：“你刺了我一剑，却始终舍不得伤沈夜，我该如何夸赞你这贱人性子？”

她听了我的话，诡异一笑：“你说的没错，欠我债的，谁都别想跑。”

我看着她的模样，沉默下去。

她静静地盯了我片刻，我终于道：“可是婉清，我希望你好好的。”

她愣了愣。

我抬头看她，认真地说：“哪怕你做了这么多对不起我的事，此时此刻，我却还是希望，你能好好的。你不该出现，你该去过更好的人生。一个人不该耽于情爱，他不爱你，你就去爱别人。没有人爱你，你就自己爱自己。人生总能过好的。”

“我曾经恨过你，”我抬起手来，抚上她的面容，连我自己都不能想象，我竟会有这样的念头，“在你将剑插入我身体的那一刻，我恨你恨得希望你去死。可就在方才，你背着我，我回忆起年少时光，我突然发现，无论如何，我始终是将你当成我生命中很重要的人。”

上官婉清没有说话，她静静地看着我，眼里有了泪光。

“婉清，”我沙哑出声，“我已经失去流岚了。”

我不愿再失去你，所以不管你要做什么，停手吧，婉清。

听到流岚的名字，上官婉清眸中一动。她看着我，许久后，她慢慢道：“舒城，我这辈子，对我来说最重要的人只有两个，一个是你，一个是沈夜。你知道我为什么将你看得这么重要吗？”

我静静地看着她，她凝视着我，慢慢笑了：“因为我再找不到一个人，这么真心实意地希望我过得好。”

“舒城，你真的很干净。干净得无论如何，我都忍不住想要将你保护起来。”

她说着，从怀里拿出一个药瓶。

她垂着眼眸，看着那个药瓶。

我不由得有些紧张：“这是什么？”

她没说话，只是看着药瓶。许久，她突然拔了盖子，仰起头来就要将药物倒下去。

我心跳得飞快，尖叫出声：“这是什么！”

她顿下动作，看着我，苦涩地笑了笑：“是毒药。本来想给你吃的，但现在，我发现我做不到。”

“舒城，我来，就带了必死之心。沈夜不会放过我，我也不会放过我自己，我太了解我自己了……如果沈夜不死，我日日夜夜，都会惦念着他。”

“张了口的蛇在猎物死之前，是绝不会放开他的。可我清楚地知道，沈夜不是猎物。”

“婉清……你冷静点。”我的声音颤抖起来，“我会劝他。”

“可我劝不了我自己。”她笑了笑，扬起瓶子。

我猛地尖叫出声：“我替你吃！”

我浑身没有力气，看着逆光站着的上官婉清，我脑海里全是上官流岚躺在棺木里的样子，全是上官婉清小时候的样子。

我跌倒在她身上，拉扯着她的衣衫，流出泪来：“婉清，别做傻事，你要做什么……我替你吃。你不要这样……”

上官婉清没说话，她静静地看着我，眼里全是温柔。

“傻舒城，”她温柔出声，“你啊，真是太傻了。”

说着，她毫不犹豫地将毒药灌进了自己的嘴里。然后她便点了我的穴道，将我身上的衣冠扒了下来，又从怀里掏出了一个和我长得一模一样的面具放到脸上。接着，她看着我，眼里满是留恋：“舒城，你说，他会愿意为你死吗？”

“婉清，别做傻事……我会说服沈夜，让你活着，你不要这样……”

上官婉清笑了笑，眼里一派坦然。

“没事的，舒城，我的命一向很贱，没了就没了，也没什么大不了的。反正……我父母已经去了，我也没有兄弟姐妹，与其这么痛苦地活着，不如做一件我想做的事情，毫无牵挂地死去。”

“我很爱他，”她眼里全是温柔，“我也很爱你。所以，要么你们死去，要么我死去，这没得选择。”

“你脑子有病吗！”我嘶吼道。

她笑出声来，好像平时玩笑一般：“你才知道啊。”

说着，她就用绳子将我捆了起来，然后将我扛出了密道。

一出密道，我便看到几十个黑衣人迎上来。上官婉清朝他们点了点头，所有人便埋伏了起来。她将捆成粽子的我放到密林里，这倒是个绝佳的观赏角度。她帮我调整了位置，欣悦地说道：“你看着我和沈夜一起死，这辈子，大概也就不会开心了。如此作想，也就不是我心软了。”

我被点了哑穴，说不出话来。她坐在我边上，看着远方道：“我让影一去通报沈夜你被掳走的事情了。”

我瞪着她。她明白我的意思，解释道：“影一是我的人，我之前曾是陛下的人，对宫内暗道极其熟悉。我将自己所有身家都兑换成了现银，把江湖上有名的高手都雇了过来。一小波去劫持沈华，剩余的精锐全在这里。你说，沈夜武功到底有多高？”

她转头看我，似乎是在认真询问。

不远处传来了马蹄声，她猛地站起来道：“来了！”

说完，她便跳了下去，一个黑衣人很识时务地拿着刀架在她脖子上。她装成我之前头疼虚弱的样子，没有片刻，沈夜就出现在了视野里。他单枪匹马，身后只跟着个穿着官袍的沈从。我看着这架势内心就崩溃了，只带沈从，还不如不来啊！于是我开始暗中运气，拼命想解开自己的穴位。

他们俩越来越近，我看着身边那些人都暗中做好了布置，有弓有弩，甚至还有三个暴雨梨花针！这些人似乎是熟知沈从擅长用药的性子，每个人面上的纱布都染了草药，还特意吃了解毒丹。沈从靠近前，率先撒了一把毒药，所有人一动不动，等沈夜踏入包围圈，沈从大喊一声："大哥回来！"箭矢便如雨下，三个暴雨梨花针从不同方位瞬间射出几百针！

沈夜的位置，根本无处可避！

这是一场早就精心准备好的刺杀，哪里容得沈夜有逃脱的机会？

我整个人呆呆地看着所有暗器朝着沈夜飞去，也就是那瞬间，一个身影猛地扑在了沈夜前方，死死抱住了沈夜，是沈从。沈夜得了空隙，根据暗箭的声响判断出敌人的位置，手中广袖一甩，那些飞过去的箭矢一支不漏飞插了回来，瞬间射杀了几名弓箭手。

暗中潜伏的人一跃而上，朝着沈夜强攻而去，沈夜将沈从揽在怀中，单手和众人纠缠起来。沈从背上被扎得像刺猬一样，嘴里不停地流出鲜血来。我内心无比焦急，却是什么都做不了。

一批人纠缠了片刻后，温衡、牡丹终于带着人赶到，沈夜将沈从往牡丹那边一抛，便朝着站在悬崖边上的上官婉清扑了过去。架着上官婉清的黑衣人将刀往上官婉清颈间一压，高喊一声："不准动！"

沈夜惊住，满眼焦急地看着扮成我的上官婉清，怒吼道："谁都不许动！"

正在这时，一个小兵刚好被人砸到了我边上。我用恳求的神色看着他，他愣了愣，立刻上来给我解绳子。

"大姐你是谁啊？"他一面解一面问。

我呜呜着说不出话。他慢悠悠地解着绳子道："这都是拼命的事，还好大姐你给了我一个偷懒的机会……"

他和我说话的时候，沈夜看着那黑衣人道："上官婉清呢？她要什么？"

"我家主子说，她要你活着，生不如死！"

那黑衣人说完，就将上官婉清往山崖下一推！

沈夜毫不犹豫地向着易容后的上官婉清扑了过去，跟着直接跳了下去！

我的绳子刚好被解开，我几乎同时动作，和沈夜一前一后地扑到山崖边上。我猛地抓住沈夜的手，而沈夜则抓住了上官婉清的手。牡丹、温衡等还在和那些黑衣人厮杀着，只有那个小兵闲着，他跑到我边上来，将原先绑我的绳子一头绑到我腰上，另一头绑到一棵大树上。

小兵做着这些的时候，我咬着牙死死拉着沈夜，红着眼道："你怎么这么蠢，连我都认不出来。”

沈夜看了自己拉着的上官婉清一眼，又看了我一眼：“是我太蠢了。”

说完，他就放开了拉着上官婉清的手。上官婉清却一把抓住了他的手腕，冷声道：“既然下来了，还回去做什么！”

说着，上官婉清抬头，温柔地看着我道：“舒城，放手。”

“放屁的放！”我怒吼道，“你们谁都不准放手！上官婉清你快让你的人停手！”

上官婉清愣了愣，她似乎是没想到我会这么说。

片刻后，她慢慢笑了起来：“舒城，你真傻。走到这步了，我怎么可能还活得下来？”

“沈夜，”她将目光落在沈夜身上，温柔而缠绵，“你骗了我。”

“我没骗你。”沈夜一派坦然，“是你强求。”

“你说过要嫁给我的。”上官婉清红着眼睛，“这不是骗我吗？！”

“可我也说过，我爱舒城，从头到尾，只爱舒城。哪怕是嫁给你，也只是为了气舒城，你难道心里不清楚吗？你心存侥幸，还要怪罪到我身上？！”沈夜怒喝道，“如果不是看在舒城的面上，就凭你刺舒城那一剑，我现在就会将你踹下去！”

上官婉清不可置信地看着他，似乎没有听懂他在说什么。

“沈夜，我对你，始终是不同的，不是吗？”她慢慢红了眼眶，“上官家那么多人，你就挑中了我。这么多年，你身边都没有其他人，只有我，这难道不是因为我特别吗？”

“阿城，她在瞎说！”沈夜着急地向我解释，“我挑她是因为上官家就她心术最不正，脑子还比较好用。我和她也没怎么接触过，所以她没见过我身边其他人！”

这好像不是关键问题……

但不知道为什么，我突然有些可怜上官婉清。

上官婉清有些绝望地看着他，我被他们一点点拖着往前去，心里不由得紧张起来。这两个人，却一个比一个态度淡定。

我咬着牙道：“婉清，他不重要。”

“他不值得你为他去死，你看，他根本不在意你。你该找个爱你的男人，好好过完这一辈子。”

“你恨我，觉得我背叛了你。可是婉清，”我认真看着她，“我爱他，想和他在一起，光明正大地追求他。如果他选择你，我绝无怨言，还会开心地祝福他，然后我会转个身，就找个更好的男人，这是朋友，算不上背叛。真正的背叛，是我欺骗你，我为了他伤害你。可婉清，我不曾如此做过。哪怕那天夜里拦住你，也不是为了他，而是为了你的背叛。”

“你很重要，”我的手里承载着两个人的重量，疼得直咬牙，我却还是认真地告诉她，“婉清，你在我心里，非常重要。我希望你好好活着，活着寻找你的幸福，活着祝福我。”

上官婉清没有说话，她抬起头，凝视着我。而后，她微微笑开。

“可是舒城，你永远不明白，我这种活在黑暗里的人，有多么绝望。”

“我的光已经灭了。”

她温和地说：“仅有你这样一盏灯，是照不亮我的寒冬的。”

她抬起手，放在自己胸口：“舒城，你在我心里，也是，非常非常重要。所以，我放手，不是因为我不想让沈夜死，而是因为，我想让你幸福。”

说着，她突然放开了手。沈夜猛地变了脸色，也就是在那一瞬间，我嘶吼道：“抓住她！”

沈夜探出手去，然而上官婉清却猛地一击打在沈夜掌心，然后就坠了下去。

她的面容消失在云雾间，手还放在胸口，似乎还在说那句，舒城，你很重要。

我死死地握着沈夜的手，眼睁睁地看着她坠下去，许久，都未曾反应过来。直到再也看不到她的影子，我才终于喊出她的名字：“上官婉清！”

我从未这样声嘶力竭地叫过她的名字，然而她再也不会回应了。

沈夜抓着我的手，仰头看着我，温和地说：“舒城，你还有我。”

我呆呆地回过神来，看见沈夜，他整个人的生命都系在我一只手上，眼里全是安慰。

我有些不敢对视他的目光。

他打量着我：“你想起一切了，对吗？”

我不说话，脑中一片混乱。场景仿佛是回到很多年前，那时候在地宫里，我也是这样抓着他。

可那时候的他，目光远没有这样温柔，神色也不是这样忐忑。

“如果你愿意，”山风呼啸而过，他看着我，仿佛是等着我的裁决，“你此刻可以放手。流岚的死与我的拖延有关，我为了争夺皇位曾经背叛你，后来我欺辱过你，还将舒家贬为庶民，哪怕此刻，你的好友上官婉清的死，也与我脱不了关系。”

他一句一句地陈述着，面色一片平静：“如果你想，此刻你就可以放手了。”

我没说话，紧紧握着他。

过往在我面前一一闪过，我不由得笑了。

“我当年就没有放开你的手，如今又怎么会放开？”

“真的？”他猛地抬头，眼里绽出华光，“这辈子，你都不会放手，不会离开我吗？”

“这辈子……”我低声笑了，“岂止这辈子呢？”

沈夜也笑了，只见他牵着我的手，足尖往崖壁上一点，便轻盈地跳了上来。

我一下子反应过来，不由得大怒：“你这个浑蛋！”

沈夜一把将我拉到怀里，笑道：“你喜欢怎么骂就怎么骂，可以骂好几辈子呢。”

“你……”

我一时说不出话来，一回头，看见那云雾缭绕的山崖，竟有些怅惘。沈夜也收敛了笑容，陪我看着那山崖。

“沈夜，”我低声道，“婉清说我不懂得在黑暗里的绝望，可所谓的黑暗，到底是什么？”

“这世界上的人有幸运和不幸之分，可不是每个不幸的人都会选择一个不幸的结局。舒城，哪怕身处黑暗，你也不会做出她这样的选择，你也会过得很好。”

他的声音很温和，听不出丝毫的奉承。我不由自主地仰头看他。

他温柔地看着我，抚上我的面颊：“舒城，上官婉清总想着有人来救赎她，总希望谁能当她生命里的光芒。可你不一样，你本身就是别人的救赎，本身就是光芒。”

我愣了愣。就在这个时候，牡丹叫了起来：“主子，你来看看阿从！”

沈夜猛地回头，拉扯着我冲了过去。牡丹正在拼命给沈从喂丹药，沈从的面色却逐渐变成了青紫色。他似乎很虚弱，却还是强撑着，努力睁着眼睛。

沈夜一看他的模样就慌了，一把将他打横抱了起来，连声音都颤抖起来：“阿从别怕，大哥带你去找郑参。”

“大哥……”沈从的声音很虚弱，“对不起……”

“没有什么对不起！”沈夜怒吼起来，“这时候还说这些做什么！什么都没你重要！”

沈从呆呆地看着沈夜，沈夜红了眼眶，抱着他一路往前冲去。

我紧跟在后面，听着沈夜明显慌乱了的声音。

“阿从，你给我清醒一点。你不能死，你不是说要帮着我治理天下的吗？凤楼的人都打打杀杀的，你死了谁来帮我？我当年把你从死人堆里扒出来，你以为很容易吗？没学过什么武，就你这破败的身子骨，学人家挡什么箭！”

“阿从……阿从……不能让大哥……受伤……”沈从的每一句话都说得很艰难，却又格外认真，“大哥……是阿从的命……”

沈从慢慢抬头，仰望着这个从他幼年起就在他生命里熠熠生辉的男子，眼中全是仰慕，“大哥，一定会是一个……好君王……阿从此生，能见大哥荣登九鼎……已无憾……”

“哎呀，我的亲娘，这是我家沈从吗！”

一声惊呼从天而降，我瞧见我那神出鬼没的亲侄女猛地蹦到我们一行人面前，拦住沈夜的去路。她打量着沈从道：“我的亲娘，怎么几天没见，丑成这样了！祖母！祖母！你快来给沈从治治脸啊！”

一听这话，沈夜猛地反应过来，他将舒喜往旁边一推，就朝着前方的马车冲了过去。

“舒神医！”他兴奋地掀开车帘，将沈从往马车里一送，忙道，“舒神医！你帮我看看我弟弟！”

大姨母坐在马车里，脸上保持着一贯圣洁的笑容，她低头看着沈从，温和地说：

"有救。不过老身有个要求。"

"神医请说！朕必定做到！"沈夜一脸认真。

舒染叹了口气道："我还差个孙女婿……"

话没说完，沈从就一口血喷了出来。他拼了最后一口气道："我……拒……绝……"

这真是用生命在拒婚，我想。

舒染看了沈从一眼，似乎很是惋惜。她抬手从旁边药箱中拿出银针来，漫不经心道："那就付诊金吧。"说着，就一针扎了下去。

沈从浑身猛地抽搐了一下，沈夜的眼角也跟着抽了一下。我忍不住躲在沈夜身后嘀咕："要是答应当孙女婿，就不会这么疼了吧……"

听了我的话，舒染抬起头来，一脸慈爱地看着我道："城儿放心，我一般只对外人下手比较重。"

听到这话，躺在马车上的沈从猛地抽搐了一下，再次喷出了一口血。

终章

沈从被扎成了个筛子，还好舒染在这里。等送回宫后，郑参也加入了拯救大军。

我和沈夜站在门外等着，牡丹、温衡去处理后续事宜。

当夜夜凉如水。沈夜一直没有说话，我站在他身边，紧紧地握住了他的手，宽慰道：“没事的。”

沈夜勉强勾了勾嘴角，转头瞧着远方：“其实我有点后悔。”

“嗯？”

“我不该这么对阿从。我该对他好一点，他年纪小，哪怕做过些荒唐事，最后也懂事了，我这么大个人，和他置什么气呢？”他说着，声音里就有了沙哑的感觉。

我能体会他的惶恐，伸出手去，温柔地将他抱在怀里：“他会好好的。”

“我害怕。”他的声音颤抖起来，“如果阿从……”

“他会好好的！”我打断他，“阿从这样的人，不会在这时候就没了的。他还有很长的路要走，你是他的君主，他的哥哥，你要相信他！”

沈夜不说话，他紧紧地抱住了我。

有句话我没敢出口，我想告诉他，哪怕阿从没了，他还有我。

在等待的时间里，影三押着影一跪到我面前来，她告知我影二受了伤，还在床上躺着。我默默地注视着这个跟随我时间最久、我最信任的影卫，好半天，终于问他：“上官婉清许了你什么？”

他笑了笑，面色苍白。我这才发现，他是如此俊秀的一个男子，他一直待在暗处，平日严实的装束遮掩了他浑身的光芒，直到此刻他笑起来，才让云破雾开。

“她呢？”他却反问了我一句，仰头看我，“婉清小姐呢？”

我心中恍然大悟，有些不可置信：“你……何时……”

影一苦笑出声：“自主子出生起，我就跟在主子身边，主子认识婉清小姐多少年，影一就认识她多少年。你问影一何时开始爱慕婉清小姐……”

影一闭上眼睛，语调间满是温柔：“影一……也不知道。”

我没敢说话。影一静静地等候着我的答复，似乎早已将生死置之度外。

沈夜默不作声地听着房内的动静。

我拔出手中剑来，斩开了绑着影一的绳子：“她坠下山崖了，你去找她吧。”

影一猛地抬头，不可置信地看着我。我挥了挥手，他收敛住眼中光芒，郑重地同我拜别。

“是影一对不住主子，若影一未寻到婉清小姐，便回来让主子亲自了了这条贱命。”

说完，他便直起身来，离开了。

我和沈夜拉着对方的手，看着太阳一点一点升了起来。等天彻底亮了，房门终于打开。

郑参先走了出来。沈夜没敢回头，我便走过去问：“情况如何了？”

“能怎样啊？”郑参冷哼了一声，“都是些外伤，至于针上带的剧毒，这小子用毒天下第一，还能伤着他了？”

我听了他的话有些不理解，沈夜却已经回过头来，目光里带了些寒意。

郑参看不见沈夜的表情，继续同我道：“这小子鬼精鬼精的，早就自己用针把毒素全逼在一个地方了，也不知道他怎么想的，全逼到脸上去，也不怕毁容……”

他的话还没说完，沈夜已经气势汹汹地冲了进去。

“沈从你给我滚出来！”他怒吼了一声。

郑参被惊得抖了一抖。

我忙跟着进去，看见沈从正躺在床上喝药。见到沈夜，他虚弱地笑了笑：“大哥，我头晕，你别吓唬我……”

沈夜没说话，周边寒气逼人，我做好了随时拉住他的准备，结果他憋了好久，却是猛地扑过去，将沈从抱进了怀里。

“我不怪你了。你以后不能这样吓唬我，我始终是你的大哥，怎么可能为这样的事，就生你一辈子的气呢？”沈夜说。

一贯镇定的沈从红了眼眶。

我心里的大石总算是放了下来，不再管他们俩，出去查看正事。

上官婉清死了，她的余党查起来就轻松了。牡丹、温衡追着线索一路拔干净了上官婉清的暗桩后，没几日，就传来找到了上官婉清尸首的消息。

“你那个影卫背着她尸体跑了一路了。”牡丹脸上露出了嫌弃的表情，“现在把他捉了回来，你自己去瞧瞧吧？”

我不说话，好久，我终于鼓起了勇气，走到了院子里。

影一浑身是伤，将一个女子揽在怀里，被关在一个巨大的笼子里。他的表情沉默而冷静，一如过去我所赞赏的那样。

我走到笼子边上去，他抬起头来看我，脸上终于有了表情，苦笑着叫了我一声：“主子。”

“打开笼子。”我吩咐下去。

众人有些犹豫，牡丹却大大咧咧地走上来，直接开了笼子，将笼子撤了出去。

影一垂下眼眸，不敢看我。

我站在他身边，踌躇了片刻，终于道：“可以让我看看她吗？”

影一没动。我看着上官婉清，她明显被人换了衣服，看上去干干净净的，好像我每一次见她时那风流张扬的模样。

我忍不住红了眼眶，哑声道：“我送走了流岚，也想送送她。影一，无论你如何作想，我都觉得，我未曾对不起她。我或许恨过她，可是如今她走了，前尘恩怨一笔勾销，我便将她当成流岚一样，一生是我的至交好友。”

影一终于抬起头来，红着眼，沙哑着声音道：“我知道，主子其实从来，未曾有半分对不起婉清小姐。是婉清小姐执迷不悟，误入歧途。”

说着，他放开了怀里的人。

怀里的人被他打整过了，还上了淡妆，仿佛还是生前的模样，嘴边依稀勾着几分笑意。

也就是那一瞬间，我猛地流出泪来，捂住嘴忍不住后退了几分。

我想起年少时那些时光，她因我被我父亲打得满身鲜血淋漓，她被人诬陷退学我却浑然不知，她为了我挡刀杀人，在我年少时光里，她就像一把雨伞，替我遮挡了无数风雨。

她不曾对不起我什么，除了沈夜。

我曾怨恨她为了一个男人将我逼到绝境，然而此刻看着她安然沉睡的模样，我突然觉得，一切都不重要了。

她不会再活过来，和流岚一样，会永远埋葬在世间尘土之中。

我的哭声被压抑在指缝之中。

影一看着我，眼里浮现出长辈一样温柔的神情。

“主子大概不知道，婉清小姐第一次杀人，就是为了主子。或许主子未曾有什么对不起婉清小姐，可作为朋友，主子确实是，太不称职。若在婉清小姐年少时，主子能多关注她一点，能多照拂她一点，能勇敢一点，用舒家少主的身份救自己的朋友于水火，婉清小姐也不至于走到今天。婉清小姐能站在主子前方为主子挡刀，为主子染得满手血腥，然而主子，却从不曾有这样的魄力，出手保护过自己的朋友。”

说完这些话，影一似乎觉得很是欢畅。他抱着上官婉清的尸体，低笑出声：“婉清……你真傻……”

我听着他的笑声，感觉他的每一句话都像刀一样，插在我的心上。

如果我能勇敢一点，如果我能多注意一些细节，是不是流岚就不会死，是不是婉清就不会死？

她们两人的面容都浮现在我面前，流岚黑衣长剑，婉清白衣绣花，侧着身子在那黄泉道路上回首，眼睛静静地将我那么一扫，便仿佛尘嚣数十年奔涌而过，前尘往事相继成烟。

一口闷血从我指缝中溢了出来，周边人纷纷前来扶我，而影一却低头看着上官婉清，低声说了句：“求主子看在影一一直侍奉主子的分上，将影一的尸体，葬在婉清小姐身边。”

他的话音刚落，我就听见影三惊叫了一声：“大哥！”

随后便见影一口中流出血来。他抬起头，艰难地看了我们一眼，便闭上了眼睛。至死，他都抱着上官婉清，不曾动弹半分。

周边人的惊叫声将沈夜引了出来，他匆忙奔到我身后，一把扶住摇摇欲坠的我。

“没事，没事了。”他轻拍着我的背。

我被他扶着，突然有了莫大的勇气。我一步一步走到上官婉清面前，静静地凝望着她。

“婉清，”我一字一句，“若有来生，我再护你。这辈子，我送你走。”

说完，我站起身来，吩咐下去：“将人装棺，不要传出去，厚葬。”

所有人看向沈夜。沈夜点了点头：“就按照舒大人说的办。”

等众人将人抬下去后，我转头看着沈夜。风吹起他的衣衫，他站在那里，玄服华冠，仿佛一棵大树，伸展着枝丫，罩在我的头顶，护我一生。

我内心一寸一寸安定下去，忍不住出声：“还好，你在。”

“还好，”他慢慢笑开，“我在。”

过了几日，上官婉清发丧。她是戴罪之身，葬礼不能办得太隆重，只有凤楼的人和上官流清随着我一起上山。

我亲自为她抬起棺椁，上官流清陪我一起，我们相视笑了笑，我不由得道：“我未曾想过，身边最后的友人，竟然是你。”

“我也未曾想过，”上官流清叹息一声，“我会活得这样久，这样长。”

我们将上官婉清的棺椁抬上山，将她埋入黄土。影一被埋在她身侧，立碑时有人问我：“这位公子的名字就叫影一吗？”

我回想了很久，才发现，时光岁月里，影一早已没有了自己的名字。我沉默着，好半天，终于道：“他叫舒怀清。”

他终究是伴随我大半人生的人，哪怕至死惦念着上官婉清，我却始终记得这份好。

看着黄土一点点堆高，上官流清收敛了神情。她站在山头，任山风吹着自己的衣衫，好半天，她终于道：“这是我抬着上山埋葬的第三个人了。”

这是太让人痛苦的话题，我不敢继续下去，掸了掸衣袖道：“走吧。”

埋葬上官流清后没几个月，就到了我和沈夜大婚之期。

大婚前夜，影三悄悄塞给我一个盒子，压低了声音说道：“主子，这是从西荒带过来的。”

听到“西荒”两个字，我心里“咯噔”一下。我在西荒认识的人，只有白少棠……

我有些忐忑地打开盒子，发现盒子里端正地放着舒家少主君的玉牌，玉牌下放着一封信。

我打开信来，看见少棠熟悉的笔迹。他在信里没有多说什么，只是简单地描述了一下他在西荒的生活，到末尾时，他笔锋一转，却是一句：“生死过后，方觉往事如梦。少棠已皈入佛门，心有所依，卿可勿念。主君玉牌物归原主，愿卿一世喜乐安康。”

看着这句话，我终于放下心来，握着玉牌，久不言语。

我突然特别迫切想见到沈夜，迫切期盼着天明。

我在夜里翻来覆去睡不着，突然听到外面有人敲窗子。我知道是谁，拿着玉牌，屏住呼吸，没敢说话。

他似乎是有些踌躇：“阿城，你睡了吗？”

“没有。”我飞快地答话。

他低声笑了：“我也是……不知道为什么，睡不着。”

“嗯。”我低低应了一声，明明有很多话要说，却感觉什么都说不出来。

他在外面沉默着，好半天，却道：“真快。”

“嗯？”

“阿城，从我说要娶你，已经过去快六年了。”他轻叹一声，“六年，我终于要娶到你了。可不知道为什么，我心里总有些害怕，总担心明天会不会有什么意外……”

“会有什么意外呢？”

我慢慢起身，走到窗前。我看着窗外那个高大修长的身影，将手贴上窗户，似乎就能感觉到他的温度：“沈夜，我们经历过那么多事情，再没有什么能将我们分离。过往是我们都还太年轻，你太自私，我太固执，可你看，我们如今，都已经变了。”

“你学会了爱人，我学会了体谅。所有的经历都不会白费，你已经……是一个很好，很好的男人了。”

“阿城……”他声音里全是温柔，“我们在院子里搭个葡萄架吧？等华儿长大了，就将江山交给他，我带着你去江左，将葡萄架也搬过去。”

“嗯……”我轻笑起来，想象着外面人的样子。

“沈夜……”

“阿城……”

我们同时叫出对方的名字，却又同时沉默了下去。

我的心跳得飞快，将手搭在窗户上。我想打开它，想看看外面的人，不知道为什么，却像年少时那样，羞涩而紧张。

好半天，我终于鼓足勇气，准备打开窗户，然而也就是那瞬间，外面的人突然拉开窗户，一把将我拉了出去。

凉凉的唇印在我的唇上，我闭上眼睛。夜风那么好，他将我抱到窗台上坐好，他拥着我，像少年一样，青涩地亲吻我。

等我睁开眼睛，低头看着他，他面上也带着微微的潮红，迎上我的目光，温和道："我想你了。"

"我也是。"

"我想马上娶你回家。"

"我也是。"

"舒城，"他喘息着，认真地看着我，"我喜欢你。想到要和你过一辈子，白头偕老，共享江山，我很欢喜。"

我静静地注视着他，感觉风里全是花香。

他忐忑地注视着我。好半天，我慢慢笑开："我也是。"

他轻笑起来，吻在我的额头上。我闭上眼睛，等再睁开眼睛时，周边已经没了人影，仿佛没有人来过一般。

我忍不住抚上自己的额头，竟是再也没有了睡意。

四更时辰，丫鬟们鱼贯而入，开始给我上妆。我在她们的招呼下，穿上宫中送来的礼服，由父母陪伴着，等候在大厅。

不久后，牡丹带了迎亲队伍来到舒家。他看着我，眼里带了些感慨。

他头一次没有说让人生气的话，反而带了些温柔："看着你和主子能走在一起，我突然有些相信老天爷还是个好神仙。"

我抿嘴笑了笑，由他扶着进了花轿。

花轿一路摇晃着，一如我忐忑的内心。我在轿子里不断地做着深呼吸，终于来到宫里。

按照礼制，我要先去宫中拜见凤后，而后前去祭坛，在祭坛昭告天地，最后由礼官带着我和沈夜去宗庙，然后再回到宫中。

凤后如今早就是个傀儡，我去拜见他时，他痴痴呆呆地看着我，却问了句："我听说当年，你本来是想救我儿的？"

我但笑不语："陈年往事，凤后提这些做什么？"

凤后打量着我，不再说话。

牡丹轻咳了一声，凤后闭上眼睛，挥了挥手。

我从宫里退出去，跟着又去祭坛。花轿到达祭坛时，天刚刚亮起来，祭坛边上却已经站满了人。红毯从我脚下一路铺到祭坛中央，我由宫人搀扶着下脚，端正抬着双手，一步一步，走向前方。

我的发髻有二十斤重，身上的佩饰加起来也快三十斤，只能依靠着宫人的帮扶，每一步都走得格外艰难。发髻几乎把我的脖颈压垮，我低头看着红毯，听着周边的风声，感觉心如擂鼓。

那红毯似乎化作过往的六年，我踩在这些过往之上，欢喜，开心，背叛，别离……一切一切，似乎都在我的脚步之下，被踩碎开来。我心中慢慢安定下来，一点点抬头，看向站在我正前方的那个人。

珠帘在我眼前晃动，光影绰约之间，我看到祭坛之上，沈夜头顶十二旒冕冠，身着玄衣纁裳，笼素纱中单，腰悬白罗大带，遮住绣着祥纹的大红朝舄。

这是我从未见过的沈夜，仿佛天生帝王，高贵华美，无声静默着，便能让人知道，这个人，立于这帝国的顶端。

他不是那年我遇到的那个装疯卖傻的凤楼楼主，不是那年我迎娶的那个淡泊风雅的贵族公子，不是那年给我一碗毒药的狠毒皇子。

岁月冲刷了他，世事历练了他，他像一块璞玉，被这时光打磨得圆润光滑，光彩照人。他褪去了过往的自私阴狠，留下了那些让人温暖的品格，他踏着血海尸骨，却保持了那一颗温暖的内心，站到帝国顶端，静静地等待着我。

旭日在他身后缓缓升起，将他玄衣上十二祥纹映得流光溢彩。

当我走到他身前时，他朝我伸出手来，袖上的金龙似乎抬起头来，如他的眼睛一般，庄重而深情。

我由他牵着手，走到祭坛中央。礼官为我们昭告天地，我和他一同跪下，拜天地君亲。每一次叩首，都像一次宣誓，每一次对视，都将灵魂一点一点地纠缠捆绑在一起。

等所有礼节完毕，他牵着我回身看向众人。彼时阳光洒满天地，从祭坛往远处看去，山河广阔，一望无际。百官纷纷跪下，恭贺之声如潮水涌来，震耳欲聋。我心中一时震荡起来，好像天地山河，都囊入心底。

能让你不局限于一隅，能给你一片天地，能让你欣喜地成长，这才是一份好的爱情，应该有的模样。

我忍不住转头看他，他正好也转头看着我。周边明明人山人海，我和他却仿佛再看不到他人。

“此生有你，”他嘴角弯起来，声音淹没在百官朝拜声之中，我却听得无比清晰，“已无憾矣。”

我握着他的手，一一扫过那些熟悉的面容，温柔的言语，都模糊在了风里。

后来我想，其实我也不必多言，时光就在那里，为我低语。

此生有你，已无憾矣。

番外

牡丹成婚那天，凤楼众位兄弟很郁闷。大家在酒席上拼命给牡丹灌酒，将他整个人灌翻了以后，终于觉得稍稍解气。

他的新娘子叫夏萤，是个商场老手。平日很会说话，长袖善舞，左右逢源，但不知道怎么的，只要和牡丹在一起，她就会瞬间变成一只小白兔，没说几句话就红着眼眶，气鼓鼓地指着牡丹：“你……你……”

牡丹就得意看着她：“我什么呀我？”

然后小姑娘“哇”地大哭起来，牡丹立刻就跪了下去，抱着小姑娘的腿道：“我错了，别哭啊，我错了，都是我的错！”

之后牡丹就会来凤楼同众兄弟吹牛，说自己是如何将妻子治得服服帖帖，让她哭她就哭，让她笑她就笑。

凤楼早交给了天香打理，过去的兄弟大多入了朝堂，有那么几个没什么留恋，又无处可去的，就留在楼里帮着天香，调教着新进来的小倌，偶尔见到些看得过眼的女子，也会春宵一度，云雨一番。不过大家大多还都只是露水姻缘，真像牡丹这么正儿八经要成亲的，实在是太少。大家本就有些嫉恨，他还时不时过来嘚瑟一番，于是众人怀恨已久，成婚当天就把他灌醉了抬回新房。

凤三看着气得满脸通红的夏萤劝说道：“嫂子您别担心，牡丹哥酒量一向很好，平时和客人喝酒千杯不醉……”

“你们都出去！”饶是涵养再好的女子，听人提及这让人闹心的过往，都忍不住动怒。

夏萤红着眼睛把大家轰了出去，众兄弟们便起着哄，迅速离开，而后蹲在花园里，听着里面的女人哭喊：“牡丹你给我起来！”

“哎哟哟，疼疼疼……别拧耳朵！轻点轻点……”

“还喝酒吗？！”

“不喝不喝，哎哟，别掐！姑奶奶你放手……啊……啊啊！！”

听着房间里牡丹发出的惨叫声，所有人心满意足，拍拍手离开了。大家又喝了一阵，才各自回了各自的院子。

凤三是众人里面酒量最好的，打很多年前起，他的酒量就已是千杯不醉。他将兄弟们都安全送到了地方，就自个儿回了家去。

那天也不知道是怎么的，他突然就来了点情趣，自个儿在楚都的路上散步，瞧这满城寂静。

楚都的夜里很是安静，尤其是他们凤楼兄弟住的地方，都是有着宵禁的地盘。路上没有一个人，只有灯笼在夜色里泛着昏暗的光芒。月光凉凉地洒下来，落在青石板地面上，仿佛流水一样，波光荡漾，撩得人心里面有些犯痒。

凤三觉得有些疲惫，扫了扫台阶上的灰尘，转身坐了下来，看着月亮唱起小曲，声音沙哑撩人。

月亮旁边有一颗星星，每日都陪伴着它，无论是星光漫天的好时节，还是星辰寥落的阴雨天，只要月亮在，那颗星星必然是在的。凤三小时候就想，谁会像那颗星星一样，一直陪伴着另一个人呢？这世上所有的人都会别离，父母会离开，朋友会疏远，哪怕是曾经出生入死的兄弟，也会一个个有自己的家庭。

你十几岁、二十几岁的时候和一个人称兄道弟，吃在一起，住在一起，钱一起花，衣服一起穿，那时你们是感情好，是兄弟情深。

可假若你们三十多岁、四十岁、五十岁，还吃在一起，住在一起，钱一起花，衣服一起穿，如果不是龙阳之好，那一定有一方想要砍死对方。必然是因为其中一方没钱没家，死赖着不走，才有这样的局面。

每个人都会有自己的人生，这并不是谁薄情，只是人长大了，自然，就都成了独立的个体。

唯一能陪伴自己的，只有自己的爱人而已。只有那个人，可以毫无保留地入侵你的生活而不遭你厌弃，让你承担责任而不让你烦恼，陪伴你生老病死，哪怕你要入土了，还会想着要和她埋在一起。

牡丹已经有了这么一个人，可他呢？

凤三突然有了那么一瞬间的茫然。他长得漂亮，会哄人，来来往往，有过无数女子喜欢他。他想要谁喜欢自己，从来都没失手过，可他也清楚地知道，那些人里，没有一个真心地喜欢他。

如果他老了，丑了，她们大概看都不愿意看他。

这样呆呆地想着的时候，他耳边突然传来一声不自然的提醒："太晚了，回去睡吧。"

他颇为诧异地回头，看见旁边的树枝上倒挂着一个姑娘。那姑娘眉目清秀，一双眼睛澄澈见底。他认出来，这是舒城身边的那个影卫，影三。

他最近不止一次见过她，身为一个影卫，她却总是藏不好自己的行踪，出现在他面前，那简直是司马昭之心了。

他忍不住弯了眉眼，看着这个在夜色中贸贸然出现的姑娘，低笑道：“影三姑娘，你不守着皇后，却来守着我，皇后不管你吗？”

“我是带着公务过来的。”影三一脸认真。

凤三挑了挑眉：“什么公务能让影三姑娘查到我头上来？”

“主子说了，”影三说得特别郑重，“此番一定要将你带回去，把你哄着娶了，我才能接下一个任务。”

听到这话，凤三忍不住愣了愣。

影三接着道：“主子还说了，我叫影三，你叫凤三，咱们都是三，天生一对。”

凤三忍住了笑意，装作思考的样子，道：“似乎……颇有道理？那你现在在这里干吗？”

“你长得这么好看，走在路上被人抢了怎么办？”影三满脸郑重道，“我已经跟你一个月了，不差今晚。”

“好吧。”凤三叹了口气，站起来，“那我们走吧。”

影三没有回应他。

凤三一个人走在路上，心里却清楚地知道，影三跟在他身后，如同那陪伴着月亮的明星。

回到家，他忍不住开口：“你又能这样陪我多久呢？”

“主子说了，”影三的声音在夜里显得格外认真，“把你娶进门，下一个任务，就是陪你一辈子。”

凤三停住了脚步，他抬起头来，看见少女正蹲在房檐上。

于是他朝她招了招手：“下来。”

影三警惕地瞪圆了一双猫眼：“你想做什么？”

凤三轻笑起来：“亲你啊。”

后来过了些时日，凤三就向大家宣布，他要成亲了。他说这话的时候，郑参刚好从家里回来。他将药庐搬到了上官流岚的坟边，每日在那里就医问诊，开课收徒。

郑参进来的时候，上官流清刚好到了门口。她从轿子里出来，一派矜贵温和，她扫了旁边一眼，同郑参道：“郑大夫，我有话想同您说。”

郑参冷笑了一声：“我是来见我兄弟的，和大人没有什么关系。郑参不想，也不愿见您这种人渣。”

上官流清没有说话，面上依旧笑容温和。她旁边小厮激动起来，被她用扇子按住。

上官流清抬头看向郑参，神色坦然道：“我不过是来完成大姐的遗愿而已，郑大夫答应不答应，是您的事。”

“当年大姐同我协定，她会将上官家的毒瘤连根拔起，把一个干干净净的上官家交到我手里。作为对她的回报，我将迎娶你。”

“她说，她最大的愿望，就是希望你能当上上官家的主君。”

郑参没说话，全场一片静默。

就在所有人都以为他会拒绝时，他竟低头笑了起来，温柔地说了句："好啊。"

"可是——"他抬起头来，那双盲眼中全是温柔，"我要嫁给她，不是嫁给你。我要进你们上官家的族谱，成为她的主君。"

似乎没有出乎意料，上官流清点点头。

不日后，郑参与上官流岚举行冥婚。他穿着火红的喜袍，抱着挂着红布的上官流岚的牌位，举办了一场盛大的婚礼。当天晚上，他回了药庐，在上官流岚的坟边上，饮了一杯又一杯。

上官流清穿着水蓝色的袍子，坐到他身边来，自己给自己斟酒。

"郑参，"她开口出声，有些茫然，"你说爱一个人，会有相忘的一天吗？"

"不会。"

"如果不会，"上官流清低头瞧着酒杯里的人影，"我等又该，如何度过此生？"

郑参没说话。他慢慢睁开眼睛，他明明什么都看不见，却似乎是能看到一般，凝视着某个方向。

"流清，你是不是难过？"

上官流清不说话。

郑参接着道："你爱着欢喜吧？可你的爱来得太晚了，他和流岚一样，早已埋骨在黄土中。可是流清，这有什么好难过的呢？"

"流岚死了，可我活着，我知道我和她相爱，我用我的余生回忆她，爱她，好好生活。我有很多愿望和理想，人生从不止于爱情，而且我已经拥有爱情，这有什么难过的呢？"

"她活在我身边、我心里，我难过、开心，她都始终陪伴着我。我有什么话就和她说，等我老了，死了，黄泉路上，她也一定在等着我。所以流清，我们都是拥有爱人的人，你我有什么好难过的？"他站起身，拍了拍上官流清的肩，仿佛一个长辈一样，温和地说，"好好活着，你姐姐会一直等着我，欢喜也会等着你。我很庆幸，也很幸福，能遇到流岚，能得到她的爱情。"

说完，他喝完最后一杯酒，摸索着拿过青竹杖，敲打着，回了屋子。

上官流清沉默着饮下了杯中的酒。

过了些时日，凤三正式成婚。

成婚当天，众位兄弟玩闹着说要抛绣球，比武招亲。一圈人围着抽签，谁抽中了谁就去比武招亲。

当发现是温衡拿着最短的竹签时，所有人沉默了一秒钟。

牡丹道："这是注定嫁不出去的主儿啊，谁打得赢温衡啊……"

温衡微微一笑，没有说话。

凤三挥了挥手道："管他呢，反正大家就是看个热闹。"

说干就干，一行人隔了几天就在街上摆了擂台。温衡穿着华丽的黑衣，坐在二楼，含笑瞧着众人。那略带着书生气的精致相貌一出现，擂台就炸了，一个又一个人飞上来，一个又一个人被踢下去，擂台上乱作一团。

凤楼的兄弟们看戏一样拍手鼓掌："好好好，精彩精彩，好多年都没看过打得这么烂的比武了……"

擂台打了一天，终于来了些高手，众兄弟也没放在眼里。

本来擂台上只剩下三个人，局势也已经明朗，温衡正等着出手收拾最后一个结束这场闹剧，一个女子猛地被一个黑衣人踢到了台上。那女子翻身一滚，躲过了黑衣人追砍而来的一刀，一瞬间，擂台上就出现了十几个黑衣人，纷纷围住那女子。

"这是什么情况？"嗑着瓜子的凤三愣了愣。

影三看了一眼道："被追杀的。"

"哟，这姑娘挺眼熟啊。"牡丹咬着西瓜道。

夏萤瞧着他，宠溺地给他擦了擦嘴角，温和地说："别弄脏衣服。"

牡丹朝着夏萤挤了挤眼。

沈从皱起眉头道："这个，好像是武林盟主苏少沐。"

话音刚落，所有人齐齐看向了擂台。

"她一定要赢！"

"必须赢！"

兄弟们脑海中只有这一个信念。

而二楼的温衡看着被围困在擂台上的女子，慢慢收了笑容。他眼里有诧异，有惊疑，有慌张，有欣喜，一时所有情绪乱作一团，不知如何是好。

凤楼的人都悄悄靠近了擂台，将擂台悄悄封锁起来。所有黑衣人只要一离开擂台，他们立刻把黑衣人扔回去！

不能离开这个擂台，一定要帮助苏少沐在擂台上打赢！

于是在重复了十几次把黑衣人抓起来，殴打半残，扔回去的行径后，苏少沐手执长剑，站在横七竖八的尸体间，喘着粗气，成为唯一的赢家。

而一开始剩下的三个高手，早就被这血腥的场面吓跑了。

苏少沐喘着粗气扫了一眼四周，这时候，一个面容俊美的黑衣男子从二楼翻身而下。

高手，这是个顶级高手。

身负重伤的苏少沐看着那人朝她走来，捏紧了剑。

那人走到她面前，停下步子，看着她，脸色变了又变。

他长得太好看，似乎是很多年前，她就已经遇见过他，只要再见，就无法忘怀。

苏少沐呆了呆。

温衡似乎是下了很大的决心："推我一下吧。"

苏少沐：“……”

温衡拉起她的手。他的手冰凉而宽大，苏少沐还在愣神，他已拉着她的手往自己胸前一推。一瞬间，温衡似乎是被一道巨大的力量推了出去，直接摔下了台子！

牡丹赶忙一手捞住他，咬着牙低声在温衡耳边道：“这出戏太浮夸了！”

温衡面色不改，抬起头来，看着台上惊呆的苏少沐，艰难地说道：“阁下果然好武功，温衡愿赌服输。”

苏少沐还是一脸蒙的。

也就是这瞬间，周边响起了欢呼声，所有人拍着手道：“成亲！成亲！”

苏少沐回神，终于发现了不对劲。

她环顾四周，发现自己站在一个擂台上，周边围了一圈笑眯眯的男人。紧接着，她就看到这个台子旁边挂着一个巨大的条幅，上面写着“比武招亲”。

她心下一慌，忙道：“诸位，这是个……”

“苏少沐。”话音未落，方才那被她轻轻一推就飞到了台下的黑衣男人瞬间就出现在她身前，揽住了她的腰，将她所有的言语堵在了唇边。

他那么认真地凝视着她，让她不由自主地想起漠北皑皑白雪。明明她不记得自己去过漠北，明明不记得自己见过这个男人，却觉得无比亲切。

“我们成亲吧。”

那个黑衣男子似乎是用了莫大的勇气，才道：“如果你未曾来，那我不会招惹。可你既然来了，我就不会让你离开。”

苏少沐没说话。她呆呆地看着那个男人，突然觉得，娶了他，似乎也是一件不错的事？

直到晚上拜堂的时候，苏少沐也没怎么搞清，到底发生了什么事。

等她带着温衡回家，便听到所有奴仆跪在地上喊：“主君好！从此我等听从主君差遣，主君喊东绝不往西，主君打盟主我们递鞭子。”

那个男人温和地笑着说了句：“众位多虑了，我打她怎么需要鞭子呢？”

她心里那种诡异感更甚了。

后来她抱着孩子和刚刚帮她清理完马贼的温衡聊天，她说道，她觉得他们的爱情实在是太离奇、匆忙、不慎重。

温衡微微一笑，抹干净脸上的血，低头亲了亲她。

“这大概，就是上天注定的因缘吧。”他说。

天注定的因缘，哪怕我离开你，哪怕你忘记我，哪怕我们各奔东西，兜兜转转，你总会回来，出现在我的生命里。

沈从站在旁边，看着温衡，微微一笑。

“看来温衡哥不需要我们相助，那阿从先行一步了。”

说完，他带人策马离开。

捕风捉影

麦小冬·著

编辑推荐:

京中闻生古怪命案，血洞、兽爪、凌乱的脚印，众人纷纷猜测，凶手是……狐妖！

副史大人还没来得及拍惊堂木，竟有“狐仙”自动送上门！

不为自首为……帮忙破案？萌捕查案，一不小心抓回个蠢萌“狐狸精”！

她一心学探案，每天跟着团团转，他一心找玉枕，时不时的就来撩下妹：

“等等，我看到你眼睛里有……”

“什么？”

“哦……有我。”

喂！这么撩妹犯规的啊！

自那日酒后误吐真言，被欺压已久终于觉得能翻身了的姑娘开始扳手指数：“从现在开始，你只许对我一个人好，要宠我，不能骗我，不许骗我、骂我，要关心我……”

忍无可忍的副史终于打断：“阁下何不同风起，扶摇直上九万里？”

“……什么意思？”

“你咋不上天呢？”

当身世成谜，杀机四伏，她为给他一线生机，不惜以身犯险，亲引杀手，他却在危急时刻及时赶到，替她挡去致命一刀。

“这一刀你打算怎么还？”他温柔撩妹。

“……你想让我怎么还？”她小鹿乱撞。

“以……三厘的利息，按月还银子吧。”

喂！以身相许才是正确的展开方式好吗！

○第一章　白狐凌波

冬日里的第一场大雪过后，城中出了桩蹊跷的命案，一时间流言四起。

案发现场除了血洞、兽爪和凌乱的脚印，一无所有。

雪还在下，万寒旌一边往提刑司走，一边将身上积的雪掸落，他几乎可以想象到，明日民间的传言会有多么离谱。

自数月前圣上命人四处找寻古画上那只离奇消失的狐仙起，各地都发生了离奇的命案。传言死者生前都曾说过对狐仙大为不敬的话，因此狐仙才从画中出走，亲自教训那些人。

谁知万寒旌还没走到提刑司，已有人寻过来，见着他时脸上的惊骇之色还未消：“禀……禀告副使，狐仙抓到了！”

圣上那幅古画一直悬挂于他的寝宫之中，除了贴身太监，连一般妃嫔都不曾见过，万寒旌自然也不可能见过。但数月前画上的所谓狐仙离奇消失之后，各地都收到了狐仙出走后那幅画的拓本，当时张聪还特意叫万寒旌一同看过，可画上只剩下雪地和枝头的蜡梅，如同一幅还未画完的画，又怎能从中窥得狐仙真容？

没想到命案刚出，就有百姓自发抓来了一名女子，虽说是抓，大家对她倒也颇为礼遇，连“狐妖”都不曾唤一声，人人称之为“狐仙”。

提刑司正史张聪将画卷拓本递给万寒旌，示意他再看一次。虽然这样的画再看多少次，都不会有什么新的发现，但万寒旌还是接过来，只瞟了一眼便望向堂中伫立的女子。只见那女子浑身白毛紧裹，头上还戴着顶灰棕色毛帽，面容清秀，说不上艳丽，眉宇间也并未有何缠绵魅惑之意，反倒有几分英气，一双明亮清澈的眼睛就这样坦然地迎接万寒旌的注视。最后，居然是万寒旌先收回目光。

事情尚未定论，其实不好将人扣押在此，更何况若她真是所谓狐仙，也困不住。张聪看了一眼万寒旌，示意他问话。

但这话该怎么问？万寒旌尚在斟酌，那女子已经主动开口：“不知民女所犯何事，竟劳动臬司大人亲自审问？”

她的声音清脆爽朗，并无丝毫扭捏。万寒旌微笑起来，道：“你是何人？为何被人送至我提刑司？这些你都不曾交代，反倒问起臬台大人来，本官竟不知还有这等道理。”

听完这话，女子也笑起来，道：“不知大人以为民女为何人？”

头一次遇到被审问还能如此从容之人，偏还是个女子，万寒旌放松了身子靠在椅背上，眯起眼睛看着那女子。若不是他从不信鬼神之说，真会以为她是那所谓狐仙了，否则一般女子遇见这种事，早吓破了胆，哪还会如此淡然？

张聪显然有些犹豫，三次五番看向万寒旌，万寒旌只得倾身过去附在他耳边轻声说了句：“还需斟酌。”

这不是废话吗！张聪白了他一眼，万寒旌摊手表示：您身为正史都没法子，我区区一介副使又能有什么办法？

许是他们眼神交流的时间过长，堂中那婷婷而立的女子居然不耐烦起来，英气的眉头一皱，问道：“你们打算从何处着手侦查此案？”

万寒旌一愣，再望过去，顿时觉得那女子……不似起初看到的那样英姿煞爽，还显现出一种稚气未脱却强装英华内敛的样子。

“死者侧喉处那两个血洞，难道你们以为是凶器留下的伤口？难道不觉得像是兽齿印？”那女子一副恨其不才的模样，“凶案现场都有那么明显的兽爪痕迹，为何不见你们封山？”

这……连张聪都觉得费解，提刑司尚且还未有所定论，身为嫌犯，她反倒先着急起来，也不像是着急给自己洗清嫌疑的样子，怎么看起来还有点……兴奋？

万寒旌已经彻底了然，忍着笑意问道：“你究竟是何人？”

终于问了啊……女子一副“其实不想告诉你”的模样，万般不情愿地自报家门道：“顾凌波。”

回答得还真简洁啊，万寒旌摇了摇头，那顾凌波还在追问：“你们打算从何处开始查起？再这样拖延下去，雪地上的痕迹都会被新雪遮盖住，到时还怎么取证？”

万寒旌再次摇了摇头，张聪已经听不下去了，留下一句“你全权处理”便起身离去。

顾凌波一愣，疑惑道：“这……这就审完了？”

“未曾。”万寒旌温和地问她，“姑娘还有什么想审的，不妨一次说出来，小民也好一一禀告。”

他如此一说，顾凌波便闹了个大红脸，终于意识到自己的话不太妥当。

万寒旌不再理她，叫人来吩咐道：“把人带下去，传那几个将她擒来之人。”

此话一出，顾凌波立刻发作起来，她几下甩开奉命前来将她带走的几名粗壮大汉，眼看就要朝万寒旌扑过来，然后……

被撂倒在地上。

她仰倒在地上，双眸中尽是难以置信。万寒旌先将捉住顾凌波右手手腕的手递出去，立刻有人上前来接应。可顾凌波哪肯就范，挣扎着想脱身，但她明显低估了眼前这位说话温和，总一副笑脸模样的副使。

万寒旌几乎毫不费力就将人递了过去，嘴角还噙着笑，感叹道：“姑娘这方向感不太好啊，怎么总往本官怀里钻？弄得本官都要不好意思了。”

嘴里说着不好意思，做的事却好意思得很，顾凌波还要说话，他直接上手在她哑穴上一戳……

……

人终于被带下去了，一直站在万寒旌身侧的衙头施人仰就上前来准备把在凶案现场发现的事同他说一遍，然而此刻万寒旌并没有听他说话的打算。

万寒旌托着下巴眯起眼睛望着方才顾凌波被带下去的方向，一副十分满足的样子。

施人仰一肚子话顿时被堵在喉头，半天才憋出一句：“副使年轻有为，其实早该娶亲了。”

万寒旌似乎并没听进去他的话，只是在被他忽然出声打断了思绪后，唤人过来淡淡地吩咐了句：“守夜的人手再减几个，放她走，记住，小心点，别被她发现了。”

来人领命而去，施人仰问道：“副使的意思是……”

万寒旌微不可见地点了点头。

事情得从六日前说起。

腊月里第一场雪悄悄地落了一夜，积了一寸多厚，白花花的刺眼睛。

就在这雪夜，城中竟然出了桩命案。

豆腐铺的老张鳏居多年，前阵子总算攒够老婆本，打算再次娶亲，谁知就在娶亲前这几日出了事。

即将过门的老张媳妇李氏这日来铺子里帮忙，小铺开摊早，李氏映着雪色就过来了，来时连六姑娘都还没开摊儿，整条东街就只有老张这一家铺子开了门。许是起得太早，老张趴在屋外的桌上小憩，李氏心疼她男人，并没有吵醒他，悄悄把活都干完了，等到天彻底亮起来，东街所有的铺子都开门了，老张还趴在桌上。豆腐铺也开始忙起来，李氏一个人忙不过来，就去叫醒老张，结果手刚推过去，老张就侧着倒了下去。

老张那位即将过门的媳妇哭得差点晕过去，好歹被人劝住，回屋子里歇息去了。

老张的尸身还躺在他倒下去的地方，仵作正在忙活，万寒旌走近时他头也没抬，直接开口道："妙哉，妙哉！"

仵作邱奎子真是个妙人，素日无事时，他总一个人缩在角落里，一副生人勿近的模样，一出命案就比谁都精神，提刑司里没一个人和他要好，说起来……万寒旌是他唯一一个愿意跟他打交道的活人。

这种另眼相看好像也不是那么让人感到愉悦。

底下的人已经在朝万寒旌使眼色了。

这群没大没小的家伙……

万寒旌先看了李氏的口供，说是两人原本定在今日成亲，谁知黄历上今日不宜嫁娶，只得延期，但黄道吉日还没挑好，老张豆腐铺又忙，于是她也顾不上还没成亲，经常过来帮忙。

这口供一看就有问题，挑成亲日前最先看的就是黄历，既然黄历上说今日不宜嫁娶，又怎会原本定在今日成亲？

但人都已经哭晕过去了，身为一个怜香惜玉的副使，万寒旌决定先去看看尸身。

邱奎子指给他看："除了侧颈这两处明显的血洞，尸体上并无其他外伤，且全身已无一滴血，尸身周围的雪地上却毫无血迹。"说完，他兴奋地抬起头，看向万寒旌，"你说妙不妙？"

果真是……妙。

万寒旌蹲下身子去查看，雪地里非但没有血迹，尸身周围除了右侧明显的女人脚印，别无他物。

邱奎子顺着他的目光看向那些反复凌乱的女人脚印，很快补充道："和李氏的绣花鞋比对过，一样。"

他只说"一样"，并没说"是她"，万寒旌点点头，目光再次落在老张侧颈那两个突兀的血洞上。

"还有一处。"邱奎子抬手指了指老张原本趴着的那张桌子，"来看看，十分有趣。"

桌上居然有雪水融化的痕迹，看形状……兽爪？

还真是十分有趣。

万寒旌站起来，习惯性地伸出食指点了点眉心，身后忽然传来熟悉的笑声，他循声回头，果然见施人仰踏雪而来。

"请副使安。"施人仰懒洋洋地行了个礼。

万寒旌眯起眼睛道："你的日子过得比本副使还逍遥啊。"

施人仰谦虚道："哪里，哪里。"

万寒旌已经一脚踢过去，刚好落在他大腿处：“这里。”然后腿放松下来，又一脚踢在他小腿处，“还有这里。”

施人仰连忙作揖：“息怒，息怒。”

邱奎子已经验完尸，就像完全没听见他们闹出的动静，收拾着他的箱子准备离开。万寒旌见他准备离开，就上前拍了拍他的肩，可他什么反应都没有，径直就走了。

施人仰素来和邱奎子不对付，装作什么都没看见，待他走后才问万寒旌：“听说张臬台一早就来了？亲自过问这桩案子？”

“看看。”万寒旌将李氏的口供递给他。

东街除了老张的豆腐铺，其他店铺都已经陆续打烊了，这里出了命案，生意自然好不到哪里去，六姑娘看门庭冷落，也早早地收了摊。老张的尸体被邱奎子带走，现场其实没什么可看的了，但万寒旌照例是要在凶案现场再待会儿的。

雪还在下，飘飘扬扬落在之前踩出的脚印上，不多久便将原先的脚印全覆盖住了。施人仰看口供看得很慢，越看眉头锁得越深。等他看口供的当口，万寒旌只觉得腹中饿得难受，可惜六姑娘已经收摊了，他只得站在原地搓了搓手，道：“现在可知道，为何张臬台会亲自过问这桩案子了？”

施人仰放下口供，叹了口气，道：“看来上头给臬台大人很大的压力。”

万寒旌幽幽道：“所以你要抓紧时间。”

“我？”施人仰诧异道，“关我何事？”

“食君之禄，担君之忧，应该的。”万寒旌拍拍他的肩，“你有什么没想明白的地方大可留在这儿再仔细看看，我还有事先走了。”

施人仰：“……”

顾凌波被带走之后，施人仰又去了一次东街，回来后万寒旌问他：“现场有何发现？”

他问的是有何被刻意掩藏，却难逃施人仰法眼的新发现。

施人仰答得痛快：“老张就是在豆腐铺被杀的，但不是在李氏发现的那张桌子前。另外豆腐铺还搭配卖豆花、包子等，我仔细看过，蒸笼里的包子、馒头都还是热的。”

不出意外的话，老张应该是在蒸笼旁被杀的，凶手显然力气很大，至少老张被杀之后并未落地，而是直接被凶手移至桌前，并且这些都是单手完成，另一只手必须压制住伤口，不让血流出，否则不可能做到雪地上毫无血迹。

这些必须是一个力大无穷且思维缜密之人才能做到的，偏偏雪地上并无男子脚印，也难怪有人会以为这是狐仙手笔。

可是无论是大力男子还是所谓的狐仙杀人，怎么会动到蒸笼呢？

万寒旌摩挲着藏在宽大衣袖里左腕上的那串菩提子，问道：“蒸笼中可还有其他发现？”

“李氏的口供中提到在发现老张死前铺子还没有开张，也就是说没有卖出去任何东西，既然如此，蒸笼里应该还是满的，我打开看过，确实是满的。但其中两个馒头上有奇怪的压痕，像……”施人仰细细想了想，然后才道，“是玉枕。”

原本还只是像，末了却断定是玉枕压出的痕迹，万寒旌挑眉道：“凶案现场并未发现玉枕。”

"知道。"施人仰再次细想了一下，才断言道，"我将蒸笼里的馒头、包子移开后，查看过里布上的痕迹，下沉褶皱部位不足一尺长，同等尺寸的物件，若是木箱或其他重物，不会压出那样的痕迹，馒头上印出了花纹，铺子里打豆腐的所有工具我一一比对过，皆不吻合。"

"何以见得一定是玉枕？若是瓷质也能压出同样的痕迹。"

这次施人仰没法再拿出什么证据来，只能答道："直觉。"

和他共事多年，万寒旌深知有时候直觉是比所谓的证据更加难得的破案技能，他的本事万寒旌再了解不过，所以愿意相信他的话。但万寒旌愿意相信并不代表所有人都会相信，直觉毕竟不能代替证据，不能仅凭他的直觉去全城搜查一个玉枕。且就算是玉枕，也有许多说不通的地方，譬如玉枕并不能制造出尸身上那两个血洞来，且沉重又易碎，凶手为何要在杀人之时带上这么个累赘？还特意藏在蒸笼中？杀人之后又将它带走，看起来就像是特意带它来见证什么一样。

"这几日你去各大点行当铺走走，"万寒旌伸出食指点了点自己眉心，"若是有人最近点当过相似尺寸的玉枕，记得问出当价。"

是夜，顾凌波果然逃走，万寒旌听到下人禀报之时淡淡一笑，案前的蜡烛已快燃尽，他怡然起身，对待命的众人道："今夜就到这儿，都回去歇息罢。"

万寒旌走出提刑司时已经是亥时一刻，雪已经停了，提刑司大门前的积雪也已被人扫尽，只是冬夜风凉，他忍不住裹紧外袍，提着灯笼绕到顾凌波逃走的地方仔细看了看，积雪还在，却并未留下脚印。

他直起身子来，眯起眼睛又站了一会儿，然后才慢吞吞地转身往回走。整个提刑司只有一处还灯火通明，他直接朝那处走去。

验尸房。

邱奎子似乎料定万寒旌会来，炉子上还煮着什么，万寒旌推门进来只觉香气扑鼻，邱奎子招呼道："来得刚好，一起吃？"

万寒旌探头去看，原来是一锅羊杂烩。

能在验尸房里吃得下羊杂烩的人，除了邱奎子大概不会再有第二个人了。万寒旌虽腹饿难耐，到底还是摇头拒绝了，只给自己倒了杯酒，然后在桌边坐下，缓缓问道："忙活了一日，可有发现？"

"侧颈那两个血洞就是致命伤。"邱奎子含糊地说了一句，然后将嘴中的食物囫囵咽下，又道，"准确地说，应该是其中一个血洞是致命伤，另一个血洞是人死之后才钉上去的，深度不一，证明下手的力道也不同。另外，两个血洞我都仔细查验过，致命那个内有锈迹残留，凶器应当是铜钉，死后钉上去那个却并没发现锈迹，因此造成这两个血洞的，不是同一枚铜钉。"

万寒旌喝了口酒，点点头，道："我亦仔细查看过，现场并未发现铜钉，此案必定是人为，且死者所坐的那张桌上有一枚铜钉与其他的不同，明显是新钉上去的。"

"除此之外，死者身上再无其他外伤，验过腹中肝肠，也无中毒迹象。"邱奎子吃得起劲，说得平缓，"死因简单，没什么意思。"

"再无其他发现了？"

邱奎子摇头道："死人能告诉我的，就这么多。"

既然话已经说完，万寒旌真是一刻也不想在此多待了，他直接起身，道："既如此，我就先回去了，你慢慢吃。”

邱奎子抬头看他，没什么诚意地挽留：“不留下吃点？”

万寒旌一脸嫌弃地摇头，转身就出去了。

看来死因和施人仰提到的那个玉枕并无关系，万寒旌只觉今日所做皆为无用功，看来黄历上说得很准，今日并非黄道吉日。大早上出命案，害得他没吃着六姑娘的阳春面，抓来个嫌犯又不靠谱，好不容易有点发现，居然还与命案无关。末了那位不靠谱的嫌犯逃走还比他预期的晚了整整一个时辰，害他干饿到现在，当真是诸事不宜。

屋子里凉飕飕的，万寒旌回来晚了，因素日里御下甚宽，底下人也随意惯了，这会儿回来晚了连个替他烧盆炭火取暖的人都没有，他只得自己动手，好半天屋子里才有了点暖意，还得撸起袖子自己煮面。总归是没能拿出像样的月例给下人，素日里万寒旌也甚少使唤他们，这间屋子上一次有客来访还是去年三月，那时施人仰第一次登门拜访，结果到了日中还是由他这个客人掌勺，做的是他登门之时带过来的那条桂花鱼。

万寒旌一边煮面一边想，怪道那家伙会说，副使早该娶亲。平素闲暇之时，早点从提刑司出来，随便找处地方果腹，再回屋子里歇息倒也不觉得，当真忙起来之后，得自己动手煮面不说，夜里连个说话的人都没有，想想也是有点心酸。

可若是娶亲，什么样的女子能和他搭上话呢？万寒旌将他认识的女子一一在脑子里过了一遍，最后神奇地想到了今夜从提刑司逃出去的那个嫌犯顾凌波。

她眉宇间一派正气，若非衣着服饰上多有狐毛，其实很难让人将她与狐仙联系在一起，不说话时还有点聪明样，一开口便能让人看出来，其实就是个傻丫头。这样一个姑娘怎么会和命案有牵扯？

想到这里已经完全偏离娶亲之事，万寒旌故意放走她，其实是为了求证一件事。若她没法子逃走，至少能证明她并非狐仙之流，否则区区一扇牢门又怎能将她困住？可偏偏她真逃出去了，且没留下一点痕迹。

老张豆腐铺周边的雪地上也没留下任何痕迹，从这一点来看，顾凌波确实有犯案之嫌。但她若真是凶手，又怎会被几个普通老百姓轻易捉住送来提刑司？

等等……雪地！

已经吃完面躺在炕上的万寒旌猛地坐起来，雪地！方才他在验尸房时，邱奎子只提到死因，并没提到死亡时间。从李氏到达豆腐铺，到发现老张死，口供里提到过，约莫有一个时辰之久。腊月寒冬，一个时辰当然足以让尸身僵硬发凉，但若老张早在李氏到之前就死了，在这寒冬腊月也能让尸身保持不腐。

这几日雪一直下，直到半个时辰前才停，若老张真正的死亡时间早于预期，那么凶手杀人时不一定一点痕迹都未留下，很可能是被新雪覆盖了。也就是说，等雪融化之后说不定会有新发现！

想通了这一点之后，万寒旌终于打了个哈欠，重新躺下，很快就开始扯呼了。

第二日一大早，万寒旌就敲开了验尸房的门，邱奎子昨夜热锅配酒，一醉到天亮，他推开门时只觉酒气扑鼻，缓了好半天才走过去把人揪起来，问道："老张是什么时辰死的？"

邱奎子还处于半清醒状态，却张嘴就答："腊月初二亥时到子时之间。"

果然如此。

万寒旌恨得牙痒痒："昨夜为何不说？"

邱奎子拂开他的手，躺回床上翻了个身才答道："因为你没问。"

这家伙……不过好在终于理清了头绪，万寒旌片刻都不想再在这里待了，很快摔门出去，正巧碰上寻到这里来的施人仰。

"可是查到相似的玉枕了？"万寒旌问。

"就在东街巷口往北方向，第三家德恒当。不是相似，我能肯定案发时放在蒸笼里的那个玉枕就是我找到的这个。我已将有印痕的馒头和玉枕上的花纹做了比对。"施人仰的样子倒不像奔走了一夜，看起来还挺精神，"所当玉枕也已命人送去给臬台大人过目了，现在当铺的掌柜已被张臬台传至了提刑司。"

万寒旌边走边问道："你可查看过玉枕？有何不妥？"

"我已查看过，是整块暖玉雕刻而成，雕工精细，玉色晶莹，温润如脂，触手生温，还有……"施人仰顿了顿才接着道，"玉枕上雕刻之物……为龙。"

张聪看到这个玉枕之后本能地眼皮一跳，双眼死死地盯住玉枕内壁上的龙纹，半晌都没出声，脸色渐渐沉下来，看不出是何情绪。

德恒当的掌柜已经吓得开始哆嗦了，跪在地上不停喊冤，张聪抬头看他，喝道："冤枉？本官还没问话，尚未断案，你怎知会冤枉你？"

掌柜这下连冤都不敢喊了，浑身发抖地跪在堂中。这时万寒旌走进来，视线第一时间落在那个玉枕上，张聪暗叹一口气，别开头，无奈地摸了摸鼻子。

来时路上，万寒旌已从施人仰口中得知，这个玉枕与他在蒸笼里布上发现的压痕弧度完全吻合，可以断定案发时藏在蒸笼里的那个玉枕就是眼前这个。

万寒旌伸手在玉枕上摸了摸，果真是块好玉。他眯起眼睛细细地看了看龙纹雕饰，总觉得曾在哪里见到过。张聪此时已经开始发问："这玉枕是何人所当？"

掌柜的连忙将当票票根呈上，张聪只看了一眼，便递给了万寒旌。万寒旌接过来一看，票根上典当人处赫然写着一个眼熟的名字：顾凌波。

居然是她。

张聪咳嗽一声，放轻声音对万寒旌道："放走她意欲何为？"

万寒旌亦放轻声音答道："查清她的来路。"

他办事素来稳当，张聪也照例放手让他去查，当下便起身道："本案既已有眉目，便交由万副使负责。"

万寒旌看了他一眼，用眼神表示：臬台大人您这么做不太好吧。

张聪笑笑，同样用眼神回答：本官素来知人善任，好好干！

然后英明神武、知人善任的臬台大人就这么走了……

万寒旌叹气，只得继续问案："票根上写她只当了十两银子？"

这样一个玉枕，无论如何也不会只值这么点银子，施人仰站在一侧旁听，也在细细观察掌柜的表情。

此问一出，掌柜的立即解释道："小当典当过无数珍玩，当然能一眼看出这玉枕是个稀罕物，草民当时本想开个死当，出价颇高，奈何那位姑娘死活不肯，说是祖传的宝物，只是最近手头紧，需要些银两周转，这才来当的，她还在票根上注明了，十日之内必定来赎，若超过十日，这玉枕便成死当了。"

万寒旌低头再次看向手中的票根，果然如掌柜所说。

典当之日是冬月廿八，也就是说，最迟三日之后，顾凌波一定会去德恒当赎回玉枕，这……万寒旌扶额，若她真是凶手，必定是史上最容易落网的凶犯了。

掌柜的被放回去，万寒旌命人着常服随他一同守在德恒当，等着顾凌波上门去赎东西。人走干净了，施人仰才走至万寒旌身侧，问道："你真以为那顾凌波是凶手？"

万寒旌不答反问："依你所见，是不是她？"

施人仰直言答道："非也。"

"掌柜的说谎？玉枕并非她所当？"

施人仰摇头："非也。"

堂内只剩下他二人，堂前之门大开，凉风习习，万寒旌身穿官袍，其实并不十分保暖，此刻已冻得有些流鼻水了，偏施人仰还问一句答半句的。他靠在椅背上，把指节捏得清脆直响，道："你是不是骨头松了？我替你紧紧？"

施人仰面无表情道："副使有这闲工夫还不如擦擦鼻水。"

万寒旌："……"

这家伙当真是骨头松了，明显在找揍。万寒旌刚准备动手，就看施人仰做了个"暂停"的手势，原本他打算继续，但这回施人仰已经开始说正事："玉枕确实是曾被放置案发现场蒸笼里的那个，德恒当掌柜的也并未说谎，票根是真的。但那顾凌波并不是凶手。"

这鬼天气……鼻水都要冻成冰了，万寒旌从袖袋里取出一方帕子，仔细将鼻口擦拭干净，才道："我在她发尾撒了些蜜粉，她逃出去已差不多有一日，也该出来活动了。"

施人仰还是面无表情道："那是邱奎子的事，我回去睡觉了。"

万寒旌也起身，道："你还在记恨他当年点破你替嫌犯掩饰之事？"

"想必他也还在记恨我当年将他到手的尸体救活之事。"施人仰淡淡地回答。

"罢了……"万寒旌率先往外走，"我也不必再去和稀泥，横竖是和解不了了。"

这次他并没有等来施人仰那句"非也"。

二人走出堂门后，分道扬镳。施人仰回自己屋子补觉去了，万寒旌又去了验尸房。验尸房内还是酒气熏天，好在尸体已经被运去义庄，邱奎子还在扯呼。

他一脚踢过去，捂住鼻子唤道："酒囊子，日上三竿了还不起来？"

邱奎子被踢醒，翻了个身打算继续睡，这次万寒旌直接将他扯起来，道："别睡了，有正经事。"

原本还一脸睡意之人闻言立即瞪大眼睛看着他问道："出命案了？有新尸体？"

半天万寒旌才憋出一句："并无。有名嫌犯要追踪，我已在她发尾撒了些蜜粉……"

话还未说完，邱奎子已经推开他的手，再次躺回去。

万寒旌刚要发作，就听他打了个响指，然后就听到他存放那些瓶瓶罐罐的地方发出一声细响。

一团昏黄之物忽然从墙角蹿出来，差点直接跳到万寒旌的身上。

万寒旌大喝一声，那昏黄之物才勉强停住。侧躺着的邱奎子发出一声嗤笑，道："阿黄，好好替副使大人抓嫌犯去吧。"

万寒旌牵着黄狗出来的时候，头痛万分，阿黄的脾性和它的主子一样，成天垂头丧气的，唯一不同的地方在于……邱奎子见到死尸才兴奋，阿黄好打发许多，两个肉包子就成。

所以他还得先绕道去包子铺买包子贿赂这条贱狗。

谁知刚走到巷尾，就看到了一个熟悉的背影。

顾姑娘，您可真是史上最好找、最好抓的嫌犯啊。万寒旌索性直接松开牵住阿黄的绳子，那家伙果然不顾顾凌波身上的蜜粉香味，直接奔向了包子铺……

万寒旌认真地考虑了一番，决定回去之后建议邱奎子夜里炖个狗肉锅子。顾凌波的动作十分轻盈，地上的残雪上几乎没有留下完整的脚印，万寒旌始终和她保持着一段安全的距离，隐藏得很好。

顾凌波这次出来，就是为了把那十两银子花掉的。她来的这条路万寒旌很熟，几下就从小路绕过去，躲在暗处看见她从怀里掏出十两银子来。顾凌波对面站着的几个魁梧大汉，赫然就是前日将她抓至提刑司的那几个人。看这情况……万寒旌心里有种不太妙的预感。

果然听见顾凌波道："辛苦几位了，这是说好的十两银子，你们自己去分吧，多谢啦！"

那几个大汉将银两接过去，颇为豪气地拍拍胸膛道："姑娘客气，下回再有需要，只管开口便是！"

万寒旌摸了摸自己干瘪的钱袋，严肃地思索自己是否有必要转行。

将银两送出去后，顾凌波像是有些懊恼的样子，告别那几位演技上佳的托儿之后，避开大路，走小道出了城。

刚出城，天又开始下雪，雪地本就难行，顾凌波反倒比之前走得更快，不多时便走进了山林中。万寒旌不敢追得太紧，又怕她跑了，追得很是吃力。就在这时，顾凌波忽然将食指屈起放至嘴边吹了一声，万寒旌心里一惊，一阵疾风闪过，只见一只吊睛白额虎不知从何处蹿出，猛地朝她扑过去。

山林中不易藏身，万寒旌为避免被顾凌波发现，稍隔了段距离，此刻要救也来不及了，但他毕竟不忍，刚准备出手眼前忽然一花，那顾凌波果真是身子灵巧，不知怎么的，竟被她躲过去了，三次五番下来，那吊睛白额虎已有些气喘。万寒旌心中顿时有数了。

原来她是有意引出这只虎来，却不知意欲何为。

顾凌波确实是有意引出这只虎，图的就是它身上那张价值连城的虎皮。

不多时她便将那猛虎放倒在地，只见她从腰间摸出把似刀之物，又比刀略小，忙活了一阵就剥出一张完整的虎皮来。万寒旌有些看傻眼了，还真是人不可貌相啊。

顾凌波既然有意剥了这身虎皮，显然有办法脱手出去，万寒旌不再跟着她，待她走远了才动身往回走。

不难推测，顾凌波弄到这张虎皮就是为了筹银两去赎回那个玉枕。

施人仰断言她不是凶手，可种种迹象都表明她与此案脱不了干系，然而今日意外撞见的一切又让万寒旌明白过来，那些原本指向她的线索全是她自己搞出来的，虽然不知她是出于何种目的这样做，但她是凶手的可能性确实不大。

但是玉枕确实是她拿去典当的，施人仰在蒸笼里所发现的压痕也与那个玉枕的纹路吻合，这又如何解释？

一路思索着回了提刑司，一不留神就到了验尸房。

邱奎子已经醒了，正在炖锅子，阿黄缩在他脚边舔毛，万寒旌嫌恶地看了他们一眼，道："还真是什么人养什么狗。"

邱奎子不以为忤，抬头道："看来没有阿黄，你也找到了那名嫌犯，还真是没有咱们万副使找不到的姑娘，啧啧。"

"依你看，老张之死除了那枚致命的铜钉，还会有其他凶器吗？"万寒旌就像没听见他说的话一样，在锅子前坐下，问道，"有没有可能是一个玉枕？"

"怎么可能？"邱奎子一副"你疯了吗"的表情，看疯子似的看着他，"看来下次给阿黄煎药的时候也得给你来一碗了。"

万寒旌知道他素来不喜人质疑他的验尸结果，便岔开话题问道："你怎知我找到了那名嫌犯？"

邱奎子道："在你身上闻到了蜜粉香味。"

"看来下顿可以吃阿黄了。"万寒旌笑言，"你的鼻子已经比它灵多了。"

"谁能跟我的阿黄比！"邱奎子语气严肃起来，"你只顾追姑娘，阿黄却发现了另一个人身上的气息。"

万寒旌立即挺直了腰背问道："何人？"

"阿黄和你分开后，先去了老张的豆腐铺，而后又去了德恒当，围着掌柜的和他的小儿子狂吠不止。"邱奎子从锅里捡了块骨头扔到阿黄面前，"你来之前它刚被施人仰送回来。"

万寒旌闻言脸色大变。

邱奎子爱怜地摸了摸阿黄的头，温柔地命令它："咬他！"

万寒旌落荒而逃。

阿黄去老张豆腐铺是顺着邱奎子验尸时它闻到过的老张的气息跑过去的，这还能说得通，但它而后居然又去了德恒当，德恒当的掌柜来提刑司时，无论是邱奎子还是阿黄都不曾到场，它去德恒当只可能是一个原因：那里也有老张的味道。

○ 第二章　案中之案

施人仰对邱奎子有诸多看不惯的地方，其中最不能忍的一点是：他居然就这么住在了验尸房里！

对此万寒旌倒是替邱奎子说了句话："之前提刑司中是没有独立的验尸房的，现在这间原本是臬台大人分给他的住处，他都不介意用来验尸了，你有什么意见？"

意见自然是没有，施人仰只是觉得费解："成日跟尸体和那条其貌不扬的黄狗待在一处，他是怎么活下来的？"

这次万寒旌只是摸了摸鼻子，然后忽然想起什么来似的，问道：“奎子说阿黄是你送回去的？”

“那条黄狗冲着德恒当的掌柜和他的小儿子狂吠不止，人家差点报官，幸好我在。”施人仰一副挺不甘心的样子，“谁知将它送回去，邱奎子连声谢都不曾道，果真是什么人养什么狗！”

万寒旌告诉他：“阿黄去德恒当之前先去了老张的豆腐铺，奎子养它还真费了些心思，想必是闻到了什么特殊的气味。对了，你去德恒当干什么？”

“我也是觉得德恒当那掌柜的不对劲。”施人仰想了想，道，“当时臬台大人问话，掌柜的确实没说谎，尤其是提到何人典当之时，他明显松了口气，可他最开始十分紧张，我想大约是问话方向出了差错。”

“玉枕确实是顾凌波所当，”万寒旌叹气道，“但她当玉枕和本案没什么太大关系。”

施人仰眯起眼看他，道：“看来你已经知晓她为何当那玉枕了？”

“为了银子。”

三日之后，顾凌波一定会去德恒当赎回那个玉枕，万寒旌回想起她徒手斗恶虎的样子，忍不住又叹了口气。

“三日之后那姑娘一定会去德恒当，”施人仰也如是说，“届时我们该如何？抓还是不抓？抓了又如何处置？”

这还真是个令人头痛的问题。万寒旌想了想才开口道：“你其实已经心中有数，何必再问？”

施人仰也不否认，回答得很没节操：“当然是因为下官人微言轻，断案之事还得副使做主。”

……

然而不等三日期满，在第二日，顾凌波就带着十两银子进了德恒当。她来的这日刚好万寒旌也在，和施人仰正在里间喝茶，外间就传来了她的声音。

她光明正大地走进来，说话声也不加掩饰，进门就道：“掌柜的！银子我带来了！将我那玉枕取来！”

十两银子而已，听她的口气就像是怀揣万两黄金一样，那叫一个财大气粗啊。万寒旌一副哭笑不得的模样，施人见状，悠然问道：“副使可还记得今日来所为何事？”

当然记得，万寒旌不理他，直接起身拨开帘幕走了出去。

“顾姑娘好巧，还真是天涯何处不相逢啊。”

顾凌波顺着说话声传来的方向看过去，只见一白衫公子从里间走出来，手里还抱着一个怀炉，笑起来时眼睛都眯成了一条缝，不是万寒旌又是谁。

顾凌波下意识地想开溜，但刚转身跑了两步又停下来，回头看向万寒旌，中气十足地问道：“喂！你来这里作甚？”

“自然有我的事，”万寒旌笑眯眯地看着她，“才从提刑司出来，不知姑娘来此又有何贵干？”

“我为什么要告诉你？”顾凌波说着还翻了个白眼。

这姑娘真是……傻得令人担忧。万寒旌叹气，主动回答了她上一个问题：“在下来当铺，若不是来当东西，自然就是来赎东西了。”

顾凌波没想到是这个答案，一时忘了来意，好奇地问：“你来赎什么？”

这时掌柜的捧着一个盖了红绸的托盘出来，径直走到万寒旌面前，恭敬道：“万大人，您的玉枕已经取来了。”

玉枕？顾凌波立即伸手掀开那红绸，果然见她数日前来典当的那个玉枕静静地躺在托盘中，她顿时发作道：“什么他的玉枕！明明是我的！你这掌柜的何以睁着眼说瞎话？快叫当日我来典当时的伙计出来对质！”

掌柜的只得将人唤出。

施人仰也跟着走出来问道：“那日玉枕是你收的？”

那人哈腰道：“是，正是小人。”

“你来德恒当多久了？”

掌柜的插嘴道：“回大人话，家里小本经营，哪里请得起伙计，这是犬子。”

施人仰笑笑，道：“原来是公子，不知掌柜的家中还有其他儿女？”

掌柜的道：“只两个儿子，这是大的。”

顾凌波指着他道：“就是他！当日我就是当在他手里的！”

那人跪着，头磕在地上，哆哆嗦嗦的，根本无力应答。

万寒旌笑笑，主动替他解围，和善地问道：“既然说是姑娘的玉枕，不知当票何在？”

顾凌波赶紧伸手进腰间拿当票，摸了好半天也没摸到，脸色渐渐难看起来。

“既然姑娘无法拿出当票，自然就没法子证明这玉枕是你的。”万寒旌含笑从袖袋中取出一张薄纸递给掌柜的，“掌柜的仔细瞧瞧，我这当票是真是假？”

那掌柜的还真像模像样地查看了一番，然后将玉枕奉上：“自然是真的。”

施人仰摸出个十两的银锭子递给掌柜的，顾凌波的脸色难看极了，偏万寒旌还要火上浇油，他幽幽问道：“其实在下一直有个疑问，不知姑娘可否解答？”然后也不等顾凌波表态，直接问出来，“那日我奉张臬台之命去将姑娘放出来，可等我到时，姑娘已不见踪影，这是何故？”

不逃也会放她走？顾凌波先是一愣，随即明白过来，他不过是想套话而已，心里顿时对他恨得牙痒痒：“何必明知故问！”

“也对。”万寒旌点点头，“只是在下实在疑惑，既然姑娘特意花银两雇人将你送至提刑司，何以毫无作为又逃出去？”

这下顾凌波大惊失色，这人何以连她雇人送她进提刑司之事都知道？于是她彻底失态，尖叫着就朝万寒旌扑过去，然后……被摞倒在了地上。

万寒旌半步都没退，手里还抱着那个怀炉，皱着眉扭头看向施人仰道：“你可知当街殴打妇孺该当何罪？”

施人仰板着脸答道：“我只知再一次救了副使一命，对待救命恩人至少说话得客气点。”

万寒旌不理他了，弯腰朝地上的顾凌波伸出手，问道：“姑娘可还好？”

顾凌波不理会他的手，自个儿从地上爬起来，恨恨地看着他道：“那玉枕是我的！”

“可当票在我手里啊。”万寒旌哄小孩儿似的拍了拍她的肩，“好在那张虎皮能卖个好价钱，姑娘若喜欢这玉枕，且价格公道的话，我也是可以考虑成人之美的。”

这话说得可真无耻，连施人仰都听不下去，别开了头。

顾凌波再怎么单纯这时也看出来，万寒旌是在故意找她的碴儿了，只是不知他是如何知道虎皮之事，又是怎么拿到她贴身收着的那张当票的。可好女不吃眼前亏，眼下还是先溜为上，她再次恨恨地看了万寒旌一眼，万寒旌还在等她的回话呢，她就猛地一转身跑了出去。

这姑娘还真是不按常理出牌，万寒旌颇有些遗憾地把怀炉递给施人仰，然后亲自抱起那个玉枕，对掌柜的道了声谢后也出去了。

当票自然是那日跟踪顾凌波时她无意间掉出，然后被万寒旌拾到的，今日来德恒当原本也只是想请掌柜的验一验是否就是那玉枕的当票，谁知这么巧，她也提前来赎玉枕了，当着她的面赎出玉枕也不过是将计就计而已。

刚出德恒当的大门，施人仰就问道："十两银子何时还我？"

万寒旌腾出一只手来拍拍他的胳膊，道："朋友之间不要如此计较嘛。"

"六姑娘那里，上个月的面钱也是我替你结的。"施人仰脸上没什么多余的表情，平静地再次开口问道，"加上上上个月的面钱和今日的十两，你总共欠我十两银子八十文铜钱，准备何时还我？"

万寒旌把手中的玉枕塞到他怀里，道："拿这个抵罢！"

施人仰低头看了看自己怀中的玉枕，忽然道："你有没有觉得，方才掌柜的特别希望你将这玉枕带走？"

"虽然没穿官服，但好歹我也是个官。"万寒旌笑道，"当官的也就这点好处了，至少比普通百姓的面子大点。那掌柜的原本想将这玉枕开成死当，自然不乐意顾凌波赎回，可如今牵扯进了命案，他哪敢留下，刚好我要，既能卖我一个人情，又能将玉枕脱手，何乐不为？"

"不。"施人仰摇摇头，"在顾凌波去之前，我们原本没打算赎玉枕，只想请掌柜的看看当票是否为真，那时他就已急于将玉枕脱手，这是为何？"

腊月里自然还是酷寒天，这时又开始飘起雪花来，万寒旌低着头朝前慢慢踱步，斗篷上很快就落了一层薄雪，施人仰问出来之后，他并没有立即回答，施人仰也并未追问，一直沉默地跟在他身后。

方才万寒旌对顾凌波所言当然非真，张聪从未命人将她放走，万寒旌当日做主放她离开，无非是想借此机会追踪出她的下落，进而查明她的身份，原以为案件会因此有所进展，现下事情却朝着一个令所有人都不曾料到的方向在发展。

案发之后第一时间，张聪便命人问了李氏话，之后万寒旌和施人仰都看过口供，皆对婚期之事有疑义。而后邱奎子验完尸，老张的尸体被送去了义庄，李氏很快便去收了尸。那日施人仰也去了义庄，再次向李氏询问了细节。原来定婚期前，老张舍不得花钱请算命先生排好日子，胡乱定下了一日，也提前为婚礼做了准备，可李氏娘家不肯啊，这才重新请人算了日子。

也就是说，其实婚礼改期并不能算作此案的疑点，那么现在就只剩下玉枕这一条线索了。

快到提刑司时，万寒旌终于开口道："虽说那位顾姑娘雇人将自己送进了提刑司实在荒唐，也扰乱了案情，但到底阴差阳错给我们指明了一条路。"

施人仰表示赞同："德恒当是关键。"

到了提刑司，万寒旌将斗篷解开，抖了抖上头的雪，施人仰刚准备开口就见他动作一僵，随即又把刚解开的斗篷系上，匆匆忙忙地往外走。施人仰连忙高声问道："你去哪儿？可是想到什么了？"

万寒旌头也没回，只是抬高手臂挥了挥，声音远远地传回来："我还没吃东西，去六姑娘那儿看看，兴许赶得上最后一锅面！”

“……”

东街因为老张的事冷清了几天，但这一日已恢复了往常的喧嚣热闹，万寒旌到的时候六姑娘正在忙，见他来了也只是匆忙招呼了一声：“先坐，我给你留一碗！”

于是万寒旌只得坐到他的老地方——面摊后边的小板凳上。

他可真是最没官架子的官啊，万寒旌都要被自己感动了。他顺着巷口的方向看了看，那些一直光顾这条街上摊贩的熟客们大多又往这边来了，老张的案子还没破，因此豆腐铺还没开张，估计李氏还在忙活老张的后事。

隔壁的糖油粑粑又出锅了，香气扑鼻，万寒旌觉得自己更饿了，刚准备唤六姑娘手脚再快些，就瞟到提刑司的刘文钊正气喘吁吁地奔过来，想必也是趁着当差的时候无事，来吃碗面的。

于是万寒旌站起身朝刘文钊的方向挥挥手，刘文钊立刻跑过来，万寒旌还没来得及招呼他坐下一起吃，他就先开口道：“张大人叫我来请大人回去。”

万寒旌脑袋一空，糟了……来不及吃那碗面了！

万寒旌只得跟着他回提刑司，路上抽空问了句：“出了何事？”

“德恒当掌柜的小儿子死了。”

“什么！”

赶到提刑司的时候，邱奎子还在验尸，据说还跟施人仰就尸体该不该移动之事起了争执，幸好张聪及时赶到，先命施人仰查看了案发现场，然后让邱奎子把尸体带回了他的那间……专属验尸房。

尸体侧颈依然有两处明显的血洞，不同的是这次血流不止，浸湿了整件衣裳，施人仰说现场到处都是血渍，随行前去一同办案的人都说十分骇人。

不多时，邱奎子验尸完毕，很快点出了这具尸体与老张的不同之处。

“身上有多处瘀伤，显然生前和人打斗过。致命伤在后脑，被重物撞击过，出血过多而死，侧颈上的两处血洞皆是人死之后造成的。”邱奎子把手洗净，拦住准备抬尸体之人，“这尸体我还要再验一遍，不必着急送去义庄。”

这次万寒旌也不追问什么，对他做出一个“你开心就好”的手势。施人仰显然对现场更感兴趣，这是十日内的第二桩命案，又都和狐仙之事扯上了关系，只有张聪感到颇为头痛，万寒旌不等他开口，便直接应承道：“大人只管放心，下官定竭尽所能查明此案。”

基本上有他这句话张聪就放心了。

但万寒旌还有些忧心。邱奎子把人都赶出去，把自己和尸体关进屋子里，一待就是大半日，施人仰也出去了。万寒旌独自一人到了东街，六姑娘果然讲义气，那碗阳春面还给他留着。

他一边吃面一边在脑中回顾案情，总觉得有哪里不大对劲。刚有点头绪，忽然一只脚踏上桌，踩得“啪嗒”一响，唬了他一跳，他抬起头来，只见一张熟悉的脸正居高临下地俯视着他。

顾凌波那身白狐毛大衣已经成了浅灰色，看来这几日谁的日子都不好过啊。

只不过身为逃犯，每次出现都这么明目张胆，见着朝廷命官一不跪二无礼的，是不是不太合适？

好在万寒旌自诩性格随和，张罗她坐下：“面是没有了，来碗饺子汤？”

六姑娘也赶过来招呼顾凌波道：“别听他浑说！还有面的，姑娘来一碗？”

万寒旌：“……”

一碗热气腾腾的阳春面很快端上来，顾凌波也没客气，三两下解决掉，竟吃得比万寒旌还快，等万寒旌吃完，她都已经喝上汤了。

“你说你不是官老爷吗，吃碗面怎么还磨磨唧唧的？”

万寒旌悠然答道：“因我并非来吃面，而是来品滋味的，倒是姑娘，怎的像是饿极了？难道那张虎皮没卖个好价钱？”

说到这事儿顾凌波就来气，眼睛都瞪圆了，怒道：“你怎知我得了张虎皮？还有，你为何抢我的玉枕？”

也不知这姑娘是如何长到这么大的，万寒旌原本是想来这儿一个人待会儿的，没承想半路杀出个程咬金来，只得打起精神来和她理论：“莫怪我没提醒姑娘，当日若非怀疑你与老张一案有关，我绝不会私自放你逃出去再暗中追踪。现如今我已明白你与本案无关，虽说张臬台宽宏大量，不打算治你妨碍公务之罪，但见着官府之人你也该收敛些，再有下次我可不保证会不会将你带回提刑司了。”

原本就瞪得够圆的眼睛现在瞪得更圆了，顾凌波一脸不信任地看着他，问道：“你真能将我带进提刑司？”

……这姑娘怎么听不懂人话呢？

顾凌波明显兴奋起来，道：“对啊，你是副使啊，带我进提刑司肯定没问题的！”

万寒旌嘲讽道：“姑娘何须我带？那张虎皮一脱手不是收入可观？再雇几个人送你进去不就得了。”

但顾凌波没听出他话中的讽意，认真地回答他：“我先前不懂，可你后来不是告诉我了，这属于妨碍公务吗？”

真不知道该夸这姑娘孺子可教呢，还是骂她天真，万寒旌做了一番自我调整才重新开口费力地解释道：“我带你进提刑司也属于妨碍公务。”

顾凌波没听懂，问道：“你不是官老爷吗？”

“为官之人也不是随心所欲的。”万寒旌解释道，“何况在我之上，提刑司还有正史张臬台，就连圣上也得顾及百官之言，没有人能为所欲为。”

这次顾凌波听懂了，感叹道：“原来当官也没什么趣儿。对了，你一月奉银有多少？”

万寒旌再次被噎住，也不知道该如何在短期之内教会这姑娘有些事是不能这么直接问的，许是他斟酌得太久，顾凌波好奇地一歪头，补上一句：“太少了说不出口吗？”

这次万寒旌憋不住了，直言道：“知不知道这样问很失礼？哪怕是夫妻之间都不能如此问话，何况你我素不相识，我凭什么要告诉你？”

顾凌波点头道：“果然不多。”

万寒旌在心中念道：忍住，忍住，不能跟无知妇孺计较……

“连奉银都不多，又不能随心所欲，那还不如我们呢。”顾凌波终于喝完了面汤，“要不这样吧，我给你银子，你帮我进提刑司，如何？”

这时万寒旌也终于吃完了那碗阳春面，直接起身对着正忙活的六姑娘扬声道了句："记在账上啊！"

六姑娘已经习惯了，也不寒暄，直接挥了挥手就继续干活去了，倒是顾凌波帮着万寒旌把面钱一块给了，然后追上来又道："考虑一下啊，我很有诚意的。"

万寒旌停下脚步看着她正色道："其实你想进提刑司不必这么麻烦，只消做一件事就行了。"

顾凌波眼睛都亮起来，忙问："做什么？"

"朝着这儿，"他抬起手指了指自己的头，"就像方才在六姑娘面摊上那样，一脚上来，殴打朝廷命官，立马就会被抓进去。"

话音刚落，他眼前一黑……

施人仰从德恒当回提刑司之后，照例直接找到了万寒旌，可……他忍了半天还是没忍住，问道："这是怎么了？"

万寒旌手里拿着冰袋正敷着眼睛，闻言只答："无妨，你有何发现？"

"死者是德恒当掌柜家的小儿子，幼时因一场大病烧坏了脑子，智力不如三岁孩童，但身材魁梧、力大无穷，真要放倒他其实并不容易。"

万寒旌点头道："所以是熟人犯案。"

"问话时掌柜的明显有些心虚，现场留下的线索太多，多到……"施人仰顿了顿才接着道，"多到已经足够完整呈现出案发实景。"

"看样子我得亲自去一趟了。"万寒旌站起来，想了想又坐下来，"算了，还是听你仔细说一遍就好。"

他的形象……施人仰对案情已经十分了解，因此现在注意力不在案子上，而是十分感兴趣地看着万寒旌："你这是怎么了？"

"一言难尽，"万寒旌叹了口气，"既然线索足够多，就直接拿人吧。"

这还是第一次，他连听都不愿多听直接拿人，看来眼上的瘀青不只是一言难尽这么简单啊。难得见到万寒旌的窘态，施人仰非常感兴趣，不住地追问，他却反常地一再回避。他愈是回避施人仰便越是好奇。

此处是万寒旌平日歇息的房间，不会有旁人进来，因此施人仰说话也随意许多："看印迹……女人？"

这下万寒旌的脸彻底黑了，施人仰却兴奋起来："六姑娘？"

怎么可能？万寒旌刚准备开口，门就被人从外面猛地推开。他们一同望过去，只见一只雪白的毛靴踏进来，顺着那只毛靴往上看……咦？这么快就换了身衣裳？

顾凌波又换上了比他们初次相见时毛色更白亮的狐毛大衣，不开口时活脱脱就是个清丽脱俗的俏狐仙，可惜一开口就破坏了气氛，她径直盯着万寒旌道："我不是都打你了吗，为何还没人来抓我？"

施人仰闻言，顿时大笑起来，万寒旌也黑了脸，偏始作俑者半点自觉都没有，还一派天真地问："你们藏在这里做什么？"

万寒旌挑眉问道："你怎么进来的？"

“他们问我干什么来的，我说来找你的，就放我进来了啊。”

“……”

施人仰颇感兴趣地问顾凌波：“你如何得手的？”

顾凌波觉得他问了句废话，很是不屑道：“我这都是第三次对他动手了，前两次不都是因为你在所以才没得手吗？我打着他那时你不在啊。”

施人仰：“……”

以万寒旌的身手，寻常人根本进不了身，即使当真动起手来，他亦不会轻易让人得手，如今居然被个黄毛丫头轻易伤了脸面，她还觉得理所当然，可真是有趣。

原本施人仰是要替万寒旌叫声屈的，可侧头一看，万寒旌眼圈上那一团乌青和难看至极的脸色搭配起来，真是让人忍俊不禁，难以严肃起来。

“小白过来。”万寒旌忽然站起来，将手中的冰袋放下，不自觉地摩挲着左腕上那串菩提子，“先告诉我，你为何想进提刑司。若言之有理，我可考虑不将你丢出去。”

这话说得恩威并重，顾凌波被唬住了，完全没意识到他话中最开始那声“小白”是在叫她。

万寒旌一直在等她的答案，可她愣怔在原地半天没动，最后还是施人仰推了她一把，提醒道：“快回副使话，你只有这一次机会。”

顾凌波瞪大眼睛的样子真是蠢极了……她张嘴第一句居然是：“为什么叫我小白？”

万寒旌怡然答道：“因为本官高兴。”

这时候倒记得自己是个官老爷了，顾凌波想了想，还是照实答道：“因为想助你们一臂之力破案啊！”

就她这傻劲儿，还助他们破案呢，施人仰实在是忍不住了，哈哈大笑起来。万寒旌却面容严肃，看着顾凌波道：“不是为了那个玉枕？”

顾凌波像是被提醒了一样，连声道：“哦对对对，还有那个玉枕，那可是我爹娘留给我的，你必须还我！”

万寒旌点头道：“好，你若真能助本官破了此案，那玉枕我必定原物奉还。”

“说话算话？”

“君子一言快马一鞭。”

“好！”

“既如此，本官要你现在立即去一趟德恒当。”

“去做什么？”

“找麻烦。”万寒旌言简意赅道，“撒泼耍赖、胡搅蛮缠，怎么都好，找他麻烦让他还你玉枕，拖到本官去为止。”

“好！”

顾凌波也不扭捏，得了令转身就跑出去了，倒是一旁的施人仰看不明白，问万寒旌：“这是唱哪出啊？”

万寒旌并未马上回答，转身去将他平日里最为宝贝的一个木箱打开，从中取出那个龙纹玉雕枕，然后才招施人仰走近，道：“你来看看。”

这就是从德恒当搜来的那个玉枕，触手生温、玉质通透，不用想都知道价值连城。施人仰不懂他为何让自己再看一次："打发小白去德恒当就为了让我再看一次这个？有何不妥吗？"

"从见到这个玉枕的第一日起我就觉得上面的花纹十分眼熟，却总也想不起来究竟在何处见过。"万寒旌的手还在摩挲左腕上那串菩提子，"直至今日都想不起来。你方才也听见了，小白说玉枕是她爹娘留给她的。"

施人仰明白过来，道："所以你想从她身上查出这个玉枕的秘密？"

"秘密？"万寒旌眯起眼睛，"人仰你如今用词是愈发进益了。"

"玉枕与本案无关，你为何要将顾凌波推进来？"

"要接近她，总要有个合适的契机，现在就是个很好的契机。"万寒旌将玉枕重新放回木箱中锁好，然后转身对施人仰道，"走吧，既然案情已明朗，该去拿人了。"

顾凌波从提刑司出来径直就往德恒当去了，她依万寒旌所言撒泼耍赖围着掌柜的不停地胡搅蛮缠，吵到最后她真觉得是掌柜的故意私吞了她的玉枕，再联想到那是她从未见过面的爹娘唯一留给她的东西，忍不住悲从中来，鼻子一红，眼泪簌簌往下落。

但凡女子，只要稍稍长得眉目周正，落起泪来便使人觉得如梨花带雨，我见犹怜，何况顾凌波面容清秀、身材纤细，一落起泪来更是娇柔如弱柳扶风，若不是亲眼见过她徒手斗恶虎，还真是让人忍不住想上前劝慰一二。万寒旌带人踏进德恒当时，就是这样的感受。

见到万寒旌时，顾凌波总算想起来自己是在做戏，几下擦干眼泪，不消多久便平静下来。掌柜的以为她为万寒旌官威所威慑，自以为有人撑腰了，连忙过来磕头哭诉："这位姑娘不知为何，在小人铺子里哭闹不休，扰得小店不得安宁，还请大人做主啊……"

万寒旌此时不再和颜悦色，虽眼处还有乌青，却也不觉得不妥，直接打断掌柜的哭嚷声："德恒当掌柜杨汶昌你可知罪？"

掌柜的顿时傻了。

施人仰一挥手，官差立即掀开帘子进来拿人，掌柜的吓得屁滚尿流，连声喊冤，万寒旌看着他，冷声道："冤？豆腐铺的老张才冤，你儿杀人在前、侮尸在后，杨氏满门纵容包庇至今，你这种人还敢叫冤！"

他话音刚落，一个清脆的女声响起："胡说！"

万寒旌挑眉看向顾凌波，她正皱眉严肃反驳道："怎么可能？两个案子毫无关联，大人如何空口白说……"

"李氏长相如何？"万寒旌打断她问道。

顾凌波愣了愣，才道："挺……挺好看啊。"

"杨氏小儿因幼时一场大病导致智力受损，三十有余未曾娶亲，从豆腐铺前经过，为李氏美貌所惑，一时色心大起，妄图将老张杀害之后再将其妻霸占，杀人动机合情合理。"万寒旌朝她笑笑，"不信？大可去找李氏求证。"

顾凌波恍然大悟："我这就去！"

施人仰从头到尾嘴角抽搐地听完，等顾凌波奔出去他才轻咳一声，对着在地上匍匐跪着的杨汶昌道："好了，大人已知晓你父子二人杀人之事，因你小儿言行无状，差点将杀人机密泄露，你长子阻止时失手将他打死。两宗命案，其一你与长子一同杀人；其二你知情不报，如今真相大白，你可知罪？"

结案时顾凌波在提刑司外大吵大闹，万寒旌陪同张聪正在审案不便去禀报，底下人只得一遍又一遍去禀告施人仰，施人仰听得头都大了。

最后万寒旌终于起身出来，顾凌波还在门口叫嚷，听声音中气依然十足："叫万寒旌出来！"

如此听话的副使古往今来也就他一个了吧？施人仰叹着气看着万寒旌走过去，那顾凌波直接甩开衙差的手向他扑过去，这一次万寒旌很快捉住了她的手，然后也不知说了句什么，那姑娘顿时老实下来，乖乖地跟在他身后出去了。

顾凌波是来质问万寒旌为何胡说八道，让她去问李氏的，李氏听完就要跟她拼命，她费了好大力气才狼狈地跑出来，第一件事就是找万寒旌算账。

万寒旌将她带出提刑司，几句话就安抚住了她："你还真直接跑去问她了？想想看，名节对一个妇人来说有多重要，你去质问此事岂不是让她名誉扫地？她如何能承认？"

好像也有道理啊。

万寒旌又道："此案已经真相大白，张大人已经宣判。有些事难得糊涂，你不必再过问，待时过境迁，李氏会好起来。"

于是顾凌波就欢天喜地地走了。

施人仰忍不住对他竖起大拇指，道："你可真行！就这么胡说八道，那姑娘还真信了？"

"她不信又能如何？"万寒旌笑笑，"就像她永远不会知道，杨家小儿根本不是见色起意，而是因为喜欢老张的手艺，知道他要成亲了特意将家中的玉枕带去做贺礼，谁知被兄长知道了，为了取回玉枕，他们不惜害死一条人命；杨汶昌也不会知道，他赶去豆腐铺时，他小儿子昏厥并不是老张所致，而是长子所为，就这样为保小儿、错信长子杀了人，将自己也陷进去。这世上的事原本如此，信的不一定是事实，知道的不一定是真相。"

老张豆腐铺周边的雪地融化后，万寒旌找到了他们杀害老张时留下的痕迹，杨汶昌与长子也对杀害老张及将他们小儿、亲弟灭口的事实供认不讳。

施人仰叹道："还真是天网恢恢。"过了一会儿他又问道，"杨家人都认罪伏法了，那被灭口的小儿尸体岂不是无人认领？"

"奎子大约早知如此，已自己出资将他葬去了乱葬岗。"

施人仰好半天才赞叹道："那小子也还是有点人情味的啊。"

○第三章　妇人之心

腊月底，各摊贩都已经收拾好摊铺回去，给家中添置年货了，东街小巷已经没剩几家开张的铺子，六姑娘的面摊生意却依然红火。

万寒旌一边等着面条出锅，一边感慨："人人都预备年货去了，你倒是潇洒，东西都备好了？"

六姑娘整个人被锅前蒸腾的热气所笼罩，连带着声音都缥缈起来："我一无爹二无娘的，孤女一个，可惜年里不会有人来我这小摊吃面，不然连年三十我都想出来摆摊儿呢！"

万寒旌刚准备开口，就被一个清脆爽朗的女声抢了先："我也一无爹二无娘的，横竖是一个人过年，正愁没地儿去呢，你只管摆摊儿，我保管来同你作伴！”

话音刚落，顾凌波就主动在万寒旌对面坐下来，又扬声道了句：“来碗阳春面！”

“好嘞！”六姑娘愉快地答了声，“马上就来！”

“小白啊小白，”万寒旌摇头晃脑地敲筷子，“怜香惜玉这种事也跟我抢，我也没欠你银子啊，成日跟着我干什么？”

顾凌波如今已对他管自己叫“小白”习以为常了，笑嘻嘻地答道：“你是没欠我钱，可你欠我玉枕啊，你不是说好还我的吗，怎么又赖起账来了？”

“非也。”一直沉默不言的施人仰终于忍不住开口了，“大人那日只说若你能助他破案便将玉枕归还，可案子并非他所破，你也并未出手相助，何来赖账一说？”

顾凌波果然被他激怒：“我怎么没出手相助了？我那时哭得那么伤心……”

然而万寒旌似乎打定主意赖账到底了，好在顾凌波并不是真着急过来要回那个玉枕的，她歪着头打量着眼前这位年轻的副使，忽然问了句：“你和谁一起过年？”

万寒旌笑笑，举起桌上的酒杯，施人仰也默契地将酒杯举起，二人碰杯后一饮而尽，而后万寒旌才道：“多少年了，同我一道过年的，除了你还真没有旁人。”

不远处传来犬吠声，施人仰面无表情地补充：“大人忘了，还有个只爱同死人打交道的人。”

“非也。”万寒旌学着他的语气，“奎子可从未觉得自己是在同我们一道过年，阿黄才是他的真爱啊。”

犬吠声在靠近，施人仰“腾”地一下起身，再无半句话，就这么走了。顾凌波扭头看着他的背影慢慢消失在巷口，又把头扭回来看向万寒旌问道：“他怎么了？怎么忽然就走了？”

施人仰同邱奎子素来不睦，整个提刑司都知道，可二人究竟为何不睦大概只有万寒旌知道内情了，但此刻他显然没有告诉眼前这个小白的打算。关于玉枕之事，他心中尚有疑惑未解，信守承诺还给她是不可能的，为免她日后不停地念叨此事，他索性直接说开道：“那玉枕暂时不能还给你，但你放心，我绝不会就此将它据为己有。关于它，我目前尚有疑虑未解，待我查清真相，必定原物奉还。”

顾凌波出人意料地没有立即和他争辩，而是反常地蹙起眉头，沉默了一会儿，才正色问道：“你能带上我吗？”

这话问得没头没脑的，万寒旌挑眉道：“带上你作甚？”

顾凌波不答反问：“你方才说关于它尚有疑虑未解，疑虑是否与上头的龙纹有关？”

她居然会问这个，还真是出乎意料。万寒旌脸上的笑意渐渐消失，他神色复杂地看着她，看得她都开始浑身发毛了。

万寒旌眼中的情绪复杂难辨，顾凌波一时也不知该说什么好。幸好一路狂吠的阿黄终于到了，万寒旌总算把目光从她身上挪开，低头摸了摸阿黄的头，道：“你怎么来了？我身上的银子可只够点一碗面，没骨头给你吃。”

阿黄今日不大对劲的样子，咬住他的衣襟下摆死命地往外拽，连顾凌波都看出了不对劲，问道：“它是不是想带你去什么地方？”

万寒旌已经起身，走之前还不忘对六姑娘嘱咐一句：“面给我留着啊！”

阿黄一路狂奔，顺带用叫声开道，万寒旌跟得很紧，顾凌波也没落下，两人一犬很快到了……

案发现场？

万寒旌第一时间认出来，这是前阵子遇害的老张给自己预备的新房，屋子虽然简陋，但比他从前住的茅草屋还是好多了。此刻院门大开，他们走进去，一眼就望见一个妇人背对着大门吊在房梁上。

邱奎子已经到了，这家伙永远有本事第一时间嗅到尸体的味道然后赶过来，大约是嫌他们脚程慢了，不满地瞥了他们一眼，有了见证人，他才上手去将尸体抱下来平放在地上，开始初步验尸。万寒旌见状第一时间回头对顾凌波道："去报案。"

被吩咐的人还没反应过来，傻傻地站在原地没动："啊？"

"此地发生了命案，你去衙门报案，叫施人仰过来。"

"……哦。"顾凌波闻言赶紧往衙门跑。

施人仰来得很快，他到时邱奎子已经验完尸走了，阿黄还留在这儿，东嗅嗅西嗅嗅的，万寒旌神情肃穆地蹲在墙角，不知道在看什么。

顾凌波来回跑了两趟，再怎么强悍也开始气喘吁吁了，她凑上前上气不接下气地问："你……在看什么？"

墙角什么也没有啊。

尸体已经被邱奎子带走，现场没有任何血迹，其实看起来和平常没什么不同，围观的百姓们看不出什么门道来，站了一会儿就散了。万寒旌右肘抵在腿上保持着蹲状，食指伸出来抵在眉心处，双眼紧闭，不知在想些什么。

顾凌波陪着蹲了一会儿，腿都麻了，只得起身跺跺脚。正是这跺脚声将万寒旌惊醒，他猛地一下站起来，吓了顾凌波一跳，她赶紧凑上去问："你发现什么了？"

"不好！"万寒旌立即大步往外走，顾凌波慌忙追出去，只来得及听到他说，"案情有变。"

死者是老张未过门的媳妇李氏，老张死后还不足半个月，李氏娘家居然要将她另嫁他人，李氏不从，就将自己吊在了房梁上。

邱奎子验完尸给出的结论是："自缢身亡。"

从前不是没有遇见过凶手将人勒死之后，将死尸吊上房梁伪装成自缢模样的案子，邱奎子总能从颈部瘀痕等线索上查出真正的死因，但他这次说，确实是自缢身亡。

案情看似十分简单，就是一名妇人为守节自缢而亡，但万寒旌显然想到了别的什么，天色刚刚暗下来，他就一脚踹开了验尸房门，里面邱奎子正在泡脚，头都没抬，道："该说的我都说了。"

"穿鞋。"

邱奎子抬头问道："你想干什么？"

万寒旌严肃道："挖坟，开棺验尸。"

这次谁都没去惊动张聪，一行人摸黑到了老张的墓地，此次验尸必须靠邱奎子，素来与他不睦的施人仰便没来，因此挖坟掘墓之事……就只得万寒旌亲自动手。顾凌波原本站在一旁，看着看着就忍不住了，扛起锄头就上，一边挖一边问："这么做不大合适吧？若是他家里人来找麻烦可如何是好？"

万寒旌一边干活一边回答："老张唯一的亲人今日也上吊死了，没有人会为他找咱们的麻烦。"

“可老张的案子不是已经结了吗？”顾凌波还是不懂，“而且不是验过尸了？为何要再验一次？”

邱奎子坐在一旁捣鼓他随身带的那个木箱，闻言轻笑了一声，道：“若是对我验过的尸体心存疑虑，何以又叫我来？”

“只不过想让你再确认一次。”棺材露出来，万寒旌把锄头往旁边一扔，“致命伤那处你再仔细瞧瞧。”

邱奎子仔细看过，结论仍然是：“致命伤只有一处，就在侧颈的血洞，伤口内有锈迹，另一处血洞是死后所致。”

但万寒旌显然意不在此，他在尸身另一侧蹲下，指着那处致命伤道：“仔细看看这处伤口，深度是否是一次所钉？”

这次邱奎子明白了，又仔细验了一遍。

天色渐渐亮起来，顾凌波同邱奎子一道将尸身重新装回棺材中，再将泥土覆上。做完这些，两人气喘吁吁地靠在树边歇息，顾凌波捅捅邱奎子的胳膊问道：“你说他到底想做什么？”

“此案另有隐情。”邱奎子淡淡地答道，“尸身所能告诉我的事，我已悉数转达，剩下的就不是我的事了。”说罢他起身将那个小箱子背上。

眼瞅着邱奎子要走，顾凌波赶紧追上：“喂，到底怎么回事啊？你这人怎么说话只说一半的？喂！”

邱奎子没有理她，径直往提刑司去了。

提刑司众人已经接到万寒旌的嘱咐，不会再放顾凌波进去，她进不去就只能在门口等着，等着等着就不耐烦了，硬闯当然不行，她就站在门口高声呼叫，结果没把万寒旌叫出来，倒把施人仰叫出来了。

“我说小白啊，你也这么大个人了，稍微懂点规矩行不行？”施人仰长叹一声，“知不知道你这样我很难做？万大人已经对你够意思了，做人也不能太过分，你说是吧？”

顾凌波才不听他的，抓着他胳膊就开始摇：“他哪儿去了？”

“现在这个时辰，自然是在办差。”

“在哪儿办差？”

刚教的得稍微懂点规矩，现在又……施人仰无奈地摇头，道：“我哪知道？得了，你还是哪儿凉快哪儿待着去吧。”说罢就抛下她进去了。

万寒旌等到邱奎子那一句话之后，片刻都没耽搁，直接进了张聪的臬台府。案情有变，张聪也没敢怠慢，匆匆忙忙同他一道进了提刑司，提审杨汶昌父子。

“将你父子二人杀害张福全一事从头交代一遍。”

杨汶昌虽不解为何已经结案又要重审，不过还是照实说了一遍。

那日杨大力得知弟弟将当铺中所收玉枕送与老张做贺礼，一夜辗转难眠，天还未亮就赶去豆腐铺想将玉枕要回，结果老张矢口否认收到过此物，两人拉扯之时，杨二力也到了，他闹不明白哥哥和老张在做什么，还以为是在玩闹，猛地扑过去也想玩，老张本已在拉扯中落了下风，他一扑过来终于得了空，转身就想跑，杨大力气愤之下把弟弟往后一推，正好将老张压倒，尚待修补的桌腿上锈迹斑斑的铜钉就这样插进了老张的侧颈。

惊骇之下，杨大力命弟弟在原地待着，自己则跑回德恒当找来父亲杨汶昌帮忙。等他们到时，杨二力却已不在，而老张已被人放平在地上。两个儿子都涉了命案，杨汶昌慌张之余想到了这几日一直在流传的狐仙杀人之事，灵机一动，拾起桌面上尚未来得及修补的铜钉，大力朝老张脖颈上钉去，然后将他扶着趴在桌上，伪造出睡着的假象，而后父子二人逃之夭夭，自以为万事大吉。

脖颈上的两个血洞是为了与之将狐仙杀人之事联系在一起，杨汶昌慌张之下也只想得出这个，至于案发时桌面积雪上的兽爪印，他们也不得其解。

张聪和万寒旌交换了一个眼神。挥挥手示意手下将杨家父子带下去后，张聪问道："你可有眉目了？"

万寒旌点头，道："已经有了些眉目，此案……"

"此案已经结案，得亏是腊月，文书还压着，你且去查着，"张聪接过话头，"只是要尽快。"

时日不多了，万寒旌点头，取下官帽就往外走，施人仰已经候在外头，接过他的官帽就问："大人这是要往何处去？"

"去死者娘家。"

"那……"施人仰难得犹豫了一下，才道，"不如走后门？"

万寒旌不解地回头："发生了何事？"

"你那个小白已经在提刑司门口等了半日了。"

"……"

万寒旌万万没想到，自己会有明明是堂堂正正地办案，却还要从提刑司翻墙出去的一日。他倒还好，至少身手矫健，施人仰却不谙此道，翻出来时十分狼狈。要是平时，万寒旌必定会嘲笑他一番，但今日实在没有心情，若不是李氏忽然吊死了，或许老张被害一案会就此了结，杨氏父子虽已归案，却还会有真凶逍遥法外。

这样的事实在让人高兴不起来。万寒旌一路沉默着走到了李氏的娘家，当家的是李氏同父异母的弟弟。万寒旌穿着一身官服，身后跟着的施人仰又捧着顶官帽，那当家的一见，立马就跪下了，连声高呼"大老爷"。

施人仰也想不出，万寒旌到这里来是想查什么。

被主人家拥进里屋，万寒旌刚落座就直接发问："李氏新许的人家是哪家？"

当家的没敢吭声，倒是他一旁跪着的媳妇开了口："许给了巷口杂货铺的王麻子做小，姑娘不答应，我们也觉得老张刚出事，就急着将她嫁出去不大像样……"

当家的立刻扯了扯她的袖子，小媳妇便不敢吭声了。万寒旌淡淡一笑，道："既然你们也觉得不合适，那是谁订下的这门亲事？"

两人齐齐跪在地上，头都不敢抬，哪里还敢答话？万寒旌没等来答案倒也不恼，含笑又问了一句："家中除了你们夫妇，可还有人同住？"

这次当家的答道："还有小人的老母。"

"老夫人何在？"

当家的媳妇结巴着道："大约是买菜去了。"

万寒旌手里把玩着桌上一个小小的茶杯，缓缓地继续发问："这个时辰怕不是在买菜，应大约是在三年前，暮春时节，施人仰上玉泉峰踏青，行至半山处忽然闻得美妙箫声，细听之下竟是《山中思故人》，倒是颇为应景。那箫声十分动情，犹如待归鸟啼鸣林色晚，半钩朗月淡抹弦。千杯万杯酬知己，只恨夜短薄霞透衣衫。欲言难言，欲止难止，使人听之哀婉哽咽。忽然，箫声高昂起来，由急到缓大疏大密、大起大落，起伏之间奏尽万千感慨。

施人仰少小离家，如今尚未衣锦，不敢还乡，听之只觉悲切之声悒郁于口唇咽喉，他原本善琴，欲与之相和，奈何琴不在身边，想着不知是哪家的公子，若得相识，岂不快哉？于是他顺着那箫声寻去，不想吹箫之人竟是位姑娘。

傅晓清平日里得了闲都会去玉泉峰，那日也是思之所起，兴起而奏，没想到意外结识了位知己。只不过施人仰不便流连于万花楼之地，二人并不常相见，只知她有位青梅竹马，前些年去了京城，说是求得功名后必定回来迎娶，可三年过去，也不曾听说有人替她赎身。

没想到今日忽然就成亲了。若是寻常亲事便也罢了，这将近年关又是大喜之事，为何一片缟素之象？施人仰担心不过，不知其中是否有隐情。

原本万寒旌是不打算去凑热闹的，但他与施人仰相交多年，也知道那傅晓清在他心中的分量，听得是她之事，便直接起身随他们去了。

○ 第四章　红白喜事

办喜事的是城中富甲一方的何作善何员外家。说起这何员外，良田宅院，那是家底丰厚，奈何一妻四妾只给他生了四女一子，前头四个女儿都已经出嫁，独子乃是他年近四十时纳的小妾所生，名唤乃龙，因排行老五，府里都喊他五哥儿。

今日娶亲的正是这五哥儿。

何员外家的五哥儿爱慕傅晓清许久，多少痴情事都做出来，一片真心天地可鉴、满城皆知。

照理说，何府也算是有头有脸的人家了，独子娶亲阵仗大点儿原本无可厚非，偏生迎娶的是青楼的头牌，这就有些说不通了，纳回去当妾还说得过去，这大张旗鼓、明媒正娶的倒是新鲜。

去何府的路上施人仰还在感慨：“说起来也有日子没与晓清见面了，谁想她这么快就出嫁了。从前我劝她莫要太过相信那情郎之言，她还坚持要等，不过现在这样也好，何乃龙虽不成大器，对她倒是一片真心。”

他一个人在那儿感慨，顾凌波却在拉着万寒旌咬耳朵：“施大哥对那位新娘子有意思吗？”

万寒旌真是不想理会她，可架不住她一直纠缠，只好压低声音答道：“我怎会知道？自己去问他便是。”

原本料定她不会去问，结果她真的问出来了：“施大哥，你喜欢那个新娘子吗？”

“非也，非也。”施人仰摇摇头，“我与晓清乃君子之交，无关风月，不过同是天涯沦落人罢了。”

顾凌波又去和万寒旌咬耳朵：“他这话是什么意思？”

万寒旌不理她，偏头去问施人仰：“你可打听到，为何会以白轿迎亲？”

“问是问了，可人人都只顾看热闹，无人有心回应，”施人仰加快了脚步，“我正是觉得事有蹊跷，这才来请大人。”

万寒旌摸了摸钱袋，看着施人仰严肃道：“既然要去吃喜酒，总要准备贺礼，我这个月奉银不多了，你……”

施人仰痛快地接嘴道：“我出。”

原本只是随他们来瞧热闹，待行至何府门前发现门口挂着素白灯笼，连牌匾上都扎着白花时，万寒旌便知道事情不对了。明明是娶亲，却门庭冷落，没看见半个喜客，府内既没张灯结彩也未听见任何道喜声，屏气凝神去听也听不见什么声音。他与施人仰对视了一眼，便大步踏进了何府大门。

堂中放着一口棺材。

施人仰脸色大变，刚要发声便听见有脚步声响起，回头一看，正是何员外到了。那何作善也是见过世面之人，一眼就识出万寒旌身份不一般，言语间很是客气。万寒旌因未穿官服，说话也十分随和，客气寒暄了几句便道明来意：“听闻贵公子今日娶亲，原本想来凑个热闹，却不知府上何以如此景象？”

何员外原本客客气气的，听他问出此话瞬时冷了脸，一拱手道：“老夫家中还有要事，就不留各位了。”

居然下逐客令。施人仰上前一步，语气强硬地问道：“你们府上不是办喜事吗？我来随个份子何以员外要下逐客令？”

何员外根本不理会，高声唤人：“来人啊，送客！”

施人仰可不是说送就能送走之人，他踏出堂门，直接提起闻声赶来的一个家丁，粗声问道：“傅晓清人在何处？”

何员外刚要说话，万寒旌便一手捏上了他的肩，手下加重了几分力道，口气却仍旧十分温和：“我等不请自来确实无礼，但说到底不过是想凑个热闹而已，员外又何必动气？”

话虽然说得客气，手底下却毫不留情，何员外只觉得自己的肩膀都要被他捏碎了，又听得他话中不乏文雅之意，更确定他是个人物，只得命人去将傅晓清带出来。

不多时便听得丫鬟尖叫之声响起，施人仰立即朝叫声传来的方向赶去，待万寒旌与顾凌波一行人赶到时，他已经推开了傅晓清的房门，见得房中景象先是呆滞，而后才后退了两步。万寒旌顺着他目光看过去……

傅晓清正倒在血泊之中。

万寒旌立即对顾凌波道：“去叫邱奎子。”

邱奎子来得很快，何府报案之后，提刑司的人也很快就来了。邱奎子先简单查看了一下尸体，致命伤非常明显，就是右手手腕上的刀口所致。

表面上看，就是割腕自尽而已。邱奎子没有仔细验尸之前是绝不会做出任何结论的。正因为他没有给出结论，施人仰便更加坚信，傅晓清必定不是自尽这么简单。因为万寒旌刚好在现场，张聪便没有来，交由他全权处理。

万寒旌循例问话时，施人仰十分不忿，句句针对何作善，暗指他杀人之后佯装不知，让人以为傅晓清是自尽而亡。

何作善连连叫冤：“她既已为我何家媳妇，我儿又已去，若我真有置她于死地之心，只消请族长出面便可命她殉夫而去，何必动手杀她？又何必将她伪装成自尽？”

这话在理，万寒旌点头，施人仰却不为所动：“晓清如何就成你何家媳妇了？你说已然成婚，他们可曾拜过天地？”

何作善一口咬定傅晓清已抱着何乃龙的牌位拜了天地和高堂，完成大礼。二人针锋相对，吵得万寒旌头都大了，这时顾凌波忽然开口道：“咦？何公子还没下葬吗？棺材都还在，为什么还要抱着牌位成亲？找个差不多年纪的已故女子配阴婚不就成了？”

此言一出，争吵的两人忽然安静下来，一直在从中相劝的万寒旌也沉默不语了。顾凌波走到何作善面前，故作天真地问他：“我是不是自作聪明了？何员外原本就是这样想的对不对？傅晓清根本不可能答应嫁给你已经死了的儿子，所以你才故意假借婚礼之事将其杀害，给你儿子配阴婚对不对？”

何作善愣了一瞬，随即啐了她一脸，吼道：“哪里来的野丫头？简直胡说八道！傅晓清被我儿深情感动，自愿嫁进我何府，谁知道她为何忽然自尽？”

“自愿？”施人仰冷笑一声，“据我所知，她一直在等一位姓牟的公子回来替她赎身，又怎会愿意嫁给你儿子？”

何作善也冷笑一声，道：“那人若是真心替她赎身，又怎会一去三年杳无音信？她自知苦等无望，我儿生前就已替她赎身，她被我儿痴心打动，二人订下了婚约，她自愿嫁来我何府，有何奇怪？”

顾凌波反驳道：“三年都已经等了，她又怎会忽然放弃？你儿子痴恋傅晓清满城皆知，她若会被感动至愿意以身相许，又何必等到今日？”

“姑娘你非出身青楼，青楼女子有多么希望择良人栖身终老，你不会明白。”何作善摇头叹气，“早知她会自尽，倒还真不用费这么多事了，等她死了直接配阴婚更为妥当。”

这话一出，施人仰气得简直想杀人。万寒旌赶紧命人将他架出去，直接道：“此案你不必过问了，傅姑娘骤然离世，想必你也十分难过，回去好好歇息几天。”

施人仰还没回话，顾凌波先不服气地道：“施大哥不过问，你怎么破案？”

施人仰直接甩开架住他的那些兄弟，一转身就出去了。

万寒旌得了空才朝顾凌波微微一笑，道：“你施大哥心情不好，查案时难免有情绪，若是因一时之气冤枉了好人，日后岂不后悔？再说了，虽然没有人仰相助，这不是还有你吗？”

听到这最后一句，顾凌波眼睛“噌”地一下亮起来，兴奋地叫道：“对！还有我啊！我会帮你的！”

要验证何作善所言是否属实，有个地方不得不去。

到了万花楼门口，顾凌波还扯着外衫袖子有些不大自在。万寒旌摇着扇子悠然道：“若是害怕了不想去，现在走还来得及。”

顾凌波一身男装，还贴了两撇小胡子，乍看上去就是个身量单薄的男子，只不过她还没习惯，有些不自在，万寒旌一激将，她就一挺胸道：“我才不怕！”接着又嘟囔了一句，“大冬天的还摇扇子，就喜欢装样子，哼！”

依本朝律法，官府中人是不得流连青楼之地的，万寒旌又不愿直接召青楼老鸨至公堂问话，因此只得身着便服来转转。

原本顾凌波是不想跟着来的，但万寒旌道：“我可是去查案，若是被人知晓我是提刑司副使，误以为我是去寻欢作乐就麻烦了，你得去给我当人证。”

于是她只得跟着来了。

二人身上所穿并不华丽，因此进来之后也只有两三个姑娘凑上来，看上去也不大热情。万寒旌要了个雅间又叫了些酒菜，只让姑娘们过来陪酒。

红姑娘先替万寒旌斟了一杯，他也不扭捏，一仰头便干了，然后故意道：“听说你们万花楼有个头牌，尤擅吹箫，不知今日可否能听上一曲啊。”

明日就是年三十，平日来这儿的男人都要回自家府上同家人过年，到了这几日还来万花楼的多半不太富有。红菱和绿翘原本今日是不愿再接客的，其实将近年关，这几日所有姑娘都不乐意出来接客，崔妈妈无奈之下只得让她们抓阄，红菱和绿翘点儿背，抽中了就只能认，越是这种时候就越是羡慕已被赎身的头牌傅晓清。

今日提刑司的人去何府时闹出的动静不小，邱奎子将尸身带走时还故意没盖白布，消息很快就传回了万花楼，因而红菱与绿翘强打起精神来陪客，脸上的笑容都有些苦涩僵硬，不想这位客人还直接说要听傅晓清吹箫。

绿翘叹了口气，道：“这位公子有所不知，晓清姐早已不是咱们万花楼的头牌了，数月前有人拿了三百两纹银来替她赎了身。”

“哦？”万寒旌笑道，“看来我真是来得不巧了。”

（未完待续）

一个少女打马匆匆从温衡边上跑过，突然又拉紧了缰绳。

“温衡哥，”那少女满脸认真，“你瞧见沈从了吗？”

温衡眼底全是笑意，指路道：“往西边去了。”

“格老子的，又跑！”少女怒斥了一声，便策马赶紧追了过去。

沈从遥遥看见那少女过来，鬼使神差，突然就停了下来。

少女一路疾驰到他面前，看见他停下等她，不由得有些诧异，惊疑道：“你为什么停下来了？”

“等你啊。”沈从笑眯眯地开口，打马到她身边。

少女狐疑地看着他。

沈从看着面前的人，她那么坚韧，那么开朗。似乎舒家的人，都是这么明朗。和他们这些从阴暗里爬出来的恶鬼不同，她们坦诚、坚韧、善良，爱一个人，就认真去爱，不猜疑，不背叛，给予全部的信任和真心。

他呢，小心翼翼，步履维艰，不断试探、怀疑、嫉妒。

可她从来没有在乎过，一直跟着他，跑过了万水千山，也许还能跑过未来的无尽岁月。

他忍不住笑起来，满脸温柔地看着她。

他看向远方，想起方才温衡的话，轻声道：“就算是天注定的姻缘，也得两个人努力才行啊。”

“舒喜，”他转过头，看向旁边猫一般的少女，“我带你回家吧？”

“好啊。”舒喜毫无迟疑地应声。

沈从朗笑一声，和她并肩策马离开。

回到楚都后，沈从收到了边境花陌的来信，他要迎娶一个愿意为了他女扮男装的副将。这个副将陪了他很多年，他或许一生不会忘记魏楚安，但是他已经有了重新爱一个人的勇气。

为此沈从特意去找了顾蔷笙。

顾蔷笙笑得趴在桌子上，点头道：“很好，很好，看来我不再是个异类了。”

于是不久后，沈从带着沈夜的批复，奔赴华州，参加花陌的婚礼。

花陌婚礼那天，一向贫瘠的华州主城烟花齐放，与此同时，金河在家搂着娇妻美妾，昆吾在昆仑宫坐看皑皑白雪，牡丹被夏萤罚跪在地上，温衡在逗弄孩子，郑参在为病人看病，上官流清批着案宗，沈夜和舒城在教沈华写字，沈从拉着舒喜，低下头，吻向她的额头。

每个人有每个人的归属，从此山河岁月，安宁美好。